Lee Child

GRÖSSENWAHN

Ein Jack-Reacher-Roman

Deutsch von Marie Rahn

Eder & Bach

MIX
Papier aus verantwortungsvollen Quellen
FSC® C083411

Genehmigte Lizenzausgabe für Eder & Bach GmbH,
Kaiser-Ludwig-Platz 1, 80336 München
1. Auflage, März 2020

Deutsche Erstveröffentlichung 1998 im Wilhelm Heyne Verlag
Umschlaggestaltung: Stefan Hilden, www.hildendesign.de
Umschlagabbildung: © HildenDesign unter Verwendung
mehrerer Motive von Shutterstock.com
Satz: Satzkasten, Stuttgart
Druck und Verarbeitung: CPI – Ebner & Spiegel, Ulm
ISBN: 978-3-945386-72-9

1

Ich wurde in Eno's Diner verhaftet. Um zwölf Uhr. Ich aß gerade Rühreier und trank Kaffee. Kein Mittagessen, ein spätes Frühstück. Ich war durchnässt und müde nach einem langen Marsch im strömenden Regen. Die ganze Strecke vom Highway bis zum Stadtrand.

Das Diner war klein, aber hell und sauber. Brandneu, konzipiert wie ein umgebauter Eisenbahnwaggon. Schmal, mit einer langen Theke auf der einen Seite und einer Küche, die nach hinten hinausging. Auf der gegenüberliegenden Seite Essnischen. Ein Eingang an der Stelle der Mittelnische.

Ich saß in einer Nische am Fenster und las in einer Zeitung, die jemand liegengelassen hatte, über die Wahlkampagne eines Präsidenten, den ich das letzte Mal schon nicht gewählt hatte und dieses Mal auch nicht wählen würde. Draußen hatte es aufgehört zu regnen, aber das Glas war noch übersät mit glänzenden Tropfen. Ich sah, wie die Streifenwagen auf den Kiesplatz einbogen. Sie fuhren schnell und kamen knirschend zum Stehen. Lichtsignale blitzten und blinkten. Rotes und blaues Licht auf den Regentropfen am Fenster. Wagentüren flogen auf, Polizisten sprangen heraus. Zwei aus jedem Wagen, die Waffen im Anschlag. Zwei Revolver, zwei Schrotflinten. Das war schweres Geschütz. Ein Revolver und eine Flinte rannten auf die Rückseite. Die beiden anderen stürmten zur Tür.

Ich saß nur da und beobachtete sie. Ich wusste, wer sich im Diner befand. Ein Koch im hinteren Teil. Zwei Kellnerinnen. Zwei alte Männer. Und ich. Dieser Einsatz galt mir. Ich war noch nicht mal eine halbe Stunde in der Stadt. Die anderen fünf waren wahrscheinlich schon ihr ganzes Leben hier. Gäbe es ein Problem mit einem von ihnen, würde ein verlegener Sergeant zögernd hereinkommen. Er würde eine Entschuldigung murmeln. Er würde mit leiser Stimme sprechen. Er würde den Betreffenden bitten, mit ihm zum Revier zu kommen. Also galten das schwere Geschütz und der ganze Auftrieb nicht ihnen. Das galt mir. Ich stopfte mir die Rühreier in den Mund und legte einen Fünfer unter den Teller. Faltete die Zeitung zu einem kleinen Viereck und schob sie in meine Manteltasche. Hielt meine Hände über dem Tisch und leerte die Kaffeetasse.

Der Typ mit dem Revolver blieb an der Tür. Er ging in die Hocke und zielte beidhändig mit der Waffe. Auf meinen Kopf. Der Typ mit der Repetierflinte kam näher. Die beiden waren schlank und durchtrainiert. Gepflegt und ordentlich. Agierten wie aus dem Lehrbuch. Der Revolver an der Tür konnte den ganzen Raum mit großer Genauigkeit in Schach halten. Die Flinte in meiner Nähe konnte mich über das ganze Fenster verteilen. Die umgekehrte Anordnung wäre ein Fehler gewesen. Der Revolver konnte mich in einem Nahkampf verfehlen, und von der Tür aus würde ein Schrotschuss nicht nur mich, sondern auch den anderen Officer und den alten Mann in der hinteren Nische töten. Bis jetzt machten sie alles richtig. Daran gab es keinen Zweifel. Sie waren im Vorteil. Auch daran kein Zweifel. Die enge Nische hielt mich gefangen. Ich hatte zu wenig Bewegungsspielraum, um großartig etwas zu machen. Also legte ich meine Hände auf den Tisch. Der Officer mit dem Gewehr kam näher.

»Keine Bewegung! Polizei!«, schrie er.

Er schrie, so laut er konnte. Stieß seine ganze Anspannung aus und versuchte mich einzuschüchtern. Agierte wie aus dem Lehrbuch. Viel Lärm und Aggression, um die Zielperson weichzumachen. Ich hob die Hände. Der Typ mit dem Revolver löste sich von der Tür. Der Typ mit der Flinte kam näher. Zu nahe. Der erste Fehler. Im Notfall hätte ich mich auf den Lauf der Flinte stürzen und ihn nach oben drücken können. Ein Schuss in die Decke vielleicht und ein Ellbogen im Gesicht des Polizisten, und die Waffe wäre mein gewesen. Der Typ mit dem Revolver hatte seinen Schusswinkel verengt und konnte nicht das Risiko eingehen, seinen Partner zu treffen. Es hätte übel für sie enden können. Aber ich blieb einfach sitzen, mit erhobenen Händen. Der Typ mit der Flinte sprang immer noch schreiend herum.

»Runter auf den Boden!«, brüllte er.

Ich glitt langsam aus der Nische und streckte dem Officer mit dem Revolver meine Handgelenke entgegen. Ich würde mich nicht auf den Fußboden legen. Nicht für diese Jungs vom Lande. Und wenn sie das ganze Police Department mit Haubitzen mitgebracht hätten.

Der Typ mit dem Revolver war ein Sergeant. Er blieb schön ruhig. Die Flinte hielt mich in Schach, als der Sergeant seinen Revolver zurück ins Halfter steckte, die Handschellen von seinem Gürtel löste und sie um meine Handgelenke schnappen ließ. Das Verstärkungsteam kam durch die Küche. Sie gingen um die Theke herum. Nahmen hinter mir Aufstellung. Tasteten mich nach Waffen ab. Äußerst gründlich. Ich sah, wie der Sergeant ihr Kopfschütteln bestätigte. Keine Waffen. Die beiden vom Verstärkungsteam nahmen mich bei den Ellbogen. Das Gewehr hielt mich immer noch in Schach. Der Sergeant stellte sich vor mich. Er war ein kräftiger, athletischer

Weißer. Schlank und sonnengebräunt. Mein Alter. Das Schild über seiner Brusttasche zeigte seinen Namen: Baker. Er sah mich an.

»Sie werden wegen Mordverdachts verhaftet«, sagte er. »Sie haben das Recht zu schweigen. Alles, was Sie sagen, kann als Beweis gegen Sie verwendet werden. Sie haben das Recht auf einen Anwalt. Sollten Sie sich keinen leisten können, bekommen Sie vom Staat Georgia einen Pflichtverteidiger gestellt. Haben Sie das verstanden?«

Das war ein schöner Vortrag meiner verfassungsmäßigen Rechte als Verhafteter. Er sprach deutlich. Er las es nicht vom Blatt ab. Er sprach, als wüsste er, was er sagte und warum es wichtig war. Für ihn und für mich. Ich antwortete nicht.

»Haben Sie Ihre Rechte verstanden?«, fragte er noch einmal.

Ich antwortete wieder nicht. Lange Erfahrung hat mich gelehrt, dass absolutes Stillschweigen das Beste ist. Sagt man etwas, kann es falsch verstanden werden. Missverstanden. Falsch gedeutet. Man kann deswegen für schuldig befunden werden. Man kann deswegen getötet werden. Schweigen verärgert den Officer, der einen verhaftet. Er muss einem mitteilen, dass man das Recht hat zu schweigen, aber er hasst es, wenn man von seinem Recht Gebrauch macht. Ich wurde unter Mordverdacht verhaftet. Aber ich sagte nichts.

»Haben Sie Ihre Rechte verstanden?«, fragte der Typ namens Baker noch einmal. »Sprechen Sie Englisch?«

Er war ganz ruhig. Ich sagte nichts. Er blieb ruhig. Er besaß die Ruhe eines Mannes, für den die Gefahr schon vorbei ist. Er würde mich einfach zum Revier fahren, und dann wäre ich nicht mehr sein Problem. Er sah die anderen drei Officer an.

»Okay, macht einen Vermerk, dass er nichts gesagt hat«, grunzte er. »Und dann los.«

Ich wurde zur Tür geführt. Wir formierten uns zu einer Linie. Zuerst kam Baker. Dann der Typ mit der Flinte, der rückwärtsging und immer noch mit dem dicken schwarzen Lauf auf mich zielte. Auf seinem Namensschild stand: Stevenson. Er war ebenfalls ein Weißer, mittelgroß und gut in Form. Seine Waffe sah aus wie ein Abflussrohr. Er zielte auf meinen Bauch. Hinter mir kam die Verstärkung. Man schob mich mit einer flachen Hand auf meinem Rücken durch die Tür.

Draußen auf dem Kiesplatz war es heiß. Es musste die ganze Nacht und den größten Teil des Morgens geregnet haben. Jetzt knallte die Sonne herunter, und der Boden dampfte. Normalerweise war dies wohl ein staubiger, heißer Ort. Heute aber strömte er diesen wundervollen berauschenden Duft nach nassem Straßenbelag unter einer sengenden Mittagssonne aus. Ich hielt mein Gesicht der Sonne entgegen und atmete tief ein, während sich die Officer neu formierten. Einer an jedem Ellbogen für die kurze Strecke zu den Wagen. Stevenson immer noch mit der Waffe im Anschlag. Beim ersten Wagen sprang er einen Schritt zurück, als Baker die Hintertür öffnete. Mein Kopf wurde runtergedrückt. Der Typ an meinem linken Arm schob mich mit einem sauberen Hüftkontakt in den Wagen. Alles einwandfrei. In einer Stadt so weit vom Schuss war das sicher eher das Ergebnis von langem Training als von langer Erfahrung.

Hinten im Wagen war ich allein. Eine dicke Trennwand aus Glas unterteilte den Innenraum. Die Vordertüren waren noch offen. Baker und Stevenson stiegen ein. Baker fuhr. Stevenson hatte sich umgedreht und hielt mich in Schach. Keiner sprach.

Der Wagen mit der Verstärkung folgte uns. Die Wagen waren neu. Glitten ruhig und weich dahin. Innen war es sauber und kühl. Keine Spuren verzweifelter, aufgewühlter Menschen, die dort gesessen hatten, wo ich jetzt saß.

Ich blickte aus dem Fenster. Georgia. Sah fruchtbares Land. Schwere, feuchte rote Erde. Sehr lange, gerade Reihen niedriger Büsche auf den Feldern. Erdnüsse vielleicht. Beulige Früchte, aber wertvoll für den Pflanzer. Oder für den Besitzer. Besaßen die Leute hier das Land, das sie bewirtschafteten? Oder gehörte es riesigen Konzernen? Ich wusste es nicht.

Die Fahrt in die Stadt war kurz. Das Auto zischte über den glatten, nassen Asphalt. Nach vielleicht einer halben Meile sah ich zwei schicke Gebäude, beide neu, beide mit gepflegten Grünanlagen. Das Polizeirevier und die Feuerwehr. Zwei einzelne, nahe beieinanderstehende Gebäude hinter einer weitläufigen Rasenfläche mit einer Statue, am nördlichen Rand der Stadt. Reizvolle Landhausarchitektur aus einem großzügigen Etat. Die Straßen waren aus glattem Asphalt, die Bürgersteige aus rotem Backstein. Etwa dreihundert Meter weiter südlich konnte ich einen blendend weißen Kirchturm hinter einer kleinen Ansammlung von Häusern sehen. Ich sah Fahnenmasten, Markisen, frische Farbe und grüne Rasenflächen. Alles wie neu durch den starken Regen. Jetzt dampfte es und wirkte in der Hitze irgendwie intensiver. Eine wohlhabende Gemeinde. Erbaut, so schätzte ich, mit Hilfe großer Einkünfte aus der Landwirtschaft und hoher Steuern der Pendler, die in Atlanta arbeiteten.

Stevenson starrte mich immer noch an, als der Wagen langsamer wurde, um in die Zufahrt zum Revier einzuschwenken. Die Auffahrt war ein weiter Halbkreis. Ich las auf einem niedrigen Steinschild: Margrave Police Headquarters. Ich dachte: Sollte ich beunruhigt sein? Ich war verhaftet worden. In einer Stadt, in der ich vorher nie gewesen war. Offenbar wegen Mordes. Aber ich wusste zwei Dinge. Erstens konnten sie nichts beweisen, was nicht passiert war. Und zweitens hatte ich niemanden umgebracht.

Zumindest nicht in ihrer Stadt und in letzter Zeit.

2

Wir hielten direkt vor dem Eingang des langgestreckten, niedrigen Gebäudes. Baker stieg aus dem Wagen und sah nach rechts und links. Die beiden von der Verstärkung kamen hinzu. Stevenson lief um das Heck unseres Wagens. Stellte sich gegenüber von Baker auf. Zielte mit der Flinte auf mich. Es war ein gutes Team. Baker öffnete meine Tür.

»Okay, los geht's, los«, sagte er. Flüsterte fast.

Er tänzelte auf seinen Fußballen und suchte die Umgebung ab. Ich drehte mich langsam zur Tür und wand mich aus dem Wagen. Die Handschellen machten das nicht gerade leichter. Es war jetzt noch heißer geworden. Ich trat vor und wartete. Die Verstärkung schloss hinter mir auf. Vor mir befand sich der Eingang zum Revier. Eine frische Inschrift auf einem breiten Marmorsturz verkündete: Town of Margrave Police Headquarters. Darunter befanden sich Glastüren. Baker zog eine auf. Die Gummiabdichtungen machten ein saugendes Geräusch. Die Verstärkung schob mich durch die Tür. Die Tür schloss sich mit demselben Geräusch hinter mir.

Drinnen war es wieder kühl. Alles war weiß oder chromfarben. Das Licht kam aus Neonlampen. Es sah aus wie in einer Bank oder Versicherung. Auf dem Boden Teppich. Ein Sergeant im Innendienst stand hinter einer langen Empfangstheke. Fast erwartete man, dass er fragte: »Kann ich Ihnen helfen?« Aber er sagte nichts. Er sah mich einfach nur an. Hinter ihm befand sich ein riesiger Büroraum. Eine dunkelhaarige Frau in Uniform saß an einem breiten, niedrigen Schreibtisch. Sie erledigte irgendwelchen Schreibkram an der Maschine. Nun blickte sie zu mir herüber. Ich stand da mit einem Officer an jeder Seite. Stevenson lehnte an der Empfangstheke. Seine Flinte wies in meine Richtung. Baker stand nur da und sah mich an. Der Sergeant hinter der Theke und die Frau in Uniform blickten mich ebenfalls an. Ich blickte zurück. Dann wurde ich nach links geführt. Sie ließen mich vor einer Tür anhalten. Baker stieß sie auf, und ich wurde in einen Raum geschoben. Es war ein Verhörraum: keine Fenster. Ein weißer Tisch und drei Stühle. Teppichboden. In der oberen Ecke des Zimmers eine Kamera. Die Temperatur in diesem Raum war sehr niedrig eingestellt. Ich war noch nass vom Regen.

Ich stand da, und Baker durchsuchte meine Taschen. Meine Habseligkeiten bildeten einen kleinen Haufen auf dem Tisch. Eine Rolle Geldscheine. Ein paar Münzen. Quittungen, Fahrscheine, Papierfetzen. Baker überprüfte die Zeitung und ließ sie in meiner Tasche. Blickte auf meine Uhr und ließ sie an meinem Handgelenk. An so was war er nicht interessiert. Alles andere wurde in einen großen Beutel mit Reißverschluss geräumt. Der Beutel war für Leute, die mehr als ich in ihren Taschen haben. Ein weißes Feld war auf den Beutel gedruckt. Stevenson schrieb eine Nummer darauf.

Baker sagte zu mir, ich könne mich hinsetzen. Dann verließen sie den Raum. Stevenson hatte den Beutel mit meinen Sachen. Sie gingen hinaus und schlossen die Tür, und ich hörte, wie sich der Schlüssel im Schloss drehte. Es hörte sich satt und gut geölt an. Nach Präzisionsarbeit. Nach einem großen Stahlschloss. Es hörte sich an wie ein Schloss, das mir standhalten würde.

Ich dachte, sie würden mich für eine Weile allein lassen. Normalerweise geht man so vor. Isolation verursacht den Drang zu sprechen. Der Drang zu sprechen kann zum Drang werden zu gestehen. Eine brutale Verhaftung und eine Stunde Isolation danach, das ist eine ziemlich gute Strategie.

Aber ich hatte mich geirrt. Sie hatten keine Stunde Isolation für mich vorgesehen. Vielleicht war dies ihr zweiter kleiner taktischer Fehler. Baker schloss die Tür auf und kam wieder herein. Er trug einen Plastikbecher mit Kaffee. Dann wies er die uniformierte Frau in den Raum. Die vom Schreibtisch im Großraumbüro. Das schwere Schloss schnappte hinter ihr zu. Sie trug einen Metallkoffer, den sie auf dem Tisch ablegte. Sie öffnete ihn und nahm einen langen schwarzen Nummernhalter heraus. Darin befand sich eine Zahlenreihe aus weißem Plastik.

Sie reichte mir den Halter mit einer entschuldigenden Miene von schroffem Mitgefühl, die typisch ist für Zahnarzthelferinnen. Ich nahm ihn in meine gefesselten Hände. Schielte darauf, um sicherzugehen, dass er richtig herum war, und hielt ihn unter mein Kinn. Die Frau nahm einen hässlichen Fotoapparat aus dem Koffer und setzte sich mir gegenüber. Sie stützte ihre Ellbogen auf den Tisch, um die Kamera zu stabilisieren. Lehnte sich vor. Ihre Brüste berührten den Rand des Tisches. Sie war eine gutaussehende Frau. Dunkles Haar, große Augen. Ich blickte sie an und lächelte. Die Kamera klickte und blitzte auf. Bevor sie mich darum bat, drehte ich mich schon auf dem Stuhl und zeigte ihr mein Profil. Hielt die lange Nummer an meine Schulter und starrte an die Wand. Der Fotoapparat klickte und blitzte wieder. Ich drehte mich in die andere Richtung und hielt die Nummer hoch. Beidhändig, wegen der Handschellen. Sie nahm mir den Halter mit einem verkniffenen Lächeln ab, das besagte: Ja, es ist unangenehm, aber notwendig. Wie eine Zahnarzthelferin.

Dann holte sie die Ausrüstung für die Fingerabdrücke heraus. Eine neue Karte, die schon mit einer Nummer versehen war. Die Felder für die Daumen sind immer zu klein. Diese hier hatte auf der Rückseite zwei Felder für die Abdrücke der Handflächen. Die Handschellen machten das Ganze schwierig. Baker hatte mir nicht angeboten, sie abzunehmen. Die Frau versah meine Hände mit Tinte. Ihre Finger waren weich und kühl. Kein Ehering. Hinterher gab sie mir ein paar Papiertücher. Die Tinte ging damit leicht ab. So was hatte ich noch nicht gesehen, musste neu sein.

Die Frau nahm den Film aus der Kamera und legte ihn zu den Karten auf den Tisch. Sie packte die Kamera zurück in den Koffer. Baker klopfte an die Tür. Das Schloss klickte wieder. Die Frau nahm ihre Sachen. Niemand sagte etwas. Die Frau verließ den Raum. Baker blieb bei mir. Er machte die Tür zu, und das Schloss gab das gleiche satte Geräusch von sich. Dann lehnte er sich gegen die Tür und sah mich an.

»Mein Chef kommt gleich«, sagte er. »Sie werden mit ihm sprechen müssen. Es gab hier einen Vorfall. Der muss geklärt werden.«

Ich antwortete nicht. Mit mir zu sprechen würde für niemanden irgendeinen Vorfall klären. Aber der Typ verhielt sich ganz zivilisiert. Respektvoll. Also testete ich ihn. Ich hielt ihm meine Hände entgegen. Eine unausgesprochene Aufforderung, mir die Handschellen abzunehmen. Er blieb einen Moment lang regungslos, dann nahm er den Schlüssel und schloss sie auf. Befestigte sie wieder an seinem Gürtel. Blickte mich an. Ich blickte zurück und ließ meine Arme herunterhängen. Kein dankbarer Seufzer. Kein reuevolles Reiben meiner Handgelenke. Ich wollte keine Beziehung zu diesem Typen aufbauen. Aber ich sagte etwas.

»Okay«, sagte ich. »Gehen wir zu Ihrem Chef.«

Es war das erste Mal, seit ich das Frühstück bestellt hatte, dass ich sprach. Jetzt blickte Baker dankbar. Er klopfte zweimal an die Tür, und von außen wurde aufgeschlossen. Er öffnete sie und wies mich durch. Stevenson wartete mit dem Rücken zum Großraumbüro. Die Flinte war verschwunden. Die Verstärkung war nicht mehr da. Die Dinge beruhigten sich. Beide Officer nahmen neben mir Aufstellung. Baker fasste leicht an meinen Ellbogen. Wir gingen durch das Großraumbüro und kamen an eine Tür auf der anderen Seite. Stevenson drückte sie auf, und wir betraten ein großes Büro. Alles aus Rosenholz.

Ein fetter Typ saß an einem breiten Schreibtisch. Hinter ihm befanden sich ein paar große Fahnen. Die Stars and Stripes mit Goldfransenrand auf der linken Seite und das, was ich für die Fahne von Georgia hielt, auf der rechten. Zwischen den Fahnen hing eine Uhr. Es war ein großes, altes, rundes Ding mit Mahagonirahmen. Sah aus, als wäre es Jahrzehnte lang poliert worden. Ich dachte, dass es die Uhr aus dem alten Polizeirevier sein musste, das mit der Planierraupe abgeräumt worden war, um Platz für dieses neue Gebäude zu machen. Ich dachte, dass der Architekt sie genommen hatte, um dem neuen Gebäude eine Aura von Geschichte zu geben. Die Uhr zeigte fast halb eins.

Der fette Typ hinter dem großen Schreibtisch blickte auf, als ich zu ihm geschoben wurde. Ich sah, dass er verwirrt dreinblickte, als versuchte er, mich irgendwo einzuordnen. Er sah mich noch mal an, diesmal genauer. Dann lächelte er spöttisch und sprach mit einem Keuchen, das zu einem heiseren Schreien geworden wäre, wenn seine schwache Lunge das nicht verhindert hätte.

»Beweg deinen Arsch auf den Stuhl, und halt dein dreckiges Maul«, sagte er.

Der Fettwanst war wirklich eine Überraschung. Er sah aus wie ein echtes Arschloch. Genau das Gegenteil von dem, was ich bis jetzt gesehen hatte. Baker und sein Verhaftungsteam hielten den Betrieb aufrecht. Professionell und effizient. Die Frau mit den Fingerabdrücken war anständig gewesen. Aber dieser fette Polizeichef war eine reine Platzverschwendung. Dünnes, fettiges Haar. Schwitzend, trotz der kühlen Luft. Der fleckige rot-graue Teint eines untrainierten, übergewichtigen Idioten. Himmelhoher Blutdruck. Versteinerte Arterien. Er sah noch nicht mal halbwegs kompetent aus.

»Mein Name ist Morrison«, keuchte er. Als würde mich das interessieren. »Ich bin der Chef des Police Departments hier in Margrave. Und du bist ein Bastard und Mörder von irgendwoher. Du bist in meine Stadt gekommen und hast auf Mr. Kliners Privatbesitz alles durcheinandergebracht. Also legst du jetzt vor meinem Chief Detective ein volles Geständnis ab.«

Er hielt inne und starrte mich an. Als versuchte er immer noch, mich einzuordnen. Oder als wartete er auf eine Antwort. Er bekam keine. Also stieß er mit seinem fetten Finger in meine Richtung.

»Und dann kommst du in den Knast«, sagte er. »Und dann kommst du auf den elektrischen Stuhl. Und dann werde ich auf dein mickriges Scheißarmengrab einen dicken Haufen setzen.«

Er hievte seine Körpermassen aus dem Stuhl und löste den Blick von mir.

»Ich würde es ja selber machen«, sagte er. »Aber ich habe zu viel zu tun.«

Er watschelte hinter seinem Schreibtisch hervor. Ich stand zwischen seinem Schreibtisch und der Tür. Als er an mir vorbeikam, blieb er stehen. Seine fette Nase befand sich in der Höhe meines mittleren Mantelknopfs. Er sah wieder zu mir auf, als würde er über irgendetwas nachdenken.

»Ich hab dich doch schon mal gesehen«, sagte er. »Wo war das?«

Er blickte zu Baker und dann zu Stevenson. Als erwartete er von ihnen, dass sie zur Kenntnis nahmen, was er sagte und wann er das sagte.

»Ich habe diesen Typen schon mal gesehen«, teilte er ihnen mit.

Er knallte die Tür hinter sich zu, und ich blieb mit den beiden Cops zurück, bis der Chief Detective hereinkam. Ein großer Schwarzer, nicht alt, aber seine Haare wurden schon grau und lichteten sich. Gerade genug, um ihm ein aristokratisches Aussehen zu verleihen. Forsch und zuversichtlich. Gut gekleidet, in einem altmodischen Tweedanzug. Leinenweste. Auf Hochglanz polierte Schuhe. Der Typ sah aus, wie ein Chef aussehen sollte. Er wies Baker und Stevenson aus dem Büro. Schloss die Tür hinter ihnen. Setzte sich an den Schreibtisch und winkte mich zum Stuhl gegenüber.

Ruckend zog er eine Schublade auf und nahm einen Kassettenrecorder heraus. Hob ihn hoch, bis seine Arme gestreckt waren, um das Kabelgewirr herauszubekommen. Stöpselte das Stromkabel und das Mikrophon ein. Legte eine Kassette ein. Drückte auf Aufnahme und schnippte mit dem Fingernagel gegen das Mikrophon. Hielt die Kassette an und spulte sie zurück. Drückte auf Start. Hörte das Geräusch seines Fingernagels. Spulte wieder zurück und drückte auf Aufnahme. Ich saß einfach nur da und beobachtete ihn.

Einen Moment lang herrschte Stille. Nur ein schwaches Summen, die Klimaanlage, die Lampen oder der Computer. Oder der Recorder, der langsam vorwärtssurrte. Ich konnte das gemächliche Ticken der alten Uhr hören. Ein beharrliches Geräusch, das niemals aufhören würde, egal was ich täte. Dann richtete sich der Typ in seinem Stuhl auf und blickte mich durchdringend an. Machte diese Art Spitze mit seinen Fingern, wie es hochgewachsene, kultivierte Leute gerne tun.

»So«, sagte er. »Da gibt es ein paar Fragen, nicht wahr?«

Seine Stimme war tief. Wie ein Grollen. Kein Südstaatenakzent. Er sah aus und hörte sich an wie ein Banker aus Boston, nur dass er schwarz war.

»Mein Name ist Finlay«, sagte er. »Mein Dienstgrad ist der eines Captains. Ich bin der Chef des Ermittlungsbüros dieses Departments. Ich höre, dass Sie über Ihre Rechte informiert wurden. Sie haben noch nicht bestätigt, dass Sie sie verstanden haben. Bevor wir zu etwas anderem übergehen, müssen wir diesen Punkt klären.«

Kein Banker aus Boston. Eher ein Typ aus Harvard.

»Ich kenne meine Rechte«, sagte ich.

Er nickte.

»Gut. Das freut mich. Wo ist Ihr Anwalt?«

»Ich brauche keinen Anwalt«, sagte ich.

»Sie werden des Mordes verdächtigt«, sagte er. »Sie brauchen einen Anwalt. Wir können Ihnen einen besorgen. Kostenlos. Möchten Sie, dass wir Ihnen kostenlos einen Anwalt besorgen?«

»Nein, ich brauche keinen Anwalt«, sagte ich.

Der Typ namens Finlay blickte mich eine ganze Weile über seine Fingerspitzen hinweg an.

»Okay«, sagte er. »Aber Sie werden uns das schriftlich geben müssen. Sie wissen schon: dass wir Ihnen mitgeteilt haben, dass Sie einen Anwalt haben können, dass wir Ihnen einen besorgen können, ohne Kosten für Sie, aber dass Sie absolut keinen wollten.«

»Okay«, sagte ich.

Er zog ein Formular aus einer anderen Schublade und sah auf seine Uhr, um Datum und Zeit einzutragen. Dann schob er das Formular zu mir herüber. Ein großes gedrucktes Kreuz markierte die Linie, auf der ich unterschreiben sollte. Er schob mir einen Stift herüber. Ich unterschrieb und schob das Formular zurück. Er sah es sich an. Legte es in eine ockerfarbene Mappe.

»Ich kann Ihre Unterschrift nicht lesen«, sagte er. »Also beginnen wir für das Protokoll mit Ihrem Namen, Ihrer Adresse und Ihrem Geburtsdatum.«

Wieder herrschte Stille. Ich blickte ihn an. Der Typ war hartnäckig. Vielleicht fünfundvierzig. Man wird nicht Chief Detective in Georgia, wenn man fünfundvierzig und schwarz ist, außer man ist hartnäckig. Keine Chance, mit ihm Spielchen zu spielen. Ich holte tief Luft.

»Mein Name ist Jack Reacher«, sagte ich. »Kein zweiter Vorname. Keine Adresse.«

Er schrieb es auf. Viel zu schreiben gab es nicht. Ich teilte ihm mein Geburtsdatum mit.

»Okay, Mr. Reacher«, sagte Finlay. »Wie ich schon sagte, haben wir eine Menge Fragen. Ich habe mir Ihre persönlichen Sachen angesehen. Sie tragen keinerlei Ausweis bei sich. Keinen Führerschein, keine Kreditkarten, nichts. Und Sie haben keine Adresse, sagen Sie. Also frage ich mich: Wer ist dieser Mann?«

Er erwartete keinerlei Kommentar von mir.

»Wer war der Mann mit dem kahlgeschorenen Kopf?«, fragte er mich.

Ich antwortete nicht. Ich starrte auf die große Uhr, wartete, dass sich der Minutenzeiger bewegte.

»Erzählen Sie mir, was passiert ist«, sagte er.

Ich hatte keine Ahnung, was passiert war. Nicht die leiseste Ahnung. Irgendwas war irgendjemandem passiert, aber nicht mir. Ich saß einfach nur da. Antwortete nicht.

»Was ist Pluribus?«, fragte Finlay.

Ich blickte ihn an und zuckte mit den Schultern. »Das Motto der Vereinigten Staaten?«, fragte ich dann. »E pluribus unum? Übernommen 1776 beim zweiten Kontinentalkongress, richtig?«

Er grunzte nur. Ich blickte ihn weiterhin direkt an. Ich dachte mir, dass dies der Typ Mann war, der vielleicht eine Frage beantworten würde.

»Worum geht es?«, fragte ich ihn.

Wieder Stille. Jetzt blickte er mich an. Ich konnte sehen, wie er darüber nachdachte, ob er antworten sollte und wie.

»Worum geht es?«, fragte ich ihn wieder.

Er lehnte sich zurück und legte erneut seine Fingerspitzen aneinander.

»Sie wissen, worum es geht«, sagte er. »Ein Tötungsdelikt. Mit ein paar sehr beunruhigenden Einzelheiten. Das Opfer wurde heute Morgen drüben bei Kliners Lagerhaus gefunden. Am nördlichen Ende der Landstraße, oben, am Zubringer zum Highway. Ein Zeuge berichtete, er hätte gesehen, wie ein Mann diesen Ort verließ. Kurz nach acht Uhr heute Morgen. Die Beschreibung lautete auf einen Weißen, sehr groß, mit langem schwarzem Mantel, hellem Haar, ohne Kopfbedeckung und Gepäck.«

Wieder Stille. Ich bin weiß. Ich bin sehr groß. Mein Haar ist hell. Ich saß hier in einem langen schwarzen Mantel. Ich hatte keine Kopfbedeckung. Auch keinen Koffer. Ich war fast vier Stunden lang an diesem Morgen auf der Landstraße gewandert. Von acht bis etwa Viertel vor zwölf.

»Wie lang ist die Landstraße?«, fragte ich. »Vom Highway bis hierher?«

Finlay dachte nach.

»Etwa vierzehn Meilen, schätze ich«, antwortete er.

»Okay«, sagte ich. »Ich bin den ganzen Weg vom Highway bis in die Stadt gelaufen. Etwa vierzehn Meilen. Viele Leute müssen mich gesehen haben. Das will nichts heißen.«

Er antwortete nicht. Ich gewann Interesse an der Situation.

»Ist das Ihr Distrikt?«, fragte ich ihn. »Die ganze Strecke bis zum Highway?«

»Ja, so ist es«, sagte er. »Die Zuständigkeit ist eindeutig. So kommen Sie hier nicht raus, Mr. Reacher. Die Stadt dehnt sich vierzehn Meilen weit aus, genau bis zum Highway. Das Gewerbegebiet da draußen ist mein Bereich, darüber gibt es nichts zu diskutieren.«

Er wartete. Ich nickte. Er fuhr fort:

»Kliner hat die Anlage gebaut, vor fünf Jahren«, sagte er. »Haben Sie schon von ihm gehört?«

Ich schüttelte den Kopf.

»Wie sollte ich von ihm gehört haben?«, sagte ich. »Ich war ja noch nie hier.«

»Er ist ein großes Tier in der Gegend«, sagte Finlay. »Sein Betrieb da draußen bringt uns eine Menge Steuern, ist sehr gut für uns. Viel Geld und viele Vorteile für die Stadt ohne große Nachteile, weil das Ganze so weit draußen ist, klar? Also versuchen wir, für ihn darauf aufzupassen. Aber jetzt ist das Gelände der Tatort für ein Tötungsdelikt geworden, und Sie haben uns eine Menge zu erklären.«

Der Mann machte nur seinen Job, aber er verschwendete meine Zeit.

»Okay, Finlay«, sagte ich. »Ich werde eine Erklärung abgeben und jede kleinste Einzelheit beschreiben, die ich gemacht habe, und zwar von dem Zeitpunkt an, da ich Ihre lausige Stadtgrenze überschritten habe, bis ich mitten in meinem verdammten Frühstück hierhergeschleppt wurde. Wenn Sie damit etwas anfangen können, dann kriegen Sie von mir einen verdammten Orden. Denn ich habe nichts anderes getan, als fast vier Stunden im strömenden Regen einen Fuß vor den anderen zu setzen, und zwar Ihre ganzen so verdammt kostbaren vierzehn Meilen weit.«

Das war die längste Ansprache, die ich die letzten sechs Monate gehalten hatte. Finlay saß nur da und starrte mich an. Ich beobachtete, wie er mit dem Grundproblem eines jeden Detectives kämpfte. Sein Bauch sagte ihm, dass ich vielleicht doch nicht sein Mann war. Aber ich saß ja vor ihm. Was sollte ein Detective da machen? Ich ließ ihn überlegen. Versuchte, den richtigen Zeitpunkt für einen Schubs in die richtige Richtung abzupassen. Ich wollte ihm etwas über den wahren Täter sagen, der noch herumlief, während er hier seine Zeit mit mir verschwendete. Das würde seine Unsicherheit vergrößern. Aber er machte den ersten Schritt. In die falsche Richtung.

»Keine Erklärungen«, sagte er. »Ich stelle die Fragen, und Sie werden sie beantworten. Sie sind Jack Niemand Reacher. Keine Adresse. Kein Ausweis. Was sind Sie? Ein Landstreicher?«

Ich seufzte. Es war Freitag. Die große Uhr zeigte an, dass der Tag schon mehr als halb vorüber war. Dieser Typ namens Finlay wollte mich sorgfältig in die Mangel nehmen. Ich würde das Wochenende in einer Zelle verbringen. Wahrscheinlich erst Montag rauskommen.

»Ich bin kein Landstreicher, Finlay«, sagte ich. »Ich bin ein Vagabund. Das ist ein großer Unterschied.«

Er schüttelte langsam den Kopf.

»Kommen Sie mir nicht so, Reacher«, sagte er. »Sie stecken tief in der Scheiße. Üble Dinge sind hier passiert. Unser Zeuge hat gesehen, wie Sie den Tatort verließen. Sie sind ein Fremder ohne Ausweis und ohne Hintergrund. Also kommen Sie mir nicht so.«

Er machte immer noch seinen Job, aber er verschwendete auch immer noch meine Zeit.

»Ich habe keinen Tatort verlassen«, sagte ich. »Ich bin eine verdammte Straße entlanggelaufen. Das ist ein Unterschied, nicht wahr? Wenn Leute einen Tatort verlassen, rennen sie und verstecken sich. Sie gehen nicht mitten auf der Straße. Was ist dabei, auf einer Straße zu gehen? Ständig gehen irgendwelche Leute auf irgendwelchen verdammten Straßen, oder etwa nicht?«

Finlay lehnte sich vor und schüttelte den Kopf.

»Nein«, sagte er. »Seit der Erfindung des Automobils läuft niemand mehr eine solche Strecke. Also, warum haben Sie keine Adresse? Woher kommen Sie? Beantworten Sie meine Fragen. Bringen wir es hinter uns.«

»Okay, Finlay, bringen wir es hinter uns«, sagte ich. »Ich habe keine Adresse, weil ich nirgendwo wohne. Vielleicht werde ich eines Tages irgendwo wohnen, und dann habe ich eine Adresse und sende Ihnen eine Postkarte, die Sie sich in Ihr verdammtes Adressbuch stecken können, wenn Sie darüber so verdammt beunruhigt sind.«

Finlay starrte mich an und wog seine Möglichkeiten ab. Entschied sich für die geduldige Tour. Geduldig, aber hartnäckig. Als könnte ihn nichts ablenken.

»Woher kommen Sie?«, fragte er. »Wie lautet Ihre letzte Adresse?«

»Was meinen Sie genau mit: Woher kommen Sie?«, fragte ich.

Er presste die Lippen zusammen. Bald hatte ich ihn so weit, und auch er würde sauer. Aber er blieb ruhig. Würzte seine Geduld mit eisigem Sarkasmus.

»Okay«, sagte er. »Sie verstehen meine Frage nicht, also will ich sie erklären. Was ich meine, ist Folgendes: Wo sind Sie geboren, oder wo haben Sie den größten Teil Ihres Lebens verbracht, den Sie in Ihrem sozialen oder kulturellen Kontext instinktiv als besonders wichtig betrachten?«

Ich sah ihn einfach nur an.

»Ich gebe Ihnen ein Beispiel«, sagte er. »Ich für meinen Teil bin in Boston geboren, in Boston aufgewachsen und habe dann zwanzig Jahre in Boston gearbeitet, so dass ich sagen würde – und ich denke, da stimmen Sie mir zu –, dass ich aus Boston komme.«

Ich hatte recht gehabt. Ein Harvard-Typ. Ein Harvard-Typ, der die Geduld verlor.

»Okay«, sagte ich. »Sie haben mir diese Fragen gestellt. Ich werde sie beantworten. Aber lassen Sie mich eins versichern: Ich bin nicht Ihr Mann. Bis Montag werden Sie wissen, dass ich nicht Ihr Mann bin. Also tun Sie sich selbst einen Gefallen. Hören Sie nicht auf zu suchen.«

Finlay unterdrückte ein Lächeln. Er nickte ernst.

»Ich bedanke mich für Ihren Rat«, sagte er. »Und Ihre Sorge um meine Karriere.«

»Nichts zu danken«, sagte ich.

»Fahren Sie fort«, sagte er.

»Okay«, sagte ich. »Wenn ich Ihrer kunstvollen Definition folge, komme ich von nirgendwoher. Ich komme von einem Ort, der sich Militär nennt. Ich wurde auf der amerikanischen Militärbasis in Westberlin geboren. Mein alter Herr gehörte zu den Marines, und meine Mutter war eine französische Zivilistin, die er in Holland kennengelernt hatte. Sie heirateten in Korea.«

Finlay nickte. Machte sich eine Notiz.

»Ich war ein Kind der Army«, sagte ich. »Geben Sie mir eine Liste aller amerikanischen Militärstützpunkte auf der Welt, und Sie haben eine Liste der Orte, wo ich gelebt habe. Ich ging in zwei Dutzend verschiedenen Ländern zur Highschool und war vier Jahre lang in West Point.«

»Fahren Sie fort«, sagte Finlay.

»Ich blieb in der Army«, sagte ich. »Militärpolizei. Ich diente und lebte wieder an all den Orten, wo ich vorher gewesen war. Dann, Finlay, nach sechsunddreißig Jahren Militär, zunächst als Kind eines Offiziers, dann selbst als Offizier, gab es für die Army keinen Bedarf mehr, weil die Sowjets den Geist aufgaben. Hurra also, jetzt bekommen wir den Lohn für den Frieden. Was für Sie bedeutet, dass Ihre Steuern für etwas anderes ausgegeben werden, für mich aber, dass ich ein sechsunddreißigjähriger arbeitsloser Exmilitärpolizist bin, der als Landstreicher bezeichnet wird, und zwar von eingebildeten Zivilistenbastards, die keine fünf Minuten in der Welt bestehen könnten, in der ich jahrelang überlebt habe.«

Er dachte einen Moment lang nach. War nicht beeindruckt.

»Weiter«, sagte er.

Ich zuckte mit den Schultern.

»Also genieße ich im Augenblick mein Leben«, sagte ich. »Vielleicht finde ich irgendwann mal einen Job, vielleicht auch nicht. Vielleicht lasse ich mich irgendwo nieder, vielleicht auch nicht. Aber im Augenblick bin ich nicht daran interessiert.«

Er nickte. Machte sich noch ein paar Notizen.

»Wann haben Sie die Army verlassen?«, fragte er.

»Vor sechs Monaten«, sagte ich. »Im April.«

»Haben Sie seitdem eine Arbeit gehabt?«, fragte er.

»Sie scherzen wohl«, sagte ich. »Wann haben Sie das letzte Mal Arbeit gesucht?«

»Im April«, äffte er mich nach. »Vor sechs Monaten. Ich bekam diesen Job.«

»Na, das ist schön für Sie, Finlay«, sagte ich.

Mir fiel nichts anderes ein. Finlay starrte mich einen Moment lang an.

»Wovon haben Sie gelebt«, fragte er. »Welchen Dienstgrad hatten Sie?«

»Major«, sagte ich. »Sie gaben mir eine Abfindung, als sie mich rauswarfen. Das meiste davon habe ich noch. Ich versuche, so lange wie möglich damit auszukommen, verstehen Sie?«

Eine lange Pause. Finlay trommelte rhythmisch mit dem Ende seines Stifts.

»Also lassen Sie uns über die letzten vierundzwanzig Stunden reden«, sagte er.

Ich seufzte. Jetzt würde ich Probleme bekommen.

»Ich kam mit einem Greyhound-Bus hierher«, sagte ich. »Stieg auf der Landstraße aus. Um acht Uhr heute Morgen. Lief bis zur Stadt, kam zum Diner, bestellte Frühstück und aß es gerade, als Ihre Jungs hereinkamen und mich mitschleppten.«

»Haben Sie hier irgendwas zu tun?«, fragte er.

Ich schüttelte den Kopf. »Ich bin arbeitslos«, sagte ich. »Ich habe nirgendwo irgendwas zu tun.«

Er schrieb das auf.

»Wo sind Sie in den Bus gestiegen?«, fragte er mich.

»In Tampa«, sagte ich. »Fuhr dort letzte Nacht um Mitternacht ab.«

»Tampa in Florida?«, fragte er.

Ich nickte. Er zog ruckend eine weitere Schublade auf. Nahm einen Busfahrplan heraus. Faltete ihn breit auseinander und fuhr mit einem langen braunen Zeigefinger über die Seite. Der Mann war sehr gewissenhaft. Er sah zu mir herüber.

»Da gibt es einen Schnellbus«, sagte er. »Fährt direkt Richtung Norden nach Atlanta. Kommt dort um neun Uhr morgens an. Hält aber um acht nicht hier.«

Ich schüttelte den Kopf.

»Ich bat den Fahrer anzuhalten«, sagte ich. »Er erklärte, er dürfe das eigentlich nicht, machte es aber trotzdem. Hielt extra wegen mir an und ließ mich raus.«

»Sind Sie früher schon einmal hier gewesen?«, fragte er.

Ich schüttelte wieder den Kopf.

»Haben Sie Verwandte in der Gegend?«, fragte er.

»Nein, nicht hier«, sagte ich.

»Haben Sie sonst wo Verwandte?«, fragte er.

»Einen Bruder in D. C.«, sagte ich. »Arbeitet im Finanzministerium.«

»Haben Sie Freunde hier in Georgia?«

»Nein«, sagte ich.

Finlay schrieb das alles auf. Dann gab es wieder eine lange Pause. Ich wusste genau, welche Frage jetzt kommen würde.

»Warum also?«, fragte er. »Warum sind Sie unfahrplanmäßig ausgestiegen und vierzehn Meilen im Regen zu einem Ort gegangen, wenn Sie keinen Grund dafür haben?«

Das war die entscheidende Frage. Finlay hatte sie ohne weiteres gefunden. Ein Staatsanwalt würde das auch. Und ich hatte keine richtige Antwort darauf.

»Was soll ich Ihnen antworten?«, sagte ich. »Es war eine willkürliche Entscheidung. Ich war unruhig. Ich musste ja irgendwo hin, nicht wahr?«

»Aber warum hierhin?«, fragte er.

»Ich weiß nicht«, sagte ich. »Der Mann neben mir hatte eine Landkarte, und ich pickte mir diesen Ort heraus. Ich wollte weg von den Hauptstraßen. Dachte, ich könnte in einer Schleife wieder zum Golf zurück, vielleicht weiter nach Westen.«

»Sie pickten diesen Ort heraus?«, fragte Finlay. »Erzählen Sie mir nicht so eine Scheiße. Warum sollten Sie sich diesen Ort herausgepickt haben? Er ist doch nur ein Name. Nur ein Punkt auf der Landkarte. Sie müssen einen Grund gehabt haben.«

Ich nickte.

»Ich wollte nach Blind Blake suchen«, sagte ich.

»Wer zum Teufel ist Blind Blake?«, fragte er.

Ich sah, dass er Szenarien durchspielte, wie ein Schachcomputer mögliche Züge durchspielt. War Blind Blake mein Freund, mein Feind, mein Komplize, mein Mitverschwörer, mein Mentor, mein Gläubiger, mein Schuldner, mein nächstes Opfer?

»Blind Blake war ein Gitarrenspieler«, sagte ich. »Starb vor sechzig Jahren, wurde möglicherweise ermordet. Mein Bruder hatte eine Aufnahme von ihm, auf der Hülle stand, dass es in Margrave passiert ist. Er schrieb mir darüber. Sagte, er sei ein paarmal im Frühling hier gewesen, weil er hier zu tun hatte. Ich dachte mir, ich fahr mal hin und überprüfe die Geschichte.«

Finlay starrte mich verblüfft an. Das Ganze musste ziemlich dünn für ihn klingen. Für mich hätte es auch ziemlich dünn geklungen, wenn ich an seiner Stelle gewesen wäre.

»Sie sind hierhergekommen, um einen Gitarrenspieler zu suchen?«, fragte er. »Einen Gitarrenspieler, der vor sechzig Jahren gestorben ist? Warum? Sind Sie auch ein Gitarrenspieler?«

»Nein«, sagte ich.

»Wie hat Ihnen Ihr Bruder geschrieben?«, fragte er. »Wenn Sie keine Adresse haben?«

»Er hat an meine alte Einheit geschrieben«, sagte ich. »Sie senden mir meine Post zu der Bank nach, wo meine Abfindung deponiert ist. Und die schickt sie mir, wenn ich um Geld telegrafiere.«

Er schüttelte den Kopf. Machte sich eine Notiz.

»Der Mitternachtsbus aus Tampa, richtig?«, fragte er.

Ich nickte.

»Haben Sie noch Ihre Busfahrkarte?«

»In dem Beutel mit meinen Sachen, schätze ich«, sagte ich. Ich erinnerte mich, wie Baker das ganze Zeug aus meinen Hosentaschen in einen Beutel gesteckt hatte. Und Stevenson hatte ihn beschriftet.

»Würde sich der Busfahrer an Sie erinnern?«, fragte Finlay.

»Vielleicht«, sagte ich. »Es war ein unfahrplanmäßiger Halt. Ich musste ihn darum bitten.«

Ich fühlte mich wie ein Zuschauer. Die Situation wurde abstrakt. Mein Job hatte sich nicht groß von Finlays unterschieden. Ich hatte das seltsame Gefühl, mich mit ihm über den Fall eines anderen zu beraten. Als wären wir Kollegen, die ein verzwicktes Problem diskutierten.

»Warum arbeiten Sie nicht?«, fragte Finlay.

Ich zuckte mit den Schultern. Versuchte eine Erklärung.

»Weil ich keine Lust habe«, sagte ich. »Ich habe dreizehn Jahre gearbeitet, was mir nichts gebracht hat. Ich habe das getan, was alle tun. Zum Teufel damit. Nun versuche ich es auf meine Weise.«

Finlay saß da und starrte mich an.

»Hatten Sie irgendwelche Probleme in der Army?«, fragte er.

»Nicht mehr als Sie in Boston«, antwortete ich.

Er war überrascht.

»Was meinen Sie damit?«, fragte er.

»Sie haben zwanzig Jahre in Boston gearbeitet«, sagte ich. »Das haben Sie mir selbst gesagt, Finlay. Warum also sind Sie hier in diesem unbedeutenden, kleinen Kaff? Sie sollten Ihre Pension kriegen und zum Fischen fahren. Nach Cape Cod oder sonst wohin. Wie lautet Ihre Geschichte?«

»Das ist meine Sache, Mr. Reacher«, sagte er. »Beantworten Sie meine Frage.«

Ich zuckte mit den Schultern.

»Fragen Sie die Army«, sagte ich.

»Das werde ich«, sagte er. »Darauf können Sie wetten. Hatten Sie einen ehrenhaften Abschied?«

»Hätte ich sonst eine Abfindung bekommen?«

»Warum sollte ich annehmen, dass man Ihnen auch nur einen Cent gab?«, fragte er. »Sie leben wie ein verdammter Landstreicher. Ehrenhafter Abschied: ja oder nein?«

»Ja«, sagte ich. »Natürlich.«

Er machte sich eine weitere Notiz. Dachte eine Weile nach.

»Wie haben Sie sich gefühlt, als man Sie entließ«, fragte er.

Ich dachte darüber nach. Zuckte die Achseln.

»Ich habe gar nichts gefühlt«, sagte ich. »Ich fühlte mich, als sei ich in der Army gewesen und wäre es jetzt nicht mehr.«

»Waren Sie verbittert? Enttäuscht?«

»Nein«, sagte ich. »Sollte ich?«

»Hatten Sie überhaupt keine Probleme damit?«, fragte er. Als hätte ich welche haben müssen.

Ich hatte das Gefühl, ich müsste ihm irgendeine Antwort geben. Aber mir fiel nichts ein. Ich war beim Militär gewesen, seit ich geboren wurde. Jetzt war ich nicht mehr dort. Das fühlte sich großartig an. Fühlte sich nach Freiheit an. Als hätte ich mein ganzes Leben lang leichte Kopfschmerzen gehabt. Die ich nicht bemerkt hatte, bis sie weg waren. Mein einziges Problem war, meinen Lebensunterhalt zu verdienen. Den Lebensunterhalt zu verdienen, ohne seine Freiheit aufzugeben, war nicht ganz einfach. Ich hatte in den letzten sechs Monaten nicht einen Cent verdient. Das war mein einziges Problem. Aber das würde ich Finlay nicht erzählen. Er würde es als ein Motiv ansehen. Würde denken, ich hätte beschlossen, mein Leben als Landstreicher zu finanzieren, indem ich Leute ausraubte. In Lagerhäusern. Und sie dann umbrachte.

»Ich schätze, der Übergang ist nicht ganz leicht«, sagte ich. »Vor allem, weil ich seit meiner Kindheit dieses Leben geführt habe.«

Finlay nickte. Überdachte meine Antwort.

»Warum gerade Sie?«, fragte er. »Haben Sie sich freiwillig gemeldet?«

»Ich melde mich nie freiwillig«, sagte ich. »Das ist die Grundregel für Soldaten.«

Wieder Stille.

»Haben Sie sich spezialisiert?«, fragte er. »Beim Militär?«

»Zunächst habe ich allgemeinen Dienst gemacht«, sagte ich. »So ist das System. Dann habe ich mich fünf Jahre um Verschlusssachen gekümmert. In den letzten sechs Jahren habe ich dann etwas anderes gemacht.«

Ich ließ ihn nachfragen.

»Was war das?«

»Untersuchung von Tötungsdelikten«, sagte ich.

Finlay lehnte sich zurück. Grunzte. Machte wieder die Spitze mit seinen Fingern. Er starrte mich an und atmete aus. Lehnte sich vor. Zeigte mit dem Finger auf mich.

»Okay«, sagte er. »Ich werde Sie überprüfen. Wir haben Ihre Fingerabdrücke. Bei der Army sollte es Unterlagen über Sie geben. Wir werden Ihre Personalakte bekommen. Ihre ganze Laufbahn. Mit allen Einzelheiten. Wir werden uns mit der Busgesellschaft in Verbindung setzen. Ihre Fahrkarte überprüfen. Den Fahrer suchen, die Passagiere. Wenn Ihre Aussage stimmt, werden wir das früh genug erfahren. Und wenn sie stimmt, kommen Sie vielleicht davon. Offensichtlich sind bei diesem Fall ein paar Einzelheiten in Sachen Timing und Methode entscheidend. Diese Einzelheiten sind bis jetzt noch unklar.«

Er schwieg einen Moment und atmete wieder aus. Sah mich direkt an.

»In der Zwischenzeit bin ich vorsichtig«, sagte er. »Auf den ersten Blick sieht es schlecht für Sie aus. Sie sind ein Gammler. Ein Landstreicher. Ohne Adresse, ohne Vergangenheit. Ihre Geschichte kann erstunken und erlogen sein. Vielleicht sind Sie auf der Flucht vor dem Gesetz. Vielleicht haben Sie in einem Dutzend Staaten Leute ermordet. Ich weiß es nicht. Man kann nicht von mir erwarten, dass ich den Zweifel zu Ihren Gunsten auslege. Warum sollte ich im Moment überhaupt Zweifel haben? Sie bleiben hinter Gittern, bis wir Klarheit haben. Okay?«

Ich hatte nichts anderes erwartet. Ich hätte genau dasselbe gesagt. Aber ich blickte ihn an und schüttelte den Kopf. »Vorsichtig, sagen Sie?«, entgegnete ich. »Na, das stimmt wirklich.«

Er blickte zurück.

»Wenn ich mich irre, spendiere ich Ihnen Montag das Mittagessen«, sagte er. »Bei Eno's, zur Entschädigung.«

Ich schüttelte wieder den Kopf.

»Ich brauche keinen Kumpel hier«, sagte ich.

Finlay zuckte nur mit den Schultern. Schaltete den Kassettenrecorder aus. Spulte zurück. Nahm die Kassette heraus. Beschriftete sie. Er drückte den Summer der Gegensprechanlage auf dem großen Rosenholzschreibtisch. Bat Baker zurückzukommen. Ich wartete. Es war immer noch kalt. Aber ich war endlich trocken. Der Regen war aus dem Himmel über Georgia gefallen und hatte mich durchnässt. Jetzt war die Nässe durch die trockene Büroluft wieder aufgesaugt worden. Ein Luftentfeuchter hatte sie aufgesaugt und durch ein Rohr abgeleitet.

Baker klopfte und trat ein. Finlay befahl ihm, mich zu den Zellen zu begleiten. Dann nickte er mir zu. Das Nicken sollte bedeuten: Wenn sich herausstellt, dass Sie der falsche Mann sind, dann denken Sie daran, dass ich nur meinen Job getan habe. Ich nickte zurück. Mein Nicken sagte: Während Sie Ihren Arsch schützen, rennt ein Mörder draußen frei herum.

Der Zellentrakt war nur eine breite Nische hinter dem großen Büroraum für die Mannschaft. Er war in drei separate Zellen mit senkrechten Gitterstäben aufgeteilt. Die gesamte Front bestand nur aus Gitter. In jede der Zellen führte eine Tür mit Scharnieren. Das Metall hatte einen sagenhaft matten Glanz.

Sah aus wie Titan. In jeder Zelle Teppichboden. Sonst nichts. Keine Möbel, keine Bettnische. Das Ganze war eben die teurere Version der guten, alten Arrestzelle.

»Keine Möglichkeit, hier zu übernachten?«, fragte ich Baker.

»Ausgeschlossen«, antwortete er. »Sie werden später ins Staatsgefängnis überführt. Der Bus kommt um sechs. Bringt Sie Montag zurück.«

Er schlug scheppernd die Tür zu und drehte den Schlüssel um. Ich hörte, wie Bolzen rund um den Rand einrasteten. Elektrisch gesichert. Ich nahm die Zeitung aus meiner Tasche. Zog meinen Mantel aus und rollte ihn auf. Legte mich auf den Boden, den Mantel unter dem Kopf.

Jetzt war ich richtig sauer. Ich würde übers Wochenende ins Gefängnis kommen und nicht in der Arrestzelle eines Polizeireviers bleiben. Nicht dass ich etwas anderes vorhatte. Aber ich kannte Zivilgefängnisse. Eine Menge Deserteure landen in Zivilgefängnissen. Aus dem einen oder anderen Grund. Die Staatspolizei benachrichtigt die Army. Militärpolizei wird gesandt, um sie zurückzubringen. Dadurch hatte ich Zivilgefängnisse kennengelernt. Ich war nicht gerade wild auf sie. Wütend lag ich auf dem Boden und lauschte auf die Geräusche aus dem Mannschaftsraum. Telefone klingelten, Schreibmaschinen klapperten. Die Rhythmen wurden schneller und wieder langsamer. Officer gingen hin und her und sprachen leise miteinander.

Dann versuchte ich, die geborgte Zeitung zu Ende zu lesen. Eine Menge dummes Zeug über den Präsidenten und seine Kampagne stand drin, die ihm die Wiederwahl sichern sollte. Der alte Knabe war unten in Pensacola an der Golfküste. Er hatte sich zum Ziel gesetzt, den Haushaltsetat auszugleichen, bevor seine Enkel weiße Haare bekamen. Er beschnitt die Ausgaben wie ein Mann, der sich mit einer Machete einen Weg durch den Dschungel schlägt. Jetzt waren die von der Küstenwache in Pensacola dran. Sie hatten in den letzten zwölf Monaten eine Aktion durchgeführt. Mit großem Personalaufwand lagen sie ein Jahr lang jeden Tag draußen vor Floridas Küste, wie ein gekrümmter Schutzschild, und durchsuchten alle Handelsschiffe, die ihnen nicht koscher vorkamen. Das Ganze war mit großem Trara angekündigt worden. Und über ihre kühnsten Erwartungen hinaus erfolgreich gewesen. Sie hatten alles Mögliche gefunden. Vor allem Drogen. Aber auch Waffen und illegale Einwanderer aus Haiti und Kuba. Die Aktion reduzierte noch Monate später und Tausende von Meilen hinter der Grenze die Verbrechensrate in den gesamten Staaten. Ein Riesenerfolg.

Also wurde die Aktion abgeblasen. Sie war extrem teuer. Der Etat der Küstenwache wies ein ernsthaftes Defizit auf. Der Präsident sagte, er könne den Etat nicht erhöhen. Tatsächlich müsse er ihn kürzen. Die Wirtschaft sei in einem fürchterlichen Zustand. Es gebe nichts, was er tun könne. Also musste die ganze Aktion innerhalb von sieben Tagen eingestellt werden. Der Präsident versuchte, der Sache wie ein Staatsmann zu begegnen. Die großen Tiere bei der Exekutive waren sauer, weil sie es für sinnvoller hielten, Verbrechen zu verhindern, anstatt sie zu bekämpfen. Die Insider in Washington hingegen waren glücklich, weil fünfzig Cent für einen Streifenpolizisten sichtbarer investiert sind als zwei Dollar auf einem Ozean, der zweitausend Meilen von den Wählern entfernt ist. Die Argumente flogen hin und her. Und auf den verdammten Fotos tat der Präsident alles staatsmännisch mit einem Lächeln ab und sagte, da könne er leider nichts machen. Ich hörte auf zu lesen, weil ich immer wütender wurde.

Um mich zu beruhigen, ließ ich Musik durch meinen Kopf ziehen. Den Refrain von »Smokestack Lightning«. Die Version von Howling' Wolf hat einen wunderbaren erstickten Schrei am Ende der ersten Textzeile. Dort heißt es, dass du eine Zeitlang auf den Schienen unterwegs sein musst, um den Blues des Reisenden zu verstehen. Falsch. Um den Blues des Reisenden zu verstehen, musst du irgendwo eingesperrt sein. In einer Zelle. Oder in der Army. Irgendwo in einem Käfig. Irgendwo, wo der Rauch aus dem Schornstein eines Zuges aussieht wie das ferne Signal einer unmöglich zu erreichenden Freiheit. Ich lag da mit meinem Mantel als Kopfkissen und lauschte auf die Musik in meinem Kopf. Am Ende des dritten Refrains schlief ich ein.

Ich wachte auf, als Baker anfing, gegen die Gitterstäbe zu treten. Sie dröhnten dumpf. Wie eine Trauerglocke. Baker stand dort zusammen mit Finlay. Sie sahen auf mich herunter. Ich blieb, wo ich war. Ich fand es bequem auf dem Boden.

»Wo, sagten Sie, waren Sie letzte Nacht gegen vierundzwanzig Uhr?«, fragte Finlay.

»Ich stieg in Tampa in einen Bus«, sagte ich.

»Wir haben einen neuen Zeugen«, sagte Finlay. »Er hat Sie beim Lagerhaus gesehen. Letzte Nacht. Herumlungern. Gegen Mitternacht.«

»Völliger Blödsinn, Finlay«, sagte ich. »Unmöglich. Wer zum Teufel ist dieser neue Zeuge?«

»Der Zeuge ist Chief Morrison«, sagte Finlay. »Der Polizeichef. Er sagt, er war sicher, Sie schon mal gesehen zu haben. Jetzt hat er sich erinnert, wo das war.«

3

Sie brachten mich mit Handschellen zurück zum Rosenholzbüro. Finlay setzte sich an den großen Schreibtisch vor den Fahnen unter der alten Uhr. Baker brachte einen Stuhl ans Ende des Schreibtischs. Ich saß Finlay gegenüber. Er nahm den Kassettenrecorder hervor. Zog die Kabel heraus und steckte sie ein. Stellte das Mikrophon zwischen uns. Testete es mit seinem Fingernagel. Fertig.

»Die letzten vierundzwanzig Stunden, Reacher«, sagte er. »Im Detail.«

Die zwei Polizisten platzten fast vor unterdrückter Spannung. Ein schwacher Fall war plötzlich nicht mehr schwach. Der Nervenkitzel eines möglichen Sieges ergriff sie. Ich kannte die Symptome.

»Ich war in Tampa letzte Nacht«, sagte ich. »Stieg um Mitternacht in den Bus. Zeugen können das bestätigen. Ich verließ den Bus heute Morgen um acht Uhr dort, wo sich der Highway und die Landstraße kreuzen. Wenn Chief Morrison behauptet, er hätte mich um Mitternacht gesehen, dann irrt er sich. Zu dieser Zeit war ich ungefähr vierhundert Meilen entfernt. Mehr kann ich dazu nicht sagen. Überprüfen Sie es.«

Finlay starrte mich an. Dann nickte er Baker zu, der eine ockerfarbene Akte öffnete.

»Das Opfer ist noch nicht identifiziert«, sagte Baker. »Kein Ausweis. Keine Brieftasche. Keine besonderen Kennzeichen. Weiß, männlich, vielleicht vierzig, sehr groß, kahlgeschorener Kopf. Die Leiche wurde draußen um acht Uhr morgens gefunden, auf dem Boden, gegen die Umzäunung gelehnt, in der Nähe des Haupttors. Sie war teilweise mit Pappe bedeckt. Wir konnten die Fingerabdrücke abnehmen. Kein Ergebnis. Keinerlei Entsprechungen in der Datenbank.«

»Wer war er, Reacher?«, fragte Finlay.

Baker wartete auf irgendeine Reaktion von mir. Er bekam keine. Ich saß einfach nur da und lauschte auf das ruhige Ticken der alten Uhr. Die Zeiger bewegten sich im Schneckentempo um halb drei herum. Ich sagte nichts. Baker blätterte die Akte durch und nahm ein anderes Blatt hervor. Er blickte wieder auf und fuhr fort:

»Das Opfer bekam zwei Schüsse in den Kopf«, sagte er. »Wahrscheinlich mit einer kleinkalibrigen Automatik mit Schalldämpfer. Der erste Schuss ging aus nächster Nähe in die linke Schläfe. Der zweite war ein aufgesetzter Schuss hinter dem linken Ohr. Offensichtlich Teilmantelgeschosse, denn beim Austritt rissen die Geschosse dem Mann einen Teil des Gesichts weg. Der Regen hat die Schmauchspuren abgespült, aber die Verbrennungen lassen auf einen Schalldämpfer schließen. Tödlich war der erste Schuss. Keine Geschosse im Schädel. Nirgendwo Patronenhülsen.«

»Wo ist die Waffe, Reacher?«, fragte Finlay.

Ich blickte ihn an und zog ein Gesicht. Sagte nichts.

»Das Opfer starb zwischen halb zwölf und ein Uhr letzte Nacht«, warf Baker ein. »Die Leiche war um halb zwölf, als der Nachtwächter Feierabend machte, noch nicht da. Das hat er uns bestätigt. Sie wurde vom Wächter der Tagschicht entdeckt, als er das Tor aufschloss. Gegen acht Uhr. Er sah, wie Sie den Tatort verließen, und rief uns an.«

»Wer war er, Reacher?«, fragte Finlay noch einmal.

Ich ignorierte ihn und sah Baker an.

»Warum vor ein Uhr?«, fragte ich ihn.

»Der heftige Regen letzte Nacht begann um ein Uhr«, sagte er. »Der Boden unter der Leiche war knochentrocken. Also war die Leiche dort schon vor ein Uhr, bevor der Regen anfing. Laut Meinung des Gerichtsmediziners wurde der Mann um Mitternacht erschossen.«

Ich nickte. Lächelte sie an. Die Todeszeit würde mich entlasten.

»Sagen Sie uns, was dann passierte«, sagte Finlay ruhig.

Ich zuckte mit den Schultern.

»Sagen *Sie* es mir«, sagte ich. »Ich war nicht da. Ich war um Mitternacht in Tampa.«

Baker lehnte sich vor und zog ein weiteres Blatt Papier aus der Akte.

»Dann verloren Sie die Beherrschung«, sagte er. »Sie drehten durch.«

Ich schüttelte den Kopf.

»Ich war um Mitternacht nicht da«, sagte ich wieder. »Ich bestieg den Bus in Tampa. Das kann man wohl kaum durchdrehen nennen.«

Die beiden Cops reagierten nicht. Sie sahen ziemlich erbittert aus.

»Ihr erster Schuss tötete ihn«, sagte Baker. »Dann schossen Sie noch einmal, und dann drehten Sie durch und traten ihm die Seele aus dem Leib. Er weist massive postmortale Verletzungen auf. Sie erschossen ihn und traten ihn dann zu Brei. Sie kickten die Leiche über den ganzen verdammten Platz. Sie hatten einen Anfall von Raserei. Dann beruhigten Sie sich und versuchten, den Körper unter der Pappe zu verstecken.«

Ich schwieg eine ganze Weile.

»Postmortale Verletzungen?«, fragte ich.
Baker nickte.
»Wie in einer Art Raserei«, sagte er. »Der Mann sieht aus, als sei er von einem Lkw überfahren worden. Jeder Knochen ist zertrümmert. Der Arzt sagt, das geschah erst nach Eintritt des Todes. Sie sind verrückt, Reacher, so viel ist sicher.«
»Wer war er?«, fragte Finlay zum dritten Mal.
Ich sah ihn nur an. Baker hatte recht. Es war verrückt. Äußerst verrückt. Mordgierige Raserei ist schlimm genug. Aber postmortale Raserei ist schlimmer. Ich hatte ein paarmal Bekanntschaft damit gemacht. Legte keinen Wert auf eine Wiederholung. Aber wie sie es mir beschrieben hatten, ergab es keinen Sinn.
»Wie verlief das Treffen?«, fragte Finlay.
Ich sah ihn weiterhin nur an. Antwortete nicht.
»Was bedeutet Pluribus?«, fragte er.
Ich zuckte mit den Schultern. Sagte nichts.
»Wer war er, Reacher?«, fragte er wieder.
»Ich war nicht dort«, sagte ich. »Ich weiß überhaupt nichts.« Finlay schwieg.
»Wie ist Ihre Telefonnummer?«, fragte er. Ganz plötzlich.
Ich sah ihn an, als wäre er verrückt.
»Finlay, wovon zum Teufel sprechen Sie? Ich habe kein Telefon. Hören Sie mir überhaupt nicht zu? Ich habe keinen festen Wohnsitz.«
»Ich meine Ihr Mobiltelefon«, sagte er.
»Was für ein Mobiltelefon?«, fragte ich. »Ich habe kein Mobiltelefon.«
Plötzlich bekam ich es mit der Angst zu tun. Sie hielten mich für einen Mörder. Einen verrückten, heimatlosen Söldner mit einem Mobiltelefon, der herumreiste und Leute umbrachte. Der ihre toten Körper zu Brei trat. Der sich dann mit einer Untergrundorganisation in Verbindung setzte, um das nächste Ziel abzusprechen. Immer unterwegs.
Finlay lehnte sich vor. Er schob mir ein Stück Papier herüber. Es war aus einem Computerausdruck herausgerissen. Nicht alt. Fettig glänzend wegen der Abnutzung. Die Patina, die Papier bekommt, wenn es einen Monat in der Hosentasche steckt. Darauf war eine unterstrichene Überschrift gedruckt. Sie lautete: Pluribus. Unter der Überschrift stand eine Telefonnummer. Ich betrachtete das Stück Papier. Fasste es aber nicht an. Wollte keine Missverständnisse wegen der Fingerabdrücke.
»Ist das Ihre Telefonnummer?«, fragte Finlay.

»Ich habe kein Telefon«, sagte ich wieder. »Ich war letzte Nacht nicht hier. Je länger Sie mich nerven, desto mehr Zeit verschwenden Sie, Finlay.«

»Es ist die Nummer für ein Mobiltelefon«, sagte er. »Das wissen wir. Gehört zu einem Betreiber in Atlanta. Aber wir können die Nummer erst am Montag zurückverfolgen. Also fragen wir Sie. Sie sollten kooperieren, Reacher.«

Ich blickte wieder auf den Fetzen Papier.

»Wo haben Sie das gefunden?«, fragte ich ihn.

Finlay überdachte die Frage. Entschied sich zu antworten.

»Es war im Schuh Ihres Opfers«, sagte er. »Zusammengefaltet und versteckt.«

Lange Zeit saß ich schweigend da. Ich war beunruhigt. Ich fühlte mich wie jemand in einem Kinderbuch, der in ein tiefes Loch fällt. Der sich selbst in einer fremden Welt wiederfindet, wo alles anders und irgendwie verrückt ist. Wie Alice im Wunderland. War sie in ein Loch gefallen? Oder war sie am falschen Ort aus dem Bus gestiegen?

Ich saß in einem feudalen, reich ausgestatteten Büro. Ich hatte schon schlechtere Büros in Schweizer Banken gesehen. Ich war in Gesellschaft zweier Polizisten. Intelligenter und professioneller Polizisten. Wahrscheinlich hatten sie zusammen mehr als dreißig Jahre Erfahrung. Ein Department mit Kompetenz und Erfahrung. Anständig mit Personal und Geld ausgestattet. Sie hatten mit dem Arschloch Morrison einen Schwachpunkt an der Spitze, aber sonst hatte ich so etwas Gutorganisiertes wie dieses Department schon lange nicht mehr gesehen. Und doch rannten alle, so schnell sie konnten, in eine Sackgasse. Sie schienen überzeugt zu sein, dass die Erde flach war. Dass der gewaltige Himmel über Georgia die Glocke war, die genau darüber passte. Ich war der Einzige, der wusste, dass die Erde rund war.

»Zwei Dinge«, sagte ich. »Der Mann wurde aus nächster Nähe mit einer Automatik mit Schalldämpfer erschossen. Der erste Schuss streckte ihn nieder. Der zweite Schuss war nur zur Sicherheit. Die Patronenhülsen sind unauffindbar. Was sagt Ihnen das? Professionell oder nicht?«

Finlay sagte nichts. Sein Hauptverdächtiger besprach den Fall mit ihm wie mit einem Kollegen. Als Untersuchungsleiter durfte er das nicht zulassen. Er musste mich eigentlich unterbrechen. Aber er wollte mich ausreden lassen. Ich konnte sehen, wie er mit sich kämpfte. Er blieb reglos, aber in seinem Kopf rumorte es wie junge Katzen in einem Sack.

»Weiter«, sagte er schließlich. Gewichtig, als sei es eine große Sache.

»Das ist eine Hinrichtung, Finlay«, sagte ich. »Kein Raubüberfall oder

Streit. Das ist ein kalter, steriler Schlag. Keine Beweise. Das ist ein schlauer Bursche mit einer Taschenlampe, der hinterher auf dem Boden nach zwei Patronenhülsen für Kleinkaliber herumsucht.«

»Weiter«, sagte Finlay wieder.

»Schuss aus nächster Nähe in die linke Schläfe«, sagte ich. »Möglicherweise saß das Opfer in einem Wagen. Der Mörder spricht mit ihm durch das Fenster und hebt dann seine Waffe. Peng. Er lehnt sich hinein und schießt zum zweiten Mal. Dann sammelt er die Patronenhülsen ein und verschwindet.«

»Er verschwindet?«, fragte Finlay. »Und was ist mit dem Rest der Geschichte? Wollen Sie etwa sagen, dass da noch ein Zweiter war?«

Ich schüttelte den Kopf.

»Es waren drei«, sagte ich. »Das ist doch klar, oder?«

»Wieso drei?«, sagte er.

»Es müssen mindestens zwei gewesen sein, richtig?«, sagte ich. »Wie kam das Opfer zum Gewerbegebiet? Es fuhr mit einem Wagen, richtig? Es war in jedem Fall zu weit zu laufen. Aber wo ist der Wagen jetzt? Der Mörder ging auch nicht zu Fuß. Also müssen es mindestens zwei gewesen sein. Sie fuhren zusammen hin und fuhren getrennt wieder weg, einer der beiden im Wagen des Opfers.«

»Aber?«, fragte Finlay.

»Aber die aktuelle Beweislage deutet auf mindestens drei hin«, sagte ich. »Betrachten Sie es doch mal aus psychologischer Sicht. Das ist der Schlüssel zu der ganzen Sache. Ein Mann, der eine kleinkalibrige Automatik mit Schalldämpfer für einen sauberen Kopfschuss und einen Sicherheitsschuss benutzt, ist nicht der Typ, der dann plötzlich durchdreht und einer Leiche die Seele aus dem Leib tritt, oder? Und der Typ, der in derartige Raserei verfällt, wird nicht plötzlich ruhig und versteckt den Körper unter ein paar alten Pappabdeckungen. Also gibt es hier drei völlig verschiedene Dinge, Finlay. Es waren drei Männer beteiligt.«

Finlay zuckte mit den Schultern.

»Vielleicht auch nur zwei«, sagte er. »Der Mörder könnte ja nachher aufgeräumt haben.«

»Ausgeschlossen«, sagte ich. »Er hätte nicht so lange gewartet. Ihm hätte diese Art Raserei nicht gefallen. Sie hätte ihn in Verlegenheit gebracht. Und beunruhigt, denn dadurch wäre alles nur auffälliger und gefährlicher geworden. Und wenn so ein Typ nachher aufgeräumt hätte, dann richtig. Er hätte den Körper nicht dort gelassen, wo jeder Erstbeste ihn sofort finden würde. Also haben Sie es mit drei Männern zu tun.«

Finlay dachte scharf nach.

»Und?«, fragte er.

»Und: Welcher von den dreien soll ich sein?«, fragte ich. »Der Mörder, der Wahnsinnige oder der Trottel, der die Leiche versteckte?«

Finlay und Baker sahen sich an. Antworteten nicht.

»Wer auch immer, was stellen Sie sich denn vor?«, fragte ich weiter. »Ich fahre mit meinen beiden Kumpanen dorthin, und wir erschießen den Mann um Mitternacht, und dann fahren die beiden anderen weg, und ich beschließe dortzubleiben? Warum sollte ich das tun? Das ist doch Unsinn, Finlay.«

Er antwortete nicht. Er dachte nach.

»Ich habe keine zwei Komplizen«, sagte ich. »Und kein Auto. Also können Sie bestenfalls sagen, das Opfer lief dorthin, und ich lief dorthin, wir trafen uns, und ich erschoss ihn mit aller Sorgfalt wie ein Profi, dann sammelte ich meine Patronenhülsen auf, nahm seine Brieftasche, leerte seine Taschen, vergaß aber, seine Schuhe zu durchsuchen. Dann versteckte ich meine Waffe, den Schalldämpfer, die Taschenlampe, das Mobiltelefon, die Patronenhülsen, die Brieftasche und das ganze Zeug. Danach wechselte ich vollkommen die Persönlichkeit und trat die Leiche wie ein Wahnsinniger zu Brei. Dann wechselte ich erneut die Persönlichkeit und machte den sinnlosen Versuch, die Leiche zu verstecken. Und dann wartete ich acht Stunden im Regen und ging danach in die Stadt. Mehr als das können Sie nicht behaupten. Und das ist totaler Unsinn, Finlay. Denn warum zum Teufel sollte ich acht Stunden im Regen warten, bis zum Tagesanbruch, um den Tatort zu verlassen?«

Er sah mich eine ganze Weile an.

»Ich weiß nicht, warum«, sagte er.

Ein Mann wie Finlay sagt so etwas nicht, außer er kämpft mit sich. Er sah ernüchtert aus. Sein Fall ergab keinen Sinn, und er wusste es. Aber er hatte ein ernstes Problem mit dem neuen Beweis seines Chefs. Er konnte nicht zu seinem Boss gehen und sagen: Sie haben Unsinn geredet, Morrison. Er konnte auch nicht aktiv einer anderen Theorie nachgehen, wenn ihm sein Boss einen Verdächtigen auf dem Silbertablett präsentiert hatte. Er konnte mein Alibi überprüfen. Das konnte er tun. Niemand würde ihn für seine Sorgfalt kritisieren. Dann konnte er Montag wieder von vorn anfangen. Also war er unglücklich, weil zweiundsiebzig Stunden zum Teufel wären. Und er konnte jetzt schon sehen, dass ein großes Problem auf ihn wartete. Er musste seinem Boss mitteilen, dass ich eigentlich um Mitternacht nicht dort gewesen sein konnte. Er würde diesen Typen in aller Höflichkeit dazu bringen müssen, seine Aussage zurückzuziehen. Schwierig, wenn man ein Angestellter ist, der erst seit sechs Monaten dabei ist. Und wenn die Person, mit der man es zu tun hat, ein komplettes Arschloch ist. Und der Boss. Probleme über Probleme also, und der Mann war todunglücklich darüber. Er saß da und atmete schwer. Er war in Schwierigkeiten. Zeit, ihm da rauszuhelfen.

»Die Telefonnummer«, sagte ich. »Sie haben sie als Mobiltelefonnummer identifiziert?«

»An der Vorwahl«, sagte er. »Statt einer Ortsvorwahl haben Mobiltelefone eine Vorwahl, die einen in ihr Netz bringt.«

»Okay«, sagte ich. »Aber Sie können nicht herausfinden, wem sie gehört, weil Sie kein Nummernverzeichnis für Mobiltelefone haben und die Geschäftsstelle es Ihnen nicht sagen will, richtig?«

»Sie brauchen eine Vollmacht«, sagte er.

»Aber Sie müssen wissen, wessen Nummer es ist, richtig?«, fragte ich.

»Können Sie mir sagen, wie ich das ohne Vollmacht anstellen soll?«

»Vielleicht«, sagte ich. »Warum rufen Sie nicht einfach an und sehen, wer antwortet?«

Daran hatten sie noch nicht gedacht. Wieder herrschte Stille. Sie waren verlegen. Sie blickten einander nicht an. Mich auch nicht. Stille.

Baker stieg aus. Überließ Finlay das Feld. Er sammelte die Akten zusammen und zeigte pantomimisch, dass er sie draußen bearbeiten werde. Finlay nickte und winkte ihn raus. Baker stand auf und ging hinaus. Schloss die Tür ungeheuer leise hinter sich. Finlay öffnete den Mund. Schloss ihn wieder. Er musste sein Gesicht retten. Dringend.

»Es ist ein Mobiltelefon«, sagte er. »Wenn ich anrufe, dann weiß ich nicht, wem es gehört oder wohin ich telefoniere.«

»Hören Sie, Finlay«, sagte ich. »Mir ist egal, wem es gehört. Mich interessiert nur, wem es nicht gehört. Verstehen Sie? Es gehört nicht mir. Also rufen Sie an, dann antwortet ein Mr. Unbekannt in Atlanta oder eine Mrs. Unbekannt in Charleston. Dann wissen Sie, dass es nicht mir gehört.«

Finlay starrte mich an. Trommelte mit seinen Fingern auf dem Schreibtisch. Sagte nichts.

»Sie wissen doch, wie man so was macht«, sagte ich. »Rufen Sie an, erzählen Sie irgendeinen Scheiß über einen technischen Fehler oder eine unbezahlte Rechnung, irgendeine Computersache, bringen Sie den Betreffenden dazu, seinen Namen und seine Adresse anzugeben. Los, Finlay, Sie wollen doch ein verdammter Detective sein.«

Er lehnte sich in die Richtung, wohin er die Nummer geschoben hatte.

Hob das Papier mit seinen langen braunen Fingern hoch. Drehte es um, so dass er die Nummer lesen konnte, und nahm den Hörer ab. Wählte die Nummer. Drückte auf den Lautsprecherknopf. Das Rufzeichen erfüllte den Raum. Kein klangvoller, langer Ton wie bei einem normalen Telefon. Sondern ein hoher, eindringlicher Elektrosound. Dann hörte er auf. Der Anruf wurde angenommen.

»Paul Hubble«, sagte eine Stimme. »Kann ich Ihnen helfen?« Ein Südstaatenakzent. Selbstsicherer Ton. An Telefongespräche gewöhnt.

»Mr. Hubble?«, sagte Finlay. Er blickte auf den Schreibtisch und schrieb den Namen auf. »Guten Tag. Hier ist die Telefongesellschaft, Abteilung Mobiltelefon. Der technische Leiter. Uns ist eine Störung unter Ihrer Nummer gemeldet worden.«

»Eine Störung?«, fragte die Stimme. »Mir scheint, es ist alles in Ordnung. Ich habe keine Störung gemeldet.«

»Vielleicht können Sie ja anrufen«, sagte Finlay. »Möglicherweise könnte es aber ein Problem sein, Sie zu erreichen, Sir. Ich habe gerade das Signalstärkenmessgerät angeschlossen, und die Anzeige ist tatsächlich etwas niedrig, Sir.«

»Ich kann Sie gut hören«, sagte die Stimme.

»Hallo?«, sagte Finlay. »Sie werden schwächer, Mr. Hubble. Hallo? Es wäre hilfreich, wenn Sie mir genau sagen könnten, wo Sie gerade sind, wissen Sie, genau jetzt, in welcher Position zu unserer Sendestation.«

»Ich bin zu Hause«, sagte die Stimme.

»Okay«, sagte Finlay. Er nahm wieder seinen Stift. »Können Sie mir bitte mal eben Ihre genaue Adresse geben?«

»Haben Sie meine Adresse nicht?«, fragte die Stimme. Im scherzhaften Tonfall, von Mann zu Mann sozusagen. »Sie schaffen es aber doch anscheinend, mir jeden Monat eine Rechnung zu schicken.«

Finlay starrte zu mir herüber. Ich lächelte ihn an. Er zog ein Gesicht. »Ich bin hier in der technischen Abteilung, Sir«, sagte er. Auch im scherzhaften Ton. Zwei nette Jungs im Kampf gegen die Technik. »Die Kundeninformationen sind in einer anderen Abteilung. Ich könnte in die Datei gehen, aber das würde eine Minute dauern, Sie wissen ja, wie das ist. Also, Sir, Sie müssen ja eh mit mir sprechen, während das Messgerät angeschlossen ist, damit wir eine exakte Anzeige über Ihre Signalstärke bekommen. Wenn Sie also kein Lieblingsgedicht oder so etwas haben, dann können Sie doch genauso gut Ihre Adresse rezitieren.«

Aus dem Lautsprecher ertönte blechern das Lachen des Mannes namens Hubble.

»Okay, also los, Test, Test«, sagte seine Stimme. »Hier spricht Paul Hubble, von zu Hause aus, die Adresse ist Beckman Drive fünfundzwanzig. Ich wiederhole: Beckman Drive fünfundzwanzig, hier im guten, alten Margrave, M-A-R-G-R-A-V-E, im Staate Georgia, USA. Wie steht es mit meiner Signalstärke?«

Finlay antwortete nicht. Er sah sehr beunruhigt aus.

»Hallo?«, sagte die Stimme. »Sind Sie noch da?«

»Ja, Mr. Hubble«, sagte Finlay. »Ich bin am Apparat. Ich kann nichts finden, Sir. War nur falscher Alarm, schätze ich. Danke für Ihre Hilfe.«

»Okay«, sagte der Mann namens Hubble. »Nichts zu danken.«

Die Verbindung brach ab, und die Stille erfüllte den Raum. Finlay legte den Hörer auf. Lehnte sich zurück und starrte an die Decke. Sprach mit sich selbst.

»Scheiße«, sagte er. »Hier in der Stadt. Wer zum Teufel ist Paul Hubble?«

»Sie kennen den Mann nicht?«, fragte ich.

Er sah mich an. Ein bisschen reuig. Als hätte er vergessen, dass ich da war.

»Ich bin erst seit sechs Monaten hier«, sagte er. »Ich kenne noch nicht jeden.«

Er lehnte sich vor und drückte den Summer der Gegensprechanlage auf dem Rosenholzschreibtisch. Rief Baker herein.

»Haben Sie schon mal von einem Mann namens Hubble gehört?«, fragte Finlay ihn. »Paul Hubble, wohnt hier in der Stadt, Beckman Drive fünfundzwanzig.«

»Paul Hubble?«, fragte Baker. »Sicher. Er wohnt hier, ganz wie Sie sagen. Wohnte schon immer hier. Familienvater. Stevenson kennt ihn, ist irgendein angeheirateter Verwandter oder so etwas. Sie sind befreundet, glaube ich. Spielen Bowling zusammen. Hubble ist ein Banker. So ein Finanzmann, Sie wissen schon, ein großes Tier, leitender Angestellter, arbeitet in Atlanta. In irgendeiner großen Bank. Ich sehe ihn ab und zu.«

Finlay blickte ihn an.

»Er war der Typ am anderen Ende der Leitung«, sagte er.

»Hubble?«, fragte Baker. »Hier in Margrave? Das ist übel.«

Finlay wandte sich mir zu.

»Ich nehme an, Sie haben noch nie von diesem Mann gehört?«, fragte er mich.

»Noch nie«, sagte ich.

Er starrte mich kurz an. Drehte sich wieder zu Baker.

»Sie gehen besser los und bringen mir diesen Hubble«, sagte er. »Beckman Drive fünfundzwanzig. Gott weiß, was er mit alldem zu tun hat, aber wir sprechen besser mit ihm. Gehen Sie vorsichtig mit ihm um, Sie wissen schon, wahrscheinlich ist er ein anständiger Bürger.«

Er starrte mich wieder an und verließ den Raum. Schlug die schwere Tür hinter sich zu. Baker langte herüber und schaltete den Kassettenrecorder aus. Brachte mich aus dem Büro. Zurück in die Zelle. Ich ging hinein. Er folgte mir und entfernte die Handschellen. Befestigte sie wieder an seinem Gürtel. Trat zurück und schloss die Tür. Betätigte das Schloss. Die elektrischen Bolzen rasteten ein. Er ging weg.

»Hey, Baker!«, rief ich.

Er drehte sich um und kam zurück. Sein Blick war ausdruckslos. Nicht freundlich.

»Ich möchte etwas zu essen«, sagte ich. »Und Kaffee.«

»Sie können im Staatsgefängnis essen«, antwortete er. »Der Bus kommt um sechs.«

Er verschwand. Er musste los und diesen Hubble holen. Er würde mit entschuldigender Miene zu ihm gehen. Ihn bitten, ihn zum Revier zu begleiten, wo Finlay höflich mit ihm sprechen würde. Während ich in einer Zelle saß, würde Finlay diesen Hubble höflich fragen, warum seine Telefonnummer im Schuh eines Toten gefunden worden war.

Mein Mantel lag noch zusammengedrückt auf dem Boden. Ich schüttelte ihn aus und zog ihn an. Mir war wieder kalt. Ich stieß meine Hände in die Taschen. Lehnte mich an die Gitterstäbe und versuchte wieder Zeitung zu lesen, nur um die Zeit zu vertreiben. Aber ich konnte nichts aufnehmen. Ich dachte daran, dass jemand beobachtet hatte, wie sein Partner einem Mann in den Kopf schoss. Dass jemand den zuckenden Körper genommen und ihn über den Platz getreten hatte. Jemand, der genügend Wut und Kraft aufbrachte, um dem reglosen Toten alle Knochen zu zertrümmern. Ich stand da und dachte über Dinge nach, die ich hinter mir gelassen zu haben glaubte. Dinge, über die ich nicht mehr nachdenken wollte. Ich ließ die Zeitung auf den Teppich fallen und versuchte, an etwas anderes zu denken. Ich entdeckte, dass ich das ganze Mannschaftsbüro überblicken konnte, wenn ich mich in die eine Ecke aus Mauer und Gitterstäben lehnte. Ich konnte über die Theke hinweg und durch die Glastüren sehen. Draußen schien die Nachmittagssonne hell und heiß. Es sah wieder aus, als wäre es ein trockener, staubiger Ort. Das Regentief war weitergezogen. Drinnen war es kühl und hell. Der Wachhabende saß auf einem Hocker. Er arbeitete an seiner Schreibmaschine.

Wahrscheinlich Ablage. Ich konnte unter seine Theke sehen. Dort befanden sich Fächer, die von vorn nicht einsehbar sein sollten. Ordentliche Fächer mit Papieren und Aktenordnern. Es gab auch welche mit chemischen Keulen. Eine Flinte. Alarmknöpfe. Hinter dem Wachhabenden arbeitete die Frau, die mir die Fingerabdrücke abgenommen hatte. Schreibarbeiten. Der große Raum war still, doch er summte vor einsatzbereiter Energie.

4

Die Leute geben Tausende von Dollars für Stereoanlagen aus. Manchmal sogar Zehntausende. Es gibt in den Staaten eine darauf spezialisierte Industrie, die Stereoanlagen in einer unglaublichen Qualität herstellt. Verstärker, die mehr kosten als ein Haus. Lautsprecher, die größer sind als ich. Kabel, die dicker sind als ein Gartenschlauch. Ein paar Jungs in der Army hatten so etwas. Auf allen Stützpunkten dieser Erde konnte ich sie hören. Wunderbar. Aber sie verschwendeten ihr Geld. Denn die beste Stereoanlage der Welt kostet nichts. Die im eigenen Kopf. Die klingt so gut, wie man sie haben will. Und ist so laut, wie man es möchte.

Ich lehnte in meiner Ecke und ließ eine Nummer von Bobby Bland durch meinen Kopf ziehen. Ein altes Lieblingslied von mir. Ich hatte es richtig laut aufgedreht. »Further on up the Road« – weiter oben auf der Straße. Bobby Bland singt es in G-Dur. Diese Tonart verleiht ihm einen ungewöhnlichen, einen heiteren, fröhlichen Touch. Nimmt das Boshafte aus dem Text. Macht daraus eine Klage, eine Vorhersage, etwas Tröstliches. Dadurch bekommt das Ganze die typische Blueswirkung. Das entspannte G-Dur verleiht ihm fast etwas Süßes. Nichts Boshaftes.

Aber dann sah ich den fetten Polizeichef vorbeigehen. Morrison, an den Zellen vorbei auf seinem Weg zum großen Büro im hinteren Teil. Gerade richtig zum Beginn der dritten Strophe. Ich zwang den Song hinunter in es-Moll. Eine dunkle, bedrohliche Tonart. Die echte Blues-Tonart. Ich löschte den freundlichen Bobby Bland. Brauchte eine härtere Stimme. Eine, die boshafter war. Melodisch, aber mit dem rauchigen Timbre von Zigaretten und Whisky. Vielleicht Wild Child Butler. Jemand, mit dem man sich nicht anlegen will. Ich stellte die Lautstärke in meinem Kopf höher, für die Stelle über das Ernten dessen, was man gesät hat, weiter die Straße hinauf.

Morrison log, was die letzte Nacht anging. Ich war um Mitternacht nicht dort gewesen. Eine Zeitlang war ich bereit gewesen, die Möglichkeit eines Irrtums in Betracht zu ziehen. Vielleicht hatte er jemanden bemerkt, der so aussah wie ich. Aber das hätte geheißen, den Zweifel zu seinen Gunsten auszulegen. Im Augenblick wollte ich ihm einen harten Schlag ins Gesicht verpassen. Seine fette Nase über das ganze Büro verteilen. Ich schloss die Augen. Wild Child Butler und ich versprachen uns, dass es dazu kommen würde. Weiter die Straße hinauf.

Ich öffnete die Augen und schaltete die Musik in meinem Kopf ab. Vor mir, auf der anderen Seite der Gitterstäbe, stand die Polizistin mit den Fingerabdrücken. Sie kam gerade von der Kaffeemaschine.

»Soll ich Ihnen einen Becher Kaffee bringen?«, fragte sie mich.

»Ja, sicher«, sagte ich. »Großartig. Ohne Milch und Zucker.«

Sie stellte ihren eigenen Becher auf den nächsten Schreibtisch und ging wieder zurück zu der Maschine. Schüttete mir einen Becher ein und kam zu mir zurück. Sie war eine gutaussehende Frau. Um die dreißig, dunkelhaarig, mittelgroß. Aber keinesfalls »mittelmäßig«. Sie strahlte eine ganz bestimmte Energie aus. In dem Verhörraum war das als forsches Mitleid rübergekommen. Als professionelle Betriebsamkeit. Jetzt wirkte sie inoffiziell. War es wahrscheinlich auch. Mit Sicherheit verstieß es gegen die Regeln des fetten Chefs, dem Gefangenen Kaffee zu bringen. Ich mochte sie deshalb.

Sie reichte mir den Becher durch das Gitter. Aus der Nähe sah sie wirklich gut aus. Roch gut. Ich hatte das vorhin nicht bemerkt. Ich erinnerte mich, dass sie wie eine Zahnarzthelferin auf mich gewirkt hatte. Wenn alle Zahnarzthelferinnen so gut aussähen, wäre ich öfter hingegangen. Ich nahm den Becher. Freute mich darüber. Ich war durstig, und ich liebe Kaffee. Wenn ich kann, trinke ich Kaffee, wie ein Alkoholiker Wodka trinkt. Ich nahm ein Schlückchen. Guter Kaffee. Ich erhob den Styroporbecher wie zu einem Toast.

»Danke«, sagte ich.

»Nichts zu danken«, erwiderte sie, und sie lächelte, auch mit den Augen. Ich lächelte zurück. Ihre Augen waren wie ein willkommener Sonnenstrahl an einem verdorbenen Nachmittag.

»Also meinen Sie nicht, ich hätte es getan?«, fragte ich sie.

Sie nahm ihren Kaffee von dort, wo sie ihn abgestellt hatte.

»Also meinen Sie, ich brächte den Schuldigen keinen Kaffee?«, fragte sie zurück.

»Vielleicht würden Sie mit den Schuldigen noch nicht mal sprechen«, sagte ich.

»Ich weiß, dass Sie sich keiner großen Sache schuldig gemacht haben.«

»Wie können Sie da so sicher sein?«, fragte ich. »Weil meine Augen nicht eng genug beieinanderstehen?«

»Nein, Sie Dummkopf«, lachte sie. »Weil wir noch nichts aus Washington gehört haben.«

Ihr Lachen war großartig. Ich wollte auf ihr Namensschild über der Brusttasche sehen. Aber ich wollte nicht, dass sie meinte, ich würde ihre Brüste anstarren. Ich erinnerte mich, wie sie auf dem Rand des Tisches ruhten, als sie die Aufnahmen von mir machte. Ich sah hin. Hübsche Brüste. Ihr Name war Roscoe. Sie blickte sich rasch um und kam näher ans Gitter. Ich nippte an dem Kaffee.

»Ich habe Ihre Abdrücke über den Computer nach Washington geschickt«, sagte sie. »Das war um 12 Uhr 36. Dort ist eine große Datenbank, Sie wissen schon, FBI. In deren Computer sind Millionen von Fingerabdrücken gespeichert. Alle eingesandten Abdrücke werden überprüft. Es gibt eine strikte Reihenfolge. Zuerst werden sie mit denen der zehn am dringendsten Gesuchten verglichen, dann mit den ersten hundert, dann mit den ersten tausend. Wenn Sie unter denen gewesen wären, Sie wissen schon, den aktiven, bisher nicht gefassten Straftätern, dann hätten wir fast sofort eine Meldung bekommen. Das geht ganz automatisch. Sie wollen nicht, dass einer der Meistgesuchten entkommt. Aber Sie sind jetzt fast drei Stunden im Computer, und wir haben noch nichts gehört. Also kann ich Ihnen mitteilen, dass Sie nicht wegen etwas wirklich Schlimmem aktenkundig sind.«

Der Wachhabende sah zu uns herüber. Missbilligend. Sie musste gehen. Ich leerte meinen Becher und gab ihn ihr durch das Gitter zurück.

»Ich bin wegen gar nichts aktenkundig«, sagte ich.

»Nein«, sagte sie. »Sie entsprechen auch nicht dem üblichen Delinquentenprofil.«

»Nicht?«, fragte ich.

»Das hätte ich Ihnen gleich sagen können«, lächelte sie. »Sie haben freundliche Augen.«

Sie zwinkerte und ging weg. Warf die Becher in den Mülleimer und ging zurück zu ihrem Arbeitsplatz. Setzte sich hin. Jetzt konnte ich nur noch ihren Hinterkopf sehen. Ich ging hinüber in meine Ecke und lehnte mich gegen die harten Gitterstäbe. Seit sechs Monaten war ich ein einsamer Streuner. Etwas hatte ich dabei gelernt. Wie Blanche in diesem alten Film ist ein Streuner von der Freundlichkeit Fremder abhängig. Nicht in Bezug auf etwas Besonderes oder Materielles. Sondern in Bezug auf Moral. Ich blickte auf Miss Roscoes Hinterkopf und lächelte. Ich mochte sie.

Baker war vielleicht seit zwanzig Minuten weg. Lange genug, um allmählich von Hubbles Wohnsitz zurückzukommen, wo auch immer der war. Ich glaubte, dass man in zwanzig Minuten die Strecke hin und zurück schaffen konnte. Das war schließlich eine Kleinstadt. Ein Punkt auf der Landkarte. Ich glaubte, dass man in zwanzig Minuten überall hingehen und wieder zurückkommen konnte. Auf Händen sogar. Obwohl die Stadtgrenzen ziemlich seltsam waren. Es kam darauf an, ob Hubble mitten in der Stadt lebte oder irgendwo innerhalb der Bezirksgrenzen. Nach meiner Erfahrung war man ja auch in der Stadt, wenn man vierzehn Meilen davon entfernt war. Wenn sich diese vierzehn Meilen in alle Richtungen erstreckten, dann war Margrave ungefähr so groß wie New York City.

Baker hatte gesagt, Hubble sei Familienvater. Ein Banker, der in Atlanta arbeitete. Das bedeutete, er hatte ein Einfamilienhaus in Stadtnähe. Schulen und Freunde für die Kinder ringsum. Geschäfte und den Country Club für die Frau in der Nähe. Und für ihn war es eine kurze Fahrt über die Landstraße zum Highway. Praktisches Pendeln über den Highway zu seinem Büro in der großen Stadt. Die Adresse klang wie eine Stadtadresse. Beckman Drive fünfundzwanzig. Nicht zu nahe an der Hauptstraße. Wahrscheinlich lief der Beckman Drive vom Zentrum der Stadt in die Außenbezirke. Hubble war ein Finanzmann. Wahrscheinlich reich. Wahrscheinlich hatte er ein weißes Haus auf einem großen Grundstück. Mit schattigen Bäumen. Vielleicht einen Pool. Vielleicht vier Morgen Land. Ein quadratisches Grundstück über vier Morgen ist auf einer Seite ungefähr hundertvierzig Meter lang. Wenn die Straße auf der rechten und linken Seite Häuser hat, dann ist die Nummer fünfundzwanzig wohl zwölf Grundstücke von der Innenstadt entfernt. Eine Meile etwa.

Jenseits der großen Glastüren dämmerte die Sonne in den Nachmittag. Das Licht wurde rötlicher. Die Schatten wurden länger. Ich sah, wie Bakers Streifenwagen holpernd in die Auffahrt einschwenkte. Kein Lichtsignal. Gemächlich fuhr er die Einfahrt entlang und blieb langsam stehen. Federte einmal nach. Die gesamte Länge der Glastüren war durch den Wagen ausgefüllt. Baker stieg auf der Fahrerseite aus und geriet außer Sichtweite, als er den Wagen umrundete. Er kam wieder ins Blickfeld, als er sich der Beifahrertür näherte. Wie ein Chauffeur öffnete er die Tür. Wegen seiner widersprüchlichen Körpersprache sah er ganz verkrampft aus. Zum Teil respektvoll, weil er es mit einem Banker aus Atlanta zu tun hatte. Zum Teil freundlich, weil es der Bowlingkumpel seines Partners war. Zum Teil offiziell, weil dies der Mann war, dessen Telefonnummer auf einem Stück Papier im Schuh einer Leiche entdeckt worden war.

Paul Hubble stieg aus dem Wagen. Baker schloss die Tür. Hubble wartete. Baker hüpfte um ihn herum und zog die große Glastür des Reviers auf. Die Gummiabdichtung machte ein saugendes Geräusch. Hubble trat ein.

Er war ein großer Weißer. Sah aus, als käme er direkt aus einer Zeitschrift. Aus einer Werbeanzeige. Die Art Werbeanzeige, in der man ein grobkörniges Foto von Geldscheinen sieht. Er war Anfang dreißig. Fit, aber nicht kräftig. Rotblondes Haar, das zerzaust war und gerade so weit zurückwich, um eine intelligente Stirn zu zeigen. Gerade genug, um zu sagen: Ja, ich war ein verwöhntes Kind, aber seht her, jetzt bin ich ein Mann. Er trug eine runde Brille mit Goldrand. Hatte ein eckiges Kinn. Dezente Sonnenbräune. Sehr weiße Zähne. Als er den Wachhabenden anlächelte, waren viele davon zu sehen.

Hubble trug ein ausgeblichenes Polohemd mit einem kleinen Markenzeichen und eine verwaschene Drillichhose. Die Art Kleider, die getragen aussehen, wenn man sie für fünfhundert Dollar kauft. Ein dicker weißer Pullover lag über seinen Schultern. Die Ärmel hatte er vorn lose verknotet. Ich konnte seine Füße nicht sehen, weil die Empfangstheke im Weg war. Aber ich war sicher, er trug dunkelbraune Segelschuhe. Ich schloss eine hohe Wette mit mir selbst ab, dass er keine Socken anhatte. Es war ein Mann, der sich in seinem Yuppietraum wälzte wie ein Schwein in seinem Dreck.

Er war irgendwie aufgeregt. Er legte seine Handflächen auf die Empfangstheke, und dann drehte er sich um und ließ seine Hände herunterhängen. Ich sah Unterarme mit rotblonden Härchen und das Aufblitzen einer schweren Uhr aus Gold. Mir war klar, dass er sich normalerweise wie ein jovialer, reicher Mann verhalten würde. Dass er das Revier besuchen würde, wie unser Präsident im Wahlkampf eine Fabrik besucht. Aber er war nervös. Beunruhigt. Ich wusste nicht, was Baker zu ihm gesagt hatte. Wie viel er preisgegeben hatte. Wahrscheinlich gar nichts. Ein guter Polizist wie Baker würde Finlay die Sensationsmeldungen überlassen. Also wusste Hubble nicht, warum er hier war. Aber er wusste etwas. Ich hatte mich dreizehn Jahre lang als Polizist bezeichnet, und ich kann einen Mann, der besorgt ist, aus einer Meile Entfernung riechen. Hubble war ein Mann mit Sorgen.

Ich lehnte immer noch bewegungslos am Gitter. Baker bedeutete Hubble, ihm durch den hinteren Teil des Mannschaftsbüros zu folgen. Zum Rosenholzbüro an der Rückseite des Gebäudes. Als Hubble um die

Empfangstheke herumging, sah ich seine Füße. Dunkelbraune Segelschuhe. Keine Socken. Die beiden Männer gingen zum Büro und damit außer Sichtweite. Die Tür schloss sich. Der Wachhabende verließ seinen Posten und ging nach draußen, um Bakers Straßenkreuzer zu parken.

Er kam mit Finlay zurück. Finlay ging direkt zum Rosenholzbüro, wo Hubble auf ihn wartete. Ignorierte mich, als er den Mannschaftsraum durchquerte. Öffnete die Bürotür und ging hinein. Ich wartete in meiner Ecke darauf, dass Baker herauskam. Baker konnte nicht drinnen bleiben. Nicht während der Bowlingkumpel seines Partners in die Untersuchung eines Tötungsdeliktes einbezogen wurde. Das wäre moralisch nicht haltbar gewesen. Nicht im Geringsten. Finlay erschien mir wie ein Mann, der großen Wert auf Moral legte. Ein Mann mit einem solchen Tweedanzug und einer Leinenweste und einer Ausbildung in Harvard würde großen Wert auf Moral legen. Einen Augenblick später öffnete sich die Tür, und Baker kam heraus. Er trat in das große Büro und ging auf seinen Schreibtisch zu.

»Hey, Baker!«, rief ich. Er wechselte die Richtung und kam zu den Zellen. Blieb vor dem Gitter stehen. Dort, wo Miss Roscoe gestanden hatte.

»Ich muss mal zur Toilette«, sagte ich. »Oder soll ich damit auch warten, bis ich im Staatsknast bin?«

Er grinste. Widerwillig, aber er grinste. Er hatte einen goldenen Backenzahn. Das verlieh ihm ein schneidiges Aussehen. Machte ihn ein bisschen menschlicher. Er rief dem Typen an der Empfangstheke etwas zu – wahrscheinlich ein Codewort für den Vorgang –, nahm seine Schlüssel und betätigte das elektrische Schloss. Die Bolzen sprangen zurück. Ich fragte mich flüchtig, was sie bei einem Stromausfall machten. Konnten sie die Türen auch ohne Strom öffnen? Ich hoffte es. Wahrscheinlich gab es eine Menge Unwetter hier. Eine Menge umkippender Strommasten.

Er stieß die schwere Tür in die Zelle herein. Wir gingen zum hinteren Teil des Mannschaftsraums. Zur gegenüberliegenden Seite des Rosenholzbüros. Dort war ein Gang, und davon gingen zwei Waschräume ab. Er langte an mir vorbei und stieß die Tür zur Herrentoilette auf.

Sie wussten, dass ich nicht ihr Mann war. Sie passten nicht mehr auf. Überhaupt nicht. Hier draußen im Gang hätte ich Baker niederschlagen und ihm seinen Revolver abnehmen können. Überhaupt kein Problem. Ich hätte ihm die Waffe aus dem Halfter gezogen, bevor er auf dem Boden aufschlug. Mit Hilfe der Waffe hätte ich mir den Weg nach draußen und zu einem Streifenwagen freischießen können. Sie parkten alle direkt vor mir. Die Schlüssel steckten bestimmt. Ich hätte in Richtung Atlanta unterwegs sein können, bevor sie wirksame Maßnahmen ergriffen. Dann hätte ich verschwinden können. Überhaupt kein Problem. Aber ich ging nur in ihre Toilette.

»Schließen Sie nicht ab«, sagte Baker.

Ich schloss nicht ab. Sie unterschätzten mich gewaltig. Ich hatte ihnen erzählt, dass ich bei der Militärpolizei gewesen war. Vielleicht glaubten sie mir, vielleicht auch nicht. Vielleicht sagte ihnen das auch nicht viel. Aber das sollte es. Ein Militärpolizist hat mit Gesetzesbrechern aus dem Militär zu tun. Diese Gesetzesbrecher sind Soldaten. Gut ausgebildet in Bezug auf Waffen, Sabotage und Kampf ohne Waffen. Ranger, Green Berets, Marines. Nicht nur Mörder. Ausgebildete Mörder. Extrem gut ausgebildete Mörder, mit hohen Kosten für die Öffentlichkeit. Also ist ein Militärpolizist noch besser ausgebildet. Für den Kampf mit und ohne Waffen. Baker hatte keine Ahnung. Hatte noch nicht darüber nachgedacht. Sonst hätte er für den Trip zur Toilette ein paar Gewehre auf mich richten lassen. Wenn er geglaubt hätte, ich sei ihr Mann.

Ich zog den Reißverschluss zu und trat zurück in den Gang. Baker wartete. Wir gingen zurück zum Zellentrakt. In meiner Zelle lehnte ich mich in meine Ecke. Baker zog die schwere Tür zu. Betätigte mit seinem Schlüssel das elektrische Schloss. Die Bolzen rasteten ein. Er ging zurück in den Mannschaftsraum.

In den nächsten zwanzig Minuten herrschte Ruhe. Baker arbeitete an seinem Schreibtisch. Roscoe ebenso. Der Wachhabende saß auf seinem Hocker. Finlay war mit Hubble im großen Büro. Über den Eingangstüren befand sich eine moderne Uhr. Zwar war sie nicht so elegant wie die im Büro, doch tickte sie genauso langsam. Stille. Halb fünf. Ich lehnte mich gegen die Gitterstäbe aus Titan und wartete. Stille. Viertel vor fünf.

Die Zeit setzte kurz vor fünf wieder ein. Ich hörte im großen Rosenholzbüro den Lärm eines Tumults. Wie gebrüllt, wie geschrien wurde und wie Gegenstände aufschlugen. Jemand regte sich richtig auf. Ein Summer ertönte auf Bakers Schreibtisch, und die Gegensprechanlage knackte. Finlays Stimme. Angespannt. Sie bat Baker, ins Büro zu kommen. Baker stand auf und ging hinüber. Klopfte und trat ein.

Die Glastüren am Eingang gingen mit saugendem Geräusch auf, und der fette Mann kam herein. Chief Morrison. Er ging direkt nach hinten zum Rosenholzbüro. Baker kam heraus, als Morrison hineinging. Er eilte hinüber zur Empfangstheke. Flüsterte aufgeregt einen langen Satz zum Wachhabenden. Roscoe trat hinzu. Sie steckten die Köpfe zusammen. Große Neuigkeiten. Ich konnte nicht hören, worum es ging. Sie waren zu weit weg.

Die Gegensprechanlage auf Bakers Schreibtisch knackte wieder. Er steuerte erneut das Büro an. Die große Eingangstür öffnete sich noch mal. Die glühende Nachmittagssonne stand tief am Himmel. Stevenson betrat das Revier. Seit meiner Verhaftung hatte ich ihn nicht mehr gesehen. Es war, als würde die Aufregung die Leute hereinsaugen.

Stevenson sprach mit dem Wachhabenden. Er wurde unruhig. Der Wachhabende legte Stevenson eine Hand auf den Arm. Stevenson schüttelte sie ab und rannte zum Rosenholzbüro. Er wich den Schreibtischen wie ein Footballspieler aus. Als er das Büro erreicht hatte, öffnete sich die Tür. Eine kleine Gruppe kam heraus. Chief Morrison. Finlay. Und Baker, der Hubble am Ellbogen hielt. Mit leichtem, aber wirksamem Griff, genau wie bei mir. Stevenson starrte verblüfft auf Hubble und packte dann Finlay am Arm. Zog ihn zurück ins Büro. Morrison drehte seine schwitzende, massige Gestalt herum und folgte ihnen. Die Tür schlug zu. Baker brachte Hubble zu mir herüber.

Hubble sah völlig verändert aus. Er war grau im Gesicht und schwitzte. Die Sonnenbräune war verschwunden. Er sah kleiner aus. Er sah aus wie jemand, dem man die Luft herausgelassen hatte und der nun völlig zusammengeschrumpft war. Er ging gekrümmt, als hätte er Schmerzen. Seine Augen hinter der Goldrandbrille waren vor Panik ausdruckslos. Bebend stand er da, als Baker die Zelle neben mir aufschloss. Er bewegte sich nicht. Er zitterte nur. Baker nahm ihn am Arm und schob ihn hinein. Er zog die Tür zu und verschloss sie. Die elektrischen Bolzen rasteten ein. Baker ging zurück zum Rosenholzbüro.

Hubble blieb dort, wo Baker ihn stehengelassen hatte. Starrte ausdruckslos ins Leere. Dann ging er langsam rückwärts, bis er die hintere Wand der Zelle erreicht hatte. Er drückte seinen Rücken dagegen und glitt zu Boden. Ließ seinen Kopf zwischen die Knie hängen. Ließ seine Hände zu Boden fallen. Ich konnte hören, wie sie auf dem steifen Nylonteppich aufschlugen. Roscoe starrte ihn von ihrem Schreibtisch her an. Auch der Sergeant an der Empfangstheke blickte zu ihm herüber. Sie beobachteten, wie ein Mann zusammenbrach.

Ich hörte im Rosenholzbüro laute Stimmen. Den Tonfall einer Auseinandersetzung. Das Aufschlagen einer Handfläche auf dem Schreibtisch. Die Tür öffnete sich, und Stevenson kam mit Chief Morrison heraus. Stevenson sah aus, als wäre er außer sich. Er ging mit großen Schritten durch das Mannschaftsbüro. Sein Hals war vor Wut ganz steif. Seine Augen waren auf die Eingangstüren geheftet. Er ignorierte den fetten Polizeichef. Er ging direkt an der Empfangstheke vorbei und durch die schwere Tür hinaus in den noch immer strahlenden Nachmittag. Morrison folgte ihm.

Baker kam aus dem Büro und zu meiner Zelle. Sagte nichts. Schloss nur den Käfig auf und winkte mich heraus. Ich zog meinen Mantel enger um mich und ließ die Zeitung mit den großen Fotos vom Präsidenten in Pensacola auf dem Zellenboden liegen. Trat hinaus und folgte Baker zurück zum Rosenholzbüro.

Finlay saß am Schreibtisch. Der Kassettenrecorder war auch da. Die steifen Kabel hingen herunter. Es war stickig und kühl. Finlay sah entnervt aus. Seine Krawatte war gelockert. Mit einem bedauernden Zischen atmete er tief aus. Ich setzte mich auf den Stuhl, und Finlay winkte Baker aus dem Raum. Die Tür schloss sich leise hinter ihm.

»Wir haben hier ein Problem, Mr. Reacher«, sagte Finlay. »Ein echtes Problem.«

Er verfiel in abwesendes Schweigen. Ich hatte weniger als eine halbe Stunde, bis der Gefängnisbus kam, und wollte rasch ein paar Lösungen. Finlay sah auf und konzentrierte sich wieder. Fing an zu reden, schnell, die elegante Harvard- Sprechweise unter Druck.

»Wir holten diesen Hubble her, okay?«, sagte er. »Sie haben ihn vielleicht gesehen. Ein Banker, aus Atlanta, okay? Calvin- Klein-Outfit für tausend Dollar. Goldene Rolex. Ein sehr nervöser Typ. Zuerst dachte ich, er sei nur verärgert. Als ich anfing zu sprechen, erkannte er meine Stimme. Von meinem Anruf. Er beschuldigte mich der Hinterlist. Sagte, ich dürfte mich nicht für jemanden von seiner Telefongesellschaft ausgeben. Natürlich hat er recht.«

Wieder verfiel er in Schweigen. Er kämpfte mit seinem moralischen Problem.

»Kommen Sie schon, Finlay, machen Sie weiter«, sagte ich. Ich hatte weniger als eine halbe Stunde.

»Okay, er ist also nervös und verärgert«, sagte Finlay. »Ich frage ihn, ob er Sie kennt. Jack Reacher, Exsoldat. Er sagt nein. Hat noch nie von Ihnen gehört. Ich glaube ihm. Er fängt an, sich zu entspannen. Als ginge es nur um jemanden namens Jack Reacher. Er hat noch nie von jemandem namens Jack Reacher gehört, also ist er ohne Grund hier. Er ist cool, Sie verstehen?«

»Weiter«, sagte ich.

»Dann frage ich ihn, ob er einen großen Mann mit kahlgeschorenem Kopf kennt. Ich frage ihn nach Pluribus. Tja, mein Gott! Es ist, als hätte ich ein Schüreisen in seinen Hintern geschoben. Er wird ganz starr. Wie unter Schock. Total starr. Will nicht antworten. Also sage ich ihm, dass wir wissen, dass der große Mann tot ist. Erschossen. Tja, das wirkt wie ein zweites Schüreisen in seinem Hintern. Er fällt fast vom Stuhl.«

»Weiter«, sagte ich. Noch fünfundzwanzig Minuten, bis der Bus fällig war.

»Er zittert nur so herum«, erklärt Finlay. »Dann sage ich ihm, dass wir seine Telefonnummer in dem Schuh gefunden haben. Seine Telefonnummer auf einem Stück Papier, mit dem Wort ›Pluribus‹ darüber. Das ist noch ein Schüreisen in seinem Hintern.«

Er hielt wieder inne, klopfte seine Taschen ab, eine nach der anderen.

»Er wollte nichts sagen«, fuhr er fort. »Kein einziges Wort. Er war starr vor Schock. Ganz grau im Gesicht. Ich dachte, er hätte einen Herzanfall. Sein Mund öffnete und schloss sich wie bei einem Fisch. Aber er redete nicht. Also erzählte ich ihm, wir wüssten, dass die Leiche zusammengetreten worden sei. Ich fragte ihn, wer dabei war. Ich erzählte ihm, wir wüssten, dass die Leiche unter einer Pappabdeckung versteckt worden war. Er wollte kein einziges verdammtes Wort sagen. Er blickte immer nur um sich. Nach einer Weile merkte ich, dass er wie verrückt nachdachte. Versuchte sich zu entscheiden, was er mir sagen sollte. Doch er sagte einfach nichts und dachte wie wahnsinnig nach, etwa vierzig Minuten lang. Die Kassette lief die ganze Zeit. Nahm vierzig Minuten Schweigen auf.«

Finlay schwieg wieder. Dieses Mal um der Wirkung willen. Er sah mich an.

»Dann gestand er«, sagte er. »›Ich habe es getan‹, erklärte er. ›Ich habe ihn erschossen‹. Der Typ hat gestanden, hören Sie? Aufs Band.«

»Weiter«, sagte ich.

»Ich frage ihn: ›Wollen Sie einen Anwalt?‹ Er sagt nein, wiederholt immer nur, er hätte den Mann ermordet. Also trage ich ihm seine Rechte vor, laut und deutlich, aufs Band. Dann kommt mir die Idee, dass er vielleicht verrückt ist oder so, Sie verstehen schon. Also frage ich ihn: ›Wen haben Sie umgebracht?‹ Er sagt: ›Den großen Mann mit dem kahlgeschorenen Kopf.‹ Ich frage ihn: ›Wie?‹ Er sagt: ›Mit einem Kopfschuss.‹ Ich frage ihn: ›Wann?‹ Er sagt: ›Letzte Nacht, gegen vierundzwanzig Uhr.‹ Ich frage ihn: ›Wer hat den Körper durch die Gegend gekickt? Wer war der Mann? Was bedeutet Pluribus?‹ Er antwortet nicht. Wird nur starr vor Angst. Weigert sich, noch ein verdammtes Wort zu sagen. Ich sage zu ihm: ›Ich bin nicht sicher, ob Sie überhaupt irgendwas getan haben.‹ Er springt auf und packt mich. Er schreit: ›Ich gestehe, ich gestehe, ich habe ihn erschossen, ich habe ihn erschossen.‹ Ich dränge ihn zurück. Er wird ruhig.«

Finlay lehnte sich zurück. Faltete die Hände hinter seinem Kopf. Starrte mich fragend an. Hubble als der Mörder? Ich glaubte nicht daran. Wegen seiner Aufregung. Typen, die jemanden mit einer alten Pistole erschießen, im Kampf oder im Affekt, mit einem ungezielten Schuss in die Brust, die sind nachher aufgeregt. Typen, die zwei Schüsse in einen Kopf jagen, mit einem Schalldämpfer, dann die Patronenhülsen aufsammeln, gehören zu einer ganz anderen Kategorie. Die sind nachher nicht aufgeregt. Sie verschwinden einfach und vergessen alles. Hubble war nicht der Mörder. Die Art, wie er vor der Empfangstheke herumgetänzelt war, sprach dagegen. Aber ich zuckte nur mit den Schultern und lächelte ein wenig müde.

»Okay«, sagte ich. »Dann können Sie mich endlich rauslassen, oder?«

Finlay blickte mich an und schüttelte den Kopf.

»Nein«, sagte er. »Ich glaube ihm nicht. Es waren drei Männer beteiligt. Davon haben Sie selbst mich überzeugt. Also, wer von den dreien soll Hubble sein? Ich glaube nicht, dass er der Irre ist. Dazu hat er nicht genug Kraft, denke ich. Ich glaube auch nicht, dass er der Handlanger war. Und er ist mit Sicherheit nicht der Mörder, mit Sicherheit nicht. Typen wie er treffen beim Poolbillard noch nicht mal die Löcher.«

Ich nickte. Als wäre ich Finlays Partner. Brütete mit ihm über einem Problem.

»Ich muss ihn aber vorläufig in den Knast stecken«, sagte er. »Ich habe keine andere Wahl. Er hat gestanden, mit ein paar plausiblen Details. Aber sein Geständnis ist mit Sicherheit nicht stichhaltig.«

Ich nickte wieder. Spürte, dass das noch nicht alles war.

»Weiter«, sagte ich. Resigniert.

Finlay sah mich an. Ausdruckslos.

»Er war um Mitternacht nicht dort«, sagte er. »Er war auf einer Party, dem Hochzeitstag eines alten Ehepaars. Ein Familienfest. Nicht weit von seinem Haus entfernt. Kam dort gestern Abend gegen acht Uhr an. Ging mit seiner Frau dorthin. Blieb bis zwei Uhr morgens. Zwei Dutzend Menschen sahen ihn ankommen, zwei Dutzend Menschen haben ihn gehen sehen. Er wurde vom Schwager seiner Schwägerin mitgenommen. In dessen Wagen, weil es da schon schüttete.«

»Weiter, Finlay«, sagte ich. »Raus damit.«

»Der Schwager seiner Schwägerin«, wiederholte er. »Der ihn nach Hause fuhr, im Regen, um zwei Uhr morgens, das war Officer Stevenson.«

5

FINLAY LEHNTE SICH in seinem Stuhl zurück. Seine langen Arme hatte er hinter dem Kopf gekreuzt. Er war ein großer, eleganter Mann. Aufgewachsen in Boston. Zivilisiert. Erfahren. Und er schickte mich für etwas ins Gefängnis, das ich nicht getan hatte. Er beugte sich vor. Breitete seine Hände auf dem Schreibtisch aus, mit den Handflächen nach oben.

»Es tut mir leid, Reacher«, sagte er zu mir.

»Es tut Ihnen leid?«, fragte ich. »Sie schicken zwei Männer, die es nicht getan haben können, ins Gefängnis, und es tut Ihnen leid?«

Er zuckte mit den Schultern. Wirkte nicht sehr glücklich.

»So will es Chief Morrison haben«, sagte er. »Er bezeichnet die Sache als abgeschlossen. Legt uns fürs Wochenende still. Und er ist der Boss, nicht wahr?«

»Sie scherzen wohl«, erwiderte ich. »Er ist ein Arschloch. Er nennt Stevenson einen Lügner. Seinen eigenen Mann.«

»Nicht ganz«, sagte Finlay achselzuckend. »Er sagt, dass es vielleicht ein Komplott ist, Sie wissen schon, dass Hubble vielleicht nicht persönlich dort war, sondern Sie für den Job angeheuert hat. Ein Komplott eben. Er meint, Hubble habe mit seinem Geständnis vielleicht deshalb so übertrieben, weil er Angst vor Ihnen hat und sich nicht traut, Sie direkt zu verpfeifen. Morrison meint, Sie waren auf dem Weg zu Hubbles Haus, um Ihr Geld zu kassieren, als wir Sie aufgriffen. Er glaubt, Sie hätten deshalb acht Stunden gewartet. Meint, dies sei der Grund, warum Hubble heute zu Hause war. Dass er nicht zur Arbeit ging, weil er darauf wartete, Sie zu bezahlen.«

Ich schwieg. Ich war beunruhigt. Chief Morrison war gefährlich. Seine Theorie klang plausibel. Bis Finlay mich überprüft hatte. Wenn Finlay mich überprüfte.

»Also, Reacher, es tut mir leid«, sagte er. »Sie und Hubble kommen bis Montag in den Bau. Sie werden es überleben. Drüben in Warburton. Ein übler Ort, aber die U-Haft-Zellen sind in Ordnung. Wäre schlimmer, wenn Sie wegen einer Haftstrafe dorthin kämen. Viel schlimmer. Inzwischen werde ich bis Montag durcharbeiten und Officer Roscoe bitten, auch am Wochenende zu kommen. Sie ist die Hübsche draußen. Sie ist gut, unser bester Officer. Wenn es stimmt, was Sie sagen, sind Sie am Montag raus. Okay?«

Ich starrte ihn an. Wurde wütend.

»Nein, Finlay, das ist nicht okay«, sagte ich. »Sie wissen, dass ich nichts verbrochen habe. Sie wissen, dass ich es nicht war. Sie haben nur eine Scheißangst vor diesem nutzlosen, fetten Bastard Morrison. Also gehe ich ins Gefängnis, weil Sie nur ein verdammter rückgratloser Feigling sind.«

Er steckte es ziemlich gut weg. Er errötete leicht, sein dunkles Gesicht wurde noch dunkler. Lange Zeit saß er nur ruhig da. Ich atmete tief ein und starrte ihn an. Doch als meine Wut abkühlte, wurde mein Starren zu einem normalen Blick. Alles wieder unter Kontrolle. Dafür starrte er mich jetzt an.

»Zwei Dinge, Reacher«, sagte er. Sehr deutlich artikulierend. »Erstens, wenn es notwendig ist, kümmere ich mich am Montag um Chief Morrison. Zweitens, ich bin kein Feigling. Sie kennen mich nicht. Sie wissen nichts über mich.«

Ich blickte zurück. Sechs Uhr. Zeit für den Bus.

»Ich weiß mehr, als Sie denken«, sagte ich. »Ich weiß, dass Sie Ihren Doktor in Harvard gemacht haben, dass Sie geschieden sind und im April aufgehört haben zu rauchen.«

Finlay wirkte verblüfft. Baker klopfte und trat ein, um zu melden, dass der Gefängnisbus eingetroffen sei. Finlay stand auf und ging um den Schreibtisch herum. Sagte Baker, er werde mich selbst hinausbringen. Baker ging, um Hubble zu holen.

»Woher wissen Sie das alles?«, fragte Finlay mich.

Er war fasziniert. Er würde das Spiel verlieren.

»Das war leicht«, sagte ich. »Sie sind ein kluger Bursche, nicht wahr? Aufgewachsen in Boston, das erzählten Sie mir. Aber als Sie im Collegealter waren, nahm Harvard noch nicht so viele Schwarze auf. Sie sind klug, aber kein Überflieger, also schätze ich, Ihren ersten Abschluss machten Sie auf der Boston University, richtig?«

»Richtig«, gab er zu.

»Und für den Doktor ging's nach Harvard«, sagte ich. »Sie waren gut an der Uni, die Zeiten änderten sich, also kamen Sie nach Harvard. Sie sprechen wie jemand aus Harvard. Den Eindruck hatte ich gleich. Dr. phil. in Kriminologie?«

»Richtig«, sagte er wieder. »Kriminologie.«

»Und im April haben Sie diesen Job hier bekommen«, sagte ich. »Das haben Sie mir erzählt. Sie bekommen eine Pension vom Boston Police Department, weil Sie Ihre zwanzig Dienstjahre hinter sich gebracht haben.

Also sind Sie mit etwas Geld hierhergekommen. Aber Sie sind ohne Frau gekommen, denn sonst hätte sie etwas von dem Geld für neue Kleider für Sie ausgegeben. Wahrscheinlich würde sie diesen Winteranzug aus Tweed an Ihnen hassen. Sie hätte ihn ausgemustert und Sie in ein dem hiesigen Klima angemessenes Outfit gesteckt, um Ihr neues Leben gleich richtig zu beginnen. Aber Sie tragen immer noch diesen schrecklichen, alten Anzug, also ist die Frau weg. Entweder gestorben, oder sie hat sich scheiden lassen, also hatte ich eine Chance von fünfzig zu fünfzig. Sieht aus, als hätte ich richtig geraten.«

Er nickte verblüfft.

»Und die Sache mit dem Rauchen ist leicht«, sagte ich. »Sie waren eben ziemlich angespannt, und da haben Sie auf der Suche nach Zigaretten Ihre Taschen abgeklopft. Also haben Sie vor noch nicht langer Zeit aufgehört. Es war nicht schwer zu raten, dass es im April war, Sie wissen schon: neues Leben, neuer Job, keine Zigaretten mehr. Sie dachten sich: Ich höre jetzt auf und tue so vielleicht was gegen den Krebs.«

Finlay starrte mich an. Etwas widerstrebend.

»Sehr gut, Reacher«, sagte er. »Einfache Deduktion, nicht wahr?«

Ich zuckte mit den Schultern. Sagte nichts.

»Dann deduzieren Sie doch mal, wer den Mann am Lagerhaus ausgeschaltet hat«, sagte er.

»Mir ist egal, wer irgendwo einen Mann ausgeschaltet hat«, sagte ich. »Das ist Ihr Problem, nicht meins. Und es ist auch die falsche Frage, Finlay. Zuerst müssen Sie herausfinden, wer der Mann war, richtig?«

»Und wissen Sie, wie man das machen soll, Sie Besserwisser?«, fragte er mich. »Ohne Ausweis, ohne Gesicht, ohne Rückmeldung von den Fingerabdrücken und wenn Hubble kein Sterbenswörtchen sagt?«

»Geben Sie die Fingerabdrücke noch mal in den Computer«, sagte ich. »Im Ernst, Finlay. Beauftragen Sie Miss Roscoe damit.«

»Warum?«, fragte er.

»Weil hier was faul ist«, sagte ich.

»Was soll hier faul sein?«, fragte er mich.

»Geben Sie sie noch mal ein, okay?«, sagte ich. »Werden Sie das tun?«

Er grunzte nur. Sagte weder ja noch nein. Ich öffnete die Bürotür und ging hinaus. Roscoe war nicht mehr da. Niemand war da, außer Baker und Hubble drüben bei den Zellen. Durch die Eingangstüren konnte ich den Wachhabenden draußen sehen. Er schrieb etwas auf ein Klemmbrett, das ihm der Fahrer des Gefängnisbusses hinhielt. Der Gefängnisbus gab den

Hintergrund ab. Er war auf dem Halbkreis der Einfahrt geparkt. Die ganze Länge der großen gläsernen Eingangstüren war von seinem Anblick ausgefüllt. Es war ein Schulbus, den man hellgrau angestrichen hatte. Auf der Längsseite stand: State of Georgia Department of Corrections. Unter der Schrift war ein Emblem. Vor die Fenster waren Gitter geschweißt worden.

Finlay kam hinter mir aus dem Büro. Er berührte meinen Ellbogen und brachte mich rüber zu Baker. Baker hatte drei Paar Handschellen über seinen Daumen gehängt. Sie waren in leuchtendem Orange gestrichen. Die Farbe war teilweise abgeblättert, matter Stahl schimmerte hindurch. Baker ließ je einen Reif von zwei Paar Handschellen um eins meiner Handgelenke schnappen. Er schloss Hubbles Zelle auf und winkte den Banker heraus. Hubble wirkte benommen. Baker nahm die Handschelle von meinem linken Arm und ließ den zweiten Reif um Hubbles rechtes Handgelenk einrasten. Einen Reif des dritten Paars befestigte er an Hubbles anderem Handgelenk. Fertig zum Aufbruch.

»Nehmen Sie seine Uhr, Baker«, sagte ich. »Er wird sie im Gefängnis verlieren.«

Er nickte. Er wusste, was ich meinte. Typen wie Hubble konnten im Gefängnis eine Menge verlieren. Baker löste die schwere Uhr von Hubbles Handgelenk. Das Armband ging nicht über die Handschelle, also musste Baker sie mühsam abnehmen und wieder anbringen. Der Fahrer vom Gefängnis stieß lautstark die Tür auf. Er war ein Mann mit festem Zeitplan. Baker legte Hubbles Uhr auf den nächsten Schreibtisch. Genau dorthin, wo meine Freundin Roscoe ihren Kaffee abgestellt hatte.

»Okay, Männer, dann los«, sagte Baker.

Er brachte uns zur Tür. Wir traten hinaus in den blendenden, heißen Sonnenschein. Mit Handschellen aneinandergekettet. Das Gehen war mühsam. Bevor wir zum Bus hinübergingen, blieb Hubble stehen. Er reckte seinen Hals und blickte sich sorgfältig um, wachsamer als Baker oder der Fahrer. Vielleicht hatte er Angst, von einem Nachbarn gesehen zu werden. Aber es war niemand da. Wir waren dreihundert Meter nördlich vom Stadtkern. Ich konnte den Kirchturm sehen. Wir gingen durch die warme Abendsonne zum Bus hinüber. Meine rechte Wange kribbelte, gewärmt von der tiefstehenden Sonne.

Der Fahrer stieß die Tür nach innen auf. Hubble trat seitwärts auf die Stufen. Ich folgte ihm. Drehte mich unbeholfen in den Gang. Der Bus war leer. Der Fahrer führte Hubble zu einem Sitz. Er zog die Sonnenblende aus PVC vor das Fenster. Ich wurde daneben gedrückt. Der Fahrer kniete sich auf den Sitz davor und befestigte je eine Hand von uns an der Stange aus Chrom, die über unseren Köpfen entlanglief. Dann rüttelte er an jeder der drei Handschellen. Wollte wissen, ob alles gesichert war. Ich konnte es ihm nicht verdenken. Sein Job war mir bestens bekannt. Nichts ist schlimmer, als mit nicht gesicherten Gefangenen zu fahren, die hinter einem sitzen.

Der Fahrer ging nach vorn. Er ließ den Dieselmotor mit einem lauten Tuckern an. Der Bus fing an zu vibrieren. Die Luft war heiß. Stickig. Es gab keine Klimaanlage. Keines der Fenster war offen. Ich konnte die Abgase riechen. Das Getriebe krachte und knirschte, und der Bus setzte sich in Bewegung. Ich sah nach rechts aus dem Fenster. Niemand winkte uns zum Abschied.

Wir fuhren in nördlicher Richtung aus dem Polizeigelände, ließen die Stadt hinter uns und steuerten den Highway an. Nach einer halben Meile fuhren wir an Eno's Diner vorbei. Der Parkplatz war leer. Niemand wollte ein frühes Abendessen. Eine Weile fuhren wir in Richtung Norden. Dann bogen wir von der Landstraße scharf nach links ab und steuerten über eine Straße, die zwischen Feldern verlief, nach Westen. Der Bus fuhr in gleichmäßiger Geschwindigkeit und machte dabei ziemlich viel Lärm. Endlose Buschreihen zogen an uns vorbei. Endlose Saatrillen mit roter Erde dazwischen. Vor uns ging die Sonne unter. Ein gigantischer roter Ball über den Feldern. Der Fahrer hatte die große Sonnenblende heruntergeklappt. Darauf waren Instruktionen zur Handhabung des Busses gedruckt.

Hubble hüpfte und schaukelte neben mir. Er sagte nichts. Vorgebeugt war er zusammengesunken. Sein linker Arm war mit dem Handschellenring an der Chromstange über uns befestigt. Sein rechter Arm lag reglos zwischen uns. Er hatte immer noch den teuren Pullover über seinen Schultern. Wo vorher die Rolex gewesen war, sah man jetzt einen Streifen blasser Haut. Alle Lebenskraft war aus ihm gewichen. Er befand sich in den Klauen lähmender Angst.

Wir hüpften und schaukelten fast noch eine Stunde durch die gewaltige Landschaft. Eine kleine Gruppe von Bäumen zischte rechts an uns vorbei. Dann sah ich in der Ferne ein Gebäude. Es stand allein zwischen Tausenden Morgen flachen Farmlands. Gegen die rote Sonne sah es aus wie der Vorhof zur Hölle. Als wäre es durch die Erdkruste hochgehoben worden. Es war ein ganzer Gebäudekomplex. Sah aus wie eine Chemiefabrik oder ein Atomkraftwerk. Massive Betonbunker und Laufstege aus glänzendem Metall. Da und dort Rohre, aus denen Dampf entwich. Das Ganze umgeben von Zäunen, die durch Kontrolltürme unterbrochen wurden. Als wir näher kamen, konnte ich Lichtbogenlampen und Stacheldraht sehen.

Suchscheinwerfer und Gewehre in den Kontrolltürmen. Mehrere Zäune hintereinander, dazwischen aufgeschüttete rote Erde. Hubble blickte nicht auf. Ich stieß ihn auch nicht an. Schließlich war das da vorn nicht das Märchenland.

Der Bus wurde langsamer, als wir näher kamen. Der äußerste Zaun war ungefähr hundert Meter vorgelagert und bildete einen gigantischen Kreis. Es war ein beeindruckender Zaun. Vielleicht fünf Meter hoch und über seine ganze Länge mit Paaren von Natriumdampflampen bestückt. Von den Paaren war jeweils eine Lampe nach innen über die Breite von hundert Metern aufgeschütteter Erde gerichtet. Die andere beleuchtete das umliegende Farmland. Alle Flutlichter waren an. Der gesamte Komplex erstrahlte in gelbem Natriumlicht. Aus der Nähe war es extrem hell. Das gelbe Licht verwandelte das Rot der Erde in ein gespenstisches Gelbbraun.

Der Bus kam ruckend zum Stehen, vibrierte heftig im Leerlauf. Die dürftige Sauerstoffzufuhr durch den Fahrtwind hatte aufgehört. Es war stickig. Hubble sah endlich auf. Er blickte angestrengt durch seine Goldrandbrille. Sah sich um und schaute aus dem Fenster. Er stöhnte. Es war ein Stöhnen hoffnungsloser Niedergeschlagenheit. Er ließ den Kopf sinken.

Der Fahrer wartete auf ein Signal des ersten Wachtpostens. Der Wachtposten sprach in ein Funkgerät. Der Fahrer ließ den Motor kurz aufheulen und legte krachend den Gang ein. Der Wachtposten gab ihm ein Zeichen und winkte uns mit seinem Funkgerät durch. Der Bus fuhr mühsam in einen Käfig. Wir passierten ein langes Schild an der Begrenzungswand: Warburton Correctional Facility, State of Georgia Department of Corrections. Hinter uns schwang das Tor zu. Wir waren in einen Drahtkäfig eingesperrt. Auch das Dach war aus Draht. Am anderen Ende schwang ein Tor auf. Der Bus fuhr langsam hindurch.

Wir fuhren die hundert Meter zum nächsten Zaun. Dort war ein weiterer Fahrzeugkäfig. Der Bus fuhr hinein, wartete und fuhr wieder hinaus. Wir gelangten geradewegs ins Herz des Gefängnisses. Hielten gegenüber einem Betonbunker. Der Aufnahmebereich. Das Motorgeräusch traf auf den Beton um uns herum. Dann setzte es aus, und das Knattern und Vibrieren ging in Stille über. Der Fahrer schwang sich von seinem Sitz und kam zu uns, bückte sich und zog sich wie ein Kletterer zwischen die Sitze. Er nahm seine Schlüssel heraus, schloss die Handschellen auf und hielt sich an den Vordersitzen fest.

»Okay, Jungs, los geht's«, grinste er. »Party time.«

Wir hievten uns aus unseren Sitzen und schlurften quer durch den Bus. Mein linker Arm wurde von Hubble zurückgezogen. Der Fahrer hielt uns vorne an. Er nahm uns die drei Paar Handschellen ab und warf sie in einen Behälter neben seinem Fahrersitz. Betätigte einen Hebel und ließ die Tür aufspringen. Wir stiegen aus. Gegenüber öffnete sich eine Tür, und ein Wachmann trat heraus. Rief uns zu sich. Er aß gerade einen Doughnut und sprach mit vollem Mund. Ein Zuckerschnurrbart verlief über seine Oberlippe. Ein ziemlich lässiger Typ. Wir traten durch die Tür in einen kleinen Raum aus Beton. Alles sah schmutzig aus. Holzstühle standen um einen lackierten Tisch. Ein weiterer Wachmann saß an dem Tisch und las etwas auf einem ramponierten Klemmbrett.

»Hinsetzen, okay?«, sagte er. Wir setzten uns. Er stand auf. Sein Partner mit dem Doughnut verschloss die Außentür und stellte sich neben ihn.

»Also Folgendes«, sagte der Mann mit dem Klemmbrett. »Ihr seid Reacher und Hubble. Aus Margrave. Keines Verbrechens für schuldig befunden. In Untersuchungshaft. Für keinen von euch gibt es einen Antrag auf Kaution. Hört ihr, was ich sage? Keines Verbrechens für schuldig befunden. Das ist das Wesentliche. Befreit euch von einer Menge Scheiße hier, okay? Keine Anstaltskleidung, kein Einweisungsvorgang, keine Umstände, versteht ihr? Nette Unterkünfte im obersten Flur.«

»Richtig«, sagte der Typ mit dem Doughnut. »Die Sache ist die: Wenn ihr Strafgefangene wärt, würden wir euch durchsuchen und ein bisschen piesacken, und ihr bekämt die Anstaltskleidung, und wir würden euch in den Strafgefangenentrakt zu den anderen Viechern scheuchen, und dann würden wir uns einfach zurücklehnen und uns den ganzen Spaß ansehen, klar?«

»Klar«, sagte sein Partner. »Was wir sagen wollen, ist Folgendes: Wir sind nicht hier, um euch Probleme zu machen, also macht uns auch keine Probleme, versteht ihr? Dazu hat diese verdammte Anstalt nicht genügend Personal. Der Gouverneur hat fast die halbe Mannschaft entlassen, klar? Musste den Etat ausgleichen, klar? Das Defizit verringern, klar? Also haben wir nicht genügend Männer, um den Job so zu machen, wie es nötig wäre. Wir versuchen, unseren Job in jeder Schicht mit der halben Mannschaft zu machen, klar? Ich will also sagen, dass wir euch hier unterbringen und nicht sehen wollen, bis wir euch am Montag wieder rausholen. Keinen Ärger, klar? Wir haben nicht genügend Männer für Ärger. Wir haben noch nicht mal genügend Männer für Ärger im Strafgefangenentrakt, also erst recht nicht für Ärger im U-Haft-Trakt, verstanden? Hey, Hubble, verstanden?«

Hubble sah ihn an und nickte ausdruckslos. Sagte nichts.

»Reacher?«, sagte der Mann mit dem Klemmbrett. »Verstanden?«

»Sicher«, sagte ich. Ich hatte verstanden. Der Typ hatte nicht genug Personal. Hatte Probleme wegen des Etats. Während seine Freunde Arbeitslosengeld kassierten. Da erzählte er mir nichts Neues.

»Gut«, sagte er. »Der Deal ist also folgender: Wir zwei machen um sieben Uhr Feierabend. Das ist in etwa einer Minute. Wir werden wegen euch Jungs keine Überstunden machen. Dazu haben wir keine Lust, und die Gewerkschaft würde das auch nicht zulassen. Also kriegt ihr jetzt etwas zu essen, dann werdet ihr hier eingesperrt, bis euch jemand nach oben bringen kann. Bevor die Lichter ausgehen, so gegen zehn Uhr, hat keiner Zeit dafür, okay? Aber dann würde kein Wärter mit Gefangenen herumlaufen, wenn die Lichter aus sind, ihr versteht? Das würde die Gewerkschaft auch nicht zulassen. Also kommt Spivey höchstpersönlich und holt euch. Der stellvertretende Direktor. Heute Nacht der wichtigste Mann. Gegen zehn Uhr, okay? Wenn's euch nicht passt, dann sagt es nicht mir, sagt es dem Gouverneur, okay?«

Der Doughnutfan ging hinaus auf den Flur und kam nach einer ganzen Weile mit einem Tablett zurück. Darauf waren abgedeckte Teller, Papierbecher und eine Thermoskanne. Er stellte das Tablett auf dem Tisch ab, und die beiden gingen durch den Flur nach draußen. Schlossen die Tür von außen ab. Dann herrschte Grabesstille.

Wir aßen. Fisch und Reis. Freitagsessen. In der Thermoskanne war Kaffee. Hubble sagte nichts. Er ließ den größten Teil des Kaffees für mich. Ein Punkt für Hubble. Ich räumte die Reste auf das Tablett und das Tablett auf den Boden. Noch drei Stunden Zeit zu vertreiben. Ich kippte meinen Stuhl nach hinten und legte die Füße auf den Tisch. Nicht gerade bequem, aber besser ging's nicht. Ein warmer Abend. September in Georgia.

Ich sah ohne jede Neugier hinüber zu Hubble. Er schwieg immer noch. Ich hatte ihn erst einmal sprechen hören, über Finlays Lautsprecher. Er blickte zurück. Sein Gesicht war erfüllt von Niedergeschlagenheit und Furcht. Er sah mich an, als wäre ich ein Wesen von einem anderen Stern. Er starrte mich an, als würde ich ihn beunruhigen. Dann sah er weg.

Vielleicht hatte ich gar keine Lust mehr, zum Golf zurückzukehren. Doch das Jahr war schon zu weit fortgeschritten, um noch nach Norden zu gehen. Zu kalt da oben. Vielleicht würde ich direkt auf die Inseln übersetzen. Vielleicht nach Jamaika. Dort gab es gute Musik. Eine Hütte am Strand. In einer Hütte am Strand von Jamaika überwintern. Ein Pfund Gras die Woche rauchen. Alles tun, was man so auf Jamaika tut. Vielleicht mit jemandem die Hütte und zwei Pfund Gras pro Woche teilen. Officer Roscoe driftete immer wieder ins Bild. Ihr Uniformhemd war sagenhaft gestärkt. Ein enges, gestärktes blaues Hemd. Ich hatte noch nie ein Hemd gesehen, das besser aussah. In der Sonne am Strand von Jamaika würde sie kein Hemd brauchen. Ich glaubte nicht, dass das ein großes Problem gewesen wäre.

Ihr Zwinkern hatte es mir angetan. Sie nahm meinen Kaffeebecher. Sie sagte, ich hätte freundliche Augen. Und sie zwinkerte. Das hatte was zu bedeuten, oder? Die Sache mit den Augen hatte ich schon mal gehört. Eine Engländerin, mit der ich eine Weile eine schöne Zeit hatte, mochte meine Augen auch. Sagte es immer wieder. Sie sind blau. Allerdings haben einige Leute auch schon gesagt, sie sähen aus wie Eisberge in der Arktis. Wenn ich mich konzentriere, kann ich aufhören zu blinzeln. Das verleiht meinem Blick eine einschüchternde Wirkung. Sehr nützlich. Aber Roscoes Zwinkern war das Beste an diesem Tag gewesen. Eigentlich das einzig Gute, außer Enos Rühreiern, die auch nicht schlecht waren. Eier kriegt man überall. Aber Roscoe würde ich vermissen. Ich ließ mich in den leeren Abend treiben.

Kurz nach zehn wurde die Tür zum Flur aufgeschlossen. Ein Mann in Uniform kam herein. Er trug ein Klemmbrett. Und eine Repetierflinte. Ich musterte ihn. Ein Sohn des Südens. Ein schwerer, fleischiger Mann. Gerötete Haut, ein großer, harter Bauch und ein breiter Nacken. Kleine Augen. Eine enge, schmierige Uniform, die seinen massigen Körper umspannte. Wahrscheinlich war er genau auf dem Farmland geboren worden, das für den Bau des Gefängnisses enteignet worden war. Der stellvertretende Direktor Spivey. Der wichtigste Mann der Schicht. Mit zu wenig Männern und entnervt. Der die Untersuchungshäftlinge persönlich herumführte. Mit einer Flinte in seinen großen roten Farmerhänden.

Er studierte das Klemmbrett.

»Wer von euch beiden ist Hubble?«, fragte er.

Er hatte eine hohe Stimme. Passte nicht zu seiner Gestalt. Hubble hob kurz seine Hand wie ein Junge in der Grundschule. Spiveys kleine Augen glitten über ihn hinweg. Hoch und runter. Wie die Augen einer Schlange.

Er grunzte und winkte mit dem Klemmbrett. Wir standen auf und gingen hinaus. Hubble war fügsam und starrte ins Leere. Wie ein erschöpfter Fußsoldat.

»Nach links der roten Linie nach«, sagte Spivey.

Er wies mit seinem Gewehr nach links. Dort war eine rote Linie in Taillenhöhe an die Wand gemalt. Das war die Orientierungshilfe zum Notausgang. Ich schätzte, sie führte nach draußen, aber wir gingen in die falsche Richtung. Ins Gefängnis hinein, nicht hinaus. Wir folgten der roten Linie durch Flure, über Treppen und um Ecken herum. Zuerst kam Hubble, dann ich. Danach Spivey mit der Flinte. Es war sehr dunkel. Nur schwache Notbeleuchtung. Spivey rief uns auf einem Treppenabsatz zu, wir sollten stehen bleiben. Er setzte mit seinem Schlüssel eine elektronische Sperrvorrichtung außer Kraft. Eine Vorrichtung, die bei Alarm den Notausgang entriegeln würde.

»Keine Gespräche«, sagte er. »Die Regeln hier schreiben absolute Stille vor, sobald das Licht ausgegangen ist. Die Zelle liegt hinten auf der rechten Seite.«

Wir traten durch die Tür. Der faulige Gefängnisgeruch schlug mir entgegen. Die nächtlichen Ausdünstungen zahlloser entmutigter Männer. Es war fast stockdunkel. Ein Nachtlicht glomm trübe vor sich hin. Die Zellenreihe spürte ich eher, als dass ich sie sah. Ich hörte die nächtliche Geräuschkulisse. Atmen und Schnarchen. Murmeln und Wimmern. Spivey brachte uns zum Ende der Reihe. Wies auf eine leere Zelle. Wir drängten uns hinein. Spivey schwang die Gittertür hinter uns zu. Sie schloss sich automatisch. Er ging weg.

In der Zelle war es sehr dunkel. Ich konnte nur ein Etagenbett, ein Waschbecken und einen Lokus entdecken. Wenig Raum zum Gehen. Ich zog meinen Mantel aus und warf ihn in hohem Bogen auf das obere Bett. Langte nach oben und machte das Bett neu, indem ich das Kopfkissen auf die dem Gitter gegenüberliegende Seite legte. War mir lieber so. Laken und Decke waren zwar sehr abgenutzt, rochen aber sauber genug.

Hubble setzte sich still auf das untere Bett. Ich benutzte den Lokus und wusch mir das Gesicht im Waschbecken. Hievte mich aufs Bett hoch, streifte die Schuhe ab und legte sie ans Fußende. Besser, ich wusste, wo sie waren. Schuhe konnten gestohlen werden, und dies waren gute Schuhe. Ich hatte sie vor vielen Jahren in Oxford, England, gekauft. In einer Universitätsstadt nahe der Airbase, wo ich stationiert gewesen war. Große, schwere Schuhe aus dickem Leder mit harten Sohlen.

Das Bett war zu kurz für mich, aber das sind die meisten Betten. Ich lag dort in der Dunkelheit und lauschte auf die Unruhe im Gefängnis. Dann schloss ich meine Augen und ließ mich mit Roscoe zurück nach Jamaika treiben. Dort muss ich mit ihr eingeschlafen sein, denn das Nächste, was ich mitbekam, war der Samstag. Ich war immer noch im Gefängnis. Und ein noch schlimmerer Tag begann.

6

Ich wurde durch helles Licht geweckt. Das Gefängnis hatte keine Fenster. Tag und Nacht wurden durch Strom erzeugt. Um sieben Uhr wurde das Gebäude plötzlich mit Licht überflutet. Keine Dämmerung oder mildes Zwielicht. Nur ein Zeitschalter, der um sieben Uhr umsprang.

Im hellen Licht sah die Zelle nicht besser aus. Die Vorderseite bestand nur aus Gitter. Die eine Hälfte bildete die Tür und schwang beim Öffnen nach außen. Das Etagenbett nahm fast die Hälfte der Breite und fast die ganze Länge ein. An der Rückwand waren ein Waschbecken aus Stahl und eine Toilettenschüssel aus Stahl. Die Wände bestanden aus Stein. Zum Teil Beton und zum Teil alte Backsteine. Alles dick mit Farbe überstrichen. Die Wände sahen ungeheuer dick aus. Wie in einem Kerker. Über meinem Kopf befand sich eine niedrige Betondecke. Die Zelle wirkte nicht wie ein Raum, der von Wänden, Boden und Decke eingefasst wurde. Sie wirkte wie ein massiver Mauerblock mit einem mühsam darin eingegrabenen Raum zum Leben.

Draußen war das unruhige Gemurmel der Nacht durch das Gelärme des Tages ersetzt worden. Alles rund herum war aus Metall, Backstein und Beton. Die Geräusche wurden davon verstärkt und zurückgeworfen. Es war ein höllischer Geräuschpegel. Durch die Gitter konnte ich nichts sehen. Gegenüber unserer Zelle war eine nackte Wand. Wenn ich im Bett lag, war von den anderen Zellen nichts zu sehen. Ich warf die Decke ab und suchte meine Schuhe. Ich zog sie an und band sie zu. Legte mich wieder hin. Hubble saß auf dem unteren Bett. Seine Segelschuhe lagen auf dem Betonboden. Ich fragte mich, ob er die ganze Nacht so dagesessen oder ob er auch geschlafen hatte.

Als Nächstes sah ich den Reinigungsmann. Er kam vor unserem Gitter in Sicht. Ein sehr alter Mann mit einem Besen. Ein alter Schwarzer mit einem Schopf aus schneeweißem Haar. Vom Alter gebeugt. Zerbrechlich wie ein alter, runzeliger Vogel. Seine orangefarbene Gefängnisuniform war so oft gewaschen worden, dass sie fast weiß war. Er musste an die achtzig sein. Hier drinnen seit sechzig Jahren. Hatte vielleicht in den Zeiten der Depression ein Huhn gestohlen. Und bezahlte immer noch an seiner Schuld gegenüber der Gesellschaft.

Er fuhr ziellos mit dem Besen über den Flur. Seine Wirbelsäule zwang sein Gesicht in Parallelstellung zum Boden. Wie ein Schwimmer drehte er den Kopf hin und her, um etwas zu sehen. Dann erblickte er Hubble und mich und blieb stehen. Stützte sich auf seinen Besen und schüttelte den Kopf. Gab eine Art nachdenkliches Glucksen von sich. Schüttelte wieder den Kopf. Er lachte. Es war ein anerkennendes, dankbares Lachen. Als wäre ihm nach all den Jahren endlich der Anblick eines Fabelwesens gewährt worden. So etwas wie ein Einhorn oder eine Nixe. Er setzte immer wieder zum Sprechen an, hob die Hand, als erforderte seine Aussage besonderen Nachdruck. Aber jedes Mal fing er wieder an zu glucksen, und das zwang ihn, den Besen zu umklammern. Ich trieb ihn nicht an. Ich konnte warten. Ich hatte das ganze Wochenende Zeit. Er den Rest seines Lebens.

»Tja, sieh mal an, ja«, grinste er. Er hatte keine Zähne. »Tja, sieh mal an, ja.«

Ich sah zu ihm hinüber.

»Tja, was, Opa?«, grinste ich zurück.

Er gackerte los. Wir würden noch eine Weile brauchen.

»Tja, ja«, sagte er. Jetzt hatte er sein Glucksen unter Kontrolle. »Ich war schon hier, als Gottes Hund noch ein Welpe war, ja, Sir. Als Adam noch ein Halbwüchsiger war. Aber so etwas habe ich noch nie gesehen. Nein, Sir, in all den Jahren nicht.«

»Was hast du noch nie gesehen, alter Mann?«, fragte ich ihn.

»Tja«, sagte er. »Ich war all die Jahre hier, und ich habe noch nie jemanden in dieser Zelle gesehen, der solche Kleider wie du anhatte, Mann.«

»Gefallen dir meine Kleider nicht?«, fragte ich. Überrascht.

»Das habe ich nicht gesagt, nein, Sir, ich habe nicht gesagt, dass mir deine Kleider nicht gefallen«, sagte er. »Ich finde deine Kleider fein. Sind sehr feine Kleider, ja, Sir, jawohl, sehr fein.«

»Was ist es dann?«, fragte ich.

Der alte Mann gackerte vor sich hin.

»Die Qualität der Kleider ist nicht der Punkt«, sagte er. »Nein, Sir, das ist überhaupt nicht der Punkt. Sondern die Tatsache, dass du sie trägst, Mann, und nicht die orange Uniform. Das habe ich noch nie gesehen, und wie ich schon sagte, Mann, ich bin hier, seit die Erde abkühlte, seit die Dinosaurier sagten: Was zu viel ist, ist zu viel. Jetzt habe ich alles gesehen, das habe ich wirklich, ja, Sir.«

»Aber auf dem U-Haft-Flur braucht man keine Uniform zu tragen«, sagte ich.

»Jawohl, das ist mal sicher«, sagte der alte Mann. »Das ist eine Tatsache, sicher doch.«

»Das haben die Wärter gesagt«, bekräftigte ich.

»Das glaube ich gern«, bestätigte er. »Denn so sind die Regeln, und die Wärter, die kennen die Regeln, ja, Sir, sie kennen sie, weil sie sie machen.«

»Was ist also der Punkt, alter Mann?«, fragte ich.

»Tja, wie ich sagte, ihr tragt keine orangefarbenen Sachen«, sagte er.

Wir drehten uns im Kreis.

»Aber ich brauche sie nicht zu tragen«, sagte ich.

Er war verblüfft. Seine scharfen Vogelaugen bohrten sich in meine.

»Nicht?«, sagte er. »Warum nicht, Mann? Sag's mir.«

»Weil wir sie im U-Haft-Trakt nicht brauchen«, sagte ich. »Das hast du doch eben bestätigt, oder?«

Stille. Er und ich begriffen gleichzeitig.

»Du glaubst, das hier ist der U-Haft-Trakt?«, fragte er mich.

»Ist das nicht der U-Haft-Trakt?«, fragte ich ihn zur selben Zeit.

Der alte Mann zögerte einen Moment. Dann hob er seinen Besen und schob sich aus unserem Blickfeld. So schnell er konnte. Schrie ungläubig vor sich hin, als er ging.

»Das ist nicht der U-Haft-Trakt, Mann!«, kreischte er aufgeregt. »Der U-Haft-Trakt ist im obersten Stock. Sechster Stock. Dies hier ist der dritte Stock. Ihr seid auf Flur drei, Mann. Hier sind die Lebenslänglichen, Mann. Hier sind die Leute, die man für gefährlich hält, Mann. Hier sind noch nicht mal die normalen Insassen. Dies ist der schlimmste Flur, Mann. Jawohl, Jungs, ihr seid am falschen Platz. Jungs, ihr bekommt Ärger, jawohl. Ihr werdet Besucher kriegen. Sie werden euch checken, Jungs. O Mann, ich verschwinde.«

Analysieren. Langjährige Erfahrung hatte mich gelehrt, zuerst zu analysieren und die Lage zu beurteilen. Wenn das Unerwartete über dich hereinbricht, verschwende keine Zeit. Überlege nicht, wie oder warum es passiert ist. Suche nicht den Schuldigen. Überlege nicht, wessen Fehler es war. Finde nicht heraus, wie man das nächste Mal denselben Fehler vermeiden kann. All das kannst du später tun. Wenn du überlebst. Zuerst musst du analysieren. Die Situation kritisch untersuchen. Ermittle die Nachteile. Schätze die Vorteile ab. Plane dementsprechend. Wenn du das tust, hast du eine bessere Chance, das, was danach kommt, zu überstehen.

Wir waren nicht in einer U-Haft-Zelle im sechsten Stock. Dort, wo noch nicht verurteilte Gefangene sein sollten. Wir waren unter gefährlichen Lebenslänglichen. Es gab keine Vorteile. Die Nachteile hingegen waren beträchtlich. Wir waren Neue auf einem Flur für Strafgefangene. Ohne Status würden wir nicht überleben. Wir hatten keinen Status. Man würde uns herausfordern. Wir würden dazu gezwungen werden, unsere Position am alleruntersten Ende der Hackordnung einzunehmen. Wir hatten ein unangenehmes Wochenende vor uns. Vielleicht sogar ein tödliches.

Ich erinnerte mich an einen Mann in der Army, einen Deserteur. Ein junger Bursche, kein schlechter Soldat, entfernte sich unerlaubt von der Kompanie, weil er einer seltsamen Religion angehörte. Demonstrierte in Washington und bekam Ärger. Endete im Gefängnis, zwischen üblen Typen wie diesen auf unserem Flur. Starb noch in der ersten Nacht. War von hinten vergewaltigt worden. Etwa fünfzig Mal. – Er war ein Neuer ohne Status. Am untersten Ende der Hackordnung. Verfügbar für alle, die über ihm standen.

Analysieren. Ich verfügte über eine harte Ausbildung. Und ausreichend Erfahrung. Nicht gedacht für das Leben im Gefängnis, aber helfen würde es schon. Ich hatte eine lange, unangenehme Ausbildung hinter mir. Nicht nur in der Army. Sondern schon in meiner Kindheit. Die Zeit in der Grundschule und Highschool verbringen Militärkinder wie ich in zwanzig oder sogar dreißig verschiedenen Schulen. Manche befinden sich auf den Stützpunkten, die meisten aber in benachbarten Ortschaften. An einigen strapaziösen Orten. Auf den Philippinen und Island, in Korea, Deutschland, Schottland, Japan und Vietnam. Überall auf der Welt. In jeder neuen Schule war ich am ersten Tag ein Neuer. Ohne Status. Es gab eine Menge erster Tage. Ich lernte schnell, wie man sich Status verschaffte. Auf sandigen, heißen Schulhöfen und auf kalten, nassen Schulhöfen trugen mein Bruder und ich es gemeinsam aus, Rücken an Rücken. Wir bekamen unseren Status.

Dann, beim Militär, war die Brutalität ausgeklügelter. Ich wurde von Experten ausgebildet. Von Männern, die ihre eigene Ausbildung im Zweiten Weltkrieg, in Korea oder Vietnam bekommen hatten. Männern, die Dinge überlebt hatten, von denen ich nur in Büchern gelesen hatte. Sie brachten mir die Methoden, die Techniken und Finessen zum Überleben bei. Aber am meisten brachten sie mir die richtige Einstellung bei. Sie brachten mir bei, dass Hemmungen mein sicherer Tod wären. Schlage zuerst zu und schlage hart zu. Töte beim ersten Schlag. Nimm deinen Konterschlag vorweg. Täusche. Die Gentlemen, die sich anständig verhalten hatten, bildeten dort niemanden aus. Sie waren schon tot.

Um halb acht gab es ein dumpfes metallisches Geräusch in der Zellenreihe. Der Zeitschalter hatte die Sperrvorrichtungen gelöst. Unser Gitter sprang einen Zentimeter weit auf. Hubble saß bewegungslos da. Er sagte immer noch nichts. Ich hatte keinen Plan. Das Beste wäre gewesen, einen Wärter zu finden, ihm die Sache zu erklären und verlegt zu werden. Aber ich rechnete nicht damit, einen Wärter zu finden. Auf Fluren wie diesem würde niemand einzeln patrouillieren. Sie würden zu zweit gehen, möglicherweise in Gruppen zu dritt oder viert. Das Gefängnis war unterbesetzt. Das war uns gestern Abend klargemacht worden. Unwahrscheinlich, dass es genügend Männer für größere Wachtrupps auf jedem Flur gab. Wahrscheinlicher war, dass ich den ganzen Tag nicht einen Wärter sehen würde. Sie würden in einem Mannschaftsraum warten. Nur als Notfallteam im gegebenen Fall agieren. Und wenn ich doch einen Wärter sah, was sollte ich ihm sagen? Ich gehöre eigentlich nicht hierhin? Das hörten sie doch den ganzen Tag. Sie würden fragen: Wer hat Sie hierhergebracht? Ich würde sagen: Spivey, der Topmann. Sie würden sagen: Ja, dann ist doch alles in Ordnung. Also war mein einziger Plan, keinen Plan zu haben. Einfach abzuwarten. Und entsprechend zu reagieren. Ziel: Überleben bis Montag.

Ich konnte das Quietschen hören, als die anderen Insassen ihre Türen zurückschwangen und gegen das Gitter schlugen. Ich konnte die Bewegung und die lautstarken Gespräche hören, als sie hinausspazierten, um einen weiteren sinnlosen Tag zu beginnen. Ich wartete.

Lange musste ich das nicht tun. Aus meinem schmalen Winkel vom Bett aus, den Kopf weit von der Tür entfernt, sah ich unsere Nachbarn herausschlendern. Sie schlossen sich mit einer kleinen Gruppe von Männern zusammen. Alle waren gleich angezogen. Die orangefarbene Gefängnisuniform. Rote Halstücher eng um den rasierten Kopf geknotet. Riesige Schwarze. Offensichtlich Bodybuilder. Einige hatten sich die Ärmel von ihren Hemden abgerissen. Um zu zeigen, dass kein Kleidungsstück ihren massigen Körper halten konnte. Vielleicht hatten sie recht. Es war ein beeindruckender Anblick.

Der Typ, der uns am nächsten stand, trug eine helle Sonnenbrille. Die Art, die in der Sonne dunkler wird. Silberhalogenide. Der Mann hatte die Sonne wahrscheinlich in den Siebzigern zuletzt gesehen. Würde sie vielleicht nie wieder sehen. Also war die Sonnenbrille überflüssig, aber sie sah gut aus. Wie die Muskeln. Wie die Halstücher und die zerrissenen Hemden. Alles Image. Ich wartete.

Der Typ mit der Sonnenbrille entdeckte uns. Sein überraschter Gesichtsausdruck ging rasch in Aufregung über. Er alarmierte den größten Mann der Gruppe, indem er ihm gegen den Arm stieß. Der große Typ sah sich um. Er wirkte verblüfft. Dann grinste er. Ich wartete. Die Gruppe versammelte sich vor unserer Zelle. Alle starrten herein. Der große Typ zog unsere Tür auf. Die anderen reichten sie einander weiter. Bis sie gegen das Gitter schlug.

»Schaut mal, was man uns gebracht hat«, sagte der Große. »Wisst ihr, was man uns da gebracht hat?«

»Was hat man uns da gebracht?«, fragte der Typ mit der Sonnenbrille.

»Frischfleisch hat man uns gebracht«, antwortete der große Typ.

»Das ist mal sicher, Mann«, sagte der Sonnenbrillentyp. »Frischfleisch.«

»Frischfleisch für alle«, sagte der große Typ.

Er grinste. Er sah sich in seiner Gang um, und alle grinsten zurück. Ließen ihre Handflächen gegeneinanderklatschen. Ich wartete. Der große Typ trat einen halben Schritt in unsere Zelle. Er war gewaltig. Vielleicht fünf bis zehn Zentimeter kleiner als ich, aber wahrscheinlich zweimal so schwer. Er füllte die Tür aus. Seine trüben Augen glitten erst über mich, dann über Hubble hinweg.

»Du da, Weißer, komm her«, sagte er. Zu Hubble.

Ich konnte Hubbles Panik spüren. Er bewegte sich nicht.

»Komm her, Weißer«, wiederholte der große Typ. Ganz ruhig.

Hubble stand auf. Machte einen halben Schritt auf den Mann in der Tür zu. Der große Typ starrte ihn mit einer Grimasse an, die einen durch ihre Wildheit erschrecken sollte.

»Hier ist das Territorium der Red Boys, Mann«, sagte der große Typ. Das erklärte die Halstücher. »Was macht ein mickriger Weißer im Territorium der Red Boys?«

Hubble antwortete nicht.

»Kurtaxe, Mann«, sagte der große Typ. »Wie in den Hotels in Florida, Mann. Du musst die Taxe bezahlen. Gib mir deinen Pullover, Weißer.«

Hubble war starr vor Angst.

»Gib mir deinen Pullover, Weißer«, sagte er noch einmal. Ganz ruhig.

Hubble nahm seinen teuren Pullover und hielt ihn dem Schwarzen entgegen. Der große Typ ergriff ihn und warf ihn hinter sich, ohne überhaupt hinzusehen.

»Gib mir die Brille, Weißer«, sagte er.

Hubble warf mir einen verzweifelten Blick zu. Nahm seine Goldrandbrille ab. Hielt sie ihm entgegen. Der große Typ nahm sie und ließ sie auf den Boden fallen. Zertrat sie unter seinem Schuh. Drehte seinen Fuß darauf.

Die Brille zerbrach in kleine Splitter. Der große Typ zog schleifend den Fuß zurück und kickte die Trümmer rückwärts in den Flur. Die anderen Männer stampften abwechselnd darauf herum.

»Braver Junge«, sagte der große Typ. »Du hast die Kurtaxe bezahlt.«

Hubble zitterte.

»Jetzt komm her, Weißer«, sagte sein Peiniger.

Hubble schlurfte näher.

»Näher, Weißer«, forderte der große Typ.

Hubble schlurfte näher. Bis er etwa noch dreißig Zentimeter entfernt war. Er bebte heftig.

»Auf die Knie, Weißer«, sagte der große Typ.

Hubble kniete sich hin.

»Zieh mir den Reißverschluss auf, Schätzchen«, sagte er.

Hubble tat nichts. Geriet in Panik.

»Zieh mir den Reißverschluss auf, Weißer«, sagte der große Typ wieder. »Mit deinen Zähnen.«

Hubble keuchte vor Angst und Abscheu und sprang zurück. Er rannte rückwärts zur hinteren Zellenwand. Versuchte, sich hinter dem Lokus zu verstecken. Er umklammerte die Schüssel.

Zeit einzugreifen. Nicht wegen Hubble. Der war mir egal. Ich musste meinetwegen eingreifen. Hubbles erbärmliche Vorstellung würde ein schlechtes Licht auf mich werfen. Wir wurden als Paar angesehen. Hubbles Kapitulation würde uns beide disqualifizieren. Im Statusspiel.

»Komm zurück, Weißer! Magst du mich denn nicht?«, rief der große Typ Hubble zu.

Ich holte leise tief Luft. Schwang meine Beine über die Bettseite und landete leichtfüßig vor dem großen Typ. Er starrte mich an. Ich starrte zurück, ganz ruhig.

»Du bist in meinem Haus, Fettsack«, sagte ich. »Aber ich lasse dir die Wahl.«

»Welche Wahl?«, fragte der große Typ. Überrascht. Verblüfft.

»Die Wahl der Rückzugsstrategie, Fettsack«, sagte ich.

»Was sagst du?«, fragte er.

»Ich meine Folgendes«, erklärte ich ihm. »Du verschwindest hier. Das ist schon klar. Du hast aber die Wahl, wie du verschwindest. Entweder du gehst von selbst, oder die anderen Fettsäcke hinter dir werden dich in einem Eimer raustragen.«

»Ach ja?«

»Mit Sicherheit«, sagte ich. »Ich zähle jetzt bis drei, okay, also wählst du besser gleich, ja?«

Er starrte mich an.

»Eins«, begann ich. Keine Reaktion.

»Zwei«, zählte ich. Keine Reaktion.

Dann täuschte ich ihn. Statt bis drei zu zählen, versetzte ich ihm mit meinem Kopf einen Stoß direkt ins Gesicht. Legte mein Gewicht auf den hinteren Fuß, stieß mich ab, schnellte mit meinem Kopf vor und schmetterte meine Stirn auf seine Nase. Ein wunderschöner Stoß. Die Stirn bildet einen perfekten Bogen und ist dazu sehr stark. Die Schädeldecke ist an dieser Stelle äußerst dick. Ich habe an dieser Stelle ein Stirnbein wie Beton. Der menschliche Kopf ist sehr schwer. Alle möglichen Hals- und Rückenmuskeln halten ihn in Balance. Es ist, als bekäme man eine Bowlingkugel ins Gesicht. Überraschend ist es allemal. Die Leute erwarten, geboxt oder getreten zu werden. Ein Stoß mit dem Kopf kommt immer unerwartet. Aus heiterem Himmel.

Der Stoß musste sein ganzes Gesicht plattgedrückt haben. Ich schätze, ich zerquetschte seine Nase und zerschmetterte beide Wangenknochen. Brachte sein kleines Hirn gehörig ins Wackeln. Seine Beine knickten ein, und er schlug auf dem Boden auf wie eine Marionette mit durchgeschnittenen Schnüren. Wie ein Ochse im Schlachthof. Sein Schädel krachte auf den Betonboden.

Ich starrte die Gruppe Männer an. Die waren gerade fleißig dabei, meinen Status neu einzuschätzen.

»Wer ist der Nächste?«, fragte ich. »Aber jetzt geht es zu wie in Vegas: doppelt oder nichts. Dieser Mann hier wird vielleicht für sechs Wochen mit einer Metallmaske ins Krankenhaus kommen. Also kriegt der Nächste zwölf Wochen, verstanden? Ein paar zertrümmerte Ellbogen, klar? Also, wer ist der Nächste?«

Keine Antwort. Ich zeigte auf den Typen mit der Sonnenbrille.

»Gib mir den Pullover, Fettsack«, sagte ich.

Er bückte sich und hob den Pullover auf. Gab ihn mir. Lehnte sich herüber und hielt ihn mir hin. Er wollte mir nicht zu nahe kommen. Ich nahm den Pullover und warf ihn auf Hubbles Bett.

»Gib mir die Brille«, sagte ich.

Er bückte sich und fegte zusammen, was von der kaputten Goldbrille übrig geblieben war. Gab es mir. Ich warf es zurück.

»Die ist zerbrochen, Fettsack«, sagte ich. »Gib mir deine.«

Lange geschah nichts. Er sah mich an. Ich sah ihn an. Ohne zu blinzeln. Er nahm seine Sonnenbrille ab und gab sie mir. Ich steckte sie mir in die Tasche.

»Jetzt bringt diesen Kadaver hier raus«, sagte ich.

Die Männer in ihren orangefarbenen Uniformen und roten Halstüchern zogen seine schlaffen Glieder in die Länge und aus der Zelle hinaus. Ich kletterte zurück in mein Bett. Der Adrenalinstoß ließ mich zittern. Mein Magen drehte sich um, und ich keuchte. Mein Kreislauf war fast im Keller. Ich fühlte mich schrecklich. Aber nicht so, wie ich mich gefühlt hätte, wenn ich es nicht getan hätte. Sie hätten es mit Hubble zu Ende gebracht, und dann hätten sie mit mir angefangen.

Zum Frühstück aß ich nichts. Kein Appetit. Ich lag so lange in meinem Bett, bis ich mich besser fühlte. Hubble saß auf seinem Bett. Er wiegte sich vor und zurück. Und hatte noch immer nichts gesagt. Nach einer Weile ließ ich mich nach unten sinken. Wusch mich am Waschbecken. Leute kamen zur Tür und starrten herein. Verschwanden wieder. Die Nachricht hatte sich schnell herumgesprochen. Der Neue in der hintersten Zelle hatte einen Red Boy ins Krankenhaus geschickt. Das musste man sehen. Ich war eine Berühmtheit.

Hubble hörte auf, sich vor und zurück zu wiegen, und sah mich an. Öffnete seinen Mund und schloss ihn wieder. Öffnete ihn ein zweites Mal.

»Ich halte das nicht aus«, sagte er.

Das waren die ersten Worte, die ich seit seinem selbstsicheren Geplänkel über Finlays Lautsprecher von ihm zu hören bekam. Seine Stimme war leise, aber seine Feststellung klang bestimmt. Kein Gejammer, keine Beschwerde, sondern die Feststellung einer Tatsache. Er hielt das nicht aus. Ich sah zu ihm rüber. Überdachte eine Weile seine Feststellung.

»Warum sind Sie dann hier?«, fragte ich ihn. »Warum haben Sie das gemacht?«

»Ich mache gar nichts«, sagte er. Erstaunt.

»Sie haben etwas gestanden, was Sie nicht getan haben«, sagte ich. »Sie wollten es so.«

»Nein«, erklärte Hubble. »Ich habe getan, was ich sagte. Ich tat es und erzählte es dem Detective.«

»Blödsinn, Hubble«, sagte ich. »Sie waren ja noch nicht mal dort. Sie waren auf einer Party. Der Typ, der Sie nach Hause fuhr, ist Polizist, Herrgott noch mal! Sie haben es nicht getan, das wissen Sie auch, jeder weiß das. Erzählen Sie mir nicht so eine Scheiße.«

Hubble sah zu Boden. Dachte einen Moment lang nach.

»Ich kann es nicht erklären«, sagte er. »Ich kann nichts darüber sagen. Ich muss nur wissen, was als Nächstes passiert.«

Ich blickte ihn wieder an.

»Was als Nächstes passiert?«, fragte ich. »Sie bleiben hier bis Montagmorgen, und dann gehen Sie zurück nach Margrave. Und dann, schätze ich, lässt man Sie gehen.«

»Sie lassen mich gehen?«, fragte er. Als würde er mit sich selber diskutieren.

»Sie waren noch nicht mal am Tatort«, sagte ich. »Das wissen sie. Man möchte vielleicht wissen, warum Sie gestanden haben, wenn Sie gar nichts getan haben. Und man wird wissen wollen, warum der Mann Ihre Telefonnummer bei sich hatte.«

»Und wenn ich es ihnen nicht sagen kann?«, sagte er.

»Nicht sagen *kann* oder *will*?«, fragte ich ihn.

»Ich kann es ihnen nicht sagen. Ich kann niemandem etwas sagen.«

Er sah weg und erschauerte. Er hatte große Angst.

»Aber ich kann hier nicht bleiben«, sagte er. »Das halte ich nicht aus.«

Hubble war ein Finanzmann. Die verteilen ihre Visitenkarten wie Konfetti unters Volk. Sprechen mit jedem, den sie treffen, über finanzielle Absicherung und Steuerparadiese. Alles, um an die hart verdienten Dollars einiger Männer zu kommen. Aber diese Telefonnummer war aus einem Computerausdruck gerissen. Nicht auf eine Visitenkarte gedruckt. Und in einem Schuh versteckt, nicht in eine Brieftasche gestopft. Und man spürte die Furcht des Typen wie eine Rhythmusgruppe im Hintergrund.

»Warum können Sie es niemandem erzählen?«, fragte ich ihn.

»Weil ich nicht kann«, sagte er. Mehr würde er nicht sagen. Ich war plötzlich todmüde. Vor vierundzwanzig Stunden war ich an einer Highway-Ausfahrt aus einem Greyhound gesprungen und eine neue Straße entlanggelaufen. War glücklich und mit großen Schritten durch den warmen Morgenregen gegangen. Hatte Leute gemieden, Einmischung vermieden. Kein Gepäck, kein Ärger. Freiheit. Ich wollte sie nicht von Hubble gefährden lassen oder von Finlay oder von irgendeinem großen Mann, dem in den kahlgeschorenen Kopf geschossen worden war. Ich wollte nichts damit zu tun haben. Ich wollte nur etwas Ruhe und Frieden und dann nach Blind Blake suchen. Ich wollte einen Achtzigjährigen finden, der sich erinnerte, ihn in einer Bar gesehen zu haben. Ich sollte mit dem alten Mann sprechen, der die Gefängnisgänge fegte, nicht mit Hubble. Diesem Yuppie-Arschloch.

Er dachte scharf nach. Ich konnte sehen, was Finlay gemeint hatte. Ich hatte noch nie jemanden so deutlich sichtbar nachdenken sehen. Sein Mund bewegte sich geräuschlos, und er spielte mit seinen Fingern. Als würde er Positives und Negatives durchgehen. Die Dinge gegeneinander abwägen. Ich beobachtete ihn. Sah ihn eine Entscheidung treffen. Er drehte sich um und sah zu mir herüber.

»Ich brauche einen Rat«, sagte er. »Ich habe ein Problem.«

Ich lachte.

»Na, das ist eine Überraschung«, sagte ich. »Das hätte ich nie erraten. Ich dachte, Sie seien hier, weil Golfspielen am Wochenende für Sie zu langweilig wäre.«

»Ich brauche Hilfe.«

»Mehr Hilfe als eben werden Sie nicht bekommen«, sagte ich. »Ohne mich würden Sie sich jetzt über Ihr Bett beugen und hätten eine Reihe großer, aufgegeilter Typen bis zur Tür hinter sich. Und bis jetzt haben Sie mich nicht gerade mit Dankbarkeit für meine Hilfe überschüttet.«

Er blickte einen Moment zu Boden. Nickte.

»Es tut mir leid«, sagte er. »Ich bin Ihnen sehr dankbar. Glauben Sie mir, das bin ich. Sie haben mir das Leben gerettet. Sie haben sich um mich gekümmert. Deshalb müssen Sie mir auch sagen, was ich tun soll. Bitte helfen Sie mir, ich werde bedroht.«

Ich ließ diese Enthüllung einen Moment lang im Raum stehen.

»Ich weiß«, sagte ich. »Das ist ziemlich offensichtlich.«

»Ja, und nicht nur ich«, sagte er. »Meine Familie auch.«

Er zog mich hinein. Ich sah ihn an. Er fing wieder an nachzudenken. Sein Mund bewegte sich. Er zog an seinen Fingern. Seine Augen flogen nach rechts und links. Als wäre auf der einen Seite ein großer Haufen mit Gründen und auf der anderen ein zweiter großer Haufen mit Gründen. Welcher Haufen war größer?

»Haben Sie Familie?«, fragte er mich.

»Nein«, sagte ich. Was hätte ich sonst sagen sollen? Meine Eltern waren tot. Ich hatte irgendwo einen Bruder, den ich nie sah. Also hatte ich auch keine Familie. Und keine Ahnung, ob ich mir eine wünschte. Vielleicht, vielleicht auch nicht.

»Ich bin seit zehn Jahren verheiratet«, sagte Hubble. »Letzten Monat zehn Jahre. Gab eine große Party. Ich habe zwei Kinder. Einen Jungen, neun Jahre, und ein Mädchen, sieben Jahre. Eine großartige Frau und großartige Kinder. Ich liebe sie wahnsinnig.«

Das meinte er ernst. Ich konnte das sehen. Er verfiel in Schweigen. Sein Blick verschleierte sich, als er an seine Familie dachte. Sich fragte, wie zum Teufel er hierhergekommen war, weit weg von ihnen. Er war nicht der Erste, der in dieser Zelle saß und sich das fragte. Und er würde nicht der Letzte sein.

»Wir haben ein hübsches Haus«, sagte er. »Draußen, am Beckman Drive. Haben es vor fünf Jahren gekauft. Kostete eine Menge Geld, aber das war es wert. Kennen Sie den Beckman Drive?«

»Nein«, sagte ich wieder. Er hatte Angst, auf den Punkt zu kommen. Schon bald würde er mir etwas über die Tapete im Gästeklo erzählen. Und wie er die kieferorthopädische Behandlung seiner Tochter bezahlen wollte. Ich ließ ihn reden. Gefängniskonversation.

»Wie auch immer«, sagte er schließlich. »Jetzt bricht alles zusammen.«

Er saß da in seiner Drillichhose und seinem Polohemd. Seinen weißen Pullover hatte er sich wieder genommen und um die Schultern gelegt. Ohne seine Brille sah er älter aus, leerer. Brillenträger sehen ohne Brille immer unkonzentriert und verletzlich aus. Der Außenwelt ausgeliefert. Als wäre eine Schicht entfernt. Er sah aus wie ein müder, alter Mann. Ein Bein hatte er ausgestreckt. Ich konnte das Profil auf seiner Schuhsohle sehen.

Was nannte er eine Bedrohung? Eine Enthüllung oder Entlarvung? Etwas, das sein perfektes Leben am Beckman Drive, wie er es beschrieben hatte, hinwegfegen würde? Möglicherweise war seine Frau in etwas verwickelt. Möglicherweise deckte er sie. Möglicherweise hatte sie eine Affäre mit dem großen, toten Mann gehabt. Möglich war vieles. Möglich war alles. Vielleicht war seine Familie durch Schande, Bankrott, durch ein Stigma oder die Kündigung der Mitgliedschaft im Country Club bedroht. Ich drehte mich im Kreis. Ich lebte nicht in Hubbles Welt. Ich teilte nicht seinen Bezugsrahmen. Ich hatte gesehen, wie er vor Angst zitterte und bebte. Aber ich hatte keine Ahnung, wie viel nötig war, um einem Mann wie ihm Angst einzujagen. Oder wie wenig. Als ich ihn gestern das erste Mal auf dem Revier gesehen hatte, schien er mir aufgebracht und beunruhigt zu sein. Seitdem hatte er von Zeit zu Zeit gezittert, war wie gelähmt gewesen oder hatte angstvoll vor sich hin gestarrt. Er war manchmal resigniert und apathisch gewesen. Ganz offensichtlich hatte er große Angst. Ich lehnte mich gegen die Zellenwand und wartete, dass er es mir erzählte.

»Sie bedrohen uns«, sagte er wieder. »Wenn ich irgendjemandem erzähle, was vor sich geht, dann brechen sie in unser Haus ein, haben sie gesagt. Sie treiben uns zusammen. In mein Schlafzimmer. Sie haben gesagt, sie nageln mich an die Wand und schneiden mir die Hoden ab. Dann zwingen sie meine Frau, sie zu schlucken. Dann schneiden sie uns die Kehlen durch. Sie haben gesagt, sie werden unsere Kinder zusehen lassen, und wenn wir tot sind, mit ihnen Dinge anstellen, von denen wir niemals etwas wissen werden.«

7

»WAS SOLL ICH ALSO TUN?«, fragte Hubble mich. »Was würden Sie tun?«

Er starrte zu mir herüber. Was würde ich tun? Wenn mich jemand so bedrohte, würde er sterben. Ich würde ihn in Stücke reißen. Entweder noch während er die Drohung ausstieß oder Tage, Monate oder Jahre später. Ich würde ihn zur Strecke bringen und in Stücke reißen. Aber das konnte Hubble nicht. Er hatte eine Familie. Drei Geiseln, die nur darauf warteten, gefangen genommen zu werden. Drei Geiseln, die schon gefangen genommen waren. Sobald jemand die Drohung ausgesprochen hatte.

»Was soll ich tun?«, fragte er mich wieder.

Ich fühlte mich unter Druck. Ich musste etwas sagen. Und meine Stirn schmerzte. Sie war durch den heftigen Zusammenprall mit dem Gesicht des Red Boys geprellt. Ich ging hinüber zum Gitter und blickte die Zellenreihe entlang. Lehnte mich an das Ende des Bettes. Dachte einen Moment lang nach. Kam zu der einzig möglichen Antwort. Aber nicht zu der Antwort, die Hubble hören wollte.

»Sie können nichts tun«, sagte ich. »Ihnen wurde befohlen, den Mund zu halten, also halten Sie ihn. Erzählen Sie niemandem, was vor sich geht. Unter keinen Umständen.«

Er blickte hinunter auf seine Füße. Ließ den Kopf in seine Hände sinken. Stöhnte in elender Qual. Als würde er von Enttäuschung zermalmt.

»Ich muss mit jemandem reden«, sagte er. »Ich muss da rauskommen, wirklich, ich muss da raus. Ich muss mit jemandem reden.«

Ich schüttelte den Kopf.

»Das können Sie nicht«, sagte ich. »Man hat Ihnen befohlen, nichts zu sagen, also sagen Sie nichts. Nur so bleiben Sie am Leben. Sie und Ihre Familie.«

Er sah auf. Erschauerte.

»Da geht ein richtig großes Ding ab«, sagte er. »Ich muss es stoppen, wenn ich kann.«

Ich schüttelte wieder den Kopf. Wenn da ein richtig großes Ding mit Leuten abging, die solche Drohungen ausstießen, dann würde er sie nie stoppen. Er war dabei, und er würde dabeibleiben. Ich warf ihm ein mitleidiges Lächeln zu und schüttelte zum dritten Mal den Kopf. Er nickte, als würde er verstehen. Als würde er endlich seine Lage akzeptieren. Er fing wieder an, sich vor und zurück zu wiegen und an die Wand zu starren. Seine Augen waren geöffnet. Ohne die Goldränder rot und nackt. Lange Zeit saß er schweigend da.

Ich konnte nicht verstehen, warum er gestanden hatte. Er hätte seinen Mund halten müssen. Er hätte jegliche Verbindung mit dem toten Mann leugnen müssen. Sagen müssen, dass er keine Ahnung hatte, warum seine Telefonnummer im Schuh des Mannes steckte. Dass er keine Ahnung hatte, was Pluribus sein sollte. Dann hätte er einfach nach Hause gehen können.

»Hubble«, sagte ich, »warum haben Sie gestanden?«

Er blickte auf. Zögerte eine Weile, bevor er antwortete.

»Das kann ich nicht sagen«, sagte er. »Das würde Ihnen zu viel verraten.«

»Ich weiß sowieso schon zu viel«, sagte ich. »Finlay fragte nach dem Toten und Pluribus, und Sie flippten aus. Ich weiß also, dass zwischen Ihnen und dem Toten und Pluribus, was auch immer das sein soll, eine Verbindung besteht.«

Er sah mich an. Wirkte geistesabwesend.

»Ist Finlay der schwarze Detective?«, fragte er.

»Ja«, sagte ich. »Chief Detective.«

»Er ist neu«, sagte Hubble. »Hab ihn noch nie vorher gesehen. Sonst war es immer Gray. War schon jahrelang hier. Seit meiner Kindheit. Es gibt nur einen Detective, wissen Sie, ich weiß nicht, warum sie ihn Chief Detective nennen, wenn es nur einen gibt. Im ganzen Police Department gibt es nur acht Leute. Chief Morrison, der ist auch schon seit Jahren da, dann der Sergeant im Innendienst, vier Streifenpolizisten, eine Frau und der Detective, Gray. Nur dass es jetzt Finlay ist. Der Neue. Ein Schwarzer, der Erste, den wir jemals hatten. Gray hat sich umgebracht, wissen Sie? Hängte sich an einem Dachsparren in seiner Garage auf. Im Februar, glaube ich.«

Ich ließ ihn reden. Gefängniskonversation. Vertreibt einem die Zeit. Einen anderen Sinn hat sie nicht. Hubble war gut darin. Aber ich wollte immer noch, dass er meine Frage beantwortete. Meine Stirn tat weh, und ich wollte sie mit kaltem Wasser abspülen. Ich wollte ein bisschen herumlaufen. Ich wollte etwas zu essen. Ich wollte Kaffee. Ich wartete, ohne zuzuhören, wie Hubble sich durch die Kommunalgeschichte von Margrave arbeitete. Plötzlich hielt er inne.

»Was haben Sie mich gefragt?«, fragte er.

»Warum haben Sie gestanden, den Mann getötet zu haben?«, wiederholte ich.

Er blickte sich um. Dann sah er mich direkt an.

»Es gibt eine Verbindung«, sagte er. »Mehr darf ich jetzt nicht dazu sagen. Der Detective erwähnte den Mann und benutzte das Wort ›Pluribus‹, das mich auffahren ließ. Ich war erschrocken. Ich konnte nicht glauben, dass er von der Verbindung wusste. Dann merkte ich, dass er es gar nicht gewusst hatte, bis ich mich so erschreckte. Sie verstehen? Ich hatte es verraten. Ich fühlte, dass ich es verpatzt hatte. Das Geheimnis verraten. Und das durfte ich nicht, wegen der Drohung.«

Er verstummte und wurde ganz still. Ein Nachklang der Panik, die er in Finlays Büro gefühlt hatte, war wieder da. Er blickte erneut auf. Holte tief Luft.

»Ich hatte Angst«, sagte er. »Aber dann erzählte mir der Detective, dass der Mann tot sei. Erschossen. Ich geriet in Panik, denn wenn sie ihn umgebracht hatten, würden sie möglicherweise auch mich umbringen. Ich kann Ihnen wirklich nicht sagen, warum. Aber es gibt eine Verbindung, ganz wie Sie sagten. Wenn sie diesen speziellen Mann geschnappt hatten, hieß das, dass sie mich auch schnappen würden? Oder hieß es das nicht? Ich musste darüber nachdenken. Ich wusste ja nicht mal mit Sicherheit, wer den Mann getötet hatte. Aber dann erzählte mir der Detective, mit welcher Brutalität der Mord durchgeführt wurde. Hat er Ihnen das auch erzählt?«

Ich nickte.

»Über die Verletzungen?«, fragte ich. »Klang ziemlich unangenehm.«

»Genau«, sagte Hubble. »Und das beweist, dass es die waren, die ich in Verdacht hatte. Also geriet ich wirklich in Panik. Ich dachte: Suchen sie mich jetzt auch? Oder nicht? Ich wusste es einfach nicht. Ich hatte solche Angst. Ich dachte eine Ewigkeit nach. Ging es immer und immer wieder im Kopf durch. Der Detective wurde fast wahnsinnig. Ich sagte nichts, weil ich nachdachte. Fühlte sich an, als wären es Stunden gewesen. Ich hatte einfach Angst, wissen Sie?«

Er verfiel wieder in Schweigen. Ging es wieder in seinem Kopf durch. Wahrscheinlich zum tausendsten Mal. Versuchte herauszufinden, ob seine Entscheidung richtig gewesen war.

»Plötzlich wusste ich, was ich tun musste«, sagte er. »Ich hatte drei Probleme. Wenn sie hinter mir her waren, dann musste ich ihnen entwischen. Mich verstecken, verstehen Sie? Um mich zu schützen. Aber wenn sie nicht hinter mir her waren, dann musste ich mich ruhig verhalten, richtig? Um meine Frau und die Kinder zu schützen. Und von ihrem Standpunkt aus musste dieser spezielle Mann erschossen werden. Drei Probleme. Also gestand ich.«

Ich konnte seiner Begründung nicht folgen. Es ergab nicht viel Sinn, wie er es mir erklärte. Ich blickte ihn ausdruckslos an.

»Drei unterschiedliche Probleme, richtig?«, sagte er. »Ich beschloss, mich einsperren zu lassen. Dann war ich sicher, wenn sie hinter mir her waren. Weil sie mich hier drinnen nicht kriegen können, richtig? Sie sind da draußen, und ich bin hier drinnen. Somit wäre Problem Nummer eins gelöst. Aber ich dachte auch, und dies ist der komplizierte Teil, wenn sie eigentlich überhaupt nicht hinter mir her waren, sollte ich mich vielleicht auch besser einsperren lassen, dann aber kein Wort über sie erzählen? Sie würden denken, dass ich versehentlich verhaftet worden wäre, und dann sehen, dass ich den Mund halte. Das sehen sie doch, oder? Und das beweist, dass ich ungefährlich bin. Es ist wie eine Demonstration, dass ich zuverlässig bin. Ein Beweis. Eine Art Feuerprobe. Und damit wäre Problem Nummer zwei gelöst. Und dadurch, dass ich den Mord gestanden habe, gerate ich ja irgendwie endgültig auf ihre Seite. Das Geständnis ist wie eine Erklärung meiner Loyalität. Und ich dachte, sie würden vielleicht dankbar sein, dass ich die Bullen in die falsche Richtung gelenkt habe. Also wäre damit auch Problem Nummer drei gelöst.«

Ich starrte ihn an. Kein Wunder, dass er bei Finlay die vierzig Minuten den Mund nicht aufgemacht und wie verrückt nachgedacht hatte. Drei Fliegen mit einer Klappe. Das hatte er also vorgehabt.

Der Teil mit dem Beweis, dass man ihm vertrauen konnte, war in Ordnung. Wer auch immer sie waren, sie würden das mitkriegen. Ein Aufenthalt im Gefängnis, ohne zu reden, ist ein Übergangsritus. Ein Ehrenabzeichen. Zählt eine Menge. Gut gedacht, Hubble.

Leider war der andere Teil ziemlich fragwürdig. Sie könnten ihn hier nicht kriegen? Er machte wohl Witze. Es gibt keinen besseren Platz, einen Mann auszuschalten, als im Gefängnis. Man weiß, wo er ist, man hat alle Zeit, die man braucht. Viele Typen würden es für einen tun. Gelegenheiten gibt es genug. Außerdem ist es billig. Was würde ein Anschlag draußen wohl kosten? Einen Riesen, zwei Riesen? Dazu das Risiko. Drinnen kostete es einen eine Stange Zigaretten. Und es gab kein Risiko. Weil niemand davon Notiz nehmen würde. Nein, ein Gefängnis war kein sicherer Ort zum Verstecken. Schlecht gedacht, Hubble. Und es gab da noch einen Denkfehler.

»Was werden Sie am Montag machen?«, fragte ich ihn. »Sie werden wieder zu Hause sein und das machen, was Sie immer machen. Sie werden in Margrave oder Atlanta oder wo auch immer herumlaufen. Wenn die hinter Ihnen her sind, werden die Sie dann nicht finden?«

Er fing wieder an nachzudenken. Dachte nach wie verrückt. Er hatte noch nicht so weit im Voraus geplant. Gestern Nachmittag war er in blinder Panik gewesen. Musste sich mit der Gegenwart befassen. Kein schlechtes Prinzip. Nur dass die Zukunft ziemlich schnell da ist und ebenfalls ihr Recht verlangt.

»Ich hoffe einfach auf das Beste«, sagte Hubble. »Ich hatte irgendwie den Eindruck, sie würden sich mit der Zeit schon wieder beruhigen. Ich bin sehr nützlich für sie und hoffe, sie denken daran. Im Moment haben wir eine äußerst angespannte Situation. Aber sehr bald schon wird sich alles wieder beruhigen. Ich werde wahrscheinlich einfach da durchmüssen. Wenn sie mich schnappen, dann schnappen sie mich eben. Das ist mir mittlerweile auch egal. Ich mache mir nur Sorgen um meine Familie.«

Er schwieg und zuckte mit den Schultern. Stieß einen Seufzer aus. Kein schlechter Junge. Er hatte nicht vorgehabt, ein großer Verbrecher zu werden. Es hatte sich von hinten angeschlichen. Ihn so behutsam in seinen Bann gezogen, dass er es gar nicht bemerkt hatte. Bis er aussteigen wollte. Wenn er sehr viel Glück hatte, würden sie ihm erst alle Knochen brechen, nachdem er tot war.

»Wie viel weiß Ihre Frau?«, fragte ich ihn.

Er sah herüber. Mit einem Ausdruck des Entsetzens auf seinem Gesicht.

»Nichts«, sagte er. »Überhaupt nichts. Ich habe ihr nichts erzählt. Rein gar nichts. Das konnte ich nicht. Es ist alles mein Geheimnis. Niemand weiß etwas.«

»Sie müssen ihr doch etwas sagen«, erwiderte ich. »Sie wird sicher bemerkt haben, dass Sie nicht zu Hause sind und den Pool reinigen oder was Sie sonst so am Wochenende tun.«

Ich versuchte nur, ihn aufzuheitern, aber die Rechnung ging nicht auf. Hubble wurde still. Sein Blick verschleierte sich wieder, als er an seinen Garten im Licht des Spätsommers dachte. An seine Frau, die sich mit übertriebener Sorgfalt um die Rosen oder was auch immer kümmerte. Seine Kinder, die kreischend umherrannten. Vielleicht hatten sie einen Hund. Und eine Dreiergarage mit europäischen Limousinen, die auf ihre samstägliche Wäsche warteten. Und einen Basketballkorb über dem mittleren Garagentor, der nur darauf wartete, dass der neunjährige Junge groß genug sein würde, um den schweren Ball darin zu versenken. Eine Fahne über dem Vordach. Früh gefallene Blätter, die darauf warteten, weggefegt zu werden. Familienleben am Samstag. Aber nicht an diesem Samstag. Nicht für diesen Mann.

»Vielleicht denkt sie, es sei alles ein Irrtum«, erklärte er. »Vielleicht haben sie es ihr auch erzählt, ich weiß es nicht. Wir kennen einen der Polizisten. Dwight Stevenson. Mein Bruder hat die Schwester seiner Frau geheiratet. Ich weiß nicht, was er ihr gesagt hat. Ich schätze, damit befasse ich mich am Montag. Ich werde sagen, es war ein schrecklicher Irrtum. Sie wird mir glauben. Jeder weiß doch, dass solche Fehler vorkommen.«

Er dachte laut nach.

»Hubble«, sagte ich, »warum ist der große Mann in den Kopf geschossen worden?«

Er stand auf und lehnte sich an die Wand. Stellte seinen Fuß auf den Rand der stählernen Toilettenschüssel. Blickte mich an. Er würde nicht antworten. Nicht auf eine solch umfassende Frage.

»Was ist mit Ihnen?«, fragte ich. »Wofür würde man Sie in den Kopf schießen?«

Er würde nicht antworten. Das Schweigen in unserer Zelle war schrecklich. Ich ließ es eine Weile nachhallen. Mir fiel nichts mehr ein, was ich hätte sagen können.

Hubble trommelte mit dem Schuh gegen die metallene Toilettenschüssel. Ein klirrender Rhythmus. Hörte sich an wie ein Riff von Bo Diddley.

»Haben Sie jemals von Blind Blake gehört?«, fragte ich ihn.

Er hielt seinen Fuß still und blickte auf.

»Von wem?«, fragte er verblüfft.

»Ist nicht wichtig«, sagte ich. »Ich suche jetzt den Waschraum. Ich muss mir ein nasses Handtuch auf meinen Kopf legen. Er tut weh.«

»Das überrascht mich nicht«, sagte er. »Ich komme mit Ihnen.«

Er wollte nicht allein gelassen werden. Verständlich. Für das Wochenende würde ich sein Gorilla sein. Ich hatte ohnehin keine anderen Pläne.

Wir gingen die Zellenreihe hinunter zu einer Art Vorplatz. Ich sah den Notausgang, den Spivey am Abend vorher benutzt hatte. Dahinter war ein gekachelter Eingang. Über dem Eingang hing eine Uhr. Fast zwölf. Uhren in Gefängnissen sind etwas Seltsames. Was nützt es, Stunden und Minuten zu messen, wenn die Leute in Jahren und Jahrzehnten denken?

Der gekachelte Eingang war von Männern blockiert. Ich drängelte mich hindurch, und Hubble folgte mir. Es war ein großer, gekachelter Raum, viereckig. Er stank nach Desinfektionsmittel. Durch eine Wand führte der türlose Eingang. Links befand sich eine Reihe von Duschkabinen. Die waren offen. An der hinteren Wand eine Reihe von Toilettenkabinen. Vorne offen, mit taillenhohen Seitenwänden. An der rechten Wand eine Reihe Waschbecken. Alles nicht gerade intim. Wenn man sein ganzes Leben in der Army zugebracht hat, ist das nichts Besonderes, aber Hubble fühlte sich nicht wohl. Es war nicht das, was er gewohnt war.

Die gesamte Ausstattung war aus Stahl. Alles, was normalerweise aus Porzellan war, war hier aus rostfreiem Stahl. Wegen der Sicherheit. Ein zertrümmertes Waschbecken ergibt ein paar ziemlich gute Scherben. Eine Scherbe in entsprechender Größe ergibt eine gute Waffe. Aus demselben Grund waren die Spiegel über den Waschbecken ebenfalls Platten aus poliertem Stahl. Ein bisschen trübe, aber ausreichend. Man konnte sich in ihnen sehen, aber man konnte sie nicht zertrümmern und jemanden mit einer Scherbe verletzen.

Ich ging hinüber zu einem Waschbecken und ließ kaltes Wasser laufen. Nahm ein paar Papiertücher aus dem Spender und machte sie nass. Presste sie an meine geprellte Stirn. Hubble stand tatenlos herum. Ich hielt die kalten Tücher eine Weile an meine Stirn und nahm dann neue. Wasser lief mir das Gesicht herunter. Fühlte sich gut an. Ich hatte keine wirklichen Verletzungen. Die Stirn, das ist Haut über solidem Knochen. Nicht viel zu verletzen und unmöglich zu brechen. Ein perfekter Bogen, die stabilste Struktur der Natur. Deshalb vermeide ich es, jemanden mit meinen Händen zu schlagen. Hände sind ziemlich empfindlich. Mit all diesen kleinen Knochen und Sehnen darin. Ein Schlag, heftig genug, um diesen Red Boy niederzuschlagen, hätte ziemlichen Schaden anrichten können. Ich hätte den Typen ins Krankenhaus begleitet. Das hätte nicht viel Sinn ergeben.

Ich tupfte mein Gesicht trocken und brachte es nah an den Stahlspiegel, um zu sehen, ob die Haut verletzt war. Nicht so schlimm. Ich fuhr mir mit den Fingern durch die Haare. Als ich mich gegen das Waschbecken lehnte, konnte ich die Sonnenbrille in meiner Tasche spüren. Die Sonnenbrille des Red Boys. Die Siegesbeute. Ich nahm sie heraus und setzte sie auf. Starrte auf mein verschwommenes Spiegelbild.

Während ich vor dem Stahlspiegel herumspielte, sah ich, wie sich hinter mir ein Tumult zusammenbraute. Ich hörte eine kurze Warnung von Hubble und drehte mich um. Die Sonnenbrille dämpfte das helle Licht. Fünf weiße Typen strichen durch den Raum. Bikertypen. Anstaltskleidung, natürlich, wieder abgerissene Ärmel, diesmal aber schwarze Lederverzierungen dazu. Kappen, Gürtel, fingerlose Handschuhe. Lange Bärte. Alle fünf waren große, schwere Männer mit diesem festen, speckigen Fett, das fast schon Muskelgewebe ist, aber doch nicht ganz. Alle fünf hatten grobe

Tätowierungen an den Armen und im Gesicht. Hakenkreuze. Auf ihren Wangen unter den Augen und auf ihrer Stirn. Die arische Bruderschaft. Weißes Gefängnispack.

Als die fünf durch den Raum strichen, entschwanden die anderen Anwesenden. Jeder, der nicht begriff, wurde gepackt und zur Tür gestoßen. Auf den Flur geworfen. Sogar die eingeseiften, nackten Männer aus den Duschkabinen. Innerhalb von Sekunden war der große Waschraum leer. Bis auf die fünf Biker, Hubble und mich. Die fünf großen Typen stellten sich in einem Halbkreis vor uns auf. Große, hässliche Typen. Die Male auf ihren Gesichtern waren eingeritzt. Grob mit Farbe geschwärzt.

Ich nahm an, sie wollten mich anheuern. Sich irgendwie die Tatsache zunutze machen, dass ich einen Red Boy ausgeknockt hatte. Meine fragwürdige Berühmtheit für ihre Sache beanspruchen. Es in einen Rassentriumph für die Bruderschaft umwandeln. Aber ich lag falsch. Meine Annahme war abwegig. Also war ich unvorbereitet. Der Typ in der Mitte blickte zwischen mir und Hubble hin und her. Seine Augen fuhren über uns hinweg. Sie hielten bei mir inne.

»Okay, das ist er«, sagte er. Sah mich direkt an.

Zwei Dinge passierten. Die hinteren zwei Biker packten Hubble und brachten ihn zur Tür. Und der Anführer schwang seine Faust auf mein Gesicht zu. Ich sah sie erst spät. Wich nach links aus und wurde an der Schulter getroffen und von der Wucht herumgewirbelt. Dann von hinten am Hals gepackt. Zwei riesige Hände an meiner Kehle. Die mich würgten. Der Anführer stellte sich für einen weiteren Schlag in meinen Bauch in Positur. Wenn er traf, war ich ein toter Mann. Das wusste ich ganz genau. Also lehnte ich mich weit zurück und trat zu. Trat mit solcher Wucht in den Unterleib des Anführers, als versuchte ich, einen Fußball aus dem Stadion zu schlagen. Die derben Schuhe aus Oxford leisteten ganze Arbeit. Der Stoß erwischte ihn wie eine stumpfe Axt.

Meine Schultern waren gekrümmt, und ich pumpte meinen Hals auf, um dem Würger standzuhalten. Er schraubte seine Hände fester zusammen. Fast hatte ich verloren. Ich griff nach oben, brach seine kleinen Finger und hörte über das Brüllen in meinen Ohren hinweg, wie die Knöchel splitterten. Dann brach ich seine Ringfinger. Noch mehr Splittern. Als würde man ein Hühnchen zerlegen. Er ließ von mir ab.

Der dritte Typ stampfte näher. Er war ein kräftiger Speckberg. Ummantelt mit schweren Fleischschichten. Wie eine Rüstung. Keine angreifbare Stelle. Er hämmerte mit kleinen Stößen gegen meinen Arm und meine

Brust. Ich wurde zwischen zwei Waschbecken eingeklemmt. Der Speckberg drängte nach. Keine angreifbare Stelle. Bis auf seine Augen. Ich rammte meinen Daumen in eins seiner Augen. Hakte die Spitzen meiner Finger in sein Ohr und drückte zu. Mein Daumennagel schob seinen Augapfel zur Seite. Ich drückte meinen Daumen weiter hinein. Sein Augapfel quoll fast aus der Höhle heraus. Er schrie und zog an meinem Handgelenk. Ich machte weiter.

Der Anführer hatte sich wieder halb aufgerappelt. Ich trat mit aller Kraft in sein Gesicht. Verfehlte es. Erwischte ihn stattdessen an der Kehle. Zermalmte seinen Kehlkopf. Er ging wieder zu Boden und blieb röchelnd liegen. Ich kümmerte mich um das zweite Auge des großen Typen. Verfehlte es. Drückte mit meinem Daumen nach. Er ging in die Knie. Ich drehte mich von der Wand weg. Der Typ mit den gebrochenen Fingern rannte zur Tür. Der andere, dem der Augapfel aus der Höhle hing, fiel schwer zu Boden. Schrie entsetzlich. Der Anführer würgte an seinem zertrümmerten Kehlkopf.

Ich wurde erneut von hinten gegriffen. Riss mich los. Ein Red Boy. Zwei von ihnen. Mir war schwindlig. Jetzt musste ich den Kampf verlieren. Aber sie packten mich nur und rannten mit mir zur Tür. Sirenen gingen los.

»Raus hier, Mann«, schrie der Red Boy über die Sirenen hinweg. »Das ist unsere Sache. Wir waren es! Verstanden? Die Red Boys waren das. Wir halten den Kopf hin, Mann.«

Sie schleuderten mich in die Menge vor der Tür. Ich verstand. Sie würden behaupten, sie seien es gewesen. Nicht weil sie mich schützen wollten. Sondern weil sie den Kampf für sich beanspruchen wollten. Als Sieg ihrer Gang.

Ich sah Hubble in der Menge herumhüpfen. Ich sah Wärter. Ich sah Hunderte von Männern. Ich sah Spivey. Ich packte Hubble, und wir hasteten zur Zelle zurück. Sirenen heulten. Wärter stürzten aus einer Tür. Ich konnte Gewehre und Schlagstöcke sehen. Stiefel polterten. Geschrei und Geheul. Sirenen. Wir rannten zur Zelle. Stürzten hinein. Mir war schwindlig, und ich schnappte nach Luft. Ich hatte eine Abreibung bekommen. Die Sirenen waren ohrenbetäubend. Wir konnten nicht reden. Ich spritzte mir Wasser ins Gesicht. Die Sonnenbrille war weg. Musste runtergefallen sein.

Ich hörte jemanden schreien. Drehte mich um und sah Spivey. Er schrie uns zu, dass wir rauskommen sollten, und stürzte in die Zelle. Ich nahm meinen Mantel vom Bett. Spivey fasste Hubble am Ellbogen. Dann packte er mich und schob uns beide vor sich her aus der Zelle heraus. Er schrie, wir sollten rennen. Sirenen heulten. Er lief mit uns zum Notausgang, durch den die Wärter hereingestürzt waren. Schob uns hindurch und hetzte mit uns die Treppe hinauf. Höher und höher. Meine Lunge kapitulierte. Am Ende der letzten Treppe war eine Tür mit einer großen Sechs darauf. Wir stürzten krachend hindurch. Er stieß uns die Zellenreihe entlang. Schob uns in eine leere Zelle und warf die Eisentür zu. Klirrend rastete das Schloss ein. Er hastete davon. Ich ließ mich aufs Bett fallen, die Augen fest geschlossen.

Als ich sie wieder öffnete, saß Hubble auf dem Bett und sah zu mir herüber. Wir waren in einer großen Zelle. Vielleicht zweimal so breit wie die andere. Zwei getrennte Betten, jedes auf einer Seite. Ein Waschbecken, ein Lokus. Eine Gitterwand. Alles war heller und sauberer. Es war sehr ruhig. Die Luft roch besser. Dies war der U-Haft-Trakt. Dies war Flur sechs. Dies war der Ort, an dem wir die ganze Zeit hätten sein sollen.

»Was zum Teufel ist da drinnen mit Ihnen passiert?«, fragte Hubble.

Ich zuckte nur mit den Schultern. Ein Essenswagen erschien vor unserer Zelle. Er wurde von einem alten weißen Mann gezogen. Kein Wärter, ein normaler Angestellter. Sah eher aus wie ein Steward auf einem Ozeandampfer. Er schob ein Tablett durch einen rechteckigen Schlitz in der Gitterwand. Abgedeckte Teller, Pappbecher, Thermoskanne. Wir aßen auf unseren Betten. Ich trank den ganzen Kaffee. Dann lief ich durch die Zelle. Rüttelte an der Tür. Sie war verschlossen. Der sechste Stock war still und friedlich. Eine große, saubere Zelle. Getrennte Betten. Ein Spiegel. Handtücher. Ich fühlte mich viel besser hier oben.

Hubble stapelte die Essensreste auf das Tablett und schob es unter der Tür hindurch auf den Flur. Er legte sich auf sein Bett. Faltete die Hände hinter dem Kopf. Starrte an die Decke. Versuchte, die Zeit herumzubringen. Ich tat dasselbe. Aber ich dachte scharf nach. Weil sie eindeutig gewählt hatten. Sie hatten uns beide sehr sorgfältig betrachtet und dann mich ausgewählt. Ziemlich eindeutig ausgewählt. Dann hatten sie versucht, mich zu erwürgen.

Sie hätten mich umgebracht. Wäre da nicht eine Sache gewesen. Der Typ mit den Händen um meinen Hals hatte einen Fehler gemacht. Er hatte mich von hinten erwischt, was sein Vorteil war, er war groß und stark genug. Aber er hatte seine Finger nicht zusammengekrümmt. Der beste Weg ist es, die Daumen hinten am Nacken zu haben und die Finger zusammenzukrümmen. Mach es mit dem Druck der Knöchel, nicht mit dem Druck der Finger. Der Typ hatte seine Finger gerade gelassen. Also konnte ich sie greifen und brechen. Sein Fehler hatte mir das Leben gerettet. Kein Zweifel. Sobald er ausgeschaltet war, hieß es nur noch: zwei gegen einen. Und mit derartigen Widrigkeiten hatte ich noch nie Probleme gehabt.

Aber dennoch war es ein eindeutiger Versuch gewesen, mich umzubringen. Sie kamen herein, suchten mich aus und versuchten, mich umzubringen. Und dann stand Spivey zufällig gerade vor dem Waschraum. Er hatte es angezettelt. Er hatte die arische Bruderschaft angeheuert. Er hatte den Anschlag angeordnet und darauf gewartet, hereinzuplatzen und mich tot vorzufinden.

Und er hatte es schon gestern vor zehn Uhr abends geplant. Das war klar. Deshalb hatte er uns auf den falschen Flur gebracht. Auf Flur drei, nicht Flur sechs. In den Strafgefangenentrakt, nicht in den U-Haft-Trakt. Jeder hatte gewusst, dass wir im U-Haft-Trakt hätten sein sollen. Die beiden Wachmänner letzte Nacht im Empfangsbunker, die waren sich darüber völlig einig gewesen. Es hatte so auf ihrem ramponierten Klemmbrett gestanden. Aber um zehn Uhr hatte Spivey uns im dritten Stock deponiert, und er wusste, dass man mich hier ausschalten konnte. Er befahl den Bikern, mich am nächsten Tag um zwölf Uhr anzugreifen. Er hatte um zwölf Uhr draußen vor dem Waschraum gewartet, um hereinzuplatzen. Darauf gefasst, meine Leiche auf den Fliesen liegen zu sehen.

Aber sein Plan war schiefgegangen. Ich war nicht tot. Die Arischen waren zurückgeschlagen worden. Die Red Boys hatten sich hereingedrängt, um die Gelegenheit zu ergreifen. Chaos war ausgebrochen. Ein Aufruhr brach los. Spivey geriet in Panik. Er betätigte den Alarm und rief die Einsatztruppe. Brachte uns von dem Flur weg, hinauf in den sechsten Stock und ließ uns hier oben. Den Papieren zufolge waren wir die ganze Zeit hier im Flur sechs gewesen.

Ein sauberer Rückzug. Solange die Untersuchung lief, war ich sicher. Spivey hatte sich für die Rückzugslösung entschieden, die da lautete, dass wir nie dort unten gewesen waren. Er hatte ein paar ernsthafte Verletzungen zu erklären, vielleicht sogar einen Toten. Der Anführer war wahrscheinlich erstickt. Spivey musste wissen, dass ich schuld daran war. Aber er konnte es nicht sagen. Weil ich ihm zufolge ja nie da unten gewesen war.

Ich lag auf dem Bett und starrte an die Betondecke. Vorsichtig atmete ich aus. Der Plan war klar. Zweifellos Spiveys Plan. Der Rückzug passte dazu. Ein gescheiterter Plan mit einem sauberen Rückzug. Aber warum? Das verstand ich nicht. Angenommen, der Würger hätte seine Finger zusammengekrümmt. Dann hätten sie mich jetzt. Ich wäre tot. Tot auf dem Waschraumboden mit einer dicken, geschwollenen Zunge, die mir aus dem Mund hängen würde. Spivey wäre hereingestürzt und hätte mich gefunden. Warum? Was war Spiveys Motiv? Was hatte er gegen mich? Ich hatte ihn vorher noch nie gesehen. War noch nie mit ihm oder seinem verdammten Gefängnis in Kontakt gekommen. Warum zum Teufel sollte er einen Plan entwickeln, mich umzubringen? Ich hatte nicht die geringste Ahnung.

8

Hubble schlief eine Weile auf seinem Bett. Dann regte er sich und wachte auf. Drehte sich herum. Wirkte einen Moment lang desorientiert, bis er sich erinnerte, wo er war. Versuchte, auf seiner Uhr festzustellen, wie spät es war, sah aber nur einen Streifen blasser Haut, wo vorher die schwere Rolex gewesen war. Griff an seinen Nasenrücken und erinnerte sich daran, dass er seine Brille verloren hatte. Seufzte und ließ seinen Kopf auf das gestreifte Kopfkissen zurückfallen.

Ein sehr unglücklicher Mann.

Ich konnte seine Angst verstehen. Er sah geschlagen aus. Als hätte er die Würfel geworfen und verloren. Als hätte er darauf gezählt, dass etwas Bestimmtes passieren würde, und es war nicht passiert, so dass er jetzt wieder seiner Verzweiflung ausgeliefert war.

Dann verstand ich langsam auch dies.

»Der Tote wollte Ihnen helfen, nicht wahr?«, fragte ich.

Die Frage erschreckte ihn.

»Das kann ich Ihnen doch nicht sagen, oder?«, antwortete er.

»Ich muss es wissen«, sagte ich. »Vielleicht haben Sie den Mann um Hilfe gebeten. Vielleicht haben Sie es ihm erzählt. Vielleicht wurde er deswegen umgebracht. Vielleicht wirkt es jetzt so, als würden Sie es mir erzählen. Was auch mich umbringen könnte.«

Hubble nickte und wiegte sich auf seinem Bett vor und zurück. Holte tief Luft. Blickte mich an.

»Er war eine Art Ermittler«, begann er. »Ich holte ihn hierher, weil ich die ganze Sache stoppen wollte. Ich will nichts mehr damit zu tun haben. Ich bin kein Krimineller. Ich fürchte mich zu Tode und will da raus. Er wollte mir dabei helfen und den Schwindel aufdecken. Aber irgendwie machte er einen Fehler, und jetzt ist er tot, und ich werde da nie mehr rauskommen. Und wenn sie herausfinden, dass ich ihn hergeholt habe, dann bringen sie mich um. Und wenn sie mich nicht umbringen, gehe ich wahrscheinlich sowieso für tausend Jahre in den Knast, weil das ganze verdammte Ding im Moment ziemlich exponiert und sehr gefährlich ist.«

»Wer war der Mann?«, fragte ich ihn.

»Er hatte keinen Namen«, sagte Hubble. »Nur einen Verbindungscode. Er sagte, so sei es sicherer. Ich kann nicht glauben, dass sie ihn erwischt haben. Er wirkte auf mich wie ein Mann, der wusste, was zu tun war. Um die Wahrheit zu sagen, erinnern Sie mich an ihn. Sie sehen auch aus wie jemand, der weiß, was er tut.«

»Was hatte er am Lagerhaus zu suchen?«, fragte ich ihn.

Er zuckte mit den Schultern und schüttelte den Kopf.

»Ich verstehe das Ganze nicht«, sagte er. »Ich brachte ihn mit einem anderen Mann zusammen, und er traf sich mit ihm da oben, aber hätten sie den anderen nicht auch erschießen müssen? Ich verstehe nicht, warum sie nur einen von ihnen erwischt haben.«

»Wer war der andere, mit dem er sich getroffen hat?«, fragte ich.

Er bremste sich und schüttelte den Kopf.

»Ich habe Ihnen schon viel zu viel erzählt«, sagte er. »Ich muss verrückt sein. Sie werden mich umbringen.«

»Wer ist bei dem Ding dabei?«

»Haben Sie nicht gehört?«, jammerte er. »Ich sage kein Wort mehr.«

»Ich will keine Namen«, sagte ich. »Ist es ein großes Ding?«

»Riesig, bestimmt das größte Ding, von dem Sie jemals in Ihrem Leben gehört haben.«

»Wie viele Leute sind beteiligt?«, sagte ich.

Er zuckte die Achseln und dachte nach. Zählte sie im Stillen.

»Zehn«, sagte er. »Mich ausgenommen.«

Ich blickte ihn an und zuckte ebenfalls die Achseln. »Zehn hört sich aber nicht nach einem großen Ding an«, behauptete ich.

»Ja, wir haben noch bezahlte Hilfe«, sagte er. »Männer, die kommen, wenn sie gebraucht werden. Ich meinte einen harten Kern von zehn Männern. Zehn Männer, die Bescheid wissen, mich ausgenommen. Es ist eine sehr angespannte Situation, aber glauben Sie mir, es ist ein sehr großes Ding.«

»Was ist mit dem Mann, den Sie mit dem Ermittler zusammengebracht haben? Ist er einer von den zehn?«

Hubble schüttelte den Kopf.

»Den zähle ich auch nicht mit.«

»Also sind Sie es und er und zehn weitere?«, fragte ich. »Und ein großes Ding?«

Er nickte missgelaunt.

»Das größte Ding, von dem Sie je gehört haben«, erklärte er wieder.

»Und gerade jetzt ist es sehr exponiert? Warum? Weil dieser Ermittler herumgeschnüffelt hat?«

Hubble schüttelte wieder den Kopf. Er wand sich, als würden meine Fragen ihn innerlich zerreißen.

»Nein«, sagte er. »Aus einem völlig anderen Grund. Es ist, als stünde im Moment ein Fenster für mögliche Angreifer weit offen. Kein Schutz mehr. Es war sehr riskant und wurde immer schlimmer. Aber jetzt ist alles möglich. Wenn wir es schaffen, wird nie jemand etwas davon erfahren. Aber wenn wir es nicht schaffen, dann wird das die größte Sensation, die es je gegeben hat, glauben Sie mir. So oder so, es wird eng.«

Ich blickte ihn an. Er sah nicht gerade aus wie jemand, der die größte Sensation verursachen konnte, die es je gegeben hatte.

»Und wie lange ist die Sache so angreifbar?«, fragte ich ihn.

»Das ist schon fast vorbei«, sagte er. »Vielleicht noch eine Woche. Von morgen an noch eine Woche, schätze ich. Bis nächsten Sonntag. Vielleicht werde ich das ja noch erleben.«

»Also sind Sie schon nächsten Sonntag nicht mehr angreifbar? Warum nicht? Was geschieht denn am nächsten Sonntag?«

Er schüttelte den Kopf und wandte sein Gesicht ab. Es war, als meinte er, wenn er mich nicht sähe, wäre ich auch nicht mehr da und könnte ihm keine Fragen stellen.

»Was bedeutet Pluribus?«, fragte ich ihn.

Er würde nicht mehr antworten. Nur noch den Kopf schütteln. Seine Augen hatte er vor Entsetzen zusammengekniffen.

»Ist es ein Codewort für etwas?«

Er hörte mir nicht zu. Das Gespräch war beendet. Ich gab auf, und wir verfielen wieder in Schweigen. Das passte mir ziemlich gut. Ich wollte nichts mehr wissen. Ich wollte überhaupt nichts wissen. Ein Außenseiter zu sein und Hubbles Aktivitäten zu kennen schien keine glückliche Kombination zu sein. Dem großen Mann mit dem kahlgeschorenen Kopf hatte es nicht gerade Glück gebracht. Ich war nicht daran interessiert, sein Schicksal zu teilen, als Leiche an einem Lagerhaustor zu enden, zur Hälfte unter alter Pappe versteckt, mit zwei Löchern im Kopf und keinem einzigen Knochen mehr heil. Ich wollte nur die Zeit bis Montag herumbringen und dann schnell hier raus. Bis nächsten Sonntag plante ich weit weg von hier zu sein.

»Okay, Hubble«, sagte ich. »Keine Fragen mehr.«

Er zuckte mit den Schultern und nickte. Saß eine ganze Weile still da. Dann sprach er, ruhig, mit viel Resignation in seiner Stimme.

»Danke«, sagte er. »Es ist besser so.«

Ich hatte mich auf dem schmalen Bett zur Seite gerollt, um mich in eine Art

Niemandsland gleiten zu lassen. Aber Hubble war unruhig. Er warf und drehte sich hin und her und stieß tiefe Seufzer aus. Er war nahe dran, mich wieder zu verärgern. Ich wandte mich ihm zu.

»Es tut mir leid«, sagte er. »Ich bin sehr nervös. Es hat mir gutgetan, mal mit jemandem zu sprechen. Ich werde verrückt hier drinnen, wenn ich mir selbst überlassen bleibe. Können wir nicht über irgendetwas reden? Vielleicht über Sie? Erzählen Sie mir etwas über sich. Wer sind Sie, Reacher?«

Ich sah ihn achselzuckend an.

»Ich bin niemand, nur ein Mann auf der Durchreise. Am Montag bin ich wieder weg.«

»Niemand ist niemand, wir alle haben eine Geschichte. Erzählen Sie.«

Also redete ich eine Weile, lag auf meinem Bett und sprach über die letzten sechs Monate. Er lag auf seinem Bett, blickte zur Betondecke, hörte zu und hielt seinen Kopf von seinen Problemen fern. Ich erzählte ihm, wie ich das Pentagon verlassen hatte. Von Washington, Baltimore, Philadelphia, New York, Boston, Pittsburgh, Detroit, Chicago. Von Museen, Musik, billigen Hotels, Bars, Bussen und Zügen. Von der Einsamkeit. Wie ich als Billigtourist durch mein Land gereist war, die meisten Dinge zum ersten Mal gesehen hatte. Mir die Relikte der Geschichte ansah, die ich in Schulräumen auf der anderen Seite der Erde gelernt hatte. Die großen Dinge betrachtete, die die Nation geformt hatten. Schlachtfelder, Fabriken, Deklarationen, Revolutionen. Wie ich nach den kleinen Dingen gesucht hatte. Geburtsorte, Clubs, Straßen, Inschriften. Die großen Dinge und die kleinen Dinge, die meine Heimat repräsentieren sollten. Ich hatte ein paar von ihnen gefunden.

Ich erzählte Hubble von der langen Reise durch die endlosen Ebenen und Deltas zwischen Chicago und New Orleans. Wie ich mich die Golfküste entlang bis nach Tampa hatte treiben lassen. Wie dann der Greyhound nach Atlanta hochgedonnert war. Erzählte ihm von meiner verrückten Entscheidung, in der Nähe von Margrave auszusteigen. Vom langen Spaziergang gestern Morgen im strömenden Regen. Als ich einer Laune folgte. Einer halb vergessenen Bemerkung meines Bruders folgend, der erzählt hatte, er sei an einem kleinen Ort gewesen, wo möglicherweise vor über sechzig Jahren Blind Blake gestorben war. Als ich ihm das erzählte, fühlte ich mich ziemlich dämlich. Hubble kämpfte mit einem Alptraum, und ich unternahm eine sinnlose Wallfahrt. Aber er verstand meinen Drang dazu.

»Ich habe das auch mal gemacht«, sagte er. »In unseren Flitterwochen. Wir flogen nach Europa. In New York hatten wir eine Zwischenlandung, und ich verbrachte den halben Tag damit, mir das Dakota-Building anzusehen, Sie wissen doch, das, vor dem John Lennon erschossen wurde. Dann verbrachten wir drei Tage in England, wo wir in Liverpool nach dem Cavern Club suchten. Wo die Beatles angefangen hatten. Wir konnten ihn nicht finden, schätze, er wurde abgerissen.«

Er redete noch eine Zeitlang. Hauptsächlich übers Reisen. Er hatte eine Menge Reisen mit seiner Frau unternommen. Es hatte ihnen Spaß gemacht. Sie waren überall gewesen. In Europa, Mexiko, in der Karibik. In den Staaten und Kanada. Sie hatten schöne Tage zusammen erlebt.

»Waren Sie nicht einsam?«, fragte er mich. »Während Sie die ganze Zeit allein reisten?«

Ich sagte nein. Ich hatte es genossen. Ich sagte ihm, dass ich die Einsamkeit genoss, die Anonymität. Als wäre ich unsichtbar.

»Wie meinen Sie das: unsichtbar?«, fragte er. Er schien interessiert.

»Ich reise auf der Straße, immer nur auf der Straße. Gehe ein Stück und fahre mit dem Bus. Manchmal mit dem Zug. Bezahle immer bar. So gibt es keine Papierspur. Keine Transaktionen mit Kreditkarten, keine Passagierlisten, nichts. Niemand könnte mich verfolgen. Ich sage nie meinen Namen. Wenn ich in einem Hotel schlafe, bezahle ich bar und gebe einen falschen Namen an.«

»Warum?«, fragte er. »Wer zum Teufel ist hinter Ihnen her?«

»Niemand«, sagte ich. »Es macht mir nur Spaß. Ich mag die Anonymität. Ich fühle mich, als könnte ich das System schlagen. Und im Moment bin ich richtig sauer auf das System.«

Ich sah, wie er wieder nachdachte. Er dachte eine ganze Weile nach. Ich konnte sehen, wie Ernüchterung von ihm Besitz ergriff, als er mit seinen Problemen kämpfte, die nicht verschwinden würden. Ich konnte sehen, wie seine Panik nachließ und stieg wie Ebbe und Flut.

»Also, geben Sie mir einen Rat in Bezug auf Finlay«, sagte er. »Wenn er mich nach meinem Geständnis fragt. Ich werde sagen, dass ich wegen irgendwelcher Geschäfte angespannt war. Ich werde sagen, dass es eine Art Konkurrenzkampf war, Drohungen gegen meine Familie. Ich werde sagen, dass ich nichts über den Toten oder über die Telefonnummer weiß. Ich werde alles leugnen und einfach versuchen, die Wogen zu glätten. Was denken Sie?«

Ich dachte, dass sich das wie ein ziemlich dünner Plan anhörte.

»Sagen Sie mir eins, ohne mir weitere Details zu verraten: Erfüllen Sie eine wichtige Funktion für die? Oder sind Sie nur eine Art Zuschauer?«

Er zog an seinen Fingern und dachte einen Moment lang nach.

»Ja, ich erfülle eine wichtige Funktion für sie, eine entscheidende sogar.«

»Und wenn Sie sie nicht erfüllten?«, fragte ich ihn. »Müssten sie jemand anders dafür anheuern?«

»Ja, das müssten sie, und es würde ziemlich schwierig sein, wegen der Besonderheiten dieser Funktion.«

Er wog seine Chancen ab, am Leben zu bleiben, wie er einen Kreditantrag in seinem Büro abgewogen hätte.

»Okay«, erklärte ich. »Dann gibt es in dieser Situation keinen besseren Plan als Ihren. Machen Sie es so.«

Mir fiel nichts ein, was er sonst hätte tun können. Er war ein kleines Rad in irgendeiner großen Unternehmung. Aber ein entscheidendes Rad. Und niemand gefährdet grundlos eine große Unternehmung. Also war seine Zukunft eigentlich klar umrissen. Wenn sie jemals den Verdacht hätten, dass er den fremden Ermittler geholt hatte, dann war er definitiv tot. Aber wenn sie das nicht herausfanden, dann war er definitiv sicher. So einfach war das. Ich glaubte, dass er ziemlich gute Chancen hatte, und zwar wegen einer überzeugenden Tatsache.

Er hatte gestanden, weil er gedacht hatte, das Gefängnis sei eine Art sicherer Zufluchtsort, wo sie ihn nicht fassen konnten. Das war Teil seiner Überlegungen gewesen – seiner falschen Überlegungen. Er hatte sich geirrt. Er war hier nicht vor Angriffen geschützt, im Gegenteil. Sie hätten ihn erwischen können, wenn sie es wirklich gewollt hätten. Aber auf der anderen Seite war er nicht angegriffen worden. Der Angriff hatte mir gegolten. Nicht Hubble. Also dachte ich, das sei eine Art Beweis, dass er sicher war. Sie wollten ihn nicht kriegen, denn wenn sie ihn umbringen wollten, dann hätten sie ihn jetzt umbringen können, und sie hätten ihn jetzt umgebracht. Aber das hatten sie nicht getan. Auch wenn sie anscheinend im Moment wegen eines vorübergehenden Risikos sehr nervös waren. Also schien dies der Beweis. Ich war langsam davon überzeugt, dass er in Sicherheit war.

»Ja, Hubble«, sagte ich wieder. »Machen Sie es so, das ist das Beste, was Sie tun können.«

Die Zelle blieb den ganzen Tag verschlossen. Auf dem Flur war es ruhig. Wir lagen auf unseren Betten und ließen uns durch den Rest des Nachmittags treiben. Keine Gespräche mehr. Wir hatten alles besprochen. Ich langweilte mich und wünschte, ich hätte die Zeitung vom Revier in Margrave mitgebracht. Dann hätte ich alles noch mal lesen können. Alles über den Präsidenten, der Verbrechensprävention zunichtemachte, um wiedergewählt zu werden. Der heute einen Dollar bei der Küstenwache sparte, um morgen zehn Dollar für Gefängnisse wie dieses hier auszugeben.

Gegen sieben Uhr kam der alte Angestellte mit dem Abendessen. Wir aßen. Er kam zurück und holte das Tablett ab. Wir trieben durch den leeren Abend. Um Punkt zehn Uhr ging das Licht aus, und wir lagen im Dunkeln. Wahrhaft Einbruch der Dunkelheit. Ich behielt meine Schuhe an und döste vor mich hin. Nur für den Fall, dass Spivey noch weitere Pläne mit mir hatte.

Um sieben Uhr morgens gingen die Lichter wieder an. Sonntag. Ich wachte zerschlagen auf, zwang mich aber aufzustehen. Zwang mich zu ein paar Streckübungen, um meine verspannten Glieder zu lockern. Hubble war wach, schwieg aber. Er sah mir zerstreut bei meiner Gymnastik zu. Döste immer noch vor sich hin. Das Frühstück kam vor acht. Derselbe Alte mit seinem Essenswagen. Ich aß meinen Teil und trank den Kaffee. Als ich die Thermoskanne geleert hatte, wurde die Tür entriegelt, und sie öffnete sich ein Stück. Ich stieß sie auf, trat hinaus und prallte gegen einen Wärter, der gerade hereinkommen wollte.

»Heute ist Ihr Glückstag«, sagte der Wärter. »Sie kommen raus.«

»Wer?«, fragte ich.

»Sie beide«, sagte er. »Reacher und Hubble, entlassen auf Anordnung des Police Departments in Margrave. In fünf Minuten, okay?«

Ich ging zurück in die Zelle. Hubble hatte sich auf seine Ellbogen gestützt. Sein Frühstück hatte er nicht angerührt. Er sah besorgter aus denn je.

»Ich habe Angst«, sagte er.

»Es wird gutgehen«, sagte ich.

»Wirklich? Wenn ich erst mal hier raus bin, können die mich sehr leicht erwischen.«

Ich schüttelte den Kopf.

»Es wäre einfacher für die gewesen, Sie hier zu schnappen«, sagte ich. »Glauben Sie mir, wenn die Sie hätten umbringen wollen, dann wären Sie jetzt schon tot. Sie haben es geschafft, Hubble.«

Er nickte und setzte sich auf. Ich nahm meinen Mantel, und wir warteten zusammen vor der Zelle. Der Wärter kam nach fünf Minuten zurück. Er führte uns einen Flur entlang und durch zwei sonst verschlossene Türen. Schob uns in einen Aufzug an der Rückseite. Stieg selbst hinzu und setzte ihn mit Hilfe seines Schlüssels in Gang. Trat wieder hinaus, als sich die Türen schlossen.

»Das wär's«, sagte er. »Kommen Sie nicht zurück.«

Der Aufzug brachte uns nach unten in einen Gang, und dann gingen wir nach draußen auf einen heißen Betonhof. Die Gefängnistür schloss sich hinter uns mit einem saugenden Geräusch und rastete ein. Ich hielt der Sonne mein Gesicht entgegen und atmete die frische Luft ein. Ich muss ausgesehen haben wie ein Mann in einem schmalzigen, alten Film, der nach einem Jahr Einzelhaft entlassen wird.

Zwei Wagen parkten im Hof. Der eine war eine große, dunkle Limousine, ein Bentley, vielleicht zwanzig Jahre alt, doch sah er immer noch aus wie neu. Darin saß eine blonde Frau, die ich für Hubbles Frau hielt, weil er auf sie zuging, als wäre sie das Süßeste, was er je in seinem Leben gesehen hatte. In dem anderen Wagen saß Officer Roscoe.

Sie stieg aus und kam mir langsam entgegen. Sie sah wundervoll aus. Ohne Uniform. In Jeans und einem weichen Baumwollhemd. Lederjacke. Mit einem ruhigen, intelligenten Gesicht. Weichem, dunklem Haar. Riesigen Augen. Am Freitag hatte ich gedacht, sie sei schön. Ich hatte recht gehabt.

»Hallo, Roscoe«, sagte ich.

»Hallo, Reacher«, antwortete sie und lächelte.

Ihre Stimme war wundervoll. Ihr Lächeln großartig. Ich beobachtete es, solange es andauerte, was eine ganze Weile war. Vor uns fuhren die Hubbles winkend in ihrem Bentley davon. Ich winkte zurück und überlegte einen Moment, wie sich die Dinge für sie entwickeln würden. Wahrscheinlich würde ich es nie erfahren, außer sie hatten Pech, und ich las zufällig irgendwo in einer Zeitung darüber.

Roscoe und ich stiegen in ihr Auto. Es gehörte nicht wirklich ihr, erklärte sie, nur ein Zivilfahrzeug des Departments, das sie benutzte. Ein brandneuer Chevrolet irgendwas, groß, weich und ruhig. Sie hatte den Motor und die Klimaanlage angelassen, und innen war es kühl. Wir fuhren aus dem Betonhof und rangierten den Wagen durch die Fahrzeugkäfige aus Draht. Hinter dem letzten Käfig gab Roscoe Gas, und wir donnerten die Straße hinunter. Die Motorhaube des Wagens hob sich, und das Heck drückte sich in die weiche Federung. Ich sah nicht zurück. Ich saß einfach nur da und fühlte mich gut. Eines der schönsten Gefühle im Leben ist es, aus dem Gefängnis herauszukommen. Genauso, wie nicht zu wissen, was der nächste Tag bringt. Und mit einer hübschen Frau am Steuer in aller Ruhe eine sonnige Straße entlangzufahren.

»Was ist passiert?«, fragte ich nach einer Meile. »Erzählen Sie.«

Sie erzählte mir eine ziemlich klare Geschichte. Am späten Freitagabend hatten sie sich an die Überprüfung meines Alibis gemacht. Sie und Finlay. Ein dunkler Mannschaftsraum. Licht von ein paar Schreibtischlampen. Stapel von Papier. Becher mit Kaffee. Telefonbücher. Die zwei hatten Telefonhörer zwischen Ohr und Schulter geklemmt und Stifte gekaut. Leise Stimmen. Geduldige Anfragen. Eine Szene, die ich selbst schon tausendmal erlebt hatte.

Sie hatten in Tampa und Atlanta angerufen, und gegen Mitternacht hatten sie einen Passagier aus meinem Bus und den Schalterbeamten im Busbahnhof von Tampa aufgetrieben. Beide erinnerten sich an mich. Dann erwischten sie auch den Busfahrer. Er bestätigte, dass er mich an der Straße nach Margrave rausgelassen hatte, am Freitag um acht Uhr morgens. Gegen Mitternacht war mein Alibi so bombensicher, wie ich behauptet hatte.

Samstagmorgen kam ein langes Fax vom Pentagon über meine Dienstzeit. Dreizehn Jahre meines Lebens reduziert auf ein paar Faxseiten, die sich zusammenrollten. Für mich fühlte es sich inzwischen an wie das Leben eines Fremden, aber es stützte meine Geschichte. Finlay war davon beeindruckt. Dann kamen meine Fingerabdrücke von der Datenbank des FBI zurück. Sie waren bis halb drei Uhr morgens durch den unermüdlichen Computer gejagt worden. US-Army, abgenommen bei der Einberufung vor dreizehn Jahren. Mein Alibi war gesichert und mein Hintergrund überprüft.

»Finlay war zufrieden«, teilte Roscoe mir mit. »Sie sind, was Sie behaupten, und Donnerstag um Mitternacht waren Sie über vierhundert Meilen weit weg. Das ist bestätigt worden. Er rief den Gerichtsmediziner noch mal an für den Fall, dass der seine Meinung über die Todeszeit geändert hätte, aber nein, Mitternacht stimmte immer noch.«

Ich schüttelte den Kopf. Finlay war ein sehr vorsichtiger Mann.

»Was ist mit dem Toten?«, fragte ich. »Haben Sie seine Fingerabdrücke noch mal eingegeben?«

Sie konzentrierte sich darauf, einen Traktor zu überholen. Das erste Fahrzeug seit einer Viertelstunde. Dann sah sie zu mir herüber und nickte.

»Finlay sagte mir, dass Sie den Vorschlag gemacht hatten. Aber warum?«

»Das negative Ergebnis kam zu schnell zurück«, sagte ich.

»Zu schnell?«

»Sie haben gesagt, es sei ein Pyramidensystem, richtig? Die ersten zehn, die ersten hundert, die ersten tausend und dann bis nach ganz unten, richtig?«

Sie nickte wieder.

»Dann nehmen Sie mal mich als Beispiel. Ich bin zwar in der Datenbank, aber ziemlich weit unten. Sie sagten gerade, es hätte vierzehn Stunden gebraucht, um bis zu mir zu kommen, richtig?«

»Richtig«, bestätigte sie. »Ich habe Ihre Abdrücke am Mittag gegen halb eins eingegeben, und sie wurden um halb drei morgens gefunden.«

»Okay, vierzehn Stunden. Wenn es also vierzehn Stunden dauert, fast das Ende der Pyramide zu erreichen, dann braucht es mehr als vierzehn Stunden, bis ganz nach unten zu kommen. Logisch, oder?«

»Logisch.«

»Aber was war mit dem Toten?«, fragte ich. »Die Leiche wurde um acht Uhr gefunden – wann wurden die Abdrücke also eingegeben? Halb neun frühestens. Aber Baker erzählte mir schon um halb drei, als wir miteinander sprachen, dass sie zu niemandem passten. Ich erinnere mich ganz genau an die Zeit, weil ich auf die Uhr sah. Das sind nur sechs Stunden. Wenn es vierzehn Stunden dauert, um herauszufinden, dass ich in der Datenbank bin, wie konnte es dann nur sechs Stunden dauern, um zu sagen, dass der Tote nicht drin ist?«

»Mein Gott, Sie haben recht. Baker muss es vermasselt haben. Finlay nahm die Fingerabdrücke, und Baker gab sie ein. Er muss das beim Einscannen vermasselt haben. Man muss sehr vorsichtig sein, sonst ist die Übertragung nicht deutlich. Und wenn der Scan nicht deutlich ist, versucht die Datenbank, ihn zu entziffern, und er kommt als unlesbar zurück. Baker muss gedacht haben, das hieße: kein Ergebnis. Die Codes sind ähnlich. Jedenfalls habe ich sie wieder eingegeben, als Erstes. Wir werden bald eine Antwort haben.«

Wir fuhren nach Osten, und Roscoe erzählte mir, sie habe Finlay schon gestern gedrängt, mich nachmittags aus Warburton rauszuholen. Finlay hatte zugestimmt, aber es gab ein Problem. Sie mussten bis heute warten, weil Warburton am Nachmittag schon geschlossen worden war. Finlay war mitgeteilt worden, es hätte Ärger in einem Waschraum gegeben. Ein Strafgefangener war tot, ein weiterer hatte ein Auge verloren. Ein regelrechter Aufruhr war losgebrochen, weiße Gangs gegen schwarze.

Ich saß einfach nur neben Roscoe und sah zu, wie der Horizont näher kam. Gut, ich hatte jemanden getötet, und ein Zweiter war durch mich halb blind geworden. Jetzt musste ich mich mit meinen Gefühlen auseinandersetzen. Aber ich fühlte nicht viel. Gar nichts eigentlich. Keine Schuld, keine Gewissensbisse. Nichts. Diese Arischen im Waschraum waren schlimmer als Abschaum. Ich hatte einem von ihnen in die Kehle getreten, und er war an seinem zerschmetterten Kehlkopf erstickt. Aber er hatte angefangen. Als er mich angriff, hatte er eine verbotene Tür aufgestoßen. Was hinter der Tür auf ihn wartete, war sein Problem. Sein Risiko. Er hätte die verdammte Tür nicht aufstoßen sollen. Ich zuckte mit den Schultern und vergaß das Ganze. Blickte hinüber zu Roscoe.

»Danke«, sagte ich. »Das meine ich ernst. Sie haben hart gearbeitet, um mir zu helfen.«

Sie errötete, wischte meinen Dank mit einer flüchtigen Handbewegung weg und fuhr einfach weiter. Ich fing an, sie wirklich zu mögen. Aber wahrscheinlich nicht genug, um davon abzusehen, so schnell wie möglich aus Georgia zu verschwinden. Vielleicht würde ich nur noch ein oder zwei Stunden bleiben und sie dann bitten, mich zu irgendeinem Busbahnhof zu fahren.

»Ich möchte Sie zum Mittagessen einladen«, sagte ich. »Sozusagen als Dank.«

Sie dachte etwa eine halbe Meile darüber nach und lächelte mich dann an. »Okay.«

Sie schwenkte nach rechts auf die Landstraße ein und beschleunigte in Richtung Süden. Fuhr an Enos glänzendem neuem Restaurant vorbei und weiter in Richtung Margrave.

9

Ich überredete sie dazu, für mich kurz beim Revier reinzuspringen und mir den Beutel mit meinem Geld und den persönlichen Sachen zu holen. Dann fuhren wir weiter, und sie ließ mich im Zentrum von Margrave aussteigen. Ich machte mit ihr ab, dass wir uns in ein paar Stunden im Revier treffen würden. Ich stand in der heißen Sonne des Sonntagmorgens auf dem Bürgersteig und winkte ihr hinterher. Ich fühlte mich sehr viel besser. Ich war wieder in Bewegung. Ich würde die Geschichte mit Blind Blake überprüfen, danach mit Roscoe zum Essen gehen und dann aus Georgia verschwinden.

Also spazierte ich ein bisschen herum und sah mir die Stadt an, tat alles, was ich sonst am Freitagnachmittag getan hätte. Viel gab es nicht zu sehen. Die alte Landstraße führte mitten hindurch, von Norden nach Süden. Vier Häuserblocks weit hieß sie Main Street. Diese vier Blocks wiesen kleine Geschäfte und Büros auf beiden Seiten der Straße auf, die durch schmale Zufahrtswege getrennt waren, welche bis zur Rückseite der Gebäude gingen. Ich sah ein kleines Lebensmittelgeschäft, einen Friseur, einen Herrenausstatter, eine Arztpraxis, eine Kanzlei und die Praxis eines Zahnarzts. Hinter den Geschäftsgebäuden erstreckte sich ein Park mit weißen Palisadenzäunen und Zierbäumen. Vor den Geschäften und Büros spannten sich Markisen über die breiten Bürgersteige. Es gab auch Bänke auf den Bürgersteigen, aber die waren leer. Der ganze Ort lag verlassen da. Sonntagmorgen, mitten im Niemandsland.

Die Main Street verlief schnurgerade nach Norden an ein paar Hundert Metern Parklandschaft vorbei bis zum Polizeirevier und zur Feuerwehr, eine halbe Meile weiter befand sich Eno's Diner. Ein paar Meilen dahinter war die Abzweigung in Richtung Westen nach Warburton, wo das Gefängnis lag. Nördlich von dieser Abzweigung gab es auf der Landstraße nichts, bis man zu den Lagerhäusern und der Auffahrt zum Highway kam, vierzehn leere Meilen von dort entfernt, wo ich stand.

Am Südrand des Ortes konnte ich eine Art Dorfanger mit einer Bronzestatue sehen und eine Wohnstraße, die nach Westen abbog. Ich schlenderte dorthin und entdeckte ein dezentes grünes Straßenschild mit der Aufschrift: Beckman Drive. Hubbles Straße. Ich konnte nicht sehr weit sehen, weil die

Straße in unmittelbarer Nähe rechts und links um eine weitläufige quadratische Grasfläche herumführte, auf der eine große weiße Holzkirche stand. Sie war umgeben von Kirschbäumen, und die Rasenfläche war eingerahmt von ordentlich geparkten, sauberen Autos in dezenten Farben. Ich konnte sogar das Dröhnen der Orgel und den Gesang der Gemeinde hören.

Die Statue auf dem Anger stellte einen Mann namens Caspar Teale dar, der vor etwa hundert Jahren das eine oder andere getan hatte. Mehr oder weniger gegenüber vom Beckman Drive, auf der anderen Seite der Grünfläche, verlief eine weitere Wohnstraße nach Osten. An der Ecke stand ein vereinzelter Drugstore. Und das war es auch schon. Das Ganze hatte nicht viel von einer Stadt. Hier passierte nicht viel. Ich brauchte weniger als dreißig Minuten, um alles zu sehen, was der Ort zu bieten hatte.

Aber es war die makelloseste Stadt, die ich je gesehen hatte. Es war erstaunlich. Jedes Gebäude schien entweder brandneu oder frisch renoviert. Die Straßen waren spiegelglatt und die Bürgersteige eben und sauber. Keine Schlaglöcher, keine Risse, keine verschobenen Platten. Die kleinen Büros und Geschäfte sahen aus, als würden sie jede Woche frisch gestrichen. Die Grasflächen, die Pflanzen und Bäume waren perfekt gepflegt. Die Bronzestatue des alten Caspar Teale sah aus, als würde jemand sie jeden Morgen sauberlecken. Die Farbe der Kirche blendete so, dass meine Augen schmerzten. Überall wehten Fahnen in blendendem Weiß, leuchtendem Rot und Blau in der Sonne. Der ganze Ort war so ordentlich, dass man Angst bekommen konnte, beim Herumschlendern irgendwo einen Fußabdruck zu hinterlassen.

Im Drugstore an der Südostecke wurden all die Dinge verkauft, die eine gute Rechtfertigung dafür abgaben, dass der Laden am Sonntagmorgen geöffnet war. Geöffnet, aber kaum Betrieb. Niemand außer dem Mann hinter der Ladenkasse war im Geschäft. Aber er hatte Kaffee. Ich setzte mich an die kleine Theke, bestellte einen großen Becher und kaufte eine Sonntagszeitung. Der Präsident war noch immer auf der Titelseite. Jetzt war er in Kalifornien. Er erklärte den privaten Sicherheitskräften, warum es nach fünfzig glorreichen Jahren mit dem leicht verdienten Geld leider aus und vorbei war. Die Nachbeben seiner Ankündigung in Pensacola über die Küstenwache grollten noch. Die Boote sollten Samstagnacht in ihre Häfen zurückkehren. Ohne neue Gelder würden sie nicht wieder auslaufen. Die Leitartikler waren ziemlich aus dem Häuschen.

Ich hörte auf zu lesen und blickte auf, als ich hörte, dass sich die Tür öffnete. Eine Frau kam herein. Sie setzte sich auf einen Hocker auf der gegenüberliegenden Seite der Theke. Sie war älter als ich, vielleicht vierzig. Dunkles Haar, sehr schlank, in teurer schwarzer Kleidung. Sie hatte eine sehr bleiche Haut. So bleich, dass sie schon fast leuchtete. Sie bewegte sich mit einer Art nervöser Anspannung. Ich konnte an ihren Handgelenken Sehnen sehen, die wie dünne Seile wirkten. Und ich konnte dieselbe Anspannung in ihrem Gesicht erkennen. Der Mann hinter der Theke glitt zu ihr hinüber, und sie bestellte mit so leiser Stimme Kaffee, dass ich es kaum hören konnte, obwohl sie nicht so weit entfernt und das Geschäft sehr ruhig war.

Sie blieb nicht lange. Sie trank ihren Kaffee zur Hälfte und blickte immer wieder zum Fenster. Dann fuhr draußen ein großer schwarzer Pick-up vor, und sie erschauerte. Es war ein brandneuer Wagen, der offensichtlich noch nie etwas Nennenswertes transportiert hatte. Ich konnte einen Blick auf den Fahrer werfen, als er sich zur Beifahrertür hinüberlehnte, um sie zu öffnen. Er war ein zäh aussehender Bursche. Ziemlich groß. Breite Schultern und ein muskulöser Nacken. Schwarzes Haar. Schwarze Haare auch auf den kräftigen Armen. Vielleicht dreißig Jahre alt. Die Frau glitt wie ein Geist von ihrem Stuhl und stand auf. Schluckte einmal. Als sie die Ladentür öffnete, konnte ich hören, wie der Motor im Leerlauf grollte. Die Frau stieg in den Pick-up ein, doch er fuhr nicht weg. Blieb einfach am Bordstein stehen. Ich drehte mich auf meinem Hocker zu dem Mann hinter der Theke um.

»Wer war das?«, fragte ich ihn.

Der Mann sah mich an, als käme ich vom Mond.

»Das ist Mrs. Kliner«, sagte er. »Kennen Sie die Kliners nicht?«

»Ich habe von ihnen gehört«, sagte ich. »Ich bin fremd hier. Kliner gehören die Lagerhäuser am Highway, nicht wahr?«

»Richtig, und noch eine Menge anderer Dinge. Mr. Kliner ist ein großes Tier hier.«

»Tatsächlich?«

»Aber sicher«, sagte der Mann. »Haben Sie noch nie etwas über die Stiftung gehört?«

Ich schüttelte den Kopf. Trank meinen Kaffee aus und schob den Becher zum Auffüllen hinüber.

»Kliner hat die Kliner-Stiftung ins Leben gerufen«, erklärte der Mann. »Kommt der Stadt in vielerlei Hinsicht zugute. Er kam vor fünf Jahren hier an, und seitdem ist es, als hätten wir ständig Weihnachten.«

Ich nickte.

»Ist mit Mrs. Kliner alles okay?«

Er schüttelte den Kopf, während er meinen Becher nachfüllte.

»Sie ist krank, sehr krank. Sehr blass, nicht wahr? Eine sehr kranke Frau. Könnte Tuberkulose sein. Ich habe gesehen, was Tuberkulose mit Menschen macht. Sie war früher eine sehr gutaussehende Frau, aber jetzt sieht sie aus, als wäre sie in einem Schrank aufgewachsen, oder? Eine sehr kranke Frau, das ist mal sicher.«

»Und wer ist der Typ im Pick-up?«, fragte ich.

»Der Stiefsohn. Kliners Sohn aus erster Ehe. Mrs. Kliner ist seine zweite Frau. Ich habe gehört, sie versteht sich nicht so gut mit dem Sohn.«

Er nickte mir in einer Weise zu, die jedes beiläufige Gespräch beendet. Ging, um irgendeine Maschine aus Chrom am hinteren Ende der Theke zu polieren. Der schwarze Pick-up wartete immer noch draußen. Auch ich war der Meinung, dass die Frau aussah, als wäre sie in einem Schrank aufgewachsen. Wie eine seltene Orchidee, die zu wenig Nahrung und Licht bekam. Aber ich war nicht der Meinung, dass sie krank aussah. Ich glaubte nicht, dass sie Tuberkulose hatte. Ich glaubte, dass sie an etwas anderem litt. An etwas, das ich schon ein- oder zweimal gesehen hatte. Ich glaubte, dass sie an purer Angst litt. Angst wovor, das wusste ich nicht. Und das wollte ich auch nicht wissen. War nicht mein Problem. Ich stand auf und legte einen Fünfer auf die Theke. Der Mann gab mir das Wechselgeld in Münzen. Er hatte keine Dollarnoten. Der Pick-up war immer noch da, parkte am Bordstein. Der Fahrer hatte sich vorgelehnt, die Brust auf dem Lenkrad, und starrte mich über seine Stiefmutter hinweg an.

Mir gegenüber hinter der Theke hing ein Spiegel. Ich sah genau aus wie ein Mann, der zuerst eine Nacht im Bus und dann zwei Tage im Gefängnis verbracht hatte. Ich musste mich wohl frischmachen, bevor ich Roscoe zum Essen ausführte. Der Mann hinter der Theke sah, was ich dachte.

»Versuchen Sie es beim Friseur«, sagte er.

»Am Sonntag?«

Der Mann zuckte mit den Schultern.

»Sie sind immer da«, erklärte er. »Es ist nie richtig geschlossen. Aber auch nie richtig geöffnet.«

Ich nickte und ging hinaus. Ich sah, wie ein paar Leute aus der Kirche herauskamen, auf dem Rasen plauderten und in ihre Wagen stiegen. Die restliche Stadt lag immer noch da wie ausgestorben. Aber der schwarze Pick-up stand noch immer am Bordstein vor dem Drugstore. Der Fahrer starrte mich immer noch an.

Ich schlenderte in der Sonne Richtung Norden, und der Pick-up fuhr langsam neben mir her, im Schritttempo. Der Mann, immer noch vornübergebeugt, starrte zu mir herüber. Ich ging ein paar Schritte schneller, und der Wagen beschleunigte, um auf gleicher Höhe zu bleiben. Dann blieb ich plötzlich stehen, und er fuhr an mir vorbei. Ich blieb stehen. Der Mann entschied, dass Rückwärtsfahren nicht angesagt war. Er trat aufs Gas und fuhr mit aufheulendem Motor davon. Ich zuckte die Achseln und ging weiter. Kam beim Friseur an. Duckte mich unter der gestreiften Markise und versuchte, die Tür zu öffnen. Sie war nicht verschlossen. Ich ging hinein.

Wie alles in Margrave sah auch der Friseurladen wunderbar aus. Er blinkte nur so mit seinen alten Frisiersesseln und Chromarmaturen, die liebevoll poliert waren. Die Ausstattung war genau die, die man vor dreißig Jahren überall herausgerissen hatte. Und die jetzt jeder wieder haben will. Ein Vermögen wird heute dafür bezahlt, weil es das Bild vermittelt, das sich die Leute von Amerika machen möchten. Weil sie meinen, dass Amerika früher so aussah. Ich jedenfalls hatte früher gedacht, dass Amerika ganz gewiss so aussehen würde. Ich saß auf einem Schulhof in Manila oder München und stellte mir grüne Rasenflächen und Bäume, Fahnen und einen blinkenden Friseurladen mit viel Chrom wie diesen vor.

Er wurde von zwei alten Schwarzen geführt. Sie hingen einfach nur so herum. Der Laden war nicht richtig geöffnet und nicht richtig geschlossen. Aber sie deuteten an, dass sie mich bedienen würden. Warum nicht, wenn sie und ich schon mal da waren? Und ich schätze, ich sah aus wie ein dringender Fall. Ich fragte sie nach ihren Dienstleistungen. Eine Rasur, ein Haarschnitt, ein heißes Handtuch und Schuheputzen. Hier und da hingen gerahmte Titelseiten von Zeitungen an der Wand. Große Überschriften. Roosevelt gestorben, Sieg über die Japaner, JFK ermordet, Martin Luther King umgebracht. Es gab ein altes Radio aus Mahagoni, aus dem es in warmen Tönen dudelte. Die Sonntagszeitung lag frisch gefaltet auf einer Bank am Fenster.

Die beiden Alten rührten Seifenschaum in einer Schale an, schärften ein Rasiermesser und spülten einen Rasierpinsel aus. Sie hüllten mich mit Handtüchern ein und gingen an die Arbeit. Der eine rasierte mich mit einem altmodischen Rasiermesser. Der andere stand herum und tat nicht viel. Ich dachte, dass er vielleicht später ins Spiel kommen würde. Der fleißige Alte schwatzte ununterbrochen, wie Friseure das eben so tun. Erzählte mir seinen Werdegang. Die beiden waren seit ihrer Kindheit befreundet. Hatten schon immer hier in Margrave gelebt. Hatten vor dem Zweiten Weltkrieg als Friseure angefangen. Lehre in Atlanta. Machten als junge Männer einen Laden auf. Zogen in diesen um, als die alte Ortschaft abgerissen wurde. Er erzählte mir die Geschichte dieser Gegend aus der Perspektive eines Friseurs. Listete die Persönlichkeiten auf, die hier auf diesen alten Sesseln gesessen hatten. Erzählte mir von allen möglichen Leuten.

»Erzählen Sie mir etwas über die Kliners«, sagte ich.

Er war ein geschwätziger alter Bursche, aber diese Aufforderung brachte ihn zum Schweigen. Er hörte auf zu arbeiten und dachte nach.

»Bei dieser Frage kann ich Ihnen nicht helfen, so viel ist sicher«, sagte er. »Wir ziehen es vor, über dieses Thema nicht zu sprechen. Das Beste ist, Sie fragen mich nach etwas völlig anderem.«

Ich zuckte unter meiner Hülle aus Handtüchern mit den Schultern.

»Okay«, sagte ich. »Haben Sie jemals etwas über Blind Blake gehört?«

»Von ihm habe ich gehört, ja sicher. Über diesen Mann können wir sprechen, kein Problem.«

»Großartig«, sagte ich. »Was können Sie mir also erzählen?«

»Er war von Zeit zu Zeit hier, früher. Wurde angeblich in Jacksonville, Florida, geboren, direkt hinter der Staatsgrenze. Zog immer herum, Sie wissen schon, hier durch, über Atlanta den ganzen Weg nach Norden hinauf bis nach Chicago und dann wieder den ganzen Weg zurück. Zurück durch Atlanta, zurück durch unsere Stadt, zurück nach Hause. Damals war alles ganz anders, wissen Sie. Keine Highways, keine Autos, zumindest für einen armen Schwarzen und seine schwarzen Freunde. Immer zu Fuß oder auf Güterwagen.«

»Haben Sie ihn jemals spielen hören?«, fragte ich ihn.

Er hielt wieder bei seiner Arbeit inne und sah mich an.

»Mann, ich bin vierundsiebzig. Damals war ich noch ein kleiner Junge. Wir sprechen hier über Blind Blake. Typen wie er spielten in Bars. Ich war nie in Bars, als ich noch ein kleiner Junge war, verstehen Sie. Mir wäre kräftig der Hintern versohlt worden, wenn ich da hingegangen wäre. Sie sollten mit meinem Partner hier sprechen. Er ist ein ganzes Stück älter als ich. Vielleicht hat er ihn spielen hören, nur kann er sich vielleicht nicht mehr daran erinnern, weil er sich kaum noch an etwas erinnert. Noch nicht mal daran, was er zum Frühstück hatte. Stimmt's? Hey, alter Freund, was hattest du zum Frühstück?«

Der andere alte Mann kam schlurfend näher und lehnte sich an das nächstgelegene Waschbecken. Er war ein knorriger, alter Kerl und hatte die gleiche Farbe wie das Mahagoniradio.

»Ich weiß nicht, was es zum Frühstück gegeben hat«, sagte er. »Weiß noch nicht mal, ob ich überhaupt gefrühstückt habe. Aber hören Sie. Ich mag ein alter Mann sein, aber Tatsache ist, dass sich alte Männer wirklich gut an Sachen erinnern. Nicht an neue Sachen, verstehen Sie, sondern an alte Sachen. Man muss sich unser Gedächtnis wie einen alten Eimer vorstellen, klar? Wenn der einmal mit alten Sachen voll ist, dann kommt nichts Neues mehr rein. Keine Chance, klar? Also erinnere ich mich an jede einzelne alte Sache, weil mein alter Eimer mit lauter Sachen von früher gefüllt ist. Verstehen Sie, was ich sagen will?«

»Sicher verstehe ich das. Also haben Sie ihn früher jemals spielen hören?«

»Wen?«, fragte er.

Ich blickte von einem zum andern. Ich war nicht sicher, ob das eine einstudierte Nummer war.

»Blind Blake«, sagte ich. »Haben Sie ihn jemals spielen hören?«

»Nein, ich habe ihn nie gehört«, antwortete der alte Mann. »Aber meine Schwester. Ich habe eine Schwester, die über neunzig oder so ist, möge sie noch lange leben. Jetzt jedenfalls lebt sie noch. Sie hat früher ein bisschen gesungen, und früher hat sie oft mit Blind Blake gesungen.«

»Wirklich? Sie hat mit ihm gesungen?«

»Sicher hat sie. Sie sang mit jedem, der hier durchkam. Sie müssen bedenken, dass diese alte Stadt genau an der großen Straße nach Atlanta lag. Die alte Landstraße da draußen führte früher von oben hier durch direkt bis nach Florida im Süden. Es war die einzige Nord-Süd-Strecke durch Georgia. Natürlich haben Sie heute den Highway, der ohne Unterbrechung verläuft, und Sie haben Flugzeuge und so weiter. Heute ist Margrave nicht mehr wichtig, niemand kommt hier mehr durch.«

»Also hat Blind Blake hier haltgemacht?«, half ich ihm weiter. »Und Ihre Schwester hat mit ihm gesungen?«

»Jeder machte hier halt«, fuhr er fort. »Die Nordhälfte der Stadt war eine einzige Ansammlung von Bars und Pensionen für die Durchreisenden. Das ganze Gebiet mit den schicken Gärten von hier bis zur Feuerwehr war früher mit Bars und Pensionen bebaut. Inzwischen ist alles abgerissen oder von selbst zusammengefallen. Seit sehr langer Zeit schon gibt es keinen Durchreiseverkehr mehr. Aber früher war das hier eine ganz andere Stadt. Die Leute strömten in großen Mengen rein und raus, die ganze Zeit. Arbeiter, Pflücker, Vertreter, Boxer, Landstreicher, Trucker, Musiker. Alle möglichen Musiker machten hier damals halt und spielten, und meine alte Schwester hat mit ihnen allen gesungen.«

»Und erinnert sie sich an Blind Blake?«

»Sicher tut sie das«, sagte der alte Mann. »Hat früher gedacht, dass er der Größte sei. Sagt, dass er wirklich flott spielte. Wirklich flott, ja.«

»Was geschah mit ihm? Wissen Sie das?«

Der alte Mann dachte angestrengt nach. Suchte in seinen verblassenden Erinnerungen. Er schüttelte mehrmals den ergrauten Kopf. Dann nahm er ein nasses Handtuch aus der Wärmebox und legte es über mein Gesicht. Fing an, mir die Haare zu schneiden. Schüttelte schließlich in einer endgültigen Geste den Kopf.

»Ich kann's nicht genau sagen«, sagte er. »Er kam von Zeit zu Zeit hier durch. Ich erinnere mich ziemlich gut daran. Drei, vier Jahre später war er weg. Ich war eine Weile in Atlanta, war nicht hier, habe nichts mitgekriegt. Hörte, dass ihn jemand umgebracht hätte, vielleicht hier in Margrave, vielleicht auch nicht. Es gab irgendwie großen Ärger, und jemand brachte ihn um.«

Ich blieb noch eine Weile sitzen und hörte Radio. Dann gab ich ihnen einen Zwanziger und eilte hinaus auf die Main Street. Ging mit großen Schritten Richtung Norden. Es war fast Mittag, und die Sonne glühte. Für September ziemlich heiß. Niemand war auf der Straße. Der schwarze Asphalt warf die Hitze zurück. Blind Blake war auf dieser Straße gegangen, vielleicht in der Mittagshitze. Damals, als diese alten Friseure noch kleine Jungen gewesen waren, war sie die Hauptschlagader nach Norden, in Richtung Atlanta und Chicago gewesen, in Richtung Jobs, Hoffnung und Geld. Die Mittagshitze hätte niemanden von seinem Weg abgehalten. Aber jetzt war die Straße nur noch ein glatt asphaltierter Seitenweg, der nach nirgendwo führte.

Ich brauchte ein paar Minuten, um in der Hitze zum Revier zu kommen, ging quer über die weiche Rasenfläche an einer weiteren Bronzestatue vorbei und zog die schwere Glastür auf. Trat ins kühle Innere. Roscoe wartete auf mich, lehnte an der Empfangstheke. Hinter ihr im Mannschaftsraum konnte ich Stevenson sehen, der dringlich in einen Telefonhörer sprach. Roscoe war blass und sah sehr beunruhigt aus.

»Wir haben noch eine Leiche gefunden«, sagte sie.

»Wo?«

»Wieder am Lagerhaus. Diesmal auf der anderen Seite der Straße, unter der Zubringerbrücke.«

»Wer hat sie gefunden?«, fragte ich.

»Finlay. Er war heute Morgen da draußen und schnüffelte ein bisschen herum, um etwas zu finden, was uns mit der ersten helfen könnte. Einen Hinweis. Alles, was er fand, war eine neue Leiche.«

»Wissen Sie, wer es ist?«, fragte ich sie.

Sie schüttelte den Kopf.

»Noch nicht identifiziert. Genau wie der erste Tote.«

»Wo ist Finlay jetzt?«, fragte ich.

»Er will Hubble suchen«, sagte sie. »Er glaubt, Hubble könnte etwas darüber wissen.«

Ich nickte.

»Wie lange lag die Leiche schon dort?«

»Zwei oder drei Tage vielleicht«, antwortete sie. »Finlay sagt, es könne Donnerstagnacht ein Doppelmord gewesen sein.«

Ich nickte wieder. Hubble wusste etwas darüber. Das war der Mann, der sich mit dem großen, kahlgeschorenen Ermittler treffen sollte. Er hatte sich nicht vorstellen können, wie der Mann entkommen war. Er war nicht entkommen.

Ich hörte, wie draußen ein Wagen parkte und dann die große Glastür aufging. Finlay steckte den Kopf herein.

»Leichenschauhaus, Roscoe«, sagte er. »Sie auch, Reacher.«

Wir folgten ihm zurück in die Hitze. Stiegen alle in Roscoes Zivilfahrzeug. Ließen Finlays Wagen, wo er ihn geparkt hatte. Roscoe fuhr. Ich saß hinten. Finlay saß auf dem Beifahrersitz und hatte sich so gedreht, dass er mit uns beiden gleichzeitig sprechen konnte. Roscoe fuhr vorsichtig aus dem Polizeiparkplatz und steuerte Richtung Süden.

»Ich kann Hubble nicht finden.« Finlay blickte mich dabei an. »Es ist niemand bei ihm zu Hause. Hat er Ihnen gesagt, wo er hinwollte?«

»Nein«, sagte ich. »Kein Sterbenswörtchen. Wir haben das ganze Wochenende kaum gesprochen.«

Finlay sah mich weiter prüfend an.

»Ich muss herauskriegen, was er über die Sache weiß«, sagte er. »Das ist eine richtige Scheißangelegenheit, und er weiß etwas, so viel ist verdammt noch mal sicher. Was hat er Ihnen erzählt, Reacher?«

Ich antwortete nicht. Ich war mir nicht ganz sicher, auf wessen Seite ich war. Wahrscheinlich auf Finlays, aber wenn Finlay anfing, in Sachen herumzustochern, mit denen Hubble zu tun hatte, dann würden Hubble und seine Familie sterben. Kein Zweifel. Also wollte ich einfach unparteiisch bleiben und dann so schnell wie möglich von hier verschwinden. Ich wollte da nicht mit reingezogen werden.

»Haben Sie es über sein Mobiltelefon versucht?«, fragte ich ihn.

Finlay schüttelte den Kopf.

»Ist ausgeschaltet«, sagte er. »Da kommt nur eine automatische Ansage.«

»Ist er vorbeigekommen und hat seine Uhr abgeholt?«, fragte ich.

»Seine Uhr?«

»Seine Uhr«, wiederholte ich. »Er hat am Freitag eine Zehntausend-Dollar-Rolex bei Baker gelassen. Als Baker uns für die Fahrt nach Warburton die Handschellen anlegte. Hat er sie abgeholt?«

»Nein«, sagte Finlay. »Davon hat mir niemand was gesagt.«

»Okay, dann hat er irgendwo ein dringendes Geschäft zu erledigen. Noch nicht mal ein Arschloch wie Hubble vergisst eine Zehntausend-Dollar-Uhr, oder?«

»Was für ein dringendes Geschäft?«, fragte Finlay. »Was zum Teufel wissen Sie darüber?«

»Er hat mir kein Sterbenswörtchen erzählt. Wie ich schon sagte: Wir haben die ganze Zeit kaum miteinander gesprochen.«

Finlay starrte mich vom Beifahrersitz aus an.

»Keine Spielchen mit mir, Reacher. Bis wir Hubble haben, werde ich Sie hierbehalten und Ihren Arsch zum Schwitzen bringen, damit ich rauskriege, was er Ihnen gesagt hat. Und erzählen Sie nicht, er hätte das ganze Wochenende den Mund nicht aufgemacht, weil Typen wie er das gar nicht können. Ich weiß das, und Sie wissen das auch, also keine Spielchen mit mir, okay?«

Ich sah ihn nur achselzuckend an. Er würde mich nicht noch mal einsperren. Vielleicht konnte ich von dort, wo das Leichenschauhaus war, einen Bus nehmen. Ich würde auf das Mittagessen mit Roscoe leider verzichten müssen. Schade.

»Also, was war das jetzt mit der zweiten Leiche?«, fragte ich ihn.

»So ziemlich dasselbe wie mit der ersten. Sieht aus, als wäre es zur selben Zeit passiert. Erschossen, wahrscheinlich mit derselben Waffe. Der zweite Tote wurde zwar nicht zusammengetreten, aber wahrscheinlich war sein Tod Teil desselben Tathergangs.«

»Wissen Sie, wer der Tote ist?«

»Sein Name ist Sherman. Abgesehen davon wissen wir nichts.«

»Erzählen Sie mehr darüber«, sagte ich. Ich fragte aus Gewohnheit. Finlay dachte einen Moment lang nach. Ich sah, wie er sich entschied zu antworten. Als wären wir Partner.

»Nicht identifizierte Leiche, weiß, männlich«, begann er. »Dasselbe wie bei dem ersten Mann, kein Ausweis, keine Brieftasche, keine besonderen Kennzeichen. Aber dieser hatte eine goldene Armbanduhr mit einer Gravur auf der Rückseite: *Für Sherman, in Liebe Judy*. Er war vielleicht dreißig, fünfunddreißig. Schwer zu sagen, weil er schon drei Tage dalag und die Ratten ihm ziemlich zugesetzt haben, Sie wissen schon. Seine Lippen sind weg und die Augen auch, aber seine rechte Hand war okay, weil sie unter seinem Körper lag, also habe ich ein paar anständige Fingerabdrücke. Wir haben sie vor einer Stunde eingescannt, und wenn wir Glück haben, kommt dabei was raus.«

»Schussverletzungen?«

Finlay nickte.

»Sieht aus wie dieselbe Waffe«, sagte er. »Kleinkaliber, Teilmantelgeschoss. Ich glaube, der erste Schuss hat ihn nur verwundet, und er konnte weglaufen. Er wurde noch ein paarmal getroffen, schaffte es aber bis unter die Highway-Brücke. Dort fiel er hin und verblutete. Er wurde nicht zusammengetreten, weil sie ihn nicht finden konnten. So sieht es aus.«

Ich dachte darüber nach. Ich war genau an der Stelle um acht Uhr morgens entlanggegangen. Genau zwischen den beiden Leichen hindurch.

»Und Sie meinen, er heißt Sherman?«

»Sein Name stand auf der Uhr.«

»Vielleicht war das nicht seine Uhr«, sagte ich. »Der Mann könnte sie gestohlen haben. Könnte sie auch geerbt, in einer Pfandleihe gekauft oder auf der Straße gefunden haben.«

Finlay knurrte etwas in sich hinein. Wir mussten schon zehn Meilen südlich von Margrave sein. Roscoe fuhr in hohem Tempo die alte Landstraße entlang.

Dann wurde sie langsamer und glitt nach links in eine Abzweigung, die direkt auf den fernen Horizont zulief.

»Wohin zum Teufel fahren wir?«

»Zum Bezirkskrankenhaus«, antwortete Finlay. »Drüben in Yellow Springs. Die übernächste Stadt in Richtung Süden. Ist nicht mehr weit.«

Wir fuhren weiter. Yellow Springs tauchte in der flirrenden Hitze als verschwommener Fleck vor dem Horizont auf. Unmittelbar hinter der Stadtgrenze befand sich das Bezirkskrankenhaus, das ziemlich einsam lag. War dort gebaut worden, als Krankheiten noch ansteckend waren und die Kranken isoliert werden mussten. Es war ein großes Krankenhaus, ein Labyrinth weitläufiger, niedriger Gebäude, die über ein paar Morgen Land verteilt waren. Roscoe fuhr langsamer und bog in den Zufahrtsweg ein. Wir holperten über Bodenschwellen und schlängelten uns zu einer Ansammlung von Gebäuden, die etwas abseits im Hintergrund lagen. Das Leichenschauhaus war ein langgezogener Fertigbau mit einer großen Rollladentür, die offen stand.

Wir hielten ziemlich weit von der Tür entfernt und parkten den Wagen im Hof. Dann sahen wir uns noch einmal an und gingen hinein.

Ein Mann kam uns entgegen und führte uns in ein Büro. Er setzte sich hinter seinen Metallschreibtisch und winkte Finlay und Roscoe zu ein paar Stühlen. Ich lehnte mich zwischen einem Computer und einem Faxgerät an einen Aktenschrank. Dieses Institut hatte keinen großen Etat. Es war vor ein paar Jahren mit dürftigen Mitteln ausgestattet worden. Alles war abgenutzt, angeschlagen und unordentlich. Unterschied sich sehr vom Revier in Margrave. Der Mann hinter dem Schreibtisch sah müde aus. Nicht alt, auch nicht jung, vielleicht in Finlays Alter. Mit weißem Kittel. Er sah aus wie ein Mann, auf dessen Urteil man nicht allzu viel geben würde. Er stellte sich nicht vor. Nahm einfach an, wir wüssten alle, wer er war und was er hier machte.

»Tja, Leute, was kann ich euch erzählen?«

Er blickte uns drei nacheinander an. Wartete. Wir blickten zurück.

»War es derselbe Vorfall?«, fragte Finlay. Sein volltönender Harvard-Akzent wirkte in dem schäbigen Büro fehl am Platz. Der Mediziner sah ihn achselzuckend an.

»Ich habe die zweite Leiche erst seit einer Stunde«, sagte er. »Doch ja, ich würde sagen, es war derselbe Vorfall. Es ist fast mit Sicherheit dieselbe Waffe. Sieht in beiden Fällen aus wie ein Kleinkaliber mit Teilmantelgeschossen. Die Kugeln waren langsam, sieht so aus, als hätte die Waffe einen Schalldämpfer gehabt.«

»Kleines Kaliber?«, warf ich ein. »Wie klein?«

Der Arzt wandte mir seinen müden Blick zu.

»Ich bin kein Waffenexperte, aber ich würde sagen, eine 22er. Sieht für mich danach aus. Ich würde sagen, wir haben es mit Teilmantelgeschossen für ein Kaliber 22 zu tun. Nehmen Sie zum Beispiel den Kopf des ersten Mannes. Zwei kleine, splittrige Eintrittswunden und zwei klaffende Austrittswunden, typisch für kleine Teilmantelgeschosse.«

Ich nickte. Solche Spuren sind typisch für ein Teilmantelgeschoss. Es tritt ein und zerschmettert beim Austritt alles. Verformt sich zu einem Tropfen Blei, etwa so groß wie ein Fünfundzwanzig-Cent-Stück, und zerreißt dadurch alles Gewebe, auf das es trifft. Verursacht dadurch ein großes Austrittsloch. Und ein Schalldämpfer ergibt bei einem netten, langsamen Teilmantelgeschoss Kaliber 22 Sinn. Bei Hochgeschwindigkeitsgeschossen wäre es dagegen sinnlos, einen Schalldämpfer zu benutzen. Bei denen produziert die Kugel ihre eigene Überschallmündungsgeschwindigkeit wie ein kleines Kampfflugzeug auf Todeskurs.

»Okay«, sagte ich. »Wurde der Mann dort getötet, wo man ihn fand?«

»Ohne Zweifel, die Hypostase weist bei beiden Leichen eindeutig darauf hin.«

Er sah mich an. Wollte, dass ich ihn fragte, was Hypostase sei. Ich wusste es, fühlte aber einen Anflug von Höflichkeit. Also sah ich ihn verwirrt an.

»Postmortale Hypostase«, erklärte er. »Verfärbung der Haut. Wenn man stirbt, hört die Blutzirkulation auf, richtig? Das Herz schlägt nicht mehr. Ihr Blut gehorcht dem Gesetz der Schwerkraft. Es sammelt sich unten in Ihrem Körper, in den am tiefsten liegenden Blutgefäßen, normalerweise in den winzigen Kapillaren der Hautpartie auf dem Boden oder wo auch immer Sie liegen. Die roten Blutkörperchen sammeln sich zuerst an. Sie färben die Haut rot. Dann gerinnen sie, also ist die Farbe fixiert wie bei einem Foto. Nach ein paar Stunden sind die Verfärbungen dauerhaft. Die Verfärbungen auf der ersten Leiche entsprechen vollkommen ihrer Position auf dem Vorhof zum Lagerhaus. Der Mann wurde erschossen, fiel tot zu Boden, wurde in einer Art wahnsinniger Raserei ein paar Minuten lang durch die Gegend gekickt, dann lag er dort acht Stunden. Daran besteht kein Zweifel.«

»Was sagen Sie zu der Misshandlung?«, fragte Finlay ihn.

Der Doktor schüttelte den Kopf und zuckte mit den Schultern.

»Ich habe so etwas noch nie gesehen«, sagte er. »Ein paarmal habe ich in Fachzeitschriften davon gelesen. Ist offensichtlich irgendwas Psychopathisches. Kann man nicht erklären. Für den Toten hat es keinen Unterschied gemacht. Hat ihm nicht wehgetan, weil er schon tot war. Also muss es den Angreifer irgendwie befriedigt haben. Unglaubliche Wut, enorme Kraft. Die Verletzungen sind schwer.«

»Was ist mit dem zweiten Mann?«, fragte Finlay.

»Er ist weggelaufen, wurde mit dem ersten Schuss aus nächster Nähe in den Rücken getroffen, aber nicht niedergestreckt und rannte los. Dabei bekam er zwei weitere Kugeln verpasst. Eine in den Nacken und die tödliche in den Oberschenkel. Die zerfetzte seine Oberschenkelarterie. Er schaffte es noch bis zur Zubringerbrücke zum Highway, dann fiel er hin und verblutete. Auch daran kein Zweifel. Wenn es Donnerstag nicht die ganze Nacht geregnet hätte, hätten Sie die Blutspur auf der Straße gesehen. Es müssen etwa fünf Liter Blut gewesen sein, denn sie waren nicht mehr im Körper des Mannes.«

Wir schwiegen alle. Ich dachte daran, wie der zweite Mann verzweifelt über die Straße gelaufen war. Wie er versucht hatte, die Deckung zu erreichen, während die Kugeln in sein Fleisch schlugen. Wie er sich unter die Highway-Rampe stürzte und zwischen kleinen, leise raschelnden Ratten starb.

»Okay«, sagte Finlay. »Also können wir mit Sicherheit annehmen, dass die zwei Opfer zusammengehörten. Der Mörder gehört zu einer Gruppe von drei Leuten, er überrascht sie, schießt dem ersten Mann zweimal in den Kopf, während der zweite Mann abhaut und dabei von drei Schüssen getroffen wird, richtig?«

»Sie nehmen an, es waren drei Angreifer?«, fragte der Arzt.

Finlay nickte zu mir herüber. Es war meine Theorie, also sollte ich sie erklären.

»Die Spuren weisen auf drei unterschiedliche Persönlichkeiten hin. Auf einen kompetenten Mörder, einen tollwütigen Irren und einen inkompetenten Aufräumer.«

Der Mediziner nickte langsam.

»Klingt einleuchtend«, sagte er. »Der Erste wurde aus nächster Nähe getroffen, also können wir vielleicht annehmen, dass er die drei Angreifer kannte und sie nahe an sich heranließ?«

Finlay nickte.

»So muss es gewesen sein«, sagte er. »Fünf Männer treffen sich. Drei von ihnen greifen die zwei anderen an. Das ist eine ziemlich große Sache, nicht wahr?«

»Weiß man, wer die Angreifer waren?«, fragte der Arzt.

»Wir wissen noch nicht mal, wer die Opfer waren«, erwiderte Roscoe.

»Irgendwelche Theorien über die Opfer?«, fragte Finlay den Doktor.

»Nicht über den zweiten Mann, abgesehen vom Namen auf seiner Uhr«, sagte der Doktor. »Ich habe ihn ja erst vor einer Stunde auf den Tisch bekommen.«

»Also haben Sie eine Theorie über den ersten?«, fragte Finlay.

Der Doktor begann, ein paar Notizen auf seinem Schreibtisch zu sortieren, da klingelte sein Telefon. Er meldete sich und hielt dann Finlay den Hörer hin.

»Für Sie«, sagte er. Finlay beugte sich auf seinem Stuhl vor und nahm den Hörer. Hörte einen Moment lang zu.

»Okay«, sagte er. »Drucken Sie es einfach aus und faxen Sie es zu uns herüber, okay?«

Dann gab er dem Doktor den Hörer und lehnte sich in seinem Stuhl zurück. Er hatte die Andeutung eines Lächelns auf seinem Gesicht.

»Das war Stevenson vom Revier«, sagte er. »Wir haben endlich das passende Gegenstück zu den Fingerabdrücken des ersten Toten. Sieht aus, als wäre es richtig gewesen, sie noch mal einzugeben. Stevenson wird sie uns in einer Minute durchfaxen, also erzählen Sie uns, was Sie haben, Doc.«

Der müde Mann in dem weißen Kittel zuckte mit den Schultern und nahm ein Blatt Papier.

»Der erste Tote?«, sagte er. »Viel habe ich nicht. Der Körper war in einem fürchterlichen Zustand. Der Mann war groß, gesund und hatte einen rasierten Kopf. Das Auffallendste sind seine Zähne. Es sieht so aus, als hätte sich der Mann auf der ganzen Welt seine Zähne in Ordnung bringen lassen. Etwas wurde in Amerika gemacht, sieht jedenfalls aus wie amerikanische Arbeit, und etwas wurde im Ausland gemacht.«

Neben mir fing das Faxgerät an zu piepsen und zu surren. Ein dünnes Blatt Papier wurde eingezogen.

»Was sollen wir damit anfangen?«, fragte Finlay. »War der Mann ein Ausländer? Oder ein Amerikaner, der im Ausland lebte? Oder was?«

Das dünne Papier glitt mit Schrift bedeckt aus dem Gerät heraus. Dann stoppte der Apparat. Ich nahm das Blatt und warf einen Blick darauf. Dann las ich es zweimal durch. Mir wurde kalt. Lähmende Eiseskälte kroch in mir hoch, und ich konnte mich nicht mehr bewegen. Ich konnte einfach nicht glauben, was ich auf dem Faxpapier las. Der Himmel über mir stürzte zusammen. Ich starrte den Arzt an und begann zu sprechen.

»Er wuchs im Ausland auf. Seine Zähne wurden überall dort in Ordnung gebracht, wo er gerade lebte. Er brach sich mit acht seinen Arm, der in Deutschland gerichtet wurde. Seine Mandeln wurden in einem Krankenhaus in Seoul herausgenommen.«

Der Pathologe starrte mich fragend an.

»All das ist aus den Fingerabdrücken ersichtlich?«, fragte er schließlich.

Ich schüttelte den Kopf.

»Der Mann war mein Bruder.«

10

ICH HABE EINMAL einen Film der Navy über Expeditionen in die Arktis gesehen. Man konnte dort über einen festen Gletscher laufen. Plötzlich jedoch schwankte das Eis und zerbarst. Irgendwelche unvorstellbaren Spannungen in den Eisschollen. Eine ganz neue Landschaft wurde an die Oberfläche getrieben. Gewaltige Steilhänge, wo vorher flaches Eis gewesen war. Riesige Schluchten, ein neuer See. Die ganze Welt in einer Sekunde verändert. So fühlte ich mich. Ich lehnte dort, vom Schock erstarrt, an dem Aktenschrank zwischen dem Faxgerät und dem Computer, und fühlte mich wie ein Mann in der Arktis, dessen Welt sich durch einen einzigen Schritt verändert hatte.

Sie brachten mich zu den Kühlkammern im hinteren Teil, damit ich seine Leiche offiziell identifizierte. Sein Gesicht war durch die Schüsse weggerissen worden, und alle seine Knochen waren zertrümmert, aber ich erkannte die sternförmige Narbe an seinem Hals. Er hatte sie von einem Unfall vor neunundzwanzig Jahren, als wir mit einer zerbrochenen Flasche herumgespielt hatten. Dann brachten sie mich zurück nach Margrave. Finlay fuhr. Roscoe saß mit mir auf dem Rücksitz und hielt den ganzen Weg meine Hand. Die Fahrt dauerte nur zwanzig Minuten, aber in dieser Zeit durchlebte ich zwei Leben. Seins und meins.

Mein Bruder Joe. Zwei Jahre älter als ich. Er war am Ende der Eisenhower-Ära auf einem Stützpunkt im Fernen Osten geboren worden. Dann kam ich auf einem Stützpunkt in Europa zur Welt, direkt zu Beginn der Kennedy-Ära. Wir wuchsen zusammen in dem engen, isolierten Provisorium auf, das Militärfamilien sich erschaffen, wenn die ganze Welt ihr Zuhause sein muss. Unser Leben verlief willkürlich und in unvorhersehbaren Etappen. So dass es sich seltsam anfühlte, länger als ein halbes Jahr an einem Ort zu bleiben. Manchmal erlebten wir jahrelang keinen Winter. Wir zogen zu Beginn des Herbstes aus Europa ab und wurden irgendwo am Pazifik stationiert, wo der Sommer gerade anfing.

Unsere Freunde verschwanden unaufhörlich. Eine Einheit wurde irgendwohin verschifft, und ein Haufen Kinder ging mit. Manchmal trafen wir sie Monate später an einem anderen Ort. Aber sehr viele sahen wir niemals wieder. Niemand sagte hallo oder auf Wiedersehen. Man war eben entweder da oder nicht da.

Als Joe und ich dann älter wurden, schickte man uns noch mehr herum. Vietnam brachte es mit sich, dass das Militär die Leute auf der ganzen Welt schneller und schneller umbesetzte. Das Leben war nur noch eine schwindelerregende Aufeinanderfolge von Stützpunkten. Wir besaßen niemals irgendetwas. Jeder durfte nur eine Tasche in die Transportflugzeuge mitnehmen.

Sechzehn Jahre waren wir in diesem Provisorium zusammen. Joe war die einzige Konstante in meinem Leben. Und ich liebte ihn, wie man einen Bruder liebt. Doch dieser Satz muss wörtlich genommen werden. Viele dieser Redensarten müssen wörtlich genommen werden. Zum Beispiel wenn es heißt, man habe geschlafen wie ein Baby. Bedeutet das, man habe gut geschlafen? Oder bedeutet das, dass man alle zehn Minuten weinend aufgewacht ist? Ich liebte Joe, wie man einen Bruder liebt, und das bedeutete in unserer Familie vielerlei.

Die Wahrheit ist, ich wusste nie genau, ob ich ihn liebte oder nicht. Und er wusste auch nie genau, ob er mich liebte oder nicht. Wir waren nur zwei Jahre auseinander, aber er war in den Fünfzigern geboren und ich in den Sechzigern. Wir hatten den Eindruck, dass dies eine größere Entfernung ausmachte als nur zwei Jahre. Und wie alle Brüder, die zwei Jahre auseinanderliegen, gingen wir uns ziemlich auf die Nerven. Wir kämpften und stritten und warteten mürrisch darauf, älter zu werden und endlich wegzukommen. Die meiste Zeit in den sechzehn Jahren wussten wir nicht, ob wir einander liebten oder hassten.

Aber wir hatten das, was alle Familien in der Army hatten. Die Familie war die eigene Einheit. Den Männern auf den Stützpunkten wurde absolute Loyalität gegenüber ihren Einheiten beigebracht. Das war die wichtigste Sache in ihrem Leben. Die Kinder kopierten das. Sie übertrugen dieselbe ausgeprägte Loyalität auf ihre Familien. Also hasste man vielleicht seinen Bruder ab und an, doch ließ man es nicht zu, dass sich irgendjemand mit ihm anlegte. Das verband uns, Joe und mich. Wir hatten diese bedingungslose Loyalität. Wir standen Rücken an Rücken auf jedem neuen Schulhof und boxten uns zusammen einen Weg aus allen Schwierigkeiten. Ich passte auf ihn auf, und er passte auf mich auf, wie es Brüder eben tun. Sechzehn Jahre lang. Das war nicht gerade eine normale Kindheit, aber die einzige Kindheit, die ich je hatte. Und Joe war deren Anfang und Ende. Und jetzt hatte ihn jemand umgebracht. Ich saß dort auf dem Rücksitz des Polizei-Chevrolets und hörte, wie eine winzige Stimme in meinem Kopf fragte, was zum Teufel ich jetzt machen sollte.

Finlay fuhr durch Margrave hindurch und parkte vor dem Revier. Direkt am Bordstein vor den großen gläsernen Eingangstüren. Er und Roscoe stiegen aus dem Wagen und warteten auf mich, genau wie Baker und Stevenson es achtundvierzig Stunden vorher getan hatten. Ich stieg aus und schloss mich ihnen in der Mittagshitze an. Wir blieben einen Moment lang stehen, dann zog Finlay die schwere Tür auf, und wir gingen hinein. Liefen durch den leeren Mannschaftsraum in das große Rosenholzbüro.

Finlay setzte sich an den Schreibtisch. Ich setzte mich in denselben Stuhl wie am Freitag. Roscoe holte sich einen Stuhl heran und stellte ihn direkt neben meinen. Finlay zog ruckend die Schreibtischschublade auf. Nahm den Kassettenrecorder heraus. Testete seiner Routine gemäß das Mikrophon mit dem Fingernagel. Dann saß er ruhig da und sah mich an.

»Das mit Ihrem Bruder tut mir sehr leid«, begann er.

Ich nickte. Sagte nichts.

»Ich fürchte, ich muss Ihnen jetzt einige unvermeidliche Fragen stellen.«

Ich nickte nur. Ich verstand seine Lage. Ich war schon oft in der gleichen gewesen.

»Wer ist sein nächster Angehöriger?«

»Ich, außer er hätte inzwischen geheiratet, ohne mir das zu sagen.«

»Können Sie sich das vorstellen?«, fragte mich Finlay.

»Wir standen uns nicht sehr nahe, aber ich würde es bezweifeln.«

»Ihre Eltern sind tot?«

Ich nickte. Finlay nickte. Trug mich als nächsten Angehörigen ein.

»Wie war sein vollständiger Name?«

»Joe Reacher«, sagte ich. »Kein zweiter Vorname.«

»Ist das die Kurzform von Joseph?«

»Nein, er hieß nur Joe. So wie ich nur Jack heiße. Unser Vater mochte einfache Namen.«

»Okay«, sagte Finlay. »Älter oder jünger?«

»Älter.« Ich nannte ihm sein Geburtsdatum. »Also zwei Jahre älter als ich.«

»Dann war er achtunddreißig?«

Ich nickte. Baker hatte gesagt, das Opfer sei etwa vierzig gewesen. Vielleicht hatte sich Joe nicht gut gehalten.

»Haben Sie seine aktuelle Adresse?«

Ich schüttelte den Kopf.

»Nein. Er lebte irgendwo in Washington, D. C. Wie ich schon sagte, wir standen uns nicht sehr nahe.«

»Okay«, sagte Finlay wieder. »Wann haben Sie ihn das letzte Mal gesehen?«

»Vor ungefähr zwanzig Minuten«, erwiderte ich. »Im Leichenschauhaus.«

Finlay nickte behutsam. »Und davor?«

»Vor sieben Jahren«, antwortete ich. »Bei der Beerdigung unserer Mutter.«

»Haben Sie ein Foto von ihm?«

»Sie haben doch meine persönlichen Sachen gesehen. Ich habe überhaupt kein Foto.«

Er nickte wieder. Schwieg. Er fand das Ganze schwierig.

»Können Sie mir eine Beschreibung von ihm geben?«

»Wie er aussah, bevor sein Gesicht weggeschossen wurde?«

»Vielleicht hilft uns das, wissen Sie«, sagte Finlay. »Wir müssen herausfinden, wer ihn gesehen hat, wann und wo.«

Ich nickte.

»Ich schätze, er sah aus wie ich. Vielleicht ein, zwei Zentimeter größer, vielleicht fünf Kilo leichter.«

»Wie groß wäre das dann, ungefähr 1,95 Meter?«, fragte er.

»Genau, und ungefähr hundert Kilo.«

Finlay notierte sich das.

»Und er rasierte sich den Kopf?«

»Nicht als ich ihn das letzte Mal gesehen habe. Da hatte er noch Haare auf dem Kopf wie jeder andere auch.«

»Vor sieben Jahren, richtig?«

Ich zuckte mit den Schultern.

»Vielleicht gingen ihm die Haare aus«, sagte ich. »Vielleicht war er zu eitel dazu.«

Finlay nickte.

»Was arbeitete er?«

»Das Letzte, was ich hörte, war, dass er für das Finanzministerium arbeitete«, sagte ich. »Aber was genau, weiß ich nicht.«

»Was für eine Ausbildung hatte er? War er auch beim Militär?«

Ich nickte.

»Militärischer Geheimdienst. Er kündigte nach einer Weile, dann arbeitete er für die Regierung.«

»Er schrieb Ihnen, dass er mal hier war, richtig?«

»Er erwähnte die Sache mit Blind Blake. Sagte aber nicht, warum er hier war. Aber das lässt sich bestimmt leicht herausfinden.«

Finlay nickte.

»Wir werden morgen früh als Erstes ein paar Anrufe machen«, sagte er. »Aber Sie sind auf jeden Fall sicher, dass Sie keine Ahnung haben, warum er hierhergekommen sein könnte?«

Ich schüttelte den Kopf. Ich hatte keine Ahnung, was er hier gewollt hatte. Aber ich wusste, dass Hubble es wusste. Joe war der große Ermittler mit dem kahlgeschorenen Kopf und dem Codenamen. Hubble hatte ihn hierhergeholt, und Hubble wusste genau, warum. Ich musste also als Erstes Hubble finden und ihn ausfragen.

»Haben Sie nicht gesagt, Sie könnten Hubble nicht finden?«, fragte ich Finlay.

»Er ist nirgendwo aufzutreiben«, erwiderte er. »Er ist nicht in seinem Haus am Beckman Drive, und niemand hat ihn in der Stadt gesehen. Hubble weiß über all das Bescheid, nicht wahr?«

Ich zuckte nur die Achseln. Ich wollte nicht alle meine Karten offenlegen. Wenn ich Hubble über etwas ausquetschen musste, das er nur sehr ungern zur Sprache brachte, dann wollte ich das unter vier Augen tun. Vor allem wollte ich nicht, dass mir Finlay dabei über die Schulter sah. Vielleicht glaubte er ja, ich würde Hubble zu sehr unter Druck setzen. Und ich wollte definitiv nicht dazu gezwungen sein, Finlay bei einem Verhör über die Schulter zu sehen. Ich wollte es nicht ihm überlassen. Möglicherweise würde ich der Meinung sein, dass er ihn nicht stark genug unter Druck setzte. Außerdem würde Hubble eher mit mir als mit einem Polizisten reden. Er hatte mir ja schon einiges erzählt. Also musste das, was Hubble wusste, mein Geheimnis bleiben. Vorerst zumindest.

»Keine Ahnung, was Hubble weiß«, sagte ich. »Sie sind derjenige, der behauptet, dass er umgekippt ist.«

Finlay sah mich über den Schreibtisch hinweg an. Ich konnte sehen, wie seine Gedanken eine neue Richtung einschlugen. Ich konnte mir ziemlich genau vorstellen, worum es ging. Ich hatte schon darauf gewartet. Es gibt eine Faustregel bei Mord. Die hat sich aus einer Menge Statistik und einer Menge Erfahrung ergeben. Die Faustregel lautet: Wenn du einen Toten hast, dann sieh dir zuerst genau seine Familie an. Denn unheimlich viele Morde werden von Verwandten begangen. Von Ehemännern, Ehefrauen und Kindern. Und Geschwistern. So lautet die Theorie. Finlay musste sie in seinen zwanzig Jahren in Boston Hunderte von Malen in die Realität umgesetzt haben. Jetzt konnte ich sehen, wie er sie sich hier in Margrave durch den Kopf gehen ließ. Da musste ich eingreifen. Ich wollte nicht, dass er darüber nachdachte. Ich wollte nicht noch mehr von meiner Zeit in einer Zelle verschwenden. Ich konnte mir vorstellen, dass ich sie für etwas anderes brauchen würde.

»Sie sind doch zufrieden mit meinem Alibi, oder?«, fragte ich.

Er sah, worauf ich hinauswollte. Als wären wir Kollegen in einem komplizierten Fall. Er warf mir ein Lächeln zu.

»Es hat sich als stichhaltig erwiesen«, sagte er. »Sie waren in Tampa, als die Sache hier passierte.«

»Okay«, hakte ich nach. »Und ist Chief Morrison auch damit zufrieden?«

»Er weiß noch nichts davon. Er hat noch nicht auf unsere Anrufe reagiert.«

»Ich will nicht noch mehr ähnliche Fehler«, sagte ich. »Der fette Schwachkopf hat behauptet, er hätte mich drüben gesehen. Ich möchte, dass er weiß, dass das nicht mehr zieht.«

Finlay nickte. Griff nach dem Telefon auf seinem Schreibtisch und wählte eine Nummer. Ich hörte das schwache Schnarren des Rufzeichens aus dem Hörer dringen. Es läutete eine lange Zeit und endete, als Finlay den Hörer wieder auflegte.

»Nicht zu Hause, es ist eben Sonntag.«

Dann zog er das Telefonbuch aus einer Schublade. Öffnete es bei H. Suchte Hubbles Nummer am Beckman Drive heraus. Wählte sie, mit dem gleichen Ergebnis. Ein langes Rufzeichen und niemand zu Hause. Dann versuchte er es mit der Nummer vom Mobiltelefon. Eine elektronische Stimme setzte an, um ihm mitzuteilen, dass das Telefon ausgeschaltet sei. Finlay legte auf, bevor die Ansage vorbei war.

»Ich werde Hubble hierherbringen, sobald ich ihn gefunden habe«, sagte Finlay. »Er weiß etwas, was er uns erzählen sollte. Bis dahin kann ich nicht viel tun, oder?«

Ich zuckte mit den Schultern. Er hatte recht. Es war eine ziemlich kalte Spur. Der einzige Funken, von dem Finlay wusste, war die Panik, die Hubble am Freitag gezeigt hatte.

»Was werden Sie jetzt tun, Reacher?«, fragte er mich.

»Ich werde nachdenken.«

Finlay sah mir ins Gesicht. Nicht gerade unfreundlich, aber sehr ernst, als wollte er einen Befehl oder einen Appell an mich richten, mit einem einzigen ernsten Blick von Angesicht zu Angesicht.

»Überlassen Sie das Ganze mir, okay? Sie werden sich ziemlich mies fühlen, und Sie werden wollen, dass der Gerechtigkeit Genüge getan wird, aber ich möchte hier keine Alleingänge sehen, klar? Dies ist Sache der Polizei. Sie sind Zivilist. Also überlassen Sie das mir, okay?«

Ich zuckte die Achseln und nickte. Stand auf und sah beide an.
»Ich mache mal einen kleinen Spaziergang.«

Ich verließ die beiden und schlenderte durch das Großraumbüro. Trat durch die Glastür in den heißen Nachmittag hinaus. Spazierte über den Parkplatz und die weitläufige Rasenfläche davor bis hinüber zur Bronzestatue. Ein weiterer Tribut an Caspar Teale, wer auch immer er gewesen sein mochte. Derselbe wie auf der Grünfläche am Südrand der Stadt. Ich lehnte mich an seine warme Seite aus Metall und dachte nach.

Die USA sind ein gigantisch großes Land. Millionen von Quadratmetern. Die Heimat von dreihundert Millionen Einwohnern. Ich hatte Joe seit sieben Jahren nicht mehr gesehen, und er hatte mich nicht gesehen, aber wir waren in genau demselben winzigen Ort gelandet, in einem Zeitabstand von acht Stunden. Ich war fünfzig Meter von der Stelle entfernt entlanggelaufen, wo seine Leiche lag. Das war ein ziemlich großer Zufall. Fast schon unglaublich. Also tat Finlay mir einen großen Gefallen, wenn er es wie einen Zufall behandelte. Er musste eher versuchen, mein Alibi anzugreifen. Vielleicht tat er das auch schon. Vielleicht telefonierte er bereits mit Tampa und überprüfte alles noch einmal.

Aber er würde nichts finden, denn es war ein Zufall. Es hatte keinen Sinn, das immer und immer wieder durchzugehen. Ich war nur wegen einer verrückten, spontanen Eingebung in Margrave. Wenn ich nur eine Minute länger auf die Landkarte des Mannes geblickt hätte, wäre der Bus schon an der Ausfahrt vorbei gewesen, und ich hätte mich nicht an Margrave erinnert. Ich wäre nach Atlanta gefahren und hätte nie etwas über Joe gehört. Es hätte noch weitere sieben Jahre dauern können, bevor die Nachricht seines Todes mich erreicht hätte. Also war es sinnlos, sich über den Zufall aufzuregen. Es galt nur zu entscheiden, was ich damit anfangen sollte.

Ich war ungefähr vier Jahre alt gewesen, als ich die Sache mit der Loyalität begriff. Plötzlich war ich davon überzeugt, dass ich auf Joe genauso aufpassen musste, wie er auf mich aufpasste. Nach einer Weile wurde das zu meiner zweiten Natur. Ich hatte nur im Kopf, nach ihm Ausschau zu halten und zu prüfen, ob alles in Ordnung war. Etliche Male kam ich auf einen neuen Schulhof und sah einen Haufen Kinder, die dem großen, mageren Neuling auf den Zahn fühlten. Ich trabte hinüber, zog sie weg und schlug ein paar Köpfe zusammen. Dann ging ich zurück zu meinen Kumpels und spielte Ball oder was wir sonst gerade taten. Pflicht vollbracht, wie eine Routine. Es war eine Routine, die zwölf Jahre dauerte, von meiner Erkenntnis mit vier Jahren bis zu dem Zeitpunkt, als Joe schließlich von zu Hause wegging. Zwölf Jahre Routine müssen schwache Spuren in meinem Kopf hinterlassen haben, denn seitdem hörte ich immer das leise Echo der Frage: Wo ist Joe? Als er dann erwachsen und fort war, war es nicht mehr wichtig, das zu wissen. Aber ich war mir immer des schwachen Echos bewusst. Tief in meinem Inneren war ich mir immer bewusst, dass ich mich für ihn einsetzen musste, wenn er mich brauchte.

Aber jetzt war er tot. Er war nicht mehr irgendwo. Ich lehnte mich gegen die Statue vor dem Polizeirevier und hörte, wie die leise Stimme in meinem Kopf sagte: Du musst etwas unternehmen.

Die Tür des Reviers ging auf. Ich blinzelte durch die Hitze und sah Roscoe herauskommen. Die Sonne stand hinter ihr und ließ ihr Haar wie einen Glorienschein leuchten. Sie blickte sich suchend um und entdeckte mich an der Statue in der Mitte der Rasenfläche. Kam zu mir herüber. Ich stieß mich von der warmen Bronze ab.

»Alles in Ordnung?«, fragte sie mich.

»Mir geht's gut.«

»Sicher?«

»Ich breche bestimmt nicht zusammen. Vielleicht sollte ich das, aber ich tue es nicht. Um ehrlich zu sein, fühle ich mich nur benommen.«

Das stimmte. Ich empfand nicht viel. Vielleicht war das eine seltsame Reaktion, aber so fühlte ich mich eben. Sinnlos, das zu leugnen.

»Okay«, sagte Roscoe. »Kann ich Sie irgendwohin bringen?«

Vielleicht hatte Finlay sie geschickt, um mich nicht aus den Augen zu verlieren, aber ich hatte nichts dagegen einzuwenden. Sie stand da in der Sonne und sah großartig aus. Ich merkte, dass ich sie jedes Mal mehr mochte, wenn ich sie ansah.

»Haben Sie Lust, mir zu zeigen, wo Hubble wohnt?«, fragte ich sie.

Ich konnte sehen, wie sie darüber nachdachte.

»Sollten wir das nicht Finlay überlassen?«

»Ich will nur nachsehen, ob er schon zu Hause ist. Ich werde ihn nicht auffressen. Wenn er da ist, rufen wir Finlay sofort an, okay?«

»Okay«, sagte sie. Sie zuckte mit den Schultern und lächelte. »Fahren wir.«

Wir gingen zusammen zurück über den Rasen und stiegen in ihren Chevy. Sie ließ ihn an und fuhr vom Parkplatz. Bog nach links ab und glitt südwärts durch die perfekte kleine Stadt. Es war ein prächtiger Septembertag.

Die strahlende Sonne machte aus der Stadt ein Fantasiegebilde. Die Backsteinbürgersteige glühten, und die weiße Farbe blendete uns. Der ganze Ort sonnte sich in aller Ruhe in der Hitze des Sonntags. Er war menschenleer.

Roscoe bog an der Grünfläche rechts ein in den Beckman Drive. Fuhr um das Rasenquadrat mit der Kirche herum. Die Autos waren weg und der Platz ruhig. Der Gottesdienst war vorüber. Der Beckman Drive weitete sich zu einer breiten, baumgesäumten Wohnstraße, die über eine kleine Anhöhe führte. Ein Flair von Reichtum herrschte hier. Es wirkte kühl, schattig und wohlhabend. Das meinen die Immobilienmakler mit »gehobener Lage«. Die Häuser waren nicht zu sehen. Sie lagen zurückgesetzt hinter breiten Grasböschungen, hinter hohen Bäumen und dichten Hecken. Ihre gewundenen Auffahrten entzogen sich jedem Blick. Gelegentlich konnte ich einen weißen Säulenvorbau oder ein rotes Dach sehen. Je weiter wir fuhren, desto größer wurden die Grundstücke. Hunderte von Metern lagen zwischen den Briefkästen. Riesige, alte Bäume. Ein gediegener Ort. Aber ein Ort mit Geheimnissen hinter den belaubten Fassaden. In Hubbles Fall mit einem schrecklichen Geheimnis, das ihn veranlasst hatte, sich an meinen Bruder zu wenden. Einem Geheimnis, das meinen Bruder getötet hatte.

Roscoe wurde an einem weißen Briefkasten langsamer und bog in die Zufahrt der Nummer fünfundzwanzig ein. Etwa eine Meile von der Innenstadt entfernt, auf der linken Seite, mit der Rückseite zur Nachmittagssonne. Es war das letzte Haus an der Straße. Weiter oben reckten sich ein paar Pfirsichbäume in die dunstige Luft. Wir fuhren langsam eine Auffahrt entlang, die sich um Grasböschungen wand. Das Haus war nicht ganz das, was ich mir vorgestellt hatte. Ich hatte an ein großes weißes Gebäude gedacht, wie ein normales Haus, nur größer. Dieses hier war prächtiger. Ein Palast. Es war riesig. Jedes Detail wirkte teuer. Eine breite Kiesauffahrt, große, samtige Rasenflächen, riesige, erlesene Bäume, und alles besprenkelt von der glühenden Sonne. Aber keine Spur von dem dunklen Bentley, den ich am Gefängnis gesehen hatte. Es sah aus, als wäre niemand zu Hause.

Roscoe hielt in der Nähe der vorderen Haustür, und wir stiegen aus. Es war still. Ich hörte nur das schwere Raunen der Nachmittagshitze. Wir läuteten und klopften an die Tür. Keine Reaktion. Wir sahen uns an und gingen über eine Wiese um das Haus herum. Mehrere Morgen Rasenfläche und leuchtende Blumen umgaben einen Wintergarten. Davor eine breite Terrasse und eine langgezogene Rasenfläche, die zu einem riesigen Swimmingpool abfiel. Das Wasser leuchtete strahlend blau in der Sonne. Ich konnte das Chlor in der heißen Luft riechen.

»Nicht schlecht«, sagte Roscoe.

Ich nickte und überlegte, ob mein Bruder hier gewesen war.

»Ich höre ein Auto«, sagte sie.

Wir erreichten gerade rechtzeitig wieder die Vorderseite des Hauses, um zu sehen, wie der große Bentley zum Stehen kam. Die blonde Frau, die ich am Gefängnis gesehen hatte, stieg aus. Sie hatte zwei Kinder bei sich. Einen Jungen und ein Mädchen. Das war Hubbles Familie. Er liebte sie wahnsinnig. Aber er war nicht bei ihnen.

Die blonde Frau schien Roscoe zu kennen. Sie grüßten einander, und Roscoe stellte mich vor. Die Frau schüttelte mir die Hand und sagte, sie heiße Charlene, aber ich könne sie Charlie nennen. Sie war eine teuer aussehende Frau, groß, schlank, mit gutem Knochenbau, sorgfältig angezogen, sorgfältig gepflegt. Aber ein Funken Entschlossenheit zeichnete wie ein Makel ihr Gesicht. Genug Entschlossenheit, dass ich sie mochte. Sie hielt meine Hand fest und lächelte, aber es war ein Lächeln, hinter dem sich eine Menge Anspannung verbarg.

»Ich fürchte, das war nicht das beste Wochenende in meinem Leben«, sagte sie. »Aber es scheint, dass ich Ihnen großen Dank schulde, Mr. Reacher. Mein Mann sagt, Sie hätten ihm im Gefängnis das Leben gerettet.«

Sie sagte es mit einer ziemlich eisigen Stimme. Aber das galt nicht mir. Das galt dem Umstand, der sie zwang, die Wörter »mein Mann« und »Gefängnis« im selben Satz zu sagen.

»Schon in Ordnung. Wo ist er?«

»Kümmert sich um irgendein Geschäft. Ich erwarte ihn etwas später zurück.«

Ich nickte. Das war Hubbles Plan gewesen. Er hatte gesagt, er würde irgendeine Geschichte erzählen und dann versuchen, die Lage zu beruhigen. Ich fragte mich, ob Charlie darüber sprechen wollte, aber die Kinder standen schweigend neben ihr, und ich konnte sehen, dass sie in ihrer Gegenwart nicht reden würde. Also grinste ich die beiden an. Ich hoffte, sie würden sich langweilen und irgendwohin rennen, wie Kinder das normalerweise bei mir tun, aber sie grinsten nur zurück.

»Das ist Ben«, sagte Charlie. »Und das ist Lucy.«

Die Kinder sahen nett aus. Das Mädchen hatte noch den typischen Babyspeck. Feine rotblonde Haare, zu Rattenschwänzen zusammengebunden. Der Junge war nicht viel größer als seine kleine Schwester. Er war schmächtig, hatte ein ernstes Gesicht und schien kein kleiner Rabauke wie manch anderer Junge zu sein. Es waren nette Kinder. Höflich und ruhig. Beide schüttelten mir die Hand und gingen dann zurück zu ihrer Mutter. Ich betrachtete die drei und konnte plötzlich die düstere Wolke über ihnen sehen. Wenn Hubble nicht aufpasste, würde er schuld sein an ihrem Tod – wie an dem meines Bruders.

»Möchten Sie auf einen Eistee hereinkommen?«, fragte Charlie uns.

Sie stand da mit schräg gelegtem Kopf, als warte sie auf eine Antwort. Sie war vielleicht dreißig, im gleichen Alter wie Roscoe. Aber sie hatte die Aura einer reichen Frau. Vor hundertfünfzig Jahren wäre sie die Herrin über eine große Plantage gewesen.

»Okay«, sagte ich. »Danke.«

Die Kinder rannten davon, um irgendwo zu spielen, und Charlie führte uns durch die Eingangstür. Ich wollte nicht wirklich Eistee trinken, sondern da bleiben, falls Hubble zurückkam. Ich wollte ihn für fünf Minuten allein sprechen. Ich wollte ihm ein paar ziemlich dringende Fragen stellen, bevor Finlay ihm einen Vortrag über seine Rechte halten konnte.

Es war ein fabelhaftes Haus. Wunderschön eingerichtet. Hell und frisch. Kühles Weiß und sonniges Gelb. Blumen. Charlie führte uns durch den Wintergarten, den wir von außen gesehen hatten. Er sah aus, als stammte er direkt aus einem Architekturmagazin. Roscoe ging mit ihr, um ihr beim Tee zu helfen. Ließ mich allein in dem Raum zurück. Ich fühlte mich unbehaglich. Ich war nicht an Häuser gewöhnt. Ich war sechsunddreißig Jahre alt und hatte noch nie in einem Haus gewohnt. Viele Quartiere beim Militär und ein schrecklich kahler Schlafsaal mit Blick auf den Hudson, als ich in West Point gewesen war. Dort hatte ich gewohnt. Ich setzte mich wie ein hässlicher Außerirdischer auf ein geblümtes Kissen auf einem Rattansofa und wartete. Unbehaglich, benommen, in diesem toten Bereich zwischen Aktion und Reaktion.

Die zwei Frauen kamen mit dem Tee zurück. Charlie trug ein Silbertablett. Sie war eine schöne Frau, aber nichts gegen Roscoe. Roscoe hatte einen derart zündenden Funken in ihren Augen, dass Charlie neben ihr wie unsichtbar wirkte.

Dann geschah etwas. Roscoe setzte sich neben mich auf das Rattansofa. Als sie sich hinsetzte, drückte sie mein Bein zur Seite. Es war eine beiläufige Geste, aber sie war sehr vertraut und intim. Ein betäubtes Nervenende lebte plötzlich auf und signalisierte mir lautstark: Sie mag dich auch, sie mag dich auch. Es war die Art, wie sie mein Bein berührte.

Ich ging die vergangenen Tage noch einmal durch und betrachtete die

Dinge in diesem neuen Licht. Ihre Art, wie sie die Fingerabdrücke und Fotos gemacht hatte. Wie sie mir den Kaffee gebracht hatte. Ihr Lächeln und Zwinkern. Ihr Lachen. Dass sie Freitagnacht und Samstag gearbeitet hatte, um mich aus Warburton rauszuholen. Dass sie den ganzen Weg gefahren war, um mich abzuholen. Dass sie meine Hand hielt, nachdem ich den zertrümmerten Körper meines Bruders gesehen hatte. Dass sie mich hierhergefahren hatte. Sie mochte mich auch.

Auf einmal war ich froh, dass ich aus diesem verdammten Bus gesprungen war. Froh, dass ich diese verrückte Entscheidung in letzter Minute getroffen hatte. Plötzlich entspannte ich mich. Fühlte mich besser. Die leise Stimme in meinem Kopf beruhigte sich. Im Augenblick gab es für mich nichts zu tun. Ich würde mit Hubble sprechen, wenn ich ihn sah. Bis dahin würde ich mit einer gutaussehenden, dunkelhaarigen, freundlichen Frau in einem weichen Baumwollhemd auf einem Sofa sitzen. Der Ärger würde früh genug beginnen. Das tut er immer.

Charlie Hubble setzte sich uns gegenüber und begann, Eistee einzuschenken. Der Geruch nach Zitrone und Gewürzen wehte zu mir herüber. Sie bemerkte meinen Blick und lächelte dasselbe angespannte Lächeln wie schon kurz zuvor.

»Normalerweise würde ich Sie jetzt fragen, ob Sie Ihren Besuch in Margrave genießen«, sagte sie und blickte angespannt lächelnd zu mir herüber.

Mir fiel keine Antwort darauf ein. Ich zuckte nur mit den Schultern. Es war klar, dass Charlie nichts wusste. Sie glaubte, ihr Mann sei wegen eines Irrtums verhaftet worden. Nicht, weil er in ein Problem verwickelt war, das schon zwei Menschen das Leben gekostet hatte. Der eine davon war der Bruder des Fremden, den sie so eifrig anlächelte. Roscoe rettete das Gespräch, und die zwei fingen an, über alles Mögliche zu reden. Ich saß einfach nur da, trank meinen Tee und wartete auf Hubble. Er tauchte nicht auf. Dann erstarb das Gespräch, und wir mussten gehen. Charlie zappelte herum, als hätte sie noch etwas zu tun. Roscoe legte ihre Hand auf meinen Arm. Ihre Berührung elektrisierte mich.

»Fahren wir«, sagte sie. »Ich nehme Sie mit zurück.«

Ich fühlte mich nicht wohl dabei, dass ich nicht länger auf Hubble wartete. Ich empfand das als Verrat an Joe. Aber ich wollte auch mit Roscoe allein sein. Ich brannte darauf. Vielleicht wurde das durch eine Art unterdrückter Trauer verstärkt. Ich wollte Joes Probleme bis morgen ruhen lassen. Ich sagte mir, dass ich sowieso keine Wahl hätte. Hubble war nicht aufgetaucht. Also stiegen wir zusammen in den Chevy und fuhren die gewundene Auffahrt hinunter. Glitten den Beckman Drive entlang. Die Gebäude wurden nach einer Meile zahlreicher. Wir fuhren um die Kirche herum. Der kleine Anger mit der Statue des guten, alten Caspar Teale war vor uns.

»Reacher?«, sagte Roscoe. »Sie werden doch noch eine Weile hierbleiben, oder? Bis wir die Sache mit Ihrem Bruder geklärt haben?«

»Schätze, ja«, sagte ich.

»Wo werden Sie wohnen?«

»Ich weiß nicht«, antwortete ich.

Sie stoppte an dem Bordstein neben der Rasenfläche. Stieß den Automatikhebel auf Parken. Sie hatte einen zärtlichen Ausdruck auf ihrem Gesicht.

»Ich möchte, dass Sie mit zu mir kommen.«

Ich fühlte mich, als wäre ich verrückt, aber ich verzehrte mich nach ihr, also zog ich sie zu mir herüber, und wir küssten uns. Der berühmte erste Kuss. Der neue, unvertraute Mund und Geruch und Geschmack. Sie küsste mich heftig und lang und umklammerte mich fest. Wir unterbrachen ein paarmal zum Luftholen, bevor sie wieder auf ihren Platz rückte.

Sie schoss eine Viertelmeile die Straße hinunter, die sich gegenüber vom Beckman Drive öffnete. Verschwommen sah ich eine Grünfläche in der Sonne, als sie in ihre Einfahrt einbog. Die Räder quietschten, als sie hielt. Wir taumelten hinaus und liefen zur Tür. Sie benutzte ihren Schlüssel, und wir gingen hinein. Die Tür schwang zu, und bevor das Schloss noch einrastete, war Roscoe schon wieder in meinen Armen. Wir küssten uns und stolperten durch ihr Wohnzimmer. Sie war einen Kopf kleiner als ich, und ihre Füße berührten den Boden nicht mehr.

Wir rissen uns die Kleider vom Leib, als stünden sie in Flammen. Sie war wundervoll. Fest und kräftig und eine Traumfigur. Haut wie Seide. Sie zog mich auf den Teppich, auf den die Sonne breite Streifen durch das Fenster warf. Alles geriet außer Kontrolle. Wir rollten umher, und nichts hätte uns aufhalten können. Es war wie das Ende der Welt. Wir kamen zitternd zur Ruhe und lagen keuchend da. Beide in Schweiß gebadet. Total erschöpft.

Wir lagen engumschlungen und streichelten uns. Dann löste sie sich von mir und zog mich hoch. Wir küssten uns wieder, als wir in ihr Schlafzimmer wankten. Sie zog die Decken von ihrem Bett zurück, und wir ließen uns hineinfallen. Hielten einander fest, und eine tiefe Benommenheit überkam uns. Ich war erledigt. Ich fühlte mich, als wären all meine Knochen und Sehnen aus Gummi. Ich lag in diesem fremden Bett und trieb in einen Zustand weit jenseits aller Entspannung. Ich driftete dahin. Roscoes schwere Wärme schmiegte sich an mich. Ich atmete durch ihr Haar. Unsere Hände strichen träge über unvertraute Konturen.

Sie fragte mich, ob ich mir ein Motel suchen wollte. Oder ob ich bei ihr bliebe. Ich lachte und sagte, der einzige Weg, mich loszuwerden, wäre, ein Gewehr vom Polizeirevier zu holen und mich davonzujagen. Ich sagte, dass vielleicht noch nicht mal das funktionieren würde. Sie lachte und presste sich noch enger an mich.

»Ich würde kein Gewehr holen«, flüsterte sie. »Ich würde ein Paar Handschellen holen. Dann würde ich dich ans Bett ketten und für immer hierbehalten.«

Wir dösten durch den Nachmittag. Ich rief um sieben Uhr abends bei Hubble an. Er war noch immer nicht zurück. Ich hinterließ Roscoes Nummer bei Charlie, damit er mich erreichen konnte, sobald er zurück war. Dann ließen wir uns durch den Rest des Abends treiben. Schliefen gegen Mitternacht rasch ein. Hubble rief nicht zurück.

Am Montagmorgen nahm ich verschwommen wahr, dass Roscoe sich für die Arbeit fertig machte. Ich hörte die Dusche und spürte, wie sie mich zärtlich küsste, und dann war das Haus wieder heiß, still und friedlich. Ich schlief bis nach neun. Das Telefon läutete nicht. Das war okay. Ich brauchte etwas Ruhe, um nachzudenken. Ich musste Entscheidungen treffen. Ich räkelte mich in Roscoes warmem Bett und fing an, die Frage zu beantworten, die mir die leise Stimme in meinem Kopf wieder stellte.

Was würde ich wegen Joe unternehmen? Meine Antwort kam ziemlich schnell. Sie stand schon lange fest. Die Stimme hatte darauf gewartet, seit ich neben Joes zerschmettertem Körper im Leichenschauhaus gestanden hatte. Es war eine sehr einfache Antwort. Ich würde mich für ihn einsetzen. Ich würde seinen Job zu Ende bringen. Was auch immer das war.

Ich rechnete nicht mit größeren Schwierigkeiten. Hubble war das einzige Bindeglied, das ich hatte, aber Hubble war auch das einzige Bindeglied, das ich brauchte. Er würde kooperieren. Er war von Joes Hilfe abhängig gewesen. Jetzt würde er von mir abhängig sein. Er würde mir geben, was ich brauchte. Seine Bosse waren für eine Woche angreifbar? Was hatte er gesagt? Ein Fenster für mögliche Angreifer, das bis Sonntag weit offen stand? Ich würde es nutzen, um sie in Stücke zu reißen. Ich hatte mich entschieden. Ich konnte nichts anderes tun. Ich konnte es nicht Finlay überlassen. Finlay würde die Routine meiner Kindheit nicht verstehen. Finlay konnte die Art Bestrafung, die unumgänglich werden würde, nicht billigen. Finlay konnte die einfache Wahrheit nicht verstehen, die ich mit vier Jahren gelernt hatte: Niemand legt sich mit meinem Bruder an. Also war es mein Job. Es war eine Sache zwischen mir und Joe. Es war meine Pflicht.

Ich lag da in Roscoes warmem Bett und ging die Sache durch. Ich wollte es mir einfach machen. So einfach wie nur möglich. Hubble zu finden würde nicht schwierig werden. Ich wusste, wo er wohnte. Ich kannte seine Telefonnummer. Ich räkelte mich, lächelte und wurde von unruhiger Energie erfüllt. Stand auf und fand fertig zubereiteten Kaffee. Eine Notiz lehnte an der Kanne: *Frühes Mittagessen bei Eno's? Elf Uhr? Überlass Hubble Finlay, okay?* Die Notiz war mit vielen Küssen versehen und einer kleinen Zeichnung von einem Paar Handschellen. Ich las sie und lächelte über die Zeichnung, aber ich würde Hubble nicht Finlay überlassen. Keine Chance. Hubble gehörte mir. Also nahm ich wieder die Nummer und rief am Beckman Drive an. Niemand zu Hause.

Ich goss mir einen großen Becher Kaffee ein und schlenderte durch das Wohnzimmer. Die Sonne draußen war gleißend hell. Ein neuer heißer Tag. Ich lief durch das Haus. Es war klein. Ein Wohnzimmer, eine Wohnküche, zwei Schlafzimmer, ein Bad, eine Gästetoilette. Sehr neu, sehr sauber. Einfach und kühl eingerichtet. Wie ich es von Roscoe erwartet hatte. Ein einfacher, kühler Stil. Etwas Navajokunst, ein paar Teppiche in kräftigen Farben, weiße Wände. Sie musste in New Mexico gewesen sein, und offensichtlich hatte es ihr gefallen.

Es war still und friedlich. Sie hatte eine Stereoanlage, ein paar Platten und Kassetten, süßer und melodischer als das Heulen und Summen, das ich Musik nenne. Ich holte mir mehr Kaffee aus der Küche. Ging hinaus. Vor dem Haus lag eine ordentliche Wiese mit ein paar frisch gepflanzten immergrünen Pflanzen. Rindenmulch, um das Unkraut zu ersticken, und rohe Holzbalken, die die bepflanzten Bereiche begrenzten. Ich stand in der Sonne und nippte an meinem Kaffee.

Dann duckte ich mich unter der Tür hindurch, ging wieder hinein und wählte noch einmal Hubbles Nummer. Niemand nahm ab. Ich duschte und zog mich an. Roscoe hatte eine kleine Duschkabine, der Duschkopf war nicht sehr hoch angebracht, feminine Seifen lagen in der Schale. Ich fand ein Handtuch in einem Schrank und einen Kamm auf der Frisierkommode. Keinen Rasierer. Ich zog meine Kleider an und spülte den Kaffeebecher aus. Versuchte noch einmal Hubbles Nummer vom Küchentelefon aus. Ich ließ es lange klingeln. Niemand zu Hause. Ich musste Roscoe fragen, ob sie mich nach dem Mittagessen noch einmal hinfahren konnte. Ich verschloss die Hintertür und ging vorn hinaus.

Es war gegen halb elf. Eineinviertel Meilen bis zu Eno's Restaurant. Eine halbe Stunde gemächliches Schlendern in der Sonne. Es war schon sehr heiß. Gut dreißig Grad. Herrliches Herbstwetter im Süden. Ich lief die Viertelmeile zur Main Street, eine sanfte, gewundene Steigung, hinauf. Alles war wunderbar gepflegt. Überall standen hohe Magnolien, und die Sträucher zeigten späte Blüten.

Ich bog am Drugstore ab und schlenderte die Main Street hoch. Die Bürgersteige waren gefegt worden. Ich konnte mehrere Gärtnertrupps in den kleinen Parks sehen. Sie stellten Sprinkleranlagen auf und karrten alles Mögliche aus schicken grünen Lieferwagen heran, auf denen in Goldbuchstaben *Kliner-Stiftung* stand. Ein paar Männer strichen den Palisadenzaun. Ich winkte den zwei alten Friseuren in ihrem Laden zu. Sie lehnten am Eingang, als würden sie auf Kunden warten. Sie winkten zurück, und ich ging gutgelaunt weiter.

Eno's kam in Sicht. Die polierte Metallverkleidung glänzte in der Sonne. Roscoes Chevrolet stand auf dem Parkplatz. Direkt daneben stand auf dem Kies der schwarze Pick-up, den ich einen Tag vorher vor dem Drugstore gesehen hatte. Ich kam beim Diner an und trat ein. Am Freitag war ich durch die Tür geschoben worden, während Stevensons Flinte auf meinen Bauch zielte. Ich hatte Handschellen getragen. Ich fragte mich, ob mich die Leute vom Diner wohl wiedererkannten. Wahrscheinlich. Margrave war ein sehr ruhiger Ort. Nicht viele Durchreisende.

Roscoe saß in derselben Nische, die ich am Freitag gewählt hatte. Sie war wieder in Uniform und sah so sexy aus wie sonst nichts auf der Welt. Ich ging zu ihr hinüber. Sie lächelte zärtlich zu mir hoch, und ich beugte mich vor, um sie auf den Mund zu küssen. Sie glitt über den Plastiksitz näher ans Fenster. Zwei Becher mit Kaffee standen auf dem Tisch. Ich schob einen zu ihr.

Der Fahrer des schwarzen Pick-ups saß an der Theke. Der Kliner-Junge, der Stiefsohn der bleichen Frau. Er hatte den Hocker umgedreht und lehnte mit seinem Rücken an der Theke. Er saß breitbeinig da, hatte die Ellbogen aufgestützt, den Kopf hoch erhoben und starrte mich mit brennendem Blick an. Ich drehte ihm meinen Rücken zu und küsste Roscoe noch einmal.

»Wird das deine Autorität untergraben? Wenn man dich sieht, wie du einen Landstreicher küsst, der hier am Freitag verhaftet wurde?«

»Wahrscheinlich«, sagte sie. »Aber wen kümmert das?«

Also küsste ich sie noch einmal. Der Kliner-Sohn beobachtete uns. Ich konnte seinen Blick auf meinem Nacken spüren und drehte mich um, um zurückzublicken. Er hielt meinem Blick eine Sekunde lang stand, dann glitt er vom Hocker und verschwand. Blieb an der Tür stehen und sah mich ein letztes Mal an. Dann hastete er zu seinem Pick-up und fuhr los. Ich hörte das Aufheulen des Motors, und dann war das Diner ruhig. Es war mehr oder weniger leer, genau wie am Freitag. Ein paar alte Männer und ein paar Kellnerinnen. Es waren dieselben wie am Freitag. Beide blond, die eine größer und schwerer als die andere. In Berufskleidung. Die kleinere trug eine Brille. Sie sahen nicht wirklich gleich aus, aber ähnlich. Wie Schwestern oder Cousinen. Mit denselben Genen irgendwie. Es war eine kleine Stadt, meilenweit weg vom Schuss.

»Ich habe eine Entscheidung getroffen«, sagte ich. »Ich muss herausfinden, was mit Joe passiert ist. Also entschuldige ich mich schon jetzt mal, falls ich euch in die Quere kommen sollte, okay?«

Roscoe zuckte die Schultern und lächelte zärtlich. Sah aus, als wäre sie in Sorge um mich.

»Du wirst uns nicht in die Quere kommen«, sagte sie. »Warum solltest du?«

Ich nippte an meinem Kaffee. Es war guter Kaffee. Das hatte ich schon am Freitag gedacht.

»Wir haben den zweiten Toten identifiziert. Seine Fingerabdrücke passen zu jemandem, der vor zwei Jahren in Florida festgenommen wurde. Sein Name war Sherman Stoller. Sagt dir der Name irgendwas?«

Ich schüttelte den Kopf.

»Noch nie gehört.«

Dann ging ihr Piepser los. Es war ein kleines schwarzes Ding, das an ihrem Gürtel befestigt war. Es war mir vorher noch nicht aufgefallen. Vielleicht musste sie ihn nur während der Arbeitszeit tragen. Er piepste ohne Unterbrechung, bis sie ihn endlich abstellte.

»Verdammt«, sagte sie. »Ich muss mal anrufen. Tut mir leid. Ich werde das Telefon im Wagen benutzen.«

Ich glitt aus der Nische und trat zurück, um sie vorbeizulassen.

»Bestell mir irgendwas zu essen, okay? Ich nehme, was du nimmst.«

»Okay, welche Kellnerin ist unsere?«

»Die mit der Brille.«

Sie ging aus dem Diner. Ich sah, wie sie sich ins Auto beugte und nach dem Telefon griff. Dann winkte sie mir vom Parkplatz aus zu. Bedeutete mir, dass es dringend sei. Dass sie zurückkommen werde. Dass ich warten solle. Sie sprang in den Wagen und fuhr los, Richtung Süden. Ich winkte zerstreut hinter ihr her, sah gar nicht richtig hin, weil ich die Kellnerinnen anstarrte. Ich hatte fast aufgehört zu atmen. Ich brauchte Hubble. Und Roscoe hatte mir gerade klargemacht, dass Hubble tot war.

11

ICH STARRTE ausdruckslos zu den beiden Kellnerinnen hinüber. Die eine war vielleicht sieben Zentimeter größer als die andere. Vielleicht sieben, acht Kilo schwerer. Ein paar Jahre älter. Die kleinere Frau sah im Vergleich zu ihr zierlich aus. Besser. Sie hatte längere, hellere Haare. Hübschere Augen hinter den Brillengläsern. Als Paar waren sich die Kellnerinnen oberflächlich gesehen ziemlich ähnlich. Aber nicht gleich. Es gab eine Million Unterschiede zwischen ihnen. Sie waren nicht schwer voneinander zu unterscheiden.

Ich hatte Roscoe gefragt, welche von beiden für uns zuständig war. Und was hatte sie geantwortet? Sie hatte nicht gesagt: Die kleinere oder die mit den längeren Haaren, die hellere oder die dünnere oder die hübschere oder die jüngere. Sie hatte gesagt: Die mit der Brille. Die eine trug eine Brille, die andere nicht. Unsere war die mit der Brille. Die Brille war der wichtigste Unterschied zwischen den beiden. Wichtiger als alle anderen Unterschiede. Die anderen waren nur graduell. Größer, schwerer, länger, kürzer, kleiner, hübscher, dunkler, jünger. Die Brille war nichts Unauffälliges. Die eine Frau hatte eine, die andere nicht. Der Unterschied war absolut. Keine Verwechslung möglich. Unsere Kellnerin war die mit der Brille.

Und das hatte Spivey Freitagnacht gesehen. Spivey war kurz nach zehn in den Empfangsbunker gekommen. Mit einer Flinte und einem Klemmbrett in seinen großen roten Farmerhänden. Er hatte gefragt, welcher von uns Hubble sei. Ich erinnerte mich an seine hohe Stimme in der Stille des Bunkers. Es gab keinen Grund für seine Frage. Was zum Teufel sollte es Spivey kümmern, wer von uns wer war? Er musste es nicht wissen. Aber er hatte gefragt. Hubble hatte die Hand gehoben. Spivey hatte ihn mit seinen kleinen Schlangenaugen gemustert. Er hatte gesehen, dass Hubble schmaler, kleiner, leichter, blonder, kahler und jünger war als ich. Aber was war der wichtigste Unterschied? Hubble trug eine Brille. Ich nicht. Die kleine Goldrandbrille. Ein absoluter Unterschied. Spivey hatte in dieser Nacht zu sich selbst gesagt: Hubble ist der mit der Brille.

Aber am nächsten Morgen war ich der mit der Brille, nicht Hubble. Denn Hubbles Goldrandbrille war von den Red Boys vor unserer Zelle zertreten worden. Die kleine Goldrandbrille war verschwunden. Aber ich hatte einem von ihnen die Sonnenbrille abgenommen, als Trophäe. Hatte sie genommen und dann vergessen. Ich hatte mich gegen das Waschbecken im Waschraum gelehnt und meine wunde Stirn in dem dumpfen Stahlspiegel untersucht. Dabei hatte ich die Sonnenbrille in meiner Tasche bemerkt. Ich hatte sie herausgenommen und aufgesetzt. Sie war nicht dunkel, weil sie nur auf Sonnenlicht reagierte. Sie sah aus wie eine ganz normale Brille. Ich hatte mit der Brille dagestanden, als die Arischen auf Streifzug in den Waschraum kamen. Spivey hatte ihnen nur gesagt: Sucht die Neuen und legt den mit der Brille um. Sie hatten sich bemüht. Hatten wirklich versucht, Paul Hubble umzubringen.

Sie hatten mich angegriffen, weil die Beschreibung, die sie bekommen hatte, plötzlich nicht mehr stimmte. Spivey hatte das mit Sicherheit schon vor geraumer Zeit weitergemeldet. Wer auch immer ihn auf Hubble angesetzt hatte, er hatte bestimmt nicht aufgegeben. Sondern einen zweiten Versuch unternommen. Und der zweite Versuch war geglückt. Das gesamte Police Department war zum Beckman Drive beordert worden. Zur Nummer fünfundzwanzig. Denn irgendjemand hatte dort etwas Schreckliches entdeckt. Ein Blutbad. Er war tot. Alle vier waren tot. Gefoltert und abgeschlachtet. Es war meine Schuld. Ich hatte nicht gründlich genug nachgedacht.

Ich rannte hinüber zur Theke. Sprach mit unserer Kellnerin. Der mit der Brille.

»Können Sie mir ein Taxi rufen?«

Der Koch beobachtete uns durch die Küchenluke. Vielleicht war es Eno persönlich. Klein, stämmig, dunkel, kahl. Älter als ich.

»Nein, können wir nicht«, rief er durch die Luke. »Was glauben Sie, was das hier ist? Ein Hotel? Dies ist nicht das Waldorf Astoria, Freundchen. Wenn Sie ein Taxi wollen, besorgen Sie sich selbst eins. Sie sind hier nicht besonders beliebt. Machen nur Ärger.«

Ich starrte ihn düster an. Zu ausgelaugt für irgendeine Reaktion. Aber die Kellnerin lachte ihn nur aus. Legte eine Hand auf meinen Arm.

»Achten Sie gar nicht auf Eno«, sagte sie. »Er ist nur ein griesgrämiger, alter Mann. Ich rufe Ihnen ein Taxi. Warten Sie draußen auf dem Parkplatz, okay?«

Ich wartete draußen auf der Straße. Fünf Minuten. Das Taxi fuhr vor. Brandneu und makellos, wie alles hier in Margrave.

»Wohin, Sir?«, fragte der Fahrer.

Ich gab ihm Hubbles Adresse, und er wendete langsam in einem großen

Bogen, von Standspur zu Standspur über die Landstraße. Fuhr zurück Richtung Stadt. Wir kamen an der Feuerwehr und dem Polizeirevier vorbei. Der Vorplatz war leer. Roscoes Chevy war nicht da. Keine Streifenwagen. Alle waren weg. Drüben bei Hubbles Haus. Wir bogen am Anger nach rechts ab und glitten an der stillen Kirche vorbei. Fuhren den Beckman Drive hoch. Eine Meile weiter würde ich eine Gruppe von Fahrzeugen vor der Nummer fünfundzwanzig sehen. Die Streifenwagen mit ihren zuckenden, blitzenden Lichtsignalen. Die Zivilfahrzeuge von Finlay und Roscoe. Ein oder zwei Krankenwagen. Der Gerichtsmediziner aus dem schäbigen Büro in Yellow Springs war bestimmt auch gekommen.

Aber die Straße war leer. Ich ging Hubbles Einfahrt hinauf. Das Taxi wendete und fuhr zurück in die Stadt. Dann war es ruhig. Diese schwere Ruhe, die man auf einer ruhigen Straße an einem ruhigen, heißen Tag findet. Ich ging um die großen Böschungen herum. Niemand war da. Keine Polizeiwagen, keine Krankenwagen, kein Geschrei. Kein aufgeregtes Geplapper, kein entsetztes Aufschreien. Keine Polizeifotografen, keine Flatterbänder, die den Zutritt verwehrten.

Der große, dunkle Bentley stand auf dem Kies. Ich ging auf meinem Weg zum Haus daran vorbei. Die Vordertür flog krachend auf. Charlie Hubble stürzte heraus. Sie schrie. Sie war außer sich. Aber sie lebte.

»Hub ist verschwunden!«

Sie lief über den Kies. Blieb vor mir stehen.

»Hub ist weg!«, schrie sie. »Er ist verschwunden. Ich kann ihn nicht finden!«

Es war nur Hubble. Sie hatten ihn geholt und irgendwo abgeladen. Jemand hatte die Leiche gefunden und die Polizei gerufen. Ein schreiender, würgender Anrufer. Die Gruppe von Autos und Krankenwagen war dort. Nicht hier am Beckman Drive. Woanders. Aber es war nur Hubble.

»Irgendwas stimmt nicht«, jammerte Charlie. »Die Sache mit dem Gefängnis. Irgendwas ist bei der Bank schiefgelaufen. Das muss es sein. Hub war so nervös. Jetzt ist er weg. Er ist verschwunden. Irgendwas ist passiert, das weiß ich.«

Sie kniff ihre Augen zusammen. Fing an zu weinen. Sie verlor die Kontrolle. Wurde immer hysterischer. Ich wusste nicht, was ich machen sollte.

»Er kam letzte Nacht zurück«, schluchzte sie. »Er war heute Morgen noch da. Ich habe Ben und Lucy zur Schule gebracht. Jetzt ist er weg. Er ist nicht zur Arbeit gegangen. Er bekam einen Anruf aus dem Büro, man teilte ihm mit, er solle zu Hause bleiben, und seine Aktentasche ist noch da, sein Telefon ist noch da, seine Jacke ist noch da, seine Brieftasche ist noch da, mit seinen Kreditkarten und seinem Führerschein, und die Schlüssel liegen in der Küche. Die Vordertür stand sperrangelweit offen. Er ist nicht zur Arbeit gegangen. Er ist einfach verschwunden.«

Ich stand regungslos da. Gelähmt. Er war gewaltsam hier herausgeschleppt und dann umgebracht worden. Charlie sackte vor mir zusammen. Dann fing sie an zu flüstern. Das Flüstern war noch schlimmer als das Weinen.

»Sein Wagen ist noch da«, flüsterte sie. »Er kann nicht irgendwohin gegangen sein. Er geht nie zu Fuß irgendwohin. Er nimmt immer seinen Bentley.«

Sie wies unbestimmt zur Rückseite des Hauses.

»Hubs Bentley ist grün«, sagte sie. »Er steht noch in der Garage. Ich habe nachgesehen. Sie müssen uns helfen. Sie müssen ihn finden. Mr. Reacher, bitte. Ich bitte Sie, uns zu helfen. Hub ist in Schwierigkeiten. Ich weiß es. Er ist verschwunden. Er sagte, dass Sie ihm vielleicht helfen könnten. Sie haben sein Leben gerettet. Er sagte, Sie wüssten immer, was zu tun sei.«

Sie war hysterisch. Sie flehte mich an. Aber ich konnte ihr nicht helfen. Das würde sie noch früh genug erfahren. Baker oder Finlay würden sehr bald zu ihrem Haus kommen. Um ihr die vernichtende Mitteilung zu überbringen. Wahrscheinlich würde Finlay das übernehmen. Wahrscheinlich konnte er das sehr gut. Wahrscheinlich hatte er das schon tausendmal in Boston getan. Er besaß Ernst und Würde. Er würde die Nachricht überbringen, die Details unter den Teppich kehren und sie zum Leichenschauhaus fahren, damit sie den Toten identifizierte. Die Leute vom Leichenschauhaus hatten den Körper längst mit dichter Gaze verhüllt, um die entsetzlichen Verletzungen zu verbergen.

»Werden Sie uns helfen?«, fragte Charlie mich.

Ich beschloss, nicht mit ihr zu warten. Ich beschloss, zum Polizeirevier zu gehen. Die Details über das Wo, das Wann und das Wie herauszufinden. Aber ich würde mit Finlay zurückkommen. Es war meine Schuld, also musste ich zurückkommen.

»Sie bleiben hier«, sagte ich. »Sie müssen mir Ihren Wagen leihen, okay?«

Sie wühlte in ihrer Tasche und zog einen großen Schlüsselbund heraus. Gab ihn mir. Auf dem Autoschlüssel war ein großes »B« eingeprägt. Sie nickte geistesabwesend und blieb, wo sie war. Ich ging hinüber zum Bentley und glitt auf den Fahrersitz. Setzte zurück und fuhr die gewundene Auffahrt hinunter. Glitt ruhig den Beckman Drive entlang. Bog nach links auf die Main Street in Richtung Polizeirevier ab.

Auf dem Parkplatz standen kreuz und quer Streifenwagen und Zivilfahrzeuge. Ich ließ Charlies Bentley am Bordstein stehen und ging langsam hinein. Im Mannschaftsraum herrschte ein angespanntes Durcheinander. Ich sah Baker, Stevenson, Finlay. Ich sah Roscoe. Ich erkannte das Verstärkungsteam vom Freitag. Morrison war nicht da. Ebenso wenig der Innendienstler. Die lange Empfangstheke war verwaist. Alle waren fassungslos. Sie starrten geistesabwesend vor sich hin. Entsetzt. Zerstreut. Niemand sprach mit mir. Sie sahen nur ausdruckslos herüber. Blickten nicht richtig weg, sondern so, als würden sie mich gar nicht sehen. Es herrschte völlige Stille. Schließlich kam Roscoe zu mir herüber. Sie hatte geweint. Presste ihr Gesicht an meine Brust. Sie war aufgewühlt. Sie legte die Arme um mich und hielt mich fest.

»Es war grauenhaft«, sagte sie. Mehr nicht.

Ich brachte sie zu ihrem Schreibtisch und setzte sie hin. Drückte ihre Schulter und ging hinüber zu Finlay. Er saß auf einem Schreibtisch und starrte ausdruckslos vor sich hin. Ich winkte ihn nickend hinüber zum großen Büro im hinteren Teil. Ich musste alles wissen, und Finlay war der richtige Mann, es mir zu erzählen. Er folgte mir ins Büro. Setzte sich auf den Stuhl vor dem Schreibtisch. Wo ich am Freitag in Handschellen gesessen hatte. Ich setzte mich hinter den Schreibtisch. Vertauschte Rollen.

Ich betrachtete ihn eine Weile. Er war wirklich aufgewühlt. Ich wurde innerlich ganz kalt. Hubble musste in einem grauenhaften Zustand zurückgelassen worden sein, dass Finlay derart reagierte. Er war ein Mann mit zwanzig Jahren Erfahrung in einer großen Stadt. Er musste alles gesehen haben, was es dort zu sehen gab. Aber jetzt war er wirklich aufgewühlt. Ich saß da und verging vor Scham. Klar, Hubble, hatte ich gesagt, Sie sind in Sicherheit.

»Also, was ist passiert?«

Er hob mühsam den Kopf und sah mich an.

»Was interessiert Sie das?«, fragte er. »Was bedeutete er Ihnen?«

Eine gute Frage. Eine, die ich nicht beantworten konnte. Finlay wusste nicht, was ich über Hubble wusste. Ich hatte kein Wort darüber verloren. Also wusste Finlay nicht, warum Hubble so wichtig für mich war.

»Erzählen Sie mir, was passiert ist.«

»Es war ziemlich übel«, sagte er. Mehr nicht.

Er beunruhigte mich. Mein Bruder war in den Kopf geschossen worden. Zwei große, verheerende Austrittswunden hatten sein Gesicht weggerissen. Dann hatte jemand seinen Körper in einen Haufen Brei verwandelt. Aber Finlay war deswegen nicht zusammengebrochen. Der andere Mann war von Ratten angenagt worden. Es war kein Tropfen Blut in ihm geblieben.

Aber Finlay war auch deswegen nicht zusammengebrochen. Hubble war ein Einheimischer, was es ein bisschen schlimmer machte, ich war mir dessen bewusst. Aber am Freitag hatte Finlay noch nicht mal gewusst, wer Hubble war. Und jetzt benahm sich Finlay, als hätte er ein Gespenst gesehen. Also musste es etwas ziemlich Spektakuläres gewesen sein.

Was bedeutete, dass irgendein großes Ding in Margrave vor sich ging. Denn etwas Spektakuläres ergibt keinen Sinn, außer es dient einem ganz bestimmten Zweck. Die Androhung einer Bestrafung soll bei dem Betreffenden selbst wirken. Auf Hubble hatte sie mit Sicherheit gewirkt. Er hatte große Rücksicht darauf genommen. Das ist der Sinn. Aber die Verwirklichung einer solchen Drohung hat einen anderen Zweck. Sie hat mit dem Betreffenden nichts mehr zu tun. Sondern soll die Drohung gegen den Nächsten untermauern. Sie soll zeigen: Siehst du, was wir mit dem anderen gemacht haben? Dasselbe könnten wir auch mit dir machen. Wenn jemand Hubble also etwas Spektakuläres angetan hatte, hatte er gezeigt, dass es sich um ein Spiel mit hohen Einsätzen handelte, in das weitere Männer hier aus der Gegend verwickelt waren.

»Erzählen Sie mir, was passiert ist, Finlay«, sagte ich noch einmal.

Er beugte sich vor. Bedeckte Mund und Nase mit seinen Händen und seufzte schwer.

»Okay«, sagte er. »Es war ziemlich grauenhaft. Eine der schlimmsten Sachen, die ich je gesehen habe. Und ich habe einiges gesehen, glauben Sie mir. Ich habe ziemlich üble Sachen gesehen, aber das hier war etwas ganz anderes. Er war nackt. Sie haben ihn an die Wand genagelt. Sechs oder sieben lange Zimmermannsnägel durch seine Hände und Arme getrieben. Durch das Fleisch. Sie haben seine Füße am Boden festgenagelt. Dann haben sie ihm die Hoden abgeschnitten. Einfach abgehackt. Überall war Blut. Ziemlich übel, glauben Sie mir. Dann haben sie ihm die Kehle durchgeschnitten. Von Ohr zu Ohr. Üble Typen, Reacher. Das waren ganz üble Typen. Von der übelsten Sorte.«

Ich war wie betäubt. Finlay wartete auf einen Kommentar. Mir fiel nichts ein. Ich dachte an Charlie. Sie würde fragen, ob ich irgendwas herausgefunden hätte. Finlay musste zu ihr gehen. Er musste jetzt sofort zu ihr gehen und ihr die Nachricht überbringen. Es war sein Job, nicht meiner. Ich konnte ihm nachfühlen, warum ihm das unangenehm war. Die Nachricht war schwierig zu überbringen. Schwierig, die Details unter den Teppich zu kehren. Aber es war sein Job. Ich würde mit ihm gehen. Weil es meine Schuld war. Sinnlos, davor wegzulaufen.

»Ja«, sagte ich. »Das hört sich ziemlich übel an.«

Er legte seinen Kopf zurück und sah sich um. Seufzte noch einmal zur Decke hinauf. Ein ernster Mann.

»Das ist aber noch nicht das Schlimmste«, sagte er. »Sie hätten erst sehen sollen, was sie mit seiner Frau gemacht haben.«

»Mit seiner Frau?«, fragte ich. »Was zum Teufel meinen Sie damit?«

»Ich meine seine Frau«, sagte er. »Es war wie in einem Schlachthaus.«

Einen Moment lang war ich sprachlos. Die Welt wirbelte rückwärts.

»Aber ich habe sie eben noch gesehen«, sagte ich. »Vor zwanzig Minuten. Sie ist in Ordnung. Es ist ihr nichts passiert.«

»Wen haben Sie gesehen?«

»Charlie.«

»Wer zum Teufel ist Charlie?«

»Charlie«, sagte ich verblüfft. »Charlie Hubble. Seine Frau. Sie war okay. Sie haben sie nicht gekriegt.«

»Was hat Hubble damit zu tun?«

Ich starrte ihn an.

»Über wen reden wir eigentlich?«, fragte ich. »Wer ist getötet worden?«

Finlay sah mich an, als wäre ich verrückt.

»Ich dachte, das wüssten Sie. Chief Morrison. Der Polizeichef. Morrison. Und seine Frau.«

12

Ich sah Finlay scharf an und versuchte herauszufinden, wie weit ich ihm vertrauen konnte. Es würde eine Entscheidung über Leben oder Tod sein. Am Ende dachte ich, dass seine Antwort auf eine einfache Frage die Sache für mich entscheiden musste.

»Werden Sie jetzt der Chef?«

»Nein«, sagte er. »Ich werde jetzt nicht der Chef.«

»Sind Sie sicher?«

»Ich bin sicher«, sagte er.

»Wer entscheidet das?«

»Der Bürgermeister«, sagte Finlay. »Der Bürgermeister der Stadt ernennt den Polizeichef. Er kommt gleich rüber. Ein Mann namens Teale. Jemand aus einer alten Familie hier in Georgia. Ein Vorfahre von ihm war ein Eisenbahnmagnat, dem alles hier gehörte.«

»Ist das der Typ, den die Statuen darstellen?«

Finlay nickte.

»Caspar Teale«, erklärte er. »Er war der erste Bürgermeister. Seitdem waren es immer Teales. Dieser Bürgermeister muss sein Urenkel sein oder so.«

Ich stand in einem Minenfeld. Ich musste einen sicheren Weg hinausfinden.

»Und was ist mit diesem Teale?«

Finlay zuckte die Achseln. Suchte nach einer Möglichkeit, es zu erklären.

»Er ist nur ein Südstaaten-Arschloch«, sagte er. »Alte Familie aus Georgia, wahrscheinlich eine lange Reihe von Südstaaten-Arschlöchern. Sie stellten von Anfang an hier die Bürgermeister. Ich würde sagen, dieser hier ist nicht schlechter als die anderen.«

»War er erschüttert?«, fragte ich. »Als Sie ihn wegen Morrison anriefen?«

»Besorgt, denke ich«, antwortete Finlay. »Er hasst Schwierigkeiten.«

»Warum macht er Sie dann nicht zum Chef? Sie sind doch der Ranghöchste, oder nicht?«

»Er wird es eben nicht tun. Und der Grund dafür geht Sie wirklich nichts an.«

Ich sah ihn mir genauer an. Leben oder Tod.

»Können wir irgendwo ungestört reden?«

Er starrte mich über den Schreibtisch hinweg an.
»Sie dachten, es sei Hubble, der umgebracht wurde, richtig? Warum?«
»Hubble ist umgebracht worden«, sagte ich. »Die Tatsache, dass Morrison auch ermordet wurde, ändert nichts daran.«

Wir gingen hinunter zum Drugstore. Setzten uns Seite an Seite an die leere Theke, in die Nähe des Fensters. Ich saß auf demselben Platz wie Mrs. Kliner einen Tag zuvor. Das schien mir schon sehr lange her. Die Welt hatte sich seitdem verändert. Wir bekamen hohe Becher mit Kaffee und einen großen Teller mit Doughnuts. Sahen uns nicht direkt an. Wir sahen uns im Spiegel hinter der Theke an.
»Warum kriegen Sie die Beförderung nicht?«, fragte ich.
Sein Spiegelbild zuckte die Achseln. Er wirkte verwirrt. Konnte die Verbindung zwischen beiden Fällen nicht sehen. Aber das würde er noch früh genug tun.
»Ich sollte sie kriegen«, sagte er. »Ich bin höher qualifiziert als alle anderen zusammengenommen. Ich habe zwanzig Jahre Dienst in einer großen Stadt getan. In einem echten Police Department. Was zum Teufel haben die hier schon gemacht? Nehmen Sie zum Beispiel Baker. Er hält sich für einen schlauen Burschen. Aber was hat er wirklich gemacht? Fünfzehn Jahre in der hintersten Provinz? In diesem Kaff? Was zum Teufel weiß er schon?«
»Warum kriegen Sie sie dann nicht?«
»Das hat persönliche Gründe.«
»Glauben Sie, ich verkaufe das an eine Zeitung?«, fragte ich ihn.
»Es ist eine lange Geschichte.«
»Also erzählen Sie sie mir«, sagte ich. »Ich muss es wissen.«
Er sah mich im Spiegel an. Holte tief Luft.
»Ich habe im März in Boston aufgehört«, begann er. »Meine zwanzig Jahre hinter mich gebracht. Makelloses Zeugnis. Acht Auszeichnungen. Ich war ein verdammt guter Detective, Reacher. Ich konnte mich auf einen Ruhestand mit vollem Pensionsanspruch freuen. Aber meine Frau spielte verrückt. Seit letztem Herbst wurde sie zunehmend unruhig. Es war so absurd. Wir waren die ganzen zwanzig Jahre verheiratet. Ich riss mir in der Arbeit den Arsch auf. Das Boston Police Department war ein Irrenhaus. Wir arbeiteten sieben Tage die Woche. Jeden Tag und jede Nacht. Um mich herum konnten die Männer zusehen, wie ihre Ehen zerbrachen. Sie alle wurden geschieden. Einer nach dem anderen.«
Er hielt inne und nahm einen großen Schluck aus seinem Kaffeebecher. Aß ein Stück Doughnut.

»Aber ich nicht. Meine Frau konnte es ertragen. Beklagte sich nie, nicht ein einziges Mal. Sie war ein Wunder. Machte mir nie Ärger.«

Er verfiel wieder in Schweigen. Ich stellte mir zwanzig Jahre Dienst in Boston vor. Arbeit rund um die Uhr in dieser alten, betriebsamen Stadt. Die schmutzigen Bezirke aus dem neunzehnten Jahrhundert. Überfüllte Gefängnisse. Ständiger Druck. Eine endlose Reihe von Ausgeflippten, Verbrechern, Politikern und Problemen. Finlay hatte es ziemlich gut geschafft, dort zu überleben.

»Es fing letzten Herbst an«, begann er wieder. »In den letzten sechs Monaten vor meinem Ruhestand. Alles würde vorbei sein. Wir hatten an ein kleines Haus gedacht. An Urlaub. Viel Zeit miteinander. Aber sie bekam Panik. Sie wollte nicht so viel Zeit mit mir verbringen. Sie wollte nicht, dass ich aufhörte zu arbeiten. Sie wollte mich nicht zu Hause haben. Sie sagte, sie hätte erkannt, dass sie mich nicht mochte. Nicht liebte. Mich nicht in ihrer Nähe haben wollte. Sie hatte die zwanzig Jahre genossen. Wollte nicht, dass sich etwas änderte. Ich konnte es nicht glauben. Es war mein Traum gewesen. Zwanzig Jahre und dann mit fünfundvierzig aufhören. Und dann vielleicht noch zwanzig Jahre Spaß miteinander, bevor wir zu alt dafür wurden, verstehen Sie? Es war mein Traum, und ich hatte zwanzig Jahre dafür gearbeitet. Aber sie wollte das nicht. Sie sagte am Ende, der Gedanke an zwanzig weitere Jahre mit mir in einer Waldhütte würde ihr eine Gänsehaut machen. Es wurde ziemlich bitter. Wir trennten uns. Ich war ein totales Wrack.«

Er verstummte wieder. Wir bekamen neuen Kaffee. Es war eine traurige Geschichte. Geschichten von zerbrochenen Träumen sind immer traurig.

»Also wurden wir geschieden. Da war nichts zu machen. Sie wollte es so. Es war schrecklich. Ich war total erledigt. Dann fing ich im letzten Monat im Department an, die Liste der Gewerkschaft mit den freien Stellen zu lesen. Entdeckte diesen Job hier unten. Ich rief einen alten Freund beim FBI in Atlanta an und fragte ihn darüber aus. Er warnte mich. Er sagte: Vergiss es. Er sagte, es handle sich um ein Mickey- Mouse-Department in einer Stadt, die noch nicht mal auf der Landkarte verzeichnet sei. Der Posten werde als Chief Detective bezeichnet, dabei gebe es nur einen Detective. Der Vorgänger sei ein Irrer gewesen, der sich aufgehängt habe. Das Department würde von einem fetten Schwachkopf geleitet. Die Stadt sei in der Hand von einem alten Georgia-Typen, der immer vergesse, dass die Sklaverei abgeschafft worden sei. Mein Freund in Atlanta sagte: Vergiss es. Aber ich war so fertig, dass ich die Stelle unbedingt wollte. Ich dachte, ich könne mich hier quasi als Strafe vergraben, verstehen Sie? In einer Art Buße.

Außerdem brauchte ich Geld. Sie boten ein Spitzengehalt, und ich musste mit Unterhaltszahlungen und Rechnungen vom Anwalt rechnen, verstehen Sie? Also bewarb ich mich und kam hier runter. Ich sprach mit Bürgermeister Teale und mit Morrison. Ich war ein Wrack, Reacher. Ich war total fertig. Ich konnte nicht zwei Wörter sinnvoll miteinander verbinden. Es muss das schlechteste Vorstellungsgespräch in der Geschichte der Erde gewesen sein. Ich muss gewirkt haben wie ein Schwachkopf. Aber sie gaben mir den Job. Ich schätze, sie brauchten einen Schwarzen für ihr Image. Ich bin der erste schwarze Cop in der Geschichte Margraves.«

Ich drehte mich auf dem Hocker um und sah ihm ins Gesicht.

»Also glauben Sie, Sie seien nur ein Alibischwarzer?«, fragte ich. »Das sei der Grund, warum Teale Sie nicht zum Polizeichef machen würde?«

»Das ist doch offensichtlich. Er hat mich als Alibischwarzen eingestellt. Und nicht als zukünftigen Polizeichef. Ergibt irgendwie Sinn. Ich konnte am Anfang sowieso nicht glauben, dass ich den Job bekommen habe, Alibischwarzer oder nicht.«

Ich winkte dem Mann hinter der Theke wegen der Rechnung. Ich war zufrieden mit Finlays Geschichte. Er würde nicht Polizeichef werden. Also konnte ich ihm vertrauen. Und ich konnte Roscoe vertrauen. Wir würden zu dritt sein, gegen wen auch immer.

»Sie irren sich«, sagte ich. »Das ist nicht der wahre Grund. Sie werden nicht Polizeichef, weil Sie kein Krimineller sind.«

Ich zahlte die Rechnung mit einem Zehner und bekam nur Vierteldollarmünzen als Wechselgeld zurück. Der Mann hatte immer noch keine Dollarnoten. Dann sagte ich zu Finlay, dass ich das Haus von Morrison sehen müsse. Sagte ihm, dass ich alle Einzelheiten brauchte. Er zuckte mit den Schultern und führte mich nach draußen. Wir wandten uns nach Süden. Gingen an dem Anger vorbei und ließen die Stadt hinter uns.

»Ich war der Erste am Tatort«, sagte er. »Gegen zehn Uhr heute Morgen. Ich hatte Morrison seit Freitag nicht mehr gesehen, und ich musste ihn auf den neuesten Stand bringen, konnte ihn aber telefonisch nicht erreichen. Die Hälfte des Vormittags war schon vorbei, und wir hatten noch nichts Sinnvolles wegen des Doppelmords von Donnerstagnacht unternommen. Wir mussten endlich unsere Ärsche in Bewegung setzen. Also ging ich auf der Suche nach ihm zuerst zu seinem Haus.«

Er lief schweigend weiter. Vergegenwärtigte sich noch einmal die Szene, die er vorgefunden hatte.

»Die Vordertür stand offen«, fuhr er fort. »Einen Zentimeter vielleicht. Ich hatte kein gutes Gefühl dabei. Ich ging hinein und fand sie oben im Schlafzimmer. Es sah aus wie in einem Schlachthof. Überall Blut. Er war an die Wand genagelt worden, wie zum Abhängen. Sie hatten beiden die Kehle durchgeschnitten, ihm und seiner Frau. Es war grauenhaft. Seit ungefähr vierundzwanzig Stunden waren sie tot. Bei der Wärme. Sehr unangenehm. Also beorderte ich die gesamte Mannschaft dorthin, und wir untersuchten jeden einzelnen Zentimeter und trugen alles zusammen. Im wahrsten Sinne des Wortes.«

Er schwieg wieder.

»Also passierte es Sonntagmorgen?«, fragte ich.

Er nickte.

»Die Sonntagszeitung lag auf dem Küchentisch. Ein paar Teile waren schon gelesen, der Rest unberührt. Das Frühstück auf dem Tisch. Der Gerichtsmediziner denkt, gegen zehn Uhr am Sonntagmorgen.«

»Haben die Täter irgendwelche brauchbaren Spuren zurückgelassen?«

Er nickte wieder. Grimmig.

»Fußabdrücke im Blut. Das Ganze war ein einziger See aus Blut. Literweise Blut. Natürlich schon teilweise getrocknet. Sie hinterließen überall Fußspuren. Aber sie hatten Gummiüberschuhe an, verstehen Sie? Solche, wie man sie im Norden für den Winter kauft. Keine Chance, die zurückzuverfolgen. Es müssen jedes Jahr Millionen davon verkauft werden.«

Sie waren vorbereitet gewesen. Sie hatten gewusst, dass viel Blut fließen würde. Sie hatten Überschuhe mitgebracht. Sie mussten auch Overalls mitgebracht haben. Aus Nylon, wie sie in Schlachthäusern getragen werden. An der Schlachtbank. Große weiße Overalls aus Nylon, mit Kapuzen, und das Nylon bespritzt und verschmiert mit hellrotem Blut.

»Sie haben auch Handschuhe getragen. Es gibt Spuren davon im Blut an den Wänden.«

»Wie viele waren es?«, fragte ich ihn. Ich versuchte, mir ein genaues Bild zu machen.

»Vier. Die Fußspuren gehen durcheinander, aber ich denke, man kann vier verschiedene erkennen.«

Ich nickte. Vier klang sinnvoll. Ich schätzte, das war das Minimum. Morrison und seine Frau mussten um ihr Leben gekämpft haben. Dazu brauchte man mindestens vier Leute. Vier von den zehn, die Hubble erwähnt hatte.

»Transportmittel?«, fragte ich.

»Kann ich nicht genau sagen. Die Einfahrt ist aus Kies, hier und dort sind

Spurrillen eingegraben. Ich habe ein paar tiefe Spuren entdeckt, die frisch aussehen. Das könnten Breitreifen gewesen sein. Vielleicht von einem Vierradantrieb oder einem kleinen Lieferwagen.«

Wir waren ein paar Hundert Meter von der Stelle entfernt, wo die Main Street endete. Dann bogen wir nach Westen in eine Kieseinfahrt ein, die genau parallel zum Beckman Drive liegen musste. Am Ende der Einfahrt lag Morrisons Haus. Es war ein großes, quadratisches Haus mit weißen Säulen an der Frontseite und immergrünen Bäumen, die symmetrisch angepflanzt worden waren. Ein neuer Lincoln parkte vor der Tür, und eine Menge Flatterband war in Taillenhöhe zwischen die Säulen gespannt.

»Gehen wir hinein?«, fragte Finlay.

»Wenn wir schon mal hier sind.«

Wir duckten uns unter dem Band hindurch und gingen durch Morrisons Eingangstür. Das Haus war ein einziges Chaos. Überall graumetallenes Pulver zur Sicherung der Fingerabdrücke. Alles war durchsucht und fotografiert worden.

»Sie werden nichts finden«, sagte Finlay. »Wir haben das ganze Haus auf den Kopf gestellt.«

Ich nickte und steuerte die Treppe an. Ging hinauf und fand das Schlafzimmer. Blieb an der Tür stehen und spähte hinein. Es gab dort nichts Besonderes zu sehen, außer den ausgefransten Löchern von den Nägeln in der Wand und den großen Blutflecken überall. Das Blut wurde langsam schwarz. Es sah aus, als hätte jemand überall Eimer mit Teer ausgeschüttet. Der Teppich war ganz hart davon. Auf dem Parkett an der Tür konnte ich die Abdrücke von den Überschuhen sehen. Ich konnte die verschlungenen Spuren der Schritte ausmachen. Ich ging wieder hinunter und fand Finlay, der an einer Säule in der Vorhalle lehnte.

»Alles klar?«, fragte er mich.

»Bestens«, erwiderte ich. »Haben Sie den Wagen durchsucht?«

Er schüttelte den Kopf.

»Der gehört Morrison«, sagte er. »Wir haben nur nach Dingen gesucht, die die Eindringlinge hinterlassen haben könnten.«

Ich ging hinüber zum Lincoln und versuchte, die Tür zu öffnen. Sie war nicht verschlossen. Drinnen roch es stark nach neuem Auto, sonst nach nichts. Dies war der Wagen eines Chefs. Er hätte sich nicht mit Cheeseburger-Verpackungen und Wasserdosen gefüllt wie bei einem Streifenpolizisten. Aber ich überprüfte ihn. Sah in den Türfächern und unter den Sitzen nach.

Fand aber nichts. Dann öffnete ich das Handschuhfach und entdeckte etwas. Ein Springmesser. Ein hübsches Ding. Ebenholzgriff mit Morrisons Namen in Gold eingraviert. Ich ließ die Klinge aufspringen. Sie war zweischneidig, achtzehn Zentimeter lang, aus japanischem Samuraistahl. Sah gut aus. Brandneu, noch nie benutzt. Ich klappte es wieder zusammen und ließ es in meine Tasche gleiten. Ich hatte keine Waffe und große Schwierigkeiten vor mir. Morrisons Springmesser konnte da möglicherweise entscheidend sein. Ich glitt aus dem Lincoln und ging zu Finlay auf die Kieseinfahrt.

»Irgendwas gefunden?«

»Nein«, sagte ich. »Gehen wir.«

Wir liefen zusammen die knirschende Kieseinfahrt hinunter und bogen nach Norden auf die Hauptstraße ein. Zurück zur Stadt. Ich konnte den Kirchturm und die Bronzestatue sehen, die in der Ferne auf uns warteten.

13

»Ich muss noch etwas mit Ihnen abklären«, sagte ich.

Finlay verlor langsam die Geduld. Er sah auf seine Uhr. »Sie verschwenden besser nicht meine Zeit, Reacher.«

Wir gingen nach Norden. Die Sonne stand nicht mehr im Zenit, aber die Hitze war immer noch heftig. Ich begriff nicht, wie Finlay ein Tweedjackett tragen konnte. Und eine Leinenweste. Ich ging mit ihm rüber zur Grünfläche. Wir liefen über den Rasen und lehnten uns nebeneinander an die Statue des guten, alten Caspar Teale.

»Sie haben ihm die Eier abgeschnitten, stimmt's?«, fragte ich.

Er nickte. Sah mich abwartend an.

»Okay.« Ich zögerte. »Meine Frage ist folgende: Haben Sie seine Eier gefunden?«

Er schüttelte den Kopf.

»Nein, wir haben das ganze Haus durchsucht. Wir von der Polizei und der Gerichtsmediziner. Sie waren nicht da. Seine Hoden werden vermisst.«

Er lächelte, als er das sagte. Er entdeckte seinen schwarzen Polizistenhumor wieder.

»Okay, das wollte ich wissen.«

Sein Lächeln wurde breiter. Erreichte seine Augen.

»Warum? Wissen Sie, wo sie sind?«

»Wann ist die Autopsie?«

Er lächelte immer noch.

»Seine Autopsie wird auch nichts erbringen. Sie wurden abgeschnitten. Sie sind nicht mehr mit ihm verbunden. Sie waren nicht da. Sie werden vermisst. Also wie soll man sie bei seiner Autopsie finden?«

»Nicht bei seiner«, sagte ich. »Bei der Autopsie seiner Frau. Wenn man ihren Mageninhalt untersucht.«

Finlay hörte auf zu lächeln. Wurde still. Sah mich nur an.

»Reden Sie, Reacher.«

»Okay«, sagte ich. »Deshalb sind wir ja rausgegangen. Aber beantworten Sie mir noch eine Frage. Wie viele Morde haben Sie bisher hier in Margrave gehabt?«

Er dachte darüber nach. Zuckte die Achseln.

»Keine«, sagte er. »Nicht in den letzten dreißig Jahren. Ich schätze, seit der Bürgerrechtsbewegung keine mehr.«

»Und jetzt haben Sie vier in vier Tagen. Und ziemlich bald werden Sie den fünften entdecken.«

»Den fünften? Wer soll der fünfte sein?«

»Hubble«, sagte ich. »Mein Bruder, dieser Sherman Stoller, die beiden Morrisons und Hubble sind fünf. Kein einziger Mord in dreißig Jahren, und jetzt haben Sie fünf auf einmal. Das kann doch kein Zufall sein, oder?«

»Sicher nicht. Natürlich nicht. Sie stehen miteinander in Verbindung.«

»Richtig«, sagte ich. »Jetzt zeige ich Ihnen noch ein paar weitere Verbindungen. Aber zuerst müssen Sie etwas begreifen, klar? Ich war hier nur auf der Durchreise. Freitag, Samstag und Sonntag bis zu dem Zeitpunkt, als Sie die Fingerabdrücke von meinem Bruder bekamen, interessierte ich mich in keinster Weise für irgendetwas hier. Ich wollte nur warten und dann so schnell wie möglich von hier verschwinden.«

»Und?«

»Und ich bekam ein paar Dinge zu hören. Hubble hat mir etwas in Warburton erzählt, aber ich habe nicht sonderlich darauf geachtet. Ich war nicht an ihm interessiert, klar? Er hat mir ein paar Sachen erzählt, und ich habe nicht genau zugehört, und wahrscheinlich kann ich mich gar nicht an alles erinnern.«

»Was für Sachen?«

Also erzählte ich ihm das, woran ich mich erinnerte. Ich fing genauso an wie Hubble. Wie er in eine Art Deal geraten war und durch eine Drohung gegen ihn und seine Frau eingeschüchtert wurde. Eine Drohung, die Wort für Wort das beinhaltet hatte, was Finlay am Morgen selbst gesehen hatte.

»Sind Sie sicher? Genau dasselbe?«

»Wort für Wort«, sagte ich. »Vollkommen identisch. An die Wand genagelt, die Eier abgeschnitten, die Frau gezwungen, sie zu schlucken, dann beiden die Kehle durchgeschnitten. Wort für Wort identisch, Finlay. Wenn wir also nicht zwei Typen haben, die zur selben Zeit und am selben Ort mit exakt derselben Drohung arbeiten, dann haben wir eine weitere Verbindung.«

»Also war Morrison am selben Deal beteiligt wie Hubble?«

»Am selben Deal mit denselben Leuten.«

Dann erzählte ich ihm, dass Hubble mit einem Ermittler gesprochen hatte. Und dass der Ermittler mit Sherman Stoller gesprochen hatte, wer auch immer das war.

»Und wer war der Ermittler?«, fragte er. »Und wie passt Joe da hinein?«

»Joe war der Ermittler«, sagte ich. »Hubble erzählte mir, dass der große Mann mit dem glattgeschorenen Kopf ein Ermittler war, der versucht hatte, ihn da rauszuholen.«

»Was für eine Art Ermittler war Ihr Bruder?«, fragte Finlay. »Und für wen zum Teufel hat er gearbeitet?«

»Weiß ich nicht. Das Letzte, was ich hörte, war, dass er für das Finanzministerium gearbeitet hat.«

Finlay stieß sich von der Statue ab und wandte sich Richtung Norden.

»Ich muss ein paar Anrufe machen«, sagte er. »Es ist Zeit, die Sache anzugehen.«

»Gehen Sie langsamer«, hielt ich ihn zurück. »Ich bin noch nicht fertig.«

Finlay war auf dem Bürgersteig. Ich ging auf der Straße und hielt mich von den tiefhängenden Markisen der Geschäfte fern. Es war kein nennenswerter Verkehr auf den Straßen. Montag, zwei Uhr nachmittags, und die Stadt war menschenleer.

»Woher wissen Sie, dass Hubble tot ist?«, fragte Finlay.

Also erzählte ich ihm, wie ich das wissen konnte. Er dachte darüber nach und stimmte mir zu.

»Weil er mit einem Ermittler gesprochen hat?«, fragte er.

Ich schüttelte den Kopf. Blieb vor dem Friseurladen stehen.

»Nein, davon haben die keine Ahnung. Wenn doch, dann hätten sie ihn viel früher erledigt. Spätestens Donnerstag. Ich denke, sie beschlossen Freitag gegen fünf Uhr, ihn zu opfern. Weil sie ihn mit der Telefonnummer in Joes Schuh in die Sache hineingezogen haben. Die wollten nicht, dass er mit Cops oder Gefängniswärtern redet. Also machten sie das Ganze mit Spivey klar. Aber Spiveys Jungs vermasselten es, also versuchten sie es noch einmal. Seine Frau sagt, er bekam einen Anruf, dass er zu Hause bleiben solle. Sie bereiteten ihn für einen zweiten Versuch vor. Sieht aus, als hätte es geklappt.«

Finlay nickte langsam.

»Scheiße, er war das einzige Bindeglied, das genau wusste, was hier eigentlich vorgeht. Sie hätten zuschlagen sollen, als Sie die Gelegenheit hatten, Reacher.«

»Danke, Finlay. Wenn ich gewusst hätte, dass der Tote Joe ist, hätte ich so hart zugeschlagen, dass Sie ihn bis hierher hätten schreien hören.«

Wir gingen zu dem Friseurladen und setzten uns auf die Bank vor dem Fenster.

»Ich habe ihn gefragt, was Pluribus bedeutet, aber er wollte nicht antworten. Er sagte, dass zehn Leute von hier in den Deal verwickelt seien und bei Bedarf Leute von außerhalb hinzukommen. Und er sagte, der Deal sei gefährdet, bis etwas am Sonntag passiert. Er sei irgendwie exponiert.«

»Was passiert am Sonntag?«, fragte Finlay.

»Das hat er mir nicht gesagt.«

»Und Sie haben ihn nicht in die Zange genommen?«

»Ich war nicht sonderlich interessiert«, sagte ich. »Das habe ich Ihnen doch gesagt.«

»Und er hat Ihnen keinerlei Hinweis gegeben, was das für ein Deal ist?«

»Keinerlei Hinweis.«

»Hat er gesagt, wer die zehn Leute sind?«

»Nein.«

»Verdammt, Reacher, Sie sind wirklich eine große Hilfe, wissen Sie das?«

»Tut mir leid, Finlay«, sagte ich. »Ich dachte, Hubble sei nur irgendein Arschloch. Wenn ich zurückgehen und es noch mal versuchen könnte, würde ich einiges anders machen, glauben Sie mir.«

»Zehn Leute?«, fragte er wieder.

»Ihn nicht mitgezählt, und Sherman Stoller auch nicht mitgezählt. Aber ich nehme an, dass er Chief Morrison dazugezählt hat.«

»Großartig«, sagte Finlay. »Dann muss ich nur noch neun finden.«

»Sie werden einen von ihnen heute finden«, sagte ich.

Der schwarze Pick-up, den ich zuletzt gesehen hatte, als er Enos Parkplatz verließ, hielt abrupt auf der gegenüberliegenden Straßenseite. Er wartete dort mit laufendem Motor. Der Kliner-Sohn legte den Kopf auf seinen Unterarm und starrte aus dem Fenster zu mir herüber. Finlay sah ihn nicht. Er starrte hinunter auf den Bürgersteig.

»Sie sollten über Morrison nachdenken.«

»Was ist mit ihm?«, fragte er. »Er ist ermordet worden.«

»Aber auf welche Art?«, fragte ich. »Was sollte Ihnen das sagen?«

Er zuckte die Achseln.

»Es hat jemand ein Exempel an ihm statuiert?«, fragte er nachdenklich. »Will eine Botschaft vermitteln?«

»Genau, Finlay«, erwiderte ich. »Und was hat er falsch gemacht?«

»Ich schätze, er hat was vermasselt.«

»Richtig, Finlay«, sagte ich wieder. »Er sollte vertuschen, was Donnerstagnacht am Lagerhaus vor sich ging. Das war seine wichtigste Aufgabe. Er war um Mitternacht dort, verstehen Sie?«

»Er war was? Sie sagten doch selbst, er hätte Unsinn erzählt.«

»Richtig, er hat nicht mich dort gesehen. Dieser Teil seiner Geschichte war Unsinn. Aber er selbst war dort. Er hat Joe gesehen.«

»Hat er? Woher wissen Sie das?«

»Er hat mich das erste Mal am Freitag gesehen, richtig? Im Büro. Er starrte mich an, als hätte er mich schon mal gesehen, wusste aber nicht, wo er mich einordnen sollte. Das lag daran, dass er Joe gesehen hatte. Er bemerkte die Ähnlichkeit. Hubble hat dasselbe gesagt. Er sagte, ich erinnere ihn an seinen Ermittler.«

»Also war Morrison da«, sagte Finlay. »War er der Mörder?«

»Kann ich mir nicht vorstellen«, erwiderte ich. »Joe war ein ziemlich kluger Junge. Er hätte sich nicht einfach von einem fetten Schwachkopf wie Morrison erschießen lassen. Der Mörder muss jemand anders gewesen sein. Ich kann mir Morrison aber auch nicht als Irren vorstellen. Eine solche körperliche Anstrengung hätte ihn mit einem Herzanfall zu Boden gestreckt. Ich denke, er war der dritte Mann. Der Aufräumer. Aber er hat Joes Schuhe nicht untersucht. Und deswegen wurde Hubble mit hineingezogen. Das hat jemanden sehr böse gemacht. Es bedeutete, dass sie Hubble opfern mussten, also wurde Morrison zur Strafe ebenfalls geopfert.«

»Schöne Strafe.«

»Auch eine Botschaft«, sagte ich. »Also denken Sie darüber nach.«

»Worüber?«, fragte er. »Es war doch keine Botschaft für mich.«

»Für wen war sie also?«

»Für wen sind schon solche Botschaften? Für den nächsten Mann, richtig?«

Ich nickte.

»Verstehen Sie jetzt, warum ich besorgt war, wer der nächste Chef sein würde?«

Finlay ließ den Kopf wieder hängen und starrte auf den Bürgersteig.

»Mein Gott«, sagte er. »Sie denken, der nächste Chef hängt mit drin?«

»So muss es sein. Warum wollten sie Morrison dabeihaben? Sicher nicht wegen seiner wunderbaren Persönlichkeit, richtig? Sie wollten ihn dabeihaben, weil sie den Chef vom Dienst brauchten. Weil das für sie in ganz bestimmter Hinsicht von Nutzen ist. Also würden sie Morrison nicht opfern, wenn sie nicht schon einen Ersatz hätten. Und wer auch immer das ist, wir werden es mit einem sehr gefährlichen Mann zu tun haben. Er wird mit dem Exempel an Morrison im Nacken hierherkommen. Irgendjemand wird ihm zugeflüstert haben: Siehst du, was wir mit Morrison gemacht haben? Das machen wir auch mit dir, wenn du es vermasselst wie er.«

»Also wer ist es?«, fragte Finlay. »Wer wird der neue Chef?«

»Das habe ich Sie gefragt.«

Wir saßen einen Moment lang schweigend auf der Bank vor dem Friseurladen. Genossen die Sonne, die unter den Rand der gestreiften Markise sank.

»Es bleiben Sie, ich und Roscoe«, sagte ich. »Im Moment ist das einzig Sichere anzunehmen, dass jeder andere damit zu tun hat.«

»Warum Roscoe?«

»Aus vielen Gründen«, sagte ich. »Aber hauptsächlich weil sie wirklich versucht hat, mich aus Warburton rauszuholen. Morrison wollte mich dort als Prügelknaben für Donnerstagnacht, richtig? Wenn Roscoe am Deal beteiligt wäre, hätte sie mich da versauern lassen. Aber sie holte mich raus. Sie zog in die entgegengesetzte Richtung von Morrison. Wenn also er nicht sauber war, dann ist sie es.«

Er sah mich an. Nickte.

»Nur wir drei?«, fragte er. »Sie sind ein vorsichtiger Mann, Reacher.«

»Darauf können Sie Ihren Arsch verwetten, Finlay. Hier werden Leute umgebracht. Einer davon war mein einziger Bruder.«

Wir standen von der Bank auf dem Bürgersteig auf. Auf der anderen Straßenseite hatte der Kliner-Sohn den Motor abgestellt und stieg aus dem Pick-up. Kam langsam herüber. Finlay rieb sich mit den Händen über sein Gesicht, als wollte er sich ohne Wasser waschen.

»Und was jetzt?«

»Sie haben einiges zu tun. Sie müssen Roscoe beiseitenehmen und ihr die Einzelheiten erklären, okay? Sagen Sie ihr, dass sie sehr vorsichtig sein soll. Dann müssen Sie ein paar Anrufe machen und herausfinden, woran genau Joe in Washington gearbeitet hat.«

»Okay, und was ist mit Ihnen?«

Ich nickte zum Kliner-Sohn hinüber.

»Ich muss mit diesem Typen sprechen«, sagte ich. »Er starrt mich ununterbrochen an.«

Zwei Dinge geschahen, als der Kliner-Sohn näher kam. Finlay eilte davon. Er ging ohne ein weiteres Wort mit großen Schritten Richtung Norden.

Dann hörte ich, wie hinter mir die Jalousien des Friseurladens heruntergelassen wurden. Ich sah mich um. Sah aus, als wäre niemand außer mir und dem Kliner-Sohn auf der Welt.

Aus der Nähe war Kid Kliner ein interessantes Studienobjekt. Kein Leichtgewicht. Wahrscheinlich eins fünfundachtzig, vielleicht eins neunzig, durchdrungen von einer Art rastloser Energie. In seinen Augen viel Intelligenz, aber es brannte auch ein unheimliches Feuer darin. Seine Augen sagten mir, dass er wahrscheinlich nicht der vernünftigste aller Männer war, die ich in meinem Leben kennengelernt hatte. Er kam näher und blieb vor mir stehen. Starrte mich nur an.

»Sie befinden sich auf fremdem Terrain«, sagte er dann.

»Ist das Ihr Bürgersteig?«

»Sicher«, erwiderte Kliner. »Die Stiftung von meinem Daddy hat jeden Zentimeter davon bezahlt. Jeden Stein. Aber ich spreche nicht von dem Bürgersteig. Ich spreche von Miss Roscoe. Sie gehört mir. Sie gehört mir, seit ich sie das erste Mal gesehen habe. Sie wartet auf mich. Fünf Jahre wartet sie schon auf mich, bis die Zeit reif ist.«

Ich blickte zurück.

»Sprechen wir dieselbe Sprache?«

Kliner spannte seine Muskeln an. Er hüpfte von einem Fuß auf den anderen.

»Ich bin ein vernünftiger Mann«, sagte ich. »Sobald Miss Roscoe mir sagt, dass sie Sie will und nicht mich, bin ich weg. Bis dahin halten Sie sich zurück. Verstanden?«

Kliner kochte. Aber dann veränderte sich etwas in ihm. Es war, als würde er von einer Fernbedienung gesteuert und jemand hätte einfach einen Knopf gedrückt und den Kanal gewechselt. Er entspannte sich, zuckte die Achseln und lächelte breit und jungenhaft.

»Okay, nichts für ungut, ja?«

Er streckte seine Hand aus, um meine zu schütteln, und fast hätte er mich getäuscht. Aber im letzten Sekundenbruchteil zog ich meine eigene ein kleines Stück zurück und umschloss seine Fingerknöchel, nicht seine Handfläche. Das ist ein alter Armytrick. Die Kerle tun so, als wollten sie deine Hand schütteln, in Wirklichkeit aber wollen sie sie zerquetschen. Irgend so ein Machoritual. Man muss darauf vorbereitet sein. Man zieht die eigene Hand ein Stück zurück und drückt seinerseits zu. Dann quetscht man die Finger zusammen, und nicht die Handfläche. Der Griff des anderen ist unschädlich gemacht. Wenn man richtig zugreift, kann nichts schiefgehen.

Er fing an zu quetschen, hatte aber keine Chance. Er wollte fest zudrücken und mir in die Augen starren, während ich es durchlitt. Aber er kam nicht dazu. Ich quetschte seine Finger einmal, dann ein zweites Mal ein bisschen heftiger, und dann ließ ich seine Hand fallen, drehte mich um und ging. Ich war gut sechzig Meter nordwärts, als ich hörte, wie der Wagen startete. Er brummte südwärts, und sein Geräusch verlor sich im Summen der Hitze.

14

IM POLIZEIREVIER PARKTE ein großer weißer Cadillac direkt vor dem Eingang. Brandneu, voll ausgestattet. Mit protzigem schwarzem Leder und Kunstholz. Er wirkte wie eine Vegas-Nutte im Vergleich zu Charlie Hubbles Bentley mit dem harten Nussbaumholz und dem alten Leder. Ich brauchte fünf Schritte, um die Motorhaube zu umrunden und zur Tür zu gelangen.

Im kühlen Inneren wieselten alle um einen großen, alten Mann mit Silbermähne herum. Er trug einen altmodischen Anzug. Schmale Krawatte mit Silberspange. Sah aus wie ein richtiges Arschloch. Wie ein Politiker. Er musste ungefähr fünfundsiebzig sein, und er hinkte, gestützt auf einen dicken Spazierstock mit riesigem Silberknauf. Ich schätzte, dass es Bürgermeister Teale sein musste.

Roscoe kam aus dem großen Büro im hinteren Teil. Sie hatte ziemlich aufgelöst gewirkt, nachdem sie bei den Morrisons gewesen war. Jetzt sah sie auch noch nicht allzu gut aus, aber sie winkte mir zu. Wollte, dass ich rüberkam und mit ihr ins Büro ging. Ich warf noch einen raschen Blick auf Bürgermeister Teale und ging zu ihr.

»Alles klar?«, fragte ich.

»Ich hatte schon bessere Tage.«

»Bist du auf dem Laufenden? Hat Finlay dich über alles informiert?«

Sie nickte.

»Finlay hat mir alles erzählt.«

Wir gingen ins Rosenholzbüro. Finlay saß am Schreibtisch unter der alten Uhr. Sie zeigte Viertel vor vier. Roscoe schloss die Tür, und ich blickte zwischen den beiden hin und her.

»Also, wer kriegt den Job?«, fragte ich. »Wer ist der neue Chef?«

Finlay sah mich von seinem Platz aus an. Schüttelte den Kopf.

»Niemand – Bürgermeister Teale wird das Department selbst leiten.«

Ich ging zurück zur Tür und öffnete sie einen Spalt. Spähte hinaus und blickte durch das Mannschaftsbüro zu Teale hinüber. Er drückte Baker an eine Wand. Sah aus, als würde er ihm wegen irgendetwas Ärger machen. Ich beobachtete ihn einen Moment lang.

»Was bedeutet das?«

»Die anderen im Department sind sauber«, sagte Roscoe.

»Schätze, so sieht es aus«, sagte ich. »Aber es beweist, dass Teale dabei ist. Teale ist der Ersatz, also ist Teale ihr Mann.«

»Woher wissen wir, dass er nur ihr Mann ist?«, fragte sie. »Vielleicht ist er der Boss. Vielleicht leitet er den ganzen Deal.«

»Nein, der Boss hat Morrison zerstückelt, um eine Botschaft zu übermitteln. Wenn Teale der Boss wäre, warum sollte er sich dann selbst eine Botschaft schicken? Er gehört zu jemandem. Er wurde hier hineingesteckt, um die Fäden in die Hand zu nehmen.«

»So viel ist sicher«, sagte Finlay. »Er hat schon damit angefangen. Hat uns erklärt, Joe und Stoller müssten zurückgestellt werden. Wir müssen alle an der Sache Morrison arbeiten. Und zwar nur wir, keiner von außerhalb, keiner vom FBI. Er sagt, der Ruf des Departments steht auf dem Spiel. Und er treibt uns schon in eine Sackgasse. Es sei offensichtlich, dass Morrison von jemandem umgebracht wurde, der gerade aus dem Gefängnis raus ist. Von jemandem, der vor langer Zeit von Morrison dort reingesteckt wurde und jetzt auf Rache aus ist.«

»Und das ist eine verdammt teuflische Sackgasse«, sagte Roscoe. »Wir müssen die Akten der letzten zwanzig Jahre durchgehen und jeden Namen in jeder Akte überprüfen, wo Straferlass abgelehnt wurde. Und zwar im gesamten Bundesstaat. Das kann uns Monate kosten. Er hat Stevenson deswegen von der Straße abgezogen. Bis das hier vorbei ist, sitzt er am Schreibtisch. Und ich auch.«

»Das ist mehr als eine Sackgasse«, sagte Finlay. »Es ist eine verschlüsselte Warnung. Niemandem in unseren Akten ist ein solcher Racheakt zuzutrauen. Ein solches Verbrechen hatten wir noch nie hier. Wir wissen das. Und Teale weiß, dass wir es wissen. Aber wir können nicht sagen, dass es ein Täuschungsmanöver ist, oder?«

»Können Sie ihn nicht einfach ignorieren?«, fragte ich. »Einfach tun, was zu tun ist?«

Er lehnte sich in seinem Stuhl zurück. Stieß einen Seufzer zur Decke aus und schüttelte den Kopf.

»Nein, wir arbeiten direkt unter den Augen des Gegners. Im Moment hat Teale keinen Grund anzunehmen, dass wir irgendetwas wissen. Und so soll es auch bleiben. Wir müssen uns naiv stellen und unschuldig verhalten, klar? Das wird unseren Einflussbereich einschränken. Aber das größte Problem ist seine Befehlsgewalt. Wenn ich einen Haftbefehl oder so etwas haben will, brauche ich seine Unterschrift. Und die werde ich sicher nicht bekommen, oder?«

Ich zuckte mit den Schultern.

»Ich habe nicht vor, einen Haftbefehl zu benutzen«, sagte ich. »Haben Sie mit Washington telefoniert?«

»Sie rufen mich zurück. Ich hoffe nur, dass Teale nicht vor mir zum Hörer greift.«

Ich nickte.

»Was Sie brauchen, ist eine Zweigstelle«, sagte ich. »Was ist mit Ihrem Kumpel beim FBI in Atlanta? Von dem Sie mir erzählt haben? Könnte man sein Büro als eine Art Zweigstelle nutzen?«

Finlay dachte darüber nach. Nickte.

»Keine schlechte Idee«, sagte er. »Ich werde inoffiziell vorgehen müssen. Ich kann Teale schließlich nicht um eine offizielle Anfrage bitten, oder? Ich werde heute Abend von zu Hause aus anrufen. Der Mann heißt Picard. Netter Bursche, Sie werden ihn mögen. Er stammt aus dem French Quarter, unten aus New Orleans. Hat vor einer Million Jahren eine Zeitlang in Boston verbracht. Großartiger Kerl, sehr klug, sehr gerissen.«

»Sagen Sie ihm, dass das Ganze in aller Stille vor sich gehen muss«, sagte ich. »Wir wollen seine Leute hier unten nicht sehen, bis wir fertig sind.«

»Und was machst du mit Teale?«, fragte Roscoe mich. »Er arbeitet für die Leute, die deinen Bruder umgebracht haben.«

Ich zuckte wieder mit den Schultern.

»Hängt davon ab, wie viel er damit zu tun hatte«, antwortete ich. »Der Mörder war er nicht.«

»Nicht?«, fragte Roscoe. »Woher weißt du das?«

»Er ist nicht schnell genug«, erwiderte ich. »Hinkt mit einem Spazierstock herum. Ist zu langsam, um eine Pistole zu benutzen. In jedem Fall zu langsam für Joe. Er war auch nicht der Psychopath. Zu alt und nicht kräftig genug. Und der Handlanger war er auch nicht. Das war Morrison. Aber wenn er sich mit mir anlegt, sitzt er tief in der Scheiße. Ansonsten: zum Teufel mit ihm.«

»Also, was jetzt?«, fragte sie.

Ich sah sie achselzuckend an. Antwortete nicht.

»Ich denke, Sonntag ist der Stichtag«, sagte Finlay. »Sonntag wird irgendein Problem für sie gelöst sein. Dass Teale hier ist, wirkt irgendwie provisorisch, oder? Der Mann ist fünfundsiebzig. Er hat keinerlei Polizeierfahrung. Es ist ein Provisorium, um sie bis Sonntag zu retten.«

Der Summer auf dem Schreibtisch ertönte. Stevensons Stimme fragte über die Sprechanlage nach Roscoe. Sie mussten noch Akten überprüfen. Ich öffnete die Tür für sie. Aber sie blieb stehen. Ihr war etwas eingefallen.

»Was ist mit Spivey?«, fragte sie. »Drüben in Warburton? Er hatte den Befehl, den Angriff auf Hubble zu arrangieren, richtig? Also muss er wissen, wer ihm den Befehl gegeben hat. Man sollte ihn mal fragen. Könnte vielleicht was bringen.«

»Möglich«, sagte ich. Schloss die Tür hinter ihr.

»Zeitverschwendung«, sagte Finlay zu mir. »Glauben Sie etwa, dass Spivey Ihnen so etwas verraten würde?«

Ich lächelte ihm zu.

»Wenn er es weiß, sagt er es mir auch«, erklärte ich ihm. »Bei einer solchen Frage kommt es darauf an, wie man sie stellt, nicht wahr?«

»Seien Sie vorsichtig, Reacher. Wenn die merken, dass Sie langsam rauskriegen, was Hubble wusste, werden die Sie opfern, wie sie ihn geopfert haben.«

Charlie und ihre Kinder schossen mir durch den Kopf, und ich bekam eine Gänsehaut. Sie mussten glauben, dass Charlie ahnte, was Hubble gewusst hatte. Das war unvermeidlich. Vielleicht auch die Kinder. Ein vorsichtiger Mensch könnte annehmen, dass die Kinder zufällig etwas mitgehört hatten. Es war vier Uhr. Die Kinder würden von der Schule zurück sein. Da draußen trieben sich Leute herum, die mit Gummiüberschuhen, Nylonoveralls und Gummihandschuhen gerüstet waren. Und mit scharfen Messern. Und mit einem Sack Nägel. Und mit einem Hammer.

»Finlay, rufen Sie Ihren Freund Picard sofort an«, sagte ich. »Wir brauchen seine Hilfe. Wir müssen Charlie Hubble irgendwo in Sicherheit bringen. Und ihre Kinder. Und zwar sofort.«

Finlay nickte ernst. Er begriff, was ich dachte.

»Sicher«, sagte er. »Bewegen Sie Ihren Arsch zum Beckman Drive. Auf der Stelle. Bleiben Sie dort. Ich hole Picard. Sie verschwinden nicht, bis er auftaucht, okay?«

Er nahm den Hörer. Wählte auswendig eine Nummer in Atlanta.

Roscoe saß wieder an ihrem Schreibtisch. Bürgermeister Teale übergab ihr einen dicken Stapel mit Akten. Ich ging zu ihr hinüber und zog mir einen Stuhl heran. Setzte mich neben sie.

»Wann hast du Feierabend?«

»Gegen sechs, schätze ich«, sagte sie.

»Bring ein paar Handschellen mit, okay?«

»Du bist verrückt, Jack Reacher.«

Teale beobachtete uns, also stand ich auf und küsste sie auf ihr Haar. Ging hinaus in den Nachmittag und steuerte auf den Bentley zu. Die Sonne sank, und die Hitze war geschwunden. Die Schatten wurden länger. Fühlte sich an, als nahte der Herbst. Hinter mir hörte ich jemanden rufen. Bürgermeister Teale war mir aus dem Gebäude gefolgt. Er rief mich zurück. Ich blieb, wo ich war. Zwang ihn, zu mir zu kommen. Er hinkte herbei und stieß dabei lächelnd mit seinem Spazierstock auf. Streckte die Hand aus und stellte sich vor. Sagte, sein Name sei Grover Teale. Er hatte dieses Politikertalent, jemanden mit dem Blick zu fixieren und wie ein Scheinwerfer zu strahlen. Als würde er sich wahnsinnig freuen, nur weil er mit mir sprechen konnte.

»Bin froh, dass ich Sie erwische«, sagte er. »Sergeant Baker hat mich auf den neuesten Stand über die Morde am Lagerhaus gebracht. Mir scheint das alles ziemlich klar zu sein. Wir haben einen dummen Fehler gemacht, als wir Sie verhafteten, und es tut uns allen wirklich leid wegen Ihres Bruders, und wir werden Sie informieren, sobald wir zu irgendwelchen Erkenntnissen in dem Fall gekommen sind. Bevor Sie also wieder fahren, wäre ich Ihnen dankbar, wenn Sie so freundlich wären, meine Entschuldigung stellvertretend für das ganze Department anzunehmen. Ich möchte nicht, dass Sie einen schlechten Eindruck von uns bekommen. Können wir uns darauf einigen, dass es ein dummer Fehler war?«

»Okay, Teale«, sagte ich. »Aber warum glauben Sie, dass ich wegfahre?«

Er fing sich schnell wieder. Nur ein winziges Zögern.

»Ich dachte, Sie wären nur auf der Durchreise«, sagte er. »Wir haben hier in Margrave kein Hotel, und ich kann mir nicht vorstellen, dass Sie eine Möglichkeit zum Übernachten finden.«

»Ich bleibe«, sagte ich. »Ich habe ein großzügiges, gastfreundliches Angebot bekommen. Dafür ist der Süden doch berühmt, oder? Für seine Gastfreundschaft.«

Er strahlte mich an und fasste an sein besticktes Revers.

»Oh, ganz zweifellos, Sir«, sagte er. »Der Süden insgesamt, und Georgia im Besonderen, ist berühmt für die herzliche Aufnahme von Fremden. Dennoch befinden wir uns, wie Sie vielleicht wissen, im Moment in einer ziemlich prekären Lage. Unter diesen Umständen wäre ein Motel in Atlanta oder Macon sicher viel angenehmer für Sie. Natürlich würden wir mit Ihnen in Verbindung bleiben und Ihnen jede Hilfe beim Begräbnis Ihres Bruders anbieten, wenn der traurige Moment gekommen ist. Aber ich fürchte, dass wir hier in Margrave alle sehr beschäftigt sein werden. Das wird nur langweilig für Sie sein. Officer Roscoe wird eine Menge Arbeit haben. Sie sollte im Moment nicht abgelenkt werden, meinen Sie nicht auch?«

»Ich werde sie nicht ablenken«, erwiderte ich ruhig. »Ich weiß, dass ihre Arbeit sehr wichtig ist.«

Er sah mich an. Mit ausdruckslosem Blick. Auge in Auge, aber er war eigentlich nicht groß genug dazu. Sein dürrer, alter Hals würde steif werden. Und wenn er mich weiterhin so anstarrte, musste sein dürrer, alter Hals demnächst brechen. Ich schenkte ihm ein frostiges Lächeln und ging zum Bentley. Schloss ihn auf und stieg ein. Ließ den großen Motor hochdrehen und kurbelte das Fenster herunter.

»Bis später, Teale«, rief ich ihm zu, als ich anfuhr.

Die Zeit nach Schulende war die geschäftigste, die ich bisher in der Stadt erlebt hatte. Ich fuhr an zwei Leuten auf der Main Street vorbei und sah weitere vier in einem Grüppchen vor der Kirche. Vielleicht eine Art Verein. In dem man zusammen die Bibel las oder Pfirsiche für den Winter einmachte. Ich fuhr an ihnen vorbei und scheuchte den großen Wagen die Luxusmeile des Beckman Drive hoch. Bog an Hubbles weißem Briefkasten ein und manövrierte mich mit dem alten Lenkrad aus Bakelit durch die Windungen der Zufahrt.

Das Problem, wenn ich Charlie warnen wollte, war, dass ich nicht wusste, wie viel ich ihr erzählen sollte. Sicher würde ich ihr keine Einzelheiten mitteilen. Hatte auch überhaupt keine Lust, ihr zu sagen, dass ihr Mann tot war. Wir befanden uns in einer Art Niemandsland. Aber ich konnte sie nicht für immer im Dunkeln tappen lassen. Sie musste etwas über die Zusammenhänge wissen. Sonst würde sie nicht auf meine Warnung hören.

Ich parkte ihren Wagen an der Tür und läutete. Die Kinder stürzten von irgendwoher, als Charlie öffnete und mich hereinließ. Sie sah ziemlich müde und angespannt aus. Die Kinder wirkten unbekümmert. Sie hatten die Sorge ihrer Mutter nicht bemerkt. Sie scheuchte sie weg, und ich folgte ihr in die Küche. Es war ein großer, moderner Raum. Ich bat sie, mir Kaffee zu machen. Ich konnte sehen, dass sie unbedingt mit mir reden wollte, aber nicht wusste, wie sie anfangen sollte. Ich beobachtete, wie sie an der Kaffeemaschine herumfummelte.

»Haben Sie keine Hausangestellte?«, fragte ich.

Sie schüttelte den Kopf.

»Ich möchte keine«, sagte sie. »Ich mache die Dinge lieber selbst.«

»Es ist aber ein großes Haus.«

»Ich schätze, ich bin gern beschäftigt.«

Dann schwiegen wir. Charlie schaltete die Kaffeemaschine ein, die mit einem schwachen Fauchen anfing zu arbeiten. Ich saß in einer Fensternische an einem Tisch. Man konnte einen Morgen samtiger Rasenfläche überblicken. Sie kam und setzte sich mir gegenüber. Faltete die Hände.

»Ich habe das mit den Morrisons gehört«, sagte sie schließlich. »Hat mein Mann etwas damit zu tun?«

Ich versuchte zu überlegen, was genau ich ihr sagen konnte. Sie wartete auf eine Antwort. Die Kaffeemaschine gluckerte in der großen, stillen Küche.

»Ja, Charlie«, sagte ich schließlich. »Ich fürchte, das hatte er. Aber er wollte es nicht, okay? Es handelte sich um eine Art Erpressung.«

Sie nahm es gut auf. Sie musste es sich schon selbst so zurechtgelegt haben. Musste sich jede Möglichkeit durch den Kopf gehen lassen haben. Diese Erklärung war eine, die stimmig war. Deshalb wirkte sie auch nicht überrascht oder empört. Sie nickte nur. Dann entspannte sie sich. Als hätte es ihr gutgetan, dass jemand anders es sagte. Jetzt war es heraus. Jetzt war es bestätigt. Man konnte damit umgehen.

»Ich fürchte, das ergibt Sinn«, sagte sie.

Sie stand auf, um Kaffee einzuschenken. Redete dabei weiter.

»Nur so kann ich mir sein Verhalten erklären. Ist er in großer Gefahr?«

»Charlie, ich habe doch nicht einmal die geringste Ahnung davon, wo er ist.«

Sie gab mir einen Becher Kaffee. Setzte sich an die Küchentheke.

»Ist er in Gefahr?«, fragte sie noch einmal.

Ich konnte nicht antworten. Konnte nichts herausbringen. Sie kam von der Theke und setzte sich wieder an den Tisch am Fenster. Sie hielt ihren Becher vor sich. Sie war eine gutaussehende Frau. Blond und schön. Perfekte Zähne, schlank, sportlich. Eine Menge Entschlossenheit. Ich hatte sie als Plantagentyp gesehen. Was man eine *belle* nennt. Ich hatte zu mir selbst gesagt, dass sie vor hundertfünfzig Jahren eine Sklavenhalterin gewesen wäre. Jetzt begann ich meine Meinung zu ändern. Ich fühlte, wie knisternde Zähigkeit von ihr ausging. Sie genoss es, reich und müßig zu sein, sicher. Genoss die Schönheitssalons und die Verabredungen zum Lunch in Atlanta mit ihren Freundinnen. Den Bentley und die Gold Cards. Die große Küche, die mehr kostete, als ich in einem Jahr verdient hatte. Aber wenn es darauf ankam, war sie eine Frau, die sich in den Dreck begeben und kämpfen würde. Vielleicht wäre sie vor hundertfünfzig Jahren auf einem Treck Richtung Westen gewesen. Sie hatte genug Entschlossenheit dazu. Sie sah mich über den Tisch hinweg fest an.

»Ich bin heute Morgen in Panik geraten«, sagte sie. »So bin ich eigentlich überhaupt nicht. Sie müssen einen sehr schlechten Eindruck von mir bekommen haben, fürchte ich. Nachdem Sie gegangen sind, habe ich mich beruhigt und alles überdacht. Ich kam zu demselben Schluss wie Sie. Hub ist in irgendwas hineingeraten und hat sich darin verstrickt. Was muss ich also tun? Mich zunächst einmal beruhigen und anfangen nachzudenken. Ich bin seit Freitag in einem fürchterlichen Zustand, und dafür schäme ich mich. Ich bin wirklich nicht so. Also habe ich etwas getan, und ich hoffe, Sie werden mir das verzeihen.«

»Und was war das?«

»Ich habe Dwight Stevenson angerufen«, sagte sie. »Er erwähnte, dass er ein Fax vom Pentagon über Ihre Arbeit bei der Militärpolizei gesehen hat. Ich bat ihn, es zu suchen und mir vorzulesen. Ich hielt es für ein ausgezeichnetes Zeugnis.«

Sie lächelte mich an. Rückte ihren Stuhl näher.

»Ich möchte Sie also anheuern«, sagte sie. »Ich möchte Sie, wenn das möglich ist, als Privatmann anheuern, um das Problem meines Mannes zu lösen. Werden Sie darüber nachdenken?«

»Nein«, sagte ich. »Das kann ich nicht, Charlie.«

»Können oder wollen Sie nicht?«

»Ich würde in eine Art Interessenkonflikt geraten«, sagte ich. »Das könnte bedeuten, dass ich nicht angemessen für Sie arbeiten würde.«

»In einen Konflikt? Welcher Art?«

Ich schwieg eine Zeitlang. Versuchte eine Möglichkeit zu finden, es ihr zu erklären.

»Ihr Mann fühlte sich schlecht, okay?«, begann ich. »Er hatte Kontakt zu einer Art Ermittler, einem Mann von der Regierung, und die beiden versuchten, die Situation in Ordnung zu bringen. Aber der Mann von der Regierung wurde umgebracht. Und ich fürchte, meine Interessen liegen mehr auf der Seite dieses Regierungstypen als auf der Ihres Mannes.«

Sie verstand, was ich sagte, und nickte.

»Aber warum?«, fragte sie. »Sie arbeiten doch nicht für die Regierung.«

»Der Mann von der Regierung war mein Bruder«, sagte ich ihr. »Ich weiß, es ist nur ein verrückter Zufall, aber ich bin gebunden.«

Sie schwieg. Sie erkannte, wo der Konflikt entstehen konnte.

»Es tut mir sehr leid. Aber Sie wollen damit doch nicht sagen, dass Hub Ihren Bruder verraten hat?«

»Nein, das wäre das Letzte, was er getan hätte. Er war von meinem Bruder abhängig, wenn er da rauskommen wollte. Irgendwas ging schief, das ist alles.«

»Darf ich Ihnen eine Frage stellen? Warum sprechen Sie nur in der Vergangenheit von meinem Mann?«

Ich sah ihr in die Augen.

»Weil er tot ist«, sagte ich. »Es tut mir sehr leid.«

Charlie schluckte es. Sie wurde blass und presste ihre Hände zusammen, bis die Knöchel wächsern wurden. Aber sie brach nicht zusammen.

»Ich glaube nicht, dass er tot ist«, flüsterte sie. »Ich würde es wissen. Ich könnte es fühlen. Ich glaube, er versteckt sich nur irgendwo. Ich möchte, dass Sie ihn suchen. Ich zahle Ihnen, was Sie wollen.«

Ich schüttelte langsam den Kopf.

»Bitte«, sagte sie.

»Das tue ich nicht, Charlie. Ich würde das nicht für Geld machen. Ich würde Sie nur ausnutzen. Ich kann Ihr Geld nicht nehmen, weil ich weiß, dass er schon tot ist. Es tut mir sehr leid, aber so ist es.«

Dann herrschte lange Schweigen in der Küche. Ich saß am Tisch und hielt den Kaffee, den sie für mich gemacht hatte.

»Würden Sie es machen, wenn ich Ihnen kein Geld gäbe?«, fragte sie. »Vielleicht könnten Sie sich ja nach ihm umsehen, während Sie versuchen, etwas über Ihren Bruder herauszufinden?«

Ich dachte darüber nach. Sah keine Möglichkeit, ihr das abzuschlagen.

»Okay, das mache ich, Charlie. Aber wie ich schon sagte, erwarten Sie keine Wunder. Ich glaube, wir haben es hier mit etwas sehr Bösem zu tun.«

»Ich glaube, dass er lebt«, sagte sie. »Ich würde es wissen, wenn es nicht so wäre.«

Ich machte mir langsam Sorgen, was geschehen würde, wenn man seine Leiche fand. Sie würde in der gleichen Weise mit der Realität konfrontiert werden wie ein außer Kontrolle geratener Lastwagen, der auf eine Betonwand zurast.

»Sie werden Geld für Ihre Ausgaben brauchen«, sagte Charlie.

Ich war nicht sicher, ob ich es annehmen sollte, aber sie schob mir einen dicken Umschlag zu.

»Wird das reichen?«

Ich sah in den Umschlag. Es war ein dickes Bündel von Hundertdollarnoten darin. Ich nickte.

»Und bitte behalten Sie den Wagen. Benutzen Sie ihn, solange Sie ihn brauchen.«

Ich nickte wieder. Dachte über das nach, was ich ihr sagen musste, und zwang mich, in der Gegenwart zu sprechen.

»Wo arbeitet er?«, fragte ich sie.

»Sunrise International. Das ist eine Bank.«

Sie leierte eine Adresse in Atlanta herunter.

»Okay, Charlie«, sagte ich. »Jetzt muss ich Sie noch etwas fragen. Es ist sehr wichtig. Hat Ihr Mann jemals das Wort ›Pluribus‹ gebraucht?«

Sie dachte darüber nach und zuckte die Achseln.

»Pluribus?«, fragte sie. »Hat das nicht etwas mit Politik zu tun? Wie bei der Vereidigung, wenn der Präsident eine Rede hält? Hubble hat über so etwas nicht gesprochen. Er hat seine Ausbildung im Bankwesen gemacht.«

»Sie haben nie gehört, dass er dieses Wort benutzte?«, fragte ich sie noch einmal. »Nicht am Telefon, im Schlaf oder sonst wann?«

»Nie.«

»Was ist mit nächstem Sonntag?«, fragte ich sie weiter. »Hat er den nächsten Sonntag erwähnt? Irgendwas darüber, was geschehen würde?«

»Nächsten Sonntag?«, wiederholte sie. »Ich glaube nicht, dass er etwas erwähnt hat. Warum? Was geschieht nächsten Sonntag?«

»Ich weiß es nicht«, sagte ich. »Das will ich ja gerade herausfinden.«

Sie dachte noch eine Weile darüber nach, doch dann schüttelte sie den Kopf und zuckte die Achseln, mit nach oben gedrehten Handflächen, um anzudeuten, dass ihr das gar nichts sagte.

»Es tut mir leid.«

»Machen Sie sich keine Gedanken darüber. Jetzt haben Sie anderes zu tun.«

»Was denn?«

»Sie müssen hier weg.«

Ihre Fingerknöchel waren immer noch weiß, aber sie beherrschte sich.

»Ich muss hier weg und mich verstecken?«, fragte sie. »Aber wo?«

»Ein FBI-Agent wird Sie abholen.«

Sie starrte mich voller Panik an.

»FBI?«, fragte sie. Sie wurde noch blasser. »Es ist also wirklich ernst, oder?«

»Todernst«, sagte ich. »Sie müssen hier so schnell wie möglich verschwinden.«

»Okay«, sagte sie langsam. »Obwohl ich es kaum glauben kann.«

Ich ging aus der Küche in den Wintergarten, wo wir einen Tag vorher Eistee getrunken hatten. Trat durch die Flügeltüren und schlenderte in einem weiten Bogen um das Haus herum. Die Zufahrt hinunter, über die Grasböschungen zum Beckman Drive. Lehnte mich an den weißen Briefkasten am

Randstreifen. Es war still. Außer dem Rascheln des Grases, das unter meinen Füßen abkühlte, konnte ich nichts hören.

Dann hörte ich, dass ein Auto aus der Stadt in westliche Richtung fuhr. Es wurde unmittelbar vor dem Kamm der Anhöhe langsamer, und ich hörte, wie die automatische Schaltung den Gang wechselte, als die Geschwindigkeit zurückging. Das Auto kam über dem Kamm in Sicht. Es war ein sehr einfacher brauner Buick mit zwei Männern. Kleine, dunkle Typen, südamerikanisch, mit grellen Hemden. Sie drifteten langsamer werdend auf die linke Straßenseite hinüber und blickten auf Hubbles Briefkasten. Ich lehnte daran und starrte zurück. Unsere Blicke trafen sich. Dann beschleunigte der Wagen und fuhr schleudernd weiter. Schoss hinaus in das leere Pfirsichland. Ich trat einen Schritt vor und sah, wie sie wegfuhren. Sah eine Staubwolke, als sie von Margraves makellosem Asphalt auf die staubige Landstraße fuhren. Dann lief ich zurück zum Haus. Ich wollte, dass Charlie sich beeilte.

Sie war im Haus und schwatzte aufgeregt vor sich hin wie ein Kind, das in die Ferien fährt. Stellte mit lauter Stimme Listen auf. Eine Methode, um ihre Panik in den Griff zu bekommen. Freitag noch war sie die reiche, müßige Ehefrau eines Bankers gewesen. Heute, am Montag, teilte ihr ein Fremder mit, dass ihr Mann tot sei und sie um ihr Leben rennen müsse.

»Nehmen Sie das Mobiltelefon mit«, rief ich ihr zu.

Sie antwortete nicht. Ich hörte nur wortloses, aufgeregtes Hantieren. Schritte und zuschlagende Schranktüren. Ich saß fast eine Stunde lang mit dem Rest des Kaffees in der Küche. Dann hörte ich eine Autohupe und das Knirschen schwerer Schritte auf dem Kies. Ein lautes Klopfen an der Vordertür. Ich steckte meine Hand in die Tasche und umschloss den Ebenholzgriff von Morrisons Springmesser. Ging hinaus auf den Flur und öffnete.

Eine gepflegte blaue Limousine stand neben dem Bentley und ein riesiger Schwarzer vor der Tür. Er war so groß wie ich, vielleicht sogar noch größer, aber er musste mindestens fünfzig Kilo mehr wiegen als ich. So an die hundertfünfundfünfzig, hundertsechzig. Neben ihm war ich ein Fliegengewicht. Er trat mit der ungezwungenen, geschmeidigen Anmut eines Sportlers auf.

»Reacher?«, fragte der Riese. »Schön, Sie kennenzulernen. Ich bin Picard, FBI.«

Er schüttelte mir die Hand. Er war gigantisch und strahlte derart natürlich eine Aura von Kompetenz aus, dass ich froh war, ihn auf meiner Seite zu wissen. Er sah aus wie der Typ Mann, den ich spontan schätzte. Als könnte er in einer Klemme sehr nützlich sein. Plötzlich durchströmte mich neue Zuversicht. Ich trat beiseite, um ihn in Charlies Haus zu lassen.

»Okay«, sagte Picard. »Ich habe alle Einzelheiten von Finlay. Tut mir wirklich leid wegen Ihres Bruders, mein Freund. Wirklich leid. Können wir irgendwo reden?«

Ich führte ihn in die Küche. Er lief beschwingt neben mir her und brauchte nur wenige Schritte den Flur hinunter. Blickte sich um und goss sich selbst den Rest des abgestandenen Kaffees ein. Dann trat er zu mir und ließ seine Hand auf meine Schulter fallen. Es fühlte sich an, als hätte mich jemand mit einem Sack Zement getroffen.

»Regel Nummer eins«, sagte er, »das Ganze ist inoffiziell, klar?«

Ich nickte. Seine Stimme passte zu seiner Gestalt. Wie ein tiefes Grollen. So würde sich ein Braunbär anhören, wenn er sprechen könnte. Ich konnte nicht sagen, wie alt der Mann war. Er gehörte zu diesen großen, trainierten Typen, deren beste Jahre Jahrzehnte dauern. Er nickte und lehnte seine riesige Gestalt an die Küchentheke.

»Ich habe ein großes Problem«, sagte er. »Das FBI kann ohne einen Anruf vom Verantwortlichen im hiesigen Zuständigkeitsbereich nicht eingreifen. Und das wäre dieser Teale, richtig? Aber aus dem, was Finlay mir erzählt hat, entnehme ich, dass der gute, alte Teale diesen Anruf nicht machen wird. Also könnte es ziemlich übel für mich enden. Aber für Finlay drücke ich mal ein Auge zu. Wir kennen uns schon ziemlich lange. Aber Sie müssen immer dran denken, das Ganze ist inoffiziell, klar?«

Ich nickte wieder. Ich war zufrieden damit. Sehr zufrieden. Inoffizielle Hilfe war mir nur zu recht. Dann konnte ich den Job machen, ohne mich an die übliche Verfahrensordnung zu halten. Ich hatte fünf volle Tage bis Sonntag. An diesem Morgen hatte ich gedacht, fünf Tage seien mehr als genug. Aber jetzt, da Hubble verschwunden war, empfand ich die Zeit als sehr kurz. Viel zu kurz, um sie mit irgendeiner Verfahrensordnung zu verschwenden.

»Wo werden Sie sie hinbringen?«, fragte ich ihn.

»In einen geheimen Unterschlupf in Atlanta«, sagte Picard. »In ein Haus vom Bureau, das wir schon seit Jahren haben. Dort ist sie sicher, aber ich werde Ihnen nicht sagen, wo genau es ist, und ich muss Sie bitten, Mrs. Hubble nachher nicht deswegen unter Druck zu setzen, okay? Ich muss mich absichern. Wenn ich einen geheimen Unterschlupf verrate, stecke ich wirklich tief in der Scheiße.«

»Okay, Picard«, sagte ich. »Ich werde Ihnen keine Probleme machen. Und ich weiß Ihre Hilfe zu schätzen.«

Er nickte ernst, so als hätte er sich ziemlich weit vorgewagt. Dann stürzten Charlie und die Kinder herein. Sie waren beladen mit schlecht gepackten Taschen. Picard stellte sich vor. Ich konnte sehen, dass Charlies Tochter durch die Größe des Mannes eingeschüchtert war. Die Augen des kleinen Jungen wurden kreisrund, als sie den Dienstausweis des FBI erblickten, den Picard vorzeigte. Dann trugen wir fünf die Taschen nach draußen und stapelten sie in den Kofferraum der blauen Limousine. Ich schüttelte Picard und Charlie die Hand. Danach stiegen alle in den Wagen. Picard fuhr mit ihnen weg. Ich winkte hinter ihnen her.

15

Ich fuhr entschieden schneller nach Warburton als der Gefängnisfahrer und war in weniger als fünfzig Minuten dort. Es war ein bedrohlicher Anblick. Ein Unwetter zog rasch von Westen auf, und ein paar Strahlen der tiefstehenden Nachmittagssonne durchdrangen die Wolken und beleuchteten die Anlage. Die glänzenden Metalltürme fingen die orangefarbenen Strahlen ein.

Ich fuhr langsamer und bog in die Zufahrtsstraße zum Gefängnis. Hielt vor dem ersten Fahrzeugkäfig. Hineinfahren würde ich nicht. Davon hatte ich genug. Spivey würde zu mir herauskommen müssen. Ich stieg aus dem Bentley und ging zu dem Wachmann hinüber.

»Hat Spivey Dienst?«, fragte ich ihn.

»Sie wollen ihn sprechen?«

»Sagen Sie ihm, Mr. Reacher sei hier.«

Der Mann ging in einen Unterstand aus Plexiglas, machte einen Anruf und kam zurück.

»Er kennt keinen Mr. Reacher.«

»Sagen Sie ihm, dass Chief Morrison mich geschickt hat. Aus Margrave.«

Der Mann ging wieder in das Ding aus Plexiglas. Nach einer Minute war er wieder da.

»Okay, fahren Sie durch. Spivey wird Sie an der Aufnahme treffen.«

»Sagen Sie ihm, dass er rauskommen soll«, sagte ich. »Hier auf die Straße.«

Ich ging weg und blieb auf dem staubigen Randstreifen der Asphaltstraße stehen. Es war ein Nervenkrieg. Ich wettete, Spivey würde rauskommen. In fünf Minuten würde ich es wissen. Ich wartete. Ich konnte riechen, wie von Westen der Regen heranzog. In einer Stunde würde er über uns sein. Ich stand da und wartete.

Spivey kam heraus. Ich hörte, wie die Gitter des Fahrzeugkäfigs quietschten. Drehte mich um und sah einen dreckigen Ford hindurchfahren. Er kam heraus und hielt neben dem Bentley. Spivey wuchtete sich heraus. Er kam zu mir. Ein großer Kerl, schwitzend, rotes Gesicht und rote Hände. Seine Uniform war speckig.

»Erinnerst du dich jetzt?«, fragte ich ihn.

Seine kleinen Schlangenaugen musterten mich. Er wirkte beunruhigt.

»Du bist also Reacher«, sagte er. »Und was nun?«

»Richtig, ich bin Reacher. Der vom Freitag. Was war der Deal?«

Er verlagerte sein Gewicht von einem Fuß auf den anderen. Tat so, als sei ihm das Ganze gleichgültig. Aber er hatte seine Karten bereits auf den Tisch gelegt. Er war herausgekommen, um mich zu treffen. Er hatte das Spiel schon verloren. Aber er sagte nichts.

»Was war am Freitag der Deal?«, fragte ich noch einmal.

»Morrison ist tot«, sagte er. Dann zuckte er mit den Schultern und presste seine dünnen Lippen aufeinander. Er würde kein Wort mehr sagen.

Ich ging beiläufig nach links. Nur ein, zwei Schritte, um Spiveys Gestalt zwischen mich und den Wachmann am Tor zu bringen. Damit der Wachmann nichts sehen konnte. Morrisons Springmesser erschien in meiner Hand. Ich hielt es eine Sekunde lang in Spiveys Augenhöhe. Gerade lange genug, dass er die goldene Gravur auf dem Ebenholz lesen konnte. Dann sprang die Klinge mit einem lauten Klicken heraus. Spiveys kleine Augen klebten daran.

»Meinst du, das habe ich bei Morrison benutzt?«, fragte ich.

Er starrte auf die Klinge. Sie schimmerte bläulich im verdüsterten Sonnenlicht.

»Du warst es nicht. Aber vielleicht hättest du einen guten Grund dafür gehabt.«

Ich lächelte ihn an. Er wusste, dass nicht ich Morrison umgebracht hatte. Also wusste er auch, wer es gewesen war. Also wusste er auch, wer Morrisons Bosse waren. Ganz einfach. Vier kleine Wörter, und ich war einen Schritt weiter. Ich hielt die Klinge näher an sein großes rotes Gesicht.

»Willst du, dass ich es bei dir benutze?«

Spivey schaute sich mit irrem Blick um. Sah, dass der Wachmann dreißig Meter entfernt war.

»Der wird dir nicht helfen«, sagte ich. »Der kann dich auf den Tod nicht ausstehen. Er ist nur ein Wachmann. Du hingegen bist ein Arschkriecher und deshalb befördert worden. Er würde dich noch nicht mal anpissen, wenn du brennen würdest. Warum sollte er auch?«

»Was willst du von mir?«

»Freitag«, sagte ich. »Was war der Deal?«

»Und wenn ich's dir sage?«

Ich sah ihn achselzuckend an.

»Das kommt darauf an. Wenn du die Wahrheit sagst, lass ich dich wieder rein. Es ist deine Entscheidung.«

Er antwortete nicht. Wir standen dort einfach nur an der Straße. Ein Nervenkrieg. Seine Nerven waren im Eimer. Also verlor er. Seine kleinen Augen irrten umher. Sie kehrten immer wieder zur Klinge zurück.

»Okay, ich werd's dir erzählen. Ab und zu habe ich Morrison einen Dienst erwiesen. Er hat mich am Freitag angerufen. Sagte, dass er zwei Typen rüberschicken würde. Die Namen sagten mir nichts. Hatte noch nie von dir oder dem anderen gehört. Ich sollte dafür sorgen, dass dieser Hubble stirbt. Das war alles. Dir sollte wirklich nichts passieren, das schwöre ich.«

»Und was ging schief?«

»Meine Männer haben es vermasselt«, sagte er. »Das ist alles, ich schwöre es. Wir waren hinter dem anderen her. Dir sollte nichts passieren. Jetzt bist du doch raus, oder? Ist doch gar nichts passiert, oder? Warum machst du mir also solchen Ärger?«

Ich ließ die Klinge nach oben schnellen und ritzte sein Kinn. Er erstarrte schockiert. Einen Moment später floss ein dicker Strahl dunkles Blut aus dem Schnitt.

»Was war der Grund?«

»Es gibt nie einen Grund«, antwortete er. »Ich tue nur, was man mir sagt.«

»Du tust, was man dir sagt?«

»Ich tue nur, was man mir sagt«, sagte er wieder. »Ich will keine Gründe wissen.«

»Wer hat dir also gesagt, was du tun sollst?«

»Morrison. Morrison hat's mir gesagt.«

»Und wer hat Morrison gesagt, was zu tun ist?«, fragte ich ihn.

Ich hielt die Klinge einen Zentimeter von seiner Wange entfernt. Er war kurz davor, vor Angst zu winseln. Ich starrte in seine kleinen Schlangenaugen. Er wusste die Antwort. Ich konnte sie sehen, weit hinten in seinen Augen. Er wusste, wer Morrison gesagt hatte, was zu tun war.

»Wer sagte ihm, was zu tun war?«, fragte ich noch einmal.

»Ich weiß nicht«, erwiderte er. »Ich schwöre es, beim Grab meiner Mutter.«

Ich starrte ihn eine Zeitlang an. Schüttelte den Kopf.

»Falsch, Spivey«, sagte ich. »Du weißt es. Du wirst es mir jetzt sagen.«

Jetzt schüttelte Spivey den Kopf. Sein großes rotes Gesicht ruckte hin und her. Das Blut floss auf sein schwabbeliges Doppelkinn.

»Sie bringen mich um, wenn ich das tue.«

Ich schnellte mit dem Messer zu seinem Bauch. Schlitzte sein speckiges Hemd auf.

»Und ich bring dich um, wenn du's nicht tust.«

Typen wie Spivey sind ziemlich kurzsichtig. Wenn er es mir sagte, würde er morgen sterben. Wenn er es mir nicht sagte, würde er heute sterben. So war seine Denkweise. Kurzsichtig. Also setzte er an, es mir zu sagen. Sein Kehlkopf ging hoch und runter, so als wäre seine Kehle zu trocken zum Sprechen. Ich starrte ihm in die Augen. Er konnte kein Wort herausbringen. Er glich dem Typen im Film, der einen Sandberg in der Wüste hochkriecht und versucht, nach Wasser zu rufen. Aber er würde es mir sagen.

Dann war es vorbei. Über seine Schulter hinweg sah ich in der Ferne eine Staubwolke. Dann hörte ich das schwache Brummen eines Dieselmotors. Dann erkannte ich den grauen Umriss des Gefängnisbusses. Spivey riss den Kopf herum, um seine Rettung zu sehen. Der Wachmann schlenderte heraus, um den Bus abzufangen. Spivey drehte den Kopf wieder herum, um mich anzusehen. In seinen Augen glomm tückischer Triumph. Der Bus kam näher.

»Wer war es, Spivey?«, fragte ich. »Sag es mir jetzt, oder ich komme wieder.«

Aber er trat nur einen Schritt zurück, drehte sich um und hastete zu seinem dreckigen Ford. Der Bus fuhr dröhnend heran und überdeckte mich mit Staub. Ich ließ das Messer einschnappen und steckte es zurück in meine Tasche. Trabte hinüber zum Bentley und fuhr davon.

Das nahende Unwetter jagte mich den ganzen Weg nach Osten zurück. Ich fühlte, dass ich mehr als einen Sturm in meinem Nacken hatte. Mir war übel vor Enttäuschung. Am Morgen hätte ich nur durch ein Gespräch mit Hubble alles wissen können. Jetzt wusste ich gar nichts. Die Situation war plötzlich umgeschlagen.

Ich hatte keine Absicherung, keine Möglichkeiten, keine Hilfe. Ich konnte mich nicht bloß auf Roscoe und Finlay verlassen. Ich konnte nicht von ihnen erwarten, dass sie mit meinem Plan einverstanden waren. Und sie hatten selbst genug Schwierigkeiten im Polizeirevier. Was hatte Finlay gesagt? Unter den Augen des Gegners arbeiten? Und ich konnte nicht zu viel von Picard erwarten. Er hatte sich schon ziemlich weit vorgewagt. Ich konnte auf niemanden zählen, nur auf mich selbst.

Auf der anderen Seite musste ich mir um Gesetze, um Hemmungen oder Störfaktoren keine Sorgen machen. Ich würde nicht die Regeln beachten müssen, triftige Gründe, verfassungsmäßige Rechte. Ich würde begründete Zweifel oder die Regeln der Beweisaufnahme nicht berücksichtigen müssen.

Für diese Typen gab es keine Möglichkeit zum Einspruch an höherer Stelle. War das gerecht? Aber sicher doch! Das waren üble Typen. Sie waren schon vor langer Zeit über die Grenzlinie getreten. Üble Kerle. Was hatte Finlay gesagt? Von der übelsten Sorte. Und sie hatten Joe Reacher umgebracht.

Ich ließ den Bentley den sanften Hügel zu Roscoes Haus hinunterrollen. Hielt vor ihrem Haus auf der Straße. Sie war noch nicht zu Hause. Der Chevrolet war nicht da. Die große Chromuhr auf dem Armaturenbrett des Bentleys zeigte zehn vor sechs. Noch zehn Minuten. Ich verließ den Fahrersitz und ging zum Rücksitz. Streckte mich auf der Lederbank des großen, alten Wagens aus.

Ich wollte für diesen Abend raus aus Margrave. Ich wollte aus Georgia raus. Ich fand in dem Fach in der Rücklehne des Fahrersitzes eine Landkarte. Schaute sie mir genau an und dachte, wenn wir eine Stunde oder anderthalb nach Westen führen, an Warburton vorbei, dann würden wir die Staatsgrenze nach Alabama überqueren. Das hatte ich vor. Mit Roscoe westwärts nach Alabama brausen und an der ersten Bar mit Live-Musik halten, die wir sähen. Meine Probleme bis zum nächsten Tag auf Eis legen. Etwas Einfaches essen, kühles Bier trinken, bluesigen Sound hören. Mit Roscoe. Meine Vorstellung von einem verteufelt guten Abend. Ich lehnte mich zurück, um auf sie zu warten. Die Dunkelheit brach herein. Ich spürte, wie die Abendluft leicht abkühlte. Gegen sechs Uhr schlugen erste riesige Tropfen auf das Dach des Bentleys. Ich hatte den Eindruck, dass ein heftiges Abendgewitter heranzog, aber nie wirklich ankam. Es brach nicht wirklich los. Nur die großen ersten Tropfen, die herabspritzten, als würde sich der Himmel anstrengen, sich zu entladen, als könnte er aber nicht loslassen. Es wurde sehr dunkel, und der schwere Wagen schaukelte sanft im feuchten Wind.

Roscoe kam spät. Das Unwetter drohte schon zwanzig Minuten über mir, bevor ich sah, wie sich ihr Chevy die Steigung herunterwand. Ihre Scheinwerfer huschten nach rechts und links. Sie glitten über mich, als sie in die Einfahrt einbog. Dann strahlten sie gegen ihr Garagentor und erstarben, als sie den Motor abstellte. Ich stieg aus dem Bentley und ging zu ihr hinüber. Wir umarmten und küssten uns. Dann gingen wir ins Haus.

»Alles klar?«, fragte ich sie.

»Schätze, ja«, sagte sie. »Höllischer Tag heute.«

Ich nickte. Konnte man sagen.

»Fertig?«, fragte ich sie.

Sie ging umher und knipste die Lampen an. Zog Vorhänge zu.

»Heute Morgen, das war das Schlimmste, was ich je gesehen habe. Bei weitem das Schlimmste. Aber ich sag dir was, was ich niemandem sonst sagen würde. Fertig war ich nicht. Nicht wegen Morrison. Du kannst nicht wegen eines solchen Typen fertig sein. Aber ich bin wegen seiner Frau fertig. Es ist schon schlimm genug, mit einem Typen wie Morrison zu leben. Aber mit ihm zu sterben?«

»Was ist mit den anderen?«, fragte ich sie. »Teale?«

»Das überrascht mich nicht«, erwiderte sie. »Die ganze Familie ist schon seit zweihundert Jahren Abschaum. Ich weiß alles über sie. Seine Familie und meine kennen sich schon lange. Warum sollte er anders sein? Aber, mein Gott, ich bin so froh, dass sich die anderen im Department als sauber herausgestellt haben. Ich hatte Angst davor herauszufinden, dass einer der anderen auch zu denen gehört. Ich weiß nicht, ob ich das hätte verkraften können.«

Sie ging in die Küche, und ich folgte ihr. Sie wurde ruhig. Sie brach nicht zusammen, aber es ging ihr auch nicht gut. Sie zog die Tür des Kühlschranks auf. Diese Geste hieß: Der Schrank ist leer. Sie lächelte mich müde an.

»Hast du Lust, mir was zum Essen zu besorgen?«, fragte sie.

»Sicher«, sagte ich. »Aber nicht hier. In Alabama.«

Ich erzählte ihr, was ich vorhatte. Ihr gefiel der Plan. Sie wurde fröhlicher und ging, um sich zu duschen. Ich dachte, dass ich ebenfalls eine Dusche brauchen konnte, und ging mit ihr. Aber es kam zu einer Verzögerung, denn als sie anfing, ihr steifes Uniformhemd aufzuknöpfen, verlagerten sich meine Prioritäten. Der Lockruf einer Bar in Alabama wurde schwächer. Und die Dusche konnte auch warten. Sie trug schwarze Unterwäsche unter der Uniform. Nicht gerade solide Sachen. Wir endeten in einer Art Raserei auf dem Boden des Badezimmers. Das Gewitter brach draußen endlich los. Der Regen schlug gegen das kleine Haus. Blitze zuckten, und Donner rollten um uns herum.

Wir schafften es schließlich bis zur Dusche. Aber dann brauchten wir sie auch wirklich. Nachher lag ich auf dem Bett, während Roscoe sich anzog. Sie entschied sich für verblichene Jeans und ein Seidenhemd. Wir schalteten die Lampen wieder aus, schlossen ab und fuhren im Bentley davon. Es war halb acht, und das Unwetter trieb nach Osten, Richtung Charleston, bevor es sich über dem Atlantik auflöste. Würde morgen vielleicht bei den Bermudas ankommen. Wir fuhren in einen tiefrosa Himmel nach Westen. Ich fand die Straße nach Warburton. Fuhr die Landstraße zwischen den endlosen dunklen Feldern entlang und am Gefängnis vorbei. Es brütete in seinem gespenstisch gelben Licht vor sich hin.

Eine halbe Stunde hinter Warburton hielten wir, um den Riesentank des alten Wagens aufzufüllen. Schlängelten uns durch Tabakfelder und überquerten den Chattahoochee auf einer alten Brücke in Franklin. Dann ein kurzer Endspurt zur Staatsgrenze. Wir waren noch vor neun Uhr in Alabama. Wir einigten uns, es auf einen Versuch ankommen zu lassen und bei der ersten Bar zu halten.

Vielleicht eine Meile später sahen wir ein altes Gasthaus. Bogen auf den Parkplatz ein und stiegen aus. Es sah okay aus. Ziemlich groß, breit und niedrig, aus geteerten Brettern. Viel Neon, viele Autos auf dem Parkplatz, und ich konnte Musik hören. Auf dem Schild an der Tür stand: *The Pond, sieben Tage die Woche Live-Musik ab halb zehn*. Roscoe und ich nahmen uns bei der Hand und gingen hinein.

Bargeräusche, Musik aus der Jukebox und der Geruch von Bier schlugen uns entgegen. Wir drängten uns nach hinten durch und entdeckten einen weiten Kreis von Nischen um eine Tanzfläche herum, hinter der sich eine Bühne befand. Die Bühne war eigentlich nur eine niedrige Plattform aus Beton. Früher war sie wahrscheinlich eine Art Ladeplatz gewesen. Die Decke war niedrig und das Licht dämmrig. Wir fanden eine leere Nische und glitten hinein. Beobachteten, wie die Band ihre Instrumente aufbaute, während wir auf die Bedienung warteten. Die Kellnerinnen flitzten herum wie Mittelfeldspieler beim Basketball. Eine sprang herüber, und wir bestellten Bier, Cheeseburger, Pommes frites und Zwiebelringe. Ziemlich rasch kam sie mit einem dünnen Tablett zurück, auf dem unsere Sachen standen. Wir aßen und tranken und bestellten dann nach.

»Was wirst du jetzt wegen Joe unternehmen?«, fragte Roscoe mich.

Ich würde seinen Job zu Ende bringen. Wie auch immer der aussah. Was auch immer das kostete. So lautete die Entscheidung, die ich am Morgen in ihrem warmen Bett getroffen hatte. Aber sie war Polizistin. Sie hatte geschworen, alle möglichen Gesetze zu beachten. Gesetze, die dazu da waren, mir in die Quere zu kommen. Ich wusste nicht, was ich ihr sagen sollte. Aber sie wartete auch nicht, bis ich etwas sagte.

»Ich meine, du solltest herausfinden, wer ihn umgebracht hat«, sagte sie.

»Und dann?«

Aber weiter kamen wir nicht. Die Band fing an zu spielen. Wir konnten nicht mehr reden. Roscoe lächelte mich entschuldigend an und schüttelte den Kopf. Die Band war laut. Sie zuckte mit den Schultern, um sich zu entschuldigen, dass ich sie nicht mehr hören konnte. Sie bedeutete mir, dass wir später weiterreden würden, und dann wandten wir unsere Gesichter der Bühne zu. Ich wünschte, ich hätte ihre Antwort auf meine Frage gehört.

Die Bar hieß The Pond und die Band *Pond Life*. Sie gingen es ziemlich gut an. Das klassische Trio. Gitarre, Bass, Schlagzeug. Entschieden in Richtung Stevie Ray Vaughan. Seit Stevie Ray in seinem Hubschrauber bei Chicago ums Leben gekommen war, schien es, dass man alle weißen Männer unter vierzig in den Südstaaten zusammennehmen und die Summe durch drei teilen konnte, und das Ergebnis war dann die Anzahl der Bands, die Stevie Ray Vaughan ihren Tribut zollten. Alle machten es. Weil man nicht viel dazu brauchte. Es war egal, wie man aussah, egal, welche Ausrüstung man hatte. Man brauchte nur den Kopf zu senken und zu spielen. Die Besten konnten Stevie Rays sekundenschnelle Wechsel vom lässigen Bar Rock zum alten Texas Blues nachvollziehen.

Dieser Haufen hier war ziemlich gut. *Pond Life* – Leben im Tümpel. Sie wurden ihrem ironischen Namen gerecht. Der Bass und das Schlagzeug waren große, unordentliche Burschen mit vielen Haaren überall, fett und schmutzig. Der Gitarrenspieler war ein kleiner, dunkler Typ, ähnlich wie Stevie Ray selbst. Dasselbe zahnlose Grinsen. Und spielen konnte er auch. Er hatte eine schwarze Les-Paul-Kopie und einen großen Marshall-Verstärker. Guter, altmodischer Sound. Die dicken Saiten und die großen Tonabnehmer, die die alten Marshall-Röhren überlasteten, ergaben dieses glorreiche, fette, surrende Heulen, das man anders nicht kriegte.

Wir hatten viel Spaß. Wir tranken eine Menge Bier und saßen eng beieinander in unserer Nische. Dann tanzten wir eine Zeitlang. Konnten nicht widerstehen. Die Band spielte und spielte. Das Lokal wurde voll und heiß. Die Musik lauter und schneller. Die Kellnerinnen rannten mit langhalsigen Flaschen hin und her.

Roscoe sah großartig aus. Ihr Seidenhemd war feucht. Darunter trug sie nichts. Ich konnte es sehen, weil ihr die feuchte Seide auf der Haut klebte. Ich schwebte im siebten Himmel. Ich befand mich mit einer hinreißenden Frau und einer anständigen Band in einer einfachen, alten Bar. Joe lag bis morgen auf Eis. Margrave war eine Million Meilen weit weg. Ich hatte keine Probleme. Ich wollte nicht, dass der Abend je endete.

Die Band spielte noch ziemlich lange. Bis irgendwann nach Mitternacht, schätzte ich. Wir waren aufgeputscht und sentimental. Wollten nicht an die Rückfahrt denken. Es hatte wieder angefangen, leicht zu regnen. Wir wollten nicht anderthalb Stunden im Regen zurückfahren. Nicht mit so viel Bier im Blut. Hätte in einem Graben enden können. Oder im Gefängnis.

Ein Schild versprach in einer Meile Entfernung ein Motel. Roscoe sagte, wir sollten dorthin. Sie fand das sehr komisch. Als würden wir durchbrennen oder so. Als hätte ich sie zu genau diesem Zweck über die Staatsgrenze gebracht. Das stimmte eigentlich nicht ganz. Aber ich hatte nicht viel dagegen einzuwenden.

Also stolperten wir mit klingelnden Ohren aus der Bar und stiegen in den Bentley. Wir fuhren den alten Wagen langsam und vorsichtig eine Meile weit über die nasse Straße. Sahen das Motel vor uns. Ein langgestrecktes, altes Gebäude, wie aus einem Film. Ich bog auf den Parkplatz ein und ging ins Büro.

Weckte den Typen an der Rezeption. Gab ihm das Geld und verabredete einen Weckruf. Bekam den Schlüssel und ging zurück zum Wagen. Ich fuhr bis zu unserem Zimmer, und wir gingen hinein. Es war ein anständiges, anonymes Zimmer. Hätte überall in Amerika sein können. Aber es war warm und behaglich mit dem Regen, der aufs Dach prasselte. Und es hatte ein großes Bett.

Ich wollte nicht, dass Roscoe sich erkältete. Sie musste das feuchte Hemd ausziehen. Das sagte ich ihr auch. Sie kicherte. Sagte, sie hätte noch gar nicht bemerkt, dass ich auch medizinische Kenntnisse hätte. Ich sagte ihr, wir hätten genug für die wichtigsten Notfälle beigebracht bekommen.

»Ist dies ein wichtiger Notfall?«, kicherte sie.

»Das wird es bald sein«, lachte ich. »Wenn du nicht dieses Hemd ausziehst.«

Also zog sie es aus. Dann bedeckte ich ihren Körper. Sie war so wunderschön, so aufreizend. Sie war zu allem bereit.

Nachher lagen wir erschöpft ineinander verschlungen und redeten. Über das, was wir waren, und das, was wir gemacht hatten. Über das, was wir sein wollten, und das, was wir machen wollten. Sie erzählte über ihre Familie. Es war eine traurige Geschichte, in der Menschen über Generationen hinweg vom Pech verfolgt wurden. Es hörte sich an, als wären es anständige Leute gewesen, Farmer, Menschen, die es immer nur fast schafften. Leute, die sich durch die harten Zeiten ohne Kunstdünger und Maschinen gekämpft hatten und den Mächten der Natur ausgeliefert waren. Einer ihrer Vorfahren hätte fast sein Glück gemacht, aber er verlor sein bestes Land, als der Urgroßvater von Bürgermeister Teale die Eisenbahn baute. Dann wurden ein paar Hypotheken eingefordert. Der Hass hatte die Jahre überdauert, so dass Roscoe jetzt Margrave zwar liebte, aber es hasste zu sehen, wie Teale herumstolzierte, als würde alles ihm und seiner Familie gehören. Was leider den Tatsachen entsprach, und zwar seit ewigen Zeiten.

Ich sprach mit ihr über Joe. Erzählte ihr Dinge, die ich noch niemandem erzählt hatte. Die ganzen Sachen, die ich für mich behalten hatte. Alles über meine Gefühle für ihn und die Gründe, warum ich meinte, wegen seines Todes etwas tun zu müssen. Und wie gut es mir damit ging. Wir redeten über eine Menge persönlicher Dinge. Redeten eine lange Zeit und schliefen engumschlungen ein.

Es war, als hätte der Typ direkt danach zum Wecken an die Tür geklopft. Dienstag. Wir standen auf und stolperten herum. Die Morgensonne kämpfte gegen die diesige Dämmerung. Innerhalb von fünf Minuten waren wir im Bentley und fuhren ostwärts. Auf der taufeuchten Windschutzscheibe blendete die aufgehende Sonne.

Langsam wurden wir wach. Wir fuhren über die Staatsgrenze zurück nach Georgia. Überquerten in Franklin den Fluss. Fuhren mit gleichmäßig hoher Geschwindigkeit durch das leere Farmland. Die Felder waren unter einer Decke fließenden Morgennebels versteckt. Er hing wie Dampf über der roten Erde. Die Sonne stieg und schickte sich an, ihn aufzulösen.

Keiner von uns sprach. Wir wollten uns unseren Kokon der stillen Vertrautheit so lange wie möglich erhalten. Unsere Rückkehr nach Margrave würde die Blase früh genug zum Platzen bringen. Ich lenkte den großen, majestätischen Wagen über die Landstraßen und gab mich meinen Hoffnungen hin. Hoffte, es würde noch etliche Nächte wie die vergangene geben. Und stille Morgenstunden wie diese. Roscoe hatte sich auf dem großen Ledersitz neben mir zusammengerollt. In Gedanken verloren. Sie sah sehr zufrieden aus. Ich hoffte, dass sie es war.

Wir fuhren wieder an Warburton vorbei. Das Gefängnis wirkte unter dem Teppich tiefhängenden Nebels wie eine Stadt von Außerirdischen. Wir passierten das kleine Wäldchen, das ich vom Gefängnisbus aus gesehen hatte. Vorbei an den Reihen von Büschen, die jetzt auf den Feldern nicht zu sehen waren. Erreichten die Abzweigung und bogen nach Süden auf die Landstraße ein. An Eno's Diner vorbei, und vorbei am Polizeirevier und der Feuerwehr. Die Main Street hinunter. Wir bogen an der Statue des Mannes, der gutes Land für die Eisenbahn verschwendet hatte, nach links ein. Den Hügel zu Roscoes Haus hinunter. Ich parkte am Bordstein, und wir stiegen aus, gähnten und streckten uns. Wir grinsten uns kurz an. Uns ging es gut. Hand in Hand gingen wir die Einfahrt hinauf.

Ihre Tür stand offen. Nicht weit, nur einen winzigen Spalt. Sie stand offen, weil das Schloss aufgebrochen worden war. Jemand hatte ein Stemmeisen benutzt. Durch das aufgebrochene Schloss und das gesplitterte Holz ließ sich die Tür nicht mehr schließen. Roscoe schlug sich eine Hand vor den Mund und zog lautlos Luft ein. Ihre Augen waren aufgerissen. Sie glitten von der Tür zu mir.

Ich nahm sie am Arm und zog sie weg. Wir pressten uns flach gegen das Garagentor. Bückten uns. Blieben eng an die Mauern gedrückt und umrundeten das Haus. Lauschten aufmerksam an jedem Fenster und riskierten es, für einen raschen Blick in jedes Zimmer nach oben zu kommen. Wir kamen zur aufgebrochenen Vordertür zurück. Wir waren ganz nass, weil wir auf dem nassen Boden gekniet und die tropfenden Gartenpflanzen gestreift hatten. Wir standen auf. Sahen einander an und zuckten mit den Schultern. Drückten die Tür auf und gingen hinein.

Wir überprüften alles. Es war niemand im Haus. Kein Schaden. Keine Unordnung. Nichts war gestohlen worden. Die Stereoanlage war noch da, der Fernseher war noch da. Roscoe überprüfte ihren Schrank. Der Polizeirevolver steckte noch im Halfter. Sie überprüfte die Schubladen und ihren Schreibtisch. Nichts war angerührt worden. Nichts war durchsucht worden. Nichts fehlte. Wir gingen zurück in den Flur und sahen einander an. Dann bemerkte ich, dass etwas zurückgelassen worden war.

Die aufgehende Morgensonne drang durch die offene Tür und zog einen flachen Strahl über den Boden. Ich konnte eine Spur von Fußabdrücken auf dem Parkett sehen. Viele Fußabdrücke. Mehrere Leute hatten von der Vordertür bis zum Wohnzimmer ihre Spuren hinterlassen. Sie verschwanden auf dem farbenfrohen Teppich im Wohnzimmer. Erschienen wieder auf dem Holzboden, der ins Schlafzimmer führte. Führten zurück durch das Wohnzimmer bis zur Vordertür. Vier Personen waren aus der regnerischen Nacht gekommen. Ein dünner Film trüben Regenwassers war auf dem Holz getrocknet und hatte schwache Abdrücke hinterlassen. Schwach, aber deutlich umrissen. Ich konnte mindestens vier Personen ausmachen. Die herein- und wieder hinausgegangen waren. Ich konnte den Verlauf ihrer Schritte sehen. Sie hatten Gummiüberschuhe getragen. Wie man sie im Norden für den Winter kauft.

16

Sie waren unseretwegen in der Nacht gekommen, und sie hatten mit einer Menge Blut gerechnet. Sie waren mit ihrer ganzen Ausrüstung gekommen. Ihren Gummiüberschuhen und ihren Nylonoveralls. Ihren Messern, ihrem Hammer, ihrem Sack Nägel. Sie waren gekommen, um uns fertigzumachen, wie sie Morrison und seine Frau fertiggemacht hatten.

Sie hatten die verbotene Tür aufgestoßen. Sie hatten einen zweiten, fatalen Fehler gemacht. Jetzt waren sie so gut wie tot. Ich würde sie zur Strecke bringen und sie anlächeln, wenn sie starben. Denn der Angriff auf mich war ein zweiter Angriff auf Joe. Er war nicht mehr da, um mir beizustehen. Es war eine zweite Herausforderung. Eine zweite Demütigung. Hier ging es nicht um Selbstverteidigung. Hier ging es darum, Joes Andenken zu ehren.

Roscoe verfolgte die Fußspuren. Zeigte eine klassische Reaktion. Ableugnen. Vier Männer waren in der Nacht gekommen, um sie abzuschlachten. Sie wusste das, aber sie ignorierte es. Verschloss ihren Geist dagegen. Ging damit um, indem sie nicht damit umging. Kein schlechter Ansatz, aber sie würde schon bald auf den Boden der Tatsachen zurückkommen. Bis dahin verfolgte sie eifrig die schwachen Fußspuren.

Sie hatten das Haus nach uns durchsucht. Sie hatten sich im Schlafzimmer aufgeteilt und sich umgesehen. Dann hatten sie sich wieder im Schlafzimmer versammelt und waren verschwunden. Wir suchten auf der Straße nach Spuren, aber dort war nichts. Der glatte Asphalt war feucht und dampfte. Wir gingen zurück ins Haus. Keine Spuren außer dem aufgebrochenen Schloss und den Fußabdrücken im ganzen Haus.

Keiner von uns sagte ein Wort. Ich kochte vor Wut. Beobachtete unentwegt Roscoe. Wartete, dass der Damm brach. Sie hatte die Leichen der Morrisons gesehen. Ich nicht. Finlay hatte mir die Einzelheiten angedeutet. Das war schon schlimm genug gewesen. Er war da gewesen. Die ganze Sache hatte ihn ziemlich aufgewühlt. Roscoe war auch da gewesen. Sie hatte genau gesehen, was jemand mit uns hatte anstellen wollen.

»Hinter wem sind sie her?«, fragte sie schließlich. »Hinter mir, hinter dir oder hinter uns beiden?«

»Sie sind hinter uns beiden her. Sie glauben, dass Hubble mit mir im Gefängnis gesprochen hat. Sie glauben, ich hätte dir alles erzählt. Also denken sie, dass du und ich alles wissen, was Hubble wusste.«

Sie nickte geistesabwesend. Dann ging sie zur Hintertür und lehnte sich dagegen. Blickte hinaus auf ihren gepflegten immergrünen Garten. Ich sah, wie sie blass wurde. Sie fing an zu zittern. Ihre Widerstandskraft brach zusammen. Sie drückte sich in die Ecke an der Tür. Versuchte, sich flach gegen die Wand zu pressen. Starrte in den leeren Raum, als würde sie all das namenlose Grauen in ihrem Haus sehen. Fing an zu weinen, als bräche ihr das Herz. Ich trat zu ihr und hielt sie fest. Drückte sie an mich und hielt sie fest, als sie all ihre Furcht und Anspannung herausließ. Sie weinte lange Zeit. Sie fühlte sich heiß und schwach an. Mein Hemd war ganz nass von ihren Tränen.

»Gott sei Dank waren wir letzte Nacht nicht hier«, flüsterte sie.

Ich wusste, dass ich zuversichtlich klingen musste. Angst würde zu nichts führen. Angst würde ihre Energie aufsaugen. Sie musste sie besiegen. Und sie musste die Dunkelheit und die Stille heute Nacht besiegen und die jeder künftigen Nacht in ihrem Leben.

»Ich wollte, wir wären hier gewesen«, sagte ich. »Dann hätten wir ein paar Antworten.«

Sie sah mich an, als wäre ich verrückt. Schüttelte den Kopf.

»Was hättest du getan?«, fragte sie. »Vier Männer umgebracht?«

»Nur drei«, sagte ich. »Der vierte hätte uns die Antworten gegeben.«

Ich sagte das mit völliger Sicherheit. Mit völliger Überzeugung. Als würde absolut keine andere Möglichkeit existieren.

Sie blickte mich an. Ich wollte, dass sie einen riesigen Mann sah. Einen Soldaten mit dreizehn Jahren Diensterfahrung. Einen Mann, der mit bloßen Händen töten konnte. Die eisblauen Augen. Ich gab alles. Ich zwang mich, ihr all meine Unbesiegbarkeit, all meine Erbarmungslosigkeit, all meinen Schutz zu zeigen, die ich in mir fühlte. Ich starrte sie, ohne zu blinzeln, mit dem harten Blick an, der früher zwei betrunkene Marines auf einmal eingeschüchtert hatte. Ich wollte, dass Roscoe sich sicher fühlte. Nach dem, was sie mir gegeben hatte, wollte ich ihr das geben. Ich wollte nicht, dass sie Angst hatte.

»Es braucht schon etwas mehr als vier kleine Jungs vom Land, um mich zu kriegen«, sagte ich. »Was meinen die, mit wem sie es zu tun haben? Ich habe schon ganz andere Gegner zur Strecke gebracht. Wenn die noch mal hierherkommen, werden die in einem Eimer von hier verschwinden. Und ich sag dir noch was, Roscoe, wenn jemand vorhat, dir wehzutun, dann stirbt er, bevor er den Gedanken zu Ende gedacht hat.«

Es funktionierte. Ich überzeugte sie. Ich brauchte sie zuversichtlich und selbstsicher. Ich suggerierte ihr, es anzugehen. Es funktionierte. Ihre wunderbaren Augen füllten sich wieder mit Mut.

»Ich meine es ernst, Roscoe«, sagte ich. »Bleib bei mir, und dir geschieht nichts.«

Sie sah mich wieder an. Strich sich ihr Haar zurück.

»Versprochen?«

»Du hast's erfasst, Babe«, sagte ich. Hielt den Atem an.

Sie seufzte ermattet. Stieß sich von der Wand ab und kam zu mir. Versuchte ein tapferes Lächeln. Die Krise war vorüber. Sie war wieder auf dem Damm.

»Jetzt müssen wir aber raus hier«, sagte ich. »Hier sind wir ein leichtes Ziel. Also wirf alles, was du brauchst, in eine Tasche.«

»Okay. Aber wollen wir nicht zuerst die Tür wieder in Ordnung bringen?«

Ich dachte über ihre Frage nach. Es war ein wichtiger taktischer Zug.

»Nein«, sagte ich. »Wenn wir sie reparieren, heißt das, dass wir es gesehen haben. Wenn wir es gesehen haben, heißt das, wir wissen, dass wir bedroht werden. Es ist besser, sie denken, wir wüssten es nicht. Denn dann denken sie, sie brauchen das nächste Mal nicht allzu vorsichtig zu sein. Also reagieren wir gar nicht. Wir tun so, als wären wir nicht hier gewesen. Wir tun so, als hätten wir die Tür nicht gesehen. Wir verhalten uns weiterhin naiv und unwissend. Wenn sie denken, wir seien naiv und unwissend, dann werden sie leichtsinnig. Dann erkennen wir besser, wann sie das nächste Mal kommen.«

»Okay.«

Sie klang nicht überzeugt, aber sie war einverstanden.

»Also wirf alles, was du brauchst, in eine Tasche«, sagte ich noch einmal.

Sie war nicht glücklich damit, aber sie ging, um ein paar Sachen zu holen. Das Spiel begann. Ich wusste nicht genau, wer die anderen Spieler waren. Ich wusste nicht mal genau, was für ein Spiel das war. Aber ich wusste, wie man spielte. Mit meinem Eröffnungszug wollte ich bewirken, dass sie glaubten, wir wären immer einen Schritt hinter ihnen zurück.

»Soll ich heute zum Dienst gehen?«

»Du musst«, sagte ich. »Du kannst nicht von deinem normalen Tagesablauf abweichen. Und wir müssen mit Finlay reden. Er wartet auf den Anruf aus Washington. Und wir müssen über Sherman Stoller alles erfahren, was möglich ist. Aber mach dir keine Sorgen, sie werden uns nicht mitten im Mannschaftsbüro niederknallen. Sie werden es irgendwo angehen, wo es ruhig und abgelegen ist, wahrscheinlich nachts. Teale ist der einzige üble Typ im Revier, also vermeide es, mit ihm allein zu sein. Häng dich an Finlay oder an Baker und Stevenson, okay?«

Sie nickte. Ging sich duschen und für den Dienst anziehen. Nach zwanzig Minuten kam sie in ihrer Uniform aus dem Schlafzimmer. Strich sie glatt. Bereit für den Tag. Sie sah mich an.

»Versprochen?«, fragte sie.

So wie sie es sagte, klang es wie eine Frage, wie eine Entschuldigung und eine Rückversicherung in einem Wort. Ich blickte zurück.

»Darauf kannst du wetten«, sagte ich und zwinkerte ihr zu.

Sie nickte. Zwinkerte zurück. Es ging uns besser. Wir gingen zur Vordertür und ließen sie einen Spalt offen, so wie wir sie vorgefunden hatten.

Ich versteckte den Bentley in der Garage, um die Illusion aufrechtzuerhalten, dass wir noch nicht zurückgekommen waren. Dann stiegen wir in ihren Chevy und beschlossen, den Tag mit einem Frühstück bei Eno zu beginnen. Sie fuhr los und scheuchte den Wagen den Hügel hinauf. Nach den geraden Sitzen im alten Bentley hatte ich das Gefühl, schlaff und niedrig zu sitzen. Den Hügel hinunter kam uns ein Lieferwagen entgegen. In schickem Dunkelgrün, sehr sauber, nagelneu. Er sah aus wie ein gewöhnliches Nutzfahrzeug, aber auf der Seite stand in kunstvoller goldener Schrift: Kliner-Stiftung. Genau wie bei dem Gärtnerwagen.

»Was ist das für ein Wagen?«, fragte ich Roscoe.

Sie zog am Drugstore nach rechts. Die Main Street hoch.

»Die Stiftung hat eine Menge Wagen.«

»Was macht sie genau?«

»Große Nummer hier in der Gegend. Der alte Kliner. Die Stadt hat ihm das Land für seine Lagerhäuser verkauft, und ein Teil des Geschäfts war, dass er ein Programm für die Gemeinde aufstellt. Teale leitet es vom Rathaus aus.«

»Teale leitet es? Teale ist der Gegner.«

»Er leitet es, weil er der Bürgermeister ist«, sagte sie. »Nicht weil er Teale ist. Das Programm verteilt eine Menge Geld, gibt es für öffentliche Angelegenheiten aus, für Straßen, Parks, die Bücherei, für Subventionen hiesiger Geschäfte. Lässt auch dem Police Department ziemlich viel zukommen. Ich bekomme einen Zuschuss für meine Hypothek, bloß weil ich dort arbeite.«

»Das gibt Teale eine Menge Macht. Und was ist mit dem Kliner-Sohn? Er hat versucht, mir wegen dir zu drohen. Tat so, als hätte er ältere Rechte.«

Sie erschauerte.

»Er ist ein Irrer«, sagte sie. »Ich gehe ihm aus dem Weg, wenn ich kann. Das solltest du auch tun.«

Sie fuhr weiter, wirkte nervös. Blickte sich ständig mit erschrockenem Blick um. Als fühlte sie sich bedroht. Als würde jemand jeden Augenblick vors Auto springen und uns abknallen können. Ihr ruhiges Landleben in Georgia war vorbei. Vier Männer in ihrem Haus hatten es letzte Nacht zunichtegemacht.

Wir fuhren auf Enos Kiesparkplatz, und der große Chevy schaukelte sanft in seiner weichen Federung. Ich glitt aus dem tiefliegenden Sitz, und wir gingen zusammen über den knirschenden Kies zum Eingang. Es war ein grauer Tag. Der nächtliche Regen hatte die Luft abgekühlt und Wolkenfetzen über den ganzen Himmel verteilt. Die Metallverkleidung am Diner spiegelte die trübe Atmosphäre wider. Es war kalt. Es fühlte sich an, als wäre eine neue Jahreszeit angebrochen.

Wir gingen hinein. Das Lokal war leer. Wir wählten eine Nische, und die Frau mit der Brille brachte uns Kaffee. Wir bestellten Schinken und Ei mit allen Extras. Ein schwarzer Pick-up fuhr draußen auf den Parkplatz. Derselbe Pick-up, den ich schon dreimal gesehen hatte. Aber mit einem anderen Fahrer. Nicht der Kliner-Sohn. Es war ein älterer Mann. Vielleicht an die sechzig, aber knochenhart und hager. Eisengraues, bis fast zur Kopfhaut zurückgeschnittenes Haar. Er war wie ein Farmer in Jeans gekleidet. Sah aus, als würde er ständig im Freien leben. Selbst durch Enos Fenster hindurch konnte ich seine Kraft spüren und die Feindseligkeit in seinen Augen sehen. Roscoe stieß mich an und wies nickend auf den Mann.

»Das ist Kliner«, sagte sie. »Der Alte höchstpersönlich.«

Er stieß die Tür auf und blieb einen Moment lang stehen. Blickte nach links, blickte nach rechts und ging hinüber zur Theke. Eno kam aus der Küche. Die beiden sprachen leise miteinander. Steckten die Köpfe zusammen. Dann stand Kliner wieder auf. Wandte sich zur Tür. Blieb stehen und blickte nach links, blickte nach rechts. Ließ seinen Blick eine Sekunde lang auf Roscoe ruhen. Sein Gesicht war mager, ebenmäßig und hart. Sein Mund wirkte wie eine Linie, die man hineingemeißelt hatte. Dann sah er mich sekundenlang an. Ich fühlte mich, als würde ich von einem Scheinwerfer angestrahlt. Seine Lippen teilten sich zu einem seltsamen Lächeln. Er hatte sonderbare Zähne. Lange, nach innen geneigte Eckzähne und ebenmäßige, quadratische Schneidezähne. Gelb, wie bei einem alten Wolf. Seine Lippen schlossen sich wieder, und er wandte rasch den Blick ab. Zog die Tür auf und ging über den knirschenden Kies zu seinem Wagen. Fuhr mit aufheulendem Motor und spritzendem Kies davon.

Ich sah, wie er verschwand, und drehte mich Roscoe zu.

»Jetzt erzähl mir mal mehr über diese Kliners«, sagte ich.

Sie wirkte immer noch nervös.

»Warum? Wir kämpfen hier um unser Leben, und du willst über die Kliners reden?«

»Ich suche nach Informationen«, sagte ich. »Kliners Name taucht hier ständig auf. Er sieht aus wie ein interessanter Typ. Sein Sohn ist ein unangenehmer Zeitgenosse. Und ich habe seine Frau gesehen. Sie wirkte unglücklich. Ich frage mich, ob das alles irgendwie zusammenhängt.«

Sie zuckte mit den Schultern und schüttelte den Kopf.

»Ich wüsste nicht, wie«, sagte sie. »Sie sind neu hier, erst seit fünf Jahren. Die Familie hat ein Vermögen mit der Verarbeitung von Baumwolle gemacht, vor einigen Generationen, drüben in Mississippi. Haben eine neue Chemikalie erfunden, irgendeine neue Formel. Was mit Chlor oder Natrium, genau weiß ich es nicht. Brachte ein riesiges Vermögen, aber sie bekamen Ärger mit der Umweltbehörde drüben, weißt du, vor ungefähr fünf Jahren, wegen Umweltverschmutzung oder so. Es gab ein Fischsterben bis nach New Orleans runter, weil sie ihr Abwasser in den Fluss geleitet haben.«

»Und was passierte dann?«

»Kliner zog mit der ganzen Anlage um«, sagte sie. »Mittlerweile gehörte ihm die Firma. Er schloss den Betrieb in Mississippi und baute ihn in Venezuela oder so wieder auf. Dann versuchte er, alles auf neue Geschäfte umzustellen. Er tauchte vor fünf Jahren hier in Georgia auf, mit seinen Lagerhäusern. Konsumgüter, Elektronikgeräte und so weiter.«

»Also sind sie nicht von hier?«

»Ich habe sie vor fünf Jahren das erste Mal gesehen. Weiß nicht viel über sie. Aber ich habe nie etwas Schlechtes gehört. Kliner ist wahrscheinlich ein zäher Bursche, sogar rücksichtslos, aber er ist in Ordnung, solange man kein Fisch ist, vermute ich.«

»Und warum hat seine Frau dann solche Angst?«

Roscoe zog ein Gesicht.

»Sie hat keine Angst. Sie ist krank. Vielleicht hat sie Angst, weil sie krank ist. Sie wird sterben, klar? Das ist nicht Kliners Schuld.«

Die Kellnerin kam mit dem Essen. Wir aßen schweigend. Die Portionen waren riesig. Der Schinken war großartig. Die Eier köstlich. Dieser Eno hatte es raus mit Eiern. Ich spülte alles mit literweise Kaffee hinunter. Meinetwegen musste die Kellnerin zum Auffüllen hin- und herlaufen.

»Und Pluribus sagt dir überhaupt nichts?«, fragte Roscoe. »Ihr habt noch nie irgendwas über Pluribus gehört? Auch nicht, als ihr Kinder wart?«

Ich dachte scharf nach und schüttelte den Kopf.

»Ist das Latein?«, fragte sie.

»Es ist ein Teil des Mottos der Vereinigten Staaten, oder? E pluribus unum. Das heißt: Aus vielen eins. Eine Nation aus vielen früheren Teilstaaten.«

»Also heißt pluribus viele?«, fragte sie. »Konnte Joe Latein?«

Ich zuckte mit den Schultern.

»Ich habe keine Ahnung. Wahrscheinlich. Er war ein kluger Junge. Wahrscheinlich konnte er ein paar Brocken Latein. Ich bin nicht sicher.«

»Okay, aber du hast keine weiteren Ideen, warum Joe hier gewesen sein könnte?«

»Vielleicht wegen Geld«, sagte ich. »Was anderes fällt mir nicht ein. Joe hat, soweit ich weiß, für das Finanzministerium gearbeitet. Hubble hat für eine Bank gearbeitet. Das Einzige, was sie gemeinsam haben, ist Geld. Vielleicht erfahren wir es aus Washington. Wenn nicht, müssen wir wieder von vorn anfangen.«

»Okay. Brauchst du etwas?«

»Ich brauche das Verhaftungsprotokoll aus Florida«, sagte ich.

»Von Sherman Stoller? Aber das ist doch schon zwei Jahre her.«

»Wir müssen irgendwo anfangen.«

»Okay, ich werde für dich danach fragen«, sagte sie achselzuckend. »Ich werde in Florida anrufen. Sonst noch was?«

»Ich brauche eine Waffe.«

Sie gab keine Antwort. Ich ließ einen Zwanziger auf die Tischplatte aus Laminat fallen, wir glitten aus der Nische und standen auf. Gingen hinaus zu ihrem Wagen.

»Ich brauche eine Waffe«, wiederholte ich. »Dies ist eine große Sache, richtig? Also brauche ich eine Waffe. Ich kann nicht einfach in einen Laden gehen und mir eine kaufen. Ohne Ausweis, ohne Adresse.«

»Gut, ich besorge dir eine.«

»Ich habe keinen Waffenschein«, sagte ich. »Du musst sie still und heimlich besorgen, okay?«

Sie nickte.

»Das geht in Ordnung: Ich habe eine, von der niemand auch nur das Geringste weiß.«

Auf dem Parkplatz des Reviers küssten wir uns lange und leidenschaftlich. Dann stiegen wir aus dem Wagen und gingen durch die schwere Glastür. Rannten mehr oder weniger in Finlay hinein, der auf seinem Weg nach draußen die Empfangstheke umrundete.

»Ich muss noch mal zum Leichenschauhaus«, sagte er. »Sie beide kommen mit. Wir müssen reden. Es gibt viel zu bereden.«

Also gingen wir zurück in den trüben Morgen. Zurück in Roscoes Chevy. Die altbekannte Sitzordnung. Sie fuhr. Ich saß hinten. Finlay saß auf dem Beifahrersitz, so gedreht, dass er uns beide gleichzeitig ansehen konnte. Roscoe ließ den Motor an und fuhr in Richtung Süden.

»Hatte gerade einen langen Anruf vom Finanzministerium«, sagte Finlay. »Muss an die zwanzig Minuten gedauert haben, vielleicht eine halbe Stunde. Ich war nervös wegen Teale.«

»Was haben sie gesagt?«, fragte ich ihn.

»Nichts. Sie brauchten eine halbe Stunde, um mir nichts zu sagen.«

»Nichts?«, wiederholte ich. »Was zum Teufel heißt das?«

»Sie wollten mir nichts sagen. Sie wollen eine verdammte offizielle Bestätigung von Teale, bevor sie auch nur ein Wort sagen.«

»Aber sie haben bestätigt, dass Joe bei ihnen gearbeitet hat, oder?«

»Sicher, so weit mussten sie schon gehen«, sagte er. »Er kam vor zehn Jahren vom militärischen Geheimdienst. Sie haben ihn abgeworben. Warben ihn extra an.«

»Wofür?«

Finlay zuckte nur die Achseln.

»Das wollten sie mir nicht sagen. Er hat vor genau einem Jahr mit einem neuen Projekt angefangen, aber die ganze Angelegenheit ist offensichtlich vollkommen geheim. Er war ein ziemlich großes Tier da drüben, Reacher, so viel ist sicher. Sie hätten hören sollen, wie sie über ihn gesprochen haben. Als würden sie über den lieben Gott selbst sprechen.«

Ich schwieg eine Zeitlang. Ich hatte nichts über Joe gewusst. Gar nichts.

»Und das war's?«, fragte ich. »Das ist alles, was Sie haben?«

»Nein«, sagte er. »Ich machte Druck, bis ich eine Frau namens Molly Beth Gordon erwischte. Haben Sie je diesen Namen gehört?«

»Nein, sollte ich?«

»Hörte sich an, als hätte sie Joe sehr nahegestanden«, sagte Finlay. »Hörte sich an, als hätten sie was miteinander gehabt. Sie war ziemlich schockiert. Weinte die ganze Zeit.«

»Und was hat sie Ihnen erzählt?«

»Nichts. Nicht autorisiert. Aber sie versprach, Ihnen zu sagen, was sie kann. Sie sagte, sie würde für Sie die Regeln brechen, weil Sie Joes kleiner Bruder sind.«

Ich nickte.

»Okay, das klingt schon viel besser. Und wann kann ich mit ihr reden?«

»Rufen Sie sie um halb zwei an«, sagte Finlay. »Zur Mittagspause, wenn ihr Büro leer ist. Sie riskiert einiges, aber sie wird für Sie den Mund aufmachen. Das hat sie mir zugesagt.«

»Sonst noch etwas?«

»Sie verriet eine kleine Sache. Joe hatte ein großes Informationstreffen geplant. Für nächsten Montag.«

»Montag?«

»Genau. Sieht aus, als hätte Hubble recht gehabt. Irgendetwas muss vor oder am Sonntag passieren. Was immer er auch gemacht hat, es sieht aus, als hätte Joe gewusst, dass er dann gewonnen oder verloren haben würde. Aber mehr wollte sie nicht sagen. Sie hatte schon die Vorschriften missachtet, weil sie überhaupt mit mir sprach, und sie klang, als würde jemand mithören. Also rufen Sie sie an, aber richten Sie nicht Ihre ganze Hoffnung auf sie, Reacher. Sie weiß vielleicht nichts. Bei denen weiß die rechte Hand nicht, was die linke tut. Große Zeiten verlangen große Geheimnistuerei, nicht wahr?«

»Bürokratie«, sagte ich. »Wer zum Teufel braucht das schon? Okay, wir müssen annehmen, dass wir hier ganz auf uns gestellt sind. Zumindest eine Zeitlang. Wir werden Picard noch mal brauchen.«

Finlay nickte.

»Er wird tun, was er kann«, sagte er. »Er rief mich letzte Nacht an. Die Hubbles sind in Sicherheit. Im Moment kümmert er sich um sie, aber er wird uns helfen, wenn wir ihn brauchen.«

»Er sollte damit anfangen, Joes Spur zurückzuverfolgen«, sagte ich. »Joe muss einen Wagen gehabt haben. Wahrscheinlich ist er mit dem Flugzeug von Washington nach Atlanta gekommen, er muss ein Hotelzimmer gehabt und ein Auto gemietet haben, richtig? Wir sollten nach dem Auto suchen. Er muss damit am Donnerstagabend hergekommen sein. Es muss hier irgendwo in der Gegend abgestellt worden sein. Es könnte uns zurück zum Hotel führen. Vielleicht ist etwas in Joes Hotelzimmer. Akten möglicherweise.«

»Picard kann das nicht übernehmen«, sagte Finlay. »Das FBI ist nicht dafür ausgerüstet, nach herrenlosen Mietwagen zu suchen. Und wir können es auch nicht machen, nicht mit Teale im Nacken.«

Ich zuckte mit den Schultern.

»Wir müssen«, beharrte ich. »Anders geht's nicht. Sie können Teale doch irgendeine Geschichte verkaufen. Sie können in seinen Bluff einsteigen. Sagen Sie ihm, Sie seien der Meinung, der Häftling, den er für die Sache mit den Morrisons verantwortlich macht, wäre in einem Mietwagen geflohen.

Sagen Sie ihm, Sie müssten das überprüfen. Dazu muss er sein Okay geben, sonst untergräbt er seine eigene Geschichte, richtig?«

»In Ordnung. Ich werde es versuchen. Schätze, das könnte klappen.«

»Und Joe muss noch mehr Telefonnummern gehabt haben. Die Nummer, die Sie in seinem Schuh gefunden haben, war aus einem Computerausdruck herausgerissen. Wo ist also der Rest des Ausdrucks? Ich wette, in seinem Hotel. Wartet da mit all den Telefonnummern, nur Hubbles ist rausgerissen. Also finden Sie den Wagen, dann legen Sie Picard Daumenschrauben an, damit er das Hotel über die Mietwagenagentur findet, okay?«

»Okay, ich tue mein Bestes.«

In Yellow Springs bogen wir in den Zufahrtsweg zum Krankenhaus und fuhren langsam über die Bodenschwellen. Weiter zum Parkplatz im hinteren Bereich. Parkten in der Nähe des Eingangs zum Leichenschauhaus. Ich wollte nicht hineingehen. Joe war immer noch da. Ich fing an, vage über die Vorbereitungen zum Begräbnis nachzudenken. Ich hatte so etwas noch nie tun müssen. Die Marine hatte das Begräbnis meines Vaters arrangiert und Joe das meiner Mutter.

Aber ich stieg mit den beiden aus, und wir gingen durch die kühle Luft zur Tür. Suchten unseren Weg ins schäbige Büro. Derselbe Gerichtsmediziner saß am Schreibtisch. Immer noch in einem weißen Kittel. Immer noch müde aussehend. Er winkte uns hinein, und wir setzten uns. Ich nahm einen der Stühle. Ich wollte nicht mehr neben dem Faxgerät sitzen. Der Pathologe blickte uns alle nacheinander an. Wir blickten zurück.

»Was haben Sie für uns?«, fragte Finlay.

Der müde Mann am Schreibtisch bereitete sich auf seine Antwort vor. Als würde es ein längerer Vortrag werden. Er nahm drei Akten von seiner linken Seite und ließ sie auf die Schreibunterlage fallen. Öffnete die oberste. Zog die zweite heraus und öffnete sie auch.

»Morrison«, sagte er. »Mr. und Mrs.«

Er sah uns wieder an. Finlay nickte ihm zu.

»Gefoltert und umgebracht«, sagte der Pathologe. »Die Abfolge ist ziemlich klar. Die Frau wurde festgehalten. Ich würde sagen, von zwei Männern, jeder hielt einen Arm fest und drehte ihn um. Schwere Quetschungen an Ober- und Unterarmen, einige Schäden an den Bändern, weil ihr die Arme auf den Rücken gedreht wurden. Offensichtlich entwickelten sich die Quetschungen vom ersten Griff bis zum Eintritt ihres Todes. Solche Verletzungen entwickeln sich nicht weiter, wenn der Blutkreislauf unterbrochen wird, verstehen Sie?«

Wir nickten. Wir verstanden.

»Ich würde ungefähr zehn Minuten dafür veranschlagen«, sagte er. »Zehn Minuten vom Anfang bis zum Ende. Die Frau wurde also festgehalten. Der Mann wurde an die Wand genagelt. Ich schätze, dass beide da schon nackt waren. Sie hatten vor dem Angriff noch ihr Nachtzeug an, oder?«

»Morgenmäntel«, sagte Finlay. »Sie frühstückten gerade.«

»Okay, die Morgenmäntel wurden ihnen ausgezogen«, sagte der Pathologe. »Der Mann wurde an die Wand genagelt, und auch an den Boden, durch die Füße hindurch. Sein Genitalbereich wurde verletzt. Das Skrotum wurde entfernt. Die postmortalen Spuren deuten darauf hin, dass die Frau gezwungen wurde, die amputierten Hoden zu schlucken.«

Im Büro herrschte Stille. Grabesstille. Roscoe sah mich an. Starrte mich eine ganze Zeitlang an. Dann blickte sie zu dem Pathologen zurück.

»Ich fand sie in ihrem Magen.«

Roscoe war so weiß wie der Kittel des Mannes. Ich dachte, dass sie vornüber vom Stuhl kippen würde. Sie schloss die Augen und hielt sich fest. Sie hörte gerade, was jemand letzte Nacht mit uns vorgehabt hatte.

»Und?«, fragte Finlay.

»Die Frau wurde verstümmelt. Die Brüste abgeschnitten, der Genitalbereich verletzt, die Kehle durchgeschnitten. Dann wurde dem Mann die Kehle durchgeschnitten. Dies war die letzte Wunde. Sie können sehen, dass der Blutfluss aus seiner Halsarterie alle anderen Blutflecken im Zimmer überdeckt.«

Tödliche Stille im Raum. Hielt eine ganze Weile an.

»Waffen?«, fragte ich.

Der Mann am Schreibtisch wandte mir seinen müden Blick zu.

»Etwas Scharfes offensichtlich«, sagte er. Mit leichtem Grinsen. »Gerade, vielleicht zehn Zentimeter lang.«

»Ein Rasiermesser?«

»Nein, bestimmt nicht. Sicher etwas, was so scharf ist wie ein Rasiermesser, aber starr, nicht zusammenklappbar und zweischneidig.«

»Und wieso das?«

»Es gibt Hinweise, dass es in beide Richtungen benutzt wurde«, sagte der Mann. Er ließ seine Hand in einem kleinen Bogen vor und zurück sausen. »So etwa. Auf den Brüsten der Frau. Schnitte in beide Richtungen. Als wollte jemand einen Lachs filetieren.«

Ich nickte. Roscoe und Finlay schwiegen.

»Was ist mit dem anderen Mann?«, fragte ich. »Mit Stoller?«

Der Pathologe schob die zwei Morrison-Akten zur Seite und öffnete die dritte Akte. Sah sie durch und blickte zu mir herüber. Die dritte Akte war dicker als die ersten beiden.

»Sein Name war Stoller?«, fragte er. »Hier lief er unter ›Unbekannt‹.«

Roscoe sah auf.

»Wir haben Ihnen ein Fax geschickt«, sagte sie. »Gestern Morgen. Wir haben seine Fingerabdrücke zurückverfolgt.«

Der Pathologe wühlte auf seinem unordentlichen Schreibtisch herum. Fand ein aufgerolltes Fax. Las es und nickte. Strich »Unbekannt« auf dem Ordner aus und schrieb »Sherman Stoller« darauf. Zeigte uns wieder sein leichtes Grinsen.

»Ich hatte ihn seit Sonntag«, sagte er. »Da konnte ich etwas gründlicher arbeiten, wissen Sie? Er war ein bisschen von den Ratten angenagt, aber nicht zu Brei getreten wie der andere und insgesamt in viel besserem Zustand als die Morrisons.«

»Was können Sie uns also erzählen?«, fragte ich.

»Wir haben über die Kugeln gesprochen, richtig?«, sagte er. »Über die exakte Todesursache gibt es nichts mehr hinzuzufügen.«

»Was wissen Sie also noch?«

Die Akte war zu dick, um nur das bisschen von den Schüssen, dem Fluchtversuch und dem Verbluten zu enthalten. Der Mann hatte uns offensichtlich noch mehr zu erzählen. Ich sah, wie er seine Finger auf die Seiten presste und leicht niederdrückte. Als versuchte er, Schwingungen zu empfangen oder die Akte in Blindenschrift zu lesen.

»Er war ein Lkw-Fahrer.«

»Er war was?«, fragte ich.

»Das ist meine Meinung«, sagte der Pathologe. Klang selbstsicher.

Finlay blickte auf. Er war plötzlich interessiert. Er liebte den Vorgang der Deduktion. Es faszinierte ihn. Wie vor ein paar Tagen, als ich mit meinen gewagten Spekulationen über Harvard, seine Scheidung und die Nichtraucherei ins Schwarze getroffen hatte.

»Reden Sie weiter.«

»Okay, ich mach's kurz«, sagte der Pathologe. »Ich fand gewisse überzeugende Faktoren. Er übte eine sitzende Tätigkeit aus, weil seine Muskulatur schwach war, seine Haltung schlecht und sein Gesäß schlaff. Leicht raue Hände, deutliche Spuren von Dieselkraftstoff waren in seine Haut eingedrungen. Außerdem alte Reste von Diesel auf den Sohlen seiner Schuhe. Was seine Organe betrifft, so ernährte er sich schlecht, sehr fettreich, und er hatte ein bisschen zu viel Wasserstoffsulfid in seinen Blutgasen und im

Gewebe. Der Mann hat sein Leben auf der Straße verbracht und die Abgase aus den Katalysatoren anderer Fahrzeuge eingeatmet. Ich halte ihn für einen Lkw-Fahrer wegen des Diesels.«

Finlay nickte. Ich nickte. Stoller hatte keinen Ausweis und keine Geschichte gehabt, nur seine Uhr. Dieser Mann war ziemlich gut. Er beobachtete, wie wir anerkennend nickten. Wirkte sehr zufrieden. Sah aus, als hätte er noch mehr zu sagen.

»Aber er arbeitete schon eine Weile nicht mehr.«

»Wieso?«, fragte Finlay ihn.

»Weil sämtliche Spuren alt sind«, erklärte der Pathologe. »Sieht für mich aus, als wäre er eine lange Zeit viel gefahren, hätte dann aber damit aufgehört. Ich denke, er ist etwa neun Monate, vielleicht auch ein Jahr lang, wenig gefahren. Also halte ich ihn zwar für einen Lkw-Fahrer, aber für einen arbeitslosen Lkw-Fahrer.«

»Okay, Doc, gute Arbeit«, sagte Finlay. »Haben Sie davon Kopien für uns?«

Der Doktor schob einen großen Umschlag über den Schreibtisch. Finlay stand auf und nahm ihn. Dann verabschiedeten wir uns. Ich wollte raus. Ich wollte nicht noch einmal in die Kühlkammer. Ich wollte nicht noch mehr Verletzungen sehen. Roscoe und Finlay spürten das und nickten. Wir hasteten aus dem Zimmer, als wären wir schon zehn Minuten zu spät für eine Verabredung. Der Mann am Schreibtisch ließ uns ziehen. Er hatte schon viele Leute so aus seinem Büro stürzen sehen.

Wir stiegen in Roscoes Wagen. Finlay öffnete den großen Umschlag und zog die Unterlagen über Sherman Stoller heraus. Faltete sie und steckte sie in seine Jackentasche.

»Das ist erst mal für uns«, sagte er. »Vielleicht bringt uns das ja weiter.«

»Ich werde das Verhaftungsprotokoll aus Florida anfordern«, sagte Roscoe. »Und wir werden irgendwo eine Adresse von ihm finden. Es muss eine Menge Unterlagen über einen Lkw-Fahrer geben, nicht wahr? Gewerkschaftsausweis, Gesundheitszeugnis, Führerschein. Sollte nicht so schwer zu beschaffen sein.«

Wir legten den Rest des Wegs nach Margrave schweigend zurück. Das Polizeirevier war menschenleer bis auf den Wachhabenden. Mittagspause in Margrave, Mittagspause auch in Washington, D.C. Dieselbe Zeitzone. Finlay gab mir einen Fetzen Papier aus seiner Jackentasche und hielt an der Tür zum Rosenholzbüro Wache. Ich ging hinein, um mit der Frau zu telefonieren, die möglicherweise die Geliebte meines Bruders gewesen war.

Die Nummer, die Finlay mir gegeben hatte, war Molly Beth Gordons

Durchwahl. Sie nahm nach dem ersten Klingeln ab. Ich sagte ihr meinen Namen. Sie fing an zu weinen.

»Sie klingen genau wie Joe.«

Ich antwortete nicht. Ich wollte mich jetzt nicht in Erinnerungen ergehen. Und sie sollte das auch nicht, nicht wenn sie die Regeln brach und vielleicht jemand mithörte. Sie sollte mir einfach nur sagen, was sie mir zu sagen hatte, und dann aus der Leitung gehen.

»Also was hatte Joe hier unten zu tun?«, fragte ich sie.

Ich hörte, wie sie die Nase hochzog, und dann klang ihre Stimme deutlicher.

»Er führte eine Untersuchung durch«, sagte sie. »Worüber genau weiß ich nicht.«

»Aber worum ging es grundsätzlich?«, fragte ich sie. »Was war sein Job?«

»Wissen Sie das nicht?«

»Nein, wir hatten Schwierigkeiten, in Kontakt zu bleiben, denke ich mal. Sie müssen mir alles von Anfang an erzählen.«

In der Leitung herrschte lange Schweigen.

»Okay«, sagte sie endlich. »Ich sollte Ihnen das nicht erzählen. Nicht ohne Erlaubnis. Aber ich tue es trotzdem. Es ging um Fälschungen. Er leitete das Ressort zur Fälschungsbekämpfung des Finanzministeriums.«

»Fälschungen?«, fragte ich. »Falschgeld?«

»Ja, er war der Leiter der Abteilung. Der Boss. Er war ein bemerkenswerter Mann, Jack.«

»Aber warum war er hier unten in Georgia?«, fragte ich sie.

»Ich weiß nicht. Wirklich nicht. Aber ich will es für Sie herausfinden. Ich kann seine Unterlagen kopieren. Ich kenne sein Computerpasswort.«

Wieder herrschte Schweigen.

Jetzt wusste ich etwas über Molly Beth Gordon. Ich habe eine Menge Zeit mit Computerpasswörtern verbracht. Jeder Militärpolizist tut das. Ich habe mich mit der Psychologie dahinter beschäftigt. Die meisten Anwender wählen schlechte Passwörter. Viele schreiben das verdammte Wort auf einen Zettel und kleben ihn an den Monitor. Diejenigen, die zu schlau dazu sind, nehmen den Namen des Ehepartners, des Hundes, ihres Lieblingsautos oder ihres Lieblingsspielers oder den Namen der Insel, wo sie ihre Flitterwochen verbracht oder ihre Sekretärin gevögelt haben. Diejenigen, die sich für wirklich schlau halten, benutzen Zahlen, keine Wörter, aber sie nehmen ihren Geburtstag, ihren Hochzeitstag oder irgendwas ziemlich Offensichtliches. Wenn man etwas über den Anwender herausfinden kann, hat man normalerweise eine Chance von über fünfzig Prozent, sein Passwort herauszufinden.

Aber das hätte bei Joe nie funktioniert. Er war ein Profi. Er hatte beträchtliche Jahre beim militärischen Geheimdienst verbracht. Sein Passwort würde eine willkürliche Mischung aus Zahlen, Satzzeichen und Buchstaben sein, groß- und kleingeschrieben. Sein Passwort würde nicht zu knacken sein. Wenn Molly Beth Gordon das Passwort wusste, musste Joe es ihr verraten haben. Eine andere Möglichkeit gab es nicht. Er hatte ihr wirklich vertraut. Er hatte ihr wirklich nahegestanden. Also legte ich etwas mehr Wärme in meine Stimme.

»Molly, das wäre großartig«, sagte ich. »Ich brauche diese Informationen dringend.«

»Das weiß ich«, sagte sie. »Ich hoffe, sie morgen zu haben. Ich rufe Sie zurück, sobald ich kann. Sobald ich etwas weiß.«

»Ging es hier unten um Falschgeld?«, fragte ich sie. »Könnte sich das Ganze darum drehen?«

»Nein, so funktioniert das nicht. Nicht innerhalb der Staaten. Die ganzen Geschichten über kleine Männer, die mit grünen Augenschirmen in geheimen Kellern Dollarnoten drucken, sind Unsinn. So funktioniert das nicht. Joe hat das gestoppt. Ihr Bruder war ein Genie, Jack. Er hat vor Jahren Verfahrensordnungen für den Verkauf des Spezialpapiers und der Druckfarben aufgestellt, so dass jeder, der das versuchen will, innerhalb von Tagen festgenagelt wird. Es ist absolut sicher. Es funktioniert einfach nicht mehr, Falschgeld in den Staaten zu drucken. Joe hat dafür gesorgt. Das passiert alles im Ausland. Alle Fälschungen, die wir hier haben, werden eingeführt. Und Joe verbrachte seine Zeit damit, dem hinterherzujagen. Internationales Zeug. Warum er in Georgia war, weiß ich nicht. Wirklich nicht. Aber ich finde es morgen heraus, das verspreche ich Ihnen.«

Ich gab ihr die Nummer des Polizeireviers und wies sie an, mit niemandem außer mit mir, Roscoe oder Finlay zu sprechen. Dann legte sie eilig auf, als wäre jemand in ihr Büro gekommen. Ich blieb einen Moment lang sitzen und versuchte mir vorzustellen, wie sie wohl aussah.

Teale war wieder im Polizeirevier. Und der alte Kliner war bei ihm. Sie steckten an der Empfangstheke die Köpfe zusammen. Kliner sprach mit Teale, wie er mit Eno im Diner gesprochen hatte. Vielleicht über die Stiftung. Roscoe und Finlay standen zusammen bei den Zellen. Ich ging zu ihnen hinüber. Stellte mich zwischen sie und sprach mit gesenkter Stimme.

»Falschgeld«, sagte ich. »Es geht um Falschgeld. Joe hat die Abteilung im

Finanzministerium geleitet, die dagegen vorgeht. Wissen Sie, ob so etwas hier unten passiert? Finlay? Roscoe?«

Die beiden zuckten mit den Schultern und schüttelten die Köpfe. Ich hörte das schmatzende Geräusch der Glastür. Blickte auf. Kliner ging hinaus. Teale steuerte uns an.

»Ich bin weg«, sagte ich.

Ich fegte an Teale vorbei auf die Tür zu. Kliner stand auf dem Parkplatz bei dem schwarzen Pick-up. Er wartete auf mich. Lächelte. Zeigte seine Wolfszähne.

»Tut mir leid wegen Ihres Bruders«, sagte er.

Seine Stimme hatte einen ruhigen, kultivierten Klang. Gebildet. Ein leichtes Zischen bei den S-Lauten. Die Stimme passte nicht zu seiner ausgedörrten Erscheinung.

»Sie ärgern meinen Sohn.«

Er sah mich an. In seinen Augen brannte etwas. Ich zuckte mit den Schultern.

»Ihr Sohn hat mich zuerst geärgert«, erwiderte ich.

»Und wieso?«, fragte Kliner. In scharfem Ton.

»Er lebt und atmet noch.«

Ich ging über den Parkplatz. Kliner stieg in den schwarzen Pick-up. Startete ihn und fuhr los. Wandte sich nordwärts. Ich wandte mich südwärts. Startete meinen Spaziergang zu Roscoes Haus. Es war eine halbe Meile durch die neue Herbstkühle. Zehn Minuten in forschem Schritt. Ich holte den Bentley aus der Garage. Fuhr ihn den Hügel hinauf zurück zur Stadt. Bog nach rechts in die Main Street ein und fuhr langsamer. Ich blickte nach rechts und links unter die schicken, gestreiften Markisen, suchte den Kleiderladen. Fand ihn drei Häuser hinter dem Friseurladen, Richtung Norden. Parkte den Bentley auf der Straße und ging hinein. Ich gab einem mürrischen Mann in mittleren Jahren ein paar Scheine von Charlie Hubbles Geld für eine Hose, ein Hemd und ein Jackett. In hellem Rehbraun, aus Baumwolle, so förmlich, wie es für mich nur ging. Keine Krawatte. Ich zog alles in der Umkleidekabine im hinteren Teil des Geschäfts an. Stopfte die alten Sachen in eine Tüte und warf sie im Vorübergehen in den Kofferraum des Bentleys.

Ich ging die drei Häuser bis zum Friseurladen zurück. Der jüngere der beiden alten Männer wollte gerade zur Tür heraus. Er blieb stehen und legte eine Hand auf meinen Arm.

»Wie ist Ihr Name, mein Sohn?«

Es gab keinen Grund, ihn nicht zu nennen. Jedenfalls kannte ich keinen.

»Jack Reacher.«

»Haben Sie südamerikanische Freunde in der Stadt?«

»Nein«, sagte ich.

»Tja, dann haben Sie jetzt welche. Zwei Männer suchen überall nach Ihnen.«

Ich sah ihn an. Er suchte die Straße ab.

»Wer sind die beiden?«

»Ich habe sie vorher noch nie gesehen«, sagte der alte Mann. »Kleine Burschen, braunes Auto, grelle Hemden. Haben überall nach Jack Reacher gefragt. Wir haben ihnen gesagt, dass wir noch nie von einem Jack Reacher gehört hätten.«

»Wann war das?«

»Heute Morgen, nach dem Frühstück.«

Ich nickte.

»Danke.«

Der Mann hielt die Tür für mich auf.

»Gehen Sie nur rein. Mein Partner wird sich um Sie kümmern. Aber er ist ein bisschen daneben heute Morgen. Wird eben alt.«

»Danke! Man sieht sich.«

»Das hoffe ich doch, mein Sohn.«

Er schlenderte die Main Street hinunter, und ich ging in den Laden. Der ältere der beiden war dort. Der knorrige, alte Mann, dessen Schwester mit Blind Blake gesungen hatte. Keine anderen Kunden. Ich nickte dem Alten zu und setzte mich in seinen Sessel.

»Guten Morgen, mein Freund«, sagte er.

»Erinnern Sie sich an mich?«

»Na sicher«, sagte er. »Sie waren unser letzter Kunde. Seitdem war keiner mehr da, um mich durcheinanderzubringen.«

Ich bat ihn um eine Rasur, und er fing an, den Seifenschaum anzurühren.

»Ich war Ihr letzter Kunde?«, fragte ich. »Das war am Sonntag. Heute ist Dienstag. Geht das Geschäft immer so schlecht?«

Der alte Mann gestikulierte mit dem Rasiermesser.

»Es geht schon seit Jahren so schlecht. Unser Bürgermeister Teale will nicht hierherkommen, und was unser Bürgermeister nicht will, wollen die anderen lieber auch nicht. Nur der alte Mr. Gray vom Polizeirevier kam so verlässlich wie ein Uhrwerk drei- bis viermal die Woche, bis er sich aufgehängt hat. Gott sei seiner Seele gnädig. Sie sind der erste Weiße hier seit dem letzten Februar, jawohl, Sir, so viel ist sicher.«

»Und warum will Teale nicht hierherkommen?«

»Der Mann hat ein Problem«, sagte der alte Mann. »Ich denke, er möchte hier nicht vollkommen eingehüllt in einem Handtuch sitzen, während ein Schwarzer mit einem Rasiermesser hinter ihm steht. Vielleicht hat er Angst, dass ihm etwas zustoßen könnte.«

»Könnte ihm denn etwas zustoßen?«

Er lachte kurz auf.

»Ich denke, es besteht ein ernstes Risiko«, sagte er. »Für das Arschloch.«

»Also haben Sie genügend schwarze Kunden, um Ihren Unterhalt zu verdienen?«

Er legte ein Handtuch um meine Schultern und fing an, den Seifenschaum aufzutragen.

»Mann, wir brauchen keine Kunden, um unseren Unterhalt zu verdienen.«

»Ach, und wieso nicht?«

»Wir haben doch das Gemeindegeld.«

»Ach ja?«, sagte ich. »Und wie viel ist das?«

»Tausend Dollar.«

»Woher bekommen Sie die?«

Er fing an, mein Kinn abzuschaben. Seine Hand zitterte wie bei vielen alten Leuten.

»Von der Kliner-Stiftung«, flüsterte er. »Das Gemeindeprogramm. Es ist eine Subvention fürs Geschäft. Alle Geschäftsleute hier bekommen so was. Seit fünf Jahren.«

Ich nickte.

»Das ist gut«, sagte ich. »Aber tausend Dollar im Jahr, davon können Sie doch nicht leben. Es ist besser als nichts, aber Sie brauchen auch Kunden, oder nicht?«

Ich machte nur Konversation, wie man es beim Friseur eben so tut. Aber der alte Mann geriet ganz aus dem Häuschen. Er schüttelte sich und lachte gackernd. Hatte ziemliche Schwierigkeiten, meine Rasur zu beenden. Ich starrte ihn im Spiegel an. Nach der letzten Nacht wäre es ziemlich idiotisch, wenn meine Kehle bei einem Unfall durchgeschnitten würde.

»Mann, ich sollte es Ihnen nicht sagen«, flüsterte er. »Aber da ich Sie als einen Freund meiner Schwester betrachte, werde ich Ihnen ein großes Geheimnis verraten.«

Er wurde konfus. Ich war kein Freund seiner Schwester. Kannte sie noch nicht mal. Er hatte mir von ihr erzählt, das war alles. Er stand da mit dem Rasiermesser. Wir sahen einander im Spiegel an.

»Es sind nicht tausend Dollar im Jahr«, flüsterte er. Dann beugte er sich noch tiefer an mein Ohr. »Es sind tausend Dollar die Woche.«

Er fing an, wie ein Dämon zu lachen und herumzustampfen. Dann füllte er das Waschbecken mit Wasser und tupfte den restlichen Seifenschaum ab. Klopfte mein Gesicht mit einem heißen, nassen Handtuch nach und zog wie ein Zauberkünstler bei einem Trick blitzschnell das Handtuch von meinen Schultern.

»Deshalb brauchen wir keine Kunden«, gackerte er.

Ich bezahlte ihn und ging hinaus. Der Mann war verrückt.

»Grüßen Sie meine Schwester«, rief er hinter mir her.

17

Die Strecke nach Atlanta war fast fünfzig Meilen lang. Dauerte fast eine Stunde. Der Highway katapultierte mich direkt in die Innenstadt. Ich steuerte die höchsten Gebäude an. Sobald ich die ersten Marmorfoyers sah, parkte ich den Wagen, ging zur nächsten Ecke und fragte einen Cop nach dem Geschäftsbezirk.

Er schickte mich eine halbe Meile weiter, wo ich eine Bank nach der anderen fand. Sunrise International besaß ein eigenes Gebäude. Es war ein großer Glasturm, der etwas zurückgesetzt auf einem kleinen Platz mit Brunnen stand. Fast sah es aus wie in Mailand, aber die Eingangshalle am Fuß des Turms war mit massivem Stein verkleidet und sollte wie eine Bank in Frankfurt oder London wirken. Wie eine seriöse Großbank. Im Foyer überall dunkler Teppich und Leder. Empfangsdame hinter einer Mahagonitheke. Hätte auch ein ruhiges Hotel sein können.

Ich fragte nach Paul Hubbles Büro, und die Empfangsdame sah ein Namensverzeichnis durch. Sie sagte, es täte ihr leid, aber sie sei neu in dem Job und würde mich nicht kennen, daher solle ich so freundlich sein und warten, bis sie die Genehmigung bekäme, mich durchzulassen. Sie wählte eine Nummer und begann mit leiser Stimme ein Gespräch. Dann bedeckte sie mit einer Hand den Hörer.

»Darf ich erfahren, in welcher Eigenschaft Sie hier sind?«

»Ich bin ein Freund«, antwortete ich.

Sie setzte den Anruf fort und zeigte mir dann den Weg zu einem Aufzug. Ich solle zum Empfang in der siebzehnten Etage gehen. Ich stieg in den Lift und drückte den entsprechenden Knopf.

Die siebzehnte Etage sah noch mehr nach gediegenem Club aus als die Eingangshalle. Teppichboden, Wandvertäfelung und gedämpftes Licht. Vollgestellt mit auf Hochglanz polierten Antiquitäten und alten Bildern. Als ich durch den dicken, samtigen Teppich watete, öffnete sich eine Tür, und ein Anzugträger trat heraus, um mich in Empfang zu nehmen. Schüttelte mir die Hand und brachte mich mit großem Trara in ein kleines Vorzimmer. Er stellte sich selbst als eine Art Manager vor, und wir setzten uns.

»Also wie kann ich Ihnen helfen?«, fragte er.

»Ich suche nach Paul Hubble«, sagte ich.

»Darf ich wissen, warum?«

»Er ist ein alter Freund. Ich habe mich daran erinnert, dass er sagte, er arbeite hier, und so dachte ich, ich schau mal vorbei, während ich hier bin.«

Der Typ im Anzug nickte. Senkte seinen Blick.

»Die Sache ist die«, sagte er. »Mr. Hubble arbeitet hier nicht mehr. Wir mussten ihn leider gehen lassen, vor etwa achtzehn Monaten.«

Ich nickte nur verblüfft. Dann saß ich in diesem exklusiven, kleinen Büro einfach da, sah den Mann im Anzug an und wartete. Ein bisschen Schweigen würde ihn vielleicht zum Sprechen bringen. Wenn ich ihm direkt Fragen stellte, würde er möglicherweise nicht den Mund aufmachen. Würde verschlossen sein wie ein Anwalt. Aber ich konnte sehen, dass er einer von der redseligen Sorte war. Viele dieser Manager sind das. Sie lieben es, jemandem zu imponieren, wenn sie die Chance dazu haben. Also blieb ich geduldig sitzen und wartete. Dann fing der Typ an, sich bei mir zu entschuldigen, weil ich doch Hubbles Freund war.

»Es war nicht sein Fehler, verstehen Sie mich recht«, sagte er. »Er hat ausgezeichnet gearbeitet, aber es war ein Bereich, den wir abgestoßen haben. Es war eine strategische Entscheidung, hatte geschäftliche Gründe, sehr unangenehm für diejenigen, die es betraf, aber so ist das eben.«

Ich nickte ihm zu, als verstünde ich.

»Ich habe ihn schon lange nicht mehr gesehen. Das wusste ich nicht. Ich wusste ja nicht mal, was er hier eigentlich genau gemacht hat.«

Ich lächelte ihn an. Versuchte, freundlich und unwissend auszusehen. Das kostete mich nicht viel Mühe, in einer Bank.

Ich versuchte mein Bestes, um aufgeschlossen zu wirken. Was einen redseligen Typen garantiert zum Sprechen bringt. Es hatte schon etliche Male vorher funktioniert.

»Er gehörte zu unserer Privatkundenabteilung. Wir haben sie geschlossen.«

Ich sah ihn fragend an.

»Die Geschäfte am Schalter. Sie wissen schon: Bargeld, Schecks, Kredite für Privatkunden.«

»Und Sie haben sie geschlossen? Warum?«

»Zu teuer. Hohe Kosten, niedrige Gewinnspanne. Die Abteilung musste weg.«

»Und Hubble gehörte dazu?«

Er nickte.

»Mr. Hubble war unser Manager für Zahlungsmittel«, erklärte er. »Das war ein wichtiger Posten. Er war sehr gut.«

»Und was genau war seine Aufgabe?«, fragte ich ihn.

Der Typ wusste nicht, wie er das erklären sollte. Wusste nicht, wo er anfangen sollte. Er setzte ein paarmal dazu an und gab es dann auf.

»Wissen Sie, was Bargeld ist?«, fragte er schließlich.

»Ich habe etwas«, sagte ich. »Ich weiß nicht genau, ob ich weiß, was Sie meinen.«

Er stand auf und winkte mir exaltiert zu. Wollte, dass ich ihn ans Fenster begleitete. Wir sahen uns zusammen die Leute auf der Straße an, siebzehn Etagen weiter unten. Er zeigte auf einen Mann im Anzug, der den Bürgersteig entlangeilte.

»Nehmen wir diesen Gentleman«, begann er. »Stellen wir ein paar Vermutungen an, ja? Er lebt wahrscheinlich in einem Vorort, hat vielleicht ein Ferienhaus irgendwo, zwei große Hypotheken, zwei Autos, ein halbes Dutzend Anteile von Investmentfonds, eine private Lebensversicherung, ein paar Aktien, Sparpläne für die Ausbildung der Kinder, fünf oder sechs Kreditkarten bei Banken, Geschäften und so weiter. Sollen wir sagen: Nettowert etwa eine halbe Million?«

»Okay«, sagte ich.

»Aber wie viel Bargeld hat er?«, fragte mich der Mann.

»Keine Ahnung.«

»Wahrscheinlich etwa fünfzig Dollar. Fünfzig Dollar in einer Lederbrieftasche für hundertfünfzig Dollar.«

Ich sah ihn an. Wusste nicht, worauf er hinauswollte. Der Mann wechselte seine Taktik. Schlug einen geduldigen Ton an.

»Die Wirtschaft der USA ist riesig«, begann er von neuem. »Nettovermögenswerte und Nettoverbindlichkeiten sind unermesslich groß. Billionen von Dollars. Aber fast nichts davon erscheint wirklich in Form von Bargeld. Dieser Gentleman hat einen Nettowert von einer halben Million Dollar, aber nur fünfzig davon sind wirklich Bargeld. Der gesamte Rest findet sich auf Papier oder in Computern. Tatsache ist, dass nicht viel Bargeld im Umlauf ist. Es gibt nur ungefähr hundertdreißig Milliarden Dollar Bargeld in den gesamten Vereinigten Staaten.«

Ich blickte ihn wieder achselzuckend an.

»Klingt für mich, als wäre das genug«, sagte ich.

Der Mann sah mich streng an.

»Aber wie viele Einwohner gibt es?«, fragte er mich. »Fast dreihundert Millionen. Das sind nur etwa vierhundertfünfzig Dollar Bargeld pro Kopf. Und mit diesem Problem muss sich eine Bank Tag für Tag auseinandersetzen. Würde man vierhundertfünfzig Dollar abheben, wäre das eine sehr bescheidene Summe, aber wenn sich jeder dazu entschlösse, dann hätten die hiesigen Banken im Handumdrehen kein Bargeld mehr.«

Er hielt inne und sah mich an. Ich nickte.

»Okay«, sagte ich. »Das verstehe ich.«

»Und das meiste Bargeld befindet sich nicht in Banken, sondern in Las Vegas oder auf der Rennbahn. Es ist in den sogenannten bargeldintensiven Bereichen der Wirtschaft konzentriert. Also muss ein guter Manager für Zahlungsmittel, und Mr. Hubble war einer der besten, ständig mit allen Mitteln kämpfen, um nur genug Papiergeld in unserem Teil des Systems vorrätig zu haben. Er muss seine Fühler ausstrecken und danach suchen. Er muss wissen, wo man es orten kann. Er muss es aufspüren. Das ist nicht leicht. Letzten Endes war dies einer der Faktoren, die die Privatkundenabteilung so teuer für uns machten. Einer der Gründe, warum wir sie herausgenommen haben. Wir hielten sie, solange es ging, aber am Ende mussten wir die Abteilung schließen. Wir mussten Mr. Hubble gehen lassen. Und wir bedauern das sehr.«

»Irgendeine Ahnung, wo er jetzt arbeitet?«

Er schüttelte den Kopf.

»Ich fürchte, nein.«

»Er muss doch irgendwo arbeiten, oder?«

Der Mann schüttelte erneut den Kopf.

»In unserer Berufssparte ist er aus dem Blickfeld verschwunden«, sagte er. »Er arbeitet nicht mehr im Bankwesen, da bin ich sicher. Seine Mitgliedschaft im Berufsverband wurde unmittelbar nach der Entlassung ungültig, und wir wurden nie um eine Empfehlung gebeten. Es tut mir leid, aber ich kann Ihnen nicht helfen. Wenn er irgendwo im Bankwesen arbeiten würde, dann wüsste ich es, das versichere ich Ihnen. Er muss jetzt in einer anderen Branche sein.«

Ich zuckte die Achseln. Hubbles Spur war eiskalt. Und das Gespräch mit dem Typen war beendet. Seine Körpersprache verriet das. Er hatte sich vorgebeugt, bereit, aufzustehen und weiterzuarbeiten. Ich stand mit ihm auf. Dankte ihm, dass er mir seine kostbare Zeit geopfert hatte. Schüttelte ihm die Hand. Ging durch den antiken Glanz zum Aufzug. Drückte den Knopf zum Erdgeschoss und ging hinaus in die trübe graue Luft.

Meine Annahmen waren alle falsch gewesen. Ich hatte Hubble als Banker in einem ordentlichen Beruf gesehen. Der vielleicht mal bei einem nebensächlichen Schwindel ein Auge zudrückte, der vielleicht mal seine Finger in einer nicht ganz sauberen Sache stecken hatte. Der vielleicht mal ein paar gefälschte Zahlen abzeichnete. Weil er dazu gezwungen wurde. Eine nützliche Nebenfigur, die sich die Hände schmutzig gemacht hatte, aber irgendwie nicht von zentraler Bedeutung. Aber er war kein Banker mehr. Seit anderthalb Jahren nicht mehr. Er war ein Krimineller. Hauptberuflich. Er steckte mittendrin. War von zentraler Bedeutung. Und keineswegs eine Nebenfigur.

Ich fuhr direkt nach Margrave zum Revier zurück. Parkte und ging Roscoe suchen. Teale stolzierte im Großraumbüro herum, aber der Typ an der Theke zwinkerte mir zu und wies mich zu einem Aktenraum. Roscoe war dort. Sie sah müde aus. Sie hatte einen ganzen Arm voll alter Akten. Sie lächelte.

»Hallo, Reacher«, sagte sie. »Bist du gekommen, um mich von alldem hier zu befreien?«

»Was gibt's Neues?«, fragte ich.

Sie legte den Stapel Unterlagen auf einen Schrank. Klopfte sich den Staub ab und warf die Haare zurück. Blickte zur Tür.

»Einiges. Teale hat in zehn Minuten ein Treffen mit der Stiftungskommission. Ich bekomme das Fax, sobald er hier raus ist. Und wir erwarten einen Anruf der Staatspolizei über herrenlose Wagen.«

»Wo ist die Waffe, die du mir besorgen wolltest?«

Sie schwieg. Biss sich auf die Lippe. Sie erinnerte sich daran, warum ich eine brauchte.

»Sie ist in einer Schachtel. In meinem Schreibtisch. Wir müssen warten, bis Teale weg ist. Und öffne die Schachtel nicht hier, okay? Niemand weiß etwas darüber.«

Wir verließen den Aktenraum und gingen hinüber zum Rosenholzbüro. Der Mannschaftsraum war ruhig. Die beiden von der Verstärkung am Freitag sahen Computerausdrucke durch. Überall stapelten sich Akten. Die falsche Jagd nach dem Mörder des Chefs war voll im Gange. Ich sah eine große, neue Tafel an der Wand. Auf ihr stand: Morrison. Sie war leer. Große Fortschritte waren bis jetzt nicht gemacht worden.

Wir warteten mit Finlay im Rosenholzbüro. Fünf Minuten. Zehn. Dann hörten wir ein Klopfen, und Baker steckte seinen Kopf durch die Tür. Er grinste uns an. Ich sah wieder seinen Goldzahn.

»Teale ist weg.«

Wir gingen hinaus in das Mannschaftsbüro. Roscoe stellte das Faxgerät an und griff zum Hörer, um Florida anzurufen. Finlay wählte die Staatspolizei an, um Neuigkeiten über herrenlose Mietwagen zu bekommen. Ich setzte mich an den Schreibtisch neben dem von Roscoe und rief Charlie Hubble an. Ich wählte die Nummer des Mobiltelefons, die Joe ausgedruckt und in seinem Schuh versteckt hatte. Ich bekam keine Antwort. Nur ein elektronisches Signal und eine Ansage, die mir mitteilte, dass das betreffende Telefon ausgeschaltet sei.

Ich sah zu Roscoe hinüber.

»Sie hat das verdammte Telefon ausgeschaltet.«

Roscoe zuckte die Achseln und ging zum Faxgerät. Finlay sprach immer noch mit der Staatspolizei. Ich sah, dass Baker am Rand des Dreiecks herumlungerte, das wir drei bildeten. Ich stand auf und ging zu Roscoe hinüber.

»Will Baker mitmachen?«, fragte ich sie.

»Scheint so. Finlay setzt ihn als eine Art Wachtposten ein. Sollen wir ihn mitmachen lassen?«

Ich dachte eine Sekunde darüber nach, schüttelte aber dann den Kopf.

»Nein, je weniger wir bei einer solchen Sache sind, desto besser, oder?«

Ich setzte mich wieder an den Schreibtisch, den ich mir ausgewählt hatte, und versuchte es noch mal mit der Telefonnummer. Dasselbe Ergebnis. Dieselbe geduldige Stimme, die mir mitteilte, dass das Telefon ausgeschaltet sei.

»Verdammt«, sagte ich zu mir selbst. »Ist das zu glauben?«

Ich musste wissen, wo Hubble die letzten anderthalb Jahre verbracht hatte. Charlie konnte mir vielleicht einen Hinweis geben. Um welche Zeit er morgens das Haus verlassen hatte, wann er abends wiedergekommen war, Quittungen über Straßengebühren, Restaurantrechnungen, so was. Und ihr war womöglich doch etwas im Zusammenhang mit Sonntag oder mit Pluribus eingefallen. Es war möglich, dass sie etwas Brauchbares sagte. Und ich brauchte etwas Derartiges. Ich brauchte es ziemlich dringend. Und sie hatte das verdammte Telefon ausgeschaltet.

»Reacher?«, rief Roscoe. »Ich habe die Sachen über Sherman Stoller.«

Sie hielt ein paar Faxseiten in der Hand. Dicht bedruckt.

»Großartig«, sagte ich. »Werfen wir mal einen Blick drauf.«

Finlay kam von seinem Apparat zu uns herüber.

»Die Jungs von der Staatspolizei rufen zurück. Vielleicht haben sie was für uns.«

»Großartig«, sagte ich noch einmal. »Vielleicht bringt uns das weiter.«

Wir gingen zurück ins Rosenholzbüro. Breiteten das Zeug über Sherman Stoller auf dem Schreibtisch aus und beugten uns darüber. Es war ein Verhaftungsprotokoll aus einem Police Department in Jacksonville, Florida.

»Blind Blake wurde in Jacksonville geboren«, sagte ich. »Wusstet ihr das?«

»Wer ist Blind Blake?«, fragte Roscoe.

»Ein Sänger«, sagte Finlay.

»Ein Gitarrenspieler, Finlay«, ergänzte ich.

Sherman Stoller war wegen Geschwindigkeitsübertretung von einem Radarwagen auf einer Brücke zwischen Jacksonville und Jacksonville Beach in einer Septembernacht vor zwei Jahren um Viertel vor zwölf angehalten worden. Er war in einem kleinen Lieferwagen fünfzehn Meilen zu schnell gefahren. Er wurde extrem nervös und ausfallend gegenüber der Crew des Radarwagens. Deshalb wurde er wegen des Verdachts auf Fahren unter Alkoholeinfluss festgenommen. Im Hauptrevier von Jacksonville wurden Fotos gemacht und Fingerabdrücke genommen, und er und sein Wagen wurden durchsucht. Er nannte eine Adresse in Atlanta und gab als Beruf Lkw-Fahrer an.

Die Durchsuchung seiner Person brachte kein Ergebnis. Sein Lieferwagen wurde mit Hunden durchsucht, ebenfalls ohne Ergebnis. Der Wagen enthielt nur eine Ladung mit zwanzig neuen Klimaanlagen, die für den Export von Jacksonville Beach aus verpackt worden waren. Die Kartons waren versiegelt und mit dem Logo des Herstellers versehen, und jeder Karton war mit einer Seriennummer beschriftet.

Nachdem Stoller seine Rechte erklärt worden waren, hatte er einen Anruf gemacht. Zwanzig Minuten nach dem Anruf war ein Anwalt namens Perez von der angesehenen Kanzlei Zacarias Perez in Jacksonville da, und nach weiteren zehn Minuten war Stoller frei. Von dem Zeitpunkt, als er herausgewinkt worden war, bis zu dem, als er mit seinem Anwalt verschwand, waren fünfundfünfzig Minuten vergangen.

»Interessant«, sagte Finlay. »Der Mann ist dreihundert Meilen von seiner Heimatstadt entfernt, es ist Mitternacht, und er kommt innerhalb von zwanzig Minuten mit Hilfe eines Anwalts raus. Aus einer angesehenen Kanzlei. Stoller muss ein ganz besonderer Lkw-Fahrer gewesen sein, so viel ist sicher.«

»Kennst du seine Adresse?«, fragte ich Roscoe.

Sie schüttelte den Kopf.

»Noch nicht. Aber ich kann sie herausfinden.«

Die Tür ging auf, und Baker steckte wieder seinen Kopf herein.

»Die Staatspolizei ist am Telefon«, sagte er. »Hört sich an, als hätten sie einen Wagen für Sie.«

Finlay sah auf die Uhr. Entschied, dass noch Zeit war, bevor Teale zurückkam.

»Okay, stellen Sie durch, Baker.«

Finlay nahm den Hörer vom Telefon des großen Schreibtischs, machte sich ein paar Notizen und grunzte ein Danke. Hängte ein und stand auf.

»Okay«, sagte er. »Sehen wir uns die Sache mal an.«

Wir gingen rasch miteinander hinaus. Wir mussten die Sache klären, bevor Teale zurückkam und anfing, Fragen zu stellen. Baker sah uns gehen. Rief hinter uns her.

»Was soll ich Teale sagen?«, fragte er.

»Sagen Sie ihm, wir haben den Wagen gefunden«, sagte Finlay. »Der, mit dem der verrückte Exsträfling zu Morrisons Haus gefahren ist. Sagen Sie ihm, wir machen wirklich Fortschritte, okay?«

Dieses Mal fuhr Finlay. Er hatte einen Chevy, das gleiche Modell wie Roscoe. Er fuhr damit holpernd vom Parkplatz und bog nach Süden. Beschleunigte auf seiner Fahrt durch die kleine Stadt. Die ersten paar Meilen waren die Strecke runter nach Yellow Springs, aber dann bogen wir auf einen Weg ab, der direkt nach Osten verlief. Er führte hinaus zum Highway und endete auf einer Art Wartungsplatz direkt unter der Fahrbahn. Dort stapelten sich Asphaltplatten, und Teerfässer lagen herum. Und ein Wagen. Er war vom Highway heruntergestürzt worden und lag auf dem Dach. Und er war ausgebrannt.

»Sie haben ihn Freitagmorgen entdeckt«, sagte Finlay. »Donnerstag war er noch nicht hier, da sind sie sich sicher. Es könnte der Wagen von Joe gewesen sein.«

Wir sahen ihn uns äußerst vorsichtig an. Viel war nicht zu sehen. Er war total ausgebrannt. Alles, was nicht aus Stahl war, war verschwunden. Wir konnten noch nicht mal sehen, welche Marke es war. Wegen seiner Form hielt Finlay ihn für ein Modell von General Motors, aber wir konnten nicht genau sagen, ob das stimmte. Es war eine mittelgroße Limousine gewesen, und wenn erst mal die Plastikverkleidung weg ist, kann man einen Buick, einen Chevy und einen Pontiac nicht mehr voneinander unterscheiden.

Ich bat Finlay, die vordere Stoßstange abzustützen, und dann kroch ich unter die umgedrehte Motorhaube. Sah nach der Nummer, die zwischen Motorhaube und Windschutzscheibe eingestanzt ist. Ich musste ein bisschen verbrannten Lack abkratzen, aber dann fand ich den schmalen Aluminiumstreifen und konnte den größten Teil der Nummer erkennen. Kroch wieder zurück und teilte sie Roscoe mit. Sie schrieb sie auf.

»Was meinen Sie?«, fragte Finlay.

»Er könnte es gewesen sein«, sagte ich. »Sagen wir, er hat ihn am Donnerstagabend am Flughafen in Atlanta gemietet, mit vollem Tank. Ist zum Lagerhaus an der Abfahrt nach Margrave gefahren, dann hat ihn hinterher jemand hierhergefahren. Da waren erst ein paar Liter verbraucht. Noch genug übrig zum Abfackeln.«

Finlay nickte.

»Das ergibt Sinn«, sagte er. »Aber es müssen Typen aus der Gegend gewesen sein. Dies ist ein großartiger Platz, um einen Wagen loszuwerden, richtig? Man zieht ihn oben auf den Randstreifen, die Räder in den Staub, schiebt den Wagen über den Rand, klettert runter und zündet ihn an, dann springt man zurück zu seinem Kumpel, der schon mit dem eigenen Wagen auf einen wartet, und weg ist man. Aber man muss dafür über diesen kleinen besonderen Platz Bescheid wissen. Und nur einer von hier kann darüber Bescheid wissen, oder?«

Wir ließen das Wrack, wo es war. Fuhren zurück zum Revier. Der Wachhabende hatte auf Finlay gewartet.

»Teale will Sie im Büro sehen«, sagte er.

Finlay stöhnte und setzte sich in Bewegung, aber ich hielt ihn am Arm fest.

»Lassen Sie ihn reden«, sagte ich. »Damit Roscoe die Möglichkeit hat, die Nummer des Wagens durchzugeben.«

Er nickte und ging weiter. Roscoe und ich steuerten ihren Schreibtisch an. Sie nahm den Hörer, aber ich hielt sie zurück.

»Gib mir die Waffe«, flüsterte ich. »Bevor Teale mit Finlay fertig ist.«

Sie nickte und sah sich um. Setzte sich und nahm ihre Schlüssel vom Gürtel. Schloss den Schreibtisch auf und zog eine der unteren Schubladen heraus. Wies nickend auf eine flache Pappschachtel. Ich nahm sie heraus. Es war eine ungefähr fünf Zentimeter hohe Schachtel zum Aufbewahren von Papieren. Die Pappe war künstlich auf Holz getrimmt. Jemand hatte einen Namen obendrauf geschrieben. Gray. Ich steckte sie mir unter den Arm und nickte Roscoe zu. Sie schob die Schublade zu und verschloss sie wieder.

»Danke«, sagte ich. »Jetzt ruf an, okay?«

Ich ging hinüber zum Eingang und stieß die schwere Glastür mit meinem Rücken auf. Trug die Schachtel zum Bentley. Legte sie auf das Wagendach und schloss die Tür auf. Stellte die Schachtel auf dem Beifahrersitz ab und stieg in den Wagen. Legte die Schachtel auf meinen Schoß. Sah, wie eine braune Limousine ungefähr hundert Meter weiter nördlich ihre Geschwindigkeit verringerte.

Zwei Latinos saßen drin. Es war derselbe Wagen, den ich einen Tag vorher vor Charlie Hubbles Haus gesehen hatte. Dieselben Männer. Kein Zweifel. Ihr Wagen hielt etwa fünfundsiebzig Meter vom Polizeirevier entfernt. Ich sah, wie er ruhig ausrollte, als wäre der Motor ausgeschaltet worden. Keiner der Männer stieg aus. Sie saßen einfach nur da, fünfundsiebzig Meter entfernt und beobachteten den Revierparkplatz. Es schien mir, als würden sie direkt auf den Bentley blicken. Als hätten meine neuen Freunde mich gefunden. Sie hatten den ganzen Morgen nach mir gesucht. Jetzt brauchten sie nicht mehr weiterzusuchen. Sie bewegten sich nicht. Saßen einfach nur da und beobachteten mich. Ich beobachtete sie meinerseits, länger als fünf Minuten. Sie würden nicht aussteigen. Das konnte ich sehen. Sie blieben, wo sie waren. Also wandte ich meine Aufmerksamkeit wieder der Schachtel zu.

Sie enthielt eine Patronenschachtel und die Waffe. Eine höllische Waffe. Es war eine Desert Eagle Automatic. Ich hatte schon mal eine benutzt. Sie kommen aus Israel. Wir bekamen sie früher im Austausch gegen allen möglichen Kram, den wir rüberschickten. Ich nahm sie heraus. Sehr schwer, ein Vierzehn-Inch-Lauf, länger als fünfundvierzig Zentimeter insgesamt. Ich ließ das Magazin herausspringen. Dies war die 44er-Version mit acht Schüssen. Dazu brauchte man acht 44er-Magnumgeschosse. Nicht gerade eine subtile Waffe. Die Geschosse wiegen ungefähr zweimal so viel wie die 38er in einem Polizeirevolver. Sie verlassen den Lauf schneller als der Schall. Sie treffen mit fast so viel Wucht auf das Ziel, als würden zwei Züge aufeinanderprallen. Subtil ist das nicht. Die Munition ist ein Problem. Man hat die Wahl. Wenn man sie mit einem Hartmantelgeschoss lädt, dann geht die Kugel glatt durch den Typen, auf den man schießt, und wahrscheinlich glatt durch den einen oder anderen Typen in hundert Meter Entfernung. Wenn man aber ein Teilmantelgeschoss benutzt, dann schlägt es ein Loch von der Größe einer Mülltonne in den Gegner. Man hat die Wahl.

Die Patronen in der Schachtel waren alle Teilmantelgeschosse. Das war in Ordnung. Ich überprüfte die Waffe. Brutal, aber in gutem Zustand. Alles funktionierte. Im Griff war ein Name eingraviert. Gray. Der tote Detective, der Vorgänger von Finlay. Hatte sich letzten Februar aufgehängt. Musste ein Waffennarr gewesen sein. Dies war ganz bestimmt nicht seine Dienstwaffe. Kein Police Department der Welt würde zulassen, dass eine solche Kanone im Dienst benutzt wurde. Sie war viel zu schwer und unberechenbar.

Ich lud die große Waffe des toten Detectives mit acht seiner Patronen. Steckte die restlichen zurück in die Schachtel und deponierte sie auf dem Boden des Wagens. Lud durch und sicherte. Durchladen und sichern hieß früher die Parole. Spart einem eine halbe Sekunde vor dem ersten Schuss. Rettet einem vielleicht das Leben. Ich legte die Waffe in das Handschuhfach des Bentleys. Sie passte gerade so hinein.

Dann blieb ich einen Moment lang sitzen und beobachtete die beiden Männer in ihrem Wagen. Sie hatten mich immer noch im Visier. Wir blickten uns aus einer Entfernung von fünfundsiebzig Metern an. Sie wirkten entspannt, aber sie beobachteten mich. Ich stieg aus dem Bentley und schloss ihn wieder ab. Ging zurück zum Eingang und zog die Tür auf. Blickte noch einmal zur braunen Limousine hinüber. Sie waren immer noch da.

Roscoe saß an ihrem Schreibtisch und telefonierte. Sie winkte. Sah aufgeregt aus. Hob ihre Hand, damit ich wartete. Ich beobachtete die Tür zum Rosenholzbüro. Hoffte, dass Teale nicht rauskam, bevor sie ihren Anruf beendet hatte.

Er kam in dem Moment heraus, als sie auflegte. Er war hochrot im Gesicht. Sah wütend aus. Stampfte durch den Mannschaftsraum und stieß seinen schweren Stock auf den Boden. Starrte zu der großen, leeren Tafel. Finlay steckte den Kopf durch die Tür seines Büros und winkte mich hinein. Ich sah Roscoe achselzuckend an und ging, um zu hören, was Finlay zu sagen hatte.

»Was war los?«, fragte ich ihn.

Er lachte.

»Ich habe ihn auf die Palme gebracht. Er fragte, was das solle, dass wir nach einem Wagen suchten. Ich sagte, das hätten wir gar nicht. Sagte, wir hätten Baker erklärt, wir würden was für unseren Magen suchen, aber er hätte verstanden, wir suchten einen Wagen.«

»Seien Sie vorsichtig, Finlay«, sagte ich. »Das sind Killer. Und das ist ein großer Deal.«

Er zuckte die Achseln.

»Es macht mich aber ganz verrückt. Ich brauche ein bisschen Spaß, klar?«

Er hatte zwanzig Jahre in Boston überlebt. Vielleicht würde er auch dies überleben.

»Was ist mit Picard?«, fragte ich ihn. »Haben Sie etwas von ihm gehört?«

»Nichts, nur dass er sich bereithält.«

»Besteht die Möglichkeit, dass er ein paar Männer abgestellt hat, um uns zu überwachen?«

Finlay schüttelte den Kopf. Sah aus, als sei er sich sicher.

»Unmöglich«, sagte er. »Nicht, ohne es mir vorher zu sagen. Warum?«

»Da beobachten ein paar Typen dieses Gebäude«, erwiderte ich. »Seit zehn Minuten. In einer unauffälligen braunen Limousine. Sie waren gestern bei Hubbles Haus, und heute Morgen haben sie in der ganzen Stadt nach mir gefragt.«

Er schüttelte wieder den Kopf.

»Das sind nicht Picards Leute«, versicherte er mir. »Er hätte es mir gesagt.«

Roscoe kam herein und schloss die Tür. Hielt ihre Hand dagegen, als könnte Teale hinter ihr hereinplatzen.

»Ich habe in Detroit angerufen. Es war ein Pontiac. Vor vier Monaten ausgeliefert. Er gehörte zu einer großen Bestellung für den Wagenpark einer Mietwagenfirma. Die DMV kümmert sich um die Registrierung. Ich habe gesagt, sie sollen Picard in Atlanta anrufen. Die Leute von der Mietwagenfirma können ihm vielleicht erzählen, an wen der Wagen verliehen wurde. Das könnte uns weiterbringen.«

Ich fühlte, dass ich Joe näher kam. Als hörte ich ein schwaches Echo.

»Großartig«, sagte ich zu ihr. »Gute Arbeit, Roscoe. Ich bin weg. Hole dich um sechs hier ab. Ihr zwei bleibt zusammen, klar? Haltet euch den Rücken frei.«

»Wo gehen Sie hin?«, fragte Finlay.

»Ich mache eine Fahrt aufs Land.«

Ich ließ sie im Büro zurück und ging zum Eingang. Stieß die Tür auf und trat hinaus. Sah nach Norden. Die Limousine stand immer noch da, fünfundsiebzig Meter entfernt. Die beiden Typen saßen immer noch drin. Immer noch auf Beobachtungsposten. Ich ging zum Bentley. Schloss die Tür auf und stieg ein. Fuhr vom Parkplatz herunter auf die Landstraße. In einem langsamen, weiten Bogen. Fuhr langsam an den beiden Typen vorbei und weiter in Richtung Norden. Im Spiegel sah ich, dass die Limousine startete. Sah, wie sie auf die Straße zog. Sie beschleunigte in Richtung Norden und setzte sich hinter mich. Als würde ich an einem langen, unsichtbaren Seil ziehen. Wenn ich langsamer wurde, wurde sie langsamer. Wenn ich schneller wurde, wurde auch sie schneller. Wie bei einem Spiel.

18

Ich fuhr an Eno's Diner vorbei und entfernte mich Richtung Norden aus der Stadt. Die Limousine folgte mir. In vierzig Meter Entfernung. Ganz offensichtlich. Die beiden Typen fuhren einfach hinter mir her. Mit Blick nach vorn. Ich bog nach Westen auf die Straße nach Warburton ein. Verlangsamte auf gemütliche Reisegeschwindigkeit. Die Limousine folgte. Immer noch in vierzig Meter Entfernung. Wir fuhren nach Westen. In der riesigen Landschaft waren wir das Einzige, was sich bewegte. Ich konnte die zwei Männer im Rückspiegel sehen. Wie sie zu mir blickten. Sie wurden durch die tiefstehende Nachmittagssonne angestrahlt. Das gedämpfte messingfarbene Licht machte sie lebendig. Junge Männer. Latinos mit grellen Hemden und schwarzen Haaren, sehr gepflegt, sehr ähnlich. Ihr Wagen stetig in meinem Kielwasser.

Ich fuhr sieben oder acht Meilen in diesem Tempo. Ich suchte nach einem ganz bestimmten Platz. Ungefähr jede halbe Meile gab es holperige Schotterwege, die nach rechts oder links in die Felder führten. Die ohne Ziel in einer Schleife verliefen. Ich wusste nicht, wozu sie dienten. Vielleicht führten sie zu Sammelpunkten, wo die Farmer ihre Maschinen für die Ernte abstellten. Wann auch immer die war. Ich suchte nach einem speziellen Weg, den ich vorher schon einmal gesehen hatte. Er führte rechts von der Straße um ein kleines Wäldchen herum. Die einzige Deckung weit und breit. Ich hatte es am Freitag vom Gefängnisbus aus gesehen. Und auf der Rückfahrt von Alabama. Ein ganz anständiges Wäldchen. Am Morgen hatte es im Nebel geschwommen. Ein kleines, ovales Wäldchen auf der rechten Seite in der Nähe der Straße, um das ein Schotterweg herumlief und dann wieder in die Straße mündete.

Ich entdeckte es ein paar Meilen vor mir. Die Bäume waren ein Fleck am Horizont. Ich fuhr darauf zu. Ließ das Handschuhfach aufspringen und holte die große Automatik heraus. Klemmte sie zwischen die Polster des Beifahrersitzes. Die beiden Männer folgten mir. Immer noch vierzig Meter entfernt. Eine Viertelmeile vor den Bäumen rammte ich die Schaltung in den zweiten Gang und drückte das Gaspedal zu Boden. Der alte Wagen gurgelte und schoss vorwärts. An dem Weg riss ich das Steuer herum und zog den Bentley von der Straße, dass er sprang und schleuderte. Scheuchte ihn zur Rückseite des Wäldchens. Brachte ihn abrupt zum Stehen. Nahm die Waffe und sprang hinaus. Ließ die Fahrertür weit offen, als wäre ich herausgestolpert und direkt nach links zwischen die Bäume gestürzt.

Aber ich ging zur anderen Seite. Ich ging nach rechts. Schlich um die Motorhaube herum, warf mich fünf Meter weiter in das Erdnussfeld und drückte mich flach auf den Boden. Kroch durch die Büsche und brachte mich auf die Höhe, wo ihr Wagen auf dem Weg hinter dem Bentley halten musste. Presste mich gegen die kräftigen Stängel, tief unter den Blättern, auf die feuchte rote Erde. Dann wartete ich. Sie waren bestimmt sechzig oder siebzig Meter zurückgefallen. Meine plötzliche Beschleunigung hatten sie nicht mitgemacht. Ich ließ den Sicherungshebel zurückschnappen. Dann hörte ich ihren braunen Buick. Ich vernahm das Geräusch des Motors und das Ächzen der Stoßdämpfer. Der Wagen geriet auf dem Weg vor mir in Sicht. Er hielt hinter dem Bentley, vor dem Wäldchen. Er war ungefähr sieben Meter von mir entfernt.

Es waren ziemlich schlaue Burschen. Ich hatte schon schlechtere gesehen. Der Beifahrer war auf der Straße ausgestiegen, bevor sie in den Weg eingebogen waren. Er dachte, ich sei im Wäldchen. Er beabsichtigte, mich von hinten zu überraschen. Der Fahrer kletterte im Wagen herum und ließ sich auf der Beifahrertür, also auf der entgegengesetzten Seite zum Wäldchen, aus dem Wagen fallen. Direkt vor mir. Er hielt einen Revolver in der Hand und kniete im Staub, mit dem Rücken zu mir, glaubte, durch den Buick vor mir versteckt zu sein, und sah durch den Wagen hindurch auf das Wäldchen. Ich musste ihn dazu bringen, dass er sich in Bewegung setzte. Ich wollte ihn nicht in der Nähe des Wagens haben. Der Wagen musste fahrtüchtig bleiben. Ich wollte nicht, dass er beschädigt wurde.

Sie beobachteten das Wäldchen. Das war mein Plan gewesen. Warum sollte ich den ganzen Weg zum einzigen Wäldchen weit und breit fahren und mich dann in einem Feld verstecken? Ein klassisches Ablenkungsmanöver. Sie waren darauf reingefallen, ohne überhaupt darüber nachzudenken. Der Typ am Wagen starrte durch die Bäume. Ich starrte auf seinen Rücken. Ich hielt die Desert Eagle auf ihn gerichtet und atmete flach. Sein Partner schlich langsam durch die Bäume und suchte mich. Sehr bald schon würde er in mein Blickfeld kommen.

Er kam nach ungefähr fünf Minuten. Er hielt einen Revolver vor sich. Schlängelte sich um das Heck des Buicks herum. Hielt sich in einer gewissen Distanz zum Bentley. Er kauerte sich neben seinem Partner nieder, und die beiden sahen sich achselzuckend an. Dann nahmen sie den Bentley unter die Lupe. Befürchteten, dass ich unter dem Wagen lag oder hinter dem stattlichen Kühler aus Chrom herumschlich. Der Typ, der gerade aus dem Wäldchen gekommen war, kroch durch den Staub, hielt den Buick zwischen sich und den Bäumen und starrte direkt vor mir unter den Bentley, um meine Füße zu sehen.

Er kroch die gesamte Länge des Bentleys ab. Ich konnte hören, wie er stöhnte und keuchte, während er sich auf seinen Ellbogen vorwärtshievte. Dann kroch er den gesamten Weg zurück und hockte sich wieder neben seinem Partner nieder. Die beiden rutschten zur Seite und standen langsam neben der Motorhaube des Buicks auf. Sie gingen hinüber und überprüften das Innere des Bentleys. Sie liefen zusammen zum Rand des Wäldchens und starrten in die Dunkelheit. Sie konnten mich nicht finden. Dann kamen sie zurück und standen auf dem Feldweg, in einiger Distanz zu den Wagen, vor dem orangefarbenen Himmel, und starrten mit dem Rücken zum Feld, mit dem Rücken zu mir, auf die Bäume.

Sie wussten nicht, was sie tun sollten. Es waren Stadtjungen. Vielleicht aus Miami. Sie trugen typische Floridakleidung. Sie waren an neonbeleuchtete Straßen und Baustellen gewöhnt.

Sie waren an Operationen unter Autobahnbrücken und auf abfallübersäten Plätzen gewöhnt, die Touristen nie zu Gesicht bekamen. Sie wussten nicht, was sie mit einem Wäldchen mitten in einer Million Morgen Erdnussfelder anfangen sollten.

Ich schoss beiden in den Rücken, als sie so dastanden. Zwei schnelle Schüsse. Zielte hoch zwischen ihre Schulterblätter. Die große Automatik machte ein Geräusch, als würden Handgranaten explodieren. Vögel schossen von überall her in die Höhe. Die beiden Schüsse hallten wie Donner über die Landschaft. Die Rückstöße prellten meine Hand. Die beiden Männer wurden nach vorn geschleudert. Landeten auf ihren Gesichtern auf der gegenüberliegenden Seite des Feldweges ausgestreckt vor den Bäumen. Ich hob meinen Kopf und spähte hinüber. Sie zeigten die typische Schlaffheit und Leere, die bleiben, wenn das Leben erloschen ist.

Ich hielt meine Waffe vor mir und ging zu ihnen hinüber. Sie waren tot. Ich hatte eine Menge Tote gesehen, und diese waren so tot, wie es nur ging. Die großen Magnumgeschosse hatten sie weit oben in den Rücken getroffen. Wo die großen Venen und Arterien sind, die in den Kopf hinaufführen. Die Kugeln hatten ein ziemliches Desaster angerichtet. Ich blickte auf die beiden reglosen Männer hinab und dachte an Joe.

Dann ging ich an die Arbeit. Ich lief zurück zum Bentley. Legte den Sicherungshebel um und warf die Desert Eagle auf den Sitz. Ging hinüber zum Buick und zog die Schlüssel heraus. Ließ den Kofferraum aufspringen. Ich glaube, ich hoffte irgendetwas darin zu finden. Ich fühlte mich nicht schlecht wegen der beiden Typen. Aber ich hätte mich noch besser gefühlt, wenn ich etwas gefunden hätte. Zum Beispiel eine 22er Automatik mit Schalldämpfer. Oder vier Paar Gummiüberschuhe und vier Nylonoveralls. Ein paar Messer. So etwas. Aber ich fand nichts dergleichen. Ich fand Spivey.

Er war schon ein paar Stunden tot. Man hatte ihm mit einer 38er in die Stirn geschossen. Aus nächster Nähe. Die Mündung des Revolvers war etwa fünfzehn Zentimeter von seinem Kopf entfernt gewesen. Ich rieb mit meinem Daumen über die Haut rund um das Einschussloch. Sah ihn mir an. Da war kein Ruß, aber winzige Schießpulverpartikel in seiner Haut. Die konnte man nicht abreiben. Diese Art Tätowierung wies auf einen ziemlich geringen Abstand hin. Fünfzehn Zentimeter, vielleicht zwanzig. Irgendjemand hatte plötzlich eine Waffe gehoben, und der langsame, schwere stellvertretende Direktor war nicht schnell genug gewesen, um auszuweichen.

Es war Schorf auf seinem Kinn, wo ich ihn mit Morrisons Messer geschnitten hatte. Seine kleinen Schlangenaugen waren geöffnet. Er steckte immer noch in seiner speckigen Uniform. Sein weißer, haariger Bauch war zu sehen, wo ich sein Hemd aufgeschlitzt hatte. Er war ein großer Mann gewesen. Damit er in den Kofferraum passte, hatte man seine Beine gebrochen. Wahrscheinlich mit einer Schaufel. Sie hatten sie gebrochen und an den Knien zur Seite gefaltet, um seine Leiche hineinzubekommen. Ich starrte auf ihn hinunter und fühlte, wie Wut in mir aufstieg. Er hatte etwas gewusst und mir nicht gesagt. Und sie hatten ihn trotzdem getötet. Die Tatsache, dass er nicht geredet hatte, hatte für sie nicht gezählt. Sie waren in Panik. Sie brachten jeden zum Schweigen, während die Uhr langsam weiter gen Sonntag vorrückte. Ich starrte in Spiveys tote Augen, als wäre die Antwort in ihnen verborgen.

Dann lief ich zurück zu den Leichen am Rand des Wäldchens und durchsuchte sie. Zwei Brieftaschen und ein Mietwagenvertrag. Ein Mobiltelefon. Das war alles. Der Mietwagenvertrag war für den Buick. Gemietet am Flughafen in Atlanta. Montagmorgen um acht. Ein früher Flug von irgendwoher. Ich sah mir die Brieftaschen an. Keine Flugtickets. Die Führerscheine waren in Florida ausgestellt und gaben Adressen in Jacksonville an. Freundliche Fotos, bedeutungslose Namen. Passende Kreditkarten. Viel Bargeld in den Brieftaschen. Ich nahm alles mit. Sie würden es nicht mehr brauchen.

Ich nahm die Batterie aus dem Mobiltelefon und legte das Telefon in die Tasche des einen, die Batterie in die Tasche des anderen Typen. Dann zog ich die Leichen zum Buick hinüber und hievte sie zu Spivey in den Kofferraum. Nicht ganz leicht. Zwar waren sie nicht groß, aber weich und unhandlich. Brachten mich trotz der Kühle zum Schwitzen. Ich musste sie ziemlich herumschieben, um beide in dem Raum unterzubringen, den Spivey übrig gelassen hatte. Ich sah mich suchend um und fand ihre Revolver. Beides 38er. Der eine hatte noch alle Patronen in der Trommel. Mit dem anderen war einmal geschossen worden. Dem Geruch nach erst kürzlich. Ich warf die Waffen in den Kofferraum. Fand die Schuhe des Beifahrers. Die Desert Eagle hatte ihn einfach aus seinen Schuhen katapultiert. Ich warf auch sie in den Kofferraum und schlug den Deckel zu. Ging zurück ins Feld und suchte mein Versteck in den Sträuchern. Kroch herum und fand die beiden Patronenhülsen. Steckte sie mir in die Tasche.

Dann verschloss ich den Buick und ließ ihn, wo er war. Öffnete den Kofferraum des Bentleys. Zog die Tüte mit meinen alten Sachen heraus. Meine neuen waren mit roter Erde bedeckt und dem Blut der toten Männer verschmiert. Ich zog wieder meine alten Sachen an. Knüllte die schmutzigen Sachen zusammen und stopfte sie in die Tüte. Schmiss die Tüte in den Kofferraum des Bentleys und schloss den Deckel. Dann musste ich nur noch mit einem Zweig alle Fußspuren verwischen.

Ich fuhr langsam mit dem Bentley ostwärts nach Margrave zurück und nutzte die Zeit, um mich zu beruhigen. Es war ein einfacher Hinterhalt gewesen, keine technischen Schwierigkeiten, keine wirkliche Gefahr. Ich hatte dreizehn Jahre harte Zeiten hinter mir. Ich sollte einen Einzelkampf gegen zwei Amateure im Schlaf durchstehen können. Aber mein Herz schlug heftiger, als es sollte, und ein kalter Adrenalinstoß hatte mich aufgeputscht. Der Anblick von Spivey mit seinen seitwärtsgefalteten Beinen hatte das verursacht. Ich atmete tief und gewann die Beherrschung wieder. Mein rechter Arm schmerzte. Als hätte jemand mit einem Hammer auf meine Handfläche geschlagen. Der Schmerz zog sich bis zur Schulter hoch. Diese Desert Eagle hatte einen höllischen Rückstoß. Und machte einen höllischen Krach. Meine Ohren klingelten immer noch von den beiden Explosionen. Aber es ging mir gut. Es war gute Arbeit gewesen. Zwei Männer waren mir bis hierher gefolgt. Bis hierher, und nicht weiter.

Ich parkte am Polizeirevier auf dem Platz, der am weitesten von der Tür entfernt war. Steckte meine Waffe zurück in das Handschuhfach und stieg aus dem Wagen. Es wurde spät. Die Abenddämmerung brach herein. Der riesige Himmel über Georgia verdüsterte sich. Verwandelte sich in ein dunkles Tintenblau. Der Mond ging auf.

Roscoe saß an ihrem Schreibtisch. Sie stand auf, als sie mich sah, und kam herüber. Wir gingen zurück durch die Tür. Liefen ein paar Schritte. Küssten uns.

»Irgendwas von den Mietwagenleuten?«, fragte ich.

Sie schüttelte den Kopf.

»Morgen«, sagte sie. »Picard kümmert sich darum. Er tut sein Bestes.«

»Okay. Welche Hotels gibt es am Flughafen?«

Sie leierte eine Liste mit Namen herunter. So ziemlich dieselben Hotels, die man an jedem Flughafen findet. Ich nannte den ersten Namen auf der Liste. Dann erzählte ich ihr, was mit den Latinos aus Florida passiert war. Letzte Woche hätte sie mich dafür verhaftet. Mich auf den elektrischen Stuhl geschickt. Jetzt war ihre Reaktion eine andere. Diese vier Männer, die in Gummiüberschuhen durch ihr Haus getappt waren, hatten ihre Ansichten über eine Menge Dinge verändert. Also nickte sie nur und zeigte kurz ein grimmiges, zufriedenes Lächeln.

»Zwei weniger«, sagte sie. »Gute Arbeit, Reacher. Gehörten sie dazu?«

»Letzte Nacht? Nein. Sie waren nicht von hier. Wir können sie nicht zu Hubbles zehn Leuten zählen. Sie waren bezahlte Hilfe von außerhalb.«

»Waren sie gut?«, fragte sie.

Ich sah sie achselzuckend an. Machte eine unentschiedene Geste mit meiner Hand.

»Nicht wirklich. Jedenfalls nicht gut genug.«

Dann erzählte ich ihr, was ich im Kofferraum des Buicks gefunden hatte. Sie erschauerte noch einmal.

»Also ist er einer von den zehn?«, fragte sie. »Spivey?«

Ich schüttelte den Kopf.

»Nein, das glaube ich nicht. Auch er war Hilfe von außerhalb. Niemand würde eine Schnecke wie ihn dabeihaben wollen.«

Sie nickte. Ich öffnete den Bentley und nahm die Waffe aus dem Handschuhfach. Sie war zu groß für meine Tasche. Also steckte ich sie zu der Schachtel mit der Munition zurück. Roscoe legte das Ganze in den Kofferraum ihres Chevys. Ich nahm die Tüte mit den blutverschmierten Sachen heraus. Schloss den Bentley ab und ließ ihn auf dem Polizeiparkplatz stehen.

»Ich werde noch einmal Molly anrufen«, sagte ich. »Ich gerate da ziemlich tief hinein. Ich brauche ein paar Hintergrundinformationen. Es gibt da einige Dinge, die ich nicht verstehe.«

Das Revier war ruhig, also benutzte ich das Rosenholzbüro. Ich wählte die Nummer in Washington und erwischte Molly beim zweiten Klingeln.

»Können Sie sprechen?«, fragte ich sie.

Sie bat mich, einen Moment zu warten, und ich hörte, wie sie aufstand und die Tür zu ihrem Büro schloss.

»Es ist zu früh, Jack«, sagte sie. »Ich bekomme die Unterlagen erst morgen.«

»Ich brauche mehr Informationen«, sagte ich. »Ich muss diese internationale Sache verstehen, die Joe gemacht hat. Ich muss wissen, warum hier etwas passiert, wenn das Geschäft eigentlich im Ausland läuft.«

Ich hörte, wie sie darüber nachdachte, wo sie beginnen sollte.

»Okay, Hintergrundinformationen«, sagte sie. »Ich schätze, Joes Annahme war, dass das Ganze vielleicht von hier aus kontrolliert wird. Und es ist sehr schwierig zu erklären, aber ich will es versuchen. Das Fälschen passiert im Ausland, und der Trick ist, dass die Fälschungen auch größtenteils im Ausland bleiben. Und nur ein paar falsche Scheine kommen überhaupt hierher, also ist es zwar kein großer Deal hier im Land, aber wir wollen ihn natürlich trotzdem stoppen. Doch im Ausland stellt es ein ganz anderes Problem dar. Wissen Sie, wie viel Bargeld in den USA im Umlauf ist, Jack?«

Ich dachte an das, was der Typ von der Bank mir gesagt hatte.

»Hundertdreißig Milliarden Dollar.«

»Richtig«, sagte sie. »Aber genau zweimal so viel befindet sich im Ausland. Das ist eine Tatsache. Über den gesamten Erdball verteilt, besitzen die Leute an die zweihundertsechzig Milliarden Dollar. Das Bargeld befindet sich in Sicherheitsdepots in London, Rom, Berlin und Moskau, ist überall in Südamerika und Osteuropa in Matratzen gestopft, unter Dielenbrettern und hinter doppelten Wänden versteckt, in Banken, Reiseagenturen, überall. Und warum?«

»Weiß ich nicht.«

»Weil der Dollar bestimmt das sicherste Zahlungsmittel der Welt ist«, sagte sie. »Die Leute vertrauen darauf. Sie wollen es. Und natürlich ist die Regierung sehr, sehr glücklich darüber.«

»Gut für's Ego, richtig?«, fragte ich.

Ich hörte, wie sie den Hörer in die andere Hand nahm.

»Es geht um nichts Emotionales«, sagte sie. »Es geht ums Geschäft. Denken Sie nach, Jack. Wenn sich eine Hundertdollarnote in irgendeinem Büro in Bukarest befindet, heißt das, dass irgendwo jemand eine Hundertdollarnote im Tausch gegen ausländische Zahlungsmittel erworben hat. Es heißt, dass unsere Regierung ihm ein Stück Papier mit grüner und schwarzer Druckfarbe für den Gegenwert von hundert Dollar verkauft hat. Ein gutes Geschäft. Und weil diesem Zahlungsmittel so vertraut wird, besteht die Chance, dass diese Hundertdollarnote wahrscheinlich viele Jahre lang in diesem Büro in Bukarest bleiben wird. Die Vereinigten Staaten werden wahrscheinlich nie wieder die ausländischen Zahlungsmittel zurückgeben müssen. Solange man dem Dollar vertraut, haben wir nichts zu verlieren.«

»Und wo ist dann das Problem?«

»Schwierig zu beschreiben«, sagte Molly. »Es geht hier nur um Glauben und Vertrauen. Es ist fast schon metaphysisch. Wenn die ausländischen Märkte mit gefälschten Dollarnoten überschwemmt werden, macht das an sich gar nichts. Aber wenn die Leute auf diesen Märkten das herausfinden, dann macht das schon was. Weil sie dann in Panik geraten. Sie verlieren ihren Glauben. Sie verlieren ihr Vertrauen. Sie wollen keine Dollars mehr. Sie nehmen lieber japanische Yen oder Schweizer Franken, um ihre Matratzen damit zu stopfen. Sie wollen ihre Dollars loswerden. Im Endeffekt müsste die Regierung über Nacht einen ausländischen Kredit von zweihundertsechzig Milliarden Dollar zurückzahlen. Über Nacht. Und das könnten wir nicht, Jack.«

»Ein großes Problem«, sagte ich.

»So ist es. Und ein Problem, auf das wir nur schwer Zugriff haben. Die Fälschungen werden alle im Ausland gemacht und auch größtenteils im Ausland in Umlauf gebracht. Das ergibt am meisten Sinn. Die Produktionsstätten befinden sich irgendwo in entlegenen Regionen versteckt im Ausland, wo wir nichts über sie erfahren, und die Fälschungen werden an Ausländer verteilt, die glücklich sind, solange sie ungefähr so aussehen, wie echte Dollars aussehen sollen. Deshalb werden auch nicht viele importiert. Nur die besten kommen in die Staaten zurück.«

»Wie viele sind das?«, fragte ich sie.

Ich hörte, wie sie nach irgendetwas griff. Und ein kurzes Atemgeräusch, als hätte sie ihre Lippen geschürzt.

»Nicht viele«, sagte sie. »Ein paar Milliarden hier und da, schätze ich.«

»Ein paar Milliarden?«, fragte ich. »Das ist nicht viel?«

»Ein Tropfen im Ozean«, erwiderte sie. »Aus makroökonomischer Sicht. Verglichen mit der Gesamtgröße der Wirtschaft, meine ich.«

»Und was genau tun wir dagegen?«

»Zweierlei. Als Erstes versuchte Joe wie verrückt zu verhindern, dass es überhaupt passiert. Der Grund dafür ist klar. Als Zweites tun wir so, als würde es gar nicht passieren. Um den Glauben aufrechtzuerhalten.«

Ich nickte. Mir dämmerte langsam das System hinter der großen Geheimnistuerei in Washington.

»Okay«, sagte ich. »Wenn ich also beim Finanzministerium anrufen und nachfragen würde?«

»Dann würden wir alles abstreiten. Wir würden fragen: Was für Fälschungen?«

Ich ging durch den stillen Mannschaftsraum und stieg zu Roscoe ins Auto. Bat sie, in Richtung Warburton zu fahren. Es war dunkel, als wir das kleine Wäldchen erreichten. Gerade genug Mondlicht, um es erkennen zu können. Roscoe fuhr nach meinen Anweisungen. Ich küsste sie und stieg aus. Sagte, ich würde sie am Hotel treffen. Klopfte leicht auf das Dach des Chevys und winkte ihr nach. Sie bog auf die Straße ein. Fuhr langsam davon.

Ich ging durch das Wäldchen. Wollte keine Fußspuren auf dem Weg hinterlassen. Die dicke Tüte behinderte mich. Verfing sich immer wieder im Unterholz. Ich kam direkt beim Buick heraus. Er stand immer noch da. Alles war ruhig. Ich schloss die Fahrertür mit dem Schlüssel auf und stieg ein. Ließ den Motor an und holperte den Weg hinunter. Die hinteren Stoßdämpfer schlugen ständig auf. Das überraschte mich nicht. Es mussten an die zweihundertfünfzig Kilo im Kofferraum sein.

Ich bog holpernd auf die Straße ein und fuhr ostwärts Richtung Margrave. Aber an der Landstraße bog ich nach links und steuerte Richtung Norden. Legte den Rest der vierzehn Meilen zum Highway zurück. Fuhr an den Lagerhäusern vorbei und reihte mich in den Strom nach Atlanta ein. Ich fuhr weder schnell noch langsam. Wollte nicht auffallen. Der braune Buick war sehr anonym. Sehr unauffällig. So sollte es auch bleiben.

Nach einer Stunde folgte ich den Schildern zum Flughafen. Fand den Weg zum Langzeitparkplatz. Zog ein Ticket an der kleinen, automatischen Schranke und fuhr hinein. Es war ein riesiger Platz. Konnte nicht besser sein. Ich fand eine Parklücke ungefähr in der Mitte, an die hundert Meter vom nächsten Zaun entfernt. Wischte das Lenkrad und die Schaltung ab. Stieg mit der Tüte aus. Verschloss den Buick und ging.

Nach einer Minute sah ich mich um. Konnte den Wagen nicht mehr finden, den ich gerade abgestellt hatte. Was ist der beste Platz, um einen Wagen zu verstecken? Ein Langzeitparkplatz am Flughafen. Denn wo ist der beste Platz, um ein Sandkorn zu verstecken? Am Strand. Der Buick konnte dort einen Monat lang stehen. Niemandem würde das auffallen.

Ich ging zurück zur Eingangsschranke. Am ersten Mülleimer warf ich die Tüte weg. Am zweiten wurde ich das Parkticket los. An der Schranke nahm ich den Flughafenbus und fuhr zum Abflugterminal. Ging hinein und fand einen Waschraum. Wickelte den Schlüssel des Buicks in ein Papierhandtuch ein und ließ ihn in den Mülleimer fallen. Dann ging ich hinunter zur Ankunftshalle und trat wieder in die feuchte Nacht hinaus. Nahm den Bus zum Hotel und fuhr los, um mich mit Roscoe zu treffen.

Ich fand sie im Neonlicht der Hotellobby. Das Zimmer bezahlte ich in bar. Nahm einen Schein von den Jungs aus Florida. Wir fuhren mit dem Aufzug hoch. Das Zimmer war dunkel und schmuddelig. Ziemlich groß. Mit Blick auf die Flughafenanlage. Das Fenster hatte Dreifachverglasung gegen den Lärm. Das Zimmer war stickig.

»Zuerst essen wir was«, sagte ich.

»Zuerst duschen wir«, sagte Roscoe.

Also duschten wir uns. Das versetzte uns in eine bessere Stimmung. Wir seiften uns ein und fingen an herumzualbern. Das Ganze endete damit, dass wir uns in der Duschkabine liebten, während das Wasser auf uns niederprasselte. Nachher wollte ich mich nur noch vor Behagen zusammenrollen. Aber wir hatten Hunger. Und wir hatten noch eine Menge zu tun. Roscoe zog die Sachen an, die sie am Morgen zu Hause eingepackt hatte. Jeans, Hemd, Jacke. Sie sah wunderbar aus. Sehr feminin, aber auch sehr stark. Sie hatte eine Menge Ausstrahlung.

Wir fuhren zu einem Restaurant in der obersten Etage. Es war ganz passabel. Ein riesiger Ausblick auf den Flughafenbereich. Wir saßen bei Kerzenschein am Fenster. Ein gutgelaunter Ausländer brachte unser Essen. Ich stopfte alles in mich hinein. War fast gestorben vor Hunger. Ich trank ein Bier und einen halben Liter Kaffee. Fühlte mich langsam wieder halbwegs menschlich. Zahlte mit weiteren Scheinen der toten Latinos. Dann fuhren wir zur Lobby hinunter und nahmen einen Stadtplan von Atlanta vom Empfang mit. Gingen hinaus zu Roscoes Wagen.

Die Nachtluft war kalt und feucht und stank nach Kerosin. Flughafengeruch. Wir stiegen in den Chevy und beugten uns über den Stadtplan. Fuhren Richtung Nordwesten. Roscoe saß am Steuer, und ich versuchte, sie zu dirigieren. Wir kämpften gegen den Verkehr und landeten ungefähr da, wo wir hinwollten. Eine Siedlung mit niedrigen Wohnhäusern. Wie man sie beim Landeanflug vom Flugzeug aus sieht. Kleine Häuser auf kleinen Grundstücken mit Sturmzäunen über Wasserpfützen. Ein paar nette Gärten, ein paar wilde Müllkippen. Alte Autos in Massen. Alles in gelbes Licht getaucht.

Wir fanden die richtige Straße. Fanden das richtige Haus. Ganz anständig. Ziemlich gepflegt. Sauber und ordentlich. Ein kleines, einstöckiges Haus. Kleiner Garten, kleine Einzelgarage. Schmales Tor im Drahtzaun. Wir gingen hindurch. Klingelten. Eine alte Frau öffnete die mit einer Kette gesicherte Tür.

»Guten Abend«, sagte Roscoe. »Wir sind auf der Suche nach Sherman Stoller.«

Roscoe sah mich an, als sie das sagte. Sie hätte eigentlich sagen müssen, dass wir nach seinem Haus suchten. Wir wussten, wo Sherman Stoller war. Sherman Stoller war im Leichenschauhaus von Yellow Springs, siebzig Meilen entfernt.

»Wer sind Sie?«, fragte die alte Frau höflich.

»Ma'am, wir sind von der Polizei«, sagte Roscoe. Das stimmte nur zur Hälfte.

Die alte Lady schob die Tür etwas zu und nahm die Sicherheitskette ab.

»Sie kommen besser herein«, sagte sie. »Er ist in der Küche. Ich fürchte, er isst gerade.«

»Wer?«, fragte Roscoe.

Die alte Lady blieb stehen und sah sie an. Verwirrt.

»Sherman«, sagte sie. »Den suchen Sie doch, oder?«

Wir folgten ihr in die Küche. Dort saß ein alter Mann am Tisch und aß sein Abendbrot. Als er uns sah, hielt er inne und tupfte seinen Mund mit einer Serviette ab.

»Polizei, Sherman«, sagte die alte Lady.

Der alte Mann blickte uns verdutzt an.

»Gibt es noch einen anderen Sherman Stoller?«, fragte ich ihn.

Der alte Mann nickte. Wirkte beunruhigt.

»Unseren Sohn«, sagte er.

»So um die dreißig?«, fragte ich. »Fünfunddreißig?«

Der alte Mann nickte wieder. Die alte Lady stellte sich hinter ihn und legte ihm eine Hand auf seinen Arm. Eltern.

»Er wohnt nicht hier«, sagte der alte Mann.

»Ist er in Schwierigkeiten?«, fragte die alte Lady.

»Könnten Sie uns seine Adresse geben?«, fragte Roscoe.

Sie machten große Umstände wie alle alten Leute. Sehr entgegenkommend gegenüber Autoritäten. Sehr respektvoll. Wollten uns eine Menge Fragen stellen, gaben uns aber nur die Adresse.

»Er wohnt schon seit zwei Jahren nicht mehr hier«, sagte der alte Mann.

Er hatte Angst. Er versuchte, sich von den Schwierigkeiten seines Sohnes zu distanzieren. Wir nickten ihnen zu und gingen hinaus. Als wir ihre Haustür schlossen, rief der alte Mann hinter uns her.

»Er ist vor zwei Jahren ausgezogen!«

Wir gingen durch das Tor und stiegen wieder in den Wagen. Beugten uns erneut über den Stadtplan. Die neue Adresse war dort nicht zu finden.

»Was hältst du von den beiden?«, fragte mich Roscoe.

»Den Eltern? Sie wissen, dass ihr Sohn nicht viel taugt. Sie wissen, dass er etwas auf dem Kerbholz hat. Wahrscheinlich wissen sie aber nicht genau, was es ist.«

»Das denke ich auch«, sagte sie. »Lass uns seine neue Wohnung suchen.«

Wir fuhren los. Roscoe besorgte Benzin und die nötigen Informationen an der ersten Tankstelle, die wir sahen.

»Etwa fünf Meilen in entgegengesetzter Richtung«, sagte sie. Zog den Wagen herum und steuerte aus der Stadt hinaus.

»Neue Eigentumswohnungen an einem Golfplatz.«

Sie spähte ins Dunkel, suchte nach den Erkennungszeichen, die der Mann an der Tankstelle ihr genannt hatte. Nach fünf Meilen bog sie von der Hauptstraße ab. Fuhr eine neue Straße entlang und bog bei der Reklametafel eines Bauunternehmers ab. Dort wurde für hochpreisige Eigentumswohnungen geworben, die direkt auf dem Fairway gebaut worden waren. Prahlerisch wurde behauptet, dass nur noch wenige Wohnungen frei seien. Hinter der Reklametafel standen Reihen von neuen Häusern. Sehr nett, nicht groß, aber hübsch. Mit Balkonen, Garagen, schönen Details. Eine ehrgeizig gestaltete Landschaft tauchte aus dem Dunkel auf. Beleuchtete Wege führten zu einem Fitnesscenter. Auf der anderen Seite war nichts zu sehen. Der Golfplatz.

Roscoe stellte den Motor ab. Wir saßen im Wagen. Ich streckte meinen Arm auf der Rückenlehne ihres Sitzes aus. Hielt ihre Schultern umfangen. Ich war müde. Ich hatte den ganzen Tag zu tun gehabt. Ich wollte eine Weile so sitzen bleiben. Es war eine ruhige, trübe Nacht. Im Wagen war es warm. Ich wollte Musik. Mit einer schmerzlichen Note. Aber wir hatten anderes zu tun. Wir mussten Judy finden. Die Frau, die Sherman Stoller die Uhr gekauft und mit einer Gravur versehen hatte. *Für Sherman, in Liebe, Judy.* Wir mussten Judy finden und ihr sagen, dass der Mann, den sie liebte, unter einem Highway verblutet war.

»Was hältst du davon?«, fragte Roscoe. Sie war hellwach und munter.

»Weiß nicht«, sagte ich. »Es sind Eigentumswohnungen, keine Mietwohnungen. Sie sehen teuer aus. Kann sich ein Lkw-Fahrer so etwas leisten?«

»Das bezweifle ich. Diese kosten wahrscheinlich so viel wie mein Haus, und ich könnte es ohne die Unterstützung der Stiftung nicht bezahlen. Und so viel ist sicher: Ich verdiene mehr als jeder Lkw-Fahrer.«

»Okay«, sagte ich. »Also lautet unsere Vermutung, dass der gute, alte Sherman ebenfalls eine Art Unterstützung bekam, richtig? Sonst hätte er es sich nicht leisten können, hier zu wohnen.«

»Sicher«, sagte sie. »Aber was für eine Unterstützung war das?«

»Eine Unterstützung, die Leute tötet«, erwiderte ich.

Stollers Haus lag weiter hinten. War wahrscheinlich in der ersten Bauphase errichtet worden. Der alte Mann im ärmeren Stadtteil hatte gesagt, dass sein Sohn vor zwei Jahren ausgezogen war. Das konnte stimmen. Dieser erste Wohnblock war ungefähr zwei Jahre alt. Wir gingen über Fußwege an erhöhten Blumenbeeten vorbei. Über einen Pfad zu Sherman Stollers Haustür. Der Pfad bestand aus Steinen, die auf einen struppigen Rasen gelegt worden waren. Er zwang einem eine unnatürliche Gangart auf. Ich musste kleine Schritte machen. Roscoe musste sich von einer Steinplatte zur nächsten strecken. Wir kamen zur Tür. Sie war blau. Nicht glänzend. Altmodische Farbe.

»Werden wir es ihr sagen?«, fragte ich.

»Das müssen wir doch wohl«, sagte Roscoe. »Sie hat ein Recht darauf.«

Ich klopfte an die Tür. Wartete. Klopfte wieder. Ich hörte, wie drinnen der Boden knackte. Jemand kam. Die Tür öffnete sich. Eine Frau stand im Rahmen. Vielleicht dreißig, aber sie wirkte älter. Klein, nervös, müde. Blondgefärbte Haare. Sie sah zu uns heraus.

»Wir kommen von der Polizei, Ma'am«, sagte Roscoe. »Wir suchen nach dem Haus von Sherman Stoller.«

Einen Moment lang herrschte Schweigen.

»Tja, ich schätze, Sie haben es gefunden«, sagte die Frau.

»Können wir reinkommen?«, fragte Roscoe. Behutsam.

Wieder Schweigen. Keine Bewegung. Dann drehte sich die blonde Frau um und ging den Flur hinunter. Roscoe und ich sahen einander an. Roscoe folgte der Frau. Ich folgte Roscoe und schloss die Tür hinter uns.

Die Frau führte uns in ein Wohnzimmer. Ein ziemlich großer Raum. Teure Möbel und Teppiche. Ein großer Fernseher. Keine Stereoanlage, keine Bücher. Es sah alles ein wenig halbherzig aus. Als hätte es jemand in zwanzig Minuten mit einem Katalog und zehntausend Dollar eingerichtet. Eins davon, eins davon und zwei davon. Alles an einem Morgen geliefert und einfach hier abgestellt.

»Sind Sie Mrs. Stoller?«, fragte Roscoe. Immer noch behutsam.

»Mehr oder weniger«, antwortete die Frau. »Nicht ganz, aber fast, also macht es eh keinen Unterschied.«

»Ist Ihr Name Judy?«

Sie nickte. Nickte eine ganze Weile. Dachte nach.

»Er ist tot, nicht wahr?«, fragte Judy.

Ich antwortete nicht. In diesen Dingen bin ich nicht gut. Dies war Roscoes Part. Sie sagte auch nichts.

»Er ist tot, nicht wahr?«, fragte Judy noch einmal, diesmal lauter.

»Ja, das ist er«, erwiderte Roscoe. »Es tut mir sehr leid.«

Judy nickte vor sich hin und sah sich in dem scheußlichen Zimmer um. Niemand von uns sprach. Wir standen einfach nur da. Judy setzte sich. Sie bedeutete uns, ebenfalls Platz zu nehmen. Wir setzten uns auf zwei Sessel. Wir saßen in einem sauberen Dreieck.

»Wir müssen Ihnen ein paar Fragen stellen«, sagte Roscoe. Sie saß auf der Kante des Sessels und lehnte sich zu der blonden Frau vor. »Ist das möglich?«

Judy nickte. Sah ziemlich ausdruckslos aus.

»Wie lange kannten Sie Sherman?«

»Ungefähr vier Jahre, schätze ich«, sagte Judy. »Ich habe ihn in Florida kennengelernt, wo ich lebte. Ich kam vor vier Jahren hierher, um bei ihm zu sein. Habe seitdem immer hier gelebt.«

»Was hatte Sherman für eine Arbeit?«, fragte Roscoe.

Judy zuckte kläglich mit den Schultern.

»Er war Lkw-Fahrer«, sagte sie. »Er hatte irgend so einen großen Vertrag hier oben. Sollte für länger sein, verstehen Sie? Also kauften wir ein kleines Haus. Seine Eltern zogen mit ein. Wohnten eine Zeitlang bei uns. Dann zogen wir hierher. Überließen seinen Eltern das alte Haus. Er hat drei Jahre lang gutes Geld gemacht. Arbeitete die ganze Zeit. Dann war es plötzlich vorbei, vor einem Jahr. Er hat seitdem kaum noch gearbeitet. Nur Gelegenheitsjobs hier und da.«

»Gehört das Haus Ihnen beiden?«, fragte Roscoe.

»Mir gehört überhaupt nichts. Sherman gehörten die Häuser. Beide.«

»Also verdiente er in den ersten drei Jahren gut?«, fragte Roscoe sie.

Judy warf ihr einen Blick zu.

»Gut? Herrgott, er verdiente Massen! Er war ein Dieb. Er hat jemanden beschissen.«

»Sind Sie sicher?«, fragte ich.

Judy wandte mir ihren Blick zu. Als würde ein Geschütz der Artillerie herumschwenken.

»Man braucht nicht besonders viel Hirn im Kopf, um darauf zu kommen. In drei Jahren hat er für zwei Häuser, eine Menge Möbel, Autos und Gott weiß was bar bezahlt. Und dieses Haus war nicht billig. Hier leben Anwälte, Ärzte und alles Mögliche. Und er hatte genug gespart, dass er seit letztem September überhaupt nicht mehr arbeiten musste. Wenn er all das ehrlich verdient hat, bin ich die First Lady, richtig?«

Sie starrte uns aufsässig an. Sie hatte über alles Bescheid gewusst. Sie hatte gewusst, was passieren würde, wenn er aufflog. Sie forderte uns heraus, ihr das Recht zu versagen, die Schuld auf ihn zu schieben.

»Mit wem hatte er diesen großen Vertrag?«, fragte Roscoe sie.

»Mit so einem Laden, der Island Air-conditioning hieß«, erwiderte sie. »Er hat drei Jahre lang Klimaanlagen transportiert. Hat sie nach Florida runtergebracht. Vielleicht waren sie für die Inseln. Ich weiß es nicht. Er hat häufiger welche geklaut. Im Moment stehen noch zwei alte Kartons in der Garage. Wollen Sie sie sehen?«

Sie wartete nicht auf eine Antwort. Sprang einfach auf und ging hinaus. Wir folgten ihr. Wir gingen alle ein paar Stufen hinunter und durch eine Kellertür. In eine Garage. Die war leer bis auf ein paar alte Kartons, die an einer Wand aufgestellt waren. Pappkartons, vielleicht ein oder zwei Jahre alt. Mit dem Logo des Herstellers. Island Air-conditioning, Inc. Obere Seite hier. Das Klebeband war aufgerissen und hing herunter. Auf jedem Karton stand eine lange, von Hand geschriebene Seriennummer. In jedem Karton musste eine Klimaanlage gewesen sein. So eine, die man in den Fensterrahmen klemmt und die einen Höllenlärm macht. Judy starrte auf die Kartons und dann auf uns. Dieser Blick sollte bedeuten: Ich habe ihm eine goldene Uhr geschenkt und er mir eine Ladung Sorgen.

Ich ging hinüber und sah mir die Kartons an. Sie waren leer. Ich konnte einen schwachen, säuerlichen Geruch wahrnehmen. Dann gingen wir wieder nach oben. Judy nahm ein Fotoalbum aus einem Schrank. Setzte sich hin und schaute sich ein Foto von Sherman an.

»Was ist mit ihm passiert?«, fragte sie.

Das war eine einfache Frage. Die eine einfache Antwort verdiente.

»Er wurde in den Kopf geschossen«, log ich. »Er war sofort tot.«

Judy nickte. Als wäre sie nicht überrascht.

»Wann?«

»Donnerstagnacht«, erklärte Roscoe ihr. »Gegen Mitternacht. Hat er Ihnen gesagt, wohin er Donnerstagnacht wollte?«

Judy schüttelte den Kopf.

»Er hat mir nie viel gesagt.«

»Hat er je ein Treffen mit einem Ermittler erwähnt?«, fragte Roscoe.

Judy schüttelte wieder den Kopf.

»Was ist mit Pluribus?«, fragte ich sie. »Hat er je dieses Wort benutzt?«

Sie wirkte verdutzt.

»Ist das eine Krankheit?«, fragte sie. »Irgendwas mit der Lunge oder so?«

»Was ist mit Sonntag?«, fragte ich. »Mit kommendem Sonntag? Hat er je etwas darüber gesagt?«

»Nein. Er hat nie viel gesagt.«

Sie saß da und starrte die Fotos im Album an. Im Zimmer war es still.

»Kannte er irgendwelche Anwälte in Florida?«, fragte Roscoe sie.

»Anwälte? In Florida? Warum sollte er?«

»Er wurde in Jacksonville verhaftet«, sagte Roscoe. »Vor zwei Jahren. Es war ein Verkehrsdelikt mit seinem Lkw. Ein Anwalt half ihm da raus.«

Judy zuckte mit den Schultern, als wären zwei Jahre tiefste Vergangenheit für sie.

»Diese Anwälte stecken doch ihre Nase überall rein, nicht wahr? Das ist nichts Besonderes.«

»Dieser Mann war nicht auf der Suche nach einem Schmerzensgeldopfer«, sagte Roscoe. »Er war Partner in einer großen Firma da unten. Haben Sie eine Idee, wie Sherman an ihn gekommen sein kann?«

Judy zuckte wieder mit den Schultern.

»Vielleicht hat ihm sein Arbeitgeber den besorgt«, sagte sie. »Island Airconditioning. Die haben uns auch eine gute Krankenversicherung gezahlt. Sherman ließ mich zum Arzt gehen, wann immer ich es nötig hatte.«

Wir alle schwiegen. Es gab nichts mehr zu sagen. Judy saß da und starrte auf die Fotos in ihrem Album.

»Wollen Sie sein Foto sehen?«

Ich ging hinter ihren Sessel und beugte mich über sie, um das Bild zu betrachten. Es zeigte einen rotblonden, rattengesichtigen Mann. Klein, schmächtig, mit einem Grinsen auf den Lippen. Er stand vor einem gelben Lieferwagen. Grinste und sah blinzelnd in die Kamera. Das Grinsen verlieh ihm eine gewisse Prägnanz.

»Das ist der Wagen, den er fuhr«, sagte Judy.

Aber ich blickte nicht auf den Wagen oder Sherman Stollers prägnantes Grinsen. Ich blickte auf eine Gestalt im Hintergrund des Bildes. Sie war unscharf und halb von der Kamera abgewandt, aber ich konnte erkennen, wer es war. Paul Hubble.

Ich winkte Roscoe zu uns herüber, und sie beugte sich neben mir über den Sessel. Ich sah, wie eine Welle des Erstaunens über ihr Gesicht lief, als sie Hubble erkannte. Dann beugte sie sich tiefer über das Foto. Sah genauer hin. Ich sah eine zweite Welle des Erstaunens. Sie hatte noch etwas anderes erkannt.

»Wann ist das Foto gemacht worden?«, fragte ich.

Judy zuckte mit den Schultern.

»Letztes Jahr im Sommer, glaube ich.«

Roscoe berührte das verschwommene Bild von Hubble mit ihrem Fingernagel.

»Hat Sherman gesagt, wer dieser Mann ist?«

»Der neue Boss«, sagte Judy. »Er war sechs Monate da, dann hat er Sherman gefeuert.«

»Der neue Boss von Island Air-conditioning?«, fragte Roscoe. »Gab es einen Grund für Shermans Entlassung?«

»Sherman sagte, sie würden ihn nicht mehr brauchen. Er hat nie viel erzählt.«

»Ist das der Firmensitz von Island Air-conditioning? Wo das Bild aufgenommen wurde?«

Judy zuckte mit den Schultern und nickte zaghaft.

»Ich glaube, ja«, sagte sie. »Sherman hat mir nicht viel darüber erzählt.«

»Wir müssen das Foto mitnehmen«, sagte Roscoe. »Sie bekommen es später zurück.«

Judy fischte es aus der Plastikhülle. Gab es ihr.

»Sie können es behalten. Ich will es nicht mehr.«

Roscoe nahm das Foto und steckte es in die Innentasche ihrer Jacke. Sie und ich gingen in die Mitte des Raumes zurück und blieben dort stehen.

»In den Kopf geschossen«, sagte Judy. »Das kommt davon, wenn man dumme Spielchen spielt. Ich habe ihm gesagt, dass sie ihn früher oder später erwischen würden.«

Roscoe nickte mitfühlend.

»Wir bleiben in Verbindung«, sagte sie. »Sie wissen schon, die Formalitäten wegen der Beerdigung, und vielleicht brauchen wir eine Aussage.«

Judy starrte uns wieder an.

»Bemühen Sie sich nicht. Ich werde nicht zu seiner Beerdigung gehen. Ich war nicht seine Frau, also bin ich jetzt auch nicht seine Witwe. Ich werde vergessen, dass ich ihn jemals kannte. Dieser Mann hat mir von Anfang bis Ende nur eine Menge Ärger gemacht.«

Sie stand vor ihrem Sessel und starrte uns an. Wir gingen leise hinaus, den Flur hinunter und durch die Haustür. Über den schwierigen Pfad. Wir hielten uns an der Hand, während wir über die Steine stiegen.

»Was ist auf dem Foto?«

Roscoe ging weiter.

»Warte«, sagte sie. »Ich zeig's dir im Wagen.«

19

Wir stiegen in den Chevy, und sie schaltete das Licht an. Zog das Foto aus ihrer Tasche. Lehnte sich herüber und hielt das Bild so, dass die glänzende Oberfläche im Licht lag. Überprüfte es sorgfältig. Gab es mir.

»Sieh auf den Rand«, sagte sie. »Auf der linken Seite.«

Das Bild zeigte Sherman Stoller, der vor einem gelben Lieferwagen stand. Paul Hubble stand abgewandt im Hintergrund. Die beiden Gestalten und der Wagen füllten das gesamte Bild, abgesehen von einem Keil Asphalt am unteren Rand. Und einem dünnen Rand im linken Hintergrund. Dieser Ausschnitt war sogar noch verschwommener als Hubble, aber ich konnte den Rand eines modernen Metallgebäudes mit einer silberfarbenen Verkleidung sehen. Einen großen Baum dahinter. Den Rahmen einer Tür. Es war ein großes Rolltor, hochgezogen. Der Rahmen war dunkelrot. Irgendein Industrieanstrich. Teils dekorativ, teils Rostschutz. Eine Art Schuppentür. Im Innern des Gebäudes war es dunkel.

»Das ist Kliners Lagerhaus«, sagte sie. »Am Ende der Landstraße.«

»Bist du sicher?«

»Ich erkenne den Baum wieder«, antwortete sie.

Ich sah noch einmal hin. Es war ein charakteristischer Baum. Auf der einen Seite völlig abgestorben. Vielleicht von einem Blitz gespalten.

»Das ist Kliners Lagerhaus«, sagte sie noch einmal. »Kein Zweifel.«

Dann schaltete sie ihr Autotelefon ein und nahm das Foto zurück. Wählte die Zulassungsstelle in Atlanta an und gab die Nummer von Stollers Lieferwagen durch. Wartete und klopfte mit ihrem Zeigefinger auf das Lenkrad. Ich hörte, wie die Antwort durch den Hörer kam. Dann schaltete sie das Telefon aus und wandte sich zu mir um.

»Der Wagen ist auf Kliner Industries zugelassen«, sagte sie. »Und die Adresse ist Zacarias Perez, Rechtsanwälte, Jacksonville, Florida.«

Ich nickte. Sie nickte zurück. Sherman Stollers Helfer. Die ihn vor zwei Jahren nach genau fünfundfünfzig Minuten aus dem Revier in Jacksonville herausgeholt hatten.

»Okay«, sagte sie. »Bringen wir alles auf den Punkt. Hubble. Stoller. Joes Untersuchung. Sie drucken Falschgeld in Kliners Lagerhaus, richtig?«

Ich schüttelte den Kopf.

»Falsch«, sagte ich. »Es wird kein Falschgeld innerhalb der Staaten gedruckt. Das passiert nur im Ausland. Molly Beth Gordon hat mir das erzählt, und sie muss wissen, was sie sagt. Sie behauptet, Joe hätte so was unmöglich gemacht. Und was immer auch Stoller getan hat, Judy sagt, dass er damit vor einem Jahr aufgehört hat. Und Finlay sagt, dass Joe das Ganze erst vor einem Jahr begonnen hat. Ungefähr zur selben Zeit, als Hubble Stoller feuerte.«

Roscoe nickte. Zuckte die Achseln.

»Wir brauchen Mollys Hilfe«, sagte sie. »Wir brauchen eine Kopie von Joes Unterlagen.«

»Oder Picards Hilfe. Vielleicht finden wir Joes Hotelzimmer und bekommen die Originalunterlagen in die Hände. Schauen wir mal, wer schneller ist und uns anruft, Molly oder Picard.«

Roscoe schaltete das Licht aus. Startete den Wagen für die Rückfahrt zum Flughafenhotel. Ich streckte mich gähnend neben ihr aus. Ich konnte spüren, dass sie nervös wurde. Sie hatte jetzt nichts mehr zu tun. Keine Ablenkung mehr. Jetzt hatte sie sich den stillen, gefährlichen Nachtstunden zu stellen. Der ersten Nacht nach der letzten. Die Aussicht beunruhigte sie.

»Hast du die Waffe, Reacher?«

Ich drehte mich auf dem Sitz herum, um ihr Gesicht zu sehen.

»Sie ist im Kofferraum«, sagte ich. »In der Schachtel. Du hast sie da reingetan, erinnerst du dich?«

»Nimm sie mit aufs Zimmer, okay? Dann fühle ich mich besser.«

Ich grinste schläfrig in die Dunkelheit. Gähnte.

»Ich fühle mich dann auch besser«, sagte ich. »Es ist eine höllische Waffe.«

Dann verfielen wir wieder in Schweigen. Roscoe fand den Hotelparkplatz. Wir stiegen aus dem Wagen und streckten uns in der Dunkelheit. Ich öffnete den Kofferraum. Nahm die Schachtel heraus und schlug den Kofferraumdeckel zu. Wir gingen ins Hotel, durch die Lobby und fuhren mit dem Aufzug hinauf.

Im Zimmer angekommen, wollten wir nur noch schlafen. Roscoe legte ihre glänzende 38er neben ihr Bett auf den Teppich. Ich lud meine riesige 44er und legte sie auf meine Seite. Durchgeladen und gesichert. Wir klemmten einen Stuhl unter den Türknauf. Roscoe fühlte sich sicherer so.

Ich wachte früh auf, lag im Bett und dachte an Joe. Mittwochmorgen. Nun war er schon fünf volle Tage tot. Roscoe war bereits auf. Sie stand mitten im Zimmer und streckte sich. Eine Art Yogaübung. Sie hatte geduscht und war nur halb angezogen. Sie hatte keine Unterhose an. Nur ein Hemd. Ihr Rücken war mir zugewandt. Als sie sich streckte, glitt das Hemd nach oben. Plötzlich dachte ich nicht mehr an Joe.

»Roscoe?«

»Was?«

»Du hast den wunderbarsten Hintern auf dem ganzen Planeten.«

Sie kicherte. Ich warf mich auf sie. Konnte nicht anders. Sie machte mich verrückt. Es war dieses Kichern, das es mir angetan hatte. Es machte mich wirklich verrückt. Ich trug sie zurück in das große Hotelbett. Das Gebäude hätte einstürzen können, wir hätten es nicht bemerkt. Wir endeten erschöpft in einem Knäuel. Blieben eine Weile liegen. Dann stand Roscoe noch einmal auf und duschte sich zum zweiten Mal an diesem Morgen. Zog sich wieder an. Mit Unterhose und allem Drum und Dran. Grinste zu mir herüber, als wollte sie sagen, dass sie mich damit vor weiterer Versuchung bewahrte.

»Du meinst das wirklich?«

»Was meine ich?«, fragte ich lächelnd.

»Du weißt schon«, lächelte sie zurück. »Dass ich einen hübschen Hintern habe.«

»Ich habe nicht gesagt, dass du einen hübschen Hintern hast«, erwiderte ich. »Ich habe viele hübsche Hintern gesehen. Ich sagte, deiner sei der wunderbarste Hintern auf dem ganzen Planeten.«

»Und du meinst das wirklich?«

»Darauf kannst du wetten«, sagte ich. »Unterschätze nicht die Anziehungskraft deines Hinterns, Roscoe, was auch immer du tust.«

Ich bestellte beim Zimmerservice Frühstück. Entfernte den Stuhl vom Türknauf, damit der kleine Wagen durchkonnte. Zog die schweren Vorhänge auf. Es war ein herrlicher Morgen. Ein leuchtend blauer Himmel, nicht die kleinste Wolke, strahlende Herbstsonne. Das Zimmer war lichtdurchflutet. Wir öffneten das Fenster und ließen Luft und die Gerüche und Geräusche des Tages herein. Die Aussicht war überwältigend. Ging geradewegs über den Flughafen und die Innenstadt dahinter. Die Autos auf den Parkplätzen spiegelten das Sonnenlicht und sahen aus wie Juwelen auf beigefarbenem Samt. Die Flugzeuge bahnten sich ihren Weg in die Höhe und schwenkten langsam wie dicke, gewichtige Vögel außer Sicht. Die Gebäude in der Stadt ragten aufrecht und hoch in den Himmel. Ein herrlicher Morgen. Aber es war der sechste Morgen, den mein Bruder nicht mehr erlebte. Roscoe rief vom Hotelzimmer aus Finlay in Margrave an. Sie erzählte ihm von dem Foto, auf dem Hubble und Stoller in der Sonne auf dem Vorhof des Lagerhauses standen. Dann gab sie ihm unsere Zimmernummer und bat ihn, uns anzurufen, wenn sich Molly aus Washington melden sollte. Oder wenn Picard irgendwelche Informationen der Mietwagenleute über den ausgebrannten Pontiac hätte. Ich fand es besser, in Atlanta zu bleiben, falls Picard Molly schlug und wir eine Spur von Joes Hotel hätten. Es war ziemlich wahrscheinlich, dass er in der Innenstadt, vielleicht in der Nähe des Flughafens, gewohnt hatte. Sinnlos, nach Margrave zu fahren und dann wieder nach Atlanta zurückzumüssen. Also warteten wir. Ich fummelte am Radio herum, das in den Nachttisch eingebaut war. Fand einen Sender, der was halbwegs Anständiges spielte. Hörte sich an wie ein frühes Album von Canned Heat. Ein munterer, fröhlicher Sound, gerade richtig an einem strahlenden, freien Morgen.

Das Frühstück kam, und wir aßen. Die ganze Palette. Pfannkuchen, Sirup, Schinken. Viel Kaffee in einer großen Porzellankanne. Danach legte ich mich wieder aufs Bett. Schon sehr bald stellte sich bei mir Unruhe ein. Ich bekam das Gefühl, als wäre es ein Fehler zu warten. Ich hatte das Gefühl, nichts zu tun. Ich konnte sehen, dass es Roscoe ebenso ging. Sie hatte das Foto von Hubble, Stoller und dem gelben Lieferwagen auf den Nachttisch gelegt und starrte darauf. Ich starrte aufs Telefon. Es klingelte nicht. Wir liefen wartend im Zimmer herum. Dann bückte ich mich, um die Desert Eagle vom Boden zu nehmen. Wog sie in meiner Hand. Folgte mit einem Finger dem eingravierten Namen auf dem Griff. Sah zu Roscoe hinüber. Ich wollte etwas über den Mann wissen, der diese schwere Automatik gekauft hatte.

»Was war Gray für ein Mann?«

»Gray?«, fragte sie. »Er war äußerst gründlich. Du willst Joes Unterlagen? Du solltest mal Grays Unterlagen sehen. Es gibt Akten über fünfundzwanzig Jahre im Revier, alle von ihm. Alle genau und umfassend. Gray war ein guter Detective.«

»Warum hat er sich dann aufgehängt?«

»Ich weiß es nicht«, sagte sie. »Ich habe es nie verstanden.«

»War er depressiv?«

»Nicht wirklich«, sagte sie. »Ich meine, er war immer irgendwie deprimiert. Trübsinnig, verstehst du? Ein sehr düsterer Mann. Und gelangweilt. Er war ein guter Detective, und an Margrave war er verschwendet. Aber im Februar war es nicht schlimmer als sonst. Es kam total überraschend für mich. Ich war ziemlich bestürzt.«

»Habt ihr euch nahegestanden?«

Sie zuckte die Achseln.

»Ja, irgendwie. Auf eine gewisse Weise standen wir uns sehr nahe. Er war ein düsterer Mensch, der niemandem wirklich nahestand. Nie verheiratet, immer allein gelebt, keine Verwandten. Er war Abstinenzler, also ging er nie mit jemandem ein Bier trinken. Er war still, schmuddelig und ein bisschen übergewichtig. Kahlköpfig, mit einem langen, ungepflegten Bart. Ein sehr selbstgenügsamer Mann. Ein echter Einzelgänger. Aber er stand mir so nahe, wie es für ihn überhaupt möglich war. Auf eine bestimmte Art mochten wir uns.«

»Und er hat nie etwas gesagt?«, fragte ich sie. »Hat sich eines Tages einfach aufgehängt?«

»Genauso war es. Ein totaler Schock. Ich habe es nie verstanden.«

»Und wieso hast du seine Waffe in deinem Schreibtisch versteckt?«

»Er fragte mich, ob ich sie für ihn aufbewahren könne«, erwiderte sie. »Er hatte keinen Platz in seinem eigenen Schreibtisch. Er hat eine Menge Papierkram produziert. Er fragte mich einfach, ob ich eine Schachtel mit einer Waffe für ihn aufbewahren könne. Es war seine Privatwaffe. Er sagte, die bekäme er niemals vom Department genehmigt, weil das Kaliber zu groß sei. Er machte daraus ein großes Geheimnis.«

Ich legte die geheime Waffe des toten Mannes zurück auf den Teppich, dann wurde die Stille vom Klingeln des Telefons beendet. Ich rannte zum Nachttisch und nahm den Hörer ab. Hörte Finlays Stimme. Ich umklammerte den Hörer und hielt die Luft an.

»Reacher? Picard hat, was wir brauchen. Er hat die Spur des Wagens zurückverfolgt.«

Ich atmete aus und nickte Roscoe zu.

»Großartig, Finlay«, sagte ich. »Wie komme ich an die Information?«

»Gehen Sie in sein Büro. Er wird Ihnen dort alles selbst ausführlich erzählen. Ich will hier nicht so viel übers Telefon laufen lassen.«

Ich schloss eine Sekunde lang meine Augen und fühlte, wie mich eine Woge der Energie durchströmte.

»Danke, Finlay. Wir sprechen uns später.«

»Okay, aber seien Sie vorsichtig, klar?«

Dann legte er auf und ließ mich mit meinem Telefon sitzen. Ich lächelte.

»Ich dachte schon, er würde nie anrufen«, lachte Roscoe. »Aber ich schätze, achtzehn Stunden sind gar nicht so schlecht, selbst für das FBI, oder?«

Das FBI war in Atlanta in einem neuen Bundesgebäude in der Innenstadt untergebracht. Roscoe parkte direkt davor. Die Empfangsdame rief oben an und teilte uns mit, dass Special Agent Picard sofort herunterkommen werde, um mit uns zu sprechen. Wir warteten in der Lobby auf ihn. Es war eine große Halle, der man den tapferen Versuch ansah, freundlich zu wirken, doch besaß sie immer noch die düstere Atmosphäre, die für Regierungsgebäude typisch ist. Picard stieg nach drei Minuten aus einem Aufzug. Mit großen Schritten kam er zu uns herüber. Er schien die gesamte Halle auszufüllen. Er nickte mir zu und nahm Roscoes Hand.

»Habe von Finlay viel über Sie gehört«, sagte er.

Seine Bärenstimme grollte. Roscoe nickte und lächelte.

»Der Wagen, den Finlay gefunden hat, war ein gemieteter Pontiac. Wurde an Joe Reacher verliehen. Im Flughafen von Atlanta. Donnerstagabend um acht.«

»Großartig, Picard«, sagte ich. »Haben Sie eine Ahnung, wo er sich verkrochen hatte?«

»Mehr als eine Ahnung, mein Freund. Die Firma hatte die exakte Adresse. Der Wagen war vorbestellt. Er wurde direkt zu seinem Hotel gebracht.«

Er nannte ein Hotel, das eine Meile von unserem entfernt lag.

»Danke, Picard. Ich schulde Ihnen was.«

»Kein Problem, mein Freund. Sie sind jetzt aber bitte vorsichtig, okay?«

Er ging zurück zum Aufzug, und wir fuhren zurück zum Flughafen. Roscoe bog auf die Umgehungsstraße ein und beschleunigte im Strom der Wagen. Hinter einer Leitplanke tauchte ein schwarzer Pick-up auf. Nagelneu. Ich drehte mich um und konnte noch einen Blick darauf werfen, als er hinter einer Ansammlung von Lkws verschwand. Schwarz. Nagelneu. Wahrscheinlich hatte das nichts zu sagen. Hier unten wurden viele Pick-ups verkauft.

Roscoe zückte ihre Dienstmarke an der Rezeption des Hotels, in dem Joe laut Picard am Donnerstag eingecheckt hatte. Die Angestellte sah in ihrem Computer nach und teilte uns mit, dass Joe in Zimmer 621 gewohnt hatte, sechster Stock, am hinteren Ende des Gangs. Sie sagte, ein Manager würde sich oben mit uns treffen. Also fuhren wir mit dem Aufzug hinauf und gingen einen dunklen Gang entlang. Warteten vor Joes Zimmertür.

Der Manager kam sofort und öffnete das Zimmer mit seinem Generalschlüssel. Wir gingen hinein. Das Zimmer war leer. Es war aufgeräumt und gesäubert worden. Es sah aus, als sei es für neue Gäste bereit.

»Was ist mit seinen Sachen?«, sagte ich. »Wo sind die?«

»Wir haben das Zimmer am Samstag ausgeräumt«, sagte der Manager. »Der Gast hat Donnerstagabend eingecheckt und sollte Freitagmorgen um elf Uhr das Zimmer räumen. Wir gaben ihm, wie das üblich ist, noch einen Tag, und als er dann nicht auftauchte, haben wir seine Sachen ausgeräumt und zur Hauswirtschaft gebracht.«

»Also sind seine Sachen irgendwo in einem Schrank?«, fragte ich.

»Unten«, sagte der Manager. »Sie sollten sehen, was wir da alles haben. Die Leute vergessen ständig irgendwas.«

»Also können wir einen Blick darauf werfen?«

»Im Keller«, sagte er. »Nehmen Sie die Treppe von der Lobby aus. Sie werden es schon finden.«

Der Manager spazierte davon. Roscoe und ich gingen den langen Korridor zurück und fuhren mit dem Aufzug nach unten. Wir fanden die Personaltreppe und gingen hinunter in den Keller. Die Hauswirtschaft war eine riesige, mit Bettwäsche und Handtüchern vollgestopfte Halle. Dort gab es alle möglichen Körbe mit Seifen und Shampoos, wie man sie in der Dusche findet. Zimmermädchen kamen mit ihren Servicewagen herein und gingen hinaus. In der vorderen Ecke war ein Büro durch Glaswände abgetrennt, darin saß eine Frau an einem kleinen Schreibtisch. Wir gingen hinüber und klopften an das Glas. Sie blickte auf. Roscoe zeigte ihre Dienstmarke.

»Kann ich helfen?«, fragte die Frau.

»Zimmer sechs-zwei-eins«, sagte Roscoe. »Sie haben ein paar persönliche Sachen ausgeräumt, Samstagmorgen. Haben Sie die hier unten?«

Ich hielt wieder den Atem an.

»Sechs-zwei-eins?«, wiederholte die Frau. »Er hat sie schon abgeholt. Sie sind weg.«

Ich atmete aus. Wir waren zu spät gekommen. Vor Enttäuschung erstarrte ich.

»Wer hat sie abgeholt?«, fragte ich. »Und wann?«

»Der Gast«, sagte die Frau. »Heute Morgen, vielleicht um neun, halb zehn.«

»Und wie hieß er?«, fragte ich sie.

Die Frau zog ein kleines Buch aus einem Regal und öffnete es. Befeuchtete einen dicklichen Finger und zeigte auf eine Linie.

»Joe Reacher. Er hat hier unterschrieben und dann seine Sachen genommen.«

Sie drehte das Buch um und schob es zu uns herüber. Auf der Linie sah man eine hingekritzelte Unterschrift.

»Wie sah dieser Reacher aus?«

Sie zuckte mit den Schultern.

»Fremdländisch«, sagte sie. »Wie ein Latino. Vielleicht aus Kuba? Kleiner, dunkler Bursche, schlank, nettes Lächeln. Ein sehr höflicher Mann, soweit ich mich erinnere.«

»Haben Sie eine Liste von den Sachen?«

Sie fuhr mit dem dicklichen Finger an der Linie entlang. Bis zu einer schmalen Spalte. Verzeichnet waren eine Reisetasche, acht Kleidungsstücke, ein Kulturbeutel, zwei Paar Schuhe. Der letzte Punkt auf der Liste war eine Aktentasche.

Wir gingen und fanden die Treppe zurück in die Lobby. Liefen hinaus in die Morgensonne. Ich fand plötzlich nicht mehr, dass es ein großartiger Tag sei. Wir kamen beim Wagen an. Lehnten uns nebeneinander an den vorderen Kotflügel. Ich überlegte, ob Joe wohl klug und vorsichtig genug gewesen war, das zu tun, was ich getan hätte. Ich konnte mir das durchaus vorstellen. Er hatte eine lange Zeit mit klugen und vorsichtigen Leuten verbracht.

»Roscoe, wenn du dieser Typ wärst und mit Joes Sachen hier herauskämst, was würdest du tun?«

Sie ging zur Wagentür. Dachte über meine Frage nach.

»Ich würde die Aktentasche behalten«, sagte sie. »Sie dorthin bringen, wohin ich sie bringen soll. Den Rest der Sachen würde ich loswerden wollen.«

»Das würde ich auch tun«, erwiderte ich. »Wo würdest du versuchen, sie loszuwerden?«

»Ich schätze, bei der ersten Gelegenheit.«

Es gab eine Zufahrt für Lieferanten zwischen Joes Hotel und dem nächsten. Sie führte im Bogen um die Hotels herum und dann auf die Umgehungsstraße. Auf einer Strecke von zwanzig Metern stand eine Reihe Müllcontainer. Ich zeigte darauf.

»Angenommen, er ist da hinausgefahren«, sagte ich. »Angenommen, er ist kurz stehen geblieben und hat die Reisetasche sofort in einen der Müllcontainer geworfen.«

»Aber er hat die Aktentasche behalten, richtig?«, fragte Roscoe.

»Vielleicht suchen wir gar nicht die Aktentasche«, erwiderte ich. »Gestern bin ich meilenweit zu diesem Wäldchen gefahren, habe mich aber im Feld versteckt. Ein Ablenkungsmanöver, verstehst du? Das ist eine Angewohnheit von mir. Vielleicht hatte Joe dieselbe Angewohnheit. Vielleicht hat er die Aktentasche mitgebracht, aber seine wichtigen Sachen in der Reisetasche verstaut.«

Roscoe zuckte mit den Schultern. War nicht überzeugt. Wir gingen langsam die Lieferantenzufahrt hinunter. Von nahem waren die Müllcontainer riesig. Ich musste mich auf ihren Rand hieven, um hineinsehen zu können. Der erste war leer. Außer dem festgeklebten Küchenabfall von Jahren war nichts darin. Der zweite war voll. Ich fand eine lange Holzlatte und stocherte damit in den Abfällen herum. Konnte nichts entdecken. Ich ließ mich wieder herunter und ging zur nächsten.

Ich fand eine Reisetasche. Sie lag kopfüber auf ein paar alten Kartons. Ich fischte mit der Latte nach ihr. Hob sie heraus. Warf sie vor Roscoes Füße. Sprang daneben. Es war eine viel benutzte, ramponierte Reisetasche. Verkratzt und verschrammt. Zahlreiche Abzeichen von Fluggesellschaften daran. Ein kleines Namensschild in Form einer winzigen Gold Card war am Griff befestigt. Darauf stand eingraviert: Reacher.

»Okay, Joe«, sagte ich zu mir selbst. »Schauen wir mal, ob du ein schlauer Bursche warst.«

Ich sah nach den Schuhen. Sie waren in einer Außentasche. Zwei Paar. Genau wie es auf der Liste der Hauswirtschafterin gestanden hatte. Ich zog nacheinander die Innensohlen heraus. Unter der dritten fand ich einen winzigen Beutel mit Reißverschluss. Darin einen gefalteten Computerausdruck.

»Schlau wie ein Fuchs, Joe«, sagte ich leise und lachte.

20

Roscoe und ich tanzten in der Lieferantenzufahrt herum wie Baseballspieler im Unterstand, die sehen, wie der siegreiche Homerun steil in den Himmel schießt. Dann hasteten wir zurück zum Chevy und rasten die Meile zurück zu unserem Hotel. Liefen in die Lobby, in den Aufzug. Schlossen unser Zimmer auf und stürzten hinein. Das Telefon klingelte. Es war wieder Finlay. Er klang nicht weniger aufgeregt als wir.

»Molly Beth Gordon hat gerade angerufen«, begann er. »Es hat geklappt. Sie hat die Akten, die wir brauchen. Sie fliegt direkt hierher. Sie erzählte, dass es erstaunliche Unterlagen seien. Klang euphorisch. Ankunft zwei Uhr in Atlanta. Ich treffe sie da. Delta Airlines, aus Washington. Hat Picard Ihnen alles gesagt?«

»Sicher«, sagte ich. »Ein guter Mann. Ich glaube, ich habe den Rest des Computerausdrucks gefunden.«

»Sie glauben?«, fragte Finlay. »Sie wissen es nicht?«

»Wir sind gerade erst zurückgekommen. Haben ihn uns noch nicht angesehen.«

»Dann sehen Sie drauf, Herrgott noch mal! Schließlich ist es wichtig.«

»Bis später, Harvard-Mann«, sagte ich.

Wir setzten uns an den Tisch am Fenster. Öffneten den kleinen Plastikbeutel und zogen das Papier heraus. Falteten es sorgfältig auseinander. Es war ein Blatt Computerpapier. Die oberen zwei Zentimeter waren aus der rechten Ecke herausgerissen worden. Die Hälfte der Überschrift stand noch darauf. Sie lautete: Operation E unum.

»Operation E unum pluribus«, sagte Roscoe.

Darunter standen drei Blöcke mit Initialen und Telefonnummern auf der gegenüberliegenden Seite. Die ersten Initialen lauteten: P.H. Die Telefonnummer war herausgerissen.

»Paul Hubble«, sagte Roscoe. »Seine Nummer und die zweite Hälfte der Überschrift hat Finlay gefunden.«

Ich nickte. Es gab noch vier weitere Initialen. Die ersten beiden lauteten W.B. und K.K. Auch neben ihnen standen Telefonnummern. Ich erkannte bei K.K. die Vorwahl von New York. Die Vorwahl von W.B. musste ich nachschlagen. Die dritten Initialen lauteten J.S. Die Vorwahl war 504 für

New Orleans. Ich war dort vor noch weniger als einem Monat gewesen. Die vierten Initialen lauteten M. B. G. Daneben stand eine Telefonnummer mit der Vorwahl 202. Ich zeigte darauf, so dass Roscoe es sah.

»Molly Beth Gordon«, sagte sie. »Washington, D. C.«

Ich nickte wieder. Es war nicht die Nummer, die ich vom Rosenholzbüro aus angewählt hatte. Vielleicht ihre Privatnummer. Die letzten beiden Eintragungen auf dem angerissenen Papier waren keine Initialen. Die vorletzte Zeile bestand nur aus zwei Wörtern: Stollers' Garage. Und die letzte aus drei Wörtern: Grays Kliner-Akte. Ich sah auf die sorgfältig angeordneten Blöcke und konnte plötzlich fühlen, wie die ordentliche, ja geradezu pedantische Persönlichkeit meines Bruders aus der Seite hervorströmte.

Über Paul Hubble wussten wir Bescheid. Er war tot. Was mit Molly Beth Gordon war, wussten wir auch. Sie würde um zwei Uhr hier sein. Wir hatten die Garage in Sherman Stollers Haus am Golfplatz gesehen. Und nur zwei leere Kartons gefunden. Also blieben uns die unterstrichene Überschrift, drei Initialen mit drei Telefonnummern und drei Wörter: Grays Kliner-Akte. Ich sah auf die Uhr. Gerade Mittag vorbei. Zu früh, um sich zurückzulehnen und auf die Ankunft von Molly Beth Gordon zu warten. Ich hielt es für das Beste, einfach anzufangen.

»Zuerst denken wir über die Überschrift nach«, sagte ich. »E unum pluribus.«

Roscoe zuckte die Schultern.

»Das ist das Motto der USA, richtig?«, fragte sie. »Das lateinische?«

»Nein«, erwiderte ich. »Er hat das Motto umgedreht. Dies hier bedeutet mehr oder weniger: Aus einem werden viele. Nicht: Aus vielen wird eins.«

»Könnte Joe es falsch geschrieben haben?«

Ich schüttelte den Kopf.

»Das bezweifle ich«, sagte ich. »Ich glaube nicht, dass Joe einen solchen Fehler machen würde. Es muss etwas bedeuten.«

Roscoe zuckte wieder mit den Schultern.

»Mir sagt das nichts. Was noch?«

»Grays Kliner-Akte«, sagte ich. »Hatte Gray eine Akte über Kliner?«

»Wahrscheinlich. Er hat über alles und jeden eine Akte angelegt. Wenn jemand nur auf den Bürgersteig spuckte, kam das in eine persönliche Akte.«

Ich nickte. Ging zurück zum Bett und nahm das Telefon. Rief Finlay in Margrave an. Baker teilte mir mit, dass er schon weg sei. Also wählte ich die anderen Nummern auf Joes Ausdruck. Die Nummer von W. B. war in New Jersey. Princeton University. Fakultät für Zeitgeschichte. Ich legte wieder auf.

Konnte keine Verbindung sehen. Die Nummer von K. K. war in New York City. Columbia University. Fakultät für Zeitgeschichte. Ich legte wieder auf. Dann wählte ich J. S. in New Orleans an. Ich hörte ein Rufzeichen und dann eine geschäftige Stimme.

»Fünfzehntes Revier, Ermittlungen«, sagte die Stimme.

»Ermittlungen?«, fragte ich. »Ist da das Police Department von New Orleans?«

»Fünfzehntes Revier«, wiederholte die Stimme. »Kann ich Ihnen helfen?«

»Gibt es bei Ihnen jemanden mit den Initialen J. S.?«

»J. S.?«, fragte die Stimme. »Davon gibt es hier drei. Wen möchten Sie denn sprechen?«

»Das weiß ich nicht«, erklärte ich. »Sagt Ihnen der Name Joe Reacher etwas?«

»Was zum Teufel soll das sein?«, fragte die Stimme. »Ein Quiz oder so?«

»Fragen Sie nach, ja? Fragen Sie jeden J. S., ob er Joe Reacher kennt. Wollen Sie das für mich tun? Ich rufe dann später noch mal an, okay?«

Unten in New Orleans stöhnte der Wachhabende vom fünfzehnten Revier nur leise und legte auf. Ich blickte Roscoe achselzuckend an und stellte das Telefon zurück auf den Nachttisch.

»Warten wir auf Molly?«, fragte sie.

Ich nickte. Ich war nervös, weil ich Molly kennenlernen würde. Es war, als würde man einen Geist treffen, der mit einem anderen Geist verbunden war.

Wir warteten an dem in die Fensternische gepferchten Tisch. Sahen, wie die Sonne aus ihrem Zenit niedersank. Verbrachten die Zeit damit, Joes Ausdruck zwischen uns hin und her zu schieben. Ich starrte auf die Überschrift. E unum pluribus. Aus einem werden viele. Das war Joe Reacher, in drei Wörtern. Etwas Wichtiges in einem kleinen, ironischen Wortspiel verdichtet.

»Gehen wir«, sagte Roscoe.

Es war noch zu früh, aber wir waren ungeduldig. Wir sammelten unsere Sachen zusammen. Fuhren mit dem Aufzug zur Lobby und ließen die toten Latinos unsere Telefonrechnung bezahlen. Dann gingen wir hinüber zu Roscoes Chevy. Bahnten uns langsam unseren Weg zu den Ankunftsterminals. Leicht war das nicht. Die Flughafenhotels waren für Leute geplant, die aus den Ankunftsterminals kamen oder zu den Abflugterminals wollten. Niemand hatte an die Leute gedacht, die in entgegengesetzter Richtung fahren mussten.

»Wir wissen nicht, wie Molly aussieht«, sagte Roscoe.

»Aber sie weiß, wie ich aussehe«, erwiderte ich. »Ich sehe wie Joe aus.«

Der Flughafen war riesig. Wir sahen das meiste davon, als wir hinüber in den Ankunftsbereich fuhren. Er war größer als manche Städte, die ich gesehen hatte. Wir fuhren meilenweit. Fanden den richtigen Terminal. Verpassten einen Spurwechsel und fuhren am Kurzzeitparkplatz vorbei. Fuhren noch einmal die Runde und reihten uns an der Schranke ein. Roscoe schnappte sich ein Ticket und fuhr langsam auf den Parkplatz.

»Nach links«, sagte ich.

Der Parkplatz war voll. Ich reckte den Hals und suchte nach einem freien Platz. Dann sah ich verschwommen einen schwarzen Umriss in der Reihe rechts von mir. Ich sah ihn aus dem Augenwinkel.

»Nach rechts, nach rechts.«

Ich dachte, es sei das Heck eines schwarzen Pick-ups. Nagelneu. Der rechts von mir vorbeifuhr. Roscoe riss das Steuer herum, und wir bogen in den nächsten Gang. Sahen ein Aufblitzen roter Bremslichter auf schwarzem Blech. Ein Pick-up fuhr aus unserem Blickfeld. Roscoe schoss den Gang hinunter und nahm hart die Kurve.

Der nächste Gang war leer. Nichts bewegte sich. Nichts als Kolonnen von Wagen, die ruhig in der Sonne standen. Dasselbe im folgenden. Nichts bewegte sich. Kein schwarzer Pick-up. Wir fuhren über den gesamten Parkplatz. Das kostete uns viel Zeit. Wir wurden durch ein- und ausfahrende Wagen aufgehalten. Aber wir suchten den gesamten Bereich ab. Konnten nirgendwo einen schwarzen Pick-up finden.

Doch wir fanden Finlay. Wir parkten auf einem freien Platz und machten uns auf den langen Weg zum Terminal. Finlay hatte in einem anderen Bereich geparkt und kam aus der Diagonalen auf uns zu. Den Rest des Wegs legten wir gemeinsam zurück.

Im Terminal herrschte Hochbetrieb. Und er war riesig. Nicht sehr hoch, aber meilenweit in die Breite gebaut. Das ganze Gebäude war überfüllt. Oben zeigten klickende Anzeigetafeln die Ankunftszeiten an. Die Zwei-Uhr-Maschine aus Washington war gelandet und rollte zum Flugsteig. Wir gingen dorthin. Es war eine Strecke von fast einer halben Meile. Wir befanden uns in einem langen Gang mit geripptem Gummiboden. Zwei Laufbänder in der Mitte fuhren den Gang hinunter. Auf der rechten Seite hing eine endlose Reihe glänzender, greller Werbeplakate mit den Attraktionen des Südens. Geschäft und Vergnügen, hier gab es alles, so viel war sicher. Auf der linken Seite ging von der Decke bis zum Boden eine Trennwand aus Glas mit einem weißen Streifen in Augenhöhe, damit die Leute nicht gegen die Scheibe prallten.

Hinter dem Glas waren die Flugsteige. Eine endlose Reihe. Die Passagiere kamen aus den Flugzeugen und gingen auf ihrer Seite der Glaswand den Gang entlang. Die Hälfte von ihnen verschwand in Richtung Gepäckausgabe. Dann kamen sie wieder heraus und suchten nach Ausgängen in der Glaswand, die sie in den Hauptgang hinausließen. Die andere Hälfte waren Kurzstreckenflieger ohne großes Gepäck. Sie gingen direkt zu den Ausgängen. Jeder Ausgang war umlagert von einem Haufen von Angekommenen und Abholenden. Wir bahnten uns unseren Weg hindurch, als wir den Gang hinuntergingen.

Passagiere quollen alle dreißig Meter aus den Ausgängen. Freunde und Verwandte kamen näher, und die beiden Menschenströme trafen aufeinander. Wir kämpften uns durch acht verschiedene Menschenansammlungen, bevor wir zum richtigen Flugsteig gelangten. Ich drängte mich einfach hindurch. Ich war beunruhigt. Der Anblick des schwarzen Pick-ups auf dem Parkplatz hatte mich aus dem Gleichgewicht gebracht.

Wir erreichten den Flugsteig. Wir gingen auf unserer Seite der Glaswand an den Ausgängen vorbei. Bis wir die Maschine sehen konnten. Immer noch kamen Leute aus dem Flugzeug. Ich sah, wie sie aus dem Flugsteig quollen und sich in Richtung Gepäckausgabe und Ausgang bewegten. Auf unserer Seite der Glaswand gingen die Leute zu den Flugsteigen weiter hinten. Sie stießen uns an, als sie sich an uns vorbeischoben. Wir wurden den Gang hinuntergezogen. Als würde man in einer starken Strömung schwimmen. Wir mussten ständig zurückgehen, nur um an derselben Stelle zu bleiben.

Hinter der Glaswand strömten die Leute heran. Ich sah eine Frau näher kommen, die Molly hätte sein können. Sie war an die fünfunddreißig, hatte ein geschäftsmäßiges Kostüm an sowie eine Aktentasche und eine Reisetasche dabei. Ich stand da und versuchte, erkannt zu werden, aber die Frau sah plötzlich jemand anders, zeigte auf ihn, gab hinter dem Glas einen stummen Schrei von sich und warf einem Mann zehn Meter entfernt einen Kuss zu. Er drängte rückwärts zur Tür, um dort auf sie zu warten.

Dann hatte ich den Eindruck, dass jede der Frauen Molly sein könnte. Es müssen ein paar Dutzend Kandidatinnen gewesen sein. Sie waren blond und brünett, groß und klein, hübsch und nicht so hübsch. Alle geschäftsmäßig gekleidet, alle mit kleinem Gepäck, alle mit diesem erschöpften, zielstrebigen Gang müder leitender Angestellter in der Mitte eines Arbeitstages. Ich beobachtete sie. Sie trieben hinter der Scheibe mit dem Strom, einige von ihnen spähten nach Ehemännern, Freunden, Fahrern oder Geschäftsfreunden, andere blickten starr geradeaus. Alle wurden durch die treibende Menge mitgerissen.

Eine von ihnen hatte aufeinander abgestimmtes burgunderfarbenes Ledergepäck, eine schwere Aktentasche in der einen Hand und einen Rollkoffer in der anderen, den sie an einem langen Griff hinter sich herzog. Sie war klein, blond und aufgeregt. Sie ging langsamer, als sie aus dem Flugsteig heraustrat, und suchte die Menge hinter der Glasscheibe ab. Ihre Augen flogen über mich hinweg. Dann schnellten sie zurück. Sie sah mir ins Gesicht. Blieb stehen. Hinter ihr stauten sich die Leute. Sie wurde vorwärtsgedrängt. Sie kämpfte sich bis zur Scheibe durch. Ich trat von meiner Seite aus nahe an sie heran. Sie starrte mich an. Lächelte.

»Molly?«, fragte ich sie lautlos durch die Glasscheibe.

Sie hielt die schwere Aktentasche wie eine Trophäe hoch. Wies nickend darauf. Lächelte breit in aufgeregtem Triumph. Sie wurde zurückgedrängt. Von der Menge in Richtung Ausgang gerissen. Sie blickte zurück, um zu sehen, ob ich folgte. Roscoe, Finlay und ich kämpften uns hinterher.

Auf Mollys Seite arbeitete der Strom für sie. Auf unserer Seite gegen uns. Wir wurden in doppelter Geschwindigkeit auseinandergerissen. Eine undurchdringliche Gruppe von Collegestudenten trieb auf uns zu. Wollte zu einem Flugsteig weiter hinten. Es waren große, wohlgenährte Kinder, die sich rücksichtslos mit ihrem sperrigen Gepäck vordrängten. Wir drei wurden fünf Meter nach hinten geschoben. Hinter dem Glas ging Molly vorwärts. Ich sah, wie ihr blonder Schopf verschwand. Ich kämpfte mich zur Seite und sprang auf das Laufband. Das lief in die falsche Richtung. Ich wurde weitere fünf Meter davongetragen, bevor ich es schaffte, über den Handlauf auf die andere Seite zu springen.

Jetzt fuhr ich in die richtige Richtung, doch das Laufband war durch eine undurchdringliche Masse von Leuten versperrt, die einfach stehen blieben. Zufrieden mit dem Schneckentempo, in dem der Gummiboden sie vorwärtstransportierte. Sie standen immer zu dritt nebeneinander. Da war kein Durchkommen. Ich kletterte auf den schmalen Handlauf und versuchte, mich darauf vorwärtszubalancieren. Ich musste mich bücken, weil ich die Balance nicht halten konnte. Ich fiel heftig auf die linke Seite. Wurde fünf Meter in die falsche Richtung getragen, bevor ich wieder auf die Füße kam. Panisch sah ich mich um. Durch das Glas hindurch konnte ich sehen, dass Molly zur Gepäckausgabe getrieben wurde. Ich konnte sehen, dass Roscoe und Finlay noch hinter mir waren. Ich bewegte mich langsam in die falsche Richtung.

Ich wollte nicht, dass Molly zur Gepäckausgabe ging. Sie war überstürzt hierhergeflogen. Sie hatte wichtige Neuigkeiten bei sich. Mit Sicherheit hatte sie keinen großen Koffer gepackt. Mit Sicherheit musste ihr Gepäck nicht überprüft werden. Es gab keinen Grund dafür, dass sie zur Gepäckausgabe ging. Ich senkte den Kopf und rannte los. Rempelte mir den Weg frei. Arbeitete gegen das gegenläufige Band an. Der Gummiboden hemmte meine Schritte. Jeder Zusammenprall kostete mich Zeit. Leute schrien empört auf. Ich kümmerte mich nicht darum und stieß sie einfach zur Seite. Sprang vom Laufband und boxte mich durch die Menge an den Ausgängen.

Die Gepäckausgabe war eine niedrige, breite Halle mit trübem Licht. Ich kämpfte mich durch den Ausgang. Sah mich überall nach Molly um. Konnte sie nicht finden. Die Halle war voll von Leuten. Es mussten an die hundert Passagiere sein, die in Dreierreihen am Gepäckband standen. Das Band knirschte unter der Last der Taschen und Koffer. An der Seitenwand standen in lockerer Reihe Gepäckwagen. Leute warteten dort, um einen Vierteldollar in einen Schlitz zu stecken und sie aus der Reihe zu lösen. Sie rollten sie durch die Menge. Wagen stießen gegeneinander und verkeilten sich. Leute schoben und drückten.

Ich watete durch die Massen. Bahnte mir meinen Weg und drehte immer wieder einfach eine Frau um, um zu sehen, ob es Molly war. Ich hatte sie hier hineingehen sehen. Ich hatte sie nicht herauskommen sehen. Ich überprüfte jedes Gesicht. Ich durchforstete die ganze Halle. Ich ließ mich von der unerbittlichen Strömung nach draußen treiben. Kämpfte mich zum Ausgang durch. Roscoe hielt sich dort am Türrahmen fest und kämpfte gegen die Strömung.

»Ist sie herausgekommen?«, fragte ich.

»Nein. Finlay ist bis zum Ende des Gangs gelaufen. Er wartet dort. Ich warte hier.«

Wir warteten, während die Leute an uns vorbeiströmten. Dann wurde der Strom, der vom Flugsteig her auf uns zukam, unvermittelt dünner. Fast alle Passagiere des Flugzeugs waren jetzt durch. Die letzten Nachzügler schlenderten hinaus. Eine alte Frau in einem Rollstuhl war die Letzte. Sie wurde von einem Angestellten der Fluggesellschaft geschoben. Der Mann musste stehen bleiben und um ein Hindernis herumfahren, das im Eingang zur Gepäckausgabe lag. Es war ein burgunderfarbener Lederkoffer. Er lag auf der Seite. Sein Griff war noch immer herausgezogen. Aus fünf Metern Entfernung konnte ich das Goldmonogramm auf der Vorderseite lesen. Es lautete: M.B.G.

Roscoe und ich liefen zurück in die Gepäckausgabe. Die Halle hatte sich in den paar Minuten, seit ich dort herausgekommen war, fast geleert. Nur noch ein Dutzend Leute befand sich darin. Die meisten hoben schon ihr

Gepäck vom Band und kamen heraus, als wir hineingingen. Innerhalb einer Minute war die Halle menschenleer. Das Gepäckband lief knirschend weiter. Dann blieb es stehen. In der Halle wurde es still. Roscoe und ich standen in der plötzlichen Stille und sahen einander an.

Die Halle hatte vier Wände, einen Boden und eine Decke. Es gab einen Eingang und einen Ausgang. Das Band schlängelte sich durch ein Loch von einem Quadratmeter herein und durch ein ebenso großes Loch wieder hinaus. Beide Löcher waren von schwarzen Lamellenvorhängen aus Gummi verdeckt. Neben dem Band war eine Personaltür. Von unserer Seite aus hatte sie keine Klinke.

Roscoe lief zurück und nahm sich Molly Beth' Koffer. Öffnete ihn. Er enthielt Kleider zum Wechseln und einen Kulturbeutel. Und ein Foto. Mit Messingrahmen im Format acht mal zehn. Es zeigte Joe. Er sah aus wie ich, nur ein bisschen dünner. Mit rasiertem, sonnengebräuntem Schädel. Einem ironischen, amüsierten Lächeln.

Die Halle wurde vom Gellen eines Warnsignals durchdrungen. Es hielt einen kurzen Moment an, dann setzte sich das Gepäckband wieder in Bewegung. Wir starrten darauf. Starrten auf das verhüllte Loch, aus dem es kam. Der Gummivorhang blähte sich. Eine Aktentasche kam heraus. Burgunderfarbenes Leder. Die Riemen waren durchgeschnitten. Die Tasche war offen. Und leer.

Sie zuckelte mechanisch vorwärtsgetrieben zu uns herüber. Wir starrten darauf. Starrten auf die durchgeschnittenen Riemen. Sie waren mit einem scharfen Messer durchtrennt worden. Durchtrennt von jemandem, der keine Zeit gehabt hatte, die Verschlüsse zu öffnen.

Ich sprang auf das laufende Band. Stürzte in Gegenrichtung auf das einen Quadratmeter große Loch zu und hechtete wie ein Schwimmer mit dem Kopf voran durch die Gummilamellen. Ich landete hart, und das Band zog mich langsam wieder hinaus. Ich kroch und kletterte wie ein Kind auf Händen und Füßen vorwärts. Rollte vom Band herunter und sprang auf. Ich war in der Ladezone. Sie war menschenleer. Draußen strahlte die Nachmittagssonne. Es stank nach Kerosin und Diesel von den Wagen, die das Gepäck von den Flugzeugen auf der Rollbahn hierhertransportieren.

Um mich herum stapelten sich vergessene Koffer und verlassene Fracht. Alles war in offenen Lagernischen untergebracht. Der Gummiboden war übersät mit alten Kofferanhängern und langen Strichcodeetiketten. Der ganze Raum war wie ein schmutziges Labyrinth. Ich schlängelte mich überall hindurch und suchte ohne Hoffnung nach Molly. Ich eilte von einem Gepäckstapel zum anderen. Von einer Lagernische zur nächsten. Ich hielt mich an den Metallregalen fest und hievte mich um die Ecken. Sah verzweifelt umher. Niemand da. Nirgendwo irgendjemand. Ich rannte weiter, schlitterte und rutschte auf den Papierschnitzeln aus.

Ich fand ihren linken Schuh. Er lag umgekippt am Eingang zu einer dunklen Nische. Ich tauchte hinein. Nichts. Ich versuchte es mit der nächsten Nische. Wieder nichts. Ich hielt mich an einem Regal fest und atmete schwer. Ich musste systematischer vorgehen. Ich lief zum hinteren Ende des Gangs. Fing an, abwechselnd in jede Nische auf beiden Seiten zu sehen. Links und rechts, links und rechts verfolgte ich meinen Weg zurück, so schnell es ging, in einem verzweifelten, atemlosen Zickzack.

Ich fand ihren rechten Schuh drei Nischen vor dem anderen Ende. Dann sah ich ihre Blutspur. Am Eingang zur nächsten Nische breitete sich eine klebrige Lache aus. Molly selbst war im Hintergrund der Nische zusammengesunken, lag auf dem Rücken zwischen zwei Türmen aus Kisten in der Dunkelheit. Einfach auf dem Boden ausgestreckt. Blut strömte aus ihr heraus. Ihr Bauch war aufgeschlitzt. Jemand hatte ein Messer hineingerammt und es brutal bis unter die Rippen hochgerissen.

Aber sie lebte noch. Eine ihrer bleichen Hände flatterte. Ihre Lippen waren mit Blasen aus hellem Blut gesprenkelt. Ihr Kopf bewegte sich nicht, aber ihre Augen fuhren hin und her. Ich stürzte zu ihr. Nahm ihren Kopf in meine Hände. Sie sah mich an. Zwang sich zu sprechen.

»Bis Sonntag müssen Sie drinnen sein«, flüsterte sie.

Dann starb sie in meinen Armen.

21

Ich hatte in vielleicht sieben verschiedenen Schulen Chemieunterricht gehabt. Viel habe ich nicht gelernt. Bekam nur einen allgemeinen Eindruck. An eine Sache erinnere ich mich, und zwar, dass man einen kleinen Zusatzstoff in eine Glasröhre werfen kann, und alles explodiert mit einem Knall. Nur ein bisschen Pulver, und der Effekt ist riesengroß.

Dieses Gefühl hatte ich bei der Sache mit Molly. Ich hatte sie vorher noch nie getroffen. Nicht einmal von ihr gehört. Aber ich war über alle Maßen zornig. Ich fühlte mich wegen ihr schlechter als wegen Joe. Was mit Joe passiert war, hatte ihn in Ausübung seiner Pflicht getroffen. Er hätte es akzeptiert. Joe und ich wussten alles über Pflicht und ihr Risiko seit dem Moment, da wir überhaupt etwas wussten. Aber mit Molly war das etwas anderes.

Die andere Sache, die mir aus dem Chemielabor in Erinnerung geblieben ist, ist die mit dem Druck. Druck verwandelt Kohle in Diamanten. Druck bewirkt etwas. Er bewirkte auch etwas bei mir. Ich war zornig, und mir blieb keine Zeit. Im Geiste sah ich Molly aus dem Flugsteig kommen. Mit großen Schritten, entschlossen, Joes Bruder zu helfen. Mit einem breiten, triumphierenden Lächeln. Mit einer Aktentasche voller Unterlagen, die sie nicht hätte kopieren dürfen. Sie hatte ein großes Risiko auf sich genommen. Für mich. Für Joe. Dieses Bild in meinem Kopf baute sich auf wie ein massiver Druck auf eine alte geologische Schicht. Ich musste entscheiden, wie dieser Druck zu nutzen war. Ich musste entscheiden, ob er mich zerquetschen oder in einen Diamanten verwandeln würde.

Wir waren auf dem Parkplatz und hatten uns gegen den vorderen Kotflügel von Roscoes Wagen gelehnt. Betäubt und schweigend. Mittwochnachmittag, fast drei Uhr. Ich hielt Finlays Arm. Er hatte bleiben und sich um Molly kümmern wollen. Er hatte gesagt, das sei seine Pflicht. Ich hatte ihn angeschrien, dass wir dazu nicht die Zeit hätten. Ich hatte ihn gewaltsam aus dem Terminal gezogen. Ich hatte ihn zum Wagen geschleppt, weil ich wusste, dass das, was wir in den nächsten paar Augenblicken taten, den Unterschied zwischen Sieg und Niederlage ausmachen würde.

»Wir müssen Grays Akte finden«, forderte ich. »Was Besseres können wir jetzt nicht mehr tun.«

Finlay zuckte mit den Schultern. Gab den Kampf auf.

»Mehr bleibt uns nicht«, sagte er.

Roscoe nickte.

»Dann los«, sagte sie.

Sie und ich fuhren in ihrem Wagen. Finlay war die ganze Zeit vor uns. Roscoe und ich sprachen kein einziges Wort. Aber Finlay redete während der ganzen Strecke mit sich selbst. Er schrie und fluchte. Ich konnte sehen, wie sein Kopf im Wagen hin und her zuckte. Er fluchte, brüllte und schrie gegen seine Windschutzscheibe an.

Teale wartete am Eingang des Polizeireviers. Lehnte an der Empfangstheke. Umklammerte den Stock mit seiner fleckigen, alten Hand. Er sah, wie wir drei hineinkamen, und hinkte in das große Mannschaftsbüro. Setzte sich an einen Schreibtisch. An den Tisch, der dem Aktenraum am nächsten war.

Wir gingen zum Rosenholzbüro. Setzten uns, um abzuwarten. Ich nahm Joes Ausdruck aus meiner Tasche und schob ihn über den Schreibtisch. Finlay sah ihn durch.

»Nicht viel, oder?«, sagte er. »Was soll die Überschrift bedeuten? E unum pluribus? Das ist umgedreht, richtig?«

Ich nickte.

»Aus einem werden viele«, sagte ich. »Ich verstehe die Bedeutung nicht.«

Er zuckte mit den Schultern. Ging das Papier noch mal Zeile für Zeile durch. Ich beobachtete ihn dabei. Dann klopfte es laut an der Bürotür, und Baker kam herein.

»Teale verlässt das Gebäude«, sagte er. »Will mit Stevenson auf dem Parkplatz sprechen. Brauchen Sie irgendwas?«

Finlay gab ihm den Computerausdruck.

»Machen Sie mir eine Kopie davon, ja?«

Baker ging, um das zu erledigen, und Finlay trommelte mit seinen Fingern auf die Schreibtischplatte.

»Was sind das für Initialen?«, fragte er.

»Wir kennen nur die der Toten«, sagte ich. »Hubble und Molly Beth. Zwei Telefonnummern sind von Universitäten. Princeton und Columbia. Die letzte ist von einem Detective unten in New Orleans.«

»Was ist mit Stollers Garage?«, fragte er. »Haben Sie einen Blick hineingeworfen?«

»Da war nichts. Nur ein paar leere Kartons von Klimaanlagen vom letzten Jahr, als er eine Ladung nach Florida brachte und die Anlagen gestohlen hat.«

Finlay stöhnte leise auf, und Baker kam zurück. Gab mir Joes Ausdruck mit einer Kopie davon. Ich behielt das Original und gab Finlay die Kopie.

»Teale ist weg«, sagte Baker.

Wir hasteten aus dem Büro. Konnten einen letzten Blick auf den weißen Cadillac werfen, der langsam vom Parkplatz fuhr. Stießen die Tür zum Aktenraum auf.

Margrave war eine winzige Stadt mitten im Nirgendwo, aber Gray hatte fünfundzwanzig Jahre damit verbracht, diesen Aktenraum mit Papier zu füllen. Es gab dort mehr Papier, als ich in sämtlichen Jahren davor gesehen hatte. Alle vier Wände waren von deckenhohen Metallschränken mit frisch gestrichenen weißen Türen bedeckt. Wir öffneten alle. Jeder Schrank war voll von Aktenreihen. Es mussten an die tausend DIN-A4-große Fächer darin sein. Fächer aus Hartfaser mit Etiketten auf dem Rücken und kleinen Plastikschlaufen unter den Etiketten, so dass man das Fach bei Bedarf herausziehen konnte. Links von der Tür deckte das oberste Regal den Bereich A ab. Rechts von der Tür, ganz weit unten, galt das letzte Regal dem Buchstaben Z. Der Bereich K war an der Wand gegenüber der Tür, links von der Mitte, in Augenhöhe.

Wir fanden ein Fach mit dem Etikett »Kliner«. Direkt zwischen drei Fächern mit der Aufschrift »Klan« und einem mit der Aufschrift »Klippspringer gegen den Staat Georgia«. Ich steckte meinen Finger in die kleine Schlaufe. Zog das Fach heraus. Es war schwer. Ich gab es Finlay. Wir liefen zum Rosenholzbüro zurück. Stellten das Fach auf den Schreibtisch. Öffneten es. Es war voll mit alten vergilbten Unterlagen.

Aber es waren die falschen. Sie hatten nichts mit Kliner zu tun. Überhaupt nichts. Es war ein acht Zentimeter dicker Stapel alter Memos des Police Departments. Zeug über Einsätze. Zeug, das schon vor Jahrzehnten hätte weggeworfen werden müssen. Ein Stück Geschichte. Vorgehensweisen, die zu befolgen waren, wenn die Sowjetunion eine Rakete auf Atlanta abschoss. Vorgehensweisen, die zu befolgen waren, wenn ein Schwarzer vorn im Bus sitzen wollte. Eine Menge altes Zeug. Aber keine der Überschriften fing mit K an. Nicht ein Wort betraf Kliner. Ich starrte auf den acht Zentimeter hohen Stapel und fühlte, wie der Druck sich weiter aufbaute.

»Irgendjemand ist uns zuvorgekommen«, sagte Roscoe. »Sie haben das Zeug über Kliner herausgenommen und gegen diesen Müll ausgetauscht.«

Finlay nickte. Aber ich schüttelte den Kopf.

»Nein«, sagte ich. »Das ergibt keinen Sinn. Sie hätten das ganze Fach herausgeholt und in den Müll geworfen. Das hier hat Gray selbst getan. Er musste die Unterlagen verstecken, konnte es aber nicht über sich bringen, seine Ordnung im Aktenraum zu ruinieren. Also hat er den Inhalt des Fachs genommen und stattdessen dieses alte Zeug hineingelegt. So blieb alles schön ordentlich. Du hast doch gesagt, dass er ein penibler Bursche war, oder?«

Roscoe zuckte mit den Schultern.

»Gray soll es versteckt haben?«, fragte sie. »Das könnte schon sein. Er hat auch seine Waffe in meinem Schreibtisch versteckt. Er versteckte ganz gern etwas.«

Ich sah sie an. Irgendetwas in ihren Worten hatte eine Alarmglocke bei mir in Gang gesetzt.

»Wann hat er dir die Waffe gegeben?«, fragte ich sie.

»Nach Weihnachten«, sagte sie. »Nicht lange bevor er starb.«

»Dann stimmt da etwas nicht«, sagte ich. »Der Mann war ein Detective mit fünfundzwanzig Jahren Diensterfahrung, richtig? Ein guter Detective. Ein älterer, geachteter Mann. Warum sollte ein Mann wie er beschließen, dass seine Privatwaffe ein Geheimnis bleiben müsse? Das war nicht sein wirkliches Problem. Er gab dir die Schachtel, weil er etwas anderes damit verstecken wollte.«

»Er hat die Waffe versteckt«, beharrte Roscoe. »Das habe ich dir doch gesagt.«

»Nein, das glaube ich nicht. Die Waffe war nur Tarnung, um sicherzustellen, dass du die Schachtel in deinen Schreibtisch einschließt. Er musste die Waffe nicht verstecken. Ein Mann wie er hätte einen nuklearen Sprengkopf als Privatwaffe haben können. Die Waffe war nicht das große Geheimnis. Das große Geheimnis war etwas anderes in der Schachtel.«

»Aber es ist nichts anderes in der Schachtel«, sagte Roscoe. »Mit Sicherheit keine Unterlagen.«

Wir sahen uns einen Moment lang an. Dann liefen wir zum Eingang. Durch die Tür und zu Roscoes Chevy auf dem Parkplatz. Holten Grays Schachtel aus dem Kofferraum. Öffneten sie. Ich gab Finlay die Desert Eagle. Untersuchte die Patronenschachtel. Nichts drin. Sonst war nichts in der großen Schachtel. Ich schüttelte sie aus. Überprüfte den Deckel. Nichts. Ich zerlegte die Schachtel in ihre Einzelteile. Zwang die verklebten Seiten auseinander und drückte den Pappboden heraus. Nichts. Dann nahm ich den Deckel auseinander. Unter einer Ecklasche versteckt fand ich einen Schlüssel. Auf die Innenseite geklebt. Wo er nie entdeckt worden wäre. Wo er sorgfältig von einem inzwischen toten Mann versteckt worden war.

Wir wussten nicht, wofür der Schlüssel war. Wir ließen alles im Polizeirevier außer Acht. Und alles in Grays Haus. Wir hatten das Gefühl, dass diese Plätze für einen derart vorsichtigen Mann ein zu großes Risiko bedeutet hätten. Ich starrte auf den Schlüssel und spürte, wie der Druck zunahm. Schloss meine Augen und stellte mir vor, wie Gray die Ecke dieses Deckels lockerte und den Schlüssel darunterklebte. Wie er die Schachtel Roscoe gab. Beobachtete, wie sie sie in ihre Schublade legte. Beobachtete, wie die Schublade sich schloss. Beobachtete, wie sie sie zuschloss. Und stellte mir vor, wie er sich dann entspannte. Ich verwandelte diese Vorstellung in einen Film und ließ ihn zweimal durch meinen Kopf laufen, bevor ich herausfand, wofür der Schlüssel war.

»Für etwas im Friseurladen«, sagte ich.

Ich schnappte mir die Desert Eagle von Finlay und drängte ihn und Roscoe in den Wagen. Roscoe fuhr. Sie zündete den Motor und schleuderte aus dem Parkplatz. Bog nach Süden in Richtung Stadt ein.

»Warum?«, fragte sie.

»Er ging immer dorthin«, sagte ich. »Drei- bis viermal die Woche. Der alte Mann hat mir das erzählt. Er war der einzige Weiße, der jemals dorthin kam. Er hielt es für sicheres Territorium. Weit weg von Teale, Kliner und den anderen. Und eigentlich brauchte er keinen Friseur. Du hast gesagt, er hatte einen langen, ungepflegten Bart und kaum noch Haare. Er ging nicht dorthin, um rasiert zu werden. Er ging dorthin, weil er die alten Männer mochte. Er wandte sich an sie. Gab ihnen irgendetwas zum Verstecken.«

Roscoe brachte den Chevy vor dem Friseurladen abrupt zum Stehen, und wir sprangen hinaus und liefen in den Laden. Es waren keine Kunden da. Nur die beiden alten Männer, die untätig in ihren Frisiersesseln saßen. Ich hielt den Schlüssel hoch.

»Wir sind wegen Grays Sachen gekommen«, sagte ich.

Der jüngere Mann schüttelte den Kopf.

»Die kann ich Ihnen nicht geben, mein Freund.«

Er kam herüber und nahm mir den Schlüssel ab. Ging zu Roscoe und drückte ihn ihr in die Hand.

»Jetzt können wir es tun«, sagte er. »Der alte Mr. Gray sagte zu uns, dass wir sie niemandem außer seiner Freundin Miss Roscoe geben dürften.«

Er nahm ihr den Schlüssel wieder ab. Ging zurück zum Waschbecken und bückte sich, um ein schmales Mahagonifach aufzuschließen, das darunter eingebaut war. Zog drei Akten heraus. Es waren dicke Akten, jede steckte in einem alten, gefütterten ockerfarbenen Umschlag. Er überreichte eine mir, eine Finlay und eine Roscoe. Dann gab er seinem Partner ein Zeichen, und die beiden gingen nach hinten hinaus. Ließen uns allein. Roscoe setzte sich auf die gepolsterte Bank am Fenster. Finlay und ich hievten uns in die Frisiersessel. Stellten unsere Füße auf den Chromstützen ab. Fingen an zu lesen.

Meine Akte war ein dicker Stapel von Polizeiberichten. Sie waren alle kopiert und durchgefaxt worden. Ziemlich verblichen. Aber ich konnte sie lesen. Sie bildeten ein Dossier, das von Detective James Spirenza vom fünfzehnten Revier, Police Department in New Orleans, Morddezernat, zusammengestellt worden war. Spirenza war vor acht Jahren ein Mord zugeteilt worden. Dann noch sieben weitere. Am Ende hatte er einen Fall mit acht Morden. Keinen davon hatte er aufgeklärt. Nicht einen einzigen.

Aber er hatte es wirklich versucht. Seine Untersuchung war sorgfältig gewesen. Gewissenhaft. Das erste Opfer war der Besitzer einer Textilfirma. Ein Spezialist für neue chemische Verarbeitungsprozesse für Baumwolle. Das zweite Opfer war der Werkmeister des ersten Mannes. Er hatte dessen Betrieb verlassen und versucht, Startkapital aufzutreiben, um eine eigene Firma aufzubauen.

Die nächsten sechs Opfer waren von der Regierung. Angestellte der Umweltbehörde. Sie hatten von ihrem Büro in New Orleans aus eine Untersuchung durchgeführt. Die Sache betraf einen Fall von Umweltverschmutzung im Mississippi- Delta. Dort gab es ein Fischsterben. Das Gift wurde zweihundertfünfzig Meilen den Fluss hinauf zurückverfolgt. Eine Textilfirma im Staat Mississippi leitete Chemikalien in den Fluss, Ätznatron, Natriumhypochlorit und Chlor, die sich mit dem Flusswasser vermischten und einen tödlichen säurehaltigen Cocktail ergaben.

Alle acht Opfer waren auf dieselbe Weise gestorben. Durch zwei Schüsse in den Kopf. Mit einer Automatik mit Schalldämpfer. Kaliber 22. Kalt und steril. Spirenza ging davon aus, dass es sich um einen professionellen Killer handelte. Er suchte ihn auf zwei Wegen. Erst forderte er jede erdenkliche Quelle an und klopfte überall auf den Busch. Profikiller sind dünn gesät. Spirenza und seine Männer sprachen mit jedem einzelnen. Keiner von ihnen wusste etwas.

Spirenzas zweiter Weg war der klassische Ansatz. Er versuchte herauszufinden, wer der Nutznießer war. Er brauchte nicht lange, um die Einzelheiten zusammenzufügen. Der Textilverarbeiter in Mississippi sah vielversprechend aus. Er war von allen acht Personen, die starben, angegriffen worden. Zwei von ihnen hatten sein Geschäft bedroht. Die anderen sechs wollten seinen Betrieb schließen. Spirenza nahm ihn sich zur Brust. Kehrte sein Innerstes nach außen. Er war ein Jahr lang hinter ihm her. Die Unterlagen in meiner Hand waren der Beweis dafür. Spirenza hatte das FBI und die Steuerfahndung mit hineingezogen. Man hatte jeden Cent auf jedem Konto nach einer Verbindung zu dem ominösen Profikiller untersucht.

Man hatte ein Jahr lang gesucht und nichts gefunden. Dabei war eine Menge Unerfreuliches ans Licht gekommen. Spirenza war überzeugt, dass der Mann seine Frau umgebracht hatte. Schlicht zu Tode geprügelt. Der Mann hatte wieder geheiratet, und Spirenza hatte dem dortigen Police Department eine Warnung zugefaxt. Der einzige Sohn des Mannes war ein Psychopath. Schlimmer noch als sein Vater, nach Spirenzas Ansicht. Der Textilverarbeiter hatte seinen Sohn die ganze Zeit geschützt. Ihn gedeckt. Ihn mit Geld aus allen Schwierigkeiten geholt. Der Junge hatte Akten in einem Dutzend verschiedener Heilanstalten. Aber nichts zog. Das FBI in New Orleans hatte das Interesse verloren. Spirenza hatte den Fall abgeschlossen. Ihn vergessen, bis ein alter Detective aus Georgia ihm gefaxt hatte, um Informationen über die Kliner-Familie zu bekommen.

Finlay schloss seine Akte. Drehte seinen Frisiersessel zu mir herum.

»Die Kliner-Stiftung ist ein Schwindel«, sagte er. »Ein Schwindel von vorn bis hinten. Sie ist ein Deckmantel für irgendwas anderes. Es steht alles hier drin. Gray hat es aufgedeckt. Von vorn bis hinten überprüft. Die Stiftung gibt jedes Jahr Millionen aus, aber ihr Einkommen liegt nachweislich bei null. Exakt bei null.«

Er nahm ein Blatt aus der Akte. Lehnte sich herüber. Übergab es mir. Es war eine Art Bilanz, die die Ausgaben der Stiftung aufwies.

»Sehen Sie das?«, fragte er. »Es ist unfassbar. So viel gibt sie jedes Jahr aus.«

Ich blickte darauf. Das Blatt zeigte eine riesige Zahl. Ich nickte.

»Vielleicht noch viel mehr«, sagte ich. »Ich bin jetzt seit fünf Tagen hier, richtig? Vorher war ich sechs Monate lang überall in den Staaten unterwegs. Und davor war ich überall in der Welt. Margrave ist bei weitem der sauberste, am besten erhaltene und gepflegteste Ort, den ich in meinem Leben je gesehen habe. Er ist gepflegter als das Pentagon oder das Weiße Haus. Glauben Sie mir, ich war da. Alles in Margrave ist entweder neu oder perfekt renoviert. Es ist total perfekt. So perfekt, dass es schon Angst macht. Das muss ein ungeheures Vermögen kosten.«

Er nickte.

»Und Margrave ist ein äußerst seltsamer Ort«, fuhr ich fort. »Die meiste Zeit ist er menschenleer. Ohne Leben. Es gibt praktisch keinerlei Geschäftsaktivität in der Stadt. Nichts passiert hier. Niemand verdient Geld.«

Er wirkte verwirrt. Konnte nicht folgen.

»Denken Sie mal nach. Nehmen Sie zum Beispiel Eno's Diner. Ein nagelneues Restaurant. Ein glänzendes Diner auf dem neuesten Stand der Technik. Aber er hat nie irgendwelche Kunden. Ich war ein paarmal dort. Es waren nie mehr als ein, zwei Kunden da. Es gibt mehr Kellnerinnen als Gäste. Wie also bezahlt Eno seine Rechnungen? Seine festen Kosten? Seine Hypothek? Dasselbe gilt für jedes andere Geschäft hier in der Stadt. Haben Sie jemals gesehen, wie die Leute an einem der Läden Schlange standen oder rein- und rauskamen?«

Finlay dachte darüber nach. Schüttelte den Kopf.

»Dasselbe gilt für den Friseurladen hier. Ich war hier Sonntagmorgen und Dienstagmorgen. Der alte Mann sagt, dass sie dazwischen keine anderen Kunden hatten. Keine Kunden in achtundvierzig Stunden.«

Dann schoss es mir in den Kopf. Ich musste daran denken, was der alte Mann mir noch gesagt hatte. Plötzlich sah ich es in einem ganz neuen Licht.

»Der alte Friseur hat mir etwas erzählt. Es war ziemlich seltsam. Ich dachte, er sei verrückt. Ich fragte ihn, wie sie denn ohne Kunden ihren Lebensunterhalt verdienten. Er behauptete, sie brauchten keine Kunden dafür, weil sie Geld von der Kliner-Stiftung bekämen. Also fragte ich: Wie viel denn? Er sagte: Tausend Dollar. Und alle Geschäftsleute bekämen das. Also dachte ich, er meinte eine Art Zuschuss zum Geschäft, Tausend Dollar im Jahr, klar?«

Finlay nickte. Das erschien ihm stimmig.

»Es war nur Geplauder. Wie es beim Friseur eben so üblich ist. Also sagte ich, tausend Dollar im Jahr seien okay, würden aber noch nicht mal den größten Hunger stillen, oder so. Wissen Sie, was er geantwortet hat?«

Finlay schüttelte den Kopf und wartete. Ich konzentrierte mich, um mich an den exakten Wortlaut des alten Mannes zu erinnern. Ich wollte sehen, ob Finlay das Ganze ebenso leicht verwerfen würde wie ich.

»Er machte daraus ein großes Geheimnis. Als würde er sich gefährlich weit vorwagen, wenn er es nur erwähnte. Er flüsterte mit mir. Er sagte, er dürfe es nicht verraten, aber er tut es doch, weil ich seine Schwester kennen würde.«

»Sie kennen seine Schwester?«, fragte Finlay überrascht.

»Nein, die kenne ich nicht. Er war ziemlich konfus. Am Sonntag hatte ich ihn über Blind Blake ausgefragt, Sie wissen schon, den alten Gitarrenspieler, und er sagte, seine Schwester habe den Mann gekannt, vor sechzig Jahren. Das muss er irgendwie durcheinandergebracht haben, muss gedacht haben, ich hätte gesagt, dass ich seine Schwester kennen würde.«

»Und was war das große Geheimnis?«, fragte Finlay.

»Er sagte, es seien nicht tausend Dollar im Jahr, sondern tausend Dollar in der Woche.«

»Eintausend Dollar in der Woche?«, fragte Finlay. »In der Woche? Ist das denkbar?«

»Ich weiß es nicht. An dem Tag dachte ich, der alte Mann sei vollkommen verrückt. Aber heute glaube ich, dass er die Wahrheit gesagt hat.«

»Eintausend die Woche?«, wiederholte er. »Das ist ein verdammt großer Zuschuss. Das sind zweiundfünfzigtausend Dollar im Jahr. Das ist verdammt viel Geld, Reacher.«

Ich dachte darüber nach. Zeigte auf die Summe von Grays Bilanz.

»Für eine Summe wie diese«, sagte ich. »Wenn sie derart viel ausgeben, dann brauchen sie solche Zahlen, um am Ende ein solches Ergebnis zu haben.«

Finlay dachte nach. Ging alles gründlich durch.

»Sie haben die ganze Stadt gekauft«, sagte er schließlich. »Ganz langsam, in aller Stille. Sie haben die ganze Stadt mit einem Tausender pro Woche gekauft.«

»Richtig. Die Kliner-Stiftung ist die Gans, die goldene Eier legt. Niemand will das Risiko eingehen, sie zu töten. Alle halten den Mund und schließen die Augen vor dem, was nicht gesehen werden soll.«

»Genau«, sagte er. »Die Kliners könnten sogar mit Mord durchkommen.«

Ich sah ihn an.

»Sie sind schon mit Mord durchgekommen.«

»Was unternehmen wir jetzt?«, fragte Finlay.

»Zuerst überlegen wir uns, was zum Teufel sie eigentlich genau machen.«

Er sah mich an, als wäre ich verrückt.

»Wir wissen doch, was sie machen, oder nicht? Sie drucken einen Riesenhaufen Falschgeld da oben im Lagerhaus.«

Ich sah ihn kopfschüttelnd an.

»Nein, das machen sie nicht. Es gibt keine ernstzunehmende Produktion von Falschgeld in den Vereinigten Staaten. Joe hat das unterbunden. So was passiert nur noch im Ausland.«

»Was geht dann da oben vor?«, fragte Finlay. »Ich dachte, es ginge bei dem Ganzen um Falschgeld. Warum sonst hatte Joe damit zu tun?«

Roscoe sah von ihrer Fensterbank aus zu uns herüber.

»Es geht um Falschgeld«, sagte sie. »Ich weiß genau, worum es geht. Ich kenne jetzt jedes kleinste Detail.«

Sie hielt Grays Akte mit einer Hand hoch.

»Ein Teil der Antwort ist hier drin.«

Dann hielt sie die Tageszeitung des Friseurs mit der anderen Hand hoch.

»Und der Rest der Antwort ist hier drin.«

Finlay und ich gingen zu ihr. Wir studierten die Akte, die sie gelesen hatte. Es war ein Überwachungsbericht. Gray hatte sich unter dem Highway-Zubringer versteckt und den Lkw- Verkehr beobachtet, der zum und vom Lagerhaus weg fuhr. An zweiunddreißig Tagen. Die Ergebnisse waren in drei Abschnitten sorgfältig aufgelistet. An den ersten elf Tagen hatte er gesehen, dass ein Lkw pro Tag früh am Morgen aus dem Süden ankam. Er hatte gesehen, wie den ganzen Tag über Lkws vom Lagerhaus aus nach Norden und Westen fuhren. Er hatte die wegfahrenden Lkws nach ihren Zielorten aufgelistet, die er den Nummernschildern entnahm. Er musste ein Fernglas benutzt haben. Die Orte waren über das ganze Land verteilt. Eine komplette Streuung, von Kalifornien bis hoch nach Massachusetts. An diesen ersten elf Tagen hatte er elf ankommende und siebenundsechzig abfahrende Lkws verzeichnet. Das war ein Durchschnitt von einem ankommenden Lkw und sechs abfahrenden Lkws pro Tag, und zwar kleineren Wagen, die zusammen etwa eine Tonne Fracht pro Woche transportierten.

Der erste Teil in Grays Aufzeichnungen deckte ein Kalenderjahr ab. Der zweite Teil ein zweites. Er hatte sich in diesem Zeitraum an neun Tagen versteckt. Hatte dreiundfünfzig Lkws abfahren sehen, also wie vorher sechs pro Tag, mit ähnlichen Zielorten. Aber die Anzahl der ankommenden Lkws hatte sich plötzlich geändert. In der ersten Hälfte des Jahres kam wie üblich ein Lkw pro Tag an. Aber in der zweiten hatten die Lieferungen zugenommen. Auf zwei Lkws pro Tag.

Die letzten zwölf Tage seiner Überwachung ergaben wieder neue Resultate. Sie stammten aus den letzten fünf Monaten seines Lebens. Zwischen letztem Herbst und Februar hatte er immer noch sechs Lkws pro Tag mit denselben weit gestreuten Zielorten abfahren sehen. Aber es waren überhaupt keine ankommenden Lkws verzeichnet. Kein einziger. Vom letzten Herbst an wurde zwar Ware abtransportiert, aber nichts mehr geliefert.

»Und?«, fragte Finlay an Roscoe gewandt.

Sie lehnte sich zurück und lächelte. Sie hatte alles fix und fertig in ihrem Kopf.

»Es ist doch offensichtlich, oder?«, fragte sie. »Sie bringen das Falschgeld ins Land. Es wird in Venezuela gedruckt, irgendwo in der Nähe von Kliners neuer Chemiefabrik. Es kommt mit dem Boot herein und wird von Florida nach Margrave ins Lagerhaus gebracht. Dann transportieren sie es nach Norden und Westen, in die großen Städte, L.A., Chicago, Detroit, New York, Boston. Sie lassen es in den Cashflow der großen Städte fließen. Es ist ein gigantisches Verteilernetz für Falschgeld. Das ist doch ganz eindeutig, Finlay.«

»Ja?«

»Natürlich, denken Sie an Sherman Stoller! Er machte Touren nach Florida, um dort das Schiff zu treffen, das übers Meer kam und in Jacksonville Beach anlegte. Er war auf dem Weg zu diesem Schiff, als er wegen Geschwindigkeitsübertretung auf der Brücke angehalten wurde, klar? Deshalb war er so aufgebracht. Deshalb hat ihn der schicke Anwalt so schnell rausgeholt, klar?«

Finlay nickte.

»Es passt alles zusammen«, sagte sie. »Stellen Sie sich die Karte der Vereinigten Staaten vor. Das Geld wird in Südamerika gedruckt und kommt übers Wasser hierher. Nach Florida. Fließt nach Südosten und verzweigt sich dann von Margrave aus. Fließt nach L.A. im Westen, hoch nach Chicago im Zentrum, nach New York und Boston im Osten. Es sind verschiedene Zweige, klar? Sieht aus wie ein Kandelaber oder eine Menora. Sie wissen doch, was eine Menora ist?«

»Sicher«, sagte Finlay. »Das ist ein Kerzenleuchter, den die Juden benutzen.«

»Richtig, so sieht es auf der Landkarte aus. Von Florida nach Margrave geht der Stamm. Dann führen die einzelnen Zweige hoch zu den großen Städten, von L.A. über Chicago nach Boston. Es ist ein Importnetz, Finlay.«

Sie gab ihm eine Menge Hilfestellung. Ihre Hände formten den Umriss einer Menora in der Luft. Die Ortsangaben erschienen mir in Ordnung. Es ergab Sinn. Ein Importfluss, der von Florida aus mit Hilfe von Lkws nach Norden verlief. Er brauchte den Knotenpunkt der Highways rund um Atlanta, um sich zu verzweigen und zu den großen Städten im Norden und Westen zu laufen. Die Idee mit der Menora war gut. Der linke Arm des Leuchters musste in die Horizontale gebogen sein, um L.A. zu erreichen. Als hätte jemand das Ding fallen lassen und ein anderer hätte versehentlich draufgetreten. Aber die Idee ergab Sinn. Mit größter Wahrscheinlichkeit war Margrave selbst der Dreh- und Angelpunkt. Mit größter Wahrscheinlichkeit war das Lagerhaus das eigentliche Vertriebszentrum. Die Ortsangaben stimmten. Eine schläfrige Kleinstadt im Nirgendwo als Vertriebszentrum zu nehmen war nicht dumm. Und sie hätten eine riesige Summe Bargeld zur Verfügung. So viel war sicher. Gefälschtes Bargeld, aber das machte keinen Unterschied. Und es gab wirklich eine Menge. Sie verschifften eine Tonne pro Woche. Es war eine Operation mit industriellen Ausmaßen. Riesig. Das würde die massiven Ausgaben der Kliner-Stiftung erklären. Wenn sie jemals knapp bei Kasse waren, konnten sie ja einfach etwas nachdrucken. Aber Finlay war immer noch nicht überzeugt.

»Was ist mit den letzten zwölf Monaten?«, fragte er. »In dem Zeitraum gibt es keinen Importfluss. Sehen Sie auf Grays Liste nach. Keine Anlieferungen mehr. Sie hörten exakt vor einem Jahr auf. Sherman Stoller wurde entlassen, richtig? Es ist ein Jahr lang nichts hierhergekommen. Aber sie haben immer noch etwas vertrieben. Es fuhren immer noch sechs Lkws pro Tag raus. Nichts kommt rein, aber sechs Lkws pro Tag fahren raus? Was bedeutet das? Was für ein Importfluss soll das sein?«

Roscoe grinste nur und nahm die Zeitung.

»Die Antwort ist hier zu finden. Sie steht seit Freitag in den Zeitungen. Die Küstenwache. Letzten September starteten sie ihre Großaktion gegen den Schmuggel, richtig? Darüber gab es im Vorfeld eine Menge Publicity. Kliner muss gewusst haben, was auf ihn zukommen würde. Also hat er im Voraus einen Vorrat aufgebaut. Sehen Sie, auf Grays Liste? Die letzten sechs Monate vor dem September vergangenen Jahres hat er die Anlieferungen verdoppelt. Er hat einen Vorrat im Lagerhaus aufgebaut. Er hat das ganze Jahr mit dem Vertrieb weitergemacht. Deshalb sind sie so in Panik. Sie sitzen auf einem riesigen Jahresvorrat von Falschgeld. Jetzt gibt die Küstenwache ihre Aktion auf, richtig? Also können sie wieder wie üblich importieren. Das wird ab Sonntag passieren. Das meinte Molly, als sie sagte, wir müssten bis Sonntag drinnen sein. Wir müssen ins Lagerhaus, solange der Rest vom Vorrat noch dort zu finden ist.«

22

Finlay nickte. Er war überzeugt. Dann lächelte er. Er stand von der Bank im Schaufenster des Friseurladens auf und nahm Roscoes Hand. Schüttelte sie sehr feierlich.

»Gute Arbeit«, sagte er zu ihr. »Eine perfekte Analyse. Ich habe immer schon gesagt, dass Sie klug sind, Roscoe. Richtig, Reacher? Habe ich Ihnen nicht gesagt, dass sie die Beste ist, die wir haben?«

Ich nickte und lächelte, und Roscoe wurde rot. Finlay hielt ihre Hand fest und hörte nicht auf zu grinsen. Aber ich konnte sehen, dass er ihre Theorie immer wieder durchging, auf der Suche nach ungeklärten Fragen. Er fand nur zwei.

»Was ist mit Hubble?«, fragte er. »Wie passt er da hinein? Sie würden doch keinen Bankmanager anheuern, damit er Lkws lädt, oder?«

Ich schüttelte den Kopf.

»Hubble war früher Manager für Zahlungsmittel«, sagte ich. »Seine Funktion war, das Falschgeld loszuwerden. Er ließ es ins System fließen. Er wusste, wo man es einschleusen konnte. Wo es gebraucht wurde. Wie in seinem alten Job, nur umgekehrt.«

Er nickte.

»Und was ist mit den Klimaanlagen?«, fragte er dann. »Sherman Stoller transportierte sie nach Florida. Das hat diese Frau doch erzählt. Wir wissen, dass das stimmt, weil Sie beide zwei alte Kartons in der Garage gefunden haben. Und sein Lkw war voll davon, als das Police Department von Jacksonville ihn durchsuchte. Was hatte es damit auf sich?«

»Legales Geschäft, schätze ich«, sagte ich. »Wie eine Tarnung. Es verbarg den illegalen Teil. Camouflage. Es diente als Erklärung für die Touren des Lkws zwischen Margrave und Florida. Sonst hätte man mit leerem Wagen in den Süden fahren müssen.«

Finlay nickte.

»Kluger Schachzug, finde ich«, sagte er. »Keine Touren mit leerem Wagen. Das ergibt Sinn. Man verkauft ein paar Klimaanlagen und macht in beide Richtungen Geld, richtig?«

Er nickte wieder und ließ Roscoes Hand los.

»Wir brauchen ein Muster von dem Falschgeld.«

Ich lächelte ihn an. Mir war plötzlich etwas klar geworden.

»Ich habe ein Muster«, sagte ich. Steckte die Hand in meine Tasche und zog mein dickes Bündel Hunderter heraus. Nahm einen vom hinteren und einen vom vorderen Teil des Bündels. Gab Finlay die beiden Banknoten.

»Das sind ihre Fälschungen?«, fragte er.

»Es müssen Fälschungen sein. Charlie Hubble gab mir ein Bündel Hunderter für meine Unkosten. Sie hatte sie wahrscheinlich von Hubble. Dann habe ich den Typen, die mich am Dienstag gesucht haben, noch ein weiteres Bündel abgenommen.«

»Und deshalb sollen es Fälschungen sein?«, fragte Finlay. »Warum?«

»Denken Sie nach«, sagte ich. »Kliner braucht Geld für seine Unkosten, warum sollte er da echtes benutzen? Ich wette, er hat Hubble mit Falschgeld bezahlt. Und ich wette, er gab diesen Latinos aus Jacksonville ebenfalls Falschgeld für deren Spesen.«

Finlay hielt die beiden Hunderter direkt ins helle Licht am Fenster. Roscoe und ich stellten uns neben ihn, um einen Blick darauf zu werfen.

»Bist du sicher?«, fragte Roscoe. »Sie sehen echt für mich aus.«

»Es sind Fälschungen«, sagte ich. »Es muss so sein. Das ist doch klar. Fälscher mögen Hunderter. Alles Größere ist schwierig, in Umlauf zu bringen, alles Kleinere lohnt die Mühe nicht. Und warum sollten sie echte Dollars ausgeben, wenn sie Wagenladungen von Falschgeld haben?«

Wir sahen uns die Scheine genau an. Sahen sie uns an, befühlten sie, berochen sie, rieben sie zwischen unseren Fingern. Finlay öffnete seine Brieftasche und zog einen eigenen Hunderter heraus. Wir verglichen die drei Banknoten. Ließen sie zwischen uns herumgehen. Konnten nicht den geringsten Unterschied feststellen.

»Wenn das Fälschungen sind, dann sind es verdammt gute«, sagte Finlay. »Aber was Sie sagen, ergibt Sinn. Wahrscheinlich ist die ganze Kliner-Stiftung mit Falschgeld finanziert. Millionen jedes Jahr.«

Er steckte seinen Hunderter zurück in die Brieftasche. Schob die Fälschungen in seine Tasche.

»Ich gehe zurück zum Revier«, sagte er. »Sie beide kommen morgen so gegen Mittag. Teale ist dann zum Essen. Dann machen wir weiter.«

Roscoe und ich fuhren fünfzig Meilen südwärts, nach Macon. Ich wollte in Bewegung bleiben. Das ist eine Grundregel in Fragen der Sicherheit. Immer in Bewegung bleiben. Wir wählten ein anonymes Motel am südöstlichen Stadtrand. In der größtmöglichen Entfernung, die man von Macon aus nach

Margrave bekommen kann, mit der ganzen Stadt zwischen uns und unseren Gegnern. Der gute, alte Bürgermeister hatte gesagt, dass ein Motel in Macon sicher besser für mich sei. Für heute Nacht hatte er mit Sicherheit recht.

Wir duschten kalt und fielen ins Bett. Fielen in einen unruhigen Schlaf. Das Zimmer war warm. Den größten Teil der Nacht warfen wir uns ruhelos hin und her. Gaben es auf und standen im Morgengrauen gähnend wieder auf. Donnerstagmorgen. Ein Gefühl, als hätten wir überhaupt nicht geschlafen. Wir tasteten uns durchs Zimmer und zogen uns im Dunkeln an. Roscoe ihre Uniform. Ich nahm meine alten Sachen. Bald würde ich ein paar neue kaufen müssen. Ich würde das mit Kliners Falschgeld erledigen.

»Was machen wir jetzt?«, fragte Roscoe.

Ich antwortete nicht. Ich dachte über etwas anderes nach.

»Reacher? Was machen wir jetzt?«

»Was hat Gray damit angefangen?«, fragte ich.

»Er hat sich aufgehängt.«

Ich dachte weiter nach.

»Hat er das wirklich?«, fragte ich sie.

Stille.

»O Gott«, sagte Roscoe. »Glaubst du, es gibt Grund, daran zu zweifeln?«

»Vielleicht. Denk mal nach. Angenommen, er hat einen von ihnen damit zur Rede gestellt. Angenommen, er wurde erwischt, wie er irgendwo herumschnüffelte, wo er nicht hätte sein sollen.«

»Du glaubst, sie haben ihn umgebracht?«, fragte sie. In ihrer Stimme klang Panik durch.

»Vielleicht«, sagte ich wieder. »Ich glaube, dass sie Joe und Stoller und die Morrisons und Hubble und Molly Beth Gordon umgebracht haben. Ich glaube, dass sie versucht haben, dich und mich umzubringen. Wenn jemand eine Bedrohung für sie darstellt, bringen sie ihn um. Das ist Kliners Methode.«

Roscoe schwieg eine Zeitlang. Dachte an ihren alten Kollegen. An Gray, den düsteren, geduldigen Detective. Der fünfundzwanzig Jahre lang gewissenhaft gearbeitet hatte. Ein Mann wie er war eine Bedrohung. Ein Mann, der zweiunddreißig Tage geduldig zur Überprüfung eines Verdachts investierte, war eine Bedrohung. Roscoe blickte mich an und nickte.

»Er muss einen falschen Schachzug gemacht haben«, sagte sie.

Ich nickte behutsam.

»Sie haben ihn gelyncht. Und ließen es aussehen wie einen Selbstmord.«

»Ich kann's nicht fassen«, sagte sie.

»Gab es einen Autopsiebericht?«

»Ich schätze, ja«, sagte sie.

»Dann überprüfen wir den«, entschied ich. »Wir müssen noch mal mit diesem Pathologen sprechen. Drüben in Yellow Springs.«

»Aber er hätte es doch gesagt, oder?«, fragte sie mich. »Wenn er Zweifel gehabt hätte, hätte er sie da nicht sofort geäußert?«

»Er hätte sie vor Morrison geäußert«, sagte ich. »Morrison hätte sie ignoriert. Weil dessen Leute die Ursache für diese Zweifel gewesen wären. Wir müssen es selbst überprüfen.«

Roscoe erschauerte.

»Ich war bei seinem Begräbnis. Wir alle waren da. Chief Morrison hielt eine Rede auf der Wiese vor der Kirche. Und Bürgermeister Teale. Sie sagten, dass er ein guter Officer gewesen sei. Sie sagten, dass er Margraves bester Officer war. Aber sie haben ihn umgebracht.«

Sie sagte das mit einer Menge Gefühl in der Stimme. Sie hatte Margrave gemocht. Ihre Familie hatte sich seit Generationen hier abgemüht. Sie war hier verwurzelt. Sie hatte ihren Job gemocht. Ihn als sinnvollen Beitrag für die Gemeinschaft angesehen. Aber die Gemeinschaft, der sie gedient hatte, war verdorben. Sie war verrottet und korrupt. Es war keine Gemeinschaft. Es war ein Sumpf aus dreckigem Geld und Blut. Ich saß da und sah zu, wie ihre Welt zusammenbrach.

Wir fuhren auf der Straße zwischen Macon und Margrave nach Norden. Nach der halben Strecke bog Roscoe nach rechts ab, und wir fuhren auf einer Seitenstraße nach Yellow Springs hinüber. Zum Krankenhaus. Ich hatte Hunger. Wir hatten nicht gefrühstückt. Nicht die besten Voraussetzungen für einen erneuten Besuch im Leichenschauhaus. Wir bogen auf den Krankenhausparkplatz ein. Fuhren langsam über die Bodenschwellen und fädelten uns nach hinten durch. Parkten in kurzer Distanz von der großen Metallrolltür.

Wir stiegen aus dem Wagen. Streckten uns auf dem Wendekreis vor dem Eingang. Die Sonne wärmte den Tag. Es wäre angenehm gewesen, draußen zu bleiben. Aber wir gingen hinein und suchten nach dem Mediziner. Fanden ihn in seinem schäbigen Büro. Er saß an seinem abgenutzten Schreibtisch. Sah immer noch müde aus. Steckte immer noch in einem weißen Kittel. Er blickte auf und nickte uns zu.

»Morgen, Leute. Was kann ich für euch tun?«

Wir setzten uns auf dieselben Stühle wie am Dienstag. Ich hielt mich vom

Faxgerät fern. Überließ Roscoe das Reden. Es war besser so. Ich hatte keine offizielle Funktion.

»Februar diesen Jahres«, sagte sie. »Als sich der Chief Detective vom Police Department in Margrave umgebracht hat. Erinnern Sie sich?«

»War das ein Mann namens Gray?«

Roscoe nickte, und der Pathologe stand auf und ging zu einem Aktenschrank. Zog eine Schublade auf. Sie klemmte und machte ein quietschendes Geräusch. Er ließ seine Finger über die Akten gleiten.

»Februar«, wiederholte er. »Gray.«

Er zog eine Akte heraus und brachte sie zu seinem Schreibtisch. Warf sie auf die Schreibunterlage. Ließ sich schwer auf seinen Stuhl fallen und öffnete sie. Es war eine dünne Akte.

»Gray«, sagte er wieder. »Ja, ich erinnere mich an diesen Mann. Hat sich aufgehängt, richtig? Das erste Mal seit dreißig Jahren, dass wir so einen Fall in Margrave hatten. Ich wurde zu seinem Haus gerufen. Es war in der Garage, nicht wahr? An einem Dachsparren?«

»Das ist richtig«, bestätigte Roscoe. Sie wurde still.

»Und wie kann ich Ihnen helfen?«

»Stimmte irgendetwas nicht?«, fragte sie.

Der Mann blickte auf die Akte. Blätterte eine Seite um.

»Wenn sich jemand aufhängt, stimmt immer irgendwas nicht«, sagte er.

»Gab's was Besonderes?«, fragte ich.

Der Pathologe wandte seinen müden Blick von Roscoe zu mir herüber.

»Etwas Verdächtiges?«, fragte er.

Fast lächelte er so wie am Dienstag.

»Ja, war irgendwas verdächtig an dem Fall?«, fragte ich ihn.

Er schüttelte den Kopf.

»Nein, Selbstmord durch Erhängen. Ein ganz klarer Fall. Er stand auf einem Küchenhocker in seiner Garage. Legte sich eine Schlinge um den Hals und sprang vom Hocker. Alles war stimmig. Wir bekamen die Hintergrundinformationen von ein paar Leuten aus Margrave. Ich konnte nichts Problematisches sehen.«

»Und wie lauteten diese Hintergrundinformationen?«, fragte Roscoe ihn.

Er wandte seinen Blick wieder ihr zu. Sah die Akte durch.

»Er war depressiv«, sagte er. »Schon eine ganze Weile. In der Nacht, als es geschah, war er einen trinken. Mit seinem Chef, diesem Morrison, den wir gerade hier hatten, und mit dem Bürgermeister, einem Mann namens Teale. Die drei spülten ihren Kummer über einen Fall runter, den Gray vermasselt hatte. Er fiel betrunken hin, und die beiden mussten ihn nach Hause bringen. Sie halfen ihm also und ließen ihn dann allein. Er muss sich schlecht gefühlt haben. Er schaffte es bis zur Garage und hängte sich auf.«

»So lautete die Geschichte?«, fragte Roscoe.

»Morrison hat seine Aussage unterzeichnet«, sagte der Mann. »Er war wirklich betroffen. Hatte das Gefühl, er hätte mehr tun können. Sie wissen schon, bei ihm bleiben oder so.«

»Hörte sich das stimmig für Sie an?«, fragte sie ihn.

»Ich kannte Gray ja nicht«, antwortete er. »Dieses Institut hat mit einem Dutzend Police Departments zu tun. Ich habe vor diesem Fall nie jemanden aus Margrave gesehen. Ein ziemlich ruhiger Ort, nicht wahr? Zumindest war er das. Aber was mit diesem Mann geschah, entspricht dem Üblichen. Solche Dinge werden häufig durchs Trinken ausgelöst.«

»Irgendwelche körperlichen Spuren?«, fragte ich ihn.

Der Doktor blickte wieder in die Akte. Sah mich dann an.

»Die Leiche stank nach Whisky. Ein paar frische Druckstellen an den Ober- und Unterarmen. Das passt zu der Angabe, dass er von zwei Männern nach Hause gebracht werden musste, weil er betrunken war. Ich konnte daran nichts Verdächtiges sehen.«

»Haben Sie eine Autopsie vorgenommen?«, fragte Roscoe ihn.

Der Pathologe schüttelte den Kopf.

»Gab es keinen Grund für«, sagte er. »Es war ein glasklarer Fall, und wir hatten sehr viel zu tun. Wie ich schon sagte, wir haben uns noch um andere Dinge zu kümmern als um Selbstmorde drüben in Margrave. Im Februar hatten wir viele Fälle. Steckten bis zum Hals in Arbeit. Ihr Chief Morrison bat uns darum, so wenig Aufhebens wie möglich zu machen. Ich glaube, er schickte uns eine Notiz. Sagte, es sei ein bisschen heikel. Er wollte nicht, dass Grays Familie erfuhr, dass der alte Mann so betrunken war. Wollte ihm etwas Würde lassen. Das war für mich in Ordnung. Ich konnte nichts Verdächtiges sehen, und wir hatten sehr viel zu tun, also gab ich die Leiche sofort für die Einäscherung frei.«

Roscoe und ich saßen da und sahen uns an. Der Mann ging zurück zum Schrank und ordnete die Akte wieder ein. Schloss die Schublade, dass es quietschte.

»Alles klar, Leute?«, fragte er. »Wenn Sie jetzt entschuldigen wollen, ich habe noch etwas zu tun.«

Wir nickten und dankten ihm für seine Mühe. Dann gingen wir langsam aus dem engen Büro. Zurück in die warme Herbstsonne. Standen blinzelnd herum. Wir sagten nichts. Roscoe war zu aufgebracht. Sie hatte gerade gehört, dass ihr alter Freund umgebracht worden war.

»Es tut mir leid«, sagte ich.

»Eine Scheißgeschichte von vorn bis hinten«, sagte sie. »Er hat keinen Fall vermasselt. Er hat nie irgendeinen Fall vermasselt. Er war auch nicht besonders depressiv. Und er trank nicht. Hat nie einen Tropfen angerührt. Also ist er mit Sicherheit nicht betrunken hingefallen. Und er wäre nie mit Morrison ausgegangen. Oder mit dem verdammten Bürgermeister. Das hätte er einfach nicht getan. Er mochte sie nicht. Nicht in einer Million Jahren hätte er einen geselligen Abend mit ihnen verbracht. Und er hatte keine Familie. Also ist das ganze Zeug über seine Familie und das Heikle und seine Würde totaler Quatsch. Sie brachten ihn um und verarschten den Gerichtsmediziner, damit er nicht zu genau hinsah.«

Ich saß einfach nur im Wagen und ließ sie ihre Wut ausleben. Dann wurde sie ruhig und still. Sie überlegte sich, wie sie es gemacht hatten.

»Glaubst du, es waren Morrison und Teale?«, fragte sie mich.

»Und noch jemand«, sagte ich. »Es waren drei Männer. Ich denke, die drei gingen zu seinem Haus und klopften an seine Tür. Gray öffnete, und Teale zog eine Waffe. Morrison und der dritte Mann packten ihn und hielten ihn an den Armen fest. Daher die Druckstellen. Es war vielleicht Teale, der ihm dann eine Flasche Whisky in den Hals geschüttet oder zumindest über seine Kleider gegossen hat. Sie brachten ihn schnell zur Garage und knüpften ihn auf.«

Roscoe ließ den Wagen an und lenkte ihn vom Krankenhausgelände. Sie fuhr langsam über die Bodenschwellen. Dann warf sie das Steuer herum und schoss die Straße durch die Felder in Richtung Margrave.

»Sie haben ihn umgebracht«, sagte sie. Das war eine einfache Feststellung. »Wie sie Joe umgebracht haben. Ich glaube, ich weiß jetzt, wie du dich fühlst.«

Ich nickte.

»Sie werden dafür bezahlen«, sagte ich. »Für beide.«

»Darauf kannst du deinen Arsch verwetten«, sagte sie.

Wir wurden still. Rasten eine Weile Richtung Norden und fuhren dann auf die Landstraße. Und brachten die zwölf Meilen nach Margrave hinter uns.

»Der arme, alte Gray«, sagte sie. »Ich kann es nicht fassen. Er war so schlau, so vorsichtig.«

»Nicht schlau genug. Oder vorsichtig genug. Wir müssen immer daran denken. Du kennst doch die Regeln, oder? Nie allein bleiben. Wenn du jemanden auf dich zukommen siehst, renn um dein Leben. Oder knall den Bastard ab. Halte dich, wenn möglich, an Finlay, okay?«

Sie konzentrierte sich aufs Fahren. Sie fuhr ein höllisches Tempo auf der geraden Straße. Dachte über Finlay nach.

»Finlay«, wiederholte sie. »Weißt du, was ich nicht begreife?«

»Was?«

»Da sind die beiden, richtig?«, sagte sie. »Teale und Morrison. Sie lenken für Kliner die Stadt. Sie leiten das Police Department. Die beiden teilen die Leitung unter sich auf. Ihr Chief Detective ist Gray. Ein alter Mann, ein kluger Kopf, gerissen und hartnäckig. Er ist dort seit fünfundzwanzig Jahren, lange bevor diese Scheiße angefangen hat. Sie haben ihn geerbt und können ihn nicht loswerden. Also kommt ihnen eines Tages der hartnäckige Detective auf die Schliche. Er findet heraus, dass etwas vor sich geht. Und sie finden heraus, dass er es herausgefunden hat. Also räumen sie ihn aus dem Weg. Sie bringen ihn um, damit alles beim Alten bleibt. Und was tun sie als Nächstes?«

»Sprich weiter«, sagte ich.

»Sie engagieren einen Ersatz«, sagte sie. »Finlay, aus Boston. Einen Mann, der noch gerissener und noch hartnäckiger als Gray ist. Warum zum Teufel tun sie das? Wenn Gray schon eine Gefahr für sie dargestellt hat, dann wird Finlay zweimal so gefährlich sein. Warum also haben sie das gemacht? Warum haben sie jemanden engagiert, der noch schlauer ist als der Vorgänger?«

»Das ist leicht zu erklären. Sie hielten Finlay für einen echten Dummkopf.«

»Einen Dummkopf?«, sagte sie. »Wie zum Teufel sind sie denn darauf gekommen?«

Also erzählte ich ihr die Geschichte, die Finlay mir am Montag bei Kaffee und Doughnuts an der Theke des Drugstores erzählt hatte. Über seine Scheidung. Seine Geistesverfassung zu der Zeit. Was hatte er gesagt? Er sei ein Wrack gewesen. Ein Idiot. Konnte nicht zwei Wörter vernünftig aneinanderreihen.

»Chief Morrison und Bürgermeister Teale führten mit ihm das Vorstellungsgespräch«, erzählte ich ihr. »Er dachte, es sei die schlechteste Bewerbung aller Zeiten gewesen. Er dachte, er hätte wie ein Idiot gewirkt. Er war völlig überrascht, als sie ihm den Job gaben. Jetzt verstehe ich, warum sie das taten. Sie suchten nach einem echten Idioten.«

Roscoe lachte. Mir wurde leichter ums Herz.

»Mein Gott«, sagte sie. »Das ist Ironie des Schicksals. Sie müssen sich zusammengesetzt und es ausgeheckt haben. Gray ist ein Problem, sagten sie. Besser, wir ersetzen ihn durch einen Idioten. Besser, wir nehmen den schlechtesten aller Bewerber.«

»Richtig. Und das taten sie ja auch. Sie nahmen einen traumatisierten Idioten aus Boston. Aber als er hier seine Stelle antrat, hatte er sich beruhigt und war wieder zu dem coolen und intelligenten Mann geworden, der er immer schon war.«

Sie lächelte die nächsten zwei Meilen darüber. Dann überquerten wir eine leichte Steigung und fuhren den langen Bogen nach Margrave hinunter. Wir waren angespannt. Es war, als würden wir die Kriegszone betreten. Wir hatten uns eine Weile aus ihr entfernt. Es fühlte sich nicht gut an zurückzukehren. Ich hatte erwartet, mich besser zu fühlen, wenn die Gegner identifiziert waren. Aber es war anders gekommen, als ich erwartet hatte. Der Kampf wurde nicht nur zwischen mir auf der einen Seite und ihnen auf der anderen ausgetragen, vor einem neutralen Hintergrund. Der Hintergrund war nicht neutral. Der Hintergrund war ebenfalls der Gegner. Die ganze Stadt gehörte dazu. Der ganze Ort war gekauft. Niemand würde neutral sein. Wir fuhren mit fünfzig Meilen den Hügel hinab, auf Chaos und Gefahr zu. Eine größere Gefahr, als ich erwartet hatte.

Roscoe verlangsamte auf die zugelassene Geschwindigkeit. Der große Chevy glitt über Margraves glatten Asphalt. Die Magnolien und die Strauchpflanzen rechts und links wurden durch samtige Rasenflächen und Zierkirschen abgelöst. Bäume mit glatten, glänzenden Stämmen. Die wirkten, als hätte sie jemand mit der Hand poliert. In Margrave war das auch nicht unwahrscheinlich. Die Kliner-Stiftung zahlte wahrscheinlich jemandem ein ansehnliches Gehalt für den Job.

Wir fuhren an den gepflegten Geschäftshäusern vorbei, die leer und selbstzufrieden mit tausend unverdienten Dollar pro Woche vor sich hin träumten. Wir fuhren um den Anger mit der Statue von Caspar Teale herum. Glitten an der Abfahrt zu Roscoes Haus und der demolierten Vordertür vorbei. Am Drugstore vorbei. An den Bänken unter den schicken Markisen vorbei. An den Parkanlagen vorbei, wo sich früher Bars und Pensionen befunden hatten, damals als Margrave noch redlich war. Dann zum Polizeirevier. Wir bogen in den Parkplatz ein und hielten. Charlie Hubbles Bentley stand immer noch dort, wo ich ihn abgestellt hatte.

Roscoe stellte den Motor ab, und wir blieben eine Minute lang sitzen. Wollten nicht aussteigen. Wir gaben uns die Hand, ihre rechte in meiner linken. Ein kurzes Viel Glück. Wir verließen den Wagen. Auf in den Kampf.

Das Revier war kühl und leer bis auf Baker, der an seinem Schreibtisch saß, und Finlay, der gerade aus dem Rosenholzbüro im hinteren Teil kam. Er sah uns und eilte herbei.

»Teale ist in zehn Minuten zurück«, sagte er. »Und wir haben ein kleines Problem.«

Er brachte uns eilends zum Büro zurück. Wir gingen hinein, und er schloss die Tür.

»Picard hat angerufen.«

»Und was ist das Problem?«, fragte ich.

»Es betrifft den Unterschlupf«, sagte er. »Wo Charlie und die Kinder versteckt sind. Das Ganze muss inoffiziell bleiben, klar?«

»Das hat er mir schon erklärt«, sagte ich. »Er wagt sich damit gefährlich weit vor.«

»Genau«, sagte er. »Das ist das Problem. Er kann keine Leute dafür abstellen. Er braucht jemanden, der dort bei Charlie bleibt. Er hat sich bis jetzt selbst darum gekümmert. Aber jetzt geht das nicht mehr. Er kann sich nicht länger freinehmen. Und er fühlt sich nicht ganz wohl, Sie wissen schon, Charlie ist eine Frau, und dann das kleine Mädchen und so. Das Kind hat Angst vor ihm.«

Er blickte zu Roscoe hinüber. Sie ahnte, worauf er hinauswollte.

»Er will mich dort haben?«, fragte sie.

»Nur für vierundzwanzig Stunden«, sagte Finlay. »So lautet seine Bitte. Werden Sie das für ihn tun?«

Roscoe zuckte mit den Schultern. Lächelte.

»Natürlich«, sagte sie. »Kein Problem. Ich kann einen Tag opfern. Solange Sie versprechen, mich zurückzuholen, wenn der Spaß beginnt, okay?«

»Das geht ganz automatisch«, sagte Finlay. »Der Spaß kann erst beginnen, wenn wir alle Einzelheiten haben, und sobald wir die haben, kann Picard offiziell eingreifen und seine eigenen Leute zum Versteck schicken. Dann kommen Sie zurück.«

»Okay«, sagte Roscoe. »Wann muss ich los?«

»Sofort«, erwiderte Finlay. »Er wird in einer Minute da sein.«

Sie grinste ihn an.

»Also waren Sie überzeugt, dass ich einverstanden sein würde?«

Er grinste zurück.

»Wie ich Reacher schon gesagt habe, Sie sind die Beste, die wir haben.«

Sie und ich gingen zurück durch das Mannschaftsbüro und durch die Glastüren ins Freie. Roscoe nahm ihre Tasche aus dem Chevy und setzte sie am Bordstein ab.

»Ich schätze, ich seh dich dann morgen.«

»Ist alles in Ordnung mit dir?«, fragte ich sie.

»Sicher. Mir wird es gutgehen. Sicherer als in einem Unterschlupf des FBI kann ich kaum sein, oder? Aber ich werde dich vermissen, Reacher. Ich hatte nicht gedacht, so schnell von dir getrennt zu werden.«

Ich drückte ihre Hand. Sie küsste mich auf die Wange. Reckte sich zu einem flüchtigen Kuss zu mir hoch. Finlay stieß die Tür zum Revier auf. Ich hörte das saugende Geräusch der Gummiabdichtung. Er steckte seinen Kopf heraus und rief Roscoe.

»Sie bringen Picard am besten auf den neuesten Stand, okay?«

Roscoe nickte ihm zu. Dann warteten wir zusammen in der Sonne. Lange mussten wir das nicht tun. Picards blaue Limousine fuhr innerhalb von wenigen Minuten quietschend auf den Parkplatz. Kam federnd neben uns zum Stehen. Der große Mann streckte sich aus seinem Sitz und stand vor uns. Verdeckte die Sonne.

»Ich weiß das zu schätzen, Roscoe«, sagte er zu ihr. »Sie sind mir wirklich eine große Hilfe.«

»Kein Problem. Sie sind uns eine Hilfe, nicht wahr? Wo ist dieses Haus, wo ich hinmuss?«

Picard grinste gequält. Nickte zu mir herüber.

»Das darf ich nicht sagen«, erklärte er ihr. »Nicht vor Außenstehenden, klar? Ich verstoße ohnehin schon gegen die Regeln. Und ich muss Sie bitten, es ihm hinterher nicht zu erzählen. Und, Reacher, quetschen Sie sie oder Charlie deswegen nicht aus, okay?«

»Okay. Ich muss Roscoe nicht ausquetschen. Sie wird es mir auch so sagen.«

Picard lachte.

Er nickte mir zum Abschied flüchtig zu und nahm Roscoes Tasche. Warf sie auf seinen Rücksitz. Dann stiegen die beiden in die blaue Limousine und fuhren los. Steuerten aus dem Parkplatz hinaus in Richtung Norden. Ich winkte hinter ihnen her. Dann geriet der Wagen außer Sichtweite.

23

Einzelheiten, Beweise sammeln. Beobachten. Das ist die Basis für alles andere. Man muss sich hinsetzen und lange und sorgfältig genug beobachten, um alles Nötige herauszubekommen. Während Roscoe Kaffee für Charlie Hubble kochte und Finlay in seinem Rosenholzbüro saß, würde ich den Betrieb am Lagerhaus beobachten. Lange und sorgfältig genug, bis ich einen Eindruck bekam, wie sie es genau machten. Das konnte mich volle vierundzwanzig Stunden kosten. Möglicherweise war Roscoe schon zurück, bevor ich fertig war.

Ich stieg in den Bentley und fuhr die vierzehn Meilen zum Zubringer hinauf. Verlangsamte, als ich an den Lagerhäusern vorbeikam. Ich musste einen Aussichtspunkt auskundschaften. Die Auffahrt nach Norden tauchte unter der Abfahrt nach Süden hindurch. Das ergab eine niedrige Überführung. Nicht sehr hohe, breite Betonpfähle hoben die Straße in die Höhe. Ich hatte den Eindruck, dass es das Beste war, mich hinter einem von diesen Pfeilern zu verkriechen. Ich würde durch dessen Schattenseite versteckt sein und hätte durch die leicht erhöhte Lage einen guten Überblick auf das gesamte Lagerhausgelände. Das war die richtige Stelle.

Ich beschleunigte, fuhr den Bentley die Auffahrt hinauf und steuerte nordwärts nach Atlanta. Ich hatte eine vage Vorstellung von der Stadtanlage. Ich suchte nach dem Gewerbegebiet und fand es ziemlich problemlos. Sah die Art Straße, die ich mir vorgestellt hatte. Autohändler, Großhändler für Billardtische, Büromöbel aus zweiter Hand. Ich parkte vor einer in einem Ladenlokal untergebrachten Kirche. Auf der anderen Straßenseite befanden sich zwei Survival-Shops. Ich entschied mich für den linken und ging hinein. An der Tür erklang eine Glocke. Der Mann an der Verkaufstheke blickte auf. Der übliche Typ. Weiß, mit schwarzem Bart, Tarnanzug und Stiefeln. Er hatte einen riesigen goldenen Ohrring in einem Ohr. Sah aus wie eine Art Pirat. Vielleicht war er ein Veteran. Vielleicht wollte er auch nur einer sein. Er nickte mir zu.

Er hatte, was ich brauchte. Ich nahm eine olivfarbene Tarnhose und ein ebensolches Hemd. Fand eine Tarnjacke, die groß genug für mich war. Sah mir genau die Taschen an. Ich musste die Desert Eagle unterbringen. Dann fand ich eine Wasserflasche und ein anständiges Fernglas. Schleppte das ganze

Zeug rüber zur Kasse und stapelte es dort auf. Zog mein Bündel Hunderter heraus. Der Mann mit dem Bart sah mich an.

»Ich könnte einen Totschläger brauchen«, sagte ich.

Er sah erst mich an und dann mein Bündel Hunderter. Dann bückte er sich und holte eine Schachtel hervor. Sie sah schwer aus. Ich entschied mich für einen dicken, etwa zwanzig Zentimeter langen Knüppel. Es war ein Rohr aus Leder. An einem Ende mit Klebeband umwickelt, damit man es besser greifen konnte. Im Innern war eine Klempnerfeder. Das Ding, das sie in die Rohre stecken, bevor die gebogen werden. Die Feder war mit Blei ummantelt. Eine wirksame Waffe. Ich nickte. Bezahlte alles und ging hinaus. Als ich die Tür aufstieß, ertönte wieder die Glocke.

Ich fuhr den Bentley etwa hundert Meter weiter und parkte vor dem ersten Autohändler, der in seinem Schaufenster für Glastönungen warb. Drückte auf die Hupe und stieg aus, um mit dem Mann zu reden, der aus der Tür kam.

»Können Sie die Scheiben dieses Wagens für mich tönen?«, fragte ich ihn.

»Von diesem Wagen?«, fragte er. »Sicher kann ich das. Ich kann alles Mögliche tönen.«

»Wie lange brauchen Sie?«

Der Mann ging zum Wagen und ließ seinen Finger über die seidig lackierte Karosserie gleiten.

»Bei einem Wagen wie diesem werden Sie erstklassige Arbeit wollen«, sagte er. »Dafür brauche ich ein paar Tage, vielleicht drei.«

»Wie viel wollen Sie dafür?«

Er befühlte weiterhin den Lack und sog Luft durch seine Zähne wie alle Autohändler, wenn sie nach dem Preis gefragt werden.

»Ein paar Hunderter«, sagte er. »Bei erstklassiger Arbeit, und bei einem Wagen wie diesem werden Sie nichts anderes wollen.«

»Ich gebe Ihnen zweihundertfünfzig«, sagte ich. »Das ist für mehr als erstklassige Arbeit, und Sie leihen mir für die zwei oder drei Tage einen Wagen, okay?«

Der Typ sog noch etwas Luft ein und schlug dann leicht auf die Motorhaube des Bentleys.

»Gemacht, mein Freund.«

Ich nahm die Schlüssel des Bentleys von Charlies Bund und tauschte sie gegen die eines acht Jahre alten Cadillacs ein, der die Farbe einer Avocado hatte. Er schien ganz gut zu fahren und war so unauffällig, wie man sich nur wünschen konnte. Der Bentley war ein schöner Wagen, aber nicht ganz das, was ich brauchte, wenn die Überwachung Mobilität erforderte. Auffallender als er konnte kaum ein Wagen sein.

Ich fuhr am Südrand der Stadt vorbei und hielt an einer Tankstelle. Füllte den großen Tank des alten Cadillacs und kaufte ein paar Schokoriegel, Nüsse und Wasser. Dann wechselte ich auf der Toilette die Kleider. Ich zog die Sachen aus den Restbeständen der Army an und warf meine alten Klamotten in den Mülleimer. Ging zurück zum Wagen. Steckte die Desert Eagle in die tiefe Innentasche meiner neuen Jacke. Durchgeladen und gesichert. Schüttete die restlichen Patronen in die obere Außentasche. Morrisons Springmesser war in der linken Seitentasche und der Totschläger in der rechten.

Ich verteilte die Nüsse und die Schokoriegel auf die restlichen Taschen. Schüttete eine Flasche Sprudel in die Wasserflasche und ging an die Arbeit. Ich brauchte eine weitere Stunde, um zurück nach Margrave zu kommen. Ich fuhr den alten Cadillac um den Zubringer herum. Wieder die Auffahrt hinauf in Richtung Norden. Setzte etwa hundert Meter auf dem Seitenstreifen zurück und hielt direkt im Niemandsland zwischen der Abfahrt und der Auffahrt. Wo niemand den Highway verlassen oder hinauffahren würde. Außer den Leuten, die an Margrave vorbeirasten, würde niemand den Wagen sehen. Und die würden sich nicht darum kümmern.

Ich ließ die Motorhaube aufspringen und stützte sie ab. Verschloss den Wagen und ließ ihn so stehen. Dadurch wurde er unsichtbar. War nur ein weiteres liegengebliebenes Auto auf dem Seitenstreifen. Der Anblick ist so normal, dass man ihn schon nicht mehr wahrnimmt. Dann kletterte ich über die niedrige Betonwand am Rand des Seitenstreifens. Stolperte die hohe Böschung hinunter. Lief nach Süden über die Auffahrt. Rannte weiter zur Deckung der niedrigen Überführung. Ich lief unter dem gesamten Highway hindurch auf die andere Seite und versteckte mich hinter einem breiten Pfeiler. Über meinem Kopf fuhren die Lkws, die vom Highway herunterkamen, rumpelnd zur alten Landstraße. Dann wechselten sie knirschend den Gang und bogen direkt zu den Lagerhäusern ab.

Ich lehnte mich zurück und machte es mir hinter dem Pfeiler bequem. Dies war ein ziemlich guter Aussichtspunkt. Vielleicht zweihundert Meter entfernt, vielleicht zehn Meter erhöht. Das gesamte Gelände erstreckte sich wie eine Karte vor mir. Das neu gekaufte Fernglas war scharf und stark. Es gab eigentlich vier verschiedene Lagerhäuser. Alle identisch, alle dicht nebeneinander in einer Reihe gebaut, die von mir aus in einer Diagonale verlief. Das gesamte Gelände war von einem hohen Zaun umgeben. Mit viel Stacheldraht darauf. Jedes der vier Lagerhäuser hatte noch einen eigenen Zaun. Und jeder innere Zaun hatte ein eigenes Tor. Im Außenzaun war das Haupttor, das direkt auf die Straße führte. Der ganze Platz wimmelte von Betriebsamkeit.

Das erste Lagerhaus war völlig harmlos. Das große Rolltor war offen. Ich konnte sehen, wie hiesige Lkws rein- und rausrumpelten. Offensichtlich wurden die Wagen be- und entladen. Die Ladung bestand aus soliden Jutesäcken, die mit irgendwas gefüllt waren. Vielleicht mit hiesigen Erzeugnissen, vielleicht mit Samen oder Dünger. Was auch immer Farmer so brauchen. Ich hatte keine Ahnung. Aber es war nichts Geheimnisvolles. Nichts im Verborgenen. Alle Transporter kamen aus der Gegend. Sie alle hatten Nummernschilder aus Georgia. Keine Fahrzeuge aus anderen Staaten. Keiner der Wagen war groß genug, um die Nord-Süd-Strecke durch die Nation zu fahren. Das erste Lagerhaus war sauber, so viel war sicher.

Dasselbe galt für das zweite und dritte. Deren Tore standen offen, die Türen waren hochgezogen. Geschäftige Betriebsamkeit auf dem Vorhof. Nichts Geheimnisvolles. Alles frei einsehbar. Andere Lkws, aber aus der Gegend. Ich konnte nicht sehen, was sie luden. Großhandelsware für die kleinen Läden auf dem Land vielleicht. Möglicherweise Industriegüter, die irgendwohin gefahren wurden. Im dritten Schuppen eine Art Ölfässer. Aber nichts Aufregendes.

Das vierte Lagerhaus war es, wonach ich gesucht hatte. Das am Ende der Reihe. Kein Zweifel. Ein klug gewählter Standort. Äußerst sinnvoll. Es wurde von dem Chaos auf den ersten drei Vorhöfen abgeschirmt. Und weil es das Letzte in der Reihe war, würde keiner der hiesigen Farmer oder Händler je einen Blick darauf werfen können. Ein wirklich clever gewählter Standort. Definitiv war es das, was ich suchte. Dahinter, etwa fünfundsiebzig Meter entfernt in einem Feld, stand der zerborstene Baum. Der, den Roscoe auf dem Foto mit Stoller, Hubble und dem gelben Lieferwagen entdeckt hatte. Ein Fotoapparat auf dem Vorhof würde den Baum direkt in der hinteren Ecke der Anlage aufnehmen. Das konnte ich sehen. Dies war der richtige Ort, so viel war sicher.

Das große Rolltor an der Vorderseite war geschlossen. Die Zufahrt war geschlossen. Zwei Wächter lungerten auf dem Vorhof herum. Sogar aus zweihundert Meter Entfernung konnte ich durch das Fernglas ihre wachsamen Blicke und die misstrauische Spannung in ihrem Gang erkennen. Sie fungierten als Sicherheitskräfte. Ich beobachtete sie eine Weile. Sie liefen herum, aber nichts passierte. Also wandte ich mich ab, um die Straße zu beobachten. Wartete auf einen Lkw auf dem Weg zum vierten Lagerhaus.

Ich musste ziemlich lange warten. Ich war nervös wegen der Zeit, die verstrich, also sang ich leise vor mich hin. Ich ging jede Version von »Rambling on My Mind« durch, die ich kannte. Jeder hat seine eigene Version. Der Song wurde immer zu den traditionellen, mündlich überlieferten gezählt. Niemand weiß, wer ihn geschaffen hat. Niemand weiß, woher er kommt. Wahrscheinlich aus der Deltagegend im Süden. Es ist ein Song für Leute, die es nirgendwo hält. Auch wenn es gute Gründe gäbe zu bleiben. Für Leute wie mich. Ich war jetzt praktisch seit einer Woche in Margrave. Länger war ich freiwillig nirgendwo geblieben. Ich sollte für immer bleiben. Bei Roscoe, weil sie gut für mich war. Ich fing langsam an, mir eine Zukunft mit ihr vorzustellen. Es fühlte sich gut an.

Aber es würde Probleme geben. Wenn es Kliners schmutziges Geld nicht mehr gab, würde die gesamte Stadt auseinanderfallen. Es würde keine Stadt mehr geben, in der man bleiben konnte. Und ich musste weiter. Wie in dem Song, den ich im Stillen vor mich hin sang. Ich musste umherziehen. Ein traditioneller Song. Ein Song, der wie für mich gemacht war. Insgeheim war ich überzeugt, dass Blind Blake ihn geschaffen hatte. Er war herumgezogen. Er war genau an diesem Ort vorbeigezogen, als die Betonpfeiler noch alte, schattenspendende Bäume gewesen waren. Vor sechzig Jahren war er die Straße entlanggegangen, die ich jetzt beobachtete, und hatte vielleicht den Song gesungen, den ich jetzt sang.

Joe und ich hatten früher oft diesen alten Song gesungen. Wir nahmen ihn als einen ironischen Kommentar auf das Leben einer Familie in der Army. Wir stiegen irgendwo aus einem Flugzeug und fuhren zu einem stickigen, leeren Haus auf dem Stützpunkt. Zwanzig Minuten nachdem wir eingezogen waren, stimmten wir diesen Song an. Als wären wir jetzt lange genug da und bereit weiterzuziehen. Also lehnte ich mich jetzt an den Betonpfeiler und sang den Song für ihn und für mich.

Ich brauchte fünfunddreißig Minuten, um jede Version dieses alten Songs durchzugehen, immer einmal für mich und einmal für Joe. Während dieser Zeit sah ich vielleicht ein halbes Dutzend Lkws auf die Zufahrtsstraße zu den Lagerhäusern einbiegen. Alles Wagen aus der Gegend. Alles kleine, staubige Transporter aus Georgia. Keiner mit dem typischen Langstreckendreck überzogen. Keiner steuerte das letzte Gebäude an. Ich sang fünfunddreißig Minuten vor mich hin und bekam keine einzige neue Information.

Aber ich bekam etwas Applaus. Als ich den letzten Song beendet hatte, hörte ich, wie hinter mir aus der Dunkelheit heraus leise geklatscht wurde. Ich schnellte um den breiten Betonpfeiler herum und starrte angestrengt ins Dunkel. Das Klatschen hörte auf, und ich nahm ein schlurfendes Geräusch wahr. Erkannte undeutlich den Umriss eines Mannes, der auf mich zukam. Der Umriss konkretisierte sich. Zu einer Art Landstreicher. Mit langem, grauem, verfilztem Haar und mehreren Schichten schwerer Kleidung. Mit hellen Augen, die in einem zerfurchten, schmutzigen Gesicht glühten. Der Mann blieb außerhalb meiner Reichweite stehen.

»Wer zum Teufel sind Sie?«, fragte ich ihn.

Er stieß seinen Vorhang von Haaren beiseite und grinste mich an.

»Wer zum Teufel sind Sie?«, fragte er zurück. »Dass Sie sich auf meinem Platz breitmachen und derartig jaulen?«

»Dies ist Ihr Platz? Sie leben hier?«

Er hockte sich hin und sah mich achselzuckend an.

»Zeitweise«, sagte er. »Ich bin seit einem Monat hier. Was dagegen?«

Ich schüttelte den Kopf. Ich hatte nichts dagegen. Der Mann musste ja schließlich irgendwo leben.

»Tut mir leid, dass ich Sie gestört habe. Heute Abend bin ich schon wieder weg.«

Sein Geruch zog zu mir herüber. Nicht sehr angenehm. Dieser Typ roch, als hätte er sein ganzes Leben auf der Straße verbracht.

»Bleiben Sie, solange Sie wollen«, sagte er. »Wir haben gerade beschlossen weiterzuziehen. Wir räumen das Gelände.«

»Wir?«, fragte ich. »Ist noch jemand hier?«

Der Typ sah mich merkwürdig an. Wandte sich um und wies in die Luft neben sich. Da war niemand. Meine Augen hatten sich an die Dunkelheit gewöhnt. Ich konnte die gesamte Strecke bis zum Betonträger unter der erhöhten Straße überblicken. Da war nichts.

»Meine Familie«, sagte er. »Erfreut, Sie kennenzulernen. Aber wir müssen gehen. Zeit weiterzuziehen.«

Er langte hinter sich und zog einen Segeltuchsack aus der Dunkelheit. Von der Army. Ein verblichener Aufdruck war darauf. PFC noch was, dann eine Seriennummer und die Bezeichnung einer Einheit. Er zog ihn hinter sich her und schlurfte davon.

»Warten Sie«, sagte ich. »Waren Sie auch letzte Woche hier? Donnerstag?«

Der Mann blieb stehen und wandte sich halb um.

»Ich bin hier seit einem Monat. Letzten Donnerstag habe ich nichts gesehen.«

Ich sah ihn und seinen Segeltuchsack an. Ein Soldat. Soldaten melden sich niemals freiwillig. Das ist ihre Grundregel. Also löste ich mich vom Betonpfeiler und zog einen Schokoriegel aus meiner Tasche. Wickelte ihn in eine Hundertdollarnote. Warf das Ganze zu ihm hinüber. Er fing es auf und steckte es sich in den Mantel. Nickte schweigend zu mir herüber.

»Also was haben Sie letzten Donnerstag nicht gesehen?«, fragte ich ihn.

Er zuckte mit den Schultern.

»Ich habe überhaupt nichts gesehen. Das ist die volle Wahrheit. Aber meine Frau hat etwas gesehen. Sogar eine ganze Menge.«

»Okay«, sagte ich langsam. »Würden Sie sie fragen, was sie gesehen hat?«

Er nickte. Drehte sich um und flüsterte mit der Luft neben sich. Drehte sich wieder zu mir um.

»Sie hat Außerirdische gesehen. Ein feindliches Raumschiff, allerdings getarnt als glänzend schwarzer Lieferwagen. Zwei Außerirdische, die sich als normale Menschen verkleidet hatten. Sie sah Lichter am Himmel. Rauch. Ein Raumschiff kam herunter, wurde zu einem großen Wagen, ein Commander der Sternenflotte in der Uniform eines Cops stieg aus, ein kleiner, fetter Typ. Dann kam ein weißer Wagen vom Highway, aber in Wirklichkeit war das ein Starfighter im Landeanflug, mit zwei Männern darin, richtigen Menschen, Pilot und Copilot. Sie alle veranstalteten einen eigentümlichen Tanz, da unten am Tor, weil sie aus einer anderen Galaxie kamen. Sie sagt, es war aufregend. Sie liebt dieses Zeug. Sieht es überall, wo sie hinkommt.«

Er nickte mir zu. Glaubte, was er sagte.

»Ich habe das Ganze verpasst.« Wies auf die Luft neben sich. »Das Baby musste gebadet werden. Aber meine Frau hat's gesehen. Sie liebt dieses Zeug.«

»Hat sie irgendwas gehört?«, fragte ich ihn.

Er fragte sie. Bekam ihre Antwort und schüttelte den Kopf, als wäre ich verrückt.

»Wesen aus dem All machen keine Geräusche«, sagte er.

»Aber der Copilot vom Starfighter wurde mit einem Phaser angeschossen, kroch später hierher. Verblutete genau da, wo Sie jetzt stehen. Wir versuchten, ihm zu helfen, aber gegen Phaser kann man nichts machen, oder? Die Ärzte holten ihn Sonntag ab.«

Ich nickte. Er schlurfte davon und zog seinen Sack hinter sich her. Ich sah ihm eine Zeitlang nach und glitt dann wieder um den Pfeiler herum. Beobachtete die Straße. Ging die Geschichte seiner Frau durch. Ein Augenzeugenbericht. Den Obersten Gerichtshof hätte der Typ nicht überzeugt, aber mich schon, so viel war sicher. Es war ja auch nicht der Bruder eines Richters am Obersten Gerichtshof, der mit einem Starfighter gelandet war und einen Tanz am Lagerhaustor aufgeführt hatte.

Es dauerte eine weitere Stunde, bis etwas passierte. Ich hatte einen Schokoriegel gegessen und fast einen halben Liter Wasser getrunken. Ich hatte mich gerade zum Warten hingesetzt. Da kam ein ziemlich großer Lkw von Süden herein. Er verlangsamte auf der Zufahrt zum Lagerhaus. Ich sah die Aufschrift eines New Yorker Transportunternehmens durch das Fernglas. Schmutzig weiße Rechtecke. Der Lkw fuhr über die Zufahrt und wartete am vierten Tor. Die Männer auf dem Gelände öffneten die Zufahrt und winkten den Lkw hindurch. Er blieb wieder stehen, und die beiden Männer schlossen das Gitter hinter ihm. Dann setzte der Fahrer zum Rolltor zurück und hielt. Stieg aus dem Truck. Einer der Wächter stieg hinein, und der andere ging durch eine Seitentür in den Schuppen und kurbelte das Tor hoch. Der Lkw fuhr rückwärts in die Dunkelheit, und die Rolltür kam wieder herunter. Der Fahrer wurde auf dem Vorhof zurückgelassen und reckte sich in der Sonne. Das war alles. Hatte ungefähr dreißig Sekunden gedauert, vom Anfang bis zum Ende.

Ich beobachtete das Gelände und wartete. Der Lkw war achtzehn Minuten im Lagerhaus. Dann wand sich das Rolltor wieder nach oben, und der Wächter fuhr den Truck heraus. Sobald er draußen war, kam das Tor wieder herunter, und der Wächter sprang aus der Fahrerkabine. Der Mann aus New York hievte sich auf den Sitz, während der Wächter nach vorn lief, um die Einfahrt zu öffnen. Der Truck fuhr hindurch und rumpelte zurück auf die Landstraße. Er steuerte nach Norden und fuhr in einer Entfernung von zwanzig Metern an der Stelle vorbei, wo ich an dem Betonpfeiler der Überführung lehnte. Er bog in die Auffahrt ein und fuhr dröhnend hinauf, um sich in den Verkehrsfluss nach Norden einzufädeln.

Nur kurz danach fuhr ein weiterer Lkw rumpelnd die Abfahrt hinunter, verließ den Verkehrsstrom, der von Norden kam. Es war ein ähnlicher Truck. Dieselbe Marke, dieselbe Größe, derselbe Schmutz vom Highway. Er fuhr holpernd auf die Zufahrtsstraße zu den Lagerhäusern. Ich sah durch das Fernglas. Nummernschilder aus Illinois. Der Vorgang wiederholte sich. Der Lkw blieb an der Zufahrt stehen. Setzte zum Rolltor zurück. Der Fahrer wurde durch den Wächter abgelöst. Das Rolltor wurde gerade lange genug hochgezogen, um den Truck ins dunkle Innere zu lassen. Schnell und effizient. Wieder ungefähr dreißig Sekunden vom Anfang bis zum Ende. Und nichts zu sehen. Die Fernfahrer durften nicht ins Lagerhaus. Sie mussten draußen warten.

Der Lkw aus Illinois war schneller wieder draußen. Sechzehn Minuten. Der Fahrer nahm seinen Platz am Steuer ein und fuhr hinaus, zurück zum Highway. Ich sah, wie er in einer Entfernung von zwanzig Metern vorbeifuhr.

Unsere Theorie besagte, dass beide Trucks mit Teilen des Vorrats beladen worden waren und sich nun nach Norden vorwärtsarbeiteten. Zurück in die großen Städte im Norden donnerten, bereit, entladen zu werden. Bis jetzt sah unsere Theorie gut aus. Ich konnte keinen Fehler entdecken.

Innerhalb der nächsten Stunde geschah nichts. Das vierte Lagerhaus blieb verschlossen. Ich fing an, mich zu langweilen. Ich wünschte mir langsam, der Landstreicher wäre nicht verschwunden. Wir hätten ein bisschen plaudern können. Dann sah ich, dass der dritte Lkw an diesem Tag heranfuhr. Ich hob das Fernglas und sah Nummernschilder aus Kalifornien. Derselbe Lkw-Typ, in schmutzigem Rot, rumpelte den Highway hinunter und steuerte das rückwärtige Gelände an. Der Vorgang unterschied sich von dem bei den beiden ersten Wagen. Er fuhr durch die Einfahrt, aber es gab keinen Fahrerwechsel. Der Truck steuerte einfach rückwärts durch das Rolltor. Offensichtlich war der Mann autorisiert, das Innere des Lagerhauses zu sehen. Dann musste ich warten. Zweiundzwanzig Minuten. Schließlich wand sich das Rolltor wieder nach oben, und der Lkw kam heraus. Fuhr zur Einfahrt und steuerte den Highway an.

Ich fasste schnell einen Entschluss. Zeit aufzubrechen. Ich wollte in einen dieser Wagen hineinsehen. Also sprang ich auf und nahm Fernglas und Wasserflasche. Lief unter der Überführung hindurch zur nördlichen Seite. Kletterte die steile Böschung hinauf und sprang über die Betonmauer. Zurück zum alten Cadillac. Ich schlug die Motorhaube zu und stieg ein. Ließ den Motor an und fuhr den Seitenstreifen entlang. Wartete auf eine Lücke im Verkehrsfluss und trieb den Motor hoch. Schlug das Steuer ein und beschleunigte Richtung Norden.

Der rote Lkw musste drei oder vier Minuten Vorsprung haben. Nicht viel mehr. Ich überholte ganze Wagenkolonnen und trieb den alten Wagen an. Dann schlug ich ein gleichmäßig hohes Tempo an. Ich war sicher, dass ich den Vorsprung einholen würde. Nach ein paar Meilen entdeckte ich den Lkw. Fuhr langsamer und ließ mich zurückfallen, etwa dreihundert Meter hinter ihn. Ließ immer ein halbes Dutzend Fahrzeuge zwischen ihm und mir. Ich lehnte mich zurück und wurde ruhiger. Laut Roscoes Menora-Theorie würden wir nach L. A. fahren.

Wir fuhren langsam nordwärts. Nicht viel schneller als fünfzig Meilen die Stunde. Der Tank des Cadillacs war fast voll. Würde mich dreihundert Meilen weit bringen, vielleicht dreihundertfünfzig. Bei diesem geringen Tempo vielleicht noch weiter. Zu viel Gas war tödlich. Wenn ich den gebrauchten, acht Jahre alten V-8 vorwärtstreiben würde, wäre das Benzin schneller weg, als Kaffee aus einer Kanne läuft. Aber ein gleichmäßiges Tempo würde den Benzinverbrauch auf ein vernünftiges Maß reduzieren. Würde mich möglicherweise bis zu vierhundert Meilen weit bringen. Vielleicht sogar bis nach Memphis.

Wir fuhren und fuhren. Der schmutzig rote Lkw ragte groß und deutlich dreihundert Meter vor mir auf. Er steuerte links um den südlichen Rand von Atlanta. Um später nach Westen quer durch das Land zu fahren. Die Vertriebstheorie sah ziemlich gut aus. Ich fuhr langsamer und ließ mich am Verteiler des Highways zurückfallen. Wollte nicht, dass der Fahrer Verdacht schöpfte, verfolgt zu werden. Aber ich konnte an der Art, wie er seine Spurwechsel vollzog, erkennen, dass er nicht der Typ war, der häufig in den Rückspiegel sah. Ich schloss weiter auf.

Der rote Truck fuhr und fuhr. Ich blieb acht Wagen hinter ihm. Die Zeit verging. Es wurde später Nachmittag. Es wurde früher Abend. Zum Abendessen gab es Schokoriegel und Wasser während der Fahrt. Ich konnte das Radio nicht in Gang bringen. Es war irgendeine neumodische japanische Marke. Der Typ im Autoshop musste es ausgewechselt haben. Ich fragte mich, wie er die Scheiben des Bentleys hinbekommen würde. Fragte mich, was Charlie sagen würde, wenn sie ihr Auto mit schwarzen Scheiben zurückbekäme. Wahrscheinlich würde das ihre kleinste Sorge sein. Wir fuhren weiter.

Wir fuhren fast vierhundert Meilen weit. Acht Stunden. Wir fuhren aus Georgia hinaus, direkt durch Alabama in die nordöstliche Ecke von Mississippi. Es wurde stockdunkel. Die Herbstsonne war vor unseren Augen versunken. Die Leute hatten ihre Lichter eingeschaltet. Wir fuhren stundenlang durch die Dunkelheit. Ich fühlte mich, als hätte ich den Mann schon mein ganzes Leben lang verfolgt. Dann, gegen Mitternacht, wurde der rote Lkw langsamer. Eine halbe Meile vor mir sah ich, wie er mitten im Nirgendwo auf einen Rastplatz abbog. In der Nähe eines Ortes namens Myrtle. Vielleicht gerade mal sechzig Meilen vor der Grenze von Tennessee. Vielleicht knapp siebzig Meilen von Memphis entfernt. Ich folgte dem Truck auf den Parkplatz. Stoppte in einiger Entfernung.

Ich sah, wie der Fahrer ausstieg. Ein großer, gedrungener Typ. Muskulöser Nacken und breite, kräftige Schultern. Dunkel, Anfang, Mitte dreißig. Lange Arme wie ein Affe. Ich wusste, wer das war. Der Sohn von Kliner. Der eiskalte Psychopath. Ich beobachtete ihn. Er streckte sich und gähnte in der Dunkelheit neben seinem Truck. Ich starrte ihn an und stellte mir vor, wie er Donnerstagnacht am Lagerhaustor getanzt hatte.

Der Kliner-Sohn schloss den Lkw ab und schlenderte auf die Gebäude zu. Ich wartete einen Moment und folgte ihm dann. Ich überlegte, dass er wahrscheinlich direkt zu den Toiletten gegangen war, also lungerte ich in dem hellen Neonlicht am Zeitungsstand herum und beobachtete die Tür. Ich sah, wie er herauskam, und beobachtete, wie er ins Restaurant schlenderte. Er setzte sich an einen Tisch und streckte sich erneut. Nahm die Speisekarte mit der zugänglichen Miene eines Mannes, der sich Zeit nimmt. Er wollte hier ein spätes Abendessen. Ich schätzte, er würde fünfundzwanzig Minuten brauchen. Vielleicht eine halbe Stunde.

Ich ging zurück zum Parkplatz. Ich wollte den roten Lkw aufbrechen und einen Blick hineinwerfen. Aber ich sah, dass ich keine Chance hatte, das auf dem Parkplatz zu machen. Nicht die geringste Chance. Überall liefen Leute herum, und ein paar Streifenwagen fuhren umher. Der ganze Platz war hell erleuchtet. Wenn ich in diesen Lkw einbrechen wollte, musste ich warten.

Ich ging zurück zu den Gebäuden. Zwängte mich in eine Telefonzelle und wählte die Nummer vom Polizeirevier in Margrave. Finlay nahm selbst ab. Ich hörte seine dunkle Harvard-Stimme. Er hatte am Telefon darauf gewartet, dass ich mich meldete.

»Wo sind Sie?«

»Nicht weit von Memphis entfernt. Ich habe beobachtet, wie ein Lkw beladen wurde, und hänge mich an ihn, bis ich einen Blick hineinwerfen kann. Der Fahrer ist der Sohn von Kliner.«

»Okay«, sagte er. »Ich habe Neuigkeiten von Picard. Roscoe ist sicher untergebracht. Wenn sie schlau ist, geht sie schnell ins Bett. Er sagt, sie grüßt Sie mit all ihrer Liebe.«

»Bestellen Sie ihr dasselbe, wenn Sie können, und passen Sie auf sich auf, Harvard-Mann.«

»Ebenso«, sagte er. Legte auf.

Ich ging zurück zum Cadillac. Stieg ein und wartete. Es dauerte noch eine halbe Stunde, bevor der Kliner-Sohn herauskam. Ich sah, wie er zum roten Lkw zurücklief. Er wischte sich seinen Mund mit dem Handrücken ab. Sah aus, als hätte er ein gutes Abendessen gehabt. Lange genug hatte er ja gebraucht. Er ging außer Sichtweite. Eine Minute später rumpelte der Truck vorbei und bog auf die Ausfahrt. Aber Kid fuhr nicht zum Highway zurück. Er bog nach links in eine Einfahrt ein. Er fuhr zum Motel hinüber. Er würde über Nacht bleiben.

Er steuerte direkt zu der Reihe der Motelzimmer. Parkte den roten Lkw vor der vorletzten Tür. Direkt im Schein einer großen Laterne. Er stieg aus und schloss ab. Nahm einen Schlüssel aus seiner Tasche und öffnete das Zimmer. Ging hinein und schloss die Tür. Ich sah, wie das Licht anging und die Jalousie heruntergezogen wurde. Er hatte den Schlüssel in seiner Tasche gehabt. Er war nicht zur Rezeption gegangen. Er musste das Zimmer gleich nach dem Abendessen bestellt haben. Er hatte dafür bezahlt und den Schlüssel bekommen. Deshalb war er so verdammt lange da drin gewesen.

Jetzt hatte ich ein Problem. Ich musste in den Wagen hineinsehen. Ich musste den Beweis haben. Ich musste wissen, ob ich recht hatte. Und ich musste es bald wissen. Bis Sonntag waren es nur noch achtundvierzig Stunden. Ich hatte bis dahin noch viel zu tun. Sehr viel. Ich würde in den Truck einbrechen müssen, direkt hier im Schein der Laterne. Während der psychopathische Sohn von Kliner sich drei Meter entfernt in seinem Motelzimmer befand. Nicht gerade die sicherste Sache der Welt. Ich würde damit warten müssen. Bis Kid fest eingeschlafen war und das Kratzen und Schaben nicht hörte, wenn ich zu Werke ging.

Ich wartete eine halbe Stunde. Länger hielt ich es nicht aus. Ich startete den alten Cadillac und fuhr ihn durch die Stille. Die Kipphebel klackerten, und die Kolben schlugen. Der Motor machte einen höllischen Krach in der Stille. Ich parkte den Wagen direkt vor dem roten Truck. Mit der Motorhaube zur Tür von Kids Motelzimmer. Ich kletterte über den Beifahrersitz hinaus. Stand ruhig da und lauschte. Nichts.

Ich nahm Morrisons Springmesser aus meiner Jackentasche und stieg auf den vorderen Kotflügel des Cadillacs. Dann über die Motorhaube und die Windschutzscheibe. Auf das Wagendach. Blieb dort oben ruhig stehen. Lauschte angestrengt. Nichts. Ich lehnte mich zum Truck hinüber und zog mich auf dessen Dach.

Ein Lkw wie dieser hat ein durchsichtiges Dach. Eine Art Fiberglasplatte. Entweder das ganze Dach besteht daraus oder ein in das Blech eingesetztes Dachfenster. Damit soll etwas Licht in die Ladezone gelassen werden. Hilft beim Be- und Entladen. Vielleicht verringert es das Gewicht des Wagens. Vielleicht ist es auch billiger. Die Hersteller tun ja alles, um einen Dollar zu sparen. Über das Dach kommt man am besten in einen Truck wie diesen.

Mein Oberkörper lag flach auf dem Fiberglas, und meine Füße stützten sich gegen die Ablaufrinne des Cadillacs ab. Ich streckte mich, so weit ich konnte, und ließ das Schnappmesser aufspringen. Stieß es in der Mitte des Dachs durch die Kunststoffplatte. Sägte mit der Klinge eine Klappe von etwa fünfundzwanzig Zentimeter Länge und vierzig Zentimeter Breite. Ich konnte sie nach unten drücken und hineinsehen. Als würde man durch einen schmalen Schlitz blicken.

Das Licht im Motelzimmer ging an. Durch die Jalousie hindurch wurde ein gelbes Lichtquadrat auf den Cadillac geworfen. Und die Seite des roten Lkws. Auf meine Beine. Ich stöhnte leise auf und stieß mich ab. Zog mich auf das Dach des Lkws. Hielt den Atem an.

Die Tür zum Motelzimmer öffnete sich. Der Kliner-Sohn kam heraus. Starrte auf den Cadillac. Bückte sich und sah hinein. Umrundete ihn und überprüfte den Truck. Die Türen zur Fahrerkabine. Rüttelte an den Türgriffen. Das Fahrzeug ruckelte und schaukelte unter mir. Er ging zum hinteren Teil und überprüfte die Türen. Rüttelte an den Griffen. Ich hörte, wie die Türen gegen die Verschlüsse stießen.

Er umrundete den ganzen Lkw. Ich lag da und hörte auf das Geräusch seiner Schritte unter mir. Er überprüfte noch einmal den Cadillac. Dann ging er wieder hinein. Die Tür zum Zimmer schlug zu. Das Licht ging aus. Das gelbe Lichtquadrat verschwand.

Ich wartete fünf Minuten. Lag auf dem Dach und wartete. Dann stützte ich mich auf meine Ellbogen. Langte nach dem Schlitz, den ich gerade in das Fiberglas geschnitten hatte. Drückte die Klappe nach unten und hakte meine Finger ein. Zog mich hinüber und starrte hinein.

Der Truck war leer. Vollkommen leer. Es war nicht das Geringste zu sehen.

24

Es waren über vierhundert Meilen zurück zum Polizeirevier in Margrave. Ich fuhr die gesamte Strecke so schnell, wie ich es wagen konnte. Ich musste Finlay sehen. Musste eine vollkommen neue Theorie aufstellen. Ich parkte den alten Cadillac in einer Lücke direkt neben Teales brandneuem Modell. Ging hinein und nickte zum Wachhabenden hinüber. Er nickte zurück.

»Finlay da?«, fragte ich ihn.

»Hinten«, sagte er. »Der Bürgermeister ist bei ihm.«

Ich umrundete die Empfangstheke und lief durch den Mannschaftsraum zum Rosenholzbüro. Finlay war mit Teale dort. Finlay hatte schlechte Neuigkeiten für mich. Das konnte ich an der Neigung seiner Schultern sehen. Teale sah mich überrascht an.

»Zurück in der Army, Mr. Reacher?«, fragte er.

Ich brauchte eine Sekunde, um zu begreifen. Er meinte meinen Tarnanzug. Ich musterte ihn von oben bis unten. Er trug einen glänzenden grauen Anzug, der mit Stickereien übersät war. Schmale Krawatte mit Silberklammer.

»Wag es nicht, mit mir über Klamotten zu sprechen, du Arschloch«, sagte ich.

Er blickte überrascht an sich hinunter. Wischte einen Fleck weg, den es gar nicht gab. Starrte mit ungläubigen Augen zu mir hoch.

»Ich könnte Sie für eine derartige Äußerung einsperren lassen.«

»Und ich könnte dir den Kopf abreißen«, sagte ich zu ihm. »Und dann könnte ich ihn an deinen dreckigen, alten Arsch kleben.«

Wir standen da und starrten uns eine ganze Zeit lang an. Teale umklammerte seinen schweren Stock, als wollte er ihn heben und mich damit schlagen. Ich konnte sehen, wie sich seine Hand darum spannte und sein Blick meinen Kopf streifte. Aber schließlich stolzierte er nur aus dem Büro und schlug die Tür hinter sich zu. Ich öffnete sie einen Spalt und spähte hinter ihm her. Er griff nach einem Telefonhörer an einem der Schreibtische im Mannschaftsraum. Er würde Kliner anrufen. Er würde ihn fragen, wann zum Teufel er etwas wegen mir unternehmen würde. Ich schloss die Tür wieder und wandte mich Finlay zu.

»Was ist das Problem?«, fragte ich ihn.

»Wir stecken ernsthaft in der Scheiße«, sagte er. »Aber haben Sie einen Blick in den Truck geworfen?«

»Ich komme sofort darauf zurück«, sagte ich. »Also was gibt es hier für ein Problem?«

»Wollen Sie zuerst das kleine hören?«, fragte er. »Oder das große?«

»Das kleine zuerst.«

»Picard braucht Roscoe noch einen Tag«, sagte er. »Hat keine andere Wahl.«

»Verdammt noch mal. Ich wollte sie sehen. Ist sie einverstanden?«

»Laut Picard, ja.«

»Das fängt ja gut an. Und was ist also das große Problem?«

»Jemand ist uns voraus«, flüsterte er.

»Uns voraus?«, fragte ich nach. »Was meinen Sie damit?«

»Die Liste Ihres Bruders. Die Initialen und die Bemerkung über Sherman Stoller's Garage. Zuerst kam heute Morgen ein Telex vom Atlanta Police Department. Stollers Haus ist heute Nacht abgebrannt. Drüben am Golfplatz, wo Sie mit Roscoe waren. Total niedergebrannt, mit Garage und allem. Abgefackelt. Jemand hat über das ganze Grundstück Benzin geschüttet.«

»Mein Gott«, sagte ich. »Was ist mit Judy?«

»Ein Nachbar hat ausgesagt, dass sie Dienstagnacht verschwunden ist. Direkt nachdem Sie mit ihr gesprochen haben. Ist nicht zurückgekommen. Das Haus war leer.«

Ich nickte.

»Judy ist eine kluge Frau«, sagte ich. »Aber das gibt ihnen noch keinen Vorsprung vor uns. Wir haben uns die Garage bereits angesehen. Wenn sie versuchen wollten, etwas zu verbergen, sind sie zu spät gekommen. Es gab sowieso nichts zu verbergen, richtig?«

»Und die Initialen«, sagte er. »Die Universitäten. Ich habe den Typen von Princeton heute Morgen identifiziert. W.B. war Walter Bartholomew. Ein Professor. Er wurde letzte Nacht vor seinem Haus umgebracht.«

»Scheiße. Und wie?«

»Erstochen. Die Polizei von Jersey hält es für Straßenraub. Aber wir wissen es besser, oder?«

»Noch mehr gute Nachrichten?«

Er schüttelte den Kopf.

»Noch schlimmere«, sagte er. »Bartholomew wusste etwas. Sie erwischten ihn, bevor er mit uns sprechen konnte.«

»Er wusste etwas?«, fragte ich. »Was?«

»Weiß ich nicht. Als ich unter der Nummer anrief, erreichte ich so einen wissenschaftlichen Angestellten, der für Bartholomew gearbeitet hat. Es scheint, dass Bartholomew über irgendetwas ziemlich aus dem Häuschen war, er blieb gestern bis spät in die Nacht in seinem Büro und arbeitete. Dieser Assistent brachte ihm alle möglichen alten Unterlagen. Bartholomew ging sie durch. Er machte spät Feierabend, sandte eine E-Mail an Joes Adresse und ging nach Hause. Er lief dem Straßenräuber in die Arme, und das war's dann.«

»Und was stand in der E-Mail?«

»Halten Sie sich für einen Anruf morgen früh bereit. Dieser Assistent sagt, anscheinend sei Bartholomew auf etwas Wichtiges gestoßen.«

»Scheiße«, sagte ich wieder. »Was ist mit den Initialen in New York? K. K.?«

»Weiß ich noch nicht«, erwiderte Finlay. »Ich schätze, dahinter verbirgt sich ein anderer Professor. Wenn sie ihn noch nicht haben.«

»Okay. Ich werde ihn in New York aufsuchen.«

»Warum der Aufwand?«, fragte Finlay. »Gab es ein Problem mit dem Lkw?«

»Ein großes Problem. Der Lkw war leer.«

Eine ganze Weile herrschte Stille in dem Büro.

»Er fuhr leer zurück?«, fragte Finlay.

»Ich warf einen Blick hinein, direkt nachdem ich Sie angerufen hatte. Er war leer. Es war überhaupt nichts drin. Nur frische Luft.«

»Herrgott noch mal.«

Er wirkte betroffen. Er konnte es nicht glauben. Er hatte Roscoe für ihre Vertriebstheorie bewundert. Er hatte ihr gratuliert. Ihr die Hand geschüttelt. Die Menora-Form. Es war eine gute Theorie. Sie war so gut, dass er nicht glauben wollte, dass sie falsch war.

»Wir können uns nicht geirrt haben«, sagte er. »Es ergibt so viel Sinn. Erinnern Sie sich, was Roscoe gesagt hat. Denken Sie an die Landkarte. An Grays Zahlen. Es passt alles zusammen. Es ist so klar. Ich kann es fast fühlen, so greifbar ist es. Ich kann es fast vor mir sehen. Es ist ein Verkehrsfluss. Es kann nichts anderes sein. Ich bin es so oft durchgegangen.«

»Roscoe hatte recht«, stimmte ich ihm zu. »Und alles, was Sie gerade sagten, stimmt auch. Die Menora-Form stimmt. Margrave ist das Zentrum. Es ist ein Verkehrsfluss. Wir haben uns nur in einem kleinen Detail geirrt.«

»Und in welchem Detail?«

»Wir haben uns in der Richtung geirrt«, sagte ich. »Wir müssen es rückwärts betrachten. Der Fluss geht genau in die entgegengesetzte Richtung. Er hat dieselbe Form, aber er fließt hierhin und nicht von hier weg.«

Er nickte. Er begriff, was ich meinte.

»Also laden sie hier nicht auf«, sagte er. »Sie laden hier ab. Der Vorrat wird nicht verteilt. Der Vorrat wird aufgebaut. Direkt hier in Margrave. Aber was für ein Vorrat? Sind Sie sicher, dass sie nicht irgendwo Geld drucken und es hierherbringen?«

Ich schüttelte den Kopf.

»Das ergäbe keinen Sinn«, sagte ich. »Molly sagte, dass innerhalb der Staaten kein Falschgeld mehr gedruckt wird. Joe hat dafür gesorgt.«

»Und was bringen sie dann hierher?«

»Das müssen wir herausbekommen«, erwiderte ich. »Aber immerhin wissen wir, dass es sich auf ungefähr eine Tonne pro Woche summiert. Und wir wissen, dass es in Kartons für Klimaanlagen passt.«

»Wissen wir das?«, fragte Finlay.

»Bis zum letzten September haben sie es außer Landes geschmuggelt. Das war Sherman Stollers Aufgabe. Die Fahrten mit den Klimaanlagen waren keine Tarnoperationen. Sie waren die eigentliche Operation. Sie exportierten etwas, das in Kartons für Klimaanlagen verpackt war. Sherman Stoller hat sie jeden Tag nach Florida gebracht, um sie an einem Schiff abzuliefern. Deshalb war er auch so nervös, als er wegen der Geschwindigkeitsübertretung herausgewinkt wurde. Deshalb kam der Anwalt auch sofort angelaufen. Nicht weil er auf dem Weg zum Aufladen war. Sondern weil er auf dem Weg zum Abladen war. Er hatte die Polizei von Jacksonville am Hals, die fünfundfünfzig Minuten in seiner Ladung herumschnüffeln konnte.«

»Aber was für eine Ladung war das?«

»Ich weiß es nicht. Die Cops sind nicht auf die Idee gekommen, mal nachzusehen. Sie sahen nur eine Ladung versiegelter Verpackungen für Klimaanlagen, nagelneu, mit Seriennummern und allem Drum und Dran, und nahmen einfach an, dass die Ladung in Ordnung sei. Die Verpackungen waren eine verdammt gute Tarnung. Schließlich wirkt es sehr plausibel, brandneue Klimaanlagen in den Süden zu transportieren. Niemand würde da Verdacht schöpfen, oder?«

»Aber damit hörten sie vor einem Jahr auf.«

»Genau. Sie wussten, dass die Sache mit der Küstenwache kommen würde, also schafften sie so viel im Voraus außer Landes, wie sie nur konnten. Erinnern Sie sich an die zwei täglichen Fahrten nach Süden, die bei Gray verzeichnet waren? Dann hörten sie vor einem Jahr ganz damit auf. Denn ihrer

Meinung nach war es zu gefährlich, das Ganze an der Küstenwache vorbei außer Landes zu bringen, und wir dachten, dass es ihrer Meinung nach zu gefährlich gewesen sei, es ins Land hineinzuschmuggeln.«

Finlay nickte. Sah aus, als würde er sich über sich selbst ärgern.

»Wir haben das übersehen.«

»Wir haben eine Menge Dinge übersehen«, sagte ich. »Sie feuerten Sherman Stoller, weil sie ihn nicht mehr brauchten. Sie beschlossen, einfach das Zeug zu behalten, bis die Sache mit der Küstenwache erledigt war. Deshalb sind sie im Moment so gefährdet. Deshalb haben sie solche Panik, Finlay. Sie haben bis Sonntag nicht die letzten Reste ihres Vorrats am Hals. Es ist der ganze verdammte Vorrat.«

Finlay hielt an der Bürotür Wache. Ich saß am Rosenholzschreibtisch und rief die Columbia University in New York an. Die Nummer war die des Instituts für Zeitgeschichte. Der erste Teil des Anrufs gestaltete sich problemlos. Ich geriet an eine sehr hilfsbereite Frau vom Verwaltungsbüro. Fragte, ob sie einen Professor mit den Initialen K. K. hätten. Sie ordnete sie sofort einem Mann namens Kelvin Kelstein zu, der dort schon viele Jahre lehrte. Es hörte sich an, als sei er ein sehr bedeutender Mann. Dann wurde es schwieriger. Ich fragte, ob er wohl ans Telefon kommen könne. Die Frau verneinte dies. Er sei sehr beschäftigt und dürfe nicht schon wieder gestört werden.

»Schon wieder?«, fragte ich. »Wer hat ihn denn schon gestört?«

»Zwei Detectives aus Atlanta, Georgia.«

»Wann war das?«

»Heute Morgen. Sie kamen hierher, fragten nach ihm und ließen sich nicht abweisen.«

»Können Sie mir diese beiden Männer beschreiben?«, fragte ich sie.

Es gab eine Pause, als sie versuchte, sich zu erinnern.

»Es waren Hispanoamerikaner. Ich erinnere mich nicht an besondere Merkmale. Der Mann, der das Reden übernommen hatte, war sehr gepflegt, sehr höflich. Nicht weiter bemerkenswert, fürchte ich, wirklich.«

»Haben die sich schon mit ihm getroffen?«

»Sie machten eine Verabredung für ein Uhr aus. Ich glaube, sie essen mit ihm irgendwo zu Mittag.«

Ich presste den Hörer an mein Ohr.

»Okay. Ich muss Sie jetzt etwas sehr Wichtiges fragen. Haben die beiden seinen Namen genannt? Oder fragten sie nach seinen Initialen K. K.? So wie ich?«

»Sie stellten genau dieselbe Frage wie Sie. Sie fragten, ob ein Mitglied des Lehrkörpers diese Initialen hätte.«

»Hören Sie«, sagte ich. »Hören Sie mir jetzt genau zu. Ich möchte, dass Sie zu Professor Kelstein gehen. Und zwar sofort. Unterbrechen Sie ihn – bei was auch immer. Sagen Sie ihm, es ginge um Leben und Tod. Sagen Sie ihm, dass diese Detectives aus Atlanta Betrüger sind. Sie waren letzte Nacht in Princeton und haben Professor Walter Bartholomew umgebracht.«

»Soll das ein Scherz sein?«, fragte die Frau. Schrie es fast.

»Das ist mein voller Ernst. Mein Name ist Jack Reacher. Ich glaube, dass Kelstein mit meinem Bruder zu tun hatte, Joe Reacher, vom Finanzministerium. Sagen Sie ihm, dass mein Bruder ebenfalls umgebracht wurde.«

Die Frau schwieg erneut. Schluckte. Dann redete sie weiter, ruhig.

»Was soll Professor Kelstein tun?«, fragte sie.

»Zwei Dinge. Als Erstes darf er nicht, ich wiederhole, absolut nicht mit diesen beiden Latinos aus Atlanta zusammentreffen. Unter gar keinen Umständen. Haben Sie das verstanden?«

»Ja«, sagte sie.

»Gut. Zweitens muss er auf der Stelle zum Sicherheitsdienst des Campus gehen. Auf der Stelle, okay? Er muss dort auf mich warten. Ich werde in etwa drei Stunden dort sein. Kelstein muss im Sicherheitsbüro bleiben und mit einem Wachmann an seiner Seite auf mich warten, bis ich da bin. Können Sie dafür sorgen, dass er das tut? Garantiert?«

»Ja.«

»Bitten Sie ihn, vom Sicherheitsbüro aus in Princeton anzurufen. Er soll dort nach Bartholomew fragen. Das wird ihn überzeugen.«

»Ja«, sagte die Frau wieder. »Ich sorge dafür, dass er tut, was Sie wollen.«

»Und geben Sie dem Wachmann meinen Namen. Ich möchte dort keine Probleme kriegen, wenn ich ankomme. Professor Kelstein kann mich identifizieren. Sagen Sie ihm, ich sehe aus wie mein Bruder.«

Ich legte auf. Rief quer durch den Raum nach Finlay.

»Sie haben Joes Liste«, sagte ich. »Sie haben zwei Männer oben in New York. Einer der beiden ist der Mann, der Joes Aktentasche hat. Höflicher Typ. Sie haben die Liste.«

»Aber wieso?«, fragte er. »Die Liste war doch gar nicht in der Aktentasche.«

Angst beschlich mich. Ich wusste, wie. Die Antwort starrte mir direkt ins Gesicht.

»Baker«, sagte ich. »Baker steckt mit drin. Er hat eine Extrakopie gemacht.

Sie haben ihm doch Joes Liste zum Kopieren gegeben. Er hat zwei Kopien gemacht und eine davon Teale gegeben.«

»Sind Sie sicher?«

Ich nickte.

»Es gibt noch andere Hinweise. Teale hat geblufft. Wir dachten, dass alle hier im Department sauber sind. Aber er hat uns nur hereingelegt. Also wissen wir nicht, wer verdammt noch mal dabei ist und wer nicht. Wir müssen hier raus, auf der Stelle. Los.«

Wir liefen aus dem Büro. Durch den Mannschaftsraum. Durch die große Glastür zu Finlays Wagen.

»Wohin?«, fragte er.

»Nach Atlanta«, sagte ich. »Zum Flughafen. Ich muss nach New York.«

Er ließ den Motor an und fuhr in Richtung Norden auf die Landstraße.

»Baker war von Anfang an dabei. Die Tatsache hat mir die ganze Zeit ins Gesicht gestarrt.«

Ich ging es während der Fahrt mit ihm durch. Schritt für Schritt. Letzten Freitag war ich in dem kleinen, weiß gestrichenen Verhörraum im Revier mit Baker allein gewesen. Ich hatte ihm meine Hände entgegengehalten. Er hatte die Handschellen entfernt. Er hatte einem Mann die Handschellen abgenommen, der unter Mordverdacht stand. Der die Leiche seines Opfers zu Brei getreten haben sollte. Er war bereit, mit einem solchen Mann allein in einem Raum zu bleiben. Später hatte ich ihn gerufen und ihn dazu gebracht, mich zur Toilette zu begleiten. Er war schludrig und leichtsinnig gewesen. Ich hätte die Gelegenheit gehabt, ihn zu entwaffnen und zu fliehen. Ich hatte das als ein Zeichen genommen, dass er meine Antworten auf Finlays Fragen gehört hatte und langsam zu der Überzeugung kam, dass ich unschuldig war.

Aber er hatte immer gewusst, dass ich unschuldig war. Er wusste genau, wer unschuldig war und wer nicht. Deshalb war er so nachlässig gewesen. Er wusste, dass ich nur der Sündenbock war. Er wusste, dass ich nur ein unschuldiger Durchreisender war. Wer hat schon Angst, einem unschuldigen Durchreisenden die Handschellen abzunehmen? Wer trifft schon Vorsichtsmaßnahmen, um einen unschuldigen Durchreisenden zur Toilette zu begleiten?

Und er hatte Hubble zur Befragung zum Revier gebracht. Mir war seine Körpersprache aufgefallen. Er war durch einen Konflikt ganz verkrampft gewesen. Ich dachte, er fühlte sich unbehaglich, weil Hubble Stevensons

Kumpel und außerdem irgendwie mit ihm verwandt war. Aber das war nicht der Grund. Er war so verkrampft gewesen, weil er in der Zwickmühle saß. Er wusste, dass es eine Katastrophe war, Hubble herzubringen. Aber er konnte sich Finlays Anordnung nicht widersetzen, ohne ihn zu alarmieren. Es war eine Zwickmühle. Was er auch machte, es war falsch.

Und er hatte bewusst versucht, Joes Identität zu verschleiern. Baker hatte die Sache mit den Fingerabdrücken extra vermasselt, damit Joe nicht identifiziert werden konnte. Er wusste, dass Joe ein Ermittler von der Regierung war. Er wusste, dass Joes Fingerabdrücke in der Datei in Washington waren. Also versuchte er sicherzustellen, dass sie keine Entsprechung in der Datei fanden. Aber er hatte sich verraten, indem er das negative Ergebnis viel zu früh bekanntgab. Das war ihm aus Mangel an Erfahrung passiert. Er hatte die technischen Arbeiten immer Roscoe überlassen. Also wusste er nicht, wie das System funktionierte. Aber ich hatte nicht zwei und zwei zusammengezählt. Ich war zu aufgewühlt gewesen, als beim zweiten Versuch mit den Fingerabdrücken der Name meines Bruders durchgegeben worden war.

Seitdem hatte er geschnüffelt und herumgestochert und sich im Dunstkreis unserer heimlichen Spurensuche herumgedrückt. Er hatte dabei sein wollen und war ein williger Helfer gewesen. Finlay hatte ihn als Wachtposten benutzt. Und die ganze Zeit über war er mit dem, was er bei uns aufschnappen konnte, zu Teale gelaufen.

Finlay schoss mit höllischer Geschwindigkeit Richtung Norden. Er jagte den Chevy über den Zubringer und drückte das Pedal nieder. Der große Wagen raste auf den Highway.

»Könnten wir nicht die Küstenwache verständigen?«, fragte er. »Sie dazu bringen, sich für Sonntag zur Verfügung zu halten, wenn sie mit der Verschiffung wieder anfangen? Als eine Art Extrapatrouille?«

»Sie machen wohl Witze. Der Präsident wird seinen Bann, den er verhängt hat, nicht am ersten Tag zurücknehmen, nur weil Sie ihn darum bitten.«

»Und was machen wir jetzt?«

»Rufen Sie noch mal in Princeton an«, sagte ich zu ihm. »Sprechen Sie noch mal mit diesem wissenschaftlichen Assistenten. Er kann sich vielleicht zusammenreimen, was Bartholomew letzte Nacht herausgefunden hat. Verkriechen Sie sich an einem sicheren Ort und gehen Sie an die Arbeit.«

Er lachte.

»Wo zum Teufel ist es denn jetzt noch sicher?«

Ich riet ihm, in das Motel in Alabama zu gehen, wo wir am Montag gewesen waren. Es lag mitten im Nirgendwo und war sicher genug. Ich sagte ihm, dass ich ihn aufsuchen würde, sobald ich zurück sei. Bat ihn, den Bentley abzuholen und zum Flughafen zu bringen und Schlüssel und Parkschein am Informationsschalter in der Ankunftshalle zu lassen. Er wiederholte alles, um sicherzustellen, dass er es behalten würde. Er fuhr mehr als neunzig Meilen die Stunde, wandte mir aber jedes Mal, wenn er sprach, den Kopf zu.

»Achten Sie auf die Straße, Finlay«, sagte ich. »Es würde niemandem nützen, wenn Sie uns jetzt mit Ihrem Wagen umbrächten.«

Er grinste und blickte nach vorn. Drückte seinen Fuß noch weiter nach unten. Der große Polizeiwagen beschleunigte auf über hundert. Dann wandte er sich wieder um und sah mir ungefähr dreihundert Meter lang in die Augen.

»Feigling.«

25

Es wäre bestimmt nicht einfach geworden, mit einem Totschläger, einem Messer und einem großen Revolver durch die Sicherheitsschleusen am Flughafen zu kommen, also ließ ich meine Tarnjacke in Finlays Wagen und bat ihn, sie für mich in den Bentley zu legen. Er kam mit mir in die Abflughalle und zahlte mit seiner Kreditkarte die siebenhundert Dollar für mein Hin-und-Rückflug-Ticket mit Delta Airlines nach New York. Dann fuhr er zum Motel nach Alabama, und ich ging durch den Flugsteig zur Maschine nach LaGuardia.

Ich war ein bisschen länger als zwei Stunden in der Luft und fünfunddreißig Minuten in einem Taxi. Kam kurz nach halb fünf in Manhattan an. Ich war im Mai schon mal da gewesen, und jetzt, im September, sah es dort ziemlich ähnlich aus. Die Sommerhitze war vorüber und die Stadt wieder bei der Arbeit. Das Taxi brachte mich über die Triborough Bridge und steuerte auf der 116ten westwärts. Glitt um den Morningside Park herum und ließ mich am Haupteingang der Columbia University raus. Ich ging hinein und fand den Weg zum Sicherheitsdienst des Campus. Klopfte an die Glastür.

Ein Sicherheitsmann des Campus sah auf ein Klemmbrett und ließ mich hinein. Führte mich zu einem Raum im hinteren Gebäudeteil und zeigte mir Professor Kelvin Kelstein. Ich sah einen sehr alten Mann, der winzig und runzelig war und mit einem gewissen Stolz einen riesigen weißen Haarschopf trug. Er sah genauso aus wie der alte Reinigungsmann, den ich im dritten Stock in Warburton gesehen hatte, nur dass er ein Weißer war.

»Sind die beiden Latinos zurückgekommen?«, fragte ich.

Er schüttelte den Kopf.

»Habe sie nicht gesehen. Die Sekretärin des alten Mannes hat ihnen mitgeteilt, dass das Essen abgesagt werden müsse. Vielleicht sind sie schon verschwunden.«

»Ich hoffe es. Inzwischen werden Sie diesen Mann eine Weile bewachen müssen. Bis Sonntag.«

»Warum?«, fragte er. »Was ist los?«

»Ich weiß es nicht genau. Aber ich hoffe, der alte Mann kann es mir sagen.«

Der Wachmann brachte uns beide zurück in Kelsteins eigenes Büro und ließ uns dort allein. Es war ein kleiner, unordentlicher Raum, der bis zur Decke mit Büchern und dicken Zeitschriften vollgestopft war. Kelstein setzte sich in einen alten Sessel und wies mich an, mich in einen anderen gegenüber von ihm zu setzen.

»Was genau ist mit Bartholomew passiert?«, fragte er.

»Ich kann es nicht genau sagen. Die Polizei in Jersey behauptet, dass er bei einem Straßenraub vor seinem Haus erstochen wurde.«

»Aber Sie sind skeptisch?«

»Mein Bruder hatte eine Liste mit Kontaktpersonen aufgestellt. Sie sind der Einzige auf dieser Liste, der noch am Leben ist.«

»Ihr Bruder war Mr. Joe Reacher?«

Ich nickte.

»Er wurde letzten Donnerstag ermordet. Ich versuche herauszufinden, warum.«

Kelstein neigte seinen Kopf und starrte aus dem schmutzigen Fenster.

»Ich bin sicher, Sie wissen den Grund«, sagte er. »Er war ein Ermittler. Offensichtlich wurde er im Zuge seiner Ermittlung ermordet. Was Sie wissen müssen, ist, was er herausfinden wollte.«

»Können Sie es mir sagen?«, fragte ich.

Der alte Professor schüttelte den Kopf.

»Nur in höchst allgemeiner Form. Ich kann Ihnen nicht mit Einzelheiten dienen.«

»Hat er denn keine Einzelheiten mit Ihnen besprochen?«, fragte ich.

»Er benutzte mich als eine Art Resonanzboden. Wir stellten zusammen Spekulationen an. Ich genoss das wahnsinnig. Ihr Bruder war ein inspirierender Gesprächspartner. Er hatte einen scharfen Verstand und eine sehr bestechende Präzision in der Art und Weise, sich auszudrücken. Es war ein Vergnügen, mit ihm zu arbeiten.«

»Aber Sie sprachen nicht über Einzelheiten?«, fragte ich noch einmal.

Kelstein formte seine Hände wie zu einer Art leerem Gefäß.

»Wir sprachen über alles Mögliche. Aber wir kamen zu keiner Schlussfolgerung.«

»Okay. Können wir von vorn beginnen? Die Gespräche hatten mit Falschgeld zu tun, richtig?«

Kelstein legte seinen großen Kopf zur Seite. Wirkte amüsiert. »Natürlich. Worüber hätten Mr. Joe Reacher und ich sonst wohl sprechen sollen?«

»Warum sprach er gerade mit Ihnen darüber?«

Der alte Professor lächelte ein bescheidenes Lächeln, das einem Stirnrunzeln wich. Dann grinste er ironisch.

»Weil ich der größte Fälscher der Geschichte bin. Ich wollte sagen, dass ich einer der beiden größten Fälscher der Geschichte sei, aber nach den Geschehnissen der letzten Nacht in Princeton bin ich ja nun leider der einzige.«

»Sie und Bartholomew?«, fragte ich. »Sie waren Fälscher?«

Der alte Mann lächelte wieder.

»Nicht freiwillig. Während des Zweiten Weltkriegs landeten Männer wie Walter und ich in seltsamen Berufen. Von ihm und mir dachte man, wir seien beim Militärgeheimdienst besser aufgehoben als auf dem Schlachtfeld. Wir wurden zum SIS abkommandiert, der, wie Sie wissen, die früheste Form des CIA war. Andere waren dafür verantwortlich, den Feind mit Bomben und Gewehren anzugreifen. Wir bekamen die Aufgabe, den Feind wirtschaftlich anzugreifen. Wir entwickelten ein Projekt, die Wirtschaft der Nazis mit einem Anschlag auf den Wert ihres Papiergeldes zu ruinieren. Im Zuge unseres Projekts wurden Hunderte von Milliarden gefälschter Reichsmark hergestellt. Bomber übersäten Deutschland damit. Das Geld fiel wie Konfetti vom Himmel.«

»Funktionierte das?«, fragte ich ihn.

»Ja und nein. Natürlich war ihre Wirtschaft ruiniert. Sehr schnell war ihr Geld wertlos. Aber natürlich wurde ein Großteil ihrer Produktion mit Hilfe von Sklavenarbeit aufrechterhalten. Sklaven interessieren sich nicht dafür, ob der Inhalt anderer Leute Lohntüten etwas wert ist. Und natürlich wurden alternative Zahlungsmittel gefunden. Schokolade, Zigaretten und sonst was. Insgesamt war es nur ein Teilerfolg. Aber er machte Walter und mich zu den größten Fälschern der Geschichte. Zumindest wenn Sie die Menge als Maßstab nehmen. Ich kann kein besonderes Talent für den farbenverschmierten Teil des Projekts für mich in Anspruch nehmen.«

»Aber hat Joe Sie darüber ausgefragt?«

»Walter und ich wurden besessen davon. Wir studierten die Geschichte der Geldfälscherei. Sie fing an, sobald das Papiergeld eingeführt worden war. Und hat nie aufgehört. Wir wurden Experten in diesem Bereich. Unser Interesse daran erlosch auch nach dem Krieg nicht. Wir stellten eine lose Beziehung zur Regierung her. Schließlich gab ein Unterausschuss des Senats ein Gutachten bei uns in Auftrag. Mit aller gebotenen Bescheidenheit kann ich sagen, dass es die Bibel des Finanzministeriums im Kampf gegen das Falschgeld wurde. Ihr Bruder war natürlich damit vertraut. Deshalb sprach er mit Walter und mir.«

»Aber worüber genau sprach er mit Ihnen?«, fragte ich.

»Joe war ein neuer Besen. Er war engagiert worden, um Probleme zu lösen. Er war in der Tat ein sehr begabter Mann. Seine Aufgabe war es, die Geldfälscherei vollkommen auszurotten. Das ist heutzutage unmöglich. Walter und ich sagten ihm das auch. Aber er schaffte es dennoch fast. Er dachte scharf nach und entwickelte eine Strategie von bestechender Einfachheit. Er beendete schließlich jegliche illegale Gelddruckerei in den Vereinigten Staaten.«

Ich saß in diesem vollgestopften Büro und hörte dem alten Mann zu. Kelstein hatte Joe besser gekannt als ich. Er hatte Joes Hoffnungen und Pläne geteilt. Seine Erfolge gefeiert. Ihn bei seinen Rückschlägen bedauert. Sie hatten ausführlich und lebhaft miteinander gesprochen und einander inspiriert. Ich hatte das letzte Mal kurz nach der Beerdigung unserer Mutter persönlich mit Joe gesprochen. Ich hatte ihn nicht gefragt, was er so machte. Ich hatte nur meinen älteren Bruder in ihm gesehen. Nur Joe in ihm gesehen. Ich hatte ihn nicht als leitenden Agenten der Regierung mit Hunderten ihm unterstellten Leuten gesehen, der vom Weißen Haus mit der Aufgabe betraut worden war, große Probleme zu lösen, der in der Lage war, einen schlauen, alten Fuchs wie Kelstein zu beeindrucken. Ich saß dort im Sessel und fühlte mich schlecht. Ich hatte etwas verloren, von dem ich nie gewusst hatte, dass ich es besaß.

»Sein System war genial«, sagte Kelstein. »Seine Analyse war scharfsinnig. Er konzentrierte sich auf die Druckfarbe und das Papier. Im Endeffekt läuft doch alles auf Farbe und Papier hinaus, nicht wahr? Wenn jemand die Sorten Druckfarbe oder Papier kaufte, die zum Fälschen von Banknoten benutzt werden konnten, wussten es Joes Leute innerhalb von wenigen Stunden. Er nahm solche Leute in wenigen Tagen hoch. Innerhalb der Staaten reduzierte er die Produktion von Falschgeld um neunzig Prozent. Und er verfolgte die verbleibenden zehn Prozent so energisch, dass er sie fast alle erwischte, bevor sie noch die Fälschungen in Umlauf gebracht hatten. Er beeindruckte mich wirklich sehr.«

»Und wo lag das Problem?«

Kelstein machte ein paar präzise, knappe Bewegungen mit seinen kleinen weißen Händen, als würde er ein Szenario beiseiteschieben und ein neues einführen.

»Das Problem liegt im Ausland«, sagte er. »Außerhalb der Vereinigten Staaten. Die Lage ist dort eine völlig andere. Wussten Sie, dass es außerhalb der Staaten zweimal so viel Dollars gibt wie innerhalb?«

Ich nickte. Ich fasste zusammen, was Molly mir über die Besitzlage im Ausland gesagt hatte. Über Glauben und Vertrauen. Die Furcht, dass der Dollar plötzlich nicht mehr begehrt sein könnte. Kelstein nickte in einer Tour, als wäre ich sein Student und als gefielen ihm meine Thesen.

»Genauso ist es. Es geht hier mehr um Politik als um Verbrechen. Am Ende ist es die vornehmliche Pflicht einer Regierung, den Wert ihrer Zahlungsmittel zu verteidigen. Wir haben zweihundertsechzig Milliarden Dollar im Ausland. Der Dollar ist die inoffizielle Währung von einem Dutzend Nationen. Im neuen Russland zum Beispiel gibt es mehr Dollars als Rubel. Washington hat praktisch ein riesiges Auslandsdarlehen aufgenommen. Wäre dies auf anderem Wege geschehen, müssten wir allein an Zinsen sechsundzwanzig Milliarden Dollar pro Jahr zahlen. Aber auf diese Weise kostet es uns nur das, was wir dafür ausgeben, die Bilder von toten Politikern auf kleine Stücke Papier zu drucken. Das ist das ganze Geheimnis, Mr. Reacher. Zahlungsmittel für Ausländer zu drucken ist das beste Geschäft, das eine Regierung machen kann. Also war Joes Arbeit für dieses Land in Wirklichkeit sechsundzwanzig Milliarden Dollar im Jahr wert. Und er verfolgte sie mit einer diesen Dimensionen angemessenen Energie.«

»Aber was war dann das Problem?«, fragte ich. »War es ein geographisches?«

»Zum Teil schon. Es gibt hauptsächlich zwei Gegenden, in denen gefälscht wird. Erstens: der Nahe Osten. Joe glaubte, in einer Fabrik in der Senke von Al Bika würden falsche Hunderter gemacht, die praktisch perfekt waren. Waren Sie jemals da?«

Ich schüttelte den Kopf. Ich war eine Weile in Beirut stationiert gewesen. Ich hatte ein paar Leute gekannt, die aus dem einen oder anderen Grund nach Al Bika gegangen waren. Nicht sehr viele waren zurückgekommen.

»Der syrisch kontrollierte Libanon«, sagte Kelstein. »Joe nannte ihn die Badlands. Dort wird alles gemacht. Es gibt Trainingscamps für Terroristen aus aller Welt, Labore zur Drogenherstellung und so weiter. Was man auch will, sie haben es. Auch eine ziemlich gute Nachbildung unserer staatseigenen Druck- und Prägeanstalt.«

Ich dachte darüber nach. Dachte an meinen Aufenthalt.

»Und von wem wird die geschützt?«, fragte ich ihn.

Kelstein lächelte mich wieder an. Nickte.

»Eine scharfsinnige Frage. Sie haben instinktiv erfasst, dass eine Operation von diesem Ausmaß so sichtbar und so komplex ist, dass sie von irgendjemandem geschützt werden muss. Joe glaubte, dass sie sich unter dem Schutz oder vielleicht sogar im Besitz der syrischen Regierung befand. Daher waren seine Möglichkeiten gering. Seiner Auffassung nach konnte man die Angelegenheit nur auf diplomatischem Wege lösen. Sollte das fehlschlagen, hätte er für Luftangriffe auf diese Fabrik votiert. Vielleicht erleben wir das ja eines Tages noch.«

»Und die zweite Gegend?«, fragte ich.

Er wies mit seinem Finger auf das schmutzige Bürofenster. Zeigte nach Süden, die Amsterdam Avenue hinunter.

»Südamerika«, sagte er. »Die zweite Quelle ist in Venezuela. Joe hat das herausgefunden. Daran arbeitete er. Absolut hervorragende falsche Hundertdollarnoten kommen aus Venezuela. Aber das Unternehmen wird privat betrieben. Keine Spur einer Regierungsbeteiligung.«

Ich nickte.

»So weit sind wir auch schon gekommen«, sagte ich. »Von einem Kerl namens Kliner, mit Stützpunkt in Georgia, wo Joe umgebracht wurde.«

»Genauso ist es. Der einfallsreiche Mr. Kliner. Es ist sein Unternehmen. Er leitet das Ganze. Wir wissen das mit absoluter Sicherheit. Wie geht es ihm?«

»Er schiebt Panik. Er bringt Leute um.«

Kelstein nickte traurig.

»Wir dachten uns schon, dass er in Panik geraten könnte. Er besitzt eine hervorragende Organisation. Die beste, die wir je gesehen haben.«

»Die beste?«, fragte ich.

Kelstein nickte begeistert.

»Hervorragend«, sagte er noch einmal. »Wie viel wissen Sie über Falschgeld?«

Ich sah ihn achselzuckend an.

»Mehr als letzte Woche«, antwortete ich. »Aber ich schätze, nicht genug.«

Kelstein nickte, verlagerte sein Gewicht und beugte sich im Sessel vor. Seine Augen leuchteten auf in seinem hageren Gesicht. Er war im Begriff, mit einem Vortrag über sein Lieblingsthema zu beginnen.

»Es gibt zwei Arten von Fälschern«, begann er. »Die schlechten und die guten. Die guten machen es ordentlich. Kennen Sie den Unterschied zwischen Intaglio und Lithographie?«

Ich zuckte mit den Schultern und schüttelte den Kopf. Kelstein zog eine

Zeitschrift von einem Stapel und gab sie mir. Es war ein vierteljährlich erscheinendes Bulletin einer historischen Gesellschaft.

»Schlagen Sie es auf«, sagte er. »Egal auf welcher Seite. Fahren Sie mit den Fingern über das Papier. Es ist glatt, nicht wahr? Das ist Lithodruck. So wird fast alles gedruckt. Bücher, Zeitschriften, Zeitungen, alles. Eine eingefärbte Walze fährt über das leere Papier. Aber Intaglio funktioniert anders.«

Er schlug plötzlich seine Hände zusammen. Ich sprang auf. Das Geräusch war sehr laut in seinem stillen Büro.

»So funktioniert Intaglio«, sagte er. »Eine Metallplatte wird mit beträchtlicher Wucht gegen das Papier geschlagen. Sie hinterlässt eine deutliche Prägung im Papier. Das gedruckte Bild sieht dreidimensional aus. Es fühlt sich dreidimensional an. Es ist unverwechselbar.«

Er hievte sich aus dem Sessel und zog seine Brieftasche aus der Gesäßtasche. Nahm eine Zehndollarnote heraus. Gab sie mir.

»Fühlen Sie das?«, fragte er. »Die Metallplatten sind aus Nickel, mit Chrom umgeben. Feine Linien sind in das Chrom geritzt, und diese Linien werden mit Druckfarbe gefüllt. Die Platte trifft auf das Papier, und die Farbe wird auf die oberste Schicht gedruckt. Verstehen Sie? Die Tinte ist in den Vertiefungen der Platte, deshalb wird sie auf die Erhöhungen des Papiers übertragen. Intagliodruck ist die einzige Möglichkeit, zu diesem erhöhten Bild zu kommen. Die einzige Möglichkeit zu erreichen, dass sich Falschgeld wie echtes Geld anfühlt. Weil es wie echtes Geld gemacht wird.«

»Was ist mit der Druckfarbe?«, fragte ich.

»Es gibt drei Farben«, sagte er. »Schwarz und zwei Grüntöne. Zuerst wird die Rückseite der Scheine bedruckt, mit dem dunkleren Grün. Dann wird das Papier getrocknet, und am nächsten Tag wird die Vorderseite mit der schwarzen Farbe bedruckt. Auch das trocknet, und dann wird die Vorderseite noch einmal bedruckt, diesmal mit dem helleren Grün. Das sind die anderen Elemente, die Sie hier vorn sehen, die Seriennummer eingeschlossen. Aber das hellere Grün wird mit einem anderen Druckvorgang aufgetragen, der sich Hochdruck nennt. Auch das ist eine Art Prägedruck, nur dass die Tinte in die Vertiefungen und nicht auf die Erhöhungen gedruckt wird.«

Ich nickte und sah mir die Zehndollarnote von vorn und hinten an. Ließ meine Finger vorsichtig darübergleiten. Ich hatte vorher nie wirklich eine Banknote untersucht.

»Also gibt es vier Probleme«, sagte Kelstein. »Die Presse, die Platten, die Druckfarbe und das Papier. Die Presse kann neu oder gebraucht überall auf der Welt gekauft werden. Es gibt Hunderte von Quellen. Die meisten Länder drucken Geld und Wertpapiere. Also sind Pressen im Ausland erhältlich. Sie können sogar selbst gebaut werden. Joe entdeckte einen Intagliobetrieb in Thailand, der eine umgebaute Verarbeitungsmaschine für Tintenfisch benutzte. Ihre Hunderter waren absolut makellos.«

»Was ist mit den Platten?«, fragte ich ihn.

»Die Platten sind das Problem Nummer zwei. Aber das ist nur eine Frage des Talents. Es gibt Leute, die die Bilder alter Meister fälschen können, und es gibt Leute, die ein Klavierkonzert von Mozart nachspielen können, wenn sie es nur einmal gehört haben. Und sicher gibt es Graveure, die Banknoten reproduzieren können. Das ist doch ein perfekter logischer Satz, nicht wahr? Wenn ein menschliches Wesen in Washington das Original gravieren kann, dann gibt es sicherlich irgendwo auf der Welt ein zweites menschliches Wesen, das dies kopieren kann. Aber die sind selten. Wirklich gute Kopisten sind noch seltener. Es gibt ein paar in Armenien. Der Thai-Betrieb hatte einen Malaysier für die Platten.«

»Okay«, sagte ich. »Also hat Kliner eine Presse gekauft und einen Graveur gefunden. Was ist mit den Farben?«

»Die Farben sind Problem Nummer drei. Sie können keine in den USA kaufen, die den Originalfarben auch nur ansatzweise ähnlich sind. Joe hat dafür gesorgt. Aber im Ausland bekommt man sie. Wie ich schon sagte, hat praktisch jedes Land dieser Erde eine eigene Industrie zum Druck seiner Zahlungsmittel. Und natürlich konnte Joe sein System nicht jedem Land der Erde aufzwingen. Also bekommt man die Druckfarben ziemlich leicht. Die Grüntöne sind nur eine Frage der richtigen Farbmischung. Sie werden so lange gemischt und ausprobiert, bis sie echt wirken. Das Schwarz hingegen ist magnetisch, wussten Sie das?«

Ich schüttelte wieder den Kopf. Sah mir den Zehner aus der Nähe an. Kelstein lächelte.

»Sie können es nicht sehen. Eine flüssige, eisenhaltige Chemikalie wird mit der schwarzen Farbe vermischt. So funktionieren die Geldautomaten. Sie scannen die Prägung in der Mitte des Porträts, und die Maschine liest das Signal, das davon abgegeben wird, wie ein Tonkopf die Töne von einer Musikkassette abliest.«

»Und man kann diese Farbe bekommen?«, fragte ich.

»Überall auf der Welt«, sagte er. »Alle benutzen sie. Wir sind hinter anderen Ländern im Rückstand. Wir möchten nicht zugeben, dass wir uns über Geldfälscherei Sorgen machen.«

Ich erinnerte mich an Mollys Worte. Über Glauben und Vertrauen. Ich nickte.

»Die Währung muss Stabilität ausstrahlen. Deshalb zögern wir, sie zu verändern. Sie muss zuverlässig, stark und beständig wirken. Drehen Sie den Zehner um und sehen Sie ihn sich an.«

Ich blickte auf das grüne Bild auf der Rückseite des Zehners. Das Finanzministerium stand in einer menschenleeren Straße. Nur ein Wagen fuhr vorbei. Er sah aus wie ein Ford, Model-T.

»Hat sich seit 1929 kaum verändert«, sagte Kelstein. »Psychologisch gesehen ist das sehr wichtig. Wir ziehen den Anschein der Zuverlässigkeit der Sicherheit vor. Das machte Joes Arbeit ziemlich schwierig.«

Ich nickte wieder.

»Stimmt«, sagte ich. »Also haben wir jetzt die Presse, die Platten und die Farben. Was ist mit dem Papier?«

Kelstein strahlte und legte seine schmalen Hände zusammen, als wären wir endlich zum interessanten Teil gekommen.

»Das Papier ist Problem Nummer vier«, sagte er. »Eigentlich sollten wir sagen, dass es das Problem Nummer eins ist. Denn es ist bei weitem das größte. Es ist die Sache, die Joe und ich bei Kliners Unternehmen nicht begreifen konnten.«

»Warum nicht?«, fragte ich ihn.

»Weil sein Papier perfekt ist. Es ist hundertprozentig perfekt. Sein Papier ist besser als sein Druck. Und das ist absolut beispiellos.«

Er schüttelte verwundert seinen großen weißen Schopf. Als sei er voller Bewunderung für Kliners Leistung. Wir saßen dort, Knie an Knie, schweigend in den alten Sesseln.

»Perfekt?«, hakte ich nach.

Er nickte und kehrte zu seinem Vortrag zurück.

»Es ist beispiellos, denn das Papier ist der heikelste Teil des gesamten Fälschungsvorgangs. Vergessen Sie nicht, wir sprechen hier nicht über irgendein Amateurunternehmen. Wir sprechen über einen Betrieb mit industriellen Ausmaßen. In einem Jahr drucken sie vier Milliarden in Hundertdollarnoten.«

»So viel?«, fragte ich überrascht.

»Vier Milliarden«, wiederholte er. »Ungefähr genauso viel wie der Betrieb im Libanon. So lauteten Joes Zahlen. Und er musste es schließlich wissen. Und das macht die Sache unerklärlich. Vier Milliarden in Hundertern sind vierzig Millionen Banknoten. Das ist eine Menge Papier. Es ist eine Menge Papier, die sich einfach nicht erklären lässt, Mr. Reacher. Und ihr Papier ist perfekt.«

»Was für ein Papier braucht man denn?«, fragte ich ihn.

Er langte herüber und nahm mir die Zehndollarnote ab. Zerknüllte sie, zog sie auseinander und zerriss sie mit einem Ratsch.

»Es ist eine Mischung verschiedener Fasern«, sagte er. »Eine sehr geschickte und vollkommen einzigartige Mischung. Ungefähr achtzig Prozent Baumwolle, ungefähr zwanzig Prozent Leinen. Keinerlei Holzfaser. Es hat mehr mit dem T-Shirt an Ihrem Körper als zum Beispiel mit einer Zeitung gemein. Ein sehr raffiniertes chemisches Färbemittel ist darin, damit es diese einzigartig cremefarbene Tönung bekommt. Und es sind willkürlich rote und blaue Polymerfäden darin eingestampft, die so fein sind wie Seide. Währungspapier ist wunderbares Papier. Strapazierfähig, für Jahre haltbar, weder in kaltem noch in heißem Wasser auflösbar. Besitzt eine absolut präzise Saugkraft und ist in der Lage, auch die allerfeinsten Gravuren aufzunehmen.«

»Also könnte man das Papier nur schwer nachmachen?«, fragte ich.

»Das ist praktisch unmöglich«, erwiderte er. »Auf eine Art ist es so schwierig nachzumachen, dass selbst der offizielle Lieferant der Regierung es nicht kopieren könnte. Der hat schon wahnsinnige Schwierigkeiten, es Lage für Lage gleichbleibend zu produzieren, und er ist bei weitem der fähigste Papierhersteller auf der ganzen Welt.«

Ich ließ mir das alles durch den Kopf gehen. Presse, Platten, Druckfarbe und Papier.

»Also ist der Papierlieferant der Schlüssel zu allem?«, fragte ich.

Kelstein nickte bedauernd.

»So lautete unsere Schlussfolgerung«, sagte er. »Wir waren beide der Meinung, dass das Papier das Entscheidende war, und wir hatten beide keine Ahnung, woher sie es bekamen. Deshalb kann ich Ihnen wirklich nicht helfen. Ich konnte Joe nicht helfen, und ich kann Ihnen nicht helfen. Es tut mir schrecklich leid.«

Ich sah ihn an.

»Sie haben ein ganzes Lagerhaus voll mit irgendwas«, sagte ich. »Könnte es das Papier sein?«

Er schnaubte spöttisch. Ließ seinen Kopf zu mir herumschnellen.

»Haben Sie nicht zugehört?«, sagte er. »Währungspapier ist nicht zu kaufen. Einfach nicht erhältlich. Sie könnten noch nicht mal vierzig Einzelstücke davon bekommen, geschweige denn vierzig Millionen Einzelstücke. Das Ganze ist ein völliges Rätsel. Joe, Walter und ich zerbrachen uns ein Jahr den Kopf darüber und kamen zu keinem Ergebnis.«

»Ich glaube, Bartholomew ist zu einem Ergebnis gekommen«, sagte ich.

Kelstein nickte traurig. Er hievte sich langsam aus seinem Sessel und trat an seinen Schreibtisch. Drückte auf den Wiedergabeknopf auf seinem Anrufbeantworter. Der Raum war erfüllt von einem elektronischen Piepsen, danach vom Klang einer Männerstimme.

»Kelstein?«, fragte die Stimme. »Hier ist Bartholomew. Es ist Donnerstagnacht. Ich rufe Sie morgen früh an und verrate Ihnen die Antwort. Ich wusste, dass ich Sie schlagen würde. Gute Nacht, alter Mann.«

Die Stimme klang aufgeregt. Kelstein stand da und starrte ins Leere, als würde Bartholomews Geist irgendwo in der Luft schweben. Er wirkte betroffen. Ich hätte nicht sagen können, ob es daran lag, dass sein alter Kollege tot war oder dass sein alter Kollege ihn mit der Antwort geschlagen hatte.

»Armer Walter«, sagte er. »Ich kannte ihn seit sechsundfünfzig Jahren.«

Ich blieb eine Weile still sitzen. Dann stand auch ich auf.

»Ich werde es herausfinden«, sagte ich.

Kelstein legte den Kopf zur Seite und sah mich scharf an.

»Glauben Sie das wirklich?«, fragte er. »Wenn Joe dazu nicht in der Lage war?«

Ich blickte den alten Mann achselzuckend an.

»Vielleicht hatte Joe es herausgefunden. Wir wissen nicht, was er schon wusste, als sie ihn erwischten. Jedenfalls werde ich jetzt sofort nach Georgia zurückfliegen. Mich auf die Suche machen.«

Kelstein nickte und seufzte. Er sah angespannt aus.

»Viel Glück, Mr. Reacher«, sagte er. »Ich hoffe, dass Sie die Arbeit Ihres Bruders beenden können. Vielleicht schaffen Sie es. Er hat oft von Ihnen gesprochen. Er mochte Sie, wissen Sie?«

»Er hat von mir gesprochen?«

»Oft«, sagte der alte Mann noch einmal. »Er hatte Sie sehr gern. Es tat ihm leid, dass Sie beide durch Ihre Arbeit sich fast aus den Augen verloren hatten.«

Einen Moment lang fehlten mir die Worte. Ich fühlte mich unerträglich schuldig. Jahre waren vergangen, ohne dass ich an ihn gedacht hatte. Und er sollte an mich gedacht haben?

»Er war der Ältere, aber Sie haben auf ihn aufgepasst«, sagte er. »So hat Joe es mir erzählt. Er sagte, dass Sie ziemlich wild seien. Ein harter Bursche. Ich schätze, wenn Joe einen Aufpasser für die Kliners gebraucht hätte, hätte er Sie vorgeschlagen.«

Ich nickte.

»Ich muss los«, sagte ich.

Ich schüttelte seine zerbrechliche Hand und lieferte ihn bei den Cops im Sicherheitsbüro ab.

Ich versuchte, mir klar darüber zu werden, woher Kliner sein perfektes Papier bekam, und ich versuchte, mir auszurechnen, ob ich den Sechs-Uhr-Flug zurück nach Atlanta noch bekam, wenn ich mich beeilte, und ich versuchte zu ignorieren, was Kelstein über Joes liebevolle Worte über mich gesagt hatte. Die Straßen waren verstopft, und ich dachte hartnäckig über all dies nach und suchte nach einem freien Taxi, daher bemerkte ich nicht, dass zwei Latinos langsam auf mich zugeschlendert kamen. Aber ich bemerkte die Waffe, die der vordere Mann auf mich richtete. Es war eine kleine Automatik in einer schmalen Hand, welche unter einem dieser khakifarbenen Trenchcoats verborgen war. Ein ganz gewöhnlicher Mantel, wie ihn die Stadtbewohner im September über dem Arm tragen.

Er zeigte mir die Waffe, und sein Partner wies auf einen Wagen, der in zwanzig Meter Entfernung am Straßenrand wartete. Der Wagen glitt vorwärts, und der Partner hielt sich bereit, die Tür wie einer dieser Zylinderträger zu öffnen, die hier vor teuren Apartmenthäusern herumstehen. Ich blickte auf die Waffe, blickte auf den Wagen und versuchte, eine Entscheidung zu treffen.

»Steig in den Wagen«, sagte der Mann mit der Waffe leise. »Oder ich knall dich ab.«

Ich stand da, und das Einzige, was ich denken konnte, war, dass ich wahrscheinlich meinen Flug verpasste. Ich versuchte, mich zu erinnern, wann der nächste Nonstop-Flug ging. Um sieben Uhr, schätzte ich.

»In den Wagen«, sagte der Typ noch einmal.

Ich war ziemlich sicher, dass er auf offener Straße nicht schießen würde. Es war eine kleine Waffe, aber sie hatte keinen Schalldämpfer. Sie würde einen Heidenkrach machen, und die Straße war voller Leute. Die Hände des anderen Typen waren leer. Vielleicht hatte er eine Waffe in seiner Tasche. Im Wagen war nur der Fahrer. Wahrscheinlich mit einer Waffe auf dem Sitz neben sich. Ich war nicht bewaffnet. Die Jacke mit dem Totschläger, dem Messer und der Desert Eagle war achthundert Meilen entfernt in Atlanta. Entscheidungen.

Ich entschied mich, nicht in den Wagen zu steigen. Ich stand einfach da auf der Straße und setzte mein Leben aufs Spiel in der Annahme, dass der Typ nicht in der Öffentlichkeit schießen würde. Er stand da und hatte seinen Regenmantel geöffnet. Der Wagen hielt neben uns. Sein Partner stand auf meiner anderen Seite. Es waren kleine Männer. Selbst beide zusammen würden nicht gegen einen wie mich ankommen können. Der Wagen wartete im Leerlauf am Straßenrand. Niemand bewegte sich. Erstarrt standen wir dort, als stellten wir eine Art Szene in einem Schaufenster dar. Für die neuen Herbstmoden, alte Armykleidung in Kombination mit Burberry-Regenmänteln.

Ich stellte die beiden Typen vor ein großes Problem. In einer Lage wie dieser hat man nur eine Sekunde Zeit, seine Drohung in die Tat umzusetzen. Wenn man sagt, man schießt, dann muss man auch schießen. Schießt man nicht, hat man keine Macht mehr. Es wird offenbar, dass man geblufft hat. Schießt man nicht, zählt man auch nichts mehr. Und der Typ schoss nicht. Er stand einfach nur da, ganz verkrampft vor lauter Unentschlossenheit. Die Passanten liefen auf dem belebten Bürgersteig um uns herum. Der am Bordstein wartende Wagen erntete lautes Hupen.

Es waren schlaue Typen. Schlau genug, mich nicht auf einer geschäftigen New Yorker Straße zu erschießen. Auch schlau genug, um zu wissen, dass ihr Bluff offenbar geworden war. Schlau genug, nie wieder eine Drohung auszusprechen, die sie nicht einhalten würden. Aber nicht schlau genug, um einfach zu gehen. Sie blieben stehen.

Also wandte ich mich um, als würde ich einen Schritt von ihnen weg machen. Die Waffe unter dem Regenmantel stieß in meine Richtung. Ich kam der Bewegung entgegen und umfasste das Handgelenk des kleinen Typen mit meiner linken Hand. Zog die Waffe hinter mich und umklammerte mit meinem rechten Arm fest die Schultern des Typen. Wir sahen aus, als würden wir zusammen Walzer tanzen oder als wären wir Liebende auf einem Bahnhof. Dann ließ ich mich vorwärtsfallen und drückte ihn gegen den Wagen. Die ganze Zeit quetschte ich sein Handgelenk, so fest ich nur konnte, grub meine Nägel in seine Haut. Es war die linke Hand, aber ich tat ihm weh. Mein Gewicht auf ihm erschwerte ihm das Atmen.

Sein Partner hatte die Hand immer noch an der Wagentür. Sein Blick flog hin und her. Dann griff seine andere Hand zu seiner Tasche. Also riss ich mein Gewicht zurück, schleuderte die Waffenhand seines Partners herum und warf ihn gegen den Wagen. Und dann lief ich wie verrückt. Mit fünf Schritten war ich in der Menge verschwunden. Ich stieß und drängelte mich durch die Fußgänger. Sprang immer wieder in Toreingänge und wieder heraus und rannte durch den Verkehr über die Straße, dass Bremsen kreischten und Hupen ertönten. Die beiden Typen konnten eine Zeitlang mithalten, aber der Verkehr hielt sie schließlich auf. Sie riskierten nicht so viel wie ich.

Ich bekam acht Blocks weiter ein Taxi und schaffte noch die Sechs-Uhr-Maschine von LaGuardia nach Atlanta. Aus irgendeinem Grund dauerte der Rückflug länger. Wir brauchten zweieinhalb Stunden. Ich dachte die ganze Strecke über Jersey, Maryland und Virginia an Joe. Über North und South Carolina und über Georgia dachte ich an Roscoe. Ich wollte sie zurück. Ich vermisste sie wahnsinnig.

Wir mussten durch zehn Meilen dicke Sturmwolken landen. Die Abenddämmerung in Atlanta war durch die Wolken zur tiefsten Nacht geworden. Es sah aus, als würde eine riesige Schlechtwetterfront von irgendwoher auf uns zurollen. Als wir die Maschine verließen, war die Luft in dem kleinen Gang dick und stickig und roch nicht weniger nach Unwetter als nach Kerosin.

Ich holte den Schlüssel des Bentleys am Informationsschalter in der Ankunftshalle ab. Er steckte zusammen mit dem Parkschein in einem Umschlag. Ich ging hinaus, um den Wagen zu suchen. Spürte, dass warmer Wind von Norden her wehte. Der Sturm würde gewaltig werden. Ich konnte fühlen, wie sich die blitzgeladene Spannung aufbaute. Ich fand den Wagen auf dem Kurzzeitparkplatz. Die hinteren Fenster waren alle dunkel getönt. Der Typ hatte es noch nicht bis zur Vorderseite und zur Windschutzscheibe geschafft. Dadurch sah der Wagen aus wie einer, den Mitglieder eines Königshauses benutzen, mit Chauffeur. Meine Jacke lag ausgebreitet im Kofferraum. Ich zog sie an und fühlte wieder das beruhigende Gewicht meiner Waffen in den Taschen. Ich stieg auf den Fahrersitz, fuhr aus dem Parkplatz und steuerte Richtung Süden den Highway hinunter in die Dunkelheit. Es war neun Uhr, Freitagabend. Vielleicht noch sechsunddreißig Stunden, bevor sie wieder anfangen konnten, den Vorrat zu exportieren.

Es war zehn Uhr, als ich Margrave erreichte. Noch fünfunddreißig Stunden. Ich hatte die Zeit damit verbracht, über etwas nachzudenken, was wir an der Stabsakademie gelernt hatten. Wir hatten dort Militärphilosophie studiert, zum größten Teil von diesen alten Krauts geschrieben, die auf so etwas standen. Ich hatte dem nicht besonders viel Aufmerksamkeit geschenkt, aber an eine Sache erinnerte ich mich. Sie besagte, dass man früher oder später die Hauptstreitmacht des Feindes angreifen musste. Sonst konnte man keinen Krieg gewinnen. Früher oder später spürte man die Hauptstreitmacht auf, nahm den Kampf mit ihr auf und zerstörte sie.

Ich wusste, dass ihre Hauptstreitmacht zehn Personen gezählt hatte. Hubble hatte mir das verraten. Nachdem sie Morrison hatten sausen lassen, waren sie nur noch neun. Ich wusste über die beiden Kliners Bescheid, über Teale und über Baker. Also musste ich noch fünf Namen herausfinden. Ich lächelte vor mich hin. Bog von der Landstraße auf Enos Kiesparkplatz ein. Parkte am hinteren Ende der Reihe und stieg aus. Streckte mich und gähnte in die Nachtluft. Das Unwetter hielt sich noch zurück, aber es würde irgendwann losbrechen. Die Luft war immer noch dick und schwer. Ich konnte immer noch die Spannung in den Wolken spüren. Ich konnte immer noch den warmen Wind auf meinem Rücken spüren. Ich ging zum Rücksitz des Wagens. Streckte mich auf der Lederbank aus. Ich wollte eine Stunde oder anderthalb schlafen.

Ich träumte von John Lee Hooker. Von den alten Zeiten, als er noch nicht berühmt war. Er hatte eine alte Gitarre mit Stahlsaiten und spielte sie auf einem kleinen Hocker sitzend. Der Hocker stand auf einem quadratischen Holzbrett. Hooker drückte sich für gewöhnlich alte Verschlüsse von Bierflaschen in die Sohlen seiner Schuhe, damit sie Geräusche machten. Selbstgemachte Steppschuhe. Er saß auf seinem Hocker und spielte in seinem ausdrucksvollen, lebhaften Stil die Gitarre. Dabei klackte er die ganze Zeit mit seinen umfunktionierten Schuhen auf das Holzbrett. Ich träumte, wie er den Rhythmus mit seinen Schuhen auf das Holzbrett klackte.

Aber nicht John Lees Schuhe machten dieses Geräusch. Es war jemand, der an die Windschutzscheibe des Bentleys klopfte. Ich wachte plötzlich auf und rappelte mich hoch. Sergeant Baker blickte mich an. Die große Chromuhr auf dem Armaturenbrett zeigte halb elf. Ich hatte eine halbe Stunde geschlafen.

Zuallererst änderte ich meinen Plan. Mir war ein viel besserer direkt in den Schoß gefallen. Den alten Krauts hätte das gefallen. Sie mochten taktische Flexibilität. Als Zweites steckte ich meine Hand in die Tasche und schob den Sicherungshebel der Desert Eagle zur Seite. Dann stieg ich durch die gegenüberliegende Tür aus und blickte über das Dach hinweg zu

Baker. Er setzte sein freundliches Grinsen auf, mit Goldzahn und allem Drum und Dran.

»Was machen Sie da?«, sagte er. »Wenn Sie hier auf einem öffentlichen Platz schlafen, können Sie wegen Landstreicherei eingesperrt werden.«

Ich gab ihm sein freundliches Grinsen zurück.

»Ich trage zur Sicherheit auf den Straßen bei«, sagte ich. »Es heißt doch immer, man soll nicht fahren, wenn man müde ist. Man soll rausfahren und ein Nickerchen machen, nicht wahr?«

»Kommen Sie mit rein, ich spendier Ihnen einen Kaffee«, sagte er. »Wenn Sie wach werden wollen, ist Enos Kaffee das Richtige für Sie.«

Ich verschloss den Wagen. Hielt meine Hand in der Tasche. Wir gingen über den knirschenden Kies in das Diner. Glitten in die hintere Nische. Die Frau mit der Brille brachte uns Kaffee. Wir hatten noch gar nicht bestellt. Sie wusste es anscheinend auch so.

»Also, wie geht's?«, fragte Baker. »Geht es Ihnen schlecht wegen Ihres Bruders?«

Ich sah ihn an. Trank mit der linken Hand meinen Kaffee. Meine rechte umklammerte die Desert Eagle in meiner Tasche.

»Wir standen uns nicht sehr nahe«, sagte ich.

Baker nickte.

»Roscoe hilft immer noch dem FBI aus?«, fragte er.

»Scheint so.«

»Und wo ist der alte Finlay heute Abend?«

»In Jacksonville«, sagte ich. »Er musste etwas in Florida überprüfen.«

»Jacksonville?«, fragte er. »Was muss er denn da unten in Jacksonville überprüfen?«

Ich zuckte wieder die Achseln. Schlürfte meinen Kaffee.

»Keine Ahnung. Er sagt mir ja nichts. Ich stehe nicht auf seiner Gehaltsliste. Bin nur ein Botenjunge. Jetzt soll ich ihm etwas aus Hubbles Haus holen.«

»Aus Hubbles Haus?«, fragte Baker. »Was sollen Sie denn holen?«

»Irgendwelche alten Papiere. Alles, was ich finden kann, schätze ich.«

»Und dann?«, fragte er. »Fahren Sie dann auch nach Florida?«

Ich schüttelte den Kopf. Schlürfte noch mehr Kaffee.

»Finlay wies mich an, es in die Post zu stecken. Mit einer Washingtoner Adresse. Ich werde heute in Hubbles Haus schlafen und es morgen früh in die Post geben.«

Baker nickte langsam. Dann ließ er wieder sein freundliches Lächeln aufblitzen. Aber es wirkte gezwungen. Wir tranken unseren Kaffee aus. Baker ließ ein paar Dollar auf den Tisch fallen, und wir glitten aus der Nische und verschwanden. Er stieg in seinen Streifenwagen. Winkte mir zu, als er losfuhr. Ich ließ ihn ziehen und ging über den Kies zu dem Bentley. Ich fuhr nach Süden zum Rand der dunklen, kleinen Stadt und bog rechts in den Beckman Drive ein.

26

ICH MUSSTE SEHR darauf achten, wo ich den Bentley parkte. Ich wollte, dass es so aussah, als hätte ich ihn einfach nur abgestellt. Aber er musste so stehen, dass niemand daran vorbeikam. Ich fuhr eine ganze Weile zentimeterweise vor und zurück. Ließ ihn am Ende von Hubbles Einfahrt mit eingeschlagenen Rädern stehen. Es sah aus, als wäre ich rasch vorgefahren und hätte kurz vor dem Bremsen das Lenkrad herumgeworfen.

Ich wollte, dass das Haus aussah, als wäre ich drinnen. Nichts ist so leicht zu erkennen wie ein leeres Gebäude. Die ruhige, verlassene Aura ist sehr verräterisch. Es herrscht eine ganz bestimmte Stille. Also öffnete ich mit dem Schlüssel von dem großen Bund, den Charlie mir gegeben hatte, die Vordertür. Ging hinein und machte hier und da ein paar Lichter an. Im Wohnzimmer schaltete ich den Fernseher ein und dämpfte die Lautstärke zu einem leisen Murmeln. Dasselbe machte ich mit dem Radio in der Küche. Dann zog ich ein paar Vorhänge zu. Ging wieder hinaus. Es sah ziemlich gut aus. Als wäre jemand im Haus.

Als Nächstes machte ich am Garderobenschrank am Anfang des Hauptflurs halt. Ich suchte Handschuhe. Nicht ganz leicht zu finden im Süden. Kein großer Bedarf. Aber Hubble hatte welche. Zwei Paar, die ordentlich auf einem Bord lagen. Das eine Paar waren Skihandschuhe. Hellgrün und fliederfarben. Für meine Zwecke nicht sehr geeignet. Ich brauchte etwas Dunkles. Das andere Paar war das, was ich gesucht hatte. Elegante Dinger aus dünnem schwarzem Leder. Bankerhandschuhe. Sehr weich. Wie eine zweite Haut.

Die Skihandschuhe brachten mich auf die Idee, nach einer Kopfbedeckung zu suchen. Wenn die Hubbles Reisen nach Colorado unternommen hatten, dann besaßen sie die gesamte Ausrüstung. Ich fand eine Schachtel mit Hüten. Darunter eine Art Schiffermütze aus irgendeiner Kunstfaser. Der untere Teil konnte als Ohrenklappen heruntergerollt werden. Die Mütze war mit einem dunkelgrünen Muster bedruckt. Sie würde reichen.

Dann ging ich ins Elternschlafzimmer. Ich fand Charlies Schminktisch. Er war größer als ein paar Zimmer, in denen ich gewohnt hatte. Sie hatte eine Menge Kosmetik. Alles Mögliche. Ich nahm ein Fläschchen mit wasserfester Mascara mit ins Badezimmer. Schmierte es über mein ganzes Gesicht. Dann machte ich die Jacke zu, setzte die Mütze auf und zog die Handschuhe an. Ich ging zurück ins Schlafzimmer und betrachtete das Ergebnis in den mannshohen Spiegeln auf den Schranktüren. Nicht schlecht. Genau richtig für Nachtarbeit.

Ich ging wieder nach draußen. Verschloss die Vordertür. Ich konnte fühlen, wie die riesigen Sturmwolken sich über mir zusammenballten. Es war sehr dunkel. Ich stand an der Vordertür und überprüfte alles noch mal. Steckte die Pistole in die Innentasche meiner Jacke. Zog den Reißverschluss herunter und prüfte, wie gut ich ziehen konnte. Es ging ganz gut. Durchgeladen und gesichert. Den Sicherungshebel vorgelegt. Ersatzpatronen in der oberen, rechten Außentasche. Springmesser in der linken Seitentasche. Totschläger in der rechten Seitentasche. Die Schuhe fest zugebunden.

Ich ging die Auffahrt hinunter, weg vom Haus, am geparkten Bentley vorbei, etwa zwölf bis fünfzehn Meter. Arbeitete mich durch die Grünpflanzen und ließ mich an einer Stelle nieder, wo ich so gerade die Auffahrt nach oben und unten überblicken konnte. Ich setzte mich auf die kalte Erde und machte mich zum Warten bereit. Bei einem Hinterhalt ist Warten für den Sieg entscheidend. Wenn der Gegner vorsichtig ist, kommt er sehr früh oder sehr spät. Dann, wenn man ihn seiner Meinung nach nicht erwartet. So früh er also auch kommen mag, man muss noch früher bereit sein. So spät er auch kommen mag, man muss es abwarten. Man wartet in einer Art Trance. Man braucht unendliche Geduld. Es hilft nicht, unruhig oder besorgt zu sein. Man wartet einfach. Tut nichts, denkt an nichts, verbraucht keine Energie. Dann plötzlich setzt man sich in Bewegung. Nach einer Stunde, nach fünf Stunden, einem Tag, einer Woche. Warten ist eine Fähigkeit wie alles andere auch.

Ich hatte mich um Viertel vor zwölf zum Warten niedergelassen. Ich konnte spüren, wie sich das Unwetter über mir zusammenzog. Die Luft war wie Suppe. Es war stockdunkel. Gegen Mitternacht brach der Sturm los. Schwere Tropfen, so groß wie Vierteldollarmünzen, bespritzten die Blätter um mich herum. Sie entwickelten sich innerhalb von Sekunden zu einem sintflutartigen Regen. Es war, als säße ich in einer Duschkabine. Furchterregende Donnerschläge hallten um mich herum. Sie dröhnten und knallten, und es blitzte in einem fort. Der Garten um mich herum wurde jedes Mal für Sekunden taghell. Ich saß im peitschenden Regen und wartete. Zehn Minuten. Fünfzehn.

Der Besuch kam um zwanzig Minuten nach Mitternacht. Der Regen war immer noch fürchterlich, und der Donner krachte und rollte ununterbrochen. Ich hörte ihren Wagen erst, als er schon ziemlich weit die Auffahrt heraufgefahren war. Ich hörte ihn etwa in einer Entfernung von fünfzehn Metern über den Kies knirschen. Es war ein dunkelgrüner Lieferwagen. Mit Goldbeschriftung. Kliner-Stiftung. Wie der, den ich Dienstagmorgen bei Roscoes Haus gesehen hatte. Er fuhr knirschend an mir vorbei, nur zwei Meter entfernt. Breite Reifen auf dem Kies. Genau das hatte Finlay bei Morrisons Haus gesehen. Spuren von Breitreifen im Kies.

Der Wagen hielt ein paar Meter von mir entfernt. Dicht hinter dem Bentley. Konnte nicht an ihm vorbeifahren. Ich hatte sie genau da, wo ich sie haben wollte. Ich hörte, wie der Motor erstarb und die Handbremse gezogen wurde.

Als Erster stieg der Fahrer aus. Er trug einen weißen Nylonoverall. Die Kapuze hatte er eng um sein Gesicht zusammengezogen. Über seinem Gesicht trug er einen Mundschutz. Die Hände in dünnen Gummihandschuhen. An den Füßen Gummiüberschuhe. Er schwang sich vom Fahrersitz und ging zur hinteren Tür. Ich kannte diesen Gang. Ich kannte diese große, schwere Gestalt. Ich kannte diese langen, kräftigen Arme. Es war der Kliner-Sohn. Kid Kliner war höchstpersönlich gekommen, um mich umzubringen.

Er schlug mit der Hand auf die Tür zum Laderaum. Das verursachte ein hohles Geräusch. Dann drückte er den Griff und öffnete sie. Vier Männer sprangen heraus. Alle gleich angezogen. Weiße Nylonoveralls, die Kapuzen eng übers Gesicht gezogen, Mundschutz, Handschuhe, Gummiüberschuhe. Zwei trugen Taschen. Zwei hatten große, schwere Flinten. Insgesamt fünf Männer. Ich hatte vier erwartet. Mit fünf Männern konnte es schwieriger werden. Aber ertragreicher.

Der Regen prasselte auf sie nieder. Ich konnte das schwache Trommeln hören, als er auf ihre steifen Nylonanzüge fiel. Ich konnte den metallischen Klang hören, als die schweren Tropfen auf das Dach ihres Wagens schlugen. Ich sah, wie sie von einem Blitz erhellt wurden. Sie sahen aus wie Boten des Todes. Wie Wesen, die direkt aus der Hölle kamen. Ein furchterregender Anblick. Zum ersten Mal beschlichen mich Zweifel, ob ich sie Montagnacht geschlagen hätte. Aber heute Nacht würde ich sie schlagen. Heute Nacht würde ich den Vorteil des Überraschungsangriffs auf meiner Seite haben. Ich würde wie eine unsichtbare Chimäre aus einem Alptraum sein, die auf sie losgelassen worden war.

Der Kliner-Sohn führte sie an. Er langte in den Laderaum des Lieferwagens und zog eine Brechstange heraus. Wies auf drei seiner Soldaten und ging mit ihnen durch den Regen aufs Haus zu. Der fünfte Mann sollte am Wagen warten. Wegen des Regens wollte er in die Fahrerkabine. Ich sah, wie er zum schwarzen Himmel blickte und dann auf den Fahrersitz. Ich zog den Totschläger heraus. Zwängte mich durch die Büsche. Der Typ konnte mich nicht hören. Der Regen dröhnte in seinen Ohren.

Er wandte mir den Rücken zu und machte einen Schritt in Richtung Fahrertür. Ich schloss für eine Sekunde meine Augen und stellte mir Joe vor, wie er ohne Gesicht auf der Bahre im Leichenschauhaus gelegen hatte. Stellte mir vor, wie Roscoe vor Entsetzen gezittert hatte, als sie auf die Fußabdrücke auf dem Boden ihres Flurs starrte. Dann brach ich aus den Büschen hervor. Sprang hinter den Mann. Schmetterte den Totschläger auf seinen Hinterkopf. Es war ein großer Totschläger, und ich legte all meine Kraft in den Schlag. Ich fühlte, wie der Schädel darunter zerbarst. Der Typ fiel wie ein gefällter Baum auf den Kies. Er lag mit dem Gesicht nach unten, und der Regen hämmerte auf seinen Nylonanzug. Ich brach ihm mit einem einzigen kräftigen Tritt das Genick. Einer ausgeschaltet.

Ich zog den Körper über den Kies und ließ ihn hinter dem Lieferwagen liegen. Ging um den Wagen herum und zog den Schlüssel aus dem Zündschloss. Schlich hinauf zum Haus. Ich schob den Totschläger zurück in meine Tasche. Ließ das Schnappmesser aufspringen und hielt es in meiner rechten Hand. Ich wollte die Pistole nicht im Haus benutzen. Machte zu viel Lärm, selbst bei dem Donnerkrachen draußen. An der Haustür blieb ich stehen. Das Schloss war aufgebrochen und das Holz zersplittert. Ich sah die Brechstange auf dem Flurboden.

Es war ein großes Haus. Die Durchsuchung würde einige Zeit in Anspruch nehmen. Ich schätzte, dass sie zuerst zusammenbleiben würden. Es zusammen durchsuchen würden. Dann würden sie sich aufteilen. Ich konnte hören, wie sie durch das obere Stockwerk trampelten. Ich ging wieder nach draußen, um darauf zu warten, dass einer von ihnen herunter in den Flur kam. Ich wartete und presste mich an die Wand neben der aufgebrochenen Tür. Ich wurde durch das überhängende Dach geschützt. Es regnete immer noch in Strömen. Es war so schlimm wie ein Sturm in den Tropen.

Ich wartete etwa fünf Minuten, bis der Erste die Treppe herunterkam. Ich hörte das Knacken seines Schritts im Flur. Hörte, wie er die Schranktür öffnete. Ich trat ins Haus. Sein Rücken war mir zugewandt. Es war einer der Gewehrträger, groß, leichter als ich. Ich stürzte mich von hinten auf ihn. Langte mit meiner linken Hand über seinen Kopf. Steckte ihm meine Finger in die Augen. Er ließ das Gewehr fallen. Es schlug dumpf auf dem Teppich auf. Ich zog ihn rückwärts, drehte mich mit ihm um und brachte ihn zur Tür hinaus. Hinaus in den Regen. Grub meine Finger tiefer in seine Augen.

Zog seinen Kopf zurück. Schnitt ihm die Kehle durch. Das erledigt man nicht mit einem einzigen, eleganten Schwung. Nicht wie im Film. Kein Messer ist dazu scharf genug. Es gibt alle möglichen zähen Knorpel in der menschlichen Kehle. Man muss mit erheblicher Kraft arbeiten. Das braucht eine ganze Weile. Aber es funktioniert. Funktioniert ziemlich gut. Wenn man bis zum Knochen kommt, ist der Mann tot. Dieser hier war keine Ausnahme. Sein Blut spritzte heraus und vermischte sich mit dem Regen. Er sackte in meiner Umklammerung zusammen. Zwei ausgeschaltet.

Ich zog die Leiche an der Kapuzenspitze über den Rasen. Es wäre nicht sehr sinnvoll gewesen, ihn an Knien und Schultern zu nehmen. Dann hätte sein Kopf nach hinten heruntergehangen und wäre möglicherweise abgerissen. Ich ließ ihn auf dem Gras liegen. Lief wieder ins Haus. Hob das Gewehr auf und verzog das Gesicht. Das war eine ernstzunehmende Schusswaffe. Eine Ithaca Mag-10. Ich hatte solche in der Army gesehen. Sie feuern riesige Patronen. Die Leute nennen sie Straßensperrer. Sie haben genug Wucht, um jemanden durch ein Fahrzeug mit dünnem Blech hindurch zu töten. In direktem Kontakt sind sie verheerend. Sie fassen nur drei Patronen, aber wir pflegten zu sagen: Wenn man die drei abgeschossen hat, ist die Schlacht endgültig vorbei.

Ich entschied mich trotzdem, weiterhin vorzugsweise das Messer zu benutzen. Es war leise. Aber das Gewehr würde besser als die Desert Eagle als Reserve dienen. Bei einem Schrotgewehr ist Zielen Luxus. Es hat einen weiten Streuwinkel. Mit einer Mag-10 trifft man, auch wenn man nur ansatzweise in die richtige Richtung zielt.

Ich ging zurück zu der aufgebrochenen Tür und presste mich außer Reichweite des Regens gegen die Wand. Ich wartete. Ich schätzte, dass sie jetzt bald aus dem Haus kommen würden. Sie hatten mich drinnen nicht gefunden und würden den Mann vermissen, den ich gerade niedergestreckt hatte. Also würden sie herauskommen. Das war unvermeidlich. Sie konnten nicht für immer dort drinnen bleiben. Ich wartete. Zehn Minuten. Ich konnte es vom Flur her knacken hören. Ignorierte es. Früher oder später mussten sie herauskommen.

Sie kamen. Zwei Männer auf einmal. Sie kamen als Paar. Das ließ mich einen Augenblick zögern. Sie traten hinaus in den Regen, und ich hörte, wie der Regen gegen ihre Nylonkapuzen trommelte. Ich zog wieder den Totschläger heraus. Tauschte ihn gegen das Messer in meiner rechten Hand. Der erste Typ ging ziemlich leicht zu Boden. Ich erwischte ihn mit dem schweren Schläger genau im Nacken, das riss ihm fast den Kopf ab. Aber der zweite Typ reagierte blitzartig und drehte sich weg, so dass ich ihn mit dem zweiten Schlag verfehlte. Der Totschläger zerschmetterte nur sein Schlüsselbein und zwang ihn in die Knie. Ich stach ihm linkshändig mit dem Messer ins Gesicht. Baute mich für einen weiteren Schlag mit dem Totschläger auf. Ich brauchte noch zwei Hiebe, um ihm das Genick zu brechen. Er war ein zäher Bursche. Aber nicht zäh genug. Vier ausgeschaltet.

Ich zog die beiden Leichen durch den peitschenden Regen zum Rasen am Rand der Kiesauffahrt. Stapelte sie mit dem anderen Mann zu einem Haufen. Ich hatte vier erledigt und ein Gewehr ergattert. Die Wagenschlüssel waren in meiner Tasche. Der Kliner-Sohn lief noch mit einem Gewehr frei herum.

Ich konnte ihn nicht finden. Ich wusste nicht, wo er war. Ich ging ins Haus, aus dem Regen hinaus, und lauschte. Konnte nichts hören. Das Dröhnen des Regens auf dem Dach und auf dem Kies draußen war zu laut. Es legte ein weißes Rauschen über alles andere. Wenn Kid auf der Hut war und herumschlich, dann würde ich ihn nicht hören. Das konnte ein Problem werden.

Ich schlich in den Wintergarten. Der Regen hämmerte aufs Dach. Ich blieb stehen und lauschte. Hörte Kid im Flur. Er war auf dem Weg nach draußen. Er würde die Vordertür benutzen. Wenn er nach rechts ging, würde er über den Haufen mit seinen drei toten Handlangern auf dem Rasen stolpern. Aber er ging nach links. Er lief an den Fenstern des Wintergartens vorbei. Er steuerte über den patschnassen Rasen den Terrassenbereich an. Sah aus wie ein Geist der Unterwelt. Ich sah, wie er etwa zweieinhalb Meter von mir entfernt durch den strömenden Regen ging. Ein Geist der Unterwelt, der ein großes schwarzes Gewehr vor sich hielt.

Ich hatte den Schlüssel für den Wintergarten in meiner Tasche, am Schlüsselbund des Bentleys. Ich schloss die Tür auf und ging hinaus. Der Regen traf mich wie der Strahl eines Feuerwehrschlauchs. Ich schlich zur Terrasse. Dort stand der Kliner-Sohn und blickte hinunter zum großen Swimmingpool. Ich hockte mich im Regen nieder und beobachtete ihn aufmerksam. Aus einer Entfernung von sechs Metern konnte ich hören, wie der Regen gegen seinen weißen Nylonoverall schlug. Blitze versengten den Himmel sekundenschnell, und der Donner war nur noch ein einziges Krachen.

Ich wollte ihn nicht mit meiner Mag-10 erschießen. Ich musste die Leichen noch beseitigen. Ich musste den alten Kliner in Ungewissheit lassen.

Ich musste ihn dazu bringen, dass er ständig darüber nachdachte, was wohl passiert war. Warum sein Junge verschwunden war. Das würde ihn aus dem Gleichgewicht bringen. Und es war wichtig für meine eigene Sicherheit. Ich konnte es mir nicht leisten, auch nur den kleinsten Beweis zurückzulassen. Wenn ich die große Ithaca gegen Kid einsetzte, würde das höllischen Dreck machen. Es würde ein ernstes Problem werden, seine Leiche zu beseitigen. Ich wartete.

Kid ging das lange, abschüssige Rasenstück bis zum Pool hinunter. Ich schlug einen Bogen und hielt mich auf dem feuchten Gras. Kid ging langsam. Er war beunruhigt. Er war allein. Er konnte nicht gut sehen. Die enge Kapuze vor seinem Gesicht begrenzte sein Sichtfeld. Er drehte ständig seinen Kopf von einer Seite zur anderen, mit steifem Hals, wie eine mechanische Puppe. Am Rand des Pools blieb er stehen. Ich war einen Meter hinter ihm. Ich wich nach rechts und links aus, rechts und links, blieb immer außerhalb seines Sichtfelds, während er mit seinem Blick von einer Seite zur anderen wanderte. Sein riesiges Gewehr schwenkte nach rechts und links über dem aufgewühlten Pool.

Nach den Büchern, die ich früher gelesen hatte, nach den Filmen, die man so sieht, hätte ich ehrenhaft mit ihm kämpfen müssen. Ich war hier, um für meinen Bruder einzustehen. Und direkt vor mir war der Typ, der seine Leiche wie ein Lumpenbündel durch die Gegend getreten hatte. Wir hätten es von Angesicht zu Angesicht austragen sollen. Ich hätte ihm sagen sollen, wer sein Gegner war. Ich hätte ihm sagen sollen, warum er sterben musste. Das ganze Zeugs von Ehre und Mann gegen Mann. Aber das wirkliche Leben ist eben nicht so. Joe hätte über all das gelacht.

Ich ließ den Totschläger mit aller Kraft, die ich hatte, auf seinen Kopf niederfahren. Genau in dem Moment, als er sich umdrehte, um zum Haus zurückzugehen. Der Totschläger prallte am glatten Nylon ab, und der Schwung des schweren, bleigefüllten Rohrs brachte mich rettungslos aus dem Gleichgewicht. Ich fiel hin wie ein Mann auf Glatteis. Kid wirbelte herum und hob das Gewehr. Eine Patrone wurde in die Kammer gepumpt. Ich warf meinen Arm nach oben und schlug den Lauf zur Seite. Rollte aus der Schusslinie. Er drückte den Abzug, und es gab eine ungeheure Explosion, lauter als der schlimmste Donner. Ich hörte, wie die Blätter abrissen und fielen, als der Schuss in die Bäume hinter mir ging.

Der heftige Rückstoß warf Kid nach hinten, aber schon wurde die zweite Patrone in den Lauf gepumpt. Ich hörte das bedrohliche Ritsch-Ratsch des Mechanismus. Ich lag am gefliesten Schwimmbeckenrand auf dem Rücken, doch ich warf mich nach oben und ergriff seine halbautomatische Waffe mit beiden Händen. Zwang den Lauf nach oben und den Schaft nach unten, und er feuerte ein zweites Mal, diesmal in die Luft. Wieder eine furchteinflößende Explosion. Jetzt schob ich in Rückstoßrichtung und riss ihm die Waffe aus den Händen. Stieß nach oben und rammte ihm den Schaft ins Gesicht. Es war ein schwacher Schlag. Die Ithaca hat ein großes Gummipolster am Schaft. Es soll die Schulter vor dem Rückstoß schützen. Jetzt schützte es Kids Kopf vor meinem Hieb. Er wurde nur zurückgeschleudert. Ich tauchte nach seinen Beinen und warf ihn nach hinten. Riss ihm die Füße weg und stieß ihn in den Pool. Er klatschte auf seinem Rücken hinein. Ich sprang auf ihn.

Wir waren am tiefen Ende des Pools und zappelten herum, um den todbringenden Griff anzusetzen. Der Regen peitschte. Chlor brannte mir in Augen und Nase. Ich kämpfte, bis ich seine Kehle zu fassen bekam. Riss die Nylonkapuze zurück und konnte meine Hände direkt um seinen Hals legen. Spannte meine Arme und stieß Kids Kopf tief unter Wasser. Ich zerquetschte seinen Kehlkopf mit all meiner Kraft. Dieser Biker in Warburton hatte gedacht, dass er mir schön zugesetzt hätte, aber im Vergleich zu dem, was ich dem Kliner-Sohn antat, war das eine zärtliche Umarmung gewesen. Ich riss an seinem Kopf und drückte ihn noch tiefer. Hielt ihn einen Meter unter Wasser, bis er starb. Lange dauerte das nicht. In einer solchen Situation tut es das nie. Der Erste, der unten ist, bleibt auch unten. Ich hätte es ebenso sein können.

Ich versuchte zu schwimmen und schnappte durch den Chlorgestank nach Luft. Der Regen wühlte die Wasseroberfläche auf. Man konnte unmöglich sagen, wo das Wasser aufhörte und die Luft begann. Ich ließ seinen Körper los und schwamm zum Rand. Klammerte mich daran und wartete, bis ich wieder genügend Luft bekam. Das Wetter war ein Alptraum. Der Donner war jetzt ein kontinuierliches Grollen, und das grelle Zucken hatte sich zu Flächenblitzen entwickelt. Der Regen ging unerbittlich nieder. Trockener war es im Pool. Aber ich hatte noch einiges zu tun.

Ich schwamm zurück, um Kids Leiche zu holen. Sie trieb einen Meter unter Wasser. Ich zog sie zurück zum Rand. Hievte mich selbst aus dem Wasser. Packte mit jeder Hand eine Handvoll Nylon und zog die Leiche hinter mir heraus. Sie wog eine Tonne, lag am Schwimmbeckenrand, und das Wasser schoss an den Hand- und Fußgelenken aus dem Overall. Ich ließ ihn dort liegen und stolperte zurück zur Garage.

Das Gehen fiel mir nicht leicht. Meine Kleider waren klatschnass und kalt. Mir war, als müsste ich in einem Kettenpanzer laufen. Aber ich schaffte es bis zur Garage und fand den Schlüssel. Schloss das Tor auf und machte Licht. Es war eine Garage für drei Wagen. Nur der andere Bentley stand darin. Hubbles eigener Wagen, derselbe Jahrgang wie Charlies. In einem prächtigen Dunkelgrün, liebevoll auf Hochglanz poliert. Ich konnte mein Spiegelbild in dem Lack sehen, als ich daran vorbeiging. Ich suchte nach einer Schubkarre oder einem Gerätewagen. Was Gärtner eben so benutzen. Die Garage war voll mit Gartengeräten. Ein großer Rasenmäher, auf dem man sitzen konnte, Gartenschläuche, Werkzeuge. In der hinteren Ecke eine Art Karren mit großen Speichenrädern wie bei einem Fahrrad.

Ich rollte ihn hinaus in den Sturm und hinunter zum Pool. Suchte herum und fand die beiden Gewehre und den nassen Totschläger. Ließ die Schusswaffen in den Karren fallen und steckte den Totschläger zurück in meine Tasche. Überprüfte, ob Kids Leiche noch Schuhe anhatte, und zog sie auf den Karren. Fuhr ihn zum Haus zurück und die Auffahrt hinunter. Drückte mich am Bentley vorbei und rollte den Karren um den Lieferwagen herum. Ich öffnete die Hintertür und hob die Leiche hoch. Kletterte hinterher und zog sie ganz hinein. Der Regen prasselte aufs Wagendach. Dann hob ich die Leiche des ersten Typen herein und zog sie neben den Kliner-Sohn. Warf die Gewehre auf sie. Zwei verstaut.

Dann brachte ich den Karren dorthin, wo ich die anderen drei liegengelassen hatte. Sie lagen ausgebreitet auf dem nassen Rasen, und der Regen trommelte auf ihre scheußlichen Anzüge. Ich rollte sie zu dem Lieferwagen zurück, mit dem sie gekommen waren. Schob alle fünf endgültig in den Laderaum des Wagens.

Dann brachte ich den Karren durch die Sintflut zurück zur Garage. Stellte ihn in die Ecke, wo ich ihn gefunden hatte. Nahm eine Taschenlampe von der Werkbank. Ich wollte einen Blick auf die vier Typen werfen, die Kliner junior mitgebracht hatte. Ich lief durch den Regen zurück zum Lieferwagen und kletterte hinein. Schaltete die Taschenlampe ein und kauerte mich über der erbärmlichen Leichenreihe nieder.

Den Kliner-Sohn kannte ich. Den vier anderen zog ich die Kapuze zurück und riss ihren Mundschutz ab. Ließ den Lichtstrahl der Taschenlampe über ihre Gesichter huschen. Zwei von ihnen waren die Wachmänner vom Lagerhaus. Ich hatte sie am Donnerstag durch das Fernglas beobachtet, und ich war mir ziemlich sicher. Vielleicht hätte ich es nicht vor einem Kriegsgericht beschworen, aber heute Nacht war ich an solchen juristischen Mätzchen nicht interessiert.

Die anderen beiden kannte ich mit Sicherheit. Kein Zweifel. Es waren

Polizisten. Die Verstärkung vom Freitag. Sie waren mit Baker und Stevenson ins Diner gekommen, um mich zu verhaften. Ich hatte sie seitdem ein paarmal im Revier gesehen. Sie steckten in der Sache mit drin. Gehörten auch zu Bürgermeister Teales Geheimtruppe.

Ich kletterte wieder aus dem Lieferwagen und brachte die Taschenlampe zurück zur Garage. Verschloss das Tor und rannte durch den Regen zurück zur Vorderseite des Hauses. Hob die zwei Taschen auf, die sie mitgebracht hatten. Stellte sie in Hubbles Flur und machte Licht. Sah mir den Inhalt an. Ersatzhandschuhe und Mundschutz. Eine Schachtel mit Gewehrpatronen Kaliber 10. Ein Hammer. Ein Beutel mit fünfzehn Zentimeter langen Nägeln. Und vier Messer. Medizinische Instrumente. An denen konnte man sich schneiden, wenn man sie nur ansah.

Ich hob die Brechstange auf, wo sie sie nach Aufbrechen der Tür hatten fallen lassen. Steckte sie in eine der Taschen. Brachte die Taschen zum Lieferwagen und schleuderte sie auf die fünf Leichen. Dann schlug ich die Hintertür zu, verschloss sie und lief durch den peitschenden Regen zurück ins Haus.

Ich verschloss die Tür des Wintergartens. Ging zurück zur Küche. Öffnete die Ofentür und leerte meine Taschen. Breitete alles auf dem Boden aus. Fand ein paar Backbleche im nächsten Schrank. Ich nahm die Desert Eagle auseinander und legte die Einzelteile sorgfältig auf eines der Bleche. Stapelte die Ersatzpatronen daneben. Legte das Messer, den Totschläger, die Autoschlüssel, mein Geld und meine Papiere auf das andere Blech. Schob die Bleche in den Ofen und stellte ihn auf kleinste Hitze.

Ich ging zur Vordertür und zog die gesplitterte Tür so weit wie möglich zu. Rannte am Bentley vorbei und stieg in den Wagen der Kliner-Stiftung. Fummelte mit dem fremden Schlüssel herum und ließ den Motor an. Fuhr vorsichtig rückwärts die Auffahrt hinunter und schwang in den Beckman Drive ein. Fuhr langsam den Hügel zur Stadt hinunter. Die Scheibenwischer kämpften erbittert gegen den Regen. Ich fuhr das große Viereck mit der Kirche entlang. Bog an dessen Ende nach rechts und steuerte Richtung Süden. Der Ort war menschenleer. Niemand auf der Straße.

Dreihundert Meter südlich von der Grünfläche bog ich in Morrisons Auffahrt ein. Fuhr den Wagen bis zum Haus und stellte ihn neben dem stehengelassenen Lincoln ab. Verschloss die Tür. Lief hinüber zu Morrisons Grenzzaun und schleuderte die Schlüssel weit auf das Feld dahinter. Zog die Jacke fester um meine Schultern und machte mich auf den Weg zurück durch den Regen. Begann, scharf nachzudenken.

Der Samstag war nun schon älter als eine Stunde. Also war Sonntag weniger als einen Tag entfernt. Der grobe Umriss der Sache war klar. Ich wusste drei Dinge ganz sicher. Erstens: Kliner brauchte Spezialpapier. Zweitens: Er bekam es nicht in den Staaten. Aber drittens: Das Lagerhaus war mit irgendwas vollgepackt.

Und die Beschriftung dieser Klimaanlagenverpackung beschäftigte mich. Nicht das Island Air-conditioning, Inc. Nicht das Aufgedruckte. Die andere Beschriftung. Die Seriennummern. Die Schachteln, die ich gesehen hatte, wiesen handgeschriebene Seriennummern in aufgedruckten Rechtecken auf. Ich hatte sie ziemlich deutlich gesehen. Die Cops in Jacksonville hatten dasselbe über die Schachteln in Stollers zu schnellem Truck gesagt. Lange, handgeschriebene Seriennummern. Doch wozu? Die Schachteln waren an sich schon eine gute Tarnung. Es war ein kluger Schachzug, etwas Geheimes in Schachteln für Klimaanlagen nach Florida und weiter zu transportieren. Kein Produkt war plausibler für den Markt da unten. Die Kartons hatten die Cops in Jacksonville getäuscht. Sie hatten nicht weiter darüber nachgedacht. Aber die Seriennummern beschäftigten mich. Wenn keine elektrischen Geräte in den Kartons waren, warum sollte man dann Seriennummern daraufschreiben? Damit wurde die Tarnung unsinnig auf die Spitze getrieben. Was zum Teufel hatten die Seriennummern also zu bedeuten? Was zum Teufel war in den verdammten Kartons gewesen?

Das war die Frage, die ich mir stellte. Am Ende beantwortete Joe sie für mich. Ich ging durch den Regen und dachte daran, was Kelstein über Präzision gesagt hatte. Er hatte gesagt, dass Joe eine sehr bestechende Präzision in der Art und Weise hatte, sich auszudrücken. Ich wusste das. Ich dachte an die ordentliche kleine Liste, die er für sich selbst ausgedruckt hatte. An die ordentlichen Blöcke. Die Reihe mit den Initialen. Die Spalte mit den Telefonnummern. Die beiden Notizen am unteren Rand. Stollers' Garage. Grays Kliner-Akte. Ich musste die Liste noch einmal überprüfen. Aber plötzlich war ich mir sicher, dass Joe mir sagte, wenn ich wissen wollte, was Kliner in die Kartons getan hatte, sollte ich vielleicht einfach zur Garage der Stollers gehen und einen Blick hineinwerfen.

27

Als ich Charlie Hubbles Haus wieder erreicht hatte, suchte ich erst einmal in der teuren Küche nach Kaffee. Setzte die gurgelnde Maschine in Gang. Dann öffnete ich den Backofen. Nahm all meine Sachen heraus. Sie waren fast eine Stunde lang der Wärme ausgesetzt gewesen und jetzt knochentrocken. Das Leder auf dem Totschläger und dem Schlüsselring war etwas steif geworden. Aber sonst hatte nichts Schaden genommen. Ich setzte die Pistole wieder zusammen und lud sie. Legte sie auf den Küchentisch. Durchgeladen und gesichert.

Dann wollte ich Joes Computerausdruck noch mal ansehen, um mir die Bestätigung meiner Theorie zu holen. Aber es gab ein Problem. Ein großes Problem. Das Papier war knochentrocken und steif, aber die Schrift war verschwunden. Das Papier war vollkommen leer. Das Wasser des Swimmingpools hatte die ganze Tinte abgewaschen. Es gab noch ein paar verschwommene Flecken, aber ich konnte die Schrift nicht mehr entziffern. Ich zuckte die Achseln. Ich hatte sie schließlich Hunderte von Malen gelesen. Und ich konnte mich auf mein Gedächtnis verlassen.

Als Nächstes ging ich in den Keller. Ich fummelte an der Heizung herum, bis sie ansprang. Dann zog ich mich aus und stopfte alle meine Sachen in Charlies Wäschetrockner. Stellte ihn auf niedrige Stufe für langsames Trocknen ein. Ich hatte keine Ahnung, ob ich das Richtige tat. In der Army hatte sich irgendein Corporal um meine Wäsche gekümmert. Hatte sie abgeholt und sauber und gefaltet zurückgebracht. Und danach hatte ich immer nur billige Sachen gekauft und einfach weggeworfen.

Ich ging nackt nach oben in Hubbles Badezimmer. Nahm eine lange, heiße Dusche und schrubbte mir die Mascara vom Gesicht. Blieb eine ganze Weile unter dem heißen Strahl stehen. Wickelte mich in ein Handtuch und ging nach unten, um mir den Kaffee zu holen.

Ich konnte in dieser Nacht nicht mehr nach Atlanta fahren. Ich konnte nicht vor halb vier morgens losfahren. Es war einfach die falsche Stunde, um sich mit einer Ausrede Zutritt zu verschaffen. Ich besaß keinen offiziellen Ausweis. Ein nächtlicher Besuch konnte zu einem Problem werden. Ich musste das morgen erledigen, gleich als Erstes. Mir blieb keine andere Wahl.

Also wollte ich schlafen. Ich drehte das Küchenradio aus und ging hinüber in Hubbles Wohnzimmer. Schaltete den Fernseher aus. Sah mich um. Es war ein dunkler, behaglicher Raum. Viel Holz und große Ledersessel. Neben dem Fernseher eine Stereoanlage. Irgendein japanisches Teil. Reihen von CDs und Kassetten. Mit Schwergewicht auf den Beatles. Hubble hatte erzählt, dass er sich für John Lennon interessierte. Er war am Dakota-Building in New York gewesen und in Liverpool, England. Er hatte einfach alles von den Beatles. Alle Alben, ein paar Bootlegs und die Singlesammlung auf CD, die in einer Holzbox verkauft wird.

Über dem Schreibtisch war ein Bücherbord. Mit etlichen Fachzeitschriften und einer Reihe dicker Bücher. Zeitschriften und Berichte über das Bankwesen. Die Fachzeitschriften nahmen etwa einen Meter auf dem Bord ein. Sie wirkten ziemlich furchterregend. Verschiedene Ausgaben einer Zeitschrift, die sich *Banking Journal* nannte. Ein paar Ausgaben eines dicken Magazins namens *Bank Management*. Eine von *Banker*. Dazu *Banker's Magazine, Banker's Monthly, Business Journal, Business Week, Cash Management Bulletin, The Economist* und die *Financial Post*. Alles alphabetisch und nach dem Erscheinungsdatum geordnet. Immer nur ein paar Ausgaben jeder Zeitschrift, erworben im Zeitraum der letzten paar Jahre. Keine komplette Reihe. Dahinter ein paar Berichte des amerikanischen Finanzministeriums und ein paar Ausgaben von *World of Banking*. Eine merkwürdige Sammlung. Erschien mir sehr selektiv. Vielleicht waren es besonders wichtige Ausgaben. Vielleicht hatte Hubble darin gelesen, wenn er nicht schlafen konnte.

Ich würde keine Schwierigkeiten haben zu schlafen. Ich war gerade auf dem Weg aus dem Wohnzimmer, wollte mir ein Bett suchen, als mich etwas aufhielt. Ich ging zurück zum Schreibtisch und sah mir noch einmal das Bücherbord an. Fuhr mit meinem Finger über die Reihe der Magazine und Zeitschriften. Überprüfte die Erscheinungsdaten, die unter den großspurigen Titeln auf den Rücken gedruckt waren. Ein paar waren neue Ausgaben. Die willkürliche Sammlung ging bei ein paar Zeitschriften bis zur letzten Ausgabe. Mehr als ein Dutzend waren aus dem laufenden Jahr. Ein sattes Drittel davon war nach Hubbles Ausscheiden aus der Bank erschienen. Nachdem ihm gekündigt worden war. Es waren Zeitschriften für Banker, aber zu dem Zeitpunkt war Hubble kein Banker mehr gewesen. Und doch hatte er immer noch diese dicken Fachzeitschriften bestellt. Hatte sie weiterhin bezogen. Hatte immer noch dieses komplizierte Zeug gelesen. Warum?

Ich zog ein paar Zeitschriften heraus. Sah mir die Titelblätter an. Es waren dicke Hochglanzmagazine. Ich hielt sie an beiden Enden des Rückens zwischen den Fingern. Sie öffneten sich auf den Seiten, die Hubble gelesen hatte. Ich sah mir diese Seiten genauer an. Zog ein paar weitere Ausgaben heraus. Öffnete sie auf die gleiche Weise. Setzte mich in Hubbles Ledersessel. Saß dort, in mein Handtuch eingewickelt, und las. Ich las mich durch das gesamte Bücherbord. Von links nach rechts, vom Anfang bis zum Ende. Alle Zeitschriften. Ich brauchte eine Stunde dafür.

Dann nahm ich mir die Bücher vor. Ich ließ meinen Finger über die staubige Reihe gleiten. Hielt mit einem kleinen Schock inne, als ich zwei Namen entdeckte, die ich kannte. Kelstein und Bartholomew. Ein großer, alter Band. In rotes Leder gebunden. Ihr Gutachten für den Unterausschuss des Senats. Ich zog es heraus und fing an, es durchzublättern. Es war eine erstaunliche Veröffentlichung. Kelstein hatte es bescheiden als die Bibel im Kampf gegen das Falschgeld bezeichnet. Und das war sie auch. Er war sehr bescheiden gewesen. Der Bericht war außerordentlich umfassend. Es war eine gewissenhafte Aufstellung aller bisher bekannten Techniken, Geld zu fälschen. Zahlreiche Beispiele und Fälle waren jedem je entdeckten Deal entnommen worden. Ich hob den schweren Band auf meinen Schoß. Las eine weitere gute Stunde.

Zuerst konzentrierte ich mich auf die Papierprobleme. Kelstein hatte gesagt, das Papier sei der Schlüssel zu allem. Er und Bartholomew hatten einen langen Anhang über Papier angefügt. Dort wurde weiter ausgeführt, was er mir schon persönlich gesagt hatte. Über die Baumwoll- und Leinenfasern, das chemische Färbemittel, die Beimischung von roten und blauen Polymerfäden. Das Papier wurde in Dalton, Massachusetts, von einem Betrieb namens Crane and Company hergestellt. Ich nickte. Ich hatte davon gehört. Ich erinnerte mich, einmal ein paar Weihnachtskarten von ihnen gekauft zu haben. Ich erinnerte mich an die dicken, schweren Karten und die cremefarbenen Umschläge. Mir hatten sie gefallen. Die Firma stellte seit 1879 Papier für das Finanzministerium her. Seit über einem Jahrhundert wurde es in Panzerwagen und unter schwerster Bewachung nach Washington gebracht. Niemals war etwas gestohlen worden. Nicht ein einziger Bogen.

Dann blätterte ich vom Anhang nach vorn und sah mir den Haupttext an. Ich stapelte Hubbles kleine Bibliothek auf dem Schreibtisch. Sah noch einmal alles durch. Ein paar Sachen las ich zwei- oder dreimal. Ich tauchte immer wieder ein in die bunt gemischte Ansammlung von fachlich geschriebenen Artikeln und Berichten. Prüfte, verglich und versuchte, die verschlüsselte Fachsprache zu verstehen. Ich kam immer wieder auf den großen roten Band mit dem Senatsgutachten zurück. Besonders drei Paragraphen las ich wieder und wieder. Der erste handelte von einem alten Fälscherring in Bogota, Kolumbien. Der zweite von einer viel früheren Organisation im Libanon. Dort hatte sich während des Bürgerkriegs die Phalange-Partei mit ein paar armenischen Graveuren zusammengetan. Der dritte Paragraph enthielt ein paar Basisfakten aus der Chemie. Viele komplizierte Formeln, doch ein paar Wörter erkannte ich wieder. Ich las die drei Paragraphen noch einmal. Ich ging hinüber zur Küche. Nahm Joes leere Liste. Starrte lange Zeit darauf. Ging zurück in das dunkle, ruhige Wohnzimmer, setzte mich unter den Lichtkegel einer Lampe und las und überlegte die halbe Nacht.

Schläfrig wurde ich dadurch nicht. Es hatte genau den gegenteiligen Effekt auf mich. Ich wurde wach. Es verursachte einen teuflischen Nervenkitzel. Ich zitterte vor Erregung. Denn als ich zu Ende gelesen und mir alles überlegt hatte, wusste ich genau, wie sie an ihr Papier kamen. Ich wusste genau, woher sie es bekamen. Ich wusste, was im letzten Jahr in diesen Kartons für Klimaanlagen gewesen war. Ich musste nicht mehr in Atlanta nachsehen. Ich wusste es. Ich wusste, was Kliner in seinem Lagerhaus untergebracht hatte. Ich wusste, was all diese Trucks tagtäglich anbrachten. Ich wusste, was Joes Überschrift bedeutete. E unum pluribus. Ich wusste, warum er das Motto umgekehrt benutzt hatte. Ich wusste alles, und mir blieben noch vierundzwanzig Stunden, die ganze Sache offenzulegen, von Anfang bis Ende. Von oben bis unten. Von innen nach außen. Es war eine teuflisch clevere Operation. Der alte Professor Kelstein hatte gesagt, dass das Papier nicht zu bekommen sei. Aber Kliner hatte ihm das Gegenteil bewiesen. Kliner hatte einen Weg gefunden, es zu bekommen. Einen sehr einfachen Weg.

Ich sprang vom Schreibtisch auf und lief hinunter in den Keller. Riss die Tür zum Trockner auf und holte meine Sachen heraus. Zog mich an, während ich auf dem Betonfußboden von einem Fuß auf den anderen hüpfte. Ließ das Handtuch einfach liegen. Ging zurück in die Küche. Stopfte meine Taschen mit den Dingen voll, die ich brauchen würde. Lief hinaus und ließ die zersplitterte Tür hinter mir zuschwingen. Rannte über den Kies zum Bentley. Ließ den Motor an und rollte vorsichtig rückwärts die Auffahrt hinunter. Fuhr aufheulend den Beckman Drive hinab und mit quietschenden Reifen nach links auf die Main Street. Schoss durch die stille Stadt und am Diner vorbei. Ließ die Reifen in einer weiteren Linkskurve auf die Straße nach Warburton kreischen und trieb den majestätischen, alten Wagen über die Straße, so schnell es ging.

Die Scheinwerfer des Bentleys waren nicht sehr hell. Der Wagen war vor zwanzig Jahren gebaut worden. Der Nachthimmel war nicht besonders klar. Bis zur Dämmerung würde es noch Stunden dauern, und der Mond wurde immer wieder von den letzten vorbeiziehenden Sturmwolken verdeckt. Die Straße war nicht besonders eben. Die oberste Schicht war abgetragen und die Oberfläche voller Buckel. Und glatt wegen des Regens. Der alte Wagen rutschte und schlitterte. Also verlangsamte ich auf mäßige Reisegeschwindigkeit. Hielt es für klüger, zehn Minuten länger zu brauchen, als in ein Feld zu fliegen. Ich wollte mich Joe nicht anschließen. Ich wollte nicht der zweite Reacher sein, der zwar Bescheid wusste, aber tot war.

Ich fuhr an dem Wäldchen vorbei. Es war nur ein dunkler Fleck vor dem dunklen Himmel. In großer Entfernung konnte ich die Begrenzungslichter des Gefängnisses sehen. Sie strahlten über die nächtliche Landschaft. Ich fuhr daran vorbei. Dann konnte ich noch meilenweit ihren Schein im Rückspiegel sehen. Und dann passierte ich die Brücke und fuhr durch Franklin, aus Georgia hinaus und nach Alabama hinein. Ich schoss an dem alten Gasthaus vorbei, in dem Roscoe und ich gewesen waren. The Pond. Es war geschlossen und dunkel. Nach einer weiteren Meile war ich am Motel. Ich ließ den Motor laufen und ging zur Rezeption, um den Nachtportier zu wecken.

»Haben Sie einen Gast namens Finlay hier?«, fragte ich.

Er rieb sich die Augen und sah ins Melderegister.

»Zimmer elf«, sagte er.

Der gesamte Gebäudekomplex hatte die typisch nächtliche Aura. Alles ging langsamer und stiller, alles schlief. Ich fand Finlays Zimmer. Sein Wagen parkte davor. Ich klopfte lautstark an seine Tür. Musste eine ganze Weile klopfen. Dann hörte ich ein gereiztes Stöhnen. Zum Sprechen reichte es noch nicht. Ich klopfte weiter.

»Kommen Sie schon, Finlay!«, rief ich.

»Wer ist da?«, hörte ich ihn brüllen.

»Reacher hier«, antwortete ich. »Öffnen Sie die verdammte Tür.«

Stille. Dann öffnete sich die Tür. Finlay stand im Rahmen. Ich hatte ihn geweckt. Er trug ein graues Sweatshirt und Boxershorts. Ich war erstaunt. Hatte erwartet, dass er in seinem Tweedanzug schlief. Mit Leinenweste.

»Was zum Teufel wollen Sie?«, fragte er.

»Ihnen etwas zeigen.«

Er gähnte und blinzelte.

»Wie spät ist es, verdammt noch mal?«

»Keine Ahnung«, sagte ich. »Fünf, sechs Uhr vielleicht. Ziehen Sie sich an. Wir müssen weg.«

»Wohin?«

»Nach Atlanta. Ich muss Ihnen etwas zeigen.«

»Was denn?«, fragte er. »Können Sie es mir nicht sagen?«

»Ziehen Sie sich an, Finlay«, wiederholte ich. »Wir müssen los.«

Er stöhnte, ging sich dann aber anziehen. Er brauchte eine ganze Weile. Vielleicht fünfzehn Minuten. Er verschwand im Badezimmer. Ging hinein wie ein ganz normaler Mann, der gerade aufgewacht ist. Kam heraus als Finlay. Mit Tweedanzug und allem Drum und Dran.

»Okay«, sagte er. »Jetzt muss aber was verdammt Gutes kommen, Reacher.«

Wir gingen hinaus in die Nacht. Ich lief zum Wagen, während er seine Zimmertür verschloss. Dann kam er nach.

»Wollen Sie etwa fahren?«, fragte er.

»Warum? Haben Sie ein Problem damit?«

Er wirkte äußerst gereizt. Starrte auf den funkelnden Bentley.

»Ich mag es nicht, gefahren zu werden. Wollen Sie nicht mich fahren lassen?«

»Mir ist es egal«, sagte ich. »Steigen Sie einfach in den verdammten Wagen, okay?«

Er stieg auf der Fahrerseite ein, und ich gab ihm die Schlüssel. Mir war das ziemlich recht. Ich war sehr müde. Er startete den Bentley und setzte ihn rückwärts vom Parkplatz. Bog nach Osten ein. Beschleunigte auf Reisegeschwindigkeit. Er fuhr ziemlich schnell. Schneller als ich. Er war ein verdammt guter Fahrer.

»Also, was ist los?«, fragte er mich.

Ich blickte zu ihm hinüber. Ich konnte seine Augen im Schein der Armaturen sehen.

»Ich habe es herausgefunden«, sagte ich. »Ich weiß, worum es geht.«

Er sah mich an.

»Und, verraten Sie es mir jetzt?«, fragte er.

»Haben Sie in Princeton angerufen?«, fragte ich zurück.

Er schnaubte wütend und schlug verärgert auf das Lenkrad des Bentleys.

»Ich habe eine Stunde am Telefon verbracht. Der Typ wusste ganz bestimmt ungeheuer viel, aber am Ende wusste er eigentlich gar nichts.«

»Was hat er Ihnen erzählt?«

»Er hat mir alles erzählt«, sagte er. »Er ist ein kluger Bursche. Abschluss in Geschichte, arbeitete für Bartholomew. Es kam heraus, dass Bartholomew und der andere, Kelstein, in der Falschgeldforschung *die* großen Tiere sind. Joe hat sie als Quelle für Hintergrundinformationen benutzt.«

Ich nickte zu ihm hinüber.

»Das habe ich alles schon von Kelstein erfahren«, sagte ich. »Was fragen Sie dann noch?«, sagte er gereizt.

»Ich will Ihre Schlussfolgerungen«, sagte ich zu ihm. »Ich will sehen, wie weit Sie gekommen sind.«

»Wir sind noch nirgendwohin gekommen«, erwiderte er. »Sie haben alle ein Jahr lang über die Sache gesprochen und entschieden, dass es für Kliner keine Möglichkeit gab, an soviel gutes Papier zu kommen.«

»Genau das hat Kelstein auch gesagt«, teilte ich ihm mit. »Aber ich habe es herausgefunden.«

Er blickte wieder zu mir herüber. Überraschung lag auf seinem Gesicht. In der Ferne konnte ich die Gefängnislichter von Warburton sehen.

»Also erzählen Sie.«

»Wachen Sie auf und finden Sie es selbst heraus, Harvard- Mann«, sagte ich.

Er stöhnte wieder. Immer noch gereizt. Wir fuhren weiter. Rasten in den Lichtschein, der sich vom Gefängniszaun her ergoss. Fuhren an der Zufahrt vorbei. Dann war das grelle gelbe Licht hinter uns.

»Dann geben Sie mir ein bisschen Starthilfe, ja?«

»Ich gebe Ihnen zwei Hinweise«, sagte ich. »Die Überschrift, die Joe für seine Liste benutzte. E unum pluribus. Und dann überlegen Sie mal, was an der amerikanischen Währung einzigartig ist.«

Er nickte. Dachte darüber nach. Trommelte mit seinen langen Fingern auf das Lenkrad.

»E unum pluribus«, sagte er. »Es ist das umgedrehte Motto der USA. Also können wir annehmen, dass es bedeutet: Aus einem werden viele, richtig?«

»Genau«, sagte ich. »Und was ist an amerikanischen Banknoten einzigartig, verglichen mit denen aus jedem anderen Land der Erde?«

Er dachte darüber nach. Er dachte über etwas so Vertrautes nach, dass er nicht darauf kam. Wir fuhren weiter. Schossen an dem Wäldchen vorbei. Weiter vorn, im Osten, ein schwacher Schimmer der Morgendämmerung.

»Was?«, fragte er.

»Ich habe überall auf der Erde gelebt«, erwiderte ich. »Auf sechs Kontinenten, wenn man einen kurzen Aufenthalt in der Antarktis, in der Air-Force-Wetterstation, mitzählt. In Dutzenden von Ländern. Ich hatte viele verschiedene Sorten Papiergeld in meiner Tasche. Yen, Deutsche Mark, Pfund, Lire, Pesos, Won, Francs, Schekel und Rupien. Jetzt habe ich Dollars. Was fällt mir auf?«

Finlay zuckte mit den Schultern.

»Was?«

»Alle Scheine sind gleich groß«, sagte ich. »Die Fünfziger, Hunderter, Zehner, Zwanziger, Fünfer und Einer. Alle haben dieselbe Größe. In keinem anderen Land, das ich gesehen habe, ist das so. Überall sonst sind die Scheine mit hohem Wert größer als die Scheine mit niedrigerem Wert. Es gibt eine Art Progression, klar? Überall sonst ist der Einer ein kleiner Schein, der Fünfer ist größer, der Zehner noch größer und so weiter. Die Scheine mit dem höchsten Wert sind normalerweise große Blätter Papier. Aber amerikanische Scheine sind alle gleich groß. Die Hundertdollarnote hat dieselbe Größe wie die Eindollarnote.«

»Und?«, fragte er.

»Wo kriegen die also ihr Papier her?«, fragte ich ihn.

Ich wartete. Er blickte aus dem Fenster. Von mir weg. Er kam nicht darauf, und das ärgerte ihn.

»Sie kaufen es«, sagte ich. »Sie kaufen das Papier für einen Dollar das Stück.«

Er seufzte und warf mir einen Blick zu.

»Sie kaufen es nicht, Herrgott noch mal«, sagte er. »Bartholomews Mitarbeiter hat mir das deutlich gemacht. Es wird in Dalton hergestellt, und der ganze Betrieb ist so dicht wie das Arschloch eines Fischs. Sie haben in hundertzwanzig Jahren nicht ein einziges Stück Papier verloren. Niemand verkauft es unter der Hand, Reacher.«

»Falsch, Finlay«, erwiderte ich. »Es wird verkauft. Auf dem freien Markt.«

Er stöhnte wieder. Wir fuhren weiter. Kamen an die Abzweigung zur Landstraße. Finlay fuhr langsamer und bog nach links. Steuerte nordwärts in Richtung Highway. Jetzt dämmerte der Morgen zu unserer Rechten. Es wurde heller.

»Sie durchkämmen das Land nach Eindollarnoten. Diese Rolle hatte Hubble vor anderthalb Jahren übernommen. Das war vorher auch seine Aufgabe in der Bank, Management der Zahlungsmittel. Er wusste, wie man an Bargeld herankommt. Also organisierte er es, Eindollarnoten von Banken, Einkaufszentren, Einzelhandelsketten, Supermärkten, Rennbahnen und Casinos zu bekommen, und überall sonst, woher er sie kriegen konnte. Es war ein aufwendiger Job. Sie brauchten eine Menge Dollars. Sie benutzten Bankschecks, Überweisungen und gefälschte Hunderter und kauften echte Eindollarnoten in den gesamten Vereinigten Staaten. Ungefähr eine Tonne pro Woche.«

Finlay starrte zu mir herüber. Nickte. Langsam dämmerte es ihm.

»Eine Tonne pro Woche? Wie viel ist das?«

»Eine Tonne in Einern ist eine Million Dollar«, sagte ich. »Sie brauchen vierzig Tonnen im Jahr. Vierzig Millionen Dollar in Eindollarnoten.«

»Weiter.«

»Die Trucks bringen sie nach Margrave«, fuhr ich fort. »Von allen Orten, wo Hubble Eindollarscheine aufgespürt hat. Sie kommen ins Lagerhaus.«

Finlay nickte. Er begriff jetzt. Er sah, worauf das Ganze hinauslief.

»Dann werden sie in den Kartons für Klimaanlagen verschifft«, sagte er.

»Genau. Bis vor einem Jahr. Bis die Küstenwache sie gestoppt hat. In netten, neuen Kartons, die wahrscheinlich bei einer weit entfernten Fabrik für Pappkartons bestellt worden sind. Sie haben die Scheine verpackt, mit Klebeband versiegelt und dann verschifft. Aber bevor sie sie verschifften, haben sie sie gezählt.«

Er nickte wieder.

»Damit alles seine Ordnung hatte. Aber wie zum Teufel zählt man eine Tonne Dollarnoten pro Woche?«

»Sie haben sie gewogen. Jedes Mal wenn sie einen Karton auffüllten, stellten sie ihn auf eine Waage und wogen ihn. Bei Einern ist eine Unze dreißig Dollar wert. Ein Pfund ist vierhundertachtzig wert. Ich habe das Ganze letzte Nacht nachgelesen. Sie wogen sie, rechneten den Wert aus und schrieben die Summe auf eine Seite am Karton.«

»Woher wissen Sie das?«, fragte er.

»Die angeblichen Seriennummern. Sie zeigten an, wie viel Geld im Karton war.«

Finlay grinste zerknirscht.

»Okay«, sagte er. »Dann kamen die Kartons nach Jacksonville Beach, richtig?«

Ich nickte.

»Wurden auf ein Schiff verladen. Und dann ging es ab nach Venezuela.«

Dann schwiegen wir. Wir näherten uns dem Lagerhausgelände am Ende der alten Landstraße. Es tauchte zu unserer Linken wie der Mittelpunkt der Erde auf. Die Metallverkleidung der Gebäude spiegelte die fahle Morgendämmerung wider. Wir blickten hinüber. Unsere Köpfe schnellten herum, als wir vorbeifuhren. Dann bogen wir auf die Rampe zum Highway ein. Steuerten nordwärts nach Atlanta. Finlay trat das Pedal nieder, und das stattliche, alte Auto dröhnte schneller die Piste hinunter.

»Und was ist in Venezuela?«, fragte ich ihn.

Er blickte achselzuckend zu mir herüber.

»Vieles, nicht wahr?«

»Kliners Chemiefabriken«, sagte ich. »Er hat sie nach den Schwierigkeiten mit der Umweltbehörde dorthin verlegt.«

»Und?«

»Und was macht er dort?«, fragte ich ihn. »Wozu dienen diese Chemiefabriken dort?«

»Sie haben was mit Baumwolle zu tun«, sagte er.

»Richtig. Und zwar mit Ätznatron, Natriumhypochlorit, Chlor und Wasser. Was kriegt man, wenn man alle diese Stoffe mischt?«

Er zuckte die Achseln. Er war Cop, kein Chemiker.

»Bleichmittel«, sagte ich. »Ein ziemlich starkes Bleichmittel speziell für Baumwollfasern.«

»Und?«, fragte er wieder.

»Was hat der Mitarbeiter von Bartholomew Ihnen über Währungspapier erzählt?«

Finlay sog scharf die Luft ein. Er schnappte praktisch danach.

»Herrgott«, sagte er. »Währungspapier besteht zum größten Teil aus Baumwollfasern. Mit einem kleinen Anteil Leinen. Sie bleichen die Dollarnoten. Mein Gott, Reacher, sie bleichen die Druckfarbe weg. Ich fasse es nicht. Sie bleichen die Farbe von den Einern weg und verschaffen sich so vierzig Millionen Stück echtes, leeres Papier zur freien Verfügung.«

Ich grinste ihn an, und er streckte seine rechte Hand aus. Wir ließen unsere Hände hoch über unseren Köpfen zusammenklatschen und jubelten uns in dem dahinrasenden Wagen zu.

»Sie haben's erfasst, Harvard-Mann«, sagte ich. »So machen sie es. Kein Zweifel. Sie haben diese chemische Sache ausgetüftelt und drucken die leeren Geldscheine als Hunderter neu. Das meinte Joe mit E unum pluribus. Aus einem werden viele. Aus einer Dollarnote werden hundert Dollar.«

»Herrgott«, sagte Finlay erneut. »Sie bleichen die Druckfarbe weg. Das ist schon was, Reacher. Und wissen Sie, was das heißt? In diesem Moment ist das Lagerhaus bis zur Decke mit vierzig Tonnen echten Dollarnoten vollgestopft. Es sind vierzig Millionen Dollar da drin. Vierzig Tonnen in

Stapeln, die nur darauf warten, dass sich die Küstenwache zurückzieht. Wir erwischen sie mit heruntergelassener Hose, nicht wahr?«

Ich lachte glücklich.

»Richtig«, sagte ich. »Die Hose hängt ihnen bis zu den Knöcheln herunter. Ihre Ärsche schweben in der Luft. Deshalb sind sie so beunruhigt. Deshalb haben sie solche Panik.«

Finlay schüttelte den Kopf. Grinste gegen die Windschutzscheibe.

»Wie zum Teufel haben Sie das rausgekriegt?«

Ich antwortete nicht sofort. Wir fuhren weiter. Der Highway brachte uns durch die sich verdichtenden Häuseransammlungen an Atlantas Südrand. Häuserblöcke entstanden hier. Bauwesen und Handel bestätigten eifrig die wachsende Stärke des amerikanischen Südens. Kräne standen bereit, um den Südwall der Stadt gegen die ländliche Leere davor abzusichern.

»Wir gehen das nacheinander durch«, sagte ich. »Zunächst werde ich es Ihnen beweisen. Ich werde Ihnen einen Klimaanlagenkarton zeigen, der vollgestopft ist mit echten Dollarnoten.«

»Werden Sie das? Wo?«

Ich blickte zu ihm hinüber.

»In Stollers Garage.«

»Herrgott noch mal, Reacher«, sagte er. »Die ist doch abgebrannt. Und es war nichts drin, oder? Und selbst wenn dort was gewesen wäre, jetzt sind da nur noch das Police Department von Atlanta und die Feuerwehr.«

»Ich habe keine Informationen darüber, dass sie abgebrannt ist.«

»Was zum Teufel reden Sie da? Ich habe Ihnen das doch erzählt, es stand im Telex.«

»Wo sind Sie zur Schule gegangen?«, fragte ich ihn.

»Was hat das jetzt mit unserer Sache zu tun?«, fragte er.

»Genauigkeit«, sagte ich, »ist eine Geisteshaltung. Kann durch gute Schulbildung verstärkt werden. Sie haben doch Joes Computerausdruck gesehen, oder?«

Finlay nickte.

»Erinnern Sie sich an den vorletzten Punkt?«, fragte ich ihn.

»Stollers' Garage«, sagte er.

»Richtig«, sagte ich. »Aber achten Sie auf die Apostrophierung. Wenn kein Apostroph hinter dem letzten Buchstaben wäre, dann hieße das: Entweder die Garage gehört einer Person namens Stoller. Genitiv Singular nannten sie das in der Schule, richtig? Oder die Garage gehört mehreren Personen namens Stoller. Genitiv Plural.«

»Aber?«, fragte er.

»So war es nicht geschrieben«, sagte ich. »Es kam ein Apostroph hinter dem letzten Buchstaben. Der sollte eindeutig machen, dass die Garage den Stollers gehörte. Wie bei einem Namen, der auf ›s‹ endet. James – James' Haus. Entsprechend dazu: die Stollers – Stollers' Garage. An sich nicht nötig. Aber ein eindeutiger Hinweis. Die Garage gehört zwei Menschen mit Namen Stoller. Und im Haus am Golfplatz gab es keine zwei Menschen mit Namen Stoller. Judy und Sherman waren nicht verheiratet. Der einzige Ort, wo wir zwei Menschen namens Stoller finden werden, ist das kleine, alte Haus, wo Shermans Eltern wohnen. Und sie haben eine Garage.«

Finlay fuhr schweigend weiter. Dachte darüber nach.

»Sie glauben, er hat einen Karton bei seinen Eltern versteckt?«, fragte er.

»Das ist doch logisch. Die Kartons, die wir in seinem eigenen Haus gesehen haben, waren leer. Aber Sherman wusste doch nicht, dass er letzten Donnerstag sterben würde. Also ist es nur vernünftig anzunehmen, dass er irgendwo weitere Ersparnisse versteckt hat. Er glaubte, dass er noch Jahre so leben könnte, ohne zu arbeiten.«

Wir waren fast in Atlanta. Der große Verkehrsknoten tauchte auf.

»Fahren Sie um den Flughafen herum«, sagte ich zu ihm.

Wir fuhren auf einer erhöhten Betonbahn an der Stadtkulisse entlang. Kamen nahe am Flughafen vorbei. Ich fand den Weg zum ärmeren Teil der Stadt zurück. Es war fast halb acht Uhr morgens. Die Gegend sah im weichen Morgenlicht ziemlich gut aus. Die tiefstehende Sonne verlieh ihr einen falschen Glanz. Ich fand die richtige Straße und das richtige Haus, das sich unaufdringlich hinter seinem Sturmzaun zusammenkauerte.

Wir verließen den Wagen, und ich führte Finlay durch das Törchen im Drahtzaun. Den geraden Pfad entlang bis zur Tür. Ich nickte ihm zu. Er zog seine Polizeimarke und klopfte an die Tür. Wir hörten, wie es auf dem Flurboden knackte. Dann hörten wir Riegel zurückschnappen und Ketten klirren. Die Tür öffnete sich. Sherman Stollers Mutter stand vor uns. Sie sah wach aus. Nicht so, als hätten wir sie aus dem Bett gerissen. Sie sagte nichts. Starrte uns nur an.

»Morgen, Mrs. Stoller«, sagte ich. »Erinnern Sie sich an mich?«

»Sie sind ein Officer«, sagte sie.

Finlay hielt ihr seine Polizeimarke hin. Sie nickte.

»Sie kommen besser rein.«

Wir folgten ihr den Flur hinunter in die enge Küche.

»Was kann ich für Sie tun?«, fragte die alte Lady.

»Wir würden gerne einen Blick in Ihre Garage werfen, Ma'am«, sagte Finlay. »Wir haben Anlass zu glauben, dass Ihr Sohn dort gestohlene Ware untergebracht hat.«

Die Frau stand einen Moment lang schweigend in ihrer Küche. Dann wandte sie sich ab und nahm einen Schlüssel von einem Nagel an der Wand. Gab ihn uns wortlos. Ging den schmalen Flur entlang und verschwand in einem anderen Raum. Finlay sah mich achselzuckend an, und wir gingen zurück durch die Vordertür und liefen zur Garage.

Es war ein kleiner, verfallener Bau, gerade groß genug für einen Wagen. Finlay steckte den Schlüssel ins Schloss und stieß das Tor auf. Die Garage war leer bis auf zwei große Kartons. Sie waren nebeneinander an der Rückwand aufgestellt. Sahen genauso aus wie die leeren Kartons, die ich in Sherman Stollers neuem Haus gesehen hatte. Island Air-conditioning, Inc.

Aber diese waren noch mit Klebeband verschlossen. Sie wiesen lange handgeschriebene Seriennummern auf. Ich sah sie mir genau an. Laut diesen Nummern waren hunderttausend Dollar in jedem Karton.

Finlay und ich standen da und blickten auf die Kartons. Starrten sie einfach nur an. Dann ging ich hinüber und zog einen von der Wand. Nahm Morrisons Messer und ließ die Klinge herausspringen. Stieß die Spitze unter das Klebeband und schlitzte den Deckel auf. Zog die beiden Seiten des Deckels auf und kippte den Karton um.

Er landete mit einem dumpfen Poltern auf dem Betonboden. Eine Lawine von Papiergeld floss heraus. Bargeld flatterte über den Boden. Eine riesige Menge Papiergeld. Tausende und Abertausende von Dollarnoten. Ein Fluss von Einern, einige neu, einige zerknüllt, einige in dicken Rollen, einige in breiten Packen, einige lose.

Der Karton goss seinen Inhalt aus, und die Flut von Bargeld erreichte Finlays polierte Schuhe. Er kniete sich hin und tauchte seine Hände in den See von Geld. Er nahm zwei Hände voll Bargeld und hielt sie in die Höhe. Die winzige Garage war dämmrig. Nur ein kleines, verschmutztes Fenster ließ fahles Morgenlicht herein. Finlay blieb unten auf dem Boden mit beiden Händen voller Dollarnoten. Wir sahen auf das Geld und blickten einander an.

»Wie viel war da drin?«, fragte Finlay.

Ich kickte den Karton herum, um die handgeschriebene Ziffer zu suchen. Noch mehr Bargeld floss heraus und flatterte über den Boden.

»Fast hunderttausend«, teilte ich ihm mit.

»Was ist mit dem anderen?«

Ich blickte hinüber zu dem anderen Karton. Las die lange handgeschriebene Nummer.

»Hundert Riesen und ein paar Zerquetschte«, sagte ich. »Die muss dichter gepackt sein.«

Er schüttelte den Kopf. Ließ die Dollarnoten fallen und fing an, mit seinen Händen durch den Haufen zu fahren. Dann stand er auf und fing an hineinzutreten. Wie ein Kind, das gegen einen Haufen Herbstblätter tritt. Ich folgte seinem Beispiel. Wir lachten und traten große Fontänen Bargeld durch die Garage. Die Luft war voll davon. Wir schrien aufgeregt herum und schlugen uns gegenseitig auf den Rücken. Wieder ließen wir unsere Hände hoch über den Köpfen gegeneinanderklatschen und tanzten in hunderttausend Dollar auf dem Garagenboden herum.

Finlay setzte den Bentley rückwärts vor die Garagentür. Ich schob das Bargeld zu einem Haufen zusammen und fing an, es zurück in den Karton zu stopfen. Es passte nicht alles hinein. Die dichtgepackten Rollen und Packen waren auseinandergefallen. Das Ganze war nur noch ein riesiges Durcheinander von losen Dollarnoten.

Ich stellte den Karton aufrecht und stopfte das Geld so weit hinunter, wie ich konnte, aber es war hoffnungslos. Etwa noch dreißigtausend musste ich auf dem Garagenboden lassen.

»Wir nehmen nur den versiegelten Karton«, sagte Finlay. »Kommen wegen des Rests später zurück.«

»Das ist doch nur ein Tropfen auf den heißen Stein«, sagte ich. »Wir sollten es den alten Leutchen lassen. Als eine Art Pension. Ein Erbe von ihrem Jungen.«

Er dachte darüber nach. Zuckte mit den Schultern, als sei es egal. Das Bargeld war wie Abfall über den Boden verstreut. Es gab so viel davon, dass es vollkommen wertlos erschien.

»Okay«, sagte er.

Wir zogen den versiegelten Karton hinaus ins Morgenlicht. Hievten ihn in den Kofferraum des Bentleys. Leicht war das nicht. Der Karton war sehr schwer. Hunderttausend Dollar in Eindollarnoten wiegen ungefähr hundert Kilo. Wir ruhten uns einen Moment lang aus und schnappten nach Luft. Dann schlossen wir das Garagentor. Ließen die anderen hunderttausend zurück.

»Ich werde Picard anrufen«, sagte Finlay.

Er ging zurück ins Haus des alten Pärchens, um ihr Telefon zu benutzen.

Ich lehnte mich gegen die warme Motorhaube des Bentleys und genoss die Morgensonne. Innerhalb von zwei Minuten war er wieder zurück.

»Wir müssen zu seinem Büro«, sagte er. »Strategiebesprechung.«

Er fuhr. Bahnte sich seinen Weg aus dem unübersichtlichen Labyrinth der kleinen Straßen bis zur Innenstadt. Drehte das große Lenkrad aus Bakelit hin und her und steuerte auf die Wolkenkratzer zu.

»Okay, Sie haben mir den Beweis gezeigt. Jetzt sagen Sie mir, wie Sie es herausgefunden haben.«

Ich drehte mich in dem großen Ledersitz herum, damit ich ihm ins Gesicht sehen konnte.

»Ich wollte Joes Liste überprüfen«, sagte ich. »Diese Sache mit dem Apostroph bei Stollers' Garage. Aber die Liste war in Chlorwasser eingeweicht worden. Die ganze Schrift war weggebleicht.«

Er blickte zu mir herüber.

»Sie haben es sich daraus zusammengereimt?«

Ich schüttelte den Kopf.

»Ich habe es durch das Senatsgutachten herausgefunden«, sagte ich. »Es gab dort ein paar kleinere Paragraphen. Einer handelte von einer alten Organisation in Bogota. Und es gab noch einen weiteren Paragraphen über eine Operation im Libanon vor etlichen Jahren. Sie machten es genau so, bleichten echte Dollarnoten, um das leere Papier wieder neu bedrucken zu können.«

Finlay überfuhr eine rote Ampel. Blickte zu mir herüber.

»Also ist Kliners Idee gar nicht so originell?«

»Kein bisschen originell. Aber diese anderen Typen haben nur sehr wenig Falschgeld gedruckt. In sehr geringen Mengen. Kliner hat das Ganze in riesigen Dimensionen aufgezogen. Wie einen richtigen Industriebetrieb. Er ist der Henry Ford der Geldfälscherei. Henry Ford hat ja auch nicht das Automobil erfunden. Aber die Massenproduktion.«

Er hielt an der nächsten roten Ampel. Auf der Querstraße war Verkehr.

»Und die Sache mit dem Bleichmittel war in dem Senatsgutachten zu finden?«, fragte er. »Warum sind Bartholomew und Kelstein nicht darauf gekommen? Sie haben das verdammte Ding doch geschrieben, oder etwa nicht?«

»Ich denke, dass Bartholomew darauf gekommen ist«, sagte ich. »Ich glaube, das ist es, was er schließlich herausgefunden hat. Das deutete seine E-Mail an. Er hat sich daran erinnert. Es war ein sehr langes Gutachten. Mit Tausenden von Seiten und vor sehr langer Zeit verfasst. Die Sache mit dem Bleichmittel war nur eine winzige Fußnote unter einer riesigen Menge anderer Fakten. Und sie bezog sich nur auf zwei sehr kleine Operationen. Überhaupt kein Vergleich mit Kliners Dimensionen. Man kann Bartholomew oder Kelstein deswegen keinen Vorwurf machen. Sie sind alt.«

Finlay zuckte die Schultern. Parkte in einer Abschleppzone, neben einem Hydranten.

28

Picard traf uns in der düsteren Lobby und führte uns in einen Seitenraum. Wir gingen unsere Ergebnisse durch. Er nickte, und seine Augen leuchteten hell. Vor ihm lag ein großer Fall ausgebreitet.

»Ausgezeichnete Arbeit, meine Freunde«, sagte er. »Aber mit wem haben wir es jetzt zu tun? Ich denke, wir können sagen, dass all diese kleinen Latinos nicht dazugehören. Das sind nur angemietete Handlanger. Sie wurden einfach geopfert. Aber in Margrave selbst sind uns immer noch fünf der angeblichen zehn Täter unbekannt. Wir haben noch nicht herausgefunden, wer sie sind. Das könnte die Dinge sehr kompliziert für uns machen. Wir wissen Bescheid über Morrison, Teale, Baker und die beiden Kliners, richtig? Aber wer sind die anderen fünf? Es könnte jeder dort sein, richtig?«

Ich schüttelte den Kopf.

»Wir müssen nur noch einen identifizieren«, widersprach ich. »Ich habe letzte Nacht vier weitere aufgespürt. Wir kennen nur den zehnten Mann noch nicht.«

Picard und Finlay sahen mich an.

»Wer sind sie?«, fragte Picard.

»Die beiden Wachmänner vom Lagerhaus«, sagte ich. »Und zwei weitere Cops. Das Verstärkungsteam vom Freitag.«

»Noch mehr Cops?«, sagte Finlay. »Scheiße.«

Picard nickte. Legte seine riesigen Hände auf den Tisch.

»Okay«, sagte er. »Ihr Jungs fahrt jetzt direkt zurück nach Margrave. Versucht, euch aus allen Schwierigkeiten herauszuhalten, aber wenn das nicht geht, dann nehmt die Verhaftungen vor. Seid äußerst vorsichtig wegen dieses zehnten Mannes. Es könnte jeder von ihnen sein. Ich werde nachkommen. Gebt mir zwanzig Minuten, damit ich Roscoe holen kann, und dann sehen wir uns in Margrave.«

Wir standen auf. Schüttelten uns die Hände. Picard ging nach oben, und Finlay und ich liefen hinaus zum Bentley.

»Wie ist das gelaufen?«, fragte er.

»Baker«, sagte ich. »Er ist mir gestern Abend über den Weg gelaufen. Ich erzählte ihm eine Geschichte, dass ich in Hubbles Haus nach einem Beweisstück suchen würde, dann fuhr ich dorthin und wartete ab, was geschehen würde. Es kamen der Kliner-Sohn und vier seiner Freunde. Sie wollten mich an Hubbles Schlafzimmerwand nageln.«

»Herrgott«, sagte er. »Und was passierte dann?«

»Ich habe sie ausgeschaltet.«

Er machte wieder diese Sache mit dem Anstarren bei neunzig Meilen die Stunde.

»Sie haben sie ausgeschaltet?«, fragte er. »Sie haben den Kliner-Sohn ausgeschaltet?«

Ich nickte. Er schwieg eine Zeitlang. Verlangsamte auf fünfundachtzig.

»Wie haben Sie das gemacht?«

»Ich lockte sie in einen Hinterhalt«, sagte ich. »Drei von ihnen erledigte ich mit einem Schlag auf den Kopf. Einem schnitt ich die Kehle durch. Und den Kliner-Sohn habe ich im Swimmingpool ertränkt. Dabei wurde Joes Liste nass. Hat die ganze Schrift aufgelöst.«

»Herrgott«, sagte er noch einmal. »Sie haben fünf Männer umgebracht. Das ist ein dickes Ding, Reacher. Wie fühlen Sie sich?«

Ich zuckte die Achseln. Dachte an meinen Bruder Joe. Wie er als hochgewachsener, linkischer Achtzehnjähriger nach West Point gegangen war. Dachte an Molly Beth Gordon, wie sie ihre schwere burgunderfarbene Ledertasche hochgehalten und mich angelächelt hatte. Ich blickte zu Finlay hinüber, schwieg eine Zeitlang, beantwortete aber die Frage nicht.

Er schüttelte seinen Kopf so, wie ein Hund kaltes Wasser von seinem Fell abschüttelt.

»Jetzt bleiben nur noch vier«, sagte er.

Er fing an, das Lenkrad des alten Wagens zu kneten, als wäre er ein Bäcker bei der Teigzubereitung. Er starrte durch die Windschutzscheibe und stieß einen tiefen Seufzer aus.

»Irgendeine Ahnung, wer der zehnte Mann sein könnte?«, fragte er.

»Es ist im Grunde egal, wer das ist«, erklärte ich. »Im Moment ist er mit den anderen drei Männern im Lagerhaus. Sie haben jetzt wenig Personal, richtig? Sie werden heute Nacht alle Wachdienst leisten. Und morgen müssen sie aufladen. Alle vier.«

Ich schaltete das Radio des Bentleys ein. Ein großes Ding aus Chrom. Irgendeine zwanzig Jahre alte englische Marke. Aber es funktionierte. Es stellte sich selbst auf einen anständigen Sender ein. Ich hörte der Musik zu und versuchte, nicht einzuschlafen.

»Unglaublich«, sagte Finlay. »Wie zum Teufel konnte in Margrave eine solche Sache überhaupt anfangen?«

»Wie es anfing?«, sagte ich. »Es fing mit Eisenhower an. Es ist seine Schuld.«

»Eisenhower?«, fragte er. »Was hat der damit zu tun?«

»Er hat die Fernstraßen gebaut«, erklärte ich ihm. »Er hat Margrave sterben lassen. Früher ist die alte Landstraße die einzige Straße gewesen. Alles und jeder musste durch Margrave durch. Der Ort war voller Pensionen und Bars, die Leute reisten aus allen Richtungen herbei und gaben ihr Geld aus. Dann wurden die Highways gebaut und die Flugreisen billig, und plötzlich starb die Stadt. Sie verkam zu einem Punkt auf der Landstraße, weil der Highway vierzehn Meilen daran vorbeilief.«

»Also ist der Highway schuld?«, fragte er.

»Bürgermeister Teale ist schuld. Die Stadt hat das Land für die Lagerhäuser verkauft, um Geld zu verdienen, richtig? Der alte Teale hat das Geschäft vermittelt. Aber er hatte nicht den Mut, nein zu sagen, als das Geld sich als schmutziges Geld entpuppte. Kliner beabsichtigte, das Gelände für das Geschäft zu nutzen, das er aufzog, und der alte Teale sprang sofort unter seine Decke.«

»Er ist Politiker«, sagte Finlay. »Die sagen zu Geld niemals nein. Und es war höllisch viel Geld. Teale hat die ganze Stadt damit neu aufgebaut.«

»Er hat die ganze Stadt darin ertränkt«, sagte ich. »Der ganze Ort ist ein einziger Sumpf. Und alle suhlen sich darin. Vom Bürgermeister bis hinunter zu dem Mann, der die Kirschbäume poliert.«

Wir schwiegen wieder. Ich fummelte am Radio herum und hörte, wie Albert King mir erzählte, dass das einzige für ihn erreichbare Glück Unglück sei.

»Aber warum ausgerechnet Margrave?«, fragte Finlay noch einmal.

Der alte Albert teilte mir mit, dass Unglück und Ärger seine einzigen Vertrauten gewesen seien.

»Lage und Gelegenheit«, sagte ich. »Es liegt am richtigen Ort. Alle möglichen Highways treffen hier aufeinander, und es gibt eine direkte Strecke runter zu den Häfen in Florida. Es ist ein ruhiger Ort, und die Leute, die die Stadt lenken, waren gierige Drecksäcke, die tun würden, was man ihnen sagte.«

Er schwieg. Dachte an den Strom von Dollarnoten, der nach Süden und Osten floss. Wie die Kanalisierung des Wassers nach einer Überschwemmung. Eine kleine Flutwelle. Eine kleine, stark beanspruchte Belegschaft in Margrave hielt sie im Fluss. Die kleinste Schwierigkeit, und Zehntausende von Dollars würden sich stauen und alles verstopfen. Wie in einem

Abwasserkanal. Genug Geld, um eine ganze Stadt darin zu ertränken. Er trommelte mit seinen Fingern auf das Lenkrad. Legte den Rest der Strecke schweigend zurück.

Wir parkten vor dem Eingang des Polizeireviers. Der Wagen spiegelte sich in den Glasplatten. Ein schwarzer Bentley, ein Oldtimer, der für sich genommen schon hundert Riesen wert war. Und weitere hundert Riesen lagen in seinem Kofferraum. Das wertvollste Fahrzeug im Staate Georgia. Ich ließ den Kofferraumdeckel aufspringen. Legte meine Jacke auf den schweren Karton. Wartete auf Finlay und ging zur Tür.

Das Gebäude war bis auf den Innendienstler menschenleer. Er nickte uns zu. Wir umrundeten die Empfangstheke. Gingen durch den großen, ruhigen Raum für die Mannschaft zum Rosenholzbüro im hinteren Teil. Traten ein und schlossen die Tür.

Finlay blickte unbehaglich um sich.

»Ich möchte wissen, wer der Zehnte ist«, sagte er. »Es könnte jeder sein. Könnte der Innendienstler sein. Es waren schließlich schon vier Cops beteiligt.«

»Der nicht«, sagte ich. »Der macht doch nie irgendwas. Der parkt nur seinen fetten Arsch auf dem Hocker. Aber es könnte Stevenson sein. Er stand mit Hubble in Verbindung.«

Finlay schüttelte den Kopf.

»Nein«, sagte er. »Teale hat ihn bei seiner Amtsübernahme von der Straße abgezogen. Er wollte ihn dort haben, wo er ihn im Auge hatte. Also ist es nicht Stevenson. Ich schätze, es könnte jeder x-Beliebige sein. Eno zum Beispiel. Oben im Diner. Das ist ein übellauniger Bursche.«

Ich blickte ihn an.

»Sie sind auch ein griesgrämiger Bursche, Finlay«, sagte ich. »Schlechte Laune hat noch niemanden zum Verbrecher werden lassen.«

Er zuckte mit den Schultern. Ignorierte meine Stichelei.

»Was unternehmen wir also?«, fragte er.

»Wir warten auf Roscoe und Picard«, sagte ich. »Erst dann fangen wir an.«

Ich saß auf dem Rand des großen Rosenholzschreibtisches und ließ die Beine baumeln. Finlay tigerte über den teuren Teppich. Wir warteten etwa zwanzig Minuten, dann öffnete sich die Tür. Picard stand dort. Er war so groß, dass er den gesamten Türrahmen ausfüllte. Ich sah, wie Finlay ihn anstarrte, als stimmte etwas nicht mit ihm. Ich folgte seinem Blick.

Zwei Dinge stimmten nicht mit Picard. Erstens hatte er Roscoe nicht bei sich. Und zweitens hielt er eine 38er Dienstwaffe in seiner riesigen Hand. Er hielt sie ganz ruhig und zielte auf Finlay.

29

»Du?«, keuchte Finlay.

Picard lächelte ihn kalt an.

»Und kein anderer«, sagte er. »Das Vergnügen ist ganz auf meiner Seite, glaub mir. Ihr wart sehr hilfreich, alle beide. Sehr entgegenkommend. Ihr habt mich über jeden Schritt auf dem Laufenden gehalten. Ihr habt mir die Hubbles geliefert und Officer Roscoe. Ich hätte wirklich nicht mehr verlangen können.«

Finlay stand wie angewurzelt da. Er zitterte.

»Du?«, sagte er wieder.

»Du hättest es schon am Mittwoch entdecken müssen, Arschloch«, sagte Picard. »Ich habe den kleinen Mann in Joes Hotel geschickt, zwei Stunden bevor ich es dir erzählte. Du hast mich enttäuscht. Ich hatte damit gerechnet, diese Szene schon früher zu spielen.«

Er blickte uns an und lächelte. Finlay wandte sich ab. Sah mich an. Mir fiel nichts ein, was ich ihm hätte sagen können. Mir fiel überhaupt nichts ein. Ich starrte nur Picards riesige Gestalt im Türrahmen an und hatte das dunkle Gefühl, dass dies der letzte Tag in meinem Leben sein würde. Heute würde es enden.

»Geh da rüber«, sagte Picard zu mir. »Zu Finlay.«

Er hatte mit zwei riesigen Schritten den Raum durchquert und zielte mit der Waffe direkt auf mich. Ich bemerkte mechanisch, dass es eine neue 38er mit kurzem Lauf war. Mir fuhr automatisch durch den Kopf, dass sie auf eine derart kurze Distanz ziemlich sicher traf. Aber dass man sich bei einer 38er nicht darauf verlassen konnte, dass das Ziel auch zu Boden ging. Und wir waren zu zweit. Und Finlay hatte unter seinem Tweedjackett eine Waffe im Schulterhalfter. Ich wog eine Sekunde lang die Chancen ab. Dann gab ich meine Absicht auf, da Bürgermeister Teale hinter Picard durch die offene Tür trat.

Er hatte seinen schweren Stock in der linken Hand. Aber in seiner rechten hielt er ein riesiges Schrotgewehr. Ithaca Mag-10. Damit war es ziemlich egal, wohin er zielte.

»Geh da rüber«, sagte Picard noch einmal zu mir.

»Wo ist Roscoe?«, fragte ich.

Er lachte mich an. Lachte einfach und wies mich mit dem Lauf der Waffe an, aufzustehen und mich zu Finlay zu stellen. Ich hievte mich vom Schreibtisch hoch und ging hinüber. Ich fühlte mich, als hätte ich Blei in den Gliedern. Presste meine Lippen zusammen und bewegte mich mit der grimmigen Entschlossenheit eines Krüppels, der zu laufen versucht.

Ich stand neben Finlay. Teale hielt uns mit der gigantischen Flinte in Schach. Picard fuhr mit seiner Hand unter Finlays Jackett. Nahm den Revolver aus dem Halfter. Ließ ihn in die Tasche seiner riesigen Jacke gleiten. Die Jacke klaffte unter dem Gewicht auf. Sie hatte die Größe eines Zelts. Er trat einen Schritt zur Seite und klopfte mich ab. Ich war unbewaffnet. Meine Jacke mit den Waffen war draußen im Kofferraum des Bentleys. Dann ging er zurück und stellte sich neben Teale. Finlay starrte Picard an, als würde ihm das Herz brechen.

»Warum das alles?«, fragte Finlay. »Wir haben doch schon so viel zusammen erlebt?«

Picard sah ihn nur achselzuckend an.

»Ich hab dir doch gesagt, du sollst in Boston bleiben«, erwiderte er. »Im März habe ich versucht zu verhindern, dass du herkommst. Ich habe dich gewarnt. Aber du wolltest ja nicht hören, nicht wahr, du dickköpfiges Arschloch? Also kriegst du, was du verdienst, mein Freund.«

Ich hörte, was Picard knurrte, und fühlte mich wegen Finlay schlechter als meinetwegen. Aber dann kam Kliner durch die Tür. Sein knochenhartes Gesicht hatte Risse bekommen, weil er zu lächeln versuchte. Seine wölfischen Zähne glänzten. Seine Augen bohrten sich in meine. Er trug ebenfalls eine Ithaca Mag-10 in seiner linken Hand. In seiner rechten hielt er die Waffe, die Joe umgebracht hatte. Sie zielte direkt auf mich. Es war eine Ruger Mark II. Eine kleine Automatik, Kaliber 22. Ausgestattet mit einem großen Schalldämpfer.

Es war eine Waffe für Killer, die gern nahe bei ihrem Opfer stehen. Ich starrte darauf. Vor neun Tagen hatte das Ende dieses Schalldämpfers die Schläfe meines Bruders berührt. Daran gab es keinen Zweifel. Ich konnte es fühlen.

Picard und Teale gingen um den Schreibtisch herum. Teale setzte sich auf den Stuhl. Picard ragte hinter ihm in die Höhe. Kliner wies mich und Finlay an, uns zu setzen.

Er benutzte den Lauf des Gewehrs als Dirigierstab. Sparsame, ruckartige Bewegungen, um uns herumzudirigieren. Wir setzten uns. Saßen Seite an Seite vor dem großen Rosenholzschreibtisch. Wir starrten direkt auf Teale.

Kliner schloss die Bürotür und lehnte sich dagegen. Er hielt das Gewehr einhändig in Hüfthöhe. Zielte auf eine Seite meines Kopfes. Die 22er mit dem Schalldämpfer zeigte auf den Boden.

Ich sah mir alle drei nacheinander genau an. Der alte Teale starrte mich mit allen Anzeichen des Hasses auf seinem alten Ledergesicht an. Er war aufgewühlt. Er sah aus wie ein Mann unter schrecklichem Stress. Er wirkte verzweifelt. Als wäre er dem Zusammenbruch nahe. Er sah zwanzig Jahre älter aus als der aalglatte, alte Mann, den ich am Montag kennengelernt hatte. Picard sah besser aus. Er besaß die Ruhe eines großartigen Athleten. Als wäre er ein Footballstar oder ein Olympiachampion, der seine alte Highschool besucht. Aber um seine Augen gab es einen angestrengten Zug. Und er schlug seinen Daumen gegen den Oberschenkel. Es lag Anspannung darin.

Ich blickte zu Kliner hinüber. Musterte ihn ausführlich. Aber es war nichts Besonderes zu sehen. Er war hager, hart und vertrocknet. Er bewegte sich nicht. War absolut ruhig. Sein Gesicht und sein Körper verrieten nichts. Er glich einer aus Teakholz geschnitzten Statue. Aber seine Augen brannten mit einer Art grausamer Energie. Sie lächelten mir aus seinem ausdruckslosen, harten Gesicht spöttisch entgegen.

Teale zog ruckend eine Schublade vom Rosenholzschreibtisch auf. Holte den Kassettenrecorder heraus. Finlay hatte ihn bei meinem Verhör benutzt. Er reichte ihn nach hinten zu Picard. Picard legte den Revolver auf den Schreibtisch und fummelte mit den steifen Kabeln herum. Er steckte das Stromkabel ein. Kümmerte sich nicht um das Mikrophon. Sie würden nichts aufnehmen. Sie würden uns etwas vorspielen. Teale beugte sich vor und schlug auf den Knopf der Gegensprechanlage auf dem Schreibtisch. In der Stille hörte ich schwach, wie der Summer draußen im Mannschaftsbüro ertönte.

»Baker?«, sagte Teale. »Hierher bitte.«

Kliner löste sich von der Tür, und Baker kam herein. Er trug seine Uniform. Mit einer 38er im Halfter. Er sah mich an. Grinste nicht. Er hatte zwei Kassetten bei sich. Teale nahm sie ihm ab. Entschied sich für die zweite.

»Eine Aufnahme«, sagte er. »Hören Sie gut zu. Sie werden das sicher interessant finden.«

Er fummelte die Kassette hinein und schloss klickend den Deckel des Apparats. Drückte auf Start. Der Motor surrte, und der Lautsprecher rauschte. Unter dem Rauschen konnte ich einen dröhnenden Widerhall hören. Dann hörten wir Roscoes Stimme. Sie war vor Panik schrill. Sie erfüllte das stille Büro.

»Reacher?«, sagte Roscoes Stimme. »Dies ist eine Nachricht für dich, okay? Die Nachricht lautet, dass du besser tust, was man dir sagt, sonst bekomme ich Schwierigkeiten. Die Nachricht lautet, wenn du irgendwelche Zweifel hast, welche Art von Schwierigkeiten, dann sollst du zurück zum Leichenschauhaus gehen und dir Mrs. Morrisons Autopsiebericht vornehmen. Diese Art Schwierigkeiten werde ich kriegen. Also hilf mir, okay? Ende der Nachricht, Reacher.«

Ihre Stimme erstarb in dem Dröhnen und Rauschen. Ich hörte ein schwaches Keuchen, als wäre sie rüde vom Mikrophon weggerissen worden. Dann schaltete Teale den Recorder aus. Ich starrte ihn an. Meine Temperatur war auf den Nullpunkt gefallen. Ich fühlte mich nicht mehr wie ein menschliches Wesen.

Picard und Baker sahen mich an. Strahlten voller Zufriedenheit. Als hielten sie das siegreiche Ass in Händen. Teale öffnete den Deckel des Recorders und nahm die Aufnahme heraus. Legte sie auf eine Seite des Schreibtischs. Hielt die andere Kassette in die Höhe, damit ich sie sehen konnte, und legte sie dann in den Apparat. Schloss den Deckel wieder und drückte auf Start.

»Und noch eine Nachricht. Hören Sie gut zu.«

Wir hörten dasselbe Rauschen. Denselben dröhnenden Widerhall. Dann hörten wir Charlie Hubbles Stimme. Sie klang hysterisch. Wie am Montagmorgen auf ihrer sonnigen Kieseinfahrt.

»Hub?«, sagte Charlies Stimme. »Hier ist Charlie. Ich habe die Kinder bei mir. Ich bin nicht zu Hause. Weißt du, was das heißt? Ich muss dir eine Nachricht übermitteln. Wenn du nicht zurückkommst, wird den Kindern etwas zustoßen. Sie haben mir gesagt, du wüsstest, was das wäre. Sie sagen, es sei dasselbe, das sonst dir und mir passiert wäre, nur dass es jetzt die Kinder sind. Also musst du sofort zurückkommen, okay?«

Die Stimme endete in einem panischen Kiekser und erstarb dann im Dröhnen und Rauschen. Teale stach auf die Stopptaste. Nahm die Aufnahme heraus und legte sie sorgfältig an den Rand des Schreibtischs. Vor mich. Dann kam Kliner in mein Blickfeld und fing an zu reden.

»Sie werden das mitnehmen«, sagte er zu mir. »Sie werden es dorthin bringen, wo auch immer Sie Hubble versteckt haben, und es ihm vorspielen.«

Finlay und ich blickten uns an. Starrten uns in blankem Erstaunen nur an. Dann wandte ich langsam den Kopf herum und starrte auf Kliner.

»Sie haben Hubble doch längst umgebracht.«

Kliner zögerte eine Sekunde.

»Versuchen Sie nicht diesen Scheiß mit mir. Wir wollten es, aber Sie haben ihn aus dem Weg geschafft. Sie haben ihn versteckt. Das hat Charlie uns erzählt.«

»Charlie hat das gesagt?«

»Wir haben sie gefragt, wo er ist«, sagte er. »Sie versprach uns, dass Sie ihn finden könnten. Sie war in diesem Punkt sehr nachdrücklich. In dem Moment hielten wir gerade ein Messer zwischen die Beine ihres kleinen Mädchens. Sie war sehr darauf bedacht, uns zu überzeugen, dass ihr Mann nicht unerreichbar für uns sei. Sie sagte, Sie hätten ihm alle möglichen Ratschläge gegeben. Sie behauptete, Sie hätten ihm geholfen. Sie könnten ihn finden. Ich hoffe für alle, dass sie nicht gelogen hat.«

»Sie haben ihn umgebracht«, sagte ich noch einmal. »Ich weiß nichts über sein Verschwinden.«

Kliner nickte und seufzte. Seine Stimme war leise.

»Hören wir doch mit dem Unsinn auf. Sie verstecken ihn, und wir wollen ihn zurückhaben. Wir wollen ihn sofort. Wir haben uns dringend um ein Geschäft zu kümmern. Also haben wir verschiedene Möglichkeiten. Wir könnten es aus Ihnen herausprügeln. Das haben wir in Erwägung gezogen. Es ist ein taktisches Problem, nicht wahr? Aber wir dachten, dass Sie uns vielleicht in die falsche Richtung schicken, weil die Zeit im Moment knapp ist. Sie könnten möglicherweise denken, dass dies die beste Möglichkeit für Sie sei, nicht wahr?«

Er wartete auf irgendeinen Kommentar von mir. Er bekam keinen.

»Also machen wir Folgendes«, fuhr er fort. »Picard wird Sie begleiten, wenn Sie ihn holen. Wenn Sie ihn gefunden haben, ruft Picard mich an. Auf meinem Mobiltelefon. Er kennt die Nummer. Dann kommen Sie alle drei hierher zurück. Okay?«

Ich antwortete nicht.

»Wo ist er?«, fragte Kliner plötzlich.

Ich setzte zum Sprechen an, doch er hob seine Hand und hielt mich auf.

»Wie ich schon sagte: Hören wir mit dem Unsinn auf. Zum Beispiel sitzen Sie hier und denken so scharf wie möglich nach. Zweifellos versuchen Sie einen Weg zu finden, wie man Picard ausschalten könnte. Aber dazu werden Sie nicht in der Lage sein.«

Ich zuckte mit den Schultern. Sagte nichts.

»Aus zwei Gründen«, fuhr Kliner fort. »Ich bezweifle, dass Sie Picard überhaupt ausschalten könnten. Ich bezweifle, dass irgendjemand das könnte. Bis jetzt hat das noch niemand geschafft. Und außerdem ist meine Nummer nirgendwo aufgeschrieben. Picard hat sie in seinem Kopf.«

Ich zuckte wieder mit den Schultern. Kliner war ein schlauer Kerl. Von der übelsten Sorte.

»Lassen Sie mich noch ein paar Dinge erwähnen«, sagte er. »Wir wissen nicht, wie weit entfernt Sie Hubble untergebracht haben. Und Sie werden uns sicher nicht die Wahrheit darüber sagen. Also sage ich Ihnen jetzt, was wir tun werden. Wir geben Ihnen ein Zeitlimit.«

Er hielt inne und ging zu Finlay hinüber. Hob seine 22er und steckte die Spitze des Schalldämpfers in Finlays Ohr. Stieß hart hinein, bis Finlay auf seinem Stuhl zur Seite kippte.

»Dieser Detective hier kommt in eine Zelle«, sagte er. »Er wird mit Handschellen an die Gitter gefesselt. Wenn Picard mich morgen nicht eine Stunde vor Morgengrauen angerufen hat, dann werde ich mein Gewehr in die Zelle des Detectives halten und ihn abknallen. Dann zwinge ich die reizende Miss Roscoe, seine Innereien mit einem Schwamm von der Rückwand zu schrubben. Danach gebe ich Ihnen eine weitere Stunde. Wenn Picard mich nicht angerufen hat, bis die Sonne aufgeht, werde ich mich der reizenden Miss Roscoe höchstpersönlich widmen. Sie wird unter großen Schmerzen sterben, Reacher. Aber zuerst wird es eine Menge sexuellen Missbrauchs geben. Eine große Menge. Darauf haben Sie mein Wort, Reacher. Es wird sehr schmutzig werden. Äußerst schmutzig. Bürgermeister Teale und ich haben eine sehr angenehme Stunde damit verbracht, all das zu besprechen, was genau wir mit ihr anstellen werden.«

Kliner stieß Finlay mit dem Druck der Automatik auf sein Ohr praktisch vom Stuhl. Finlay hatte die Lippen zusammengepresst. Kliner grinste mich spöttisch an. Ich lächelte zurück. Kliner war ein toter Mann. Er war so tot wie jemand, der gerade aus einem Hochhaus gesprungen war. Noch war er nicht auf dem Boden aufgeschlagen. Aber er war gesprungen.

»Verstanden?«, fragte Kliner mich. »Sagen wir sechs Uhr morgen früh, um Mr. Finlays Leben zu retten, und sieben Uhr, um Officer Roscoes Leben zu retten. Und legen Sie sich nicht mit Picard an. Niemand sonst kennt meine Telefonnummer.«

Ich zuckte wieder mit den Schultern.

»Haben Sie das verstanden?«, wiederholte er.

»Ich denke schon«, sagte ich. »Hubble ist abgehauen, und Sie wissen nicht, wo er ist, richtig? Wollten Sie mir das mitteilen?«

Niemand sagte etwas.

»Sie können ihn nicht finden, oder?«, fragte ich. »Sie sind ein Versager, Kliner. Sie sind ein nutzloses Stück Scheiße. Sie denken, dass Sie besonders schlau sind, aber Sie sind nicht mal in der Lage, Hubble zu finden. Sie könnten nicht mal Ihr Arschloch finden, wenn ich Ihnen einen Spiegel an einem Stock geben würde.«

Ich konnte hören, dass Finlay die Luft angehalten hatte. Er dachte, ich spielte mit seinem Leben. Aber der alte Kliner ließ ihn in Ruhe. Sah mich wieder an. Er war blass geworden. Ich konnte seine Anspannung geradezu riechen. Ich gewöhnte mich gerade an den Gedanken, dass Hubble noch lebte. Er war die ganze Woche für mich tot gewesen, und jetzt lebte er plötzlich wieder. Er lebte und versteckte sich irgendwo. Er hatte sich die ganze Woche versteckt, während sie ihn suchten. Er war auf der Flucht. Am Montagmorgen war er nicht aus seinem Haus geschleppt worden. Er hatte es selbst verlassen. Er hatte diesen Bleiben-Sie-zu-Hause-Anruf entgegengenommen, Lunte gerochen und war um sein Leben gerannt. Und sie konnten ihn einfach nicht finden. Paul Hubble hatte mir den winzigen Vorteil geliefert, den ich brauchen würde.

»Was ist mit Hubble, dass Sie so scharf auf ihn sind?«, fragte ich.

Kliner sah mich achselzuckend an.

»Er ist die einzige undichte Stelle«, erwiderte er. »Ich habe mich um alles gekümmert. Und ich werde nicht mein Geschäft verlieren, nur weil ein Arschloch wie Hubble herumrennt und sein dummes Maul aufreißt. Also brauche ich ihn hier. Wo er hingehört. Und Sie werden ihn für mich holen.«

Ich beugte mich vor und starrte ihm in die Augen.

»Kann Ihr Sohn ihn nicht für Sie holen?«, fragte ich ruhig.

Niemand sagte etwas. Ich beugte mich noch etwas weiter vor.

»Sagen Sie doch Ihrem Sohn, dass er ihn holen soll.«

Kliner schwieg.

»Wo ist Ihr Sohn, Kliner?«, fragte ich ihn.

Er sagte nichts.

»Was ist mit ihm passiert?«, fragte ich. »Wissen Sie es nicht?«

Er wusste es und wusste es nicht. Ich konnte das sehen. Er hatte es noch nicht akzeptiert. Er hatte seinen Jungen auf mich angesetzt, und sein Junge war nicht zurückgekommen. Also wusste er Bescheid, aber er hatte es sich noch nicht eingestanden. Sein hartes Gesicht wurde schlaff. Er wollte es wissen. Aber er konnte mich nicht fragen. Er wollte mich dafür hassen, dass ich seinen Jungen umgebracht hatte. Aber das konnte er auch nicht. Denn das hieße, dass er sich die Wahrheit eingestand.

Ich starrte ihn an. Er wollte das große Gewehr heben und mich zu Brei schießen. Aber das konnte er nicht. Weil er mich brauchte, um Hubble zu bekommen. Er verzehrte sich innerlich. Er wollte mich auf der Stelle erschießen. Aber vierzig Tonnen Geld waren für ihn wichtiger als das Leben seines Sohnes.

Ich starrte in seine toten Augen. Ohne zu blinzeln. Sprach mit sanfter Stimme.

»Wo ist Ihr Sohn, Kliner?«

Lange Zeit herrschte Schweigen im Büro.

»Bringt ihn raus«, sagte Kliner schließlich. »Wenn Sie nicht in einer Minute hier raus sind, Reacher, erschieße ich den Detective auf der Stelle.«

Ich stand auf. Sah die fünf nacheinander an. Nickte Finlay zu. Ging hinaus. Picard folgte mir und schloss leise die Tür hinter sich.

30

PICARD UND ICH GINGEN durch das Mannschaftsbüro nach draußen. Es war leer. Ruhig. Der Innendienstler war gegangen. Teale musste ihn weggeschickt haben. Die Kaffeemaschine war eingeschaltet. Ich konnte es riechen. Ich sah Roscoes Schreibtisch. Ich sah das große schwarze Brett. Die Untersuchung im Morrison-Fall. Es war immer noch leer. Keinerlei Fortschritte. Ich ging um die Empfangstheke herum. Stieß die schwere Glastür mit der steifen Gummiabdichtung auf. Trat hinaus in den hellen Nachmittag.

Picard bedeutete mir mit seinem kurzen Lauf, dass ich in den Bentley steigen und fahren sollte. Ich widersprach nicht. Ging nur über den Parkplatz zum Wagen. Ich war der Panik näher als je in meinem ganzen Leben. Mein Herz hämmerte, und ich konnte nur flach atmen. Ich setzte einen Fuß vor den anderen und nahm alle Kraft zusammen, die ich noch hatte, um nicht die Kontrolle zu verlieren. Ich sagte zu mir, bis ich an der Fahrertür angekommen war, musste ich besser eine verdammt gute Idee haben, was zum Teufel ich als Nächstes tun könnte.

Ich stieg in den Bentley und fuhr zu Eno's Diner. Langte nach dem Fach im Sitz und fand die Landkarte. Ging durch die strahlende Nachmittagssonne und trat durch Enos Tür. Glitt in eine leere Nische. Bestellte Kaffee und Rühreier.

Ich schrie mich innerlich an, dem zu folgen, was ich in dreizehn harten Jahren gelernt hatte. Je kürzer die Zeit, desto besonnener muss man sein. Wenn man nur einen einzigen Schuss hat, muss man dafür sorgen, dass er trifft. Man kann sich nicht leisten danebenzuschießen, nur weil man die Planung vermasselt hat. Oder weil man einen Unterzucker bekommt und einem in den frühen Morgenstunden schwindlig und übel wird. Also zwang ich mir die Eier runter und trank den Kaffee. Dann schob ich den leeren Becher und den Teller beiseite und breitete die Karte auf dem Tisch aus. Fing an, nach Hubble zu suchen. Er konnte überall sein. Aber ich musste ihn finden. Ich hatte nur einen Versuch. Ich konnte nicht von einem Ort zum anderen rasen. Ich musste ihn in meinem Kopf finden. Es musste ein gedanklicher Prozess sein. Ich musste ihn zuerst in meinem Kopf finden und dann zu ihm fahren. Also beugte ich mich über Enos Tisch. Starrte auf die Karte. Starrte lange Zeit darauf.

Ich verbrachte fast eine Stunde mit der Karte. Dann faltete ich sie auf dem Tisch zu einem Quadrat. Nahm Messer und Gabel von dem Teller. Ließ sie in meiner Hosentasche verschwinden. Blickte mich um. Die Kellnerin kam herüber. Die mit der Brille.

»Planst du eine Reise, Honey?«, fragte sie mich.

Ich blickte zu ihr hoch. Ich konnte mich in ihren Brillengläsern sehen. Und konnte Picards riesige Gestalt sehen, die in der Nische hinter mir hockte. Ich konnte geradezu spüren, wie sich seine Hand um den Schaft der 38er spannte. Ich nickte der Frau zu.

»So ist es«, sagte ich. »Eine höllische Reise. Die Reise meines Lebens.«

Sie wusste nicht, was sie dazu sagen sollte.

»Na, dann pass auf dich auf, okay?«

Ich stand auf und ließ einen von Charlies Hundertern für sie auf dem Tisch. Vielleicht war er echt, vielleicht auch nicht. Er würde in jedem Fall ausgegeben werden. Und ich wollte ihr ein großes Trinkgeld geben. Eno bekam pro Woche einen schmutzigen Riesen, aber ich wusste nicht, ob er davon viel weitergab. Wahrscheinlich nicht, wie ich den Typen einschätzte.

»Bis bald, Mister«, sagte die Frau mit der Brille.

»Vielleicht.«

Picard schob mich durch die Tür. Es war vier Uhr. Ich hastete über den Kies zum Bentley. Picard folgte mir mit der Hand in der Tasche. Ich stieg ein und startete den Motor. Fuhr langsam vom Parkplatz und raste über die alte Landstraße nach Norden. Brachte die vierzehn Meilen in zwölf Minuten hinter mich.

Picard hatte mich mit dem Bentley fahren lassen. Nicht mit seinem Wagen. Dafür musste er einen Grund haben. Sicher nicht, weil er die zusätzliche Beinfreiheit haben wollte. Sondern weil der Bentley ein sehr auffälliger Wagen war. Was bedeutete, dass es noch eine zusätzliche Absicherung gab. Ich blickte in den Spiegel und entdeckte eine unauffällige Limousine. Ungefähr hundert Meter hinter uns. Mit zwei Männern darin. Ich zuckte die Achseln. Fuhr langsamer und blickte nach links zu den Lagerhäusern am Ende der Landstraße. Raste die Rampe hoch und über den Zubringer. Fuhr so schnell auf den Highway, wie ich konnte. Die Zeit war kostbar.

Die Straße führte uns um die Südostecke von Atlanta herum. Ich bahnte mir meinen Weg über das Autobahnkreuz. Steuerte auf der Interstate 20 genau nach Osten. Fuhr mit stetiger Geschwindigkeit Meile um Meile, immer mit den beiden Männern in der unauffälligen Limousine hundert Meter hinter mir.

»Also, wo ist er?«, fragte Picard mich.

Es war das erste Mal, seit wir das Revier verlassen hatten, dass er sprach. Ich blickte zu ihm hinüber und zuckte die Achseln.

»Keine Ahnung«, sagte ich. »Am besten suche ich einen Freund von ihm in Augusta auf.«

»Wer ist dieser Freund?«, fragte er.

»Ein Typ namens Lennon.«

»In Augusta?«

»In Augusta. Da fahren wir jetzt hin.«

Picard nickte. Wir fuhren weiter. Die beiden Männer blieben hinter uns.

»Und wer ist dieser Typ in Augusta?«, fragte Picard. »Dieser Lennon?«

»Ein Freund von Hubble, wie ich schon sagte.«

»Er hat keinen Freund in Augusta«, sagte Picard. »Glaubst du nicht, wir hätten solche Dinge längst überprüft?«

Ich zuckte die Achseln. Antwortete nicht.

»Es wäre besser für dich, mich nicht zu verarschen, mein Freund«, sagte Picard. »Kliner würde das nicht gefallen. Das würde die Lage für die Frau verschlimmern. Er hat einen ziemlich ausgeprägten Hang zur Grausamkeit. Glaub mir, ich habe ihn in Aktion gesehen.«

»Wann zum Beispiel?«

»Viele Male«, sagte er. »Zum Beispiel Mittwoch am Flughafen. Mit dieser Frau, Molly Beth. Er genießt es, wenn sie schreien. Oder am Sonntag. In Morrisons Haus.«

»Kliner war am Sonntag dabei?«

»Er hat es genossen«, sagte Picard. »Er und sein verdammter Sohn. Du hast der Welt einen Gefallen damit getan, ihn auszuschalten. Du hättest ihn Sonntag sehen sollen. Wir haben den beiden Cops den Tag freigegeben. Wäre nicht richtig gewesen, ihren eigenen Chef umzubringen. Die Kliners und ich sind für sie eingesprungen. Der alte Mann hat wirklich jede Minute davon genossen. Sehr ausgeprägter Hang zur Grausamkeit, wie ich schon sagte. Du sorgst besser dafür, dass ich rechtzeitig anrufen kann, sonst bekommt auch deine Freundin eine Menge Probleme.«

Ich schwieg einen Moment. Ich hatte den Kliner-Sohn am Sonntag gesehen. Er hatte seine Stiefmutter aus dem Drugstore abgeholt. Gegen halb elf. Er hatte mich angestarrt. Hatte kurz davor die Morrisons zerstückelt.

»Hat der alte Kliner meinen Bruder erschossen?«, fragte ich Picard.

»Donnerstagnacht? Sicher. Es war seine Waffe, die 22er mit dem Schalldämpfer.«

»Und dann hat Kid ihn zusammengetreten?«

Picard zuckte mit den Schultern.

»Der Sohn ist durchgedreht«, sagte er. »Ist nicht ganz richtig im Kopf.«

»Und dann sollte Morrison aufräumen?«

»Sollte er«, grunzte Picard. »Das Arschloch sollte die Leichen im Wagen verbrennen. Aber er konnte Stollers Leiche nicht finden. Also hat er sie beide einfach liegen lassen.«

»Kliner hat acht Männer in Louisiana getötet, richtig?«

Picard lachte.

»Acht hat man gefunden«, sagte er. »Das Arschloch Spirenza hat sich ein Jahr lang an seine Fersen geheftet. Suchte nach Zahlungen für den Killer. Aber es hat nie einen Killer gegeben. Kliner hat alles allein gemacht. War für ihn wie ein Hobby, klar?«

»Damals kanntest du Kliner schon?«

»Ich kenne Kliner schon seit Ewigkeiten. Habe mich selbst als Verbindungsmann zwischen Spirenza und dem FBI eingeschaltet. So blieb alles sauber unter Verschluss.«

Wir fuhren eine oder zwei Meilen schweigend weiter. Die beiden Männer in der Limousine blieben in ihrer Position hundert Meter hinter dem Bentley. Dann blickte Picard mich wieder an.

»Dieser Lennon?«, fragte er. »Ist doch nicht noch ein verdammter Schnüffler vom Finanzministerium, der für deinen Bruder arbeitet, oder?«

»Es ist ein Freund von Hubble.«

»Quatsch«, sagte er. »Wir haben das überprüft, er hat keine Freunde in Augusta. Verdammt noch mal, er hat nirgendwo Freunde. Er dachte, Kliner sei sein verdammter Freund, weil er ihm einen Job gab.«

Picard lachte auf dem Beifahrersitz in sich hinein. Seine riesige Gestalt schüttelte sich vor Erheiterung.

»So wie Finlay dachte, dass du sein Freund bist, oder?«, fragte ich.

Er zuckte mit den Schultern.

»Ich wollte ihn da raushalten«, sagte er. »Ich habe versucht, ihn zu warnen. Was sollte ich denn machen? Mich für ihn umbringen lassen?«

Ich antwortete nicht darauf. Wir fuhren schweigend weiter. Die Limousine blieb hundert Meter hinter uns.

»Wir müssen tanken«, sagte ich.

Picard reckte seinen Hals und starrte auf die Nadel. Sie stieß an den Reservebereich.

»Bieg an der nächsten Tankstelle ab.«

Ich sah ein Schild in der Nähe eines Ortes namens Madison. Ich bog ab und lenkte den Bentley zu den Tanksäulen. Wählte die am weitesten entfernte und hielt an.

»Erledigst du das für mich?«, fragte ich Picard.

Er sah mich überrascht an.

»Nein«, sagte er. »Was glaubst du, wer ich bin? Ein verdammter Tankwart? Mach es selber.«

Diese Antwort hatte ich hören wollen. Ich stieg aus dem Wagen. Picard stieg auf der anderen Seite aus. Die Limousine hielt in unserer Nähe, und die beiden Männer stiegen aus. Ich sah zu ihnen hinüber. Es waren dieselben, mit denen ich mich auf dem überfüllten Bürgersteig in New York, vor Kelsteins Uni, angelegt hatte. Der kleinere hatte seinen Trenchcoat an. Ich nickte ihnen freundlich zu. Schließlich hatten sie nicht mal mehr eine Stunde zu leben. Sie schlenderten herüber und bildeten mit Picard ein Grüppchen. Ich nahm den Zapfhahn vom Haken und schob ihn in den Tank des Bentleys.

Es war ein großer Tank. Fasste weit mehr als zwanzig Gallonen. Ich klemmte meinen Finger unter den Abzug des Zapfhahns, so dass er nicht mit voller Geschwindigkeit pumpen konnte. Ich hielt ihn lässig in einer Hand und lehnte mich gegen den Wagen, während das Benzin hineinfloss. Ich fragte mich, ob ich nicht auch noch anfangen sollte zu pfeifen. Picard und die beiden Latinos verloren schnell das Interesse. Es kam ein leichter Wind auf, und sie traten in der Abendkühle von einem Fuß auf den anderen.

Ich holte Enos Besteck aus meiner Tasche und drückte die Messerspitze in das Profil des Reifens an meinem rechten Knie. Aus Picards Blickwinkel sah es aus, als würde ich mir vielleicht das Bein reiben. Dann nahm ich die Gabel und bog eine der Zinken nach außen. Drückte sie in den Schnitt, den ich gerade gemacht hatte, und brach die Zinke ab. Ließ sie einen Zentimeter tief im Reifen stecken. Dann beendete ich den Tankvorgang und ließ den Zapfhahn wieder in der Tanksäule einschnappen.

»Zahlst du?«, rief ich Picard zu.

Er blickte sich um und zuckte mit den Schultern. Streifte einen Schein von seinem Bündel und schickte den Mann im Trenchcoat zur Kasse. Dann stiegen wir wieder in den Wagen.

»Warte«, sagte Picard.

Ich wartete, bis sich die Limousine hinter mich gesetzt hatte und ihre Scheinwerfer zweimal aufblitzten. Dann fuhr ich los, beschleunigte allmählich bis zum Highway und pendelte mich dann wieder auf die alte Dauergeschwindigkeit ein. Fuhr und fuhr, während die Hinweisschilder an uns vorbeiflogen. Augusta 70 Meilen. Augusta 60 Meilen. Augusta 40 Meilen. Der alte Bentley summte vorwärts. Ganz ruhig. Die beiden Männer folgten. Die untergehende Sonne hinter mir leuchtete rot im Rückspiegel. Der Horizont vor uns war schwarz. Weit vor uns über dem Atlantischen Ozean war es bereits Nacht. Wir kamen unserem Ziel immer näher.

Der Hinterreifen war ungefähr zwanzig Meilen vor Augusta platt. Es war nach halb acht, und es wurde dunkel. Wir beide spürten, wie der Reifen zu rumpeln begann und der Wagen die Spur nicht mehr hielt.

»Scheiße«, sagte ich. »Der Reifen ist platt.«

»Fahr rechts ran«, befahl Picard.

Ich schwenkte weit auf den Randstreifen ein, um zu halten. Die Limousine folgte und hielt hinter uns. Wir stiegen aus. Die Brise hatte sich zu einem kalten Ostwind entwickelt. Ich zitterte und ließ den Kofferraum aufspringen. Nahm meine Jacke heraus und zog sie an, als sei ich dankbar für etwas Warmes.

»Der Ersatzreifen ist unter der Abdeckung des Kofferraums«, sagte ich zu Picard. »Hilfst du mir, diesen Karton rauszuholen?«

Picard kam herüber und blickte auf den Karton mit den Dollarnoten.

»Wir haben das falsche Haus niedergebrannt«, sagte er und lachte.

Wir hoben den Karton heraus und setzten ihn vorsichtig, als enthielte er Glas, auf dem Randstreifen ab. Dann zog Picard seine Waffe heraus und fuchtelte damit herum. Seine riesige Jacke flatterte im Wind.

»Wir lassen die Kleinen den Reifen wechseln«, sagte er. »Du bleibst hier, genau hier, neben dem Karton.«

Er winkte die beiden Latinos herüber und sagte ihnen, was sie zu tun hatten. Sie holten den Wagenheber und den Schraubenschlüssel. Bockten den Wagen auf und nahmen den Reifen ab. Dann rollten sie den Ersatzreifen heran und hoben ihn auf die Achse. Schraubten ihn sorgfältig an. Ich stand neben dem Geldkarton, zitterte im Wind und zog die Jacke eng um meine Schultern. Schob die Hände tief in die Taschen und trat von einem Fuß auf den anderen, um zu wirken wie jemand, dem beim Herumstehen und Nichtstun kalt wurde.

Ich wartete, bis Picard wegging, um zu überprüfen, ob die Schrauben auch fest genug angezogen waren. Er legte sein Gewicht auf den Hebel, und ich konnte hören, wie das Metall knirschte. Ich zog Morrisons Springmesser heraus, ließ es aufspringen und schlitzte eine Seite des Kartons auf. Dann fuhr ich mit dem Messer über den Deckel. Dann die andere Seite hinunter. Bevor Picard seine Waffe in Anschlag bringen konnte, öffnete sich der Karton wie ein Schrankkoffer, und der Wind erfasste die Hunderttausend in Dollarnoten und ließ sie wie einen Schneesturm über den Highway wirbeln.

Dann sprang ich über die Betonwand am Ende des Randstreifens und rollte die flache Böschung hinunter. Zog die Desert Eagle heraus. Schoss auf den Mann mit dem Trenchcoat, als er hinter mir über die Wand sprang, verfehlte jedoch mein Ziel und pustete ihm nur das Bein weg. Ich sah, dass hinter ihm ein Truck, dessen Windschutzscheibe über und über mit Dollarnoten bedeckt war, von der Straße abkam und in die Limousine hinter dem Bentley krachte. Picard schlug sich durch den Schneesturm aus Bargeld und tänzelte zur Wand herüber. Ich konnte hören, wie Reifen quietschten, als verschiedene Wagen auf dem Highway bremsten und Ausweichmanöver machten, um den Trümmern des Trucks auszuweichen. Ich rollte mich herum, zielte die Böschung hinauf und erschoss den zweiten Latino. Erwischte ihn in der Brust, und er rollte zu mir herunter. Der Typ mit dem Trenchcoat warf sich an der Spitze des Hangs herum, schrie, umklammerte sein zerschossenes Bein und versuchte, seine kleine Automatik freizubekommen. Ich feuerte ein drittes Mal und schoss ihm in den Kopf. Ich konnte sehen, dass Picard seine 38er auf mich richtete. Die ganze Zeit heulte der Wind, und auf dem Highway kamen Wagen schlitternd zum Stehen. Ich konnte sehen, dass die Fahrer ausstiegen, herumsprangen und versuchten, sich das in der Luft umherwirbelnde Geld zu schnappen. Es war ein Chaos.

»Erschieß mich nicht, Picard«, brüllte ich. »Sonst kriegst du Hubble nie.«

Er wusste das. Und er wusste, dass er ein toter Mann war, wenn er Hubble nicht bekam. Kliner würde sein Versagen nicht dulden. Er stand da und zielte mit seiner 38er auf meinen Kopf. Aber er schoss nicht. Ich rannte die Böschung hinauf und umrundete den Wagen, zwang ihn mit der Desert Eagle hinaus in den Verkehr.

»Aber du erschießt mich auch nicht!«, schrie Picard. »Mein Anruf ist für dich die einzige Möglichkeit, die Frau zu retten. Glaub mir das.«

»Ich weiß, Picard!«, brüllte ich zurück. »Ich glaube dir. Ich werde dich nicht erschießen. Wirst du mich erschießen?«

Er schüttelte den Kopf.

»Ich werde dich nicht erschießen, Reacher!«

Es sah aus, als wären wir in einer Pattsituation. Wir umrundeten den Bentley, unsere Finger schon ganz weiß auf dem Abzug, und versicherten einander, dass wir nicht schießen würden.

Er sagte die Wahrheit. Aber ich log. Ich wartete, bis er sich in einer Linie mit dem zertrümmerten Lkw befand und ich neben dem Bentley stand.

Dann zog ich den Abzug durch. Das 44er-Geschoss erwischte ihn und warf seine riesige Gestalt rückwärts in den Blechhaufen. Ich wartete nicht, um ein zweites Mal zu schießen. Ich knallte den Kofferraum zu und sprang auf den Fahrersitz. Startete den Wagen und ließ die Reifen qualmen. Ich löste mich vom Randstreifen und umfuhr die Leute, die hinter den Dollars herrannten. Rammte meinen Fuß aufs Gas und raste ostwärts.

Noch zwanzig Meilen. Ich brauchte dafür zwanzig Minuten. Das Adrenalin ließ mich zittern und nach Luft schnappen. Ich zwang meinen Herzschlag zu einem ruhigeren Rhythmus und holte immer wieder tief Luft. Dann jubelte ich mir triumphierend zu. Schrie und brüllte laut herum. Picard war ausgeschaltet.

31

Es war schon dunkel, als ich die Außenbezirke von Augusta erreichte. Ich verließ den Highway, als die größeren Gebäude zahlreicher wurden. Fuhr die Straßen der Innenstadt entlang und hielt am ersten Motel, das ich sah. Schloss den Bentley ab und ging ins Büro. Zur Rezeption. Der Angestellte blickte auf.

»Kann ich ein Zimmer haben?«, fragte ich.

»Sechsunddreißig Dollar«, sagte der Mann.

»Telefon auf dem Zimmer?«, fragte ich.

»Na sicher. Klimaanlage und Kabelfernsehen.«

»Ein Branchenverzeichnis?«, fragte ich.

Er nickte.

»Haben Sie eine Karte von Augusta?«, fragte ich.

Er wies mit seinem Daumen zu einem Ständer neben dem Zigarettenautomaten. Der war vollgestopft mit Karten und Prospekten. Ich löste die sechsunddreißig Dollar von der Rolle in meiner Hosentasche. Ließ das Geld auf den Tisch fallen. Füllte das Melderegister aus. Trug mich als Roscoe Finlay ein.

»Zimmer zwölf«, sagte der Mann. Schob mir den Schlüssel zu.

Ich nahm mir auf dem Weg einen Stadtplan mit und ging eilig hinaus. Lief zum Zimmer zwölf. Ging hinein und verschloss die Tür. Ich sah mir das Zimmer nicht an. Suchte nur nach dem Telefon und dem Branchenverzeichnis. Ich legte mich aufs Bett und schlug den Stadtplan auf. Öffnete das Branchenverzeichnis bei H für Hotels.

Es war eine riesige Liste. In Augusta gab es Hunderte von Möglichkeiten, für eine Übernachtung zu bezahlen. Wirklich Hunderte. Sie füllten Seite um Seite. Also sah ich mir den Stadtplan an. Konzentrierte mich auf einen Abschnitt, der eine halbe Meile lang und vier Häuserblocks breit war, auf jeder Seite der Hauptstraße, die von Westen hereinkam. Das war mein Zielbereich. Ich ignorierte die Hotels direkt an der Hauptstraße. Konzentrierte mich auf die, die ein oder zwei Blöcke entfernt waren. Stellte die Hotels zwischen einer Viertelmeile und einer halben Meile zurück. Dann hatte ich ein grobgezeichnetes Viereck vor mir, das eine Viertelmeile lang und eine Viertelmeile breit war. Ich legte Stadtplan und Branchenverzeichnis nebeneinander und stellte eine Hitliste auf.

Achtzehn Hotels. Eins davon war das, in dem ich mich befand. Also nahm ich das Telefon und wählte die Null für die Rezeption. Der Angestellte meldete sich.

»Wohnt hier ein Mann namens Paul Lennon?«, fragte ich.

Es gab eine Pause. Er überprüfte sein Buch.

»Lennon?«, fragte er. »Nein, Sir.«

»Okay«, sagte ich. Legte den Hörer auf.

Ich holte tief Luft und fing mit dem ersten Hotel auf meiner Liste an. Wählte die erste Nummer.

»Wohnt bei Ihnen ein Mann namens Paul Lennon?«, fragte ich den Mann, der abnahm.

Es gab eine Pause.

»Nein, Sir«, sagte der Mann.

Ich ging die Liste durch. Wählte ein Hotel nach dem nächsten an.

»Wohnt bei Ihnen ein Mann namens Paul Lennon?«, fragte ich jeden Angestellten.

Dann gab es immer eine Pause, während sie ihre Melderegister überprüften. Manchmal konnte ich hören, wie Seiten umgeschlagen wurden. Einige von ihnen hatten Computer. Dann hörte ich die Tastatur.

»Nein, Sir«, sagten alle. Einer nach dem anderen.

Ich lag auf dem Bett und balancierte das Telefon auf meiner Brust. Ich war mittlerweile bei Nummer dreizehn von den achtzehn auf meiner Liste.

»Wohnt bei Ihnen ein Mann namens Paul Lennon?«, fragte ich.

Es gab eine Pause. Ich konnte hören, wie Seiten umgewendet wurden.

»Nein, Sir«, sagte der dreizehnte Angestellte.

»Okay.« Ich legte den Hörer auf.

Dann nahm ich ihn wieder und tippte die vierzehnte Nummer ein. Bekam ein Besetztzeichen. Also drückte ich die Gabel herunter und wählte die fünfzehnte Nummer.

»Wohnt bei Ihnen ein Mann namens Paul Lennon?«, fragte ich.

Schweigen.

»Zimmer einhundertzwanzig«, sagte der fünfzehnte Angestellte schließlich.

»Danke«, sagte ich. Legte den Hörer auf.

Ich lag da. Schloss die Augen. Atmete tief aus. Ich stellte das Telefon zurück auf den Nachttisch und überprüfte den Stadtplan. Das fünfzehnte Hotel war drei Blocks entfernt. Nördlich der Hauptstraße. Ich ließ den Zimmerschlüssel auf dem Bett liegen und ging hinaus zum Wagen. Der Motor war noch warm. Ich war etwa fünfundzwanzig Minuten im Hotel gewesen.

Ich musste drei Blocks nach Osten fahren, bevor ich nach links abbiegen durfte. Dann drei Blocks nach Norden bis zu einer weiteren Möglichkeit, links abzubiegen. Ich fuhr in einer Art gezackten Spirale herum. Ich fand das fünfzehnte Hotel und parkte vor dem Eingang. Ging in die Lobby. Es war ein Hotel von der schmuddeligen Sorte. Nicht sehr sauber und nicht sehr hell. Es sah aus wie eine Höhle.

»Kann ich Ihnen helfen«, fragte der Typ an der Rezeption.

»Nein«, sagte ich.

Ich folgte einem Pfeil in ein Labyrinth von Fluren. Fand Zimmer hundertzwanzig. Klopfte energisch an die Tür. Ich hörte, wie die Türkette rasselte. Ich wartete. Die Tür öffnete sich.

»Hallo, Reacher«, sagte er.

»Hallo, Hubble«, sagte ich.

Er sprudelte über vor Fragen, die er mir stellen wollte, aber ich trieb ihn hinaus zum Wagen. Wir hatten vier Stunden Fahrzeit für diesen Kram. Wir mussten los. Ich hatte über zwei Stunden Vorsprung in meinem Zeitplan. Und das sollte auch so bleiben. Ich wollte die zwei Stunden nicht verlieren. Vielleicht würde ich sie ja noch brauchen.

Er sah ganz okay aus. Nicht wie ein Wrack. Er war sechs Tage auf der Flucht gewesen, und das hatte ihm gutgetan. Dadurch war seine selbstgefällige Haltung verschwunden. Er sah jetzt ein bisschen straffer und langgliedriger aus. Ein bisschen härter. Mehr wie einer von meiner Sorte. Er hatte billige Sachen an und trug Socken. Er benutzte eine alte Metallbrille. Eine Digitaluhr für sieben Dollar überdeckte den Streifen weißer Haut, wo er vorher die Rolex getragen hatte. Er sah aus wie ein Installateur oder wie der Typ, der am Ort den Auspuffschnelldienst betreibt.

Er hatte keine Koffer. Reiste mit leichtem Gepäck. Er blickte sich nur einmal in seinem Zimmer um und ging dann mit mir hinaus. Als könnte er nicht glauben, dass sein Leben auf der Straße vorbei war. Als würde er es möglicherweise auf eine gewisse Art vermissen. Wir gingen durch die dunkle Lobby und in die Nacht hinaus. Er blieb stehen, als er den Wagen am Eingang sah.

»Sie sind mit Charlies Wagen gekommen?«

»Sie hat sich Sorgen um Sie gemacht«, sagte ich zu ihm. »Sie bat mich, Sie zu finden.«

Er nickte. Sah verblüfft aus.

»Was soll das mit den getönten Scheiben?«

Ich grinste ihn an und zuckte mit den Schultern.

»Fragen Sie nicht«, sagte ich. »Das ist eine lange Geschichte.«

Ich ließ den Motor an und entfernte mich langsam vom Hotel. Eigentlich hätte er mich direkt nach Charlie fragen müssen, aber irgendetwas beschäftigte ihn. Ich hatte gesehen, dass ihn eine Welle der Erleichterung überkam, als er die Tür seines Hotelzimmers geöffnet hatte. Aber er hatte auch einen winzigen Vorbehalt. Es hatte mit Stolz zu tun. Er war geflohen und hatte sich versteckt. Er hatte gedacht, dass er es gut machte. Aber es war nicht gut gewesen, weil ich ihn gefunden hatte. Er dachte darüber nach. Er war gleichzeitig erleichtert und enttäuscht.

»Wie zum Teufel haben Sie mich gefunden?«, fragte er.

Ich sah ihn wieder achselzuckend an.

»Das war leicht«, sagte ich. »Ich habe eine Menge Übung darin. Ich habe viele Männer gefunden. Habe Jahre damit verbracht, für die Army Deserteure zurückzuholen.«

Ich fuhr langsam durch das Straßennetz und bahnte mir meinen Weg zurück zum Highway. Ich konnte die Reihe der Lichter nach Westen strömen sehen, aber die Auffahrt sah aus wie der Mittelpunkt eines Labyrinths. Ich spulte exakt dieselbe gezackte Spirale ab, die ich auf dem Hinweg hatte fahren müssen.

»Aber wie haben Sie es geschafft?«, fragte er. »Ich hätte doch überall sein können.«

»Nein, das konnten Sie nicht«, sagte ich. »Das genau ist der Punkt. Deshalb war es so leicht. Sie hatten keine Kreditkarten, keinen Führerschein und keinen Ausweis. Sie hatten nur Bargeld. Also konnten Sie weder das Flugzeug noch einen Mietwagen benutzen. Sie waren auf den Bus angewiesen.«

Ich fand die Auffahrt. Konzentrierte mich auf den Spurwechsel und schlug das Lenkrad ein. Beschleunigte auf der Rampe und fädelte mich in den Verkehrsstrom zurück nach Atlanta ein.

»Das gab mir einen ersten Anhaltspunkt«, sagte ich zu ihm. »Dann versetzte ich mich an Ihre Stelle. Sie hatten Angst um Ihre Familie. Also stellte ich mir vor, dass Sie Margrave in einer gewissen Entfernung umrunden würden. Sie wollten das Gefühl haben, immer noch mit ihnen verbunden zu sein, bewusst oder unbewusst. Sie nahmen ein Taxi zum Busdepot in Atlanta, richtig?«

»Richtig«, sagte er. »Der erste Bus ging nach Memphis, aber ich wartete auf den nächsten. Memphis war zu weit weg. Ich wollte nicht so weit weg.«

»Deshalb war es so einfach«, sagte ich. »Sie haben Margrave umkreist.

Nicht zu weit und nicht zu nah. Und gegen den Uhrzeigersinn. Gibt man den Leuten die freie Wahl, so bewegen sie sich immer gegen den Uhrzeigersinn. Das ist eine universelle Wahrheit, Hubble. Also musste ich nur noch die Tage zählen, die Karte studieren und die Etappen abschätzen, die Sie jedes Mal zurücklegen würden. Ich denke, am Montag waren Sie in Birmingham, Alabama. Dienstag war es Montgomery, Mittwoch Columbus. Ich hatte ein Problem mit dem Donnerstag. Ich spekulierte auf Macon, dachte aber, dass das möglicherweise zu nah an Margrave dran sei.«

Er nickte.

»Donnerstag war ein Alptraum«, sagte er. »Ich war in Macon, in einer schrecklichen Spelunke, und machte kein Auge zu.«

»Also sind Sie am Freitagmorgen hierher nach Augusta gekommen«, sagte ich. »Meine andere große Spekulation ging dahin, dass Sie hier für zwei Nächte bleiben würden. Ich stellte mir vor, dass Sie nach Macon ziemlich mit den Nerven runter wären und vielleicht keine Kraft mehr hätten. Ich war mir da wirklich nicht sicher. Ich wäre heute Abend fast nach Greenville drüben in South Carolina gefahren. Aber ich habe richtig geraten.«

Hubble wurde still. Er hatte sich für unsichtbar gehalten, aber er hatte Margrave so deutlich umkreist, wie eine Leuchtrakete über den Nachthimmel fährt.

»Aber ich habe doch einen falschen Namen benutzt«, sagte er. Aufsässig.

»Sie haben fünf falsche Namen benutzt«, sagte ich. »Fünf Nächte, fünf Hotels, fünf Namen. Der fünfte Name war der gleiche wie der erste, richtig?«

Er war verblüfft. Er dachte zurück und nickte.

»Woher zum Teufel wissen Sie das?«, fragte er wieder.

»Ich habe nach vielen Männern gefahndet«, sagte ich. »Und ich wusste einiges von Ihnen.«

»Was denn?«

»Sie sind ein Beatles-Fan«, sagte ich. »Sie haben mir erzählt, dass Sie das Dakota-Building besucht haben und nach Liverpool in England gefahren sind. Sie haben alle CDs der Beatles in Ihrem Wohnzimmer, die je gemacht worden sind. Also standen Sie in der ersten Nacht an irgendeiner Hotelrezeption und haben mit Paul Lennon unterschrieben, stimmt das?«

»Richtig«, erwiderte er.

»Nicht mit John Lennon«, sagte ich. »Die Leute bleiben normalerweise bei Ihrem Vornamen. Ich weiß auch nicht warum, aber so ist es normalerweise. Also waren Sie Paul Lennon. Dienstag waren Sie Paul McCartney.

Mittwoch waren Sie Paul Harrison. Donnerstag waren Sie Paul Starr. Freitag in Augusta fingen Sie wieder mit Paul Lennon an, richtig?«

»Richtig. Aber es gibt eine Million Hotels in Augusta. Wegen der Konferenzen und der Golfveranstaltungen. Wie zum Teufel wussten Sie, wo Sie suchen mussten?«

»Ich habe nachgedacht«, sagte ich. »Sie sind Freitagvormittag von Westen her gekommen. Männer wie Sie gehen immer den Weg zurück, den sie schon mal gegangen sind. Sie fühlen sich sicherer so. Sie waren vier Stunden in dem Bus eingezwängt, also wollten Sie frische Luft und sind ein Stück gelaufen, vielleicht eine Viertelmeile. Dann gerieten Sie in Panik und sind von der Hauptstraße abgebogen, vielleicht einen Block oder zwei. Ich hatte also einen ziemlich kleinen Zielbereich. Achtzehn Hotels. Sie waren in Nummer fünfzehn.«

Er schüttelte den Kopf. Hatte gemischte Gefühle. Wir rasten in der Dunkelheit über den Fahrstreifen. Der große, alte Bentley bewegte sich knapp über dem gesetzlichen Tempolimit vorwärts.

»Wie stehen die Dinge in Margrave?«, fragte er endlich.

Das war die entscheidende Frage. Er stellte sie zaghaft, als hätte er Angst davor. Ich hatte Angst, sie zu beantworten. Ich ging ein bisschen vom Gas und fuhr langsamer. Nur für den Fall, dass er sich so aufregte, dass er mir in den Arm fiel. Ich wollte nicht den Wagen zu Schrott fahren. Dafür war keine Zeit.

»Wir stecken tief in der Scheiße. Und uns bleiben nur etwa sieben Stunden, um das in Ordnung zu bringen.«

Ich sparte mir das Schlimmste bis zum Schluss auf. Erzählte ihm, dass Charlie und die Kinder am Montag mit einem Agenten vom FBI weggefahren waren. Wegen der Gefahr. Und dann sagte ich ihm, dass der FBI-Agent Picard war.

Im Wagen herrschte Stille. Ich fuhr drei, vier Meilen in dieser Stille. Es war mehr als nur Stille. Es war ein erdrückendes Vakuum der Geräuschlosigkeit. Als wäre die Atmosphäre vom Planeten abgesaugt worden. Es war eine Stille, die in den Ohren schwirrte und dröhnte.

Er fing an, unaufhörlich die Hände ineinander zu verschränken. Fing an, sich auf dem großen Ledersitz neben mir vor und zurück zu wiegen. Aber dann wurde er ruhig. Seine Reaktion hatte nie richtig eingesetzt. Sich nie wirklich durchgesetzt. Sein Hirn hatte einfach dichtgemacht und jegliche Reaktion verweigert. Als wäre ein Überlastschutzschalter angesprungen. Das Ganze war zu groß und zu schrecklich, um darauf vernünftig reagieren zu können. Er sah mich nur an.

»Okay«, sagte er. »Dann holen Sie sie da raus, nicht wahr?«

Ich beschleunigte wieder. Raste Richtung Atlanta.

»Ich hole sie da raus«, sagte ich. »Aber ich brauche Ihre Hilfe. Deshalb habe ich zuerst Sie abgeholt.«

Er nickte wieder. Er hatte aufgehört, sich Sorgen zu machen, und entspannte sich langsam. Er war auf einer Gedankenebene, wo man nur das tut, was getan werden muss. Ich kannte das gut. Ich lebte dort.

Zwanzig Meilen hinter Augusta sahen wir Lichtsignale vor uns aufblitzen und Männer mit Warnflaggen winken. Es hatte einen Unfall auf der anderen Seite der Abgrenzung gegeben. Ein Lkw war in eine geparkte Limousine gerast. Ein Pulk weiterer Fahrzeuge war über den ganzen Unfallort verteilt. Überall lagen verwehte Haufen herum, die anscheinend aus Papierfetzen bestanden. Eine große Menge von Leuten lief durcheinander und sammelte die Fetzen auf. Wir krochen in einer Autoschlange daran vorbei. Hubble blickte aus dem Fenster.

»Es tut mir leid wegen Ihres Bruders«, sagte er. »Ich hatte keine Ahnung. Ich schätze, ich bin an seinem Tod schuld, oder?«

Er sank in seinem Sitz zusammen. Aber ich wollte, dass er weitersprach. Er durfte sich jetzt nicht hängenlassen. Also stellte ich ihm die Frage, auf die ich eine Woche hatte warten müssen.

»Wie zum Teufel sind Sie da hineingeraten?«, fragte ich.

Er zuckte mit den Schultern. Blickte zur Windschutzscheibe hinaus und stieß einen tiefen Seufzer aus. Als sei es unmöglich, sich vorzustellen, wie man in so was hineingeriet. Als sei es unmöglich, sich vorzustellen, wie man sich aus so was heraushielt.

»Ich habe meinen Job verloren«, sagte er. Eine einfache Feststellung. »Ich war niedergeschmettert. Ich war wütend und enttäuscht. Und ich hatte Angst, Reacher. Wir hatten einen Traum gelebt, wissen Sie? Einen goldenen Traum. Es war das perfekte idyllische Leben. Ich verdiente ein Vermögen und gab ein Vermögen aus. Es war vollkommen fantastisch. Aber dann kamen mir ein paar Dinge zu Ohren. Die Privatkundenabteilung war gefährdet. Sie wurde überprüft. Mir wurde plötzlich klar, dass ich nur einen Gehaltsscheck von der Katastrophe entfernt war. Dann wurde die Abteilung geschlossen. Ich wurde gefeuert. Und die Gehaltsschecks kamen nicht mehr.«

»Und?«

»Ich war außer mir«, fuhr er fort. »Ich war so wütend. Ich hatte mir den

Arsch für diese Bastarde aufgerissen. Ich war gut in meinem Job. Ich hatte ein Vermögen für sie gemacht. Und sie schmissen mich einfach raus, so als wäre ich plötzlich nur Scheiße an ihrem Schuh. Und ich hatte Angst. Ich würde alles verlieren. Und ich war müde. Ich konnte nicht noch mal ganz von vorn anfangen. Ich war zu alt und hatte nicht mehr genügend Energie dazu. Ich wusste einfach nicht, was ich tun sollte.«

»Und dann tauchte Kliner auf?«, fragte ich.

Er nickte. Sah bleich aus.

»Er hatte davon gehört. Ich schätze, Teale hat es ihm erzählt. Teale weiß alles über jeden von uns. Kliner rief mich nach ein paar Tagen an. Ich hatte es Charlie zu diesem Zeitpunkt noch nicht erzählt. Ich konnte mich dem nicht stellen. Er rief mich an und bat mich, ihn am Flughafen zu treffen. Er wartete in seinem Privatjet, war gerade aus Venezuela gekommen. Er flog mit mir zum Lunch auf die Bahamas, und wir redeten. Um ehrlich zu sein, ich war geschmeichelt.«

»Und?«

»Er redete eine Menge Unsinn«, sagte Hubble. »Erzählte mir, ich solle das Ganze als Gelegenheit sehen auszusteigen. Er sagte, ich solle die Sache mit dem Berufsverband doch sausenlassen. Ich solle zu ihm kommen und einen richtigen Job bei ihm machen, richtig Geld verdienen. Ich wusste nicht viel über ihn. Ich wusste Bescheid über das Vermögen seiner Familie und über die Stiftung, natürlich, aber ich hatte ihn noch nie persönlich getroffen. Doch er war eindeutig ein sehr wohlhabender und erfolgreicher Mann. Und sehr, sehr clever. Und da saß er nun in seinem Privatjet und bat mich, mit ihm zusammenzuarbeiten. Nicht für ihn, mit ihm. Ich war geschmeichelt, und ich war verzweifelt, und ich war besorgt, und ich sagte ja.«

»Und dann?«, bohrte ich weiter.

»Er rief mich am nächsten Tag wieder an. Er schickte mir die Maschine. Ich musste zu Kliners Betrieb in Venezuela fliegen, um mich dort mit ihm zu treffen. Das tat ich auch. Ich war nur einen Tag da. Bekam überhaupt nichts zu sehen. Dann flog er mit mir nach Jacksonville. Ich war dort eine Woche lang in seinem Anwaltsbüro. Danach war es zu spät. Ich konnte nicht mehr aussteigen.«

»Warum nicht?«

»Es war eine höllische Woche. Eine Woche hört sich kurz an, nicht? Nur ein paar Tage. Aber er hat mir richtig zugesetzt. Am ersten Tag war alles noch Schmeichelei. Verführung. Er verpflichtete sich vertraglich zu einem Riesengehalt, mit Gratifikationen und allem, was ich wollte. Wir gingen in

Clubs und Hotels, und er gab das Geld aus, als hätte er einen Goldesel. Dienstag fing ich an zu arbeiten. Die eigentliche Arbeit war eine echte Herausforderung. Sehr schwierig nach dem, was ich in der Bank gemacht hatte. Es war so spezialisiert. Er wollte Bargeld, natürlich, aber er wollte nur Dollars. Und nur Eindollarnoten. Ich hatte keine Ahnung, warum. Und er wollte Belege. Sehr genau geführte Bücher. Aber ich konnte es schaffen. Und er war ein entspannter Boss. Kein Druck, keine Probleme. Die Probleme fingen erst Mittwoch an.«

»Und was passierte da?«

»Am Mittwoch fragte ich ihn, was er eigentlich mache. Und er erzählte es mir. Er erzählte alles in allen Einzelheiten. Und er sagte, dass ich jetzt dazugehörte. Ich steckte mit drin. Ich musste den Mund halten. Donnerstag ging es mir richtig schlecht. Ich konnte es nicht fassen. Ich sagte ihm, dass ich aussteigen wollte. Da fuhr er mich zu einem fürchterlichen Ort. Sein Sohn war da. Er hatte zwei lateinamerikanische Männer bei sich. Und da war noch ein weiterer Mann, der in einem Hinterzimmer angekettet war. Kliner sagte, dieser Mann sei aus der Reihe getanzt. Er forderte mich auf, genau aufzupassen. Sein Sohn trat den Mann einfach zu Brei. Durch den ganzen Raum, direkt vor meinen Augen. Dann packten die Latinos ihre Messer aus und hackten den armen Teufel in Stücke. Überall war Blut. Einfach schrecklich. Ich konnte es nicht fassen. Ich kotzte das ganze Zimmer voll.«

»Weiter«, sagte ich.

»Es war ein Alptraum. Ich konnte in dieser Nacht nicht schlafen. Ich dachte, dass ich nie wieder würde schlafen können. Freitagmorgen flogen wir nach Hause. Wir saßen zusammen in dem kleinen Jet, und er erzählte mir, was passieren würde. Er sagte, nicht nur ich würde aufgeschlitzt werden. Sondern auch Charlie. Er besprach es ganz genau mit mir. Welche ihrer Brustwarzen sollte er zuerst abschneiden? Rechts oder links? Und wenn wir erst mal tot waren, mit welchem der Kinder sollte er anfangen? Mit Lucy oder mit Ben? Es war ein Alptraum. Er sagte, er würde mich an die Wand nageln. Ich machte mir fast in die Hose. Dann landeten wir, und er rief Charlie an und bestand darauf, zusammen zu Abend zu essen. Er erzählte ihr, dass wir zusammen Geschäfte machten. Charlie war hocherfreut, weil Kliner so ein großes Tier in der Gegend ist. Es war ein völliger Alptraum, weil ich so tun musste, als sei alles in Ordnung. Ich hatte Charlie ja noch nicht mal erzählt, dass ich meinen Job verloren hatte. Ich musste so tun, als wäre ich immer noch bei der Bank. Und den ganzen Abend richtete dieser Bastard höfliche Fragen an Charlie und lächelte zu mir herüber.«

Wir schwiegen. Ich fuhr wieder um die Südostecke von Atlanta und suchte nach dem Highway Richtung Süden. Rechts von uns strahlte und funkelte die Stadt. Links von uns befand sich die dunkle, leere Masse des ländlichen Südostens. Ich fand den Highway und fuhr noch schneller südwärts. Hinunter zu einem kleinen Punkt in dieser dunklen, leeren Masse.

»Was passierte dann?«

»Ich fing an, im Lagerhaus zu arbeiten. Er wollte mich dort haben.«

»Und was haben Sie gemacht?«

»Vorratsmanagement. Ich hatte ein kleines Büro dort und musste dafür sorgen, dass ausreichend neue Dollars kamen, und dann hatte ich noch die Verladung und den Versand zu beaufsichtigen.«

»Der Fahrer war Sherman Stoller?«

»Genau. Er war mit der Florida-Route betraut. Ich schickte ihn mit einer Million Dollarnoten pro Woche runter. Manchmal machte es auch der Wachmann, wenn Sherman freihatte. Aber normalerweise fuhr er. Er half mir bei den Kartons und dem Aufladen. Wir mussten schuften wie verrückt. Eine Million Dollar in Einern ist ein höllischer Anblick. Sie können sich das nicht vorstellen. Es war, als versuchte man, einen Swimmingpool mit einer Schaufel auszuleeren.«

»Aber Sherman hat geklaut, richtig?«, fragte ich.

Er nickte. Ich sah, wie seine Metallbrille im Lichtschein der Armaturen aufblitzte.

»Das Geld wurde in Venezuela genau gezählt. Ich bekam regelmäßig nach etwa einem Monat die genauen Beträge. Die verglich ich dann mit den Zahlen, die sich bei mir beim Wiegen ergeben hatten. Sehr oft fehlten etwa hundert Riesen. Ich konnte unmöglich einen solchen Fehler gemacht haben. Es war eine belanglose Summe, weil wir am Ende des ganzen Vorgangs vier Milliarden Dollar in ausgezeichneten Fälschungen produzierten – was machte es also! Aber es war jedes Mal ungefähr ein Karton. Das war eine hohe Fehlerzahl, also glaubte ich, dass Sherman den einen oder anderen Karton verschwinden ließ.«

»Und?«

»Ich warnte ihn. Ich meine, ich habe niemandem etwas davon erzählt. Ich bat ihn nur, vorsichtig zu sein, weil Kliner ihn umbringen würde, wenn er es herausfände. Möglicherweise hätte auch ich dadurch Ärger bekommen. Ich machte mir schon genug Sorgen bei dem, was ich tat. Die ganze Sache war Irrsinn. Kliner importierte einen großen Teil der Fälschungen. Er konnte der Versuchung nicht widerstehen. Meiner Meinung nach wurde das Ganze dadurch zu gefährlich. Um die Stadt aufzupolieren, warf Teale mit den Fälschungen um sich, als sei es Konfetti.«

»Und was geschah in den letzten zwölf Monaten?«

Er zuckte mit den Schultern und schüttelte den Kopf.

»Wir mussten den Versand stoppen. Die Sache mit der Küstenwache machte ihn unmöglich. Kliner entschied sich, stattdessen einen Vorrat anzulegen. Er glaubte, die Intervention könne nicht von Dauer sein. Er wusste, dass das Budget der Küstenwache das nicht lange tragen konnte. Aber es dauerte und dauerte. Es war ein höllisches Jahr. Die Anspannung war schrecklich. Und jetzt, da sich die Küstenwache endlich zurückzieht, kommt es für uns zu überraschend. Kliner dachte, wenn es schon so lange gedauert hatte, würde es auch noch bis zur Wahl im November so weitergehen. Wir waren noch nicht auf den Versand vorbereitet. Nicht im Geringsten. Es ist alles da drinnen angehäuft. Unverpackt.«

»Wann haben Sie sich mit Joe in Kontakt gesetzt?«, fragte ich ihn.

»Joe?«, fragte er. »War das der Name Ihres Bruders? Ich kannte ihn als Polo.«

Ich nickte.

»Polo«, sagte ich. »Dort wurde er geboren. Es ist eine Stadt auf Leyte, einer Insel der Philippinen. Das Krankenhaus war eine umgebaute Kathedrale. Ich wurde dort gegen Malaria geimpft, als ich sieben war.«

Er schwieg etwa für eine Meile, als würde er Joe die letzte Ehre erweisen.

»Ich rief vor einem Jahr im Finanzministerium an. Ich wusste nicht, an wen ich mich sonst hätte wenden können. Die Polizei war unmöglich wegen Morrison, das FBI war unmöglich wegen Picard. Also rief ich Washington an und gab diesem Mann, der sich Polo nannte, einen Hinweis. Er war ein schlauer Bursche. Ich dachte, er würde es schaffen. Ich wusste, dass er die besten Chancen hatte, wenn er zuschlug, solange wir den Vorrat anlegten. Wenn der Beweis noch dort drinnen war.«

Ich sah ein Tankstellenschild und entschied mich in letzter Minute abzubiegen. Hubble füllte den Tank. Ich fand eine Plastikflasche in einem Mülleimer und bat ihn, auch die zu füllen.

»Wozu?«, fragte er mich.

Ich sah ihn achselzuckend an.

»Vielleicht für Notfälle.«

Er fragte nicht nach. Wir zahlten einfach am Nachtschalter und fuhren wieder auf den Highway. Weiter in Richtung Süden. Wir waren noch eine halbe Stunde von Margrave entfernt. Es ging auf Mitternacht zu.

»Und warum sind Sie am Montag abgehauen?«, fragte ich ihn.

»Kliner rief mich an. Er befahl mir, zu Hause zu bleiben. Er sagte, zwei Männer würden vorbeikommen. Ich fragte ihn nach dem Grund, und er sagte, es gebe ein Problem in Florida und ich müsste das klären.«

»Aber?«, fragte ich.

»Ich glaubte ihm nicht. Als er die zwei Männer erwähnte, fuhr mir durch den Kopf, was in der ersten Woche in Jacksonville passiert war. Ich geriet in Panik. Ich rief mir ein Taxi und verschwand.«

»Das war klug, Hubble«, sagte ich. »Das hat Ihnen das Leben gerettet.«

»Wissen Sie was?«, fragte er.

Ich blickte ihn ebenso fragend an.

»Wenn er gesagt hätte, ein Mann kommt vorbei, dann wäre mir nichts aufgefallen. Sie wissen schon, hätte er gesagt, bleiben Sie zu Hause, es kommt jemand vorbei, dann wäre ich darauf reingefallen. Aber er sagte: zwei Männer.«

»Er hat einen Fehler gemacht«, sagte ich.

»Ich weiß«, erwiderte Hubble. »Ich kann es nicht fassen. Er macht nie Fehler.«

Ich schüttelte den Kopf. Lächelte in der Dunkelheit.

»Er hat letzten Donnerstag einen Fehler gemacht.«

Die große Chromuhr auf dem Armaturenbrett des Bentleys zeigte Mitternacht an. Die ganze Angelegenheit musste bis fünf Uhr morgens aus und vorbei sein. Also hatte ich noch fünf Stunden. Wenn alles gutging, war das mehr, als ich brauchte. Wenn ich es vermasselte, dann war es egal, ob ich fünf Stunden hatte oder fünf Tage. Dies war eine Sache, bei der man nur einen einzigen Versuch hatte. Rein, zuschlagen und wieder raus. Beim Militär pflegten wir zu sagen: Mach es einmal und mach es richtig. In dieser Nacht musste ich hinzufügen: Und mach es schnell.

»Hubble? Ich brauche Ihre Hilfe.«

Er schreckte auf und blickte zu mir herüber.

»Ja?«

Ich verbrachte die letzten zehn Minuten auf dem Highway damit, die Sache mit ihm durchzugehen. Immer und immer wieder, bis er vollkommen firm war. Ich bog vom Highway auf die Landstraße ab. Raste an den Lagerhäusern vorbei und die vierzehn Meilen runter zur Stadt. Wurde langsamer, als ich am Polizeirevier vorbeisteuerte. Es war ruhig und dunkel. Keine Wagen auf dem Parkplatz. Die Feuerwache daneben sah okay aus. Die Stadt lag still und menschenleer da. Das einzige Licht, das im gesamten Ort zu sehen war, kam aus dem Friseurladen.

Ich bog nach rechts in den Beckman Drive ein und fuhr den Hügel zu Hubbles Haus hinauf. Bog an dem vertrauten weißen Briefkasten ein und bahnte meinen Weg durch die Windungen der Auffahrt. Hielt an der Tür.

»Meine Autoschlüssel sind im Haus«, sagte Hubble.

»Es ist offen«, erwiderte ich.

Er ging, um das zu überprüfen. Stieß behutsam gegen die zersplitterte Tür, mit einem Finger, als könne sich dort eine versteckte Sprengladung befinden. Ich sah, wie er hineinging. Eine Minute später kam er zurück. Er hatte seine Schlüssel, ging aber nicht zur Garage. Er kam zu mir herüber und lehnte sich an den Wagen.

»Es ist ein höllisches Durcheinander da drin«, sagte er. »Was war da los?«

»Ich habe Ihr Haus für einen Hinterhalt benutzt. Vier Männer sind auf der Suche nach mir durch das ganze Haus getrampelt. Es hat zu der Zeit geregnet.«

Er beugte sich weiter herunter und sah zu mir herein.

»Waren es diejenigen?«, sagte er. »Sie wissen schon, die, die Kliner geschickt hätte, wenn ich den Mund aufgemacht hätte?«

Ich nickte.

»Sie hatten ihre gesamte Ausrüstung dabei.«

Ich konnte sein Gesicht im trüben Licht der alten Anzeigen auf dem Armaturenbrett sehen. Er hatte die Augen weit aufgerissen, doch er sah mich nicht. Er sah, was er in seinen Alpträumen gesehen hatte. Er nickte langsam. Dann langte er herein und legte mir die Hand auf den Arm. Drückte ihn. Sagte kein Wort. Zog die Hand wieder hinaus und war verschwunden. Ich blieb sitzen und fragte mich, wie zum Teufel ich diesen Mann vor einer Woche noch hatte hassen können.

Ich nutzte die Zeit, um die Desert Eagle nachzuladen. Ich ersetzte die vier Geschosse, die ich drüben auf dem Highway bei Augusta verbraucht hatte. Dann sah ich Hubble seinen alten grünen Bentley aus der Garage fahren. Der Motor war noch kalt, und eine weiße Rauchwolke zog hinter ihm her. Er gab mir ein Okay-Zeichen, als er vorbeifuhr, und ich folgte der weißen Wolke die Auffahrt und den Beckman Drive hinunter. Wir fuhren an der Kirche vorbei und bogen in majestätischer Prozession nach links in die Main Street. Zwei feine, alte Wagen, Stoßstange an Stoßstange durch die schlafende Stadt, bereit zum Kampf.

Hubble fuhr knapp vierzig Meter vor dem Polizeirevier rechts ran. Fuhr genau nach meinen Anweisungen an den Bordstein. Schaltete die Scheinwerfer aus und wartete mit laufendem Motor. Ich zog an ihm vorbei und fuhr auf den Vorplatz des Police Departments. Stoppte auf dem hintersten Parkplatz und stieg aus. Ließ alle vier Türen unverschlossen. Zog die große Automatik aus meiner Tasche. Die Nachtluft war kalt und die Stille erdrückend. Ich konnte Hubbles Motor aus vierzig Meter Entfernung im Leerlauf hören. Ich legte den Sicherungshebel der Desert Eagle um, und das Klicken klang in der Stille ohrenbetäubend.

Ich lief zur Wand des Reviers und ließ mich zu Boden gleiten. Kroch vorwärts, bis ich durch den unteren Rand der schweren Glastür sehen konnte. Blickte angestrengt hindurch und lauschte. Hielt den Atem an. Ich beobachtete und lauschte lange genug, um sicher zu sein.

Dann stand ich auf und legte den Sicherungshebel wieder vor. Steckte die Waffe zurück in meine Tasche. Wartete und stellte eine Rechnung auf. Die Feuerwache und das Polizeirevier standen etwa dreihundert Meter vom nördlichen Ende der Main Street entfernt. Weiter oben an der Straße lag in achthundert Meter Entfernung Eno's Diner. Also würde es wohl mindestens etwa drei Minuten dauern, bis jemand hier wäre. Zwei Minuten, um zu reagieren, und eine Minute, um schnell von der Main Street hierherzulaufen. Also hatten wir drei Minuten. Die Hälfte davon war Sicherheitsspielraum, also blieben neunzig Sekunden, von Anfang bis Ende.

Ich lief zurück auf die Landstraße und winkte Hubble zu. Ich sah, wie sein Wagen sich vom Bordstein löste, und rannte rüber zum Eingang der Feuerwache. Stand neben dem großen roten Tor und wartete.

Hubble fuhr vor und schleuderte seinen alten Bentley in einem engen Bogen über die Straße. Endete in einem rechten Winkel dazu, genau vor dem Eingang der Feuerwache, mit dem Heck zu mir. Ich sah, wie der Wagen ruckte, als er den Rückwärtsgang rüde einlegte. Dann trat er aufs Gas, und die große, alte Limousine schoss rückwärts auf mich zu.

Sie beschleunigte die gesamte Strecke und krachte rückwärts in den Eingang der Feuerwache. Der alte Bentley musste an die zwei Tonnen wiegen, er riss das Metalltor ohne die geringsten Probleme aus seiner Aufhängung. Es gab ein gewaltiges Geräusch vom Krachen und Bersten des Metalls, und ich hörte, wie die Rücklichter des Bentleys zerbrachen und die Stoßstange abfiel und über den Beton schepperte. Ich war schon durch das Loch zwischen dem Tor und dem Rahmen geschlüpft, bevor Hubble den Vorwärtsgang eingelegt hatte und sich aus den Trümmern zog. Es war dunkel drinnen, aber ich fand, wonach ich gesucht hatte. Es war an einer Seite des Feuerwehrwagens befestigt, horizontal, in Kopfhöhe. Ein Bolzenschneider, ein riesiges Ding, an die einen Meter zwanzig lang. Ich riss ihn aus seiner Verankerung und lief zum Tor.

Sobald mich Hubble herauskommen sah, zog er einen weiten Bogen über die Straße. Das Hinterteil seines Bentleys war vollkommen eingebeult. Der Kofferraumdeckel klappte auf und zu, und das Blech war geborsten und quietschte. Aber er hatte seine Aufgabe erfüllt. Er zog einen weiten Kreis und stellte sich vor dem Eingang des Reviers auf. Hielt eine Sekunde inne und trat dann das Gaspedal zu Boden. Beschleunigte in Richtung der schweren Glastüren.

Der alte Bentley krachte in einem Regen aus Glas durch die Türen und demolierte die Empfangstheke. Pflügte sich durch das Mannschaftsbüro und blieb stehen. Ich lief sofort hinterher. Finlay stand in der mittleren Zelle. Vor Schreck erstarrt. Er war an seinem linken Handgelenk mit Handschellen an die Gitter gefesselt, die seine Zelle von der letzten trennten. Schön weit hinten. Es hätte besser nicht sein können.

Ich zog und schob an der zertrümmerten Empfangstheke herum und räumte einen Weg hinter Hubble frei. Winkte ihn zurück. Er schlug das Lenkrad ein und fuhr rückwärts in den Raum, den ich freigeräumt hatte. Ich zog und schob die Schreibtische des Mannschaftsbüros aus dem Weg, um ihm die freie Fahrt nach vorn zu ermöglichen. Drehte mich um und gab ihm das Signal.

Die Vorderseite seines Wagens sah so schlimm aus wie die Rückseite. Die Motorhaube war verbogen und der Kühler zertrümmert. Eine grüne Flüssigkeit floss unten heraus, und oben entwich zischend Dampf. Die Scheinwerfer waren zerbrochen, und die Stoßstange schleifte auf dem Reifen. Aber Hubble machte sich wieder ans Werk. Er hielt den Wagen mit der Bremse zurück und trieb den Motor hoch. Genau, wie ich es ihm gesagt hatte.

Ich konnte sehen, dass sich der Wagen zitternd gegen den Bremswiderstand stemmte. Dann schoss er vorwärts und raste auf Finlay in der mittleren Zelle zu. Krachte an einer Ecke in das Titangitter und riss es auf wie eine Axt einen Palisadenzaun. Die Motorhaube des Bentleys flog auf, und die Windschutzscheibe explodierte. Zerborstenes Metall schepperte und kreischte. Hubble kam knapp einen Meter vor Finlay zum Stehen. Das zertrümmerte Auto stoppte mit einem lauten Zischen von dem entweichenden Dampf. Die Luft war zum Schneiden dick.

Ich tauchte durch das Loch in der Zelle und klemmte den Bolzenschneider um das Verbindungsglied, das Finlays Handgelenk an die Gitter kettete.

Lehnte mich auf die riesigen Hebel, bis die Handschellen durchgeschnitten waren. Ich gab Finlay den Bolzenschneider und zog ihn durch das Loch aus der Zelle heraus. Hubble kroch durch das Fenster aus dem Bentley. Der Aufprall hatte die Tür verformt, so dass sie sich nicht mehr öffnen ließ. Ich zog ihn heraus, beugte mich noch einmal hinein und zog die Schlüssel ab. Dann liefen wir drei durch den demolierten Mannschaftsraum und stiegen über knirschende Glasscherben, wo eben noch die großen Türen gewesen waren. Stürzten hinüber zu meinem Wagen und stiegen ein. Ich ließ den Motor an und fuhr den Bentley rückwärts aus dem Parkplatz. Legte krachend den Vorwärtsgang ein und fuhr los in Richtung Stadt.

Finlay war befreit. In neunzig Sekunden, von Anfang bis Ende.

32

Ich verlangsamte am Nordende der Main Street und rollte leise südwärts durch die schlafende Stadt. Niemand sprach. Hubble lag aufgelöst auf der Rückbank. Finlay saß neben mir auf dem Beifahrersitz. Saß einfach nur da, ganz steif, und starrte durch die Windschutzscheibe. Wir alle atmeten schwer. Wir alle waren in dieser Ruhephase, die einem intensiven Gefahrenmoment folgt.

Die Uhr auf dem Armaturenbrett zeigte ein Uhr morgens an. Ich wollte mich bis vier irgendwo verkriechen. Ich hegte einen bestimmten Aberglauben in Bezug auf vier Uhr morgens. Wir sagten beim Militär KGB-Zeit dazu. Es hieß, dass sie immer diesen Zeitpunkt wählten, um an die Tür zu klopfen. Um vier Uhr morgens. Es hieß, dass das immer gut bei ihnen funktioniert hatte. Ihre Opfer waren zu dieser Zeit auf ihrem Tiefpunkt. Gut für jede Operation. Wir hatten es selbst von Zeit zu Zeit versucht. Es hatte bei mir immer gut funktioniert. Also wollte ich wieder bis vier Uhr warten, ein letztes Mal.

Ich lenkte den Wagen hinter dem letzten Geschäftsblock durch die Links- und Rechtskurven die Anlieferstraßen hinunter. Machte die Scheinwerfer aus und hielt in der Dunkelheit hinter dem Friseurladen. Stellte den Motor ab. Finlay blickte sich achselzuckend um. Ein Besuch beim Friseur um ein Uhr morgens war nicht verrückter, als einen Hunderttausend-Dollar-Bentley in ein Gebäude krachen zu lassen. Nicht verrückter, als zehn Stunden lang von einem Irren in eine Zelle eingeschlossen zu werden. Nach zwanzig Jahren in Boston und sechs Monaten in Margrave gab es nicht mehr viel, was Finlay dazu brachte, eine Augenbraue zu heben.

Hubble beugte sich aus dem Rücksitz vor. Er war ziemlich aufgelöst. Er hatte freiwillig drei Zusammenstöße fabriziert. Er war erschüttert und ramponiert. Und ausgelaugt. Es hatte ihn eine Menge gekostet, seinen Fuß auf das Gaspedal zu drücken und auf ein Hindernis nach dem nächsten zuzusteuern. Aber er hatte es getan. Das hätte nicht jeder. Doch jetzt litt er. Ich glitt vom Fahrersitz und stand in der Gasse. Winkte Hubble aus dem Wagen. Er kam durch die Dunkelheit zu mir. Stand vor mir, ein bisschen wackelig.

»Alles okay?«

Er zuckte mit den Schultern.

»Schätze, ja«, sagte er. »Ich habe mir das Knie angeschlagen, und mein Nacken tut höllisch weh.«

»Gehen Sie auf und ab«, erwiderte ich. »Sie dürfen jetzt nicht steif werden.«

Ich führte ihn die dunkle Gasse auf und ab. Zehn Schritte vor und zurück, das Ganze ein paarmal. Mit dem linken Fuß konnte er nicht fest auftreten. Vielleicht hatte die nachgebende Tür sein linkes Knie gerammt. Er rollte seinen Kopf herum und lockerte die erschütterten Muskeln im Nacken.

»Okay?«

Er lächelte. Sein Lächeln wurde zu einer Grimasse, als eine Sehne knirschte.

»Ich werd's überleben.«

Finlay stieg aus und schloss sich uns an. Er streckte sich, als würde er gerade wach werden. Wurde ganz aufgeregt. Er lächelte mich in der Dunkelheit an.

»Gute Arbeit, Reacher«, sagte er. »Ich habe mich schon gefragt, wie Sie mich da rausholen würden. Was ist mit Picard?«

Ich formte mit meinen Fingern eine Pistole, wie bei einer Kinderpantomime. Er nickte mir zu wie ein Partner dem anderen. War zu zurückhaltend, um noch weiter zu fragen. Ich schüttelte seine Hand. Schien mir das Richtige zu sein. Dann drehte ich mich um und klopfte leise an die Hintertür des Friseurladens. Sie wurde sofort geöffnet. Der ältere der beiden Männer stand da, als hätte er nur darauf gewartet, dass wir klopften. Er hielt uns die Tür wie ein alter Butler auf. Winkte uns hinein. Wir marschierten hintereinander einen Durchgang entlang in einen Lagerraum. Warteten bei den Regalen, die mit Friseurbedarf vollgestopft waren. Der knorrige, alte Mann holte uns ein.

»Wir brauchen Ihre Hilfe«, sagte ich.

Der alte Mann zuckte mit den Schultern. Zeigte uns mit seiner hellhäutigen Handfläche an, dass wir warten sollten. Schlurfte nach vorn und kam mit seinem Partner zurück. Dem jüngeren der beiden. Sie diskutierten mein Anliegen in einem lauten, schnarrenden Flüsterton.

»Nach oben«, sagte der Jüngere.

Wir stiegen eine schmale Treppe hinauf. Kamen in eine Wohnung, die über dem Friseurladen lag. Die beiden alten Friseure schoben uns zum Wohnzimmer durch. Sie zogen die Jalousien herunter und schalteten ein paar trübe Lampen ein. Bedeuteten uns, dass wir uns setzen sollten. Der Raum war klein und verwohnt, aber sauber. Er wirkte behaglich. Ich dachte, sollte ich je ein eigenes Zimmer haben, dann müsste es so aussehen. Wir setzten uns. Der Jüngere setzte sich zu uns, und der Ältere schlurfte wieder hinaus. Schloss die Tür. Wir vier saßen da und sahen uns an. Dann beugte sich der Friseur vor.

»Ihr seid nicht die Ersten, die sich bei uns verstecken, Jungs«, sagte er.

Finlay blickte sich um. Ernannte sich selbst zum Sprecher.

»Nicht?«, fragte er.

»Nein, Sir, nicht die Ersten. Wir hatten hier eine Menge Jungs, die sich versteckt haben. Und Mädels auch.«

»Was für Leute waren das?«, fragte Finlay.

»Alle möglichen«, erwiderte der alte Mann. »Wir hatten Gewerkschaftler von den Erdnussplantagen hier. Gewerkschaftler von den Pfirsichzüchtern. Wir hatten Frauen hier, die für das Wahlrecht kämpften. Wir hatten Jungs hier, die ihren Arsch nicht in Vietnam verbraten lassen wollten. Alles, was ihr wollt.«

Finlay nickte.

»Und jetzt sind wir hier«, sagte er.

»Ärger im Ort?«, fragte der Alte.

Finlay nickte wieder.

»Großer Ärger«, sagte er. »Es kommen einschneidende Veränderungen.«

»War zu erwarten«, sagte der alte Mann. »War schon seit Jahren zu erwarten.«

»Tatsächlich?«

Der Friseur nickte und stand auf. Trat zu einem großen Schrank. Öffnete die Tür und winkte uns, dass wir einen Blick darauf werfen sollten. Es war ein großer Schrank mit tiefen Regalböden. Die Bretter waren vollgestapelt mit Geld. Packen über Packen aus Scheinen, die mit Gummis zusammengehalten wurden. Der ganze Schrank war von oben bis unten voll. Es mussten ein paar Hunderttausend Dollar darin sein.

»Das Geld von der Kliner-Stiftung«, sagte der alte Mann. »Sie haben uns damit zugeschüttet. Da stimmte was nicht. Ich bin vierundsiebzig Jahre alt. Siebzig Jahre lang haben die Leute auf mich gepisst. Jetzt schütten sie mich mit Geld zu. Dann stimmt da doch was nicht, oder?«

Er schloss die Tür wieder.

»Wir geben es nicht aus«, sagte er. »Wir geben nicht einen Cent aus, den wir nicht selbst verdient haben. Wir packen es einfach in den Schrank. Seid ihr Jungs hinter der Kliner-Stiftung her?«

»Morgen wird es keine Kliner-Stiftung mehr geben«, warf ich ein.

Der alte Mann nickte nur. Blickte auf die Schranktür, als er daran vorbeiging, und schüttelte den Kopf. Schloss die Tür hinter sich und ließ uns in dem kleinen, behaglichen Raum allein.

»Das wird nicht leicht werden«, sagte Finlay. »Drei von uns gegen drei von ihnen. Sie haben vier Geiseln. Zwei der Geiseln sind Kinder. Wir wissen nicht einmal genau, wo sie sie versteckt haben.«

»Im Lagerhaus«, sagte ich. »Mit Sicherheit. Wo sollten sie sonst sein? Sie haben nicht genügend Leute, um sie irgendwo anders zu bewachen. Und Sie haben doch das Band gehört. Dieses Dröhnen? Das war das Lagerhaus, bestimmt.«

»Was für ein Band?«, fragte Hubble.

Finlay sah ihn an.

»Sie haben Roscoe für Reacher auf Band sprechen lassen«, sagte er. »Um zu beweisen, dass sie sie haben.«

»Roscoe?«, fragte Hubble. »Und was ist mit Charlie?«

Finlay schüttelte den Kopf.

»Nur Roscoe«, log er. »Von Charlie kein Wort.«

Hubble nickte. Kluger Schachzug, Harvard-Mann, dachte ich. Das Bild von Charlie, die mit einem scharfen Messer vors Mikrophon gezwungen wurde, hätte Hubble über den Rand gestoßen. Direkt von seinem Ruhepunkt zurück in die Panik.

»Sie sind im Lagerhaus«, sagte ich noch einmal. »Kein Zweifel.«

Hubble kannte das Lagerhaus gut. Er hatte dort anderthalb Jahre gearbeitet. Also ließen wir es ihn immer und immer wieder beschreiben. Wir fanden Papier und Stift und ließen ihn Pläne zeichnen. Wir gingen die Pläne immer wieder durch, fügten alle Türen, die Treppen, die Entfernungen und jedes kleinste Detail hinzu. Am Ende hatten wir eine Zeichnung, auf die jeder Architekt stolz gewesen wäre.

Das Lagerhaus stand am Ende der Viererreihe auf einem eigenen umzäunten Gelände. Es stand sehr dicht an dem dritten Lagerhaus, in dem sich Farmerbedarf befand. Ein Zaun verlief zwischen den letzten beiden Lagerhäusern, nur ein schmaler Pfad hatte zwischen Zaun und Metallverkleidung Platz. Die anderen drei Seiten wurden vom Hauptzaun abgeschirmt, der den gesamten Komplex umgab. Der Zaun verlief eng an der Rückseite und der hinteren Seite entlang, ließ aber viel Platz an der Vorderseite, damit die Lkws wenden konnten.

Das große Rolltor bedeckte fast die gesamte Vorderseite. Es gab eine kleine

Personaltür an der hinteren Ecke, die auf die Hauptebene führte. Direkt hinter der Personaltür befand sich in einem Kasten die Winde für das Tor. Ging man durch die Tür und wandte sich nach links, dann stand man vor einer offenen Metalltreppe, die zu einem Büro hinaufführte. Das Büro lag auf einer Empore in der hinteren Ecke der riesigen Halle, etwa dreizehn Meter über der Hauptebene. Es hatte große Fenster und einen Balkon mit Geländer, von dem aus man die gesamte Halle überblicken konnte. An der hinteren Seite des Büros befand sich eine Tür zu der metallenen Feuertreppe, die an der Außenwand befestigt war.

»Okay«, sagte ich. »Das ist klar, oder?«

Finlay zuckte mit den Schultern.

»Ich mache mir Sorgen wegen der Verstärkung«, sagte er.

»Es könnten Wachen draußen aufgestellt sein.«

Ich sah ihn achselzuckend an.

»Es wird keine Verstärkung geben. Ich mache mir größere Sorgen um die Waffen. Es ist eine riesige Halle. Und zwei Kinder befinden sich darin.«

Finlay nickte. Sah grimmig aus. Er wusste, worauf ich hinauswollte. Schrotgewehre wie die Ithaca haben einen weiten Streuwinkel. Schrotgewehre und Kinder passen nicht zusammen. Wir wurden still. Es war fast zwei Uhr morgens. Noch anderthalb Stunden zu warten. Wir würden um halb vier aufbrechen. Um vier dort ankommen. Zu meiner bevorzugten Angriffszeit.

Die Zeit des Wartens. Wie Soldaten in einem Unterstand. Wie Piloten vor einem Überraschungsangriff. Es war ruhig. Finlay döste vor sich hin. Er hatte so etwas schon früher gemacht. Wahrscheinlich viele Male. Er hatte es sich in seinem Sessel bequem gemacht. Sein linker Arm hing an einer Seite herunter. Der Rest der Handschelle baumelte an seinem Handgelenk. Wie ein Silberarmband.

Hubble saß aufrecht da. Er hatte so etwas noch nie gemacht. Er zappelte herum und verbrauchte Energie. Ich konnte es ihm nicht verdenken. Er sah immer wieder zu mir herüber. Mit fragendem Blick. Ich blickte nur achselzuckend zurück.

Um halb drei klopfte es an der Tür. Nur ganz leise. Die Tür öffnete sich einen Spalt. Der ältere der beiden Friseure stand in der Tür. Er wies mit einem knorrigen, zitternden Finger ins Zimmer. Zeigte auf mich.

»Hier ist jemand für dich, mein Sohn«, sagte er.

Finlay richtete sich auf, und Hubble wirkte verschreckt. Ich wies sie beide an zu bleiben, wo sie waren. Stand auf und zog die große Automatik aus meiner Tasche. Legte den Sicherungshebel um. Der alte Mann wedelte unruhig mit der Hand.

»Das ist nicht nötig, mein Sohn«, sagte er. »Überhaupt nicht nötig.«

Er winkte mich ungeduldig zu sich. Ich steckte die Waffe wieder ein. Blickte die beiden anderen achselzuckend an und ging mit dem alten Mann.

Er führte mich in eine winzige Küche. Dort saß eine steinalte Frau auf einem Hocker. Hatte dieselbe mahagonifarbene Haut wie der alte Mann und war spindeldürr. Sie sah aus wie ein alter Baum im Winter.

»Das ist meine Schwester«, sagte der alte Friseur. »Ihr Jungs habt sie mit eurem Gerede aufgeweckt.«

Dann ging er zu ihr hinüber. Beugte sich hinunter und sprach ihr ins Ohr.

»Hier ist der Junge, von dem ich dir erzählt habe.«

Sie blickte auf und lächelte mich an. Es war, als würde die Sonne aufgehen. Ich bekam eine Ahnung davon, welch eine Schönheit sie vor langer Zeit gewesen sein musste. Sie streckte ihre Hand aus, und ich ergriff sie. Sie fühlte sich an wie dünne Drähte in einem weichen, trockenen Handschuh. Der alte Friseur ließ uns in der Küche allein. Blieb stehen, als er an mir vorbeikam.

»Frag sie nach ihm.«

Der alte Mann schlurfte hinaus. Ich hatte immer noch die Hand der alten Lady in meiner. Ich hockte mich neben sie. Sie versuchte nicht, ihre Hand zurückzuziehen. Ließ sie einfach dort, einen braunen Zweig, der sich in meine riesige Pranke schmiegte.

»Ich höre nicht mehr so gut«, sagte sie. »Du musst näher kommen.«

Ich sprach ihr direkt ins Ohr. Sie roch wie eine alte Blume. Wie eine verwelkte Blüte.

»Wie ist das?«, fragte ich.

»Das ist gut, mein Sohn«, sagte sie. »So kann ich dich gut verstehen.«

»Ich habe Ihren Bruder nach Blind Blake gefragt«, sagte ich.

»Das weiß ich, mein Sohn«, erwiderte sie. »Er hat mir alles darüber erzählt.«

»Er hat mir erzählt, Sie hätten Blind Blake gekannt«, sagte ich ihr ins Ohr.

»Sicher kannte ich ihn«, behauptete sie. »Ich kannte ihn sehr gut.«

»Wollen Sie mir etwas über ihn erzählen?«

Sie wandte ihren Kopf um und sah mich traurig an.

»Was gibt es da zu erzählen? Er ist vor sehr langer Zeit gestorben.«

»Wie war er?«

Sie sah mich immer noch an. Ihre Augen verschleierten sich, während sie sechzig, siebzig Jahre zurückdachte.

»Er war blind«, sagte sie.

Eine ganze Zeit lang schwieg sie. Ihre Lippen bewegten sich lautlos, und ich konnte fühlen, wie der Puls in ihrem dürren Handgelenk pochte. Sie bewegte ihren Kopf, als versuchte sie, etwas aus der Ferne zu hören.

»Er war blind«, sagte sie wieder. »Und er war ein süßer Kerl.«

Sie war über neunzig. Sie war so alt wie das zwanzigste Jahrhundert. Sie erinnerte sich gerade an ihre zwanziger und dreißiger Jahre. Nicht an ihre Kindheit oder Jugend. Sie erinnerte sich an die Zeit, als sie in der Blüte ihrer Weiblichkeit stand. Und sie nannte Blake einen süßen Kerl.

»Ich war eine Sängerin. Und er spielte Gitarre. Sie kennen doch diese alte Redewendung, dass er Gitarre spielte, dass man die Glocken hörte? Er nahm einfach sein altes Instrument, und die Töne stürzten schneller heraus, als man sie singen konnte. Aber jeder Ton war wie ein perfektes kleines Silberglöckchen, das in den Himmel tönte. Wir sangen und spielten oft die ganze Nacht, und am Morgen führte ich ihn auf eine Wiese, und wir saßen unter einem alten, schattigen Baum und sangen und spielten noch ein bisschen weiter. Nur so zum Spaß. Nur weil ich singen konnte und er spielen.«

Sie summte leise ein paar Takte vor sich hin. Ihre Stimme war ungefähr um eine Quinte tiefer, als man angenommen hätte. Sie war so dünn und zerbrechlich, dass man einen hohen, schwankenden Sopran erwartet hätte. Aber sie sang mit einem tiefen, rauchigen Alt. Ich dachte wie sie an die vergangenen Zeiten und sah die zwei auf einer Wiese im alten Georgia vor mir. Der schwere Geruch von Wildblumen, das Summen träger Insekten in der Mittagshitze, und die beiden saßen mit ihrem Rücken an einen Baum gelehnt und sangen und spielten nur so zum Spaß. Schmetterten die ironischen, aufsässigen Songs, die Blake geschaffen hatte und die ich so liebte.

»Was geschah mit ihm? Wissen Sie das?«

Sie nickte.

»Nur zwei Menschen auf dieser Erde wissen das«, flüsterte sie. »Ich bin einer dieser Menschen.«

»Wollen Sie es mir erzählen?«, fragte ich. »Ich bin eigentlich hierhergekommen, um es herauszufinden.«

»Zweiundsechzig Jahre«, sagte sie. »Ich habe zweiundsechzig Jahre lang keiner Menschenseele etwas davon erzählt.«

»Wollen Sie es mir erzählen?«, fragte ich sie noch einmal.

Sie nickte. Traurig. Mit Tränen in ihren verschleierten alten Augen.

»Zweiundsechzig Jahre«, sagte sie. »Sie sind der Erste in zweiundsechzig Jahren, der mich danach fragt.«

Ich hielt meinen Atem an. Ihre Lippen flatterten, und ihre Hand scharrte in meiner Handfläche.

»Er war blind. Aber er war flott. Kennen Sie das Wort? Flott? Das heißt: irgendwie übermütig. Übermütig mit einem frechen Lächeln ist flott. Blake war flott. Hatte eine Menge Mut und Energie. Ging schnell, redete schnell, war immer in Bewegung, auf seinem närrischen Gesicht lag immer ein Lächeln. Aber einmal kamen wir aus einer Bar in der Stadt, gingen über den Bürgersteig und lachten. Niemand war auf der Straße, außer zwei Weißen, die uns auf dem Bürgersteig entgegenkamen. Ein Mann und ein Junge. Ich sah sie kommen und verließ den Bürgersteig, wie es sich gehörte. Stand im Staub, um sie vorbeizulassen. Aber der arme Blake war blind. Und sah sie nicht. Lief einfach in den weißen Jungen hinein. Der weiße Junge war vielleicht zehn, zwölf Jahre alt. Wegen Blake flog er in den Staub. Der weiße Junge schlug sich den Kopf an einem Stein und fing unglaublich zu brüllen an. Der Daddy des weißen Jungen war dabei. Ich kannte ihn. Er war ein großer, wichtiger Mann in der Stadt. Sein Junge schrie, als wollte er platzen. Schrie seinem Daddy zu, den Nigger zu bestrafen. Also verlor sein Daddy die Beherrschung und schlug mit seinem Stock auf Blake ein. Der Stock hatte einen großen Silberknauf. Er schlug den armen Blake mit diesem Stock, bis sein Kopf aussah wie eine geplatzte Wassermelone. Schlug ihn mausetot. Nahm den Jungen und wandte sich zu mir. Schickte mich hinüber zur Pferdetränke, um die Haare und das Blut und das Gehirn vom armen Blake vom Stock zu waschen. Befahl mir, niemandem ein Wort zu sagen, sonst brächte er mich auch um. Also versteckte ich mich und wartete, bis jemand den armen Blake dort auf dem Bürgersteig fand. Dann kam ich aus meinem Versteck heraus und weinte zusammen mit den anderen. Sagte nie ein Wort zu einer Menschenseele, bis heute.«

Große Tränen quollen ihr aus den Augen und liefen ihr langsam über die knochigen Wangen. Ich langte hinüber und wischte sie mit der Rückseite meines Fingers weg. Nahm auch ihre andere Hand in meine.

»Wer war der Junge?«, fragte ich sie.

»Jemand, den ich seitdem immer wieder gesehen habe. Jemand, den ich seitdem fast jeden Tag hab herumstolzieren und aufgeblasen lächeln sehen, so dass ich an meinen armen Blake denken musste, der dort mit aufgeschlagenem Schädel lag.«

»Wer war es?«

»Es war ein Unfall. Jeder konnte das sehen. Der arme Blake war blind. Der Junge hätte nicht ein solches Theater machen müssen. Er war nicht richtig verletzt. Er war alt genug, um es zu wissen. Es war seine Schuld, weil er so schrie und brüllte.«

»Wer war der Junge?«, fragte ich sie noch einmal.

Sie wandte sich zu mir um und starrte mir in die Augen. Verriet mir das zweiundsechzig Jahre alte Geheimnis.

»Grover Teale«, sagte sie. »Wurde groß und Bürgermeister der Stadt, genau wie sein alter Daddy. Meint, ihm gehöre die ganze Welt, aber er ist nur eine schreiende Göre, die meinen armen Blake aus keinem anderen Grund umgebracht hat als dem, dass er blind war und schwarz.«

33

Wir stiegen in der Zufahrtsstraße hinter dem Friseurladen in Charlies schwarzen Bentley. Keiner von uns sagte ein Wort. Ich ließ den Motor an. Bog aus der Zufahrt und fuhr nach Norden. Ließ die Scheinwerfer ausgeschaltet und beschleunigte nicht. Die große, dunkle Limousine bewegte sich durch die Nacht wie ein Tier, das sich aus seinem Unterschlupf stiehlt. Wie ein großes schwarzes U-Boot, das aus seiner Vertäuung gleitet und sich hinaus ins eisige Wasser wagt. Ich fuhr durch die Stadt und hielt kurz vor dem Polizeirevier. Es war grabesstill.

»Ich hole mir eine Waffe«, sagte Finlay.

Wir bahnten uns einen Weg durch die Trümmer des Eingangs. Hubbles eigener Bentley stand im dunklen Mannschaftsbüro. Aus den Vorderreifen war die Luft gewichen, so dass die Motorhaube in den Trümmern der Zellen vergraben war. Es stank nach Benzin. Der Tank musste geplatzt sein. Der Deckel des Kofferraums stand offen, weil die Rückseite eingedrückt war. Hubble warf nicht mal einen Blick darauf.

Finlay bahnte sich seinen Weg am Autowrack vorbei zum großen Büro. Verschwand darin. Ich wartete mit Hubble in dem Scherbenhaufen, der früher einmal der Eingang gewesen war. Finlay kam mit einem Stainless-Revolver und einem Streichholzheftchen aus dem dunklen Büro. Und mit einem Grinsen im Gesicht. Er wies uns hinaus zum Wagen und zündete ein Streichholz an. Warf es unter das Heck des zertrümmerten Bentleys und schloss sich uns an.

»Zur Ablenkung«, sagte er.

Wir sahen, wie sich das Feuer entzündete, als wir den Parkplatz hinunterfuhren. Helle blaue Flammen liefen über den Teppich wie eine Welle am Strand. Das Feuer griff auf das zersplitterte Holz über und breitete sich weiter aus, nährte sich von einer riesigen Benzinlache. Die Flammen wurden gelb und orange, und die Luft wurde langsam durch das Loch gesogen, das früher einmal der Eingang gewesen war. Innerhalb von einer Minute brannte das ganze Gebäude. Ich lächelte und fuhr die Landstraße hinauf.

Den größten Teil der vierzehn Meilen hatte ich die Scheinwerfer an. Ich fuhr schnell. Brauchte etwa zwölf Minuten. Machte dann die Lichter aus und hielt knapp eine Viertelmeile vom Zielort entfernt. Drehte auf der

Straße und fuhr eine kurze Strecke rückwärts. Ließ den Wagen mit der Motorhaube nach Süden stehen. In Richtung Stadt. Die Türen offen. Den Schlüssel im Zündschloss.

Hubble hatte den großen Bolzenschneider. Finlay überprüfte den Revolver, den er aus dem Büro geholt hatte. Ich langte unter den Sitz und zog die Plastikflasche heraus, die wir mit Benzin gefüllt hatten. Ließ sie in meine Tasche zum Totschläger gleiten. Das war ein ziemliches Gewicht. Es zog meine Jacke rechts nach unten und brachte die Desert Eagle in Brusthöhe. Finlay gab mir die Streichhölzer. Ich steckte sie in die andere Tasche. Wir standen auf dem staubigen Randstreifen zusammen in der Dunkelheit. Nickten einander kurz zu. Nahmen über das Feld Kurs auf den zerteilten Baum. Er zeichnete sich gegen den Mond ab. Wir brauchten ein paar Minuten, bis wir ihn erreicht hatten. Wir plagten uns über die weiche Erde. Lehnten uns an den Stamm des verkrüppelten Baums. Ich nahm den Bolzenschneider von Hubble, und wir nickten uns wieder zu und steuerten die Stelle des Zauns an, wo er nahe an der Rückseite des Lagerhauses verlief. Es war zehn vor vier am frühen Morgen. Niemand hatte etwas gesagt, seit wir das brennende Polizeigebäude verlassen hatten.

Vom Baum zum Zaun waren es fünfundsiebzig Meter. Wir brauchten eine Minute. Wir gingen weiter, bis wir genau vor dem Ende der Feuerleiter standen. Genau dort, wo sie auf dem Betonweg befestigt war, der das gesamte Gebäude umgab. Finlay und Hubble ergriffen den Maschendraht, um ihn zu spannen, und ich schnitt mit dem Bolzenschneider eine Masche nach der anderen durch. Als wäre es Lakritz. Ich schnitt ein großes Stück heraus, zwei Meter hoch bis zum oberen Ende, wo der Stacheldraht begann, und etwa zwei Meter fünfzig breit.

Wir gingen durch das Loch. Liefen hinüber zum Fuß der Treppe. Warteten. Ich konnte Geräusche im Innern des Gebäudes hören. Bewegungen und eine Art Schaben, das in der riesigen Halle in ein dumpfes Dröhnen verwandelt wurde. Ich holte tief Luft. Bedeutete den beiden anderen, sich flach an die Metallwand zu pressen. Ich war immer noch nicht sicher, dass es keine Außenposten gab. Mein Bauch sagte mir, dass sie keinerlei Verstärkung hatten. Aber Finlay machte sich deswegen Sorgen. Und ich hatte schon vor langer Zeit gelernt, die Sorgen von Leuten wie Finlay ernstzunehmen.

Also bedeutete ich den anderen zu bleiben, wo sie waren, und drückte mich um die Ecke des wuchtigen Gebäudes herum. Hockte mich nieder und ließ den Bolzenschneider aus einer Höhe von ungefähr dreißig Zentimetern auf den Betonweg fallen. Es war gerade laut genug. Es hörte sich an, als versuchte jemand, in das Gelände einzubrechen. Ich presste mich gegen die Wand und wartete mit dem Totschläger in der rechten Hand.

Finlay hatte recht gehabt. Es gab eine Wache. Und ich hatte ebenfalls recht gehabt. Es gab keine Verstärkung. Die Wache war Sergeant Baker. Er patrouillierte außerhalb der Halle. Ich hörte ihn, bevor ich ihn sah. Ich hörte sein verkrampftes Atmen und seine Schritte auf dem Beton. Er kam um die Ecke des Gebäudes und blieb einen Meter von mir entfernt stehen. Er stand da und starrte auf den Bolzenschneider. In seiner Hand hatte er seine 38er. Er blickte auf den Bolzenschneider und ließ seinen Blick dann den Zaun entlangschweifen, bis zum fehlenden Viereck. Dann stürzte er darauf zu.

Und dann starb er. Ich hob den Totschläger und traf ihn. Aber er ging nicht zu Boden. Er ließ seinen Revolver fallen. Tänzelte mit weichen Beinen im Kreis herum. Finlay kam hinter mir heran. Packte ihn an der Gurgel. Sah aus wie ein Junge vom Land, der einem Huhn den Hals umdreht. Er machte das ziemlich gut. Baker trug immer noch das Namensschild über der Brusttasche seiner Uniform. Das Erste, was ich bemerkt hatte, vor neun Tagen. Wir ließen seine Leiche auf dem Weg liegen. Warteten fünf Minuten. Lauschten angestrengt. Niemand kam.

Wir gingen zurück zu Hubble. Ich holte noch einmal tief Luft. Trat auf die Feuerleiter. Schlich hinauf. Setzte behutsam und leise einen Fuß vor den anderen. Ging langsam nach oben. Die Treppe war aus Eisen oder Stahl. Offene Trittstufen. Das ganze Ding würde höllisch scheppern, wenn wir uns ungeschickt anstellten. Finlay war hinter mir, hielt sich mit der rechten Hand am Geländer fest, während er in der linken die Waffe trug. Hinter ihm kam Hubble, der vor Angst nicht zu atmen wagte.

Wir schlichen hinauf. Für die dreizehn Meter brauchten wir mehrere Minuten. Wir waren äußerst vorsichtig. Dann standen wir oben auf der Plattform. Ich presste mein Ohr an die Tür. Stille. Keinerlei Geräusch. Hubble zog seine Büroschlüssel heraus. Presste sie in der Hand zusammen, damit sie nicht klimperten. Er wählte den richtigen aus, ganz langsam und vorsichtig. Schob ihn zentimeterweise ins Schloss. Wir hielten den Atem an. Er drehte den Schlüssel um. Das Schloss klickte. Die Tür ging auf. Keinerlei Geräusch. Keine Reaktion. Stille. Hubble zog die Tür zurück, ganz langsam und vorsichtig. Finlay übernahm sie von ihm und öffnete sie weiter. Übergab sie mir. Ich drückte sie vorsichtig flach gegen die Wand. Fixierte sie mit der Flasche Benzin aus meiner Tasche.

Licht floss aus dem Büro heraus und ergoss sich über die Feuertreppe, warf einen breiten Lichtbalken auf den Zaun und das Feld dreizehn Meter weiter unten. Lichtbogenlampen waren im Hauptteil des Lagerhauses eingeschaltet und warfen das Licht durch die großen Bürofenster. Ich konnte alles im Büro sehen. Und was ich sah, ließ mir das Herz stocken.

Ich hatte nie an das Glück geglaubt. Hatte nie einen Grund dazu gehabt. Hatte mich nie darauf verlassen, weil ich das nie gekonnt hatte. Aber jetzt hatte ich wirklich Glück. Sechsunddreißig Jahre Unglück und Ärger waren in einem einzigen strahlenden Augenblick weggewischt. Die Götter saßen mir auf der Schulter, jauchzten mir zu und feuerten mich an. In diesem einen strahlenden Augenblick wusste ich, dass ich gewonnen hatte.

Denn die Kinder schliefen auf dem Boden des Büros. Hubbles Kinder. Ben und Lucy. Hatten sich auf einem Haufen leerer Säcke ausgestreckt. Waren fest eingeschlafen und so verletzlich und unschuldig, wie nur schlafende Kinder sein können. Sie waren schmutzig und zerlumpt. Hatten immer noch ihre Schulkleidung vom Montag an. Sie sahen aus wie Gassenkinder auf einem sepiafarbenen Bild vom alten New York. Ausgestreckt und fest eingeschlafen. Um vier Uhr morgens. Meine Glückszeit.

Die Kinder hatten mir höllische Sorgen gemacht. Sie waren die größte Gefährdung für unser Unternehmen gewesen. Ich hatte es tausendmal durchdacht. Ich hatte mir Kriegsszenarien durch den Kopf ziehen lassen und versucht, das zu finden, was funktionieren könnte. Aber jede Szene in meinem Kopf hatte schlimm geendet. Mit dem, was man an der Stabsakademie ein unbefriedigendes Resultat nennt. Ich war immer wieder bei einem Punkt gelandet: Kinder und Schrotgewehre vertragen sich nicht. Ich hatte mir immer die vier Geiseln und die beiden Schrotgewehre am selben Ort zur selben Zeit vorgestellt. Ich hatte mir vorgestellt, dass die Kinder in Panik gerieten, Charlie herumschrie und die großen Ithacas losdonnerten. Alles am selben Ort. Ich war zu keiner Lösung dafür gekommen. Wenn ich es mir hätte aussuchen können, dann hätte ich die Kinder irgendwo separat schlafen lassen. Und das war passiert. Die freudige Erregung toste in meinen Ohren wie eine hysterische Menge in einem riesigen Stadion.

Ich drehte mich zu den anderen beiden um. Legte beiden eine Hand hinter den Kopf und zog sie zu mir. Sprach im leisesten Flüsterton.

»Hubble, Sie nehmen das Mädchen«, flüsterte ich. »Finlay, Sie nehmen den Jungen. Legen Sie ihnen eine Hand über den Mund. Es darf nichts zu hören sein. Bringen Sie sie zusammen zum Baum. Hubble, Sie bringen sie dann zum Wagen. Bleiben Sie dort mit ihnen und warten Sie. Finlay, Sie kommen wieder zurück. Los! Jetzt! Und schnell!«

Ich zog die Desert Eagle und legte den Sicherungshebel um. Stützte meine Hand am Türrahmen ab und zielte durch das Büro auf die Innentür. Finlay und Hubble schlichen ins Büro. Sie machten es richtig. Sie hielten sich tief. Machten keinerlei Geräusch. Legten ihre Hand über die kleinen Münder. Hoben die Kinder hoch. Schlichen wieder zurück. Streckten sich und schoben sich am Lauf meiner großen 44er vorbei. Die Kinder wachten auf und strampelten. Ihre weit aufgerissenen Augen starrten mich an. Hubble und Finlay brachten sie zum oberen Absatz der langen Treppe. Stiegen leise hinunter. Ich ging rückwärts durch die Tür zum hinteren Ende der Metallplattform. Fand einen Winkel, wo ich ihnen für die ganze Strecke Deckung geben konnte. Beobachtete, wie sie langsam die Treppe hinuntergingen, über den Pfad, zum Zaun, durch das Loch und weiter. Sie gingen durch den hellen Lichtstreifen über das Feld, dreizehn Meter unter mir, und verschwanden in der Nacht.

Ich entspannte mich. Ließ die Waffe sinken. Lauschte angestrengt. Hörte nur die schwachen, schabenden Geräusche aus der riesigen Metallhalle. Ich schlich ins Büro. Kroch über den Boden zu den Fenstern. Hob langsam meinen Kopf und sah hindurch. Hatte einen Anblick vor mir, den ich nie vergessen werde.

Hundert Lichtbogenleuchten waren unter dem Dach des Lagerhauses befestigt. Sie machten die Halle strahlend hell. Es war eine große Halle. Ungefähr dreißig Meter lang und vielleicht fünfundzwanzig Meter breit. Vielleicht zwanzig Meter hoch. Und sie war voller Dollarnoten. Eine riesige Gelddüne füllte die gesamte Halle. Es war am hinteren Ende vielleicht fünfzehn Meter hoch gestapelt. Fiel wie ein Bergabhang zum Boden ab. Es war ein Berg aus Geld. Er hob sich wie ein gigantischer grüner Eisberg in die Höhe. Er war riesig.

Ich sah Teale am hinteren Ende der Halle. Er saß auf einem tieferen Hügel des Berges in etwa drei Meter Höhe. Die Schrotflinte über seinen Knien. Gegen den riesigen grünen Haufen, der hinter ihm emporragte, wirkte er wie ein Zwerg. Knapp fünfzehn Meter näher bei mir sah ich den alten Kliner. Er saß höher. Er saß auf vierzig Tonnen Geld. Mit seiner Schrotflinte über den Knien.

Die beiden Flinten und Roscoe und Charlie bildeten ein Dreieck. Die beiden waren winzige Gestalten dreizehn Meter unter mir. Sie mussten arbeiten. Roscoe hatte eine Schneeschaufel. Eines dieser gekrümmten Dinger, die man in den Schneestaaten benutzt, um die Einfahrten freizuräumen. Sie schob Dollarhaufen zu Charlie hinüber. Charlie schaufelte sie mit einer Gartenharke in Kartons und drückte sie fest nieder. Hinter den beiden Frauen stand eine Reihe mit versiegelten Schachteln. Vor ihnen lag der riesige Geldvorrat. Sie mühten sich unter mir ab, so klein wie zwei Ameisen unter dem riesigen Dollarberg.

Ich hielt den Atem an. War wie gelähmt. Es war ein vollkommen unglaublicher Anblick. Ich konnte Kliners schwarzen Pick-up sehen. Er war durch das Rolltor zurückgesetzt worden und stand direkt dahinter. Daneben parkte Teales weißer Cadillac. Beides waren große Wagen. Aber neben dem Bargeldberg wirkten sie winzig. Wie zwei Spielzeugautos am Strand. Es war überwältigend. Wie eine bizarre Szene aus einem Märchen. Wie eine riesige unterirdische Höhle in einer Smaragdmine aus einem schillernden Märchen. Alles vom Licht der hundert Lichtbogenlampen angestrahlt. Winzige Figuren weit unter mir. Ich konnte es nicht glauben. Hubble hatte gesagt, eine Million Dollar in Einern sei ein höllischer Anblick. Ich blickte auf vierzig Millionen. Es war die Höhe des Bergs, die mich so umwarf. Er ragte empor. War zehnmal so hoch wie die beiden winzigen Gestalten, die sich auf dem Boden abplagten. Höher als ein Haus. Höher als zwei Häuser. Es war unfassbar. Es war ein riesiges Lagerhaus. Und das war vollgestopft mit einer Riesenmenge Geld. Vollgestopft mit vierzig Millionen echten Eindollarnoten.

Die beiden Frauen bewegten sich mit der Langsamkeit äußerster Erschöpfung, wie todmüde Soldaten am Ende eines unbarmherzigen Manövers. Sie schliefen fast stehend und bewegten sich automatisch, während ihr Geist nach Ruhe schrie. Sie packten einen Armvoll Dollars nach dem nächsten aus dem gigantischen Vorrat in die Kartons. Das war eine hoffnungslose Aufgabe. Der Rückzug der Küstenwache hatte Kliner überrascht. Er war nicht vorbereitet gewesen. Roscoe und Charlie waren wie erschöpfte Sklaven zur Arbeit angetrieben worden. Teale und Kliner beobachteten sie wie Aufseher, lustlos, als wüssten sie, dass sie am Ende ihres Wegs angekommen waren. Der Riesenhaufen Bargeld würde sie begraben. Er würde sie verschlingen und ersticken.

Ich hörte das leise Geräusch von Finlays Schritten auf der Feuerleiter. Ich kroch zurück aus dem Büro und traf ihn draußen auf der Metallplattform.

»Sie sind am Wagen«, flüsterte er mir zu. »Was machen wir jetzt?«

»Die Waffen raus und in Anschlag«, flüsterte ich. »Roscoe und Charlie sehen okay aus.«

Er blickte dorthin, wo das helle Licht und die schwachen Geräusche waren.

»Was machen die alle hier drin?«, fragte er mich flüsternd.

»Sehen Sie doch selbst«, sagte ich leise. »Aber halten Sie die Luft an.«

Wir krochen zusammen ins Büro. Über den Boden zu den Fenstern. Ließen langsam unsere Köpfe auftauchen. Finlay blickte auf die bizarre Szene dort unten. Er starrte eine ganze Weile hinunter. Seine Augen glitten über den ganzen Platz. Landeten schließlich bei mir. Er hielt den Atem an.

»Herrgott«, flüsterte er.

Ich wies ihn nickend aus dem Büro. Wir krochen zur Plattform der Feuertreppe zurück.

»Herrgott«, flüsterte er noch einmal. »Können Sie das fassen?«

Ich schüttelte den Kopf.

»Nein«, flüsterte ich zurück. »Kann ich nicht.«

»Und was machen wir jetzt?«

Ich hielt meine Hand hoch, damit Finlay auf der Plattform wartete. Kroch wieder hinein und spähte durchs Fenster. Ich überblickte die gesamte Halle. Sah mir an, wo Teale saß, sah auf die Innentür des Büros, überprüfte Kliners Schussfeld, schätzte ab, wo Roscoe und Charlie möglicherweise landen würden. Ich berechnete Winkel und Distanzen. Und kam zu der einzig möglichen Schlussfolgerung. Es war ein höllisches Problem.

Der alte Kliner saß uns am nächsten. Roscoe und Charlie schufteten zwischen ihm und Teale. Teale war der Gefährlichere, weil er sich am hinteren Ende des Lagerhauses befand. Wenn ich mich am oberen Absatz der Innentreppe zeigen würde, würden alle vier zu mir hochblicken. Kliner würde seine Waffe heben. Teale würde ebenfalls seine Waffe heben. Dann würden beide auf mich schießen.

Kliner hatte eine freie Schusslinie, in einem Aufwärtswinkel von sechzig Grad, wie ein Entenjäger. Aber Roscoe und Charlie da unten standen zwischen Teale und mir. Teale würde in einem ziemlich flachen Winkel schießen. Er befand sich schon in drei Meter Höhe auf dem Hügel. Er würde aus einer Entfernung von dreißig Metern auf eine Erhöhung von zehn Metern blicken. Das ist ein flacher Winkel. Vielleicht fünfzehn bis zwanzig Grad. Seine große Ithaca hatte einen wesentlich breiteren Streuwinkel als fünfzehn bis zwanzig Grad. Sein Schuss würde die Frauen mit seiner mörderischen Streuung erwischen. Sein Schuss musste sie töten. Wenn Teale zu mir hochsah und feuerte, würden Roscoe und Charlie sterben.

Ich kroch aus dem Büro zurück zu Finlay auf die Feuertreppe. Bückte mich und nahm die Plastikflasche mit Benzin. Übergab sie ihm zusammen mit den Streichhölzern. Rückte nahe an ihn heran und sagte ihm, was zu tun war. Wir flüsterten miteinander, und er machte sich langsam an den Abstieg die lange Metalltreppe hinunter. Ich kroch zurück zum Büro und legte die Desert Eagle behutsam an der Innentür auf den Boden. Mit umgelegtem Sicherungshebel. Kroch wieder zum Fenster. Hob wieder meinen Kopf und wartete.

Drei Minuten vergingen. Ich starrte auf das Rolltor am hinteren Ende. Starrte und wartete. Beobachtete den Spalt zwischen der Tür und dem Beton, dort am hinteren Ende der riesigen Halle, mir diagonal gegenüber. Ich starrte und wartete. Vier Minuten waren vergangen. Die winzigen Gestalten unter mir mühten sich weiter ab. Roscoe und Charlie stopften unter Teales aufmerksamem Blick die Kartons voll. Kliner kletterte über den Berg, um neue Dollarströme loszutreten. Fünf Minuten waren vergangen. Kliner hatte seine Schrotflinte weggelegt. Er war zehn Meter davon entfernt, wühlte im Geldhaufen und löste eine kleine Lawine aus, die vor Roscoes Füße rollte. Sechs Minuten waren vergangen. Sieben.

Dann sah ich das Benzinrinnsal unter dem Rolltor. Es floss in einer halbkreisförmigen Lache herein. Weiter und weiter. Erreichte den Fuß der riesigen Dollardüne, drei Meter unter dem niedrigeren Hügel, wo Teale sich breitgemacht hatte. Die Lache dehnte sich weiter aus. Ein dunkler Fleck auf dem Beton. Kliner machte sich immer noch am Geldberg zu schaffen, dreizehn Meter von Teale entfernt. Und immer noch zehn Meter von seiner Waffe entfernt.

Ich kroch zurück zur Innentür. Drückte den Griff herunter. Die Tür ging einen Spalt auf. Ich nahm meine Waffe. Schob die Tür weiter auf. Kroch zurück zum Fenster. Beobachtete die wachsende Benzinlache.

Ich hatte befürchtet, dass Teale es sofort riechen würde. Das war die Schwachstelle des Plans. Aber er konnte es nicht riechen. Denn in der ganzen Halle hing ein durchdringender und scheußlicher Gestank. Er war mir entgegengeschlagen, als ich die Tür geöffnet hatte. Ein schwerer, säuerlicher, schmieriger Geruch. Der Geruch des Geldes. Millionen und Abermillionen zerknitterter, schmieriger Dollarnoten dünsteten den Geruch schwitziger Hände und säuerlicher Taschen aus. Der Geruch hing schwer in der Luft. Es war derselbe Geruch, den ich in den leeren Kartons in Sherman Stollers Garage bemerkt hatte. Der säuerliche Geruch von gebrauchten Scheinen.

Dann sah ich, wie die Flamme unter der Tür erblühte. Finlay hatte das

Streichholz fallen lassen. Es war eine kleine blaue Flamme. Sie raste unter der Tür hindurch und erblühte an der großen Lache, als öffnete sich eine Blume. Sie erreichte den Fuß des riesigen grünen Bergs. Ich sah, wie Teale den Kopf herumschnellen ließ und stocksteif auf die Flamme starrte.

Ich schob mich zur Tür und quetschte mich hindurch. Zielte. Fixierte mein Handgelenk am Balkongeländer. Zog den Abzug durch und blies Teale das Hirn weg, aus etwa dreißig Meter Entfernung. Die große Kugel erwischte ihn an der Schläfe und riss ihm die Schädeldecke auf. Sein Blut spritzte bis zur Metallwand hinter ihm.

Dann ging alles schief. Ich sah das Ganze in dieser quälenden Zeitlupe, die immer eintritt, wenn der Kopf schneller ist, als die Glieder sich bewegen können. Meine Waffenhand zog nach links, um Kliner auf seinem Weg zu seiner Waffe zu verfolgen. Aber Kliner tauchte nach rechts. Er warf sich mit einem verzweifelten Sprung den Abhang hinunter zu der Stelle, wo Teale sein Schrotgewehr hatte fallen lassen. Er wollte nicht zurück zu seiner eigenen Waffe laufen. Er wollte Teales Waffe nehmen. Er würde dieselbe tödliche Geometrie nutzen, die Teale genutzt hätte. Ich sah, wie meine Hand die Richtung wechselte. Sie zeichnete einen graziösen, glatten Bogen durch die Luft, direkt hinter Kliner her, der in einer großen Fontäne von Dollars den Berg hinabstolperte und rutschte. Dann hörte ich, wie die Personaltür unten krachend aufflog. Das Krachen der Tür platzte in das Echo des dröhnenden Schusses, der Teale getötet hatte, und ich sah Picard über den Lagerhausboden schwanken.

Seine Jacke war verschwunden, und ich sah, wie Blut sein riesiges weißes Hemd durchtränkte. Ich sah, wie er mit großen Schritten auf die Frauen zutorkelte. Sein Kopf wanderte hin und her, und sein rechter Arm wies in einer Windmühlenbewegung hoch zu mir. Ich sah die in seiner Hand zwergenhaft kleine 38er. Ich sah, wie dreißig Meter von ihm entfernt Kliner dort ankam, wo Teale seine Schrotflinte hatte fallen lassen und sie sich in den Bargeldhaufen gebohrt hatte.

Ich sah, wie blaue Flammen am Fuß der riesigen Dollardüne nach oben züngelten. Ich sah, wie Roscoe sich langsam umdrehte, um nach mir zu sehen. Ich sah, wie Charlie Hubble sich langsam in die andere Richtung drehte, um nach Teale zu sehen. Ich sah, wie sie anfing zu schreien. Ihre Hände bewegten sich langsam zu ihrem Gesicht, und ihr Mund öffnete sich, während ihre Augen sich schlossen. Ihr Schrei trieb langsam zu mir hoch und traf sich mit dem ersterbenden Echo des Schusses aus der Desert Eagle und dem Krachen der Tür.

Ich umklammerte das Balkongeländer vor mir und zog mich mit einer Hand darüber. Ließ meine Waffenhand senkrecht nach unten schwingen, schoss und traf Picard in die rechte Schulter, den Bruchteil einer Sekunde nur, bevor seine 38er sich auf mich ausgerichtet hatte. Ich sah, wie er in einer Explosion von Blut zu Boden ging, während ich mich wieder Kliner zuwandte.

Mein Geist hatte sich vom Rest des Körpers abgelöst. Das Ganze lief wie eine rein mechanische Bewegung ab. Ich hatte meine Schulter so stabilisiert, dass der Rückstoß der großen Automatik sie nach oben warf. Das gab mir einen winzigen Zeitvorsprung, als ich meinen Blick ans andere Ende des Lagerhauses zurückschweifen ließ. Ich spürte den Schlag in meiner Handfläche, als die Treibladung die Geschosshülse hinausschleuderte und die nächste krachend nachgeladen wurde. Kliner bewegte den Lauf der Ithaca in Zeitlupe durch einen Wirbel von Dollarnoten nach oben und lud nach. Ich hörte das Ritsch-Ratsch des Mechanismus über dem Dröhnen des Schusses, der Picard gestoppt hatte.

Mein losgelöster Geist berechnete, dass Kliner nur leicht über der Horizontalen feuern würde, um mich mit dem oberen Ende der weiten Streuung zu erwischen, und dass das untere Ende der Streuung Roscoe und Charlie den Kopf abreißen sollte. Er sagte mir, dass meine Kugel eine Idee mehr als sieben Hundertstel einer Sekunde brauchen würde, um die Länge des Lagerhauses zu durchqueren, dass ich hoch auf seine rechte Schulter zielen musste, um die halbautomatische Waffe von den Frauen wegzukatapultieren.

Danach setzte mein Hirn einfach aus. Übergab mir diese Informationen und lehnte sich zurück, um sich über meinen Versuch lustig zu machen, meinen Arm schneller zu heben, als Kliner den Lauf seiner Ithaca heben konnte. Es war ein Rennen in quälender Zeitlupe. Ich lehnte mich halb über den Balkon und zog so langsam meinen Arm nach oben, als müsste ich ein gewaltiges Gewicht anheben. Dreißig Meter entfernt hob Kliner so langsam den Lauf seiner Schrotflinte, als würde er in Sirup versinken. Die Waffen kamen zusammen nach oben, langsam, Zentimeter für Zentimeter, Grad um Grad. Höher und höher. Es dauerte ewig. Es dauerte mein ganzes Leben. Flammen explodierten am Fuß des Bergs. Sie schlängelten sich in allen Richtungen durch das Geld. Kliners gelbe Zähne teilten sich zu einem wölfischen Lächeln. Charlie schrie. Roscoe glitt so langsam wie Spinnweben hinunter zum Betonboden. Mein Arm und Kliners Schrotgewehr wanderten langsam zusammen nach oben, einen grauenvollen Zentimeter nach dem anderen.

Mein Arm war zuerst oben. Ich feuerte und traf Kliner in die obere rechte Brusthälfte, und das riesige 44er-Geschoss warf ihn von den Füßen. Der Lauf der Ithaca schnellte zur Seite, als er den Abzug betätigte. Das Schrotgewehr dröhnte und feuerte direkt in den riesigen Geldberg. Die Luft war auf der Stelle erfüllt von winzigen Papierstückchen. Fetzen von Dollarnoten wurden über die ganze Halle verteilt. Sie wirbelten herum wie dichtes Schneetreiben und gingen in Flammen auf, als sie das Feuer erreichten.

Dann setzte die Zeit wieder ein, und ich stürzte die Treppe hinunter. Die Flammen fraßen sich schneller durch den schmierigen Berg, als ich laufen konnte. Ich kämpfte mich durch den Rauch und packte mir Roscoe unter einen Arm und Charlie unter den anderen. Wirbelte sie von den Füßen und brachte sie zurück zur Treppe. Ich konnte fühlen, dass ein Sauerstoffsturm unter der Rollladentür hereinbrauste, um das Feuer zu nähren. Die ganze riesige Halle geriet in Flammen. Die gewaltige Gelddüne explodierte. Ich rannte mit gebeugtem Oberkörper auf die Treppe zu und zog die beiden Frauen hinter mir her.

Ich lief Picard direkt in die Arme. Er schnellte vor mir vom Boden hoch, und der Zusammenstoß ließ mich der Länge nach hinschlagen. Er stand dort wie ein verwundeter Riese, der vor Wut brüllte. Seine rechte Schulter war zertrümmert, und er verlor stoßartig Blut. Sein Hemd war durchtränkt und tiefrot. Ich stieß mich vom Boden hoch, und er schlug mich mit seiner linken Hand. Die Hand traf zitternd auf meinen Kopf und schleuderte mich zurück. Er setzte mit einem weiteren Schwinger seiner linken nach, der meinen Arm traf und die Desert Eagle über den Beton poltern ließ. Das Feuer wogte um uns herum, meine Lunge brannte, und ich konnte Charlie Hubble hysterisch schreien hören.

Picard hatte seinen Revolver verloren. Er stand schwankend vor mir, stolperte vor und zurück und holte mit seinem kräftigen linken Arm zu einem weiteren Schlag aus. Ich warf mich ihm entgegen und versetzte ihm mit meinem Ellbogen einen Stoß gegen die Kehle. Ich stieß härter zu als je zuvor in meinem Leben. Aber er schüttelte sich nur und kam näher. Schwang seine riesige linke Faust und warf mich seitwärts ins Feuer.

Ich atmete puren Rauch ein, als ich mich herausrollte. Picard war schon wieder bei mir. Ich stand in einem brennenden Geldhaufen. Er beugte sich vor und trat mir gegen die Brust. Als würde man von einem Lkw getroffen. Meine Jacke fing Feuer. Ich riss sie herunter und schleuderte sie ihm entgegen. Aber er fegte sie nur beiseite und zog sein Bein zurück zu einem neuen Tritt, der mich umbringen würde. Dann fing sein Körper an zu zucken, als stünde jemand hinter ihm und schlüge mit dem Hammer auf ihn ein. Ich sah, dass Finlay mit der Waffe, die er aus dem Revier geholt hatte, auf Picard schoss. Er feuerte sechs Schüsse in Picards Rücken. Picard drehte sich langsam um und sah ihn an. Finlays Waffe klickte. Das Magazin war leer.

Ich suchte nach meiner großen israelischen Automatik. Griff sie vom heißen Beton und schoss Picard in den Hinterkopf. Sein Schädel explodierte beim Aufprall des großen Kalibers. Seine Beine knickten ein, und er sank zu Boden. Ich feuerte meine letzten vier Patronen auf ihn, bis er den Boden erreicht hatte.

Finlay griff nach Charlie und verschwand durch die Flammen. Ich hob Roscoe vom Boden, schleppte mich die Treppe hoch und trug Roscoe durch das Büro. Hinaus und die Außentreppe hinunter, als die Flammen schon hinter uns durch die Tür brodelten. Wir kämpften uns durch das Loch im Zaun. Ich hob Roscoe hoch in meine Arme und lief über das Feld zum Baum.

Hinter uns drückte die überhitzte Luft das Dach von der Halle, und Flammen schossen dreißig Meter hoch in den Nachthimmel. Um uns herum regneten brennende Fetzen von Dollarnoten zur Erde. Das Lagerhaus brannte wie ein Hochofen. Ich konnte die Hitze auf meinem Rücken spüren, und Roscoe schlug das brennende Papier beiseite, das auf uns fiel. Ich raste zum Baum. Blieb nicht stehen. Lief zur Straße. Zweihundert Meter. Hundert Meter. Hinter mir konnte ich Metall reißen und kreischen hören, als die Halle sich verformte und aufplatzte. Weiter vorn stand Hubble neben dem Bentley. Er riss die hinteren Türen auf und hechtete zum Fahrersitz.

Wir drängten uns auf die Rückbank, und Hubble trat aufs Gas. Der Wagen schoss vorwärts, dass die Türen zufielen. Die Kinder saßen vorn. Beide weinten. Charlie weinte. Roscoe weinte. Ich bemerkte mit einer Art gelöster Faszination, dass auch ich weinte.

Hubble schoss eine Meile die Straße hinunter. Dann bremste er scharf, und wir sortierten unsere Glieder und fielen aus dem Wagen. Taumelten herum. Umarmten und küssten uns schreiend und stolperten im Staub auf der alten Landstraße herum. Die vier Hubbles hingen aneinander. Roscoe, Finlay und ich hingen aneinander. Dann tanzte Finlay herum, brüllend und lachend wie ein Irrer. Seine ganze Bostoner Zurückhaltung war wie weggeblasen. Roscoe hatte sich in meine Arme gekuschelt. Ich beobachtete das Feuer in einer Meile Entfernung. Es wurde immer schlimmer. Es dehnte sich aus. Es griff auf die nebenstehenden Lagerhallen über. Säcke mit Stickstoffdünger und Fässer mit Traktorenöl explodierten wie Bomben.

Wir alle wandten uns um und beobachteten das Inferno. Sieben in loser Reihe auf der Straße. Aus einer Meile Entfernung beobachteten wir den Feuersturm. Stichflammen schossen dreihundert Meter in die Höhe. Detonierende Ölfässer gingen wie Granaten in die Luft. Der Nachthimmel war voller brennender Geldscheine, die aussahen wie eine Million orangefarbener Sterne. Es sah aus wie die Hölle auf Erden.

»Herrgott«, sagte Finlay. »Waren wir das?«

»Du warst das, Finlay«, erwiderte ich. »Du hast das Streichholz fallen lassen.«

Wir lachten und umarmten uns. Wir tanzten, lachten und schlugen uns gegenseitig auf den Rücken. Wir schwangen die Kinder in der Luft herum, umarmten und küssten sie. Hubble umarmte mich und schlug mir auf den Rücken. Charlie umarmte und küsste mich. Ich hob Roscoe von ihren Füßen und küsste sie lange und leidenschaftlich. Länger und länger. Sie verschränkte ihre Beine um meine Taille und ihre Arme hinter meinem Kopf. Wir küssten uns, als müssten wir sterben, wenn wir aufhörten.

Dann stiegen wir wieder in den Wagen, und ich fuhr langsam zurück zur Stadt. Finlay und Roscoe saßen mit mir zusammengequetscht auf den Vordersitzen. Die vier Hubbles drängten sich auf dem Rücksitz. Sobald wir den Feuerschein hinter uns gelassen hatten, erblickten wir den Schein des brennenden Polizeireviers vor uns. Ich wurde langsamer, als wir daran vorbeikamen. Es würde bis auf die Grundmauern niederbrennen. Hunderte von Leuten umstanden es in einem Kreis und sahen zu. Niemand unternahm irgendwas gegen die Flammen.

Ich erhöhte wieder die Geschwindigkeit, und wir rollten durch die stille Stadt. Bogen gegenüber der Statue vom alten Caspar Teale rechts in den Beckman Drive ein. Fuhren um die stille weiße Kirche herum. Die Meile zum vertrauten weißen Briefkasten an der Nummer fünfundzwanzig hinauf. Ich bog in die Auffahrt und folgte deren Windungen. Blieb gerade lange genug an der Tür stehen, damit die Hubbles hinausstürzen konnten. Schwenkte herum und fuhr mit dem alten Wagen die Auffahrt hinunter. Rollte den Beckman wieder hinab und hielt am unteren Ende.

»Raus, Finlay«, sagte ich.

Er grinste und stieg aus. Verschwand in der Nacht. Ich fuhr quer über die Main Street und hinunter zu Roscoes Haus. Hielt an ihrer Auffahrt. Wir taumelten ins Haus. Zogen eine Kommode den Flur entlang und schoben sie vor die zersplitterte Tür. Riegelten uns vor der Welt ab.

34

Es funktionierte nicht mit Roscoe und mir. Wir hatten nie eine wirkliche Chance. Es gab zu viele Probleme. Es dauerte knapp über vierundzwanzig Stunden, und dann war es vorbei. Ich war wieder unterwegs.

Es war Sonntagmorgen fünf Uhr, als wir diese Kommode vor die kaputte Tür schoben. Wir waren beide erschöpft. Aber das Adrenalin schäumte immer noch in uns. Also konnten wir nicht schlafen. Stattdessen redeten wir. Und je länger wir redeten, desto schlimmer wurde es.

Roscoe war fast vierundsechzig Stunden lang gefangen gewesen. Sie war nicht misshandelt worden. Sie sagte, sie hätten sie nicht angerührt. Sie hatte Angst gehabt, aber sie war nur wie eine Sklavin behandelt worden. Donnerstag hatte Picard sie mit ihrem Wagen abgeholt. Ich hatte sie abfahren sehen. Ihnen nachgewinkt. Sie hatte ihn auf den neuesten Stand der Ermittlungen gebracht. Eine Meile weiter auf der Landstraße hatte er mit der Waffe auf sie gezielt. Sie entwaffnet, ihr Handschellen angelegt und zum Lagerhaus gefahren. Er hatte sie durch das Rolltor gefahren, und sie musste sich auf der Stelle mit Charlie Hubble an die Arbeit machen. Die beiden hatten die ganze Zeit geschuftet, während ich unter dem Highway saß und das Gelände beobachtete. Roscoe selbst hatte den roten Lkw entladen, den der Kliner-Sohn hineingefahren hatte. Dann war ich diesem Truck bis nach Memphis gefolgt und hatte mich gefragt, warum zum Teufel er leer war.

Charlie Hubble hatte fünfeinhalb Tage geschuftet. Seit Montagabend. Kliner war da schon in Panik. Der Rückzug der Küstenwache kam zu schnell für ihn. Er wusste, dass er sich beeilen musste, um den Vorrat loszuwerden. Also hatte Picard die Hubbles direkt zum Lagerhaus gebracht. Kliner hatte die Geiseln zur Arbeit gezwungen. Sie hatten immer nur ein paar Stunden in der Nacht geschlafen, auf der Dollardüne, mit Handschellen an den Fuß der Bürotreppe gekettet.

Samstagmorgen, als sein Sohn und die beiden Wachmänner nicht zurückgekommen waren, drehte Kliner durch. Jetzt hatte er überhaupt keine Leute mehr. Also mussten die Geiseln rund um die Uhr arbeiten. Sie schliefen Samstagnacht überhaupt nicht. Plagten sich ab mit der aussichtslosen Aufgabe, den Riesenhaufen in Kartons zu packen. Sie gerieten immer weiter in Verzug. Jedes Mal wenn ein Truck ankam und eine neue Ladung auf den Lagerhausboden schüttete, wurde Kliner hektischer.

Also musste Roscoe fast drei Tage lang wie eine Sklavin arbeiten. War in Angst um ihr Leben, in Gefahr, erschöpft und gedemütigt, drei lange Tage. Und das war meine Schuld. Ich sagte ihr das. Doch je öfter ich ihr das sagte, desto öfter sagte sie, dass sie mich nicht dafür verantwortlich machte. Es war meine Schuld, sagte ich. Es war nicht deine Schuld, sagte sie. Es tut mir leid, sagte ich. Das muss es nicht, sagte sie.

Wir hörten einander zu. Wir akzeptierten, was der andere sagte. Aber ich dachte immer noch, dass es meine Schuld sei. War nicht hundertprozentig sicher, dass sie nicht auch so dachte. Trotz ihrer Worte. Wir stritten uns deswegen nicht. Aber es war das erste leise Anzeichen eines Problems zwischen uns.

Wir duschten zusammen in ihrer winzigen Duschkabine. Blieben fast eine Stunde dort. Wir seiften uns den Gestank von Geld, Schweiß und Feuer ab. Und wir redeten und redeten. Ich erzählte ihr über Freitagnacht. Über den Hinterhalt im Gewitter bei Hubbles Haus. Ich erzählte ihr alles. Ich erzählte ihr von den Taschen mit den Messern, dem Hammer und den Nägeln. Ich erzählte ihr, was ich mit den fünf Männern gemacht hatte. Ich dachte, sie würde sich darüber freuen.

Und das war das zweite Problem. Es war keine große Sache, als wir da im heißen Wasser standen, das auf uns herabprasselte. Aber ich hörte etwas in ihrer Stimme. Nur ein leichtes Zittern. Keinen Schock oder gar Missbilligung. Nur die Andeutung einer Frage. Dass ich vielleicht zu weit gegangen war. Ich konnte es in ihrer Stimme hören.

Ich hatte irgendwie das Gefühl, das alles nur für sie und Joe getan zu haben. Ich hatte es nicht getan, weil ich es wollte. Es war Joes Auftrag und ihre Stadt, und es waren ihre Leute. Ich hatte es getan, weil ich gesehen hatte, wie sie vor Angst ganz klein und verzweifelt geworden war, wie sie weinte, als würde ihr das Herz brechen. Ich hatte es für Joe und Molly getan. Weil ich das Gefühl hatte, ich brauchte überhaupt keine Rechtfertigung, hatte ich es vor mir selbst so gerechtfertigt.

Ich hielt das zu der Zeit noch nicht für ein Problem. Die Dusche entspannte uns. Ließ Glut in uns aufsteigen. Wir gingen ins Bett. Ließen die Vorhänge offen. Es war ein prächtiger Tag. Die Sonne stand vor einem strahlend blauen Himmel, und die Luft war sauber und frisch. Es sah genauso aus, wie es sein sollte. Wie ein neuer Tag.

Wir liebten uns mit großer Zärtlichkeit, großer Energie und großem

Genuss. Wenn jemand mir gesagt hätte, dass ich am nächsten Morgen schon wieder unterwegs sein würde, hätte ich ihn für verrückt gehalten. Ich versicherte mir, dass es keine Probleme gab. Ich bildete sie mir nur ein. Und wenn es Probleme gab, gab es auch gute Gründe dafür. Vielleicht die Nachwirkungen vom Stress und vom Adrenalin. Vielleicht die tiefe Müdigkeit. Vielleicht weil Roscoe eine Geisel gewesen war. Vielleicht reagierte sie wie alle Geiseln. Sie empfinden einen leisen Neid gegen jeden, der nicht mit ihnen in Geiselhaft war. Eine Art unterschwelligen Zorn. Vielleicht nährte das die Schuldgefühle, die ich hegte, weil ich sie bei der erstbesten Gelegenheit hatte gefangen nehmen lassen. Vielleicht dies, vielleicht das, vielleicht alles Mögliche. Ich schlief mit dem Gefühl ein, dass wir glücklich wieder aufwachen würden und ich für immer bleiben wollte.

Wir wachten glücklich auf. Wir schliefen bis zum späten Nachmittag durch. Dann verbrachten wir ein paar hinreißende Stunden in der Nachmittagssonne, die durchs Fenster strömte, dösten und streckten uns, lachten und küssten uns. Wir liebten uns wieder. Wir waren erfüllt von der Freude, am Leben, in Sicherheit und allein miteinander zu sein. Es war so schön wie noch nie. Und es war das letzte Mal. Aber das wussten wir da noch nicht.

Roscoe fuhr mit dem Bentley zu Eno's, um etwas zu essen zu holen. Sie war eine Stunde lang weg und brachte Neuigkeiten mit. Sie hatte Finlay gesehen. Sie hatte mit ihm besprochen, was als Nächstes passieren würde. Das war das große Problem. Daneben schmolzen alle anderen Probleme zu einem Nichts.

»Du solltest das Polizeirevier sehen«, sagte sie. »Es ist bis auf ein paar Zentimeter über dem Boden abgebrannt.«

Sie stellte das Essen auf ein Tablett, und wir aßen auf dem Bett. Grillhähnchen.

»Alle vier Lagerhäuser sind abgebrannt. Die Trümmer sind bis über den Highway geflogen. Die Staatspolizei ist eingeschaltet. Sie mussten aus Atlanta und Macon Feuerwehrwagen anfordern.«

»Die Staatspolizei ist eingeschaltet?«, fragte ich. »Alle sind eingeschaltet. Wie eine Art Lawine. Der Feuerwehrchef von Atlanta hat die Bombenexperten wegen der Explosionen zu Hilfe gerufen, weil er nicht sicher wusste, worauf sie zurückzuführen waren. Die Bombenexperten können nichts tun, ohne das FBI zu informieren, für den Fall, dass es sich um Terrorismus handelt, also ist das Bureau auch beteiligt. Dann wurde heute Morgen die Nationalgarde eingeschaltet.«

»Die Nationalgarde? Warum?«

»Das ist der beste Teil der Geschichte. Finlay sagt, als das Dach letzte Nacht vom Lagerhaus flog, hat der plötzliche Luftauftrieb das Geld über die ganze Gegend verteilt. Erinnerst du dich an die brennenden Fetzen, die auf uns niederregneten? Über das ganze Gelände sind Millionen von Dollarnoten verstreut. In einem Umkreis von Meilen. Der Wind hat sie überallhin geweht, auf die Felder und über den Highway. Die meisten sind natürlich angesengt, manche aber nicht. Sobald die Sonne aufging, kamen Tausende von Leuten wie aus dem Nichts, schwärmten aus und sammelten das ganze Geld im Gelände auf. Also bekam die Nationalgarde den Befehl, die Menge aufzulösen.«

Ich aß etwas. Dachte nach.

»Der Gouverneur hat die Garde angefordert, oder?«, fragte ich sie.

Sie nickte. Den Mund voll mit einem Hühnchenflügel.

»Der Gouverneur ist alarmiert«, erklärte sie. »Er ist im Moment in der Stadt. Und Finlay hat das Finanzministerium angerufen, wegen Joe. Sie schicken ein Team hierher. Wie ich schon sagte, es entwickelt sich alles lawinenartig.«

»Was zum Teufel kommt denn noch?«

»Natürlich gibt es große Probleme. Die Gerüchteküche brodelt. Jeder scheint zu wissen, dass es mit der Stiftung vorbei ist. Finlay sagt, die Hälfte der Einwohner tut so, als habe sie nicht gewusst, was vor sich ging, und die andere Hälfte sei fuchsteufelswild, weil ihre tausend Dollar die Woche jetzt nicht mehr kommen. Du hättest den alten Eno sehen sollen, als ich das Essen holte. Er sah aus, als wäre er ziemlich wütend.«

»Ist Finlay beunruhigt?«

»Er ist okay. Fleißig natürlich. Wir haben jetzt nur noch vier im Police Department, Finlay, mich, Stevenson und den Innendienstler. Finlay sagt, das sei halb so viel, wie wir brauchten, wegen der Krise, und doppelt so viel, wie wir uns leisten könnten, weil es keine Stiftungssubventionen mehr gibt. Jedenfalls kann weder eingestellt noch entlassen werden ohne die Billigung des Bürgermeisters, und wir haben ja keinen Bürgermeister mehr, nicht wahr?«

Ich saß auf dem Bett und aß. Die Probleme fingen an, mich zu überwältigen. Ich hatte sie vorher nur nicht richtig klar gesehen. Jetzt schon. Eine riesige Frage wuchs in meinem Kopf heran. Es war eine Frage an Roscoe. Ich wollte sie ihr gleich stellen und ihre ehrliche, spontane Antwort bekommen. Ich wollte ihr keine Zeit geben, über die Antwort nachzudenken.

»Roscoe?«

Sie blickte zu mir hoch. Wartete.

»Was wirst du tun?«, fragte ich sie.

Sie sah mich an, als wäre das eine seltsame Frage.

»Mir den Arsch aufreißen, schätze ich. Wir werden eine Menge Arbeit haben. Wir werden die ganze Stadt wieder aufbauen müssen. Vielleicht können wir etwas Besseres daraus machen, etwas Sinnvolles erschaffen. Und ich kann eine große Rolle dabei spielen. Ich werde dem Totempfahl noch ein paar Kerben zufügen. Ich bin wirklich aufgeregt. Ich freue mich drauf. Dies ist meine Stadt, und ich werde wirklich mitwirken. Vielleicht komme ich in die Stadtverwaltung. Vielleicht kandidiere ich als Bürgermeisterin. Das wäre doch ein Ding, oder? Nach all diesen Jahren eine Roscoe statt eines Teales als Bürgermeister?«

Ich sah sie an. Es war eine großartige Antwort, aber es war die falsche. Falsch für mich. Ich wollte nicht versuchen, ihre Meinung zu ändern. Ich wollte keinerlei Druck auf sie ausüben. Deshalb hatte ich sie gefragt, bevor ich ihr sagte, was ich tun musste. Ich wollte ihre ehrliche, ungezwungene Antwort. Und die hatte ich bekommen. Es war richtig für sie. Dies war ihre Stadt. Wenn irgendjemand hier aufräumen konnte, dann sie. Wenn irgendjemand hierbleiben und sich den Arsch aufreißen sollte, dann sie.

Aber es war die falsche Antwort für mich. Denn da wusste ich schon, dass ich gehen musste. Ich wusste da schon, dass ich schnell verschwinden musste. Das Problem lag darin, was als Nächstes passieren würde. Die ganze Sache hatte sich ausgeweitet. Vorher war es nur um Joe gegangen. Es war eine Privatsache gewesen. Jetzt war sie öffentlich. Sie war wie diese angesengten Dollarnoten. Sie war über die gesamte Gegend verteilt.

Roscoe hatte den Gouverneur erwähnt, das Finanzministerium, die Nationalgarde, die Staatspolizei, das FBI, die Feuerexperten aus Atlanta. Ein halbes Dutzend kompetenter Institutionen sah auf das, was in Margrave geschehen war. Und sie würden genau hinsehen. Sie würden Kliner zum Fälscher des Jahrhunderts erklären. Sie würden herausfinden, dass der Bürgermeister verschwunden war. Sie würden herausfinden, dass vier Polizisten mit drinsteckten. Das FBI würde nach Picard suchen. Interpol würde wegen der Verbindung nach Venezuela eingeschaltet werden. Die Aufregung würde gewaltig sein. Sechs Institutionen würden wie verrückt miteinander wetteifern, um Ergebnisse zu erzielen. Sie würden die ganze Gegend umkrempeln.

Und der eine oder andere würde mich da hineinziehen. Ich war ein Fremder, der zur falschen Zeit am falschen Ort war. Sie würden nur anderthalb

Minuten brauchen, um zu bemerken, dass ich der Bruder des toten Regierungsbeamten war, der mit der ganzen Sache angefangen hatte. Sie würden sich meinen Lebenslauf ansehen. Irgendjemand würde an Rache denken. Ich würde verhaftet und dann von ihnen in die Mangel genommen werden.

Ich würde nicht verurteilt werden. Das Risiko bestand nicht. Es gab keine Beweise. Ich war bei jedem meiner Schritte vorsichtig gewesen. Und ich wusste, wie man Geschichten erzählt. Sie konnten mit mir reden, bis ich einen langen weißen Bart hatte, und sie würden doch nichts aus mir herauskriegen. So viel war sicher. Aber sie würden es versuchen. Sie würden es wie verrückt versuchen. Sie würden mich zwei Jahre in Warburton festhalten. Zwei Jahre oben im U-Haft-Trakt. Zwei Jahre meines Lebens. Das war das Problem. Das konnte ich keineswegs hinnehmen. Ich hatte gerade erst mein Leben zurückbekommen. Ich hatte sechs Monate Freiheit in sechsunddreißig Jahren gehabt. Diese sechs Monate waren die glücklichsten in meinem ganzen Leben gewesen.

Also musste ich weg. Bevor einer von ihnen erfuhr, dass ich von Anfang an hier gewesen war. Mein Entschluss war gefasst. Ich musste wieder unsichtbar werden. Ich musste weit weg vom Scheinwerfer auf Margrave, an einen Ort, auf den diese eifrigen Institutionen nie einen Blick werfen würden. Das bedeutete, meine Träume von einer gemeinsamen Zukunft mit Roscoe waren zunichtegemacht, bevor sie noch angefangen hatten. Das bedeutete auch, ich musste ihr sagen, dass dieser Ort es nicht wert war, zwei Jahre meines Lebens aufs Spiel zu setzen. Ich musste es ihr sagen.

Wir redeten die ganze Nacht darüber. Wir stritten uns nicht. Wir redeten nur. Sie wusste, dass es richtig für mich war, was ich tun wollte. Ich wusste, dass es richtig für sie war, was sie tun wollte. Sie bat mich zu bleiben. Ich dachte lange nach, sagte aber nein. Ich bat sie, mit mir zu kommen. Sie dachte lange nach, sagte aber nein. Dann gab es nichts mehr zu sagen.

Wir redeten über andere Dinge. Wir redeten über das, was ich tun würde, und das, was sie tun würde. Und ich bemerkte langsam, dass es mir genauso wehtun würde zu bleiben, wie zu gehen. Aber ich wollte all das nicht, wovon sie redete. Ich wollte keine Wahlen und Bürgermeister und Abstimmungen und Verwaltungen und Komitees. Ich wollte keine Vermögensteuer und Unterhaltsregelungen und Industrie- und Handelskammern und Strategien. Ich wollte nicht gelangweilt und gereizt hier herumsitzen. Nicht mit den winzigen Gefühlen von Groll und Schuld und Missbilligung, die größer und größer werden würden, bis sie uns erstickten. Ich wollte, wovon ich ihr erzählte. Ich wollte die Straße vor mir und jeden Tag einen neuen Ort. Ich wollte meilenweit reisen und absolut keine Ahnung haben, wohin ich ging. Ich wollte umherziehen. Mich hielt es nirgendwo.

Wir saßen und redeten, unglücklich, bis zum Morgengrauen. Ich bat sie, mir einen letzten Gefallen zu tun. Ich bat sie, das Begräbnis für Joe zu arrangieren. Ich sagte ihr, dass ich Finlay dabeihaben wollte und die Hubbles und die beiden alten Friseure und sie. Ich bat sie, die Schwester des alten Mannes ein trauriges Lied für Joe singen zu lassen. Ich bat sie, die alte Frau zu fragen, wo die Wiese war, auf der sie vor zweiundsechzig Jahren zu Blind Blakes Gitarrenspiel gesungen hatte. Ich bat sie, Joes Asche über das Gras zu streuen.

Roscoe fuhr mich mit dem Bentley nach Macon. Um sieben Uhr morgens. Wir hatten nicht geschlafen. Die Fahrt dauerte eine Stunde. Ich saß im Fond, hinter den frisch getönten Scheiben. Ich wollte nicht, dass mich jemand sah. Wir fuhren den Hügel von ihrem Haus hoch und bahnten uns einen Weg durch den Verkehr. Die ganze Stadt war voll. Noch bevor wir die Main Street erreicht hatten, konnte ich sehen, dass es auf dem Platz nur so wimmelte. Dutzende von Wagen parkten kreuz und quer. Fernsehwagen von CNN und verschiedenen anderen Sendern standen herum. Ich kauerte mich in die hinterste Ecke des Wagens. Überall liefen Leute herum, obwohl es erst sieben Uhr morgens war. Überall standen Reihen mit dunkelblauen Limousinen der Regierung. Wir bogen an der Ecke ab, wo der Drugstore lag. Dort standen die Leute bis auf den Bürgersteig um ein Frühstück an.

Wir fuhren durch die sonnige Stadt. Die Main Street war zugeparkt. Die Wagen standen bis auf die Bürgersteige. Ich sah Feuerwehrautos und Streifenwagen der Staatspolizei. Ich blickte in den Friseurladen, als wir vorbeischlichen, aber die alten Männer waren nicht da. Ich würde sie vermissen. Ich würde den alten Finlay vermissen. Ich würde mich immer fragen, wie sich die Dinge für ihn entwickelt hätten. Viel Glück, Harvard-Mann. Viel Glück auch für die Hubbles. Dieser Morgen würde der Anfang eines langen Wegs für sie sein. Sie würden eine Menge Glück brauchen. Viel Glück auch für Roscoe. Ich wünschte ihr im Stillen alles Gute. Sie verdiente es wirklich.

Sie fuhr mich die ganze Strecke bis nach Macon. Erreichte das Busdepot. Parkte. Gab mir einen schmalen Briefumschlag. Bat mich, ihn nicht sofort zu öffnen. Ich steckte ihn in meine Tasche. Küsste sie zum Abschied. Stieg aus dem Wagen. Blickte nicht zurück. Ich hörte das Geräusch der dicken Reifen auf dem Asphalt und wusste, dass sie weg war. Ich ging ins Depot. Kaufte ein Ticket. Dann überquerte ich die Straße und kaufte in einem Billigladen ein paar neue Sachen. Zog mich in der Umkleidekabine um und ließ den schmutzigen Tarnanzug im Mülleimer verschwinden. Dann schlenderte ich zurück und nahm einen Bus nach Kalifornien.

Mehr als hundert Meilen hatte ich Tränen in den Augen. Dann rumpelte der alte Bus über die Staatsgrenze. Ich öffnete Roscoes Umschlag. Das Foto von Joe war darin. Sie hatte es aus Molly Beth' Koffer. Hatte es aus dem Rahmen genommen. Mit der Schere zurechtgeschnitten, damit es in meine Tasche passte. Auf die Rückseite hatte sie ihre Telefonnummer geschrieben. Aber das wäre nicht nötig gewesen. Sie hatte in meinem Gedächtnis schon einen festen Platz.

Danksagung

Ich danke meinem Agenten Darley Anderson in London, meinen Lektoren David Highfill in New York und Marianne Velmans, ebenfalls in London. Nur mit ihrer Hilfe war es dem Autor möglich, dieses Buch zu schreiben. Ich widme es diesen drei in Würdigung all ihrer Anstrengungen, die weit über das Maß ihrer Pflichten hinausgingen.